DOUGLAS PRESTON LINCOLN CHILD

FEVER

SCHATTEN DER VEGANGENHEIT

Thriller

Aus dem Amerikanischen
von Michael Benthack

Weltbild

Die amerikanische Originalausgabe erschien 2010 unter dem Titel
Fever Dream
bei Grand Central Publishing, New York.

Besuchen Sie uns im Internet:
www.weltbild.de

Genehmigte Lizenzausgabe für Verlagsgruppe Weltbild GmbH,
Steinerne Furt, 86167 Augsburg

Übersetzung: Michael Benthack
Umschlaggestaltung: Jarzina kommunikationsdesign, Holzkirchen
Umschlagmotiv: © Thomas Jarzina; www.istockphoto.com
Gesamtherstellung: GGP Media GmbH, Pößneck
Printed in the EU
ISBN 978-3-86800-589-9

2014 2013 2012 2011
Die letzte Jahreszahl gibt die aktuelle Lizenzausgabe an.

Für Jaime Levine

Zwölf Jahre zuvor

1

Musalangu, Sambia

Wie ein Waldbrand erleuchtete die untergehende, flammend gelbe Sonne den afrikanischen Busch, während sich ein drückend heißer Abend über das Camp senkte. Im Osten zeichneten sich die Hügelkuppen am Oberlauf des Makwele wie stumpfe grüne Zähne vor dem Himmel ab.

Mehrere staubbedeckte Segeltuchzelte umstanden eine festgetrampelte Fläche im Schatten alter Musasa-Bäume, deren Äste sich wie smaragdgrüne Regenschirme über das Safari-Camp spannten. Von einem Kochfeuer stieg eine Rauchfahne kräuselnd durch das Blätterdach in den Himmel und verbreitete den betörenden Duft von brennendem Mopane-Holz und gegrillter Kudu-Antilope.

Im Schatten des Baumes in der Mitte saßen sich ein Mann und eine Frau auf Camp-Stühlen an einem Tisch gegenüber und tranken Bourbon auf Eis. Ihre staubige Khakibekleidung – lange Hosen und langärmelige Hemden – bot ein wenig Schutz vor den Tsetse-Fliegen, die am Abend herumschwirrten. Beide waren Ende zwanzig. Der schlanke, hochgewachsene Mann fiel durch seine kühle, fast eisige Blässe auf, an der die Hitze abzugleiten schien. Seine Kühle schien nicht auf die Frau abzustrahlen. Träge fächelte sie sich mit einem großen Bananenblatt Luft zu, wodurch sich ihr dichtes, kastanienbraunes Haar, das sie mit einem Stück Bindfaden locker im Nacken zusammengebunden hatte, leicht bewegte. Sie war sonnengebräunt und wirkte entspannt. Das leise Gespräch, das gelegentlich vom Lachen der Frau unterbrochen wurde, war von den Geräuschen des afrikanischen Buschs kaum zu unterscheiden, von den Rufen der Grünen Meerkatzen, dem Kreischen der Frankolinen und dem Tschilpen der dunkelroten Amarante, die sich mit dem Klappern der Töpfe und Pfannen im Küchenzelt vermischten. Unterlegt wurde dieses abendliche Konzert vom gelegentlichen Brüllen eines Löwen tief im Busch.

Bei den beiden Personen handelte es sich um Aloysius X. L. Pendergast und seine Frau Helen, mit der er seit zwei Jahren verheiratet war. Sie hatten soeben eine Jagdsafari im Musalangu-Wildpark beendet, bei der sie im Rahmen eines Programms der sambischen Regierung zur Herdenreduzierung Buschbock und Ducker geschossen hatten.

»Möchtest du noch einen Sundowner?«, fragte Pendergast seine Frau und hob den Cocktail-Krug ein wenig an.

»Noch einen?«, antwortete sie lachend. »Aloysius, du planst doch wohl hoffentlich keinen Anschlag auf meine Tugendhaftigkeit.«

»Nichts läge mir ferner. Meine Hoffnung war, wir könnten den Abend mit der Diskussion über Kants kategorischen Imperativ zubringen.«

»Also, genau davor hat mich meine Mutter immer gewarnt. Da heiratest du einen Mann, weil du meinst, er kann gut mit dem Gewehr umgehen, und stellst dann fest, dass er ein Kopfmensch ist.«

Pendergast lachte, er trank einen Schluck und blickte in sein Glas. »Afrikanische Minze hat eine gewisse Schärfe.«

»Armer Aloysius, dir fehlen deine Juleps. Na, wenn du den FBI-Job annimmst, den Mike Decker dir angeboten hat, kannst du von morgens bis abends Juleps trinken.«

Wieder nippte Pendergast nachdenklich an seinem Glas und betrachtete seine Frau. Erstaunlich, wie rasch sie unter der afrikanischen Sonne braun wurde. »Ich habe mich entschlossen, das Angebot abzulehnen.«

»Und warum?«

»Weil ich mir unsicher bin, ob ich in New Orleans bleiben möchte, mit allen Konsequenzen, die das mit sich brächte – den familiären Komplikationen, den unangenehmen Erinnerungen. Und ich habe schon genug Gewalt erlebt, meinst du nicht?«

»Ich weiß nicht, findest du? Du erzählst mir so wenig aus deinem früheren Leben, dabei kennen wir uns schon so lange.«

»Ich bin nicht fürs FBI geschaffen. Ich mag keine Regeln. Außerdem reist du als Mitarbeiterin dieser ›Doctors With Wings‹ ständig in der Weltgeschichte herum. Wir könnten überall wohnen, solange ein internationaler Flughafen in der Nähe ist. *Die Seelen, die nur eine sind, erleiden doch keinen Bruch; sie weiten sich, wie Gold gehämmert wird zu Hauch.*«

»Ich bitte dich, da schleppst du mich mit nach Afrika und zitierst John Donne. Kipling, den vielleicht.«

»*Jede Frau weiß alles über alles*«, zitierte er.

»Wenn ich's mir recht überlege, verschone mich auch mit Kipling. Was hast du eigentlich als Jugendlicher gemacht – Zitatensammlungen auswendig gelernt?«

»Unter anderem.« Pendergast blickte auf. Auf dem Trampelpfad näherte sich aus westlicher Richtung eine Gestalt. Der hochgewachsene Mann vom Stamm der Nyimba trug Shorts und ein schmutziges T-Shirt, hatte ein uraltes Gewehr über die Schulter gelegt und einen gegabelten Gehstock in der Hand. Kurz vor dem Camp blieb er stehen und rief etwas auf Bemba, der lokalen *lingua franca*, worauf aus dem Küchenzelt Willkommensgrüße ertönten. Dann ging er weiter, hinein ins Camp, und näherte sich dem Tisch, an dem das Ehepaar Pendergast saß. Beide erhoben sich. »Umú-ntú ú-mó umú-sumá á-áfíká«, begrüßte Pendergast den Mann und ergriff seine staubige, warme Hand – der sambische Stil. Der Mann hielt Pendergast seinen Stock hin; in der Gabelung steckte ein Brief.

»Für mich?«, fragte Pendergast auf Englisch.

»Vom District Commissioner.«

Pendergast warf seiner Frau einen kurzen Blick zu, dann nahm er den Brief und faltete ihn auseinander.

Mein lieber Pendergast,
ich wünsche Sie umgehend über Funk zu sprechen. Im Kingazu-Camp hat sich eine hässliche Sache ereignet, eine ganz hässliche.

Alistair Woking, DC
Süd-Luangwa

P.S. Mein lieber Freund, Sie wissen ganz genau, dass es gesetzlich vorgeschrieben ist, in jedem Busch-Camp eine Funkstation einzurichten. Ich finde es ausgesprochen ärgerlich, einen Boten schicken zu müssen.

Helen Pendergast blickte ihrem Mann über die Schulter. »Der Ton gefällt mir gar nicht. Worum geht's bei dieser ›hässlichen Sache‹, was meinst du?«
»Vielleicht hat ein Nashorn einem Fototouristen amouröse Avancen gemacht.«
»Ich finde das gar nicht komisch«, sagte Helen, lachte aber trotzdem.
»Es ist Brunftsaison, weißt du.« Pendergast faltete den Brief zusammen und steckte ihn in die Brusttasche. »Ich fürchte, dass unser kleiner Jagdausflug hiermit beendet ist.«
Er ging zum Zelt hinüber, öffnete eine Box und schraubte die krummen und schiefen Teile einer Luftantenne zusammen, mit der er in einen Musasa-Baum kletterte, wo er sie an einem der oberen Äste befestigte. Anschließend stieg er herunter, stöpselte das Funkkabel in das Ein-Band-Mobilfunkgerät, das er auf den Tisch gestellt hatte, schaltete es ein, stellte die richtige Frequenz ein und schickte einen Funkspruch ab. Unmittelbar darauf erklang die gereizte Stimme des District Commissioners, quäkend und krächzend.
»Pendergast? Um Gottes willen, wo stecken Sie bloß?«
»Ich bin im Camp am Oberlauf des Makwele.«

»Verdammt. Ich hatte gehofft, Sie campierten näher an der Banta Road. Warum zum Teufel lassen Sie Ihr Funkgerät nicht eingeschaltet? Ich versuche jetzt schon seit Stunden, Sie zu erreichen!«

»Darf ich fragen, was passiert ist?«

»Drüben im Kingazu-Camp hat ein Löwe einen deutschen Touristen getötet.«

»Welcher Trottel hat das denn zugelassen?«

»So ist das nicht abgelaufen. Der Löwe ist am helllichten Tag mitten ins Camp hineinspaziert, hat den Mann angefallen, als der aus dem Speisezelt zurück zu seiner Hütte ging, und ihn kreischend in den Busch gezerrt.«

»Und dann?«

»Das können Sie sich doch wohl vorstellen! Die Frau ist hysterisch geworden, das ganze Camp war in heller Panik, wir mussten einen Helikopter reinschicken, um alle Touristen auszufliegen. Die Camp-Mitarbeiter, die zurückgeblieben sind, haben eine Heidenangst. Der Mann war in Deutschland ein bekannter Fotograf – das ist verdammt schlecht fürs Geschäft!«

»Haben Sie den Löwen aufgespürt?«

»Wir haben Fährtenleser und Waffen, aber nach *diesem* Löwen im Busch zu suchen – das macht keiner. Wir verfügen über niemanden, der die dafür nötige Erfahrung – oder die Courage – besitzt. Und darum brauchen wir Sie, Pendergast. Sie müssen hier runterkommen, das Ungeheuer aufspüren und … na ja … die sterblichen Überreste dieses bedauernswerten Deutschen einsammeln, bevor nichts mehr übrig ist, das man bestatten kann.«

»Sie haben noch nicht mal die Leiche geborgen?«

»Niemand will da rausgehen und nach diesem Monstrum suchen! Sie kennen doch das Kingazu-Camp – all das dichte Gestrüpp, das wegen der Wilderei der Elefanten hochgekommen ist. Wir brauchen einen verflucht erfahrenen Jäger. Und ich muss Sie wohl auch nicht daran erinnern, dass die Bestimmungen Ihrer Jagdlizenz vorschreiben, dass Sie einzelgängerische Menschenfresser schießen müssen, wenn und falls das erforderlich wird.«

»Ah ja, verstehe.«

»Wo haben Sie Ihren Rover stehengelassen?«

»Bei den Fala Pans.«

»Kommen Sie in die Gänge, so schnell es geht. Kümmern Sie sich nicht darum, das Camp abzubrechen, schnappen Sie sich einfach Ihre Waffen und kommen Sie hier runter.«

»Das dauert einen Tag, mindestens. Sind Sie sicher, dass sich niemand näher dran befindet, der Ihnen helfen kann?«

»Niemand. Jedenfalls niemand, dem ich traue.«

Pendergast blickte zu seiner Frau. Sie lächelte, kniff ein Auge zusammen und imitierte mit ihrer sonnengebräunten Hand den Schuss aus einer Pistole. »Also gut. Wir machen uns sofort auf den Weg.«

»Noch etwas.« Der District Commissioner zögerte. Plötzlich herrschte Stille in der Funkverbindung, nur das Zischen und Knistern war zu hören.

»Ja, was ist denn?«

»Ist wahrscheinlich nicht wichtig. Aber die Ehefrau, die die Attacke miterlebt hat – sie hat gesagt …« Noch eine Pause.

»Ja?«

»Sie hat gesagt, dass der Löwe merkwürdig ausgesehen hat.«

»Was soll das heißen?«

»Dass er eine rote Mähne hatte.«

»Meinen Sie, ein wenig dunkler als üblich? Das ist nicht so ungewöhnlich.«

Es folgte ein sehr langes Schweigen. Schließlich sagte der District Commissioner: »Aber das kann natürlich nicht derselbe Löwe sein. Vor vierzig Jahren wurde mal so einer gesehen, im

Norden von Botswana. Aber ich habe noch nie gehört, dass ein Löwe älter als fünfundzwanzig Jahre geworden ist. Sie etwa?«

Pendergast schwieg und schaltete das Funkgerät aus. Seine hellen Augen funkelten im letzten Licht der Dämmerung, die über dem afrikanischen Busch heraufzog.

2

Kingazu-Camp, Luangwa-Fluss

Der Landrover rumpelte und ruckelte über die Banga Road, eine schlechte Straße in einem Land, das berühmt war für seine schlechten Straßenverhältnisse. Pendergast riss das Lenkrad nach rechts und nach links, um den riesigen Schlaglöchern auszuweichen, von denen einige fast halb so tief waren wie der zerbeulte Rover hoch. Die Fenster standen weit offen – die Klimaanlage war defekt –, und das Wageninnere war voll vom Staub, der jedes Mal hereinwirbelte, wenn ihnen ein Fahrzeug entgegenkam.

Im Morgengrauen waren sie vom Makwele-Bach aufgebrochen und hatten sich ohne Führer zum zwanzig Kilometer langen Marsch durch den Busch aufgemacht, ausgerüstet nur mit ihren Waffen, Wasser, einer luftgetrockneten Salami und Fladenbrot. Gegen Mittag waren sie an ihrem Wagen angekommen. Mittlerweile fuhren sie schon seit mehreren Stunden durch weit voneinander entfernt liegende, ärmliche Dörfer: kreisrunde Gebäude mit Wänden aus zusammengebundenen Stöcken und spitz zulaufenden Reetdächern, die Sandpisten verstopft mit freilaufenden Rindern und Schafen. Der wolkenlose Himmel war von einem hellen, fast wässrigen Blau.

Helen Pendergast nestelte an ihrem Schal und zog ihn sich fester ums Haar, ein aussichtsloser Kampf bei dem allgegenwärtigen Staub. Er haftete auf jedem unbedeckten Zentimeter ihrer schweißnassen Haut und verlieh ihr ein geradezu schrundiges Aussehen.

»Es ist schon seltsam«, sagte sie, als sie abermals durch ein Dorf kamen und den Hühnern und Kindern auswichen. »Ich meine, dass es keinen Jäger gibt, der näher dran ist, um sich mit diesem Löwen-Problem zu befassen. Du bist schließlich nicht gerade ein Meisterschütze.« Sie lächelte verschmitzt; sie zog ihn des Öfteren damit auf.

»Deshalb zähle ich ja auf dich.«

»Du weißt doch genau, dass ich Tiere, die ich nicht esse, nur höchst ungern töte.«

»Und wie hältst du's mit Tieren, die uns essen könnten?«

»Vielleicht kann ich da eine Ausnahme machen.« Sie stellte die Sonnenblende neu ein und wandte sich zu ihm um. Dabei wurden ihre Augen – blau mit kleinen violetten Flecken – in dem hellen Licht schmaler. »Also, was hat es mit diesem Rotmähnen-Löwen auf sich?«

»Man darf die Erzählungen nicht so ernst nehmen. Aber in diesem Teil Afrikas kursiert eine alte Legende über einen Menschenfresser-Löwen mit roter Mähne.«

»Erzähl mir davon.« Helens Augen funkelten vor Interesse.

»Also gut. Vor etwa vierzig Jahren – so wird erzählt – wurde das südliche Luangwa-Tal von einer Dürre heimgesucht, was die Wildbestände stark dezimierte. Ein Löwenrudel, das in dem Tal jagte, verhungerte, und ein Tier nach dem anderen starb, bis nur noch ein Rudelmitglied übrig blieb, eine schwangere Löwin. Sie überlebte dadurch, dass sie sich versteckt hielt und auf einem Friedhof der Nyimba die Toten fraß.«

»Wie furchtbar«, sagte Helen genüsslich.

»Es heißt, die Löwin habe ein Junges mit flammend roter Mähne geboren.«

»Erzähl weiter.«
»Die Dorfbewohner waren wütend wegen der andauernden Entweihung ihrer Begräbnisstätte. Schließlich spürten sie die Löwin auf, töteten sie, zogen ihr das Fell ab und nagelten es auf dem Dorfplatz an ein Gestell. Dann führten sie einen Tanz auf, um den Tod der Löwin zu feiern. Im Morgengrauen, während die Dorfbewohner ihren Kater nach all dem Maisbier ausschliefen, schlich ein Löwe mit roter Mähne ins Dorf, tötete drei der schlafenden Männer und schleppte einen Jungen mit sich fort. Einige Tage darauf wurden seine abgenagten Knochen in dichtstehendem mannshohen Gras ein paar Meilen außerhalb des Dorfes gefunden.«
»Du lieber Gott!«
»Im Laufe der Jahre tötete und fraß der Rote Löwe, der *Dabu Gor*, wie er in der Bemba-Sprache hieß, zahlreiche Dorfbewohner. Er sei sehr schlau, hieß es, so schlau wie ein Mensch. Er ändere häufig sein Revier und überquere manchmal sogar Landesgrenzen, um sich der Verfolgung zu entziehen. Die örtlichen Nyimba behaupteten, der Rote Löwe könne zwar ohne Menschenfleisch überleben, aber mit ihm würde er ewig leben.« Pendergast fuhr um ein Schlagloch herum, das es hinsichtlich Breite und Tiefe durchaus mit einem Mondkrater aufnehmen konnte.
»Und weiter?«
»Das ist die ganze Geschichte, mehr weiß ich nicht.«
»Aber was ist mit dem Löwen passiert? Ist er denn getötet worden?«
»Mehrere Berufsjäger haben versucht, ihn aufzuspüren, aber ohne Erfolg. Er hat einfach weiter getötet, bis er an Altersschwäche starb – wenn er denn tatsächlich gestorben ist.« Pendergast verdrehte ein wenig theatralisch die Augen.
»Also wirklich, Aloysius! Du weißt doch ganz genau, dass es sich nicht um ein und denselben Löwen handeln kann.«

»Es könnte sich um einen Nachkommen mit der gleichen genetischen Mutation handeln.«
»Und vielleicht dem gleichen Geschmack«, sagte Helen und lächelte makaber.

Im Laufe des späten Nachmittags und frühen Abends – das übliche Geschrei der Kinder und das Gemuhe der Rinder war dem Gesumm der Insekten gewichen – fuhren sie durch zwei weitere verlassene Dörfer. Erst nach Sonnenuntergang, als sich schon ein blaues Zwielicht über die Buschlandschaft senkte, kamen sie im Kingazu-Lager an. Das Camp lag am Ufer des Luangwa-Flusses, bestand aus einer Gruppe von direkt am Ufer gelegenen *rondevaals* und verfügte über eine Openair-Bar und ein Speisezelt.
»Was für eine hübsche Anlage«, sagte Helen und blickte sich um.
»Kingazu ist eines der ältesten Safari-Camps im ganzen Land«, antwortete Pendergast. »Es wurde in den fünfziger Jahren des vorigen Jahrhunderts gegründet, als Sambia noch zu Nord-Rhodesien gehörte, von einem Jäger, der erkannte, dass es ebenso erregend sein kann, Tiere zu fotografieren, wie sie zu töten. Und sehr viel lukrativer.«
»Vielen Dank, Professor. Muss ich nach der Vorlesung einen Test schreiben?«
Als sie auf den staubigen Parkplatz bogen, waren die Bar und das Speisezelt leer, das Camp-Personal hatte in den umliegenden Hütten Zuflucht gesucht. Alle Lichter brannten, der Generator tuckerte auf vollen Touren.
»Ängstliche Leutchen«, sagte Helen, stieß die Wagentür auf und trat in die heiße, von schrillem Zikadengezirpe erfüllte Abendluft.
Die Tür des nächstgelegenen *rondevaal* öffnete sich, worauf ein gelblicher Lichtstreifen auf die festgetretene Erde fiel. Ein

Mann, der eine Khakihose mit messerscharfen Bügelfalten, lederne Buschstiefeln und Kniestrümpfe trug, trat heraus.

»Der Distriktskommissar, Alistair Woking«, flüsterte Pendergast Helen zu.

»Darauf wäre ich nie gekommen.«

»Und der Bursche mit dem australischen Buschhut neben ihm, das ist Gordon Wisley, der Pächter des Camps.«

»Bitte treten Sie ein«, sagte Woking und reichte ihnen die Hand. »In der Hütte können wir uns in Ruhe unterhalten.«

»Um Himmels willen, nein!«, sagte Helen. »Wir waren den ganzen Tag im Auto eingepfercht – trinken wir ein Glas an der Bar.«

»Nun ja –«, sagte Woking zögerlich.

»Wenn sich der Löwe ins Camp schleicht, umso besser. Dann müssen wir uns nicht die Mühe machen, ihm im Busch aufzulauern. Stimmt's, Aloysius?«

»Tadelloses Argument.«

Helen hob die Segeltuchtasche, in der sich ihre Waffe befand, von der Ladefläche des Landrover. Pendergast tat das Gleiche und legte sich einen schweren Munitionskoffer aus Aluminium auf die Schulter.

»Gentlemen?«, sagte er. »Auf zur Bar?«

»Wie Sie wünschen.« Woking betrachtete die großkalibrigen Safari-Gewehre, die offenbar einen beruhigenden Eindruck auf ihn machten. »Misumu!«

Ein Afrikaner mit einem Filzfez auf dem Kopf steckte den Kopf aus einer Tür im Personal-Camp.

»Wir würden gern etwas an der Bar trinken«, sagte Woking. »Wenn Sie nichts dagegen hätten.«

Sie gingen zu der mit Stroh gedeckten Bar; der Barkeeper nahm seinen Platz hinter der Theke aus poliertem Holz ein. Er schwitzte, aber nicht wegen der Hitze.

»Maker's Mark«, sagte Helen. »On the rocks.«

»Zwei«, fügte ihr Ehemann hinzu. »Und geben Sie ein wenig Minze hinein, wenn Sie welche haben.«

»Maker's Mark für uns alle«, sagte Woking. »Sind Sie damit einverstanden, Wisley?«

»Solange er stark ist«, ergänzte Wisley und lachte nervös. »Was für ein Tag.«

Der Barkeeper schenkte die Gläser voll. Pendergast wusch sich mit einem ordentlichen Schluck den Staub aus der Kehle. »Aber nun erzählen Sie doch mal, was passiert ist, Mr. Wisley.«

Wisley war ein hochgewachsener, rothaariger Mann mit neuseeländischem Akzent. »Es ist nach dem Mittagessen passiert. Wir hatten zwölf Gäste im Camp – volles Haus.«

Pendergast zog derweil den Reißverschluss der Transporttasche auf und holte seine Waffe heraus, eine Holland & Holland »Royal« Doppelbüchse Kaliber 465. Er öffnete das Schloss und begann die Waffe zu reinigen, indem er den Staub von dem langen Lauf wischte. »Was gab es denn zu essen?«

»Sandwiches. Mit gegrilltem Kudu, Schinken, Truthahn, Gurken. Dazu Eistee. Wir servieren während der heißen Mittagsstunden stets einen leichten Lunch.«

Pendergast nickte und polierte den Schaft aus Walnussholz.

»Ein Löwe hatte fast die ganze Nacht draußen im Busch gebrüllt, aber am Tag war es ruhig geblieben. Wir hören hier oft Löwengebrüll – was aber, ehrlich gesagt, eine der Attraktionen des Camps ist.«

»Charmant.«

»Aber die Löwen haben uns noch nie belästigt. Ich begreife das alles nicht.«

Pendergast blickte ihn kurz an, dann widmete er sich wieder seinem Gewehr. »Dieser Löwe kam nicht aus der Gegend, nehme ich an.«

»Nein. Wir haben mehrere Rudel hier. Ich kenne jedes Tier

vom Sehen her. Bei diesem handelt es sich um ein Einzelgänger-Männchen.«

»Groß?«

»Irrsinnig groß.«

»Groß genug, um ins Buch der Rekorde zu kommen?«

Wisley verzog das Gesicht. »Größer als alles im Buch der Rekorde.«

»Verstehe.«

»Der Deutsche, Hassler mit Namen, und seine Frau sind als Erste vom Tisch aufgestanden. Das muss so gegen vierzehn Uhr gewesen sein. Sie gingen gerade zurück zu ihrem *rondevaal*, als – laut Aussage der Frau – der Löwe aus seiner Deckung am Flussufer sprang, den Ehemann zu Boden riss und ins Genick biss. Die Frau fing an zu kreischen und um Hilfe zu rufen, und der arme Kerl hat natürlich auch geschrien. Wir sind alle sofort da hingelaufen, aber der Löwe hatte ihn schon in den Busch gezerrt und war verschwunden. Ich kann Ihnen gar nicht sagen, wie entsetzlich das war. Wir haben gehört, wie der Mann geschrien hat, immer wieder. Und dann war auf einmal alles ganz still, bis auf die Geräusche, als der Lö–« Er stockte.

»Gütiger Himmel«, sagte Helen. »Hat denn niemand ein Gewehr geholt?«

»Doch, ich«, sagte Wisley. »Ich bin zwar kein guter Schütze, aber wie Sie wissen, sind wir gesetzlich dazu verpflichtet, während unserer Ausflüge mit den Touristen eine Waffe zu tragen. Ich habe mich nicht getraut, dem Löwen ins mannshohe Gras zu folgen – ich bin ja kein Jäger, Mr. Pendergast –, aber ich habe ein paarmal in die Richtung der Geräusche geschossen, was den Löwen offenbar noch tiefer in den Busch getrieben hat. Vielleicht habe ich ihn auch verwundet.«

»Das wäre bedauerlich«, sagte Pendergast kurz und trocken. »Kein Zweifel, der Löwe hat die Leiche mit sich fortgeschleppt. Haben Sie die Spuren am Ort des Angriffs gesichert?«

»Ja. Natürlich hat der Bereich während der Panik zunächst ein wenig gelitten, aber danach habe ich ihn abgeriegelt.«
»Ausgezeichnet. Und niemand ist in den Busch gegangen, um dem Löwen nachzusetzen?«
»Nein. Die Leute waren alle einfach nur hysterisch – wir haben seit Jahrzehnten keine tödliche Attacke eines Löwen mehr gehabt. Wir haben alle Mitarbeiter evakuiert, nur die unverzichtbaren sind noch im Camp.«
Pendergast nickte, dann warf er seiner Frau einen kurzen Blick zu. Auch sie hatte ihre Jagdwaffe – eine Krieghoff Doppelbüchse Big Five 500/416 – gereinigt und genau zugehört.
»Haben Sie den Löwen seitdem gehört?«
»Nein. Die ganze gestrige Nacht und heute am Tag war es verflucht still. Vielleicht ist er ja weitergezogen.«
»Eher unwahrscheinlich, das macht er erst, wenn er seine Beute gefressen hat«, erwiderte Pendergast. »Löwen schleppen ihre Beute höchstens eine Meile mit sich fort. Sie können sicher sein, dass er noch in der Nähe ist. Hat ihn sonst noch jemand gesehen?«
»Nur die Ehefrau.«
»Und die hat gesagt, dass er eine rote Mähne hatte?«
»Ja. Zunächst hatte sie in ihrer Hysterie behauptet, er sei voller Blut gewesen. Aber nachdem sie sich ein wenig beruhigt hatte, konnten wir sie eingehender befragen, und es scheint tatsächlich so zu sein, dass der Löwe eine tiefrote Mähne hatte.«
»Und woher wissen Sie so genau, dass es sich *nicht* um Blut gehandelt hat?«
Helen meldete sich zu Wort. »Löwen sind sehr pingelig, was ihre Mähne betrifft. Sie säubern sie regelmäßig. Ich habe noch nie einen Löwen mit Blut in der Mähne gesehen, nur im Gesicht.«
»Was machen wir jetzt also, Mr. Pendergast?«, fragte Wisley.
Pendergast genehmigte sich einen großen Schluck von seinem

Bourbon. »Wir müssen bis zur Morgendämmerung warten. Ich benötige Ihren besten Fährtenleser und einen Waffenträger. Und meine Frau wird natürlich als zweiter Schütze eingesetzt.«

Stille. Wisley und der Distriktskommissar sahen Helen an. Sie erwiderte die Blicke der Männer mit einem Lächeln.

»Ich fürchte, das könnte ein wenig, äh, irregulär sein«, sagte Woking und räusperte sich.

»Weil ich eine Frau bin?«, fragte Helen amüsiert. »Keine Sorge, es ist nicht ansteckend.«

»Nein, nein«, lautete die hastige Antwort. »Es ist nur so, dass wir uns in einem Nationalpark befinden und nur jemand, der eine von der Regierung ausgestellte Jagdlizenz besitzt, hier schießen darf.«

»Von uns beiden«, sagte Pendergast, »ist meine Frau der bessere Schütze. Außerdem ist es lebenswichtig, zwei gute Schützen zu haben, wenn man Löwen im Busch nachstellt.« Er hielt inne. »Es sei denn natürlich, Sie wären gern der zweite Schütze.«

Der Distriktskommissar verstummte.

»Ich werde nicht zulassen, dass mein Mann allein da reingeht«, sagte Helen. »Es wäre zu gefährlich. Mein armer Liebling könnte zerfleischt werden – oder Schlimmeres.«

»Danke, Helen, für dein Vertrauen«, sagte Pendergast.

»Na ja, du weißt doch, Aloysius, dass du diesen Ducker auf zweihundert Meter Entfernung verfehlt hast. Das war ungefähr so schwierig, wie an einem Scheunentor vorbeizuschießen.«

»Ach komm, es herrschte starker Seitenwind. Und außerdem hat sich das Tier im letzten Moment bewegt.«

»Du hast zu lange gebraucht, um den Schuss anzubringen. Du denkst zu viel, das ist dein Problem.«

Pendergast wandte sich an Woking. »Wie Sie sehen, gibt es uns beide nur im Doppel. Entweder beide oder keiner.«

»Also gut.« Woking runzelte die Stirn. »Mr. Wisley?«

Wisley nickte widerstrebend.
»Wir treffen uns morgen früh um fünf«, fuhr Pendergast fort. »Und es war mein voller Ernst, als ich sagte, dass wir einen sehr, sehr guten Fährtenleser benötigen.«
»Wir haben einen der besten in Sambia – Jason Mfuni. Natürlich wird er kaum einmal für die Jagd eingesetzt, nur für Fotografen und Touristen.«
»Hauptsache, er hat Nerven wie Drahtseile.«
»Die hat er.«
»Sie müssen den Einheimischen Bescheid sagen und dafür sorgen, dass sie sich in größerer Entfernung aufhalten. Der Löwe darf auf keinen Fall abgelenkt werden.«
»Das wird nicht nötig sein«, sagte Wisley. »Vielleicht sind Ihnen auf der Fahrt hierher zum Camp die menschenleeren Dörfer aufgefallen. Außer uns werden Sie im Umkreis von zwanzig Meilen keine Menschenseele finden.«
»So schnell haben die Bewohner Ihre Dörfer verlassen?«, fragte Helen. »Aber der Angriff hat doch erst gestern stattgefunden.«
»Es war der Rote Löwe«, erwiderte Woking, als würde das als Erklärung genügen.
Pendergast und Helen wechselten einen Blick. Einen Augenblick war es still in der Bar.
Schließlich erhob sich Pendergast, fasste Helen bei der Hand und half ihr beim Aufstehen. »Danke für den Drink. Aber wenn Sie uns nun bitte entschuldigen und unsere Hütte zeigen würden?«

3

Die Fieberbäume

In der Nacht war es still gewesen. Selbst die lokalen Rudel, deren Brüllen sonst oft in der Dunkelheit erklang, schwiegen, und die üblichen Laute der nachtaktiven Tiere klangen gedämpft. Aus der Ferne drang das leise Gurgeln und Rauschen des mächtigen Flusses herüber und versetzte die Luft mit dem Geruch von Wasser. Erst im Morgengrauen erklangen die ersten Geräusche der sogenannten Zivilisation: Heißes Wasser wurde in Vorbereitung der Morgentoilette in Kübelduschen gegossen.

Pendergast und seine Frau hatten ihre Hütte verlassen und saßen, die Waffen neben sich, im schwachen Schein der einzelnen Glühbirne im Speisezelt. Es waren keine Sterne am Himmel zu sehen – es war bewölkt, die Finsternis total. Regungslos und schweigend hatten sie in der vergangenen Dreiviertelstunde dort gegessen. Sie hatten ihr Zusammensein genossen, verbunden durch jene Art unausgesprochener Symbiose, die ihre Ehe charakterisierte, und sich mental und emotional auf die Jagd vorbereitet. Helen hatte den Kopf an die Schulter ihres Mannes gelehnt. Pendergast streichelte ihre Hand und spielte ab und zu mit dem Stern-Saphir an ihrem Ehering.

»Den gebe ich nie wieder her, weißt du«, sagte sie schließlich, wobei ihre Stimme nach dem langen Schweigen hauchig klang.

Er lächelte nur und streichelte weiter ihre Hand.

Aus dem Halbdunkel erschien eine kleine Gestalt; sie hatte einen langen Speer in der Hand und trug eine lange Hose und ein langes Hemd, beides von dunkler Farbe.

Helen und Pendergast richteten sich auf. »Jason Mfuni?«, fragte Pendergast leise.

»Ja, Sir.«

Pendergast streckte die Hand aus. »Es wäre mir lieb, wenn Sie mich nicht mit ›Sir‹ ansprächen. Mein Name ist Pendergast. Und das hier ist meine Frau, Helen. Sie zieht es vor, beim Vornamen angeredet zu werden, ich beim Nachnamen.«
Der Mann nickte und schüttelte Helen langsam, geradezu phlegmatisch die Hand. »Der Distriktskommissar will mit Ihnen sprechen, Miss Helen, in der Messe.«
Helen stand auf. Pendergast ebenso.
»Entschuldigen Sie, Mr. Pendergast, er wollen allein mit ihr sprechen.«
»Was soll das denn?«
»Er machen sich Sorgen, ob sie genug Erfahrung mit Jagd hat.«
»Das ist doch lächerlich«, sagte Pendergast. »Die Frage ist doch längst geklärt.«
Helen winkte ab und lachte. »Mach dir deswegen keine Gedanken. Hier draußen herrscht offenbar immer noch das British Empire. Die Frauen sitzen auf der Veranda, fächeln sich kühle Luft zu und fallen beim Anblick von Blut in Ohnmacht. Ich werde das richtigstellen.«
Pendergast nahm wieder Platz. Der Fährtenleser wartete neben ihm und trat unbehaglich von einem Fuß auf den anderen.
»Möchten Sie sich nicht setzen, Jason?«
»Nein, danke.«
»Wie lange arbeiten Sie schon als Fährtenleser?«, fragte Pendergast.
»Seit ein paar Jahren«, lautete die lakonische Antwort.
»Sind Sie gut?«
Schulterzucken.
»Haben Sie Angst vor Löwen?«
»Manchmal.«
»Haben Sie mit diesem Speer schon einmal einen Löwen getötet?«
»Nein.«

»Verstehe.«
»Das ist ein neuer Speer, Mr. Pendergast. Wenn ich Löwen mit Speer töte, brechen oder verbiegen er meistens, muss dann neuen besorgen.«
Stille senkte sich über das Camp; das Morgenlicht zog hinter dem Busch herauf. Fünf Minuten vergingen, dann zehn.
»Wieso brauchen die so lange?«, fragte Pendergast verärgert. »Wir wollen nicht zu spät losgehen.«
Mfuni zuckte mit den Achseln, stützte sich auf den Speer, wartete.
Plötzlich erschien Helen. Rasch setzte sie sich.
»Hast du dem Quälgeist deine Meinung gesagt?«, fragte Pendergast und lachte.
Einen Augenblick gab ihm Helen keine Antwort. Als er sich fragend an sie wandte, erschrak er, weil sie ganz blass im Gesicht war. »Was hast du denn?«
»Nichts. Nur ... Schmetterlinge im Bauch wegen der bevorstehenden Jagd.«
»Du kannst immer noch im Camp bleiben, weißt du.«
»O nein«, widersprach sie vehement. »Nein, ich darf das hier auf keinen Fall verpassen.«
»Dann sollten wir jetzt endlich aufbrechen.«
»Noch nicht«, sagte sie leise. Er spürte ihre kühle Hand auf seinem Arm. »Aloysius ... ist dir eigentlich klar, dass wir gestern Abend vergessen haben, den Mondaufgang zu beobachten? Es war Vollmond.«
»Bei all der Aufregung wegen dieses Löwen wundert mich das gar nicht.«
»Komm, wir wollen uns einen Augenblick Zeit nehmen und zuschauen, wie der Mond untergeht.« Helen fasste ihn bei der Hand und umschloss sie mit ihrer, eine für sie ungewöhnliche Geste. Aber zumindest fühlte sich ihre Hand nicht mehr so kalt an.

»Helen …«

Sie drückte seine Hand. »Nicht reden.«

Der Vollmond versank gerade im Busch am gegenüberliegenden Ufer des Flusses – eine buttergelbe Scheibe, die durch einen malvenfarbenen Himmel herabstieg und deren Spiegelbild sich wie vergossene Sahne über das strudelnde Wasser des Luangwa-Flusses ergoss. Sie hatten sich in einer Vollmondnacht kennengelernt und gemeinsam zugesehen, wie der Mond aufgegangen war. Seit ihrer Werbungszeit und Hochzeit war es Tradition, dass sie, ganz gleich, was sonst in ihrem Leben geschah, egal, vor welchen Reisen oder Verpflichtungen sie standen, dem Aufgang des Vollmonds zuschauten.

Der Mond streifte die fernen Baumkronen jenseits des Flusses, dann glitt er langsam hinter die Wipfel. Der Himmel wurde heller, und schließlich verschwand der Mond hinter dem dichten Buschwerk. Die geheimnisvolle Nacht war vorüber, der Tag war angebrochen.

»Good-bye, alter Mond«, sagte Pendergast leichthin.

Helen drückte ihm die Hand, dann stand sie auf, während der Distriktskommissar und Wisley auf dem Weg von der Küchenhütte erschienen. Bei ihnen war ein dritter Mann, hohlgesichtig, sehr hoch aufgeschossen und schlaksig. Das Weiße seiner Augen war gelb.

»Das ist Wilson Nyala«, sagte Wisley, »Ihr Waffenträger.«

Hände wurden geschüttelt. Der Barkeeper, der sie am Vorabend bedient hatte, trat mit einer großen Kanne Lapsang-Souchong-Tee aus der Küche; alle Tassen wurden mit dem heißen, kräftigen Rauchtee gefüllt.

Sie tranken schnell und schweigend. Pendergast stellte seine Tasse ab. »Es ist hell genug, wir können uns jetzt ansehen, wo der Löwe angegriffen hat.«

Nyala schlang sich je eine Jagdbüchse über die Schultern, dann betraten sie den Trampelpfad, der sich am Fluss entlangzog.

Dort, wo er an den dichtstehenden Miombo-Sträuchern vorbeiführte, war ein Bereich mit einem Seil und Holzpfählen abgesperrt. Pendergast kniete sich hin und untersuchte die Fährte. Im Staub waren zwei riesige Tatzenabdrücke zu erkennen, daneben sah man eine Lache dunklen Bluts, das inzwischen trocken und rissig geworden war. Während er sich umsah, rekonstruierte er in Gedanken die Attacke. Es war ziemlich eindeutig, was geschehen war: Der Mann war aus dem Unterholz gezerrt, niedergeworfen, gebissen worden. Die ersten Berichte trafen zu. Der Staub zeigte, wo der Löwe das wild um sich schlagende Opfer zurück ins Unterholz gezerrt und dabei eine Blutspur hinterlassen hatte.

Pendergast erhob sich. »Also, so kann's klappen: Ich bleibe knapp drei Meter hinter Jason, ein wenig links von ihm. Helen wiederum geht knapp drei Meter hinter mir, aber rechts von Jason. Und Sie, Wilson, Sie gehen einfach hinter uns.« Pendergast warf seiner Frau einen Blick zu, die knapp und zustimmend nickte.

»Wenn es so weit ist«, fuhr er fort, »machen wir Zeichen, uns die Waffen zu bringen – mit geschlossenen Sicherheitsriegeln. Und nehmen Sie von meiner Büchse den Gurt ab. Ich möchte nicht, dass er sich im Unterholz verfängt.«

»Mein Gurt bleibt dran«, sagte Helen entschlossen.

Wilson Nyala nickte mit seinem knochigen Kopf.

Pendergast streckte den Arm aus. »Mein Gewehr bitte.«

Wilson reichte es ihm. Pendergast öffnete den Verschluss, untersuchte den Lauf, schob zwei Teilmantelgeschosse 465 Nitro Express – groß wie Macanudos-Zigarren – in die Läufe, schloss die Jagdbüchse, verriegelte sie, vergewisserte sich, dass die Sperre vor war, und reichte sie Nyala zurück. Helen tat das Gleiche mit ihrer Jagdbüchse und lud sie mit 500/416ern, oben gerundeten Teilmantelgeschossen.

»Das ist ein ziemlich großes Gewehr für eine zarte Frau«, sagte Woking.

»Ich finde große Waffen recht anziehend«, erwiderte Helen.

»Also, ich kann dazu nur eines sagen«, fuhr Woking fort. »Ich bin heilfroh, dass ich diesem Menschenfresser nicht in den Busch folgen muss, ob nun mit oder ohne großem Gewehr.«

»Haltet die Formation ›Langes Dreieck‹ so eng wie möglich, solange wir vorrücken«, sagte Pendergast und blickte von Mfuni zu Nyala und wieder zurück. »Der Wind ist auf unserer Seite. Gesprochen wird nur, wenn es absolut notwendig ist. Verwendet Handzeichen. Lasst die Taschenlampen hier.«

Alle nickten. Rasch verflog die Stimmung der aufgesetzten Fröhlichkeit. Schweigend warteten sie, bis die Sonne so hoch stand, dass das Unterholz in ein schwaches, bläulich schimmerndes Halbdunkel getaucht war. Dann bedeutete Pendergast Mfuni loszugehen.

Der Fährtenleser betrat, den Speer in der Hand, das Buschwerk und folgte der Blutspur. Der Pfad entfernte sich vom Fluss und führte durch dichtes Dornengestrüpp und durchgewachsene Mopane-Sträucher an einem kleinen Seitenarm des Luangwa namens Chitele entlang. Sie gingen langsam und folgten der Spur, die das Gras und das Laub durchzog. Der Fährtenleser blieb stehen und wies mit dem Speer auf ein Dickicht aus flachgedrücktem Gras. Dort war eine große, mit Blut befleckte Fläche zu sehen, noch feucht, das Laub ringsum war mit arteriellem Blut vollgespritzt. Hier hatte der Löwe sein Opfer das erste Mal abgelegt und zu fressen begonnen, während es noch lebte und bevor auf ihn geschossen wurde.

Jason Mfuni beugte sich vor und hielt schweigend einen Gegenstand hoch: die Hälfte eines Unterkieferknochens, samt Zähnen, abgenagt an den Rändern und sauber geleckt. Schweigend schaute Pendergast darauf. Mfuni legte den Knochen wieder hin und zeigte auf eine Bresche in der Mauer aus Vegetation.

Sie gingen weiter, durch diese Lücke und hinein in dichtes grünes Buschwerk. Mfuni blieb alle zwanzig Schritte stehen, um zu lauschen und die Luft zu schnuppern oder einen Blutfleck auf einem Blatt zu untersuchen. Ab diesem Punkt war die Leiche ausgeblutet, und die Blutspur wurde schwächer: Nur noch winzige Schlieren und kleine Flecken waren zu sehen.

Der Fährtenleser blieb zweimal stehen, um auf eine Fläche mit flachgedrücktem Gras zu zeigen. Dort hatte der Löwe den Leichnam abgelegt, um ihn besser mit dem Maul packen zu können, und wieder vom Boden aufgehoben. Der Tag zog schnell herauf, die Sonne erschien über den Baumkronen. Nur war es an diesem Morgen, bis auf das ständige Gesumme der Insekten, ungewöhnlich still und leise.

Mehr als anderthalb Kilometer folgten sie der Fährte des Löwen. Die sengende Sonne stand über dem Horizont, im Unterholz herrschte eine backofenähnliche Hitze, die Tsetse-Fliegen stoben sirrend in Wolken auf. Es roch stark nach Staub und Gras. Schließlich endete der Pfad und führte aus dem Buschland hinaus in eine Salzpfanne unter dem breiten Geäst eines Akazienbaums, auf der sich ein einzelner Termitenhügel wie eine Zinne vor dem weißglühenden Himmel abzeichnete. In der Mitte der Salzpfanne erhob sich ein roter und weißer, von einer laut summenden Wolke aus Fliegen umschwärmter Haufen.

Mfuni ging vorsichtig darauf zu, Pendergast, Helen und der Waffenträger folgten ihm. Schweigend versammelten sie sich um den halb aufgefressenen Leichnam des deutschen Fotografen. Der Löwe hatte den Schädel aufgebrochen, das Gesicht und einen Großteil des Oberkörpers gefressen; übrig geblieben waren zwei völlig unversehrte Beine, sauber geleckt, sowie ein abgetrennter Arm, dessen Faust ein Büschel Mähnenhaare umklammert hielt. Niemand sprach ein Wort. Mfuni beugte sich vor, zog das Mähnenhaar aus der Faust und betrachtete es eingehend. Dann legte er es Pendergast in die Hand. Es war von tiefroter Farbe. Pendergast reichte es weiter an Helen, die es ebenfalls inspizierte und anschließend Mfuni zurückreichte.

Während die anderen in der Nähe der Leiche stehen blieben, umkreiste der Fährtenleser langsam die Trockensenke auf der Suche nach Spuren in der alkalihaltigen Erdkruste. Er legte den Finger an den Mund und zeigte über die Senke in ein *vlei,* eine sumpfige Niederung in der Regenzeit, in der – jetzt, wo die Trockenzeit kurz bevorstand – extrem dichtstehendes, drei bis vier Meter hohes Gras gewachsen war. Mehrere hundert Meter in dem *vlei* stand ein großer, dichter Hain aus Fieberakazien, deren regenschirmähnliche Kronen sich vor dem Horizont abzeichneten. Der Fährtenleser deutete auf die Spur im hohen Gras, die der Löwe bei seinem Rückzug hinterlassen hatte. Mit ernster Miene kehrte er zu den anderen zurück und flüsterte Pendergast ins Ohr: »Da drin.« Dabei zeigte er mit seinem Speer. »Er ruhen.«

Pendergast nickte und warf Helen einen kurzen Blick zu. Sie war noch immer blass, schien aber völlig gefasst zu sein; ihr Blick wirkte kühl und entschlossen.

Nyala, der Waffenträger, war nervös. »Was ist denn?«, fragte Pendergast leise und drehte sich zu ihm um.

Nickend wies er in die Richtung des extrem hohen Grases. »Der Löwe schlau. Zu schlau. Ganz schlechter Ort.«

Pendergast zögerte, er blickte vom Waffenträger zum Fährtenleser, zum hohen Gras und wieder zurück. Dann bedeutete er dem Fährtensucher voranzugehen.

Langsam und verstohlen betraten sie das extrem hohe Gras. Die Sicht betrug jetzt weniger als fünf Meter. Die hohlen Stengel raschelten bei jeder Bewegung, in der stehenden Luft war der süßliche Geruch nach dem von der Sonne erwärmten Gras beinahe erstickend. Ein grünlich schimmerndes Halbdunkel hüllte sie ein, während sie sich weiter in das dichte Gras hineinbegaben. Das Gesumme der Insekten wurde zu einem steten, lauten Brummen.

Je weiter sich die Gruppe dem Hain der Akazienbäume näherte, desto langsamer ging der Fährtenleser; er hob die Hand, zeigte auf seine Nase. Pendergast atmete ein und roch den schwachen, moschusartigen Löwengeruch, überlagert von einem leicht süßlichen Geruch nach Aas.

Der Fährtenleser ging in die Hocke und machte den anderen Zeichen, das Gleiche zu tun. Die Sicht in dem Horstgras war am Boden besser, dort bot sich ihnen eine größere Chance, das gelbbraune Aufblitzen des Löwen zu erkennen, bevor er sich tatsächlich auf sie stürzte. Langsam rückten sie in den Hain der Fieberbäume vor, wobei sie sich in der Hocke fortbewegten. Der getrocknete Schlicksand war hart gebacken wie Fels und wies keinerlei Spuren auf, aber die gebrochenen und geknickten Stengel bewiesen, dass der Löwe hier hindurchgegangen war.

Wieder blieb der Fährtenleser kurz stehen und machte Zeichen, dass sie sich beratschlagen sollten. Pendergast und Helen gingen zu ihm, dann kauerten sie zu dritt in dem dichten Gras, wobei sie gerade so laut flüsterten, dass ihre Stimmen trotz des Insektengesumms zu hören waren.

»Löwe ist irgendwo vor uns. Zwanzig, dreißig Meter. Bewegen sich langsam.« Mfunis Gesichtszüge wirkten faltig vor lauter Sorge. »Vielleicht wir sollten warten.«

»Nein«, flüsterte Pendergast. »Jetzt ist die beste Gelegenheit, ihn zu erwischen. Er hat gerade gefressen.«

Sie rückten vor und gelangten auf eine kleine, offene Fläche ohne Gras, nicht größer als drei Quadratmeter. Der Fährtenleser blieb stehen und schnüffelte die Luft, dann zeigte er nach links. *»Löwe«*, flüsterte er.

Pendergast blickte nach vorn, schaute nach rechts, dann schüttelte er den Kopf und zeigte geradeaus.

Der Fährtenleser runzelte die Stirn und beugte sich vor an Pendergasts Ohr. »Löwe nach links gegangen. Er sehr schlau.«

Pendergast schüttelte weiterhin den Kopf und beugte sich über Helen. »Du bleibst hier«, flüsterte er, so nahe, dass seine Lippen ihr Ohr streiften.

»Aber der Fährtenleser …«

»Der Fährtenleser irrt sich. Du bleibst hier, ich gehe nur ein paar Schritte vor. Wir nähern uns dem hinteren Ende des *vlei.* Der Löwe wird in Deckung bleiben wollen. Wenn ich mich auf ihn zubewege, wird er sich unter Druck gesetzt fühlen. Er könnte losstürmen. Mach dich bereit und halt rechts von mir eine Schussbahn frei.«

Pendergast winkte nach seiner Büchse. Er packte den wegen der Hitze warmen Metalllauf und schob ihn sich unter den Arm. Mit dem Daumen löste er die Sperre und stellte das Nachtsichtgerät auf – ein Korn aus Elfenbein –, damit er im Zwielicht, das hier mitten im Gras herrschte, besser zielen konnte. Nyala reichte Helen ihr Gewehr.

Pendergast betrat das unmittelbar vor ihm liegende dichte Gras, der Fährtenleser folgte ängstlich schweigend, sein Gesicht eine Fratze der Angst.

Pendergast drängte sich durch das Gras und trat dabei mit äußerster Vorsicht auf den steinharten Boden. Gleichzeitig lauschte er auf den ganz besonderen, hustenähnlichen Laut, der den Angriff ankündigte. Er würde Zeit für einen einzigen Schuss haben: ein attackierender Löwe konnte hundert Meter in vier Sekunden zurücklegen. Er fühlte sich sicherer, weil Helen hinter ihm stand; zwei Gelegenheiten, den tödlichen Schuss abzugeben.

Nach zehn Metern blieb er stehen und wartete. Der Fährtenleser stellte sich neben ihn, größtes Unbehagen zeichnete sich in seinen Gesichtszügen ab. Geschlagene zwei Minuten blieben beide Männer reglos stehen. Pendergast lauschte angestrengt, hörte jedoch nur Insekten. Die Jagdbüchse fühlte sich glatt in den schweißnassen Händen an, er schmeckte den alkalischen

Staub auf der Zunge. Ein Windstoß, gesehen, aber nicht gefühlt, fuhr ins Gras in der unmittelbaren Umgebung und erzeugte ein leises Rascheln. Das Insektengesumme wurde leiser und erstarb schließlich ganz. Jetzt war alles völlig still.

Langsam, ohne irgendeinen anderen Körperteil zu bewegen, streckte Mfuni einen Finger aus – abermals neunzig Grad zu seiner Linken.

Pendergast blieb völlig regungslos stehen und folgte der Geste mit den Augen. Während er in den trüben Dunst aus Gras spähte, versuchte er einen Blick auf ein gelbbraunes Fell oder das Leuchten eines bernsteinfarbenen Auges zu erhaschen. Nichts.

Ein leises Husten – und dann ein fürchterliches, die Erde erschütterndes, eruptives Geräusch, ein gewaltiges Brüllen, das wie ein Frachtzug auf sie zukam. Nicht von links, sondern von unmittelbar geradeaus.

Pendergast wirbelte im selben Moment herum, als ein Schemen aus ockerfarbenen Muskeln und rötlichem Fell aus dem Gras hervorbrach, das rosafarbene, mit dolchartigen Zähnen bestückte Maul weit aufgerissen. Er gab einen Schuss mit gewaltigem *Krawumm!* ab, aber weil er keine Zeit gehabt hatte, ruhig zu zielen, sprang der Löwe auf ihn, knapp dreihundert Kilo stinkende Riesenkatze, die ihn zu Boden warf, wobei er spürte, wie sich die Reißzähne in seine Schulter bohrten, so dass er aufschrie, sich unter der erstickenden Körpermasse wand und mit dem freien Arm um sich schlug, um an seine Waffe heranzukommen, die ihm durch den gewaltigen Prankenhieb aus der Hand geschlagen worden war.

Der Löwe hatte sich so gut versteckt, und der Angriff war so schnell und aus der Nähe erfolgt, dass Helen Pendergast erst schussbereit war, als der Löwe sich bereits auf ihren Mann gestürzt hatte. Da war es aber schon zu spät, denn die beiden befanden sich so dicht beieinander, dass sie keinen Schuss riskieren konnte. Sie lief von der Stelle zehn Meter hinter ihrem Mann los und drängte sich durch das hohe Gras, schrie dabei und versuchte, die Aufmerksamkeit des monströsen Löwen auf sich zu ziehen, während sie auf den grässlichen Laut eines gedämpften, feuchten Knurrens zurannte. Als sie am Schauplatz des Geschehens eintraf, bohrte Mfuni dem Löwen gerade seinen Speer in die Eingeweide. Das Tier – größer, als ein Löwe eigentlich wurde – sprang von Pendergast herunter, schlug mit der Pranke nach dem Fährtenleser und riss ihm einen Teil seines Beins ab, dann sprang er mit einem Satz ins Gras, den im Bauch steckenden Speer hinter sich herschleifend.

Helen zielte genau auf den Rücken des fliehenden Löwen und drückte ab, während der Rückschlag der großen 500/416 Nitro Express-Patrone sie heftig durchrüttelte.

Der Schuss war danebengegangen. Der Löwe war verschwunden.

Sie lief zu ihrem Mann. Er war noch bei Bewusstsein. »Nein«, sagte Pendergast. *»Ihn.«*

Sie blickte zu Mfuni. Er lag auf dem Rücken; dort, wo der Wadenmuskel seines rechten Beins an einem Hautfetzen herabhing, spritzte Blut in den Staub.

»O mein Gott.« Sie riss von ihrem Hemd die untere Hälfte ab, drehte den Stoff fest zusammen und schlang ihn oberhalb der durchtrennten Arterie ums Bein. Dann tastete sie nach einem Stock, steckte ihn zwischen Stoff und Bein und drehte ihn, um einen Druckverband anzulegen.

»Jason?«, sagte sie eindringlich. »Halten Sie durch! *Jason!*«

Sein Gesicht glänzte vor Schweiß, seine Augen waren weit aufgerissen und zitterten leicht.

»Halten Sie den Stock hier fest. Lockern Sie den Verband, wenn das Bein anfängt, sich taub anzufühlen.«

Die Augen des Fährtenlesers weiteten sich. »Misses, der Löwe kommt zurück.«

»Halten Sie einfach den –«

»Er kommt zurück!« Mfuni brach vor Todesangst die Stimme.

Sie ignorierte ihn und widmete sich ihrem Mann. Er lag auf dem Rücken, sein Gesicht war grau. Seine Schulter wirkte deformiert und war von verklumptem Blut überzogen. »Helen«, sagte er mit rauher Stimme und versuchte aufzustehen. »Hol deine Waffe. *Sofort.*«

»Aloysius –«

»Um Himmels willen, hol dein Gewehr!«

Es war zu spät. Unter ohrenbetäubendem Gebrüll brach der Löwe erneut aus der Deckung, ein Wirbel aus Staub und herumfliegendem Gras stob auf, und dann war er auf ihr. Helen schrie auf und wollte ihn abwehren, aber da packte er sie auch schon am Arm. Als der Löwe seine Zähne in Helen schlug, hörte man einen Knochen brechen. Das Letzte, was Pendergast von ihr sah, ehe er ohnmächtig wurde, war, wie sie wild um sich schlagend und schreiend ins hohe Gras fortgezerrt wurde.

4

Pendergast tauchte aus seiner Ohnmacht auf und nahm die Welt ringsum wahr. Er lag in einem der *rondevaals.* Das ferne Knattern von Hubschrauberrotoren drang durch das Strohdach der Hütte und wurde rasch lauter.

Er setzte sich auf, stieß einen Schrei aus und sah, wie Woking, der Distriktskommissar, von dem Stuhl aufsprang, auf dem er am anderen Ende der Hütte gesessen hatte.

»Überanstrengen Sie sich nicht. Der Rettungshubschrauber ist schon da, es wird sich um alles gekümmert …«

Pendergast setzte sich mühsam auf. »Meine Frau! Wo ist sie?«

»Seien Sie ein braver Junge und –«

Pendergast schwang die Beine aus dem Bett und blieb unsicher auf wackeligen Beinen stehen, angetrieben von reinem Adrenalin. »Meine *Frau*, Sie Dreckskerl!«
»Wir waren machtlos, sie ist einfach fortgezerrt worden, einer unserer Leute war ohne Besinnung, und der andere war am Verbluten …«
Pendergast wankte zur Tür der Hütte. Seine Büchse war da, sie stand im Gestell. Er packte sie, klappte sie auf, sah, dass noch eine Patrone drin war.
»Was in Gottes Namen machen Sie denn da?«
Pendergast klappte die Büchse zu und richtete sie auf den Distriktskommissar. »Aus dem Weg!«
Woking trat beiseite. Taumelnd trat Pendergast aus der Hütte. Die Sonne stand tief am Himmel. Zwölf Stunden waren vergangen. Der Distriktskommissar kam, wild mit den Armen gestikulierend, hinter ihm hergelaufen. »Hilfe! Ich brauche Hilfe! Der Mann ist verrückt geworden!«
Pendergast rannte durch die Bresche im Unterholz und kämpfte sich durch das hohe Gras, bis er den Trampelpfad gefunden hatte. Die vereinzelten Rufe aus dem hinter ihm liegenden Camp waren nicht mehr zu hören. Ohne auf seine Schmerzen zu achten, stürmte er den Trampelpfad mit den Blutspuren entlang und schob dabei das Gestrüpp zur Seite. Fünf Minuten vergingen, zehn, dann fünfzehn – und dann stand er plötzlich in der Salzpfanne. Dahinter lagen das *vlei*, das dichtstehende Gras, der Hain der Akazienbäume. Er holte tief Luft, und dann lief er taumelnd über die Trockensenke und ins Gras hinein, schwenkte dabei seine Waffe mit dem guten Arm hin und her, um sich einen Weg zu bahnen, worauf die Vögel über ihm ob der Ruhestörung kreischten. Seine Lunge schmerzte, sein Arm war blutüberströmt. Trotzdem rückte er weiter vor, aus der aufgerissenen Schulter stark blutend, unartikulierte Laute ausstoßend. Und dann blieb er stehen und verstummte. Vor ihm

im Gras lag etwas, klein, blass, auf dem brettharten Schlickboden. Er starrte darauf herab. Es war eine abgetrennte Hand – eine menschliche Hand, an deren Ringfinger ein Stern-Saphir steckte.

Mit einem tierähnlichen Aufschrei der Wut und Trauer schritt Pendergast taumelnd weiter und stürmte aus dem hohen Gras auf eine offene Fläche, wo der Löwe, dessen Mähne rot strahlte, kauerte und seelenruhig fraß. Pendergast erfasste das Grauen mit einem Blick: die Knochen mit den Fleischfetzen, den Hut seiner Frau, die zerrissene Khakikleidung und dann plötzlich den Geruch, den schwachen Duft ihres Parfüms, der sich mit dem Gestank der Großkatze verband.

Als Letztes sah er Helens Kopf. Er war vom Körper abgetrennt, ansonsten jedoch – welch grausame Ironie! – unversehrt verglichen mit dem Rest. Blicklos starrten Helens blau-violette Augen zu ihm herauf.

Pendergast ging wankend bis auf zehn Meter Entfernung an den Löwen heran. Der hob seinen riesigen Kopf, leckte sich mit der Zunge über die blutigen Lefzen und sah ihn seelenruhig an. Während er stoßweise Luft holte, hob Pendergast mit seinem unverletzten Arm die Holland & Holland, stützte sie mit dem verletzten Arm und nahm den Löwen über das Elfenbein-Korn ins Visier. Und drückte ab. Das gewaltige Geschoss mit einer Mündungsenergie von 6600 Joule traf den Löwen genau zwischen die Augen, etwas oberhalb von ihnen, so dass der Kopf sich ähnlich einer Sardinenbüchse öffnete und das Schädeldach in einem roten Sprühnebel aufplatzte. Der mächtige, rotmähnige Löwe rührte sich kaum; er sank bloß auf seine Beute herab und blieb dann reglos liegen.

Ringsum in den ausgedörrten Fieberbäumen kreischten Tausende Vögel.

In der Gegenwart

5

St. Charles Parish, Louisiana

Langsam glitt der Rolls-Royce Silver Shadow über die kreisförmige Auffahrt, wobei das vernehmliche Knirschen der Kieselsteine unter den Reifen hier und da von kleinen Stellen mit Fingerhirse gedämpft wurde. Dem Rolls folgte ein metallicsilberner Mercedes neueren Baujahrs. Schließlich hielten beide Autos vor einem großen, neoklassizistischen Plantagenhaus, das von uralten, mit Spanischem Moos behängten Schwarzeichen umstanden war. Eine kleine, an die Fassade angeschraubte Bronzeplakette verkündete, dass das Herrenhaus unter dem Namen Penumbra bekannt war, im Jahre 1821 von der Familie Pendergast erbaut worden war und im Verzeichnis der Kulturdenkmäler der Vereinigten Staaten aufgeführt wurde.

A. X. L. Pendergast stieg aus dem Fond des Rolls und nahm seine Umgebung in Augenschein. Es war ein später Nachmittag Ende Februar. Das weiche Licht, das die griechischen Säulen umspielte, warf goldene Lichtstreifen auf die überdachte Veranda. Ein leichter Nebel trieb über den verwilderten Rasen und das Unkraut im Garten. Hinter dem Haus sangen Zikaden schläfrig in den Hainen der Sumpfzypressen und den Mangrovensümpfen. Die Kupferleisten an den Balkonen im ersten Stock waren von einer dicken Schicht Grünspan überzogen. Kleine abgeplatzte Placken weißer Farbe wölbten sich von den Säulen. Haus und Anlage verströmten eine Atmosphäre der Feuchtigkeit, Vergessenheit und Vernachlässigung.

Ein sonderbarer Gentleman, klein und untersetzt, gekleidet in einen schwarzen Cutaway und mit einer weißen Nelke im Knopfloch, stieg aus dem Mercedes. Er wirkte mehr wie ein Oberkellner eines englischen Herrenclubs zu Beginn des 20. Jahrhunderts und weniger wie ein Rechtsanwalt aus New

Orleans. Trotz des Sonnenlichts trug er einen fest eingerollten Regenschirm akkurat unter den Arm geklemmt. In der anderen, rehbraun behandschuhten Hand hielt er eine Alligatorenhaut-Aktentasche. Er setzte seinen Bowler auf und tippte kurz darauf.

»Mr. Pendergast. Wollen wir?« Der Rechtsanwalt zeigte auf einen überwucherten, rechts vom Haus liegenden und von einer Hecke umschlossenen Baumgarten.

»Selbstverständlich, Mr. Ogilby.«

»Vielen Dank.« Der Anwalt ging mit raschen Schritten voran und fegte dabei mit seinen Budapester Schuhen durchs feuchte Gras. Pendergast folgte langsameren Schritts und weniger zielstrebig. Als Mr. Ogilby vor einer Pforte in der Hecke ankam, schob er sie auf. Gemeinsam betraten sie den Baumgarten. Kurz darauf blickte Ogilby verschmitzt lächelnd zurück und sagte: »Kommen Sie, halten wir Ausschau nach dem Gespenst!«

»Ja, das wäre spannend«, sagte Pendergast, ebenso scherzhaft.

Der Anwalt ging rasch weiter auf dem einst mit Kies bestreuten, heute aber mit Unkraut überwucherten Weg. Hinter einer großen Hemlocktanne war ein rostiger Eisenzaun zu sehen, der ein kleines Stück Land umschloss. Hier und da ragten Grabsteine aus Schiefer und Marmor aus dem Gras, einige aufrecht stehend, andere geneigt.

Vor einem der größeren Grabsteine blieb Ogilby, dessen schwarze, mit Bügelfalten versehene Hose inzwischen klitschnass war, stehen, wandte sich um und wartete, die Aktentasche mit beiden Händen umklammernd, bis sein Mandant zu ihm aufschloss. Pendergast ging, sich über das blasse Kinn streichend, nachdenklich auf dem privaten Friedhof umher, bis er schließlich neben dem picobello gekleideten Anwalt stehen blieb.

»Also! Da wären wir wieder!«

Pendergast nickte abwesend. Er kniete sich hin, schob das Gras von der Vorderseite des Grabsteins weg und las laut vor:

Hic Iacet Sepultus
Louis de Frontenac Diogenes Pendergast
2. April 1899 – 15. März 1975
Tempus Edax Rerum

Ogilby, der hinter Pendergast stand, stellte seine Aktentasche auf dem Grabstein ab, löste die Verschlüsse, hob den Deckel an und zog ein Schriftstück heraus. Dann legte er es auf den ein wenig kippelig auf dem Grabstein liegenden Aktenkoffer.

»Mr. Pendergast?« Er hielt ihm einen schweren silbernen Füllfederhalter hin.

Pendergast unterzeichnete das Schriftstück.

Ogilby nahm den Füllfederhalter zurück, setzte seine schwungvolle Unterschrift unter das Dokument, versah es mit einem Notarssiegel, datierte es und steckte es wieder in die Aktentasche. Dann klappte er sie zu und schloss sie ab.

»Fertig! Hiermit wird Ihnen bescheinigt, dass Sie das Grab Ihres Großvaters besucht haben. Und somit werde ich Ihnen die Zuwendungen aus der Stiftung der Familie Pendergast auch weiterhin auszahlen, zumindest bis auf weiteres.« Er lachte auf.

Pendergast erhob sich, worauf Ogilby ihm sein kleines Händchen hinhielt. »Es war mir ein Vergnügen, Mr. Pendergast. Und in fünf Jahren werde ich doch wohl abermals das Vergnügen haben, mit Ihnen zusammenzutreffen?«

»Das Vergnügen ist ganz auf meiner Seite – und wird es immer bleiben«, erwiderte Pendergast und lächelte ironisch.

»Ausgezeichnet! Dann mache ich mich jetzt auf den Rückweg in die Stadt. Fahren Sie auch zurück?«

»Ich schaue noch einmal kurz bei Maurice vorbei. Er wäre todtraurig, wenn er erführe, dass ich wieder weggefahren bin, ohne ihm einen Besuch abgestattet zu haben.«

»Ganz recht, ganz recht! Wenn man sich vorstellt, dass er sich nun schon seit – wie vielen Jahren: zwölf? – ohne fremde Hilfe um Penumbra kümmert. Wissen Sie, Mr. Pendergast …« Ogilby beugte sich vor und senkte die Stimme, so, als wolle er ein Geheimnis ausplaudern. »Sie sollten das Haus wirklich renovieren lassen. Sie könnten ein hübsches Sümmchen dafür bekommen – ein wirklich hübsches Sümmchen! Plantagenhäuser aus der Zeit vor dem Bürgerkrieg sind derzeit groß in Mode. Man könnte es doch in eine charmante kleine Pension umwandeln!«

»Vielen Dank, Mr. Ogilby, aber ich werde das Haus noch eine Weile länger behalten, glaube ich.«

»Wie Sie wünschen, wie Sie wünschen! Aber halten Sie sich nach Einbruch der Dunkelheit nicht mehr draußen auf – Sie wissen schon, bei den vielen Familiengespenstern.« Ogilby ging mit langen Schritten davon, vor sich hin kichernd, die Aktentasche schwingend; bald war er verschwunden, so dass Pendergast allein an dem Familiengrab zurückblieb. Er hörte, wie der Mercedes gestartet wurde, hörte, wie das Knirschen auf dem Kies leiser wurde.

Er spazierte noch einige Minuten auf dem Friedhof umher und las dabei die Inschriften auf den Grabsteinen. Jeder Name weckte Erinnerungen, eine seltsamer und exzentrischer als die andere. Viele der sterblichen Überreste stammten von Familienangehörigen, die nach dem Brand aus den Ruinen der Kellerkrypta der Pendergastschen Villa in der Dauphine Street exhumiert worden waren; andere Vorfahren hatten den Wunsch geäußert, in ihrer alten Heimat die letzte Ruhe zu finden.

Das goldene Licht verblasste, die Sonne versank hinter den Bäumen. Langsam zogen aus Richtung des Mangrovensumpfs fahle Nebelschwaden über die Rasenfläche. Die Luft roch nach Grün, Moos und Farnkraut. Schweigend und reglos stand Pendergast lange auf dem Friedhof, während der Abend sich über das Land senkte. Der gelbliche Schein von Lampen, die in den

Fenstern des Plantagenhauses angingen, fiel durch die Bäume des Arboretums. Der Geruch nach brennendem Eichenholz lag in der Luft; ein Geruch, der unweigerlich Erinnerungen an Kindheitssommer zurückbrachte. Als Pendergast aufblickte, sah er, dass aus einem der großen Backsteinschornsteine des Herrenhauses träge eine blaue Rauchfahne emporstieg. Er verließ den Friedhof, durchquerte den Baumgarten und gelangte zur überdachten Veranda, deren wellig verzogene Dielen unter seinen Schritten knarrten.

Er klopfte an, trat einen Schritt zurück und wartete. Ein Knarren von drinnen; das Geräusch langsamer Schritte; ein kompliziertes Entfernen von Riegeln und Ketten; dann endlich schwang die große Tür auf, und vor ihm stand ein gebeugter alter Mann von unbestimmbarer Rasse, gekleidet in eine uralte Butler-Uniform, mit ernstem Gesicht. »Master Aloysius«, sagte er höflich und zurückhaltend, ohne sogleich die Hand auszustrecken.

Pendergast streckte seine Hand aus, worauf der alte Mann einschlug. Die knorrige alte Hand wurde freundlich geschüttelt. »Maurice, wie geht es Ihnen?«

»Mittelprächtig«, antwortete der alte Mann. »Ich habe gesehen, wie die Wagen vorgefahren sind. Ein Glas Sherry in der Bibliothek, Sir?«

»Ja, das wäre schön, danke.«

Maurice wandte sich um und ging langsam durch die Eingangshalle in Richtung Bibliothek. Pendergast folgte ihm. Im Kamin prasselte ein Feuer, weniger um Wärme zu spenden, sondern um die Feuchtigkeit aus dem Zimmer zu vertreiben.

Unter Gläserklirren hantierte Maurice auf der Anrichte, schenkte ein kleines Sherry-Glas voll, stellte es auf ein silbernes Tablett und trug es höchst zeremoniell zu Pendergast hinüber. Der nahm das Glas, nippte daran und blickte sich dann um. Nichts hatte sich zum Guten verändert. Die Tapete war stockfleckig, in den Ecken lagen Staubflusen. Seit seinem letzten Besuch in Penumbra vor fünf Jahren war es mit dem Haus sichtlich bergab gegangen.

»Es wäre schön, wenn Sie mich einen Hausmeister einstellen ließen, der im Hause wohnt, Maurice. Und eine Köchin. Das würde Ihnen viel von Ihrer Last abnehmen.«

»Unsinn! Ich bin auch ohne fremde Hilfe in der Lage, mich um das Haus kümmern.«

»Ich bezweifle, dass Sie hier allein sicher sind.«

»Nicht sicher? Natürlich ist das Haus sicher. Nachts ist es immer gut verriegelt.«

»Gewiss.« Pendergast trank einen kleinen Schluck Sherry, ein ausgezeichneter trockener Oroloso. Ein wenig träge überlegte er, wie viele Flaschen in dem weitläufigen Keller wohl noch lagerten. Vermutlich sehr viel mehr, als er in seinem Leben trinken konnte, von dem Wein, dem Port und dem guten alten Cognac ganz zu schweigen. Im Laufe der Zeit waren die Seitenzweige seiner Familie ausgestorben, weswegen sich die verschiedenen Weinkeller – wie auch der Reichtum – bei ihm, dem letzten überlebenden Angehörigen der Familie mit klarem Verstand, angesammelt hatten.

Er trank noch einen Schluck und stellte das Glas ab. »Maurice, ich sehe mich mal im Haus um. Um der alten Zeiten willen.«

»Jawohl, Sir. Ich bin hier, falls Sie mich brauchen.«

Pendergast erhob sich, öffnete die Kassettentür und betrat die Eingangshalle. Eine Viertelstunde lang spazierte er durch die Räume im Erdgeschoss: die leere Küche und die leeren Wohnräume, der Salon, die Speisekammer und der Gesellschaftsraum. Das Haus roch ein wenig wie in seiner Kindheit – nach Möbelpolitur, altem Eichenholz und, unendlich fern, dem Parfüm seiner Mutter; das alles überlagert von einem sehr viel neueren Geruch nach Feuchtigkeit und Schimmel. Jeder Gegenstand, jedes Figürchen und Gemälde, jeder Briefbeschwerer und silberne Aschenbecher stand an seinem Platz, und jedes kleine Objekt barg Tausende Erinnerungen an längst verstorbene Menschen, an Hochzeiten und Taufen und Begräbnisfeiern, an Cocktailpartys und Maskenbälle und Kinder, die unter den warnenden Rufen ihrer Tanten über die Flure liefen.

Vergangen, alles vergangen.

Er ging die Treppe ins Obergeschoss hinauf. Hier führten zwei Flure zu den Schlafzimmern in den gegenüberliegenden Flügeln des Hauses, wobei der obere Salon geradeaus hinter einem bogenförmigen, von zwei Elefanten-Stoßzähnen bewachten Durchgang lag.

Pendergast betrat das Wohnzimmer. Auf dem Boden lag ein Zebrafell, über dem großen Kamin schmückte der Kopf eines Kapbüffels die Wand und blickte mit seinen Glasaugen auf ihn herab. An den Wänden hingen weitere Trophäen: Kudu, Buschbock, Hirsch, Reh, Hirschkuh, Wildschwein, Elch.

Pendergast verschränkte die Hände hinter dem Rücken und ging langsam auf und ab. Und während er die Trophäensammlung betrachtete, diese Wächter der Erinnerung an lang zurückliegende Ereignisse, kehrten seine Gedanken unwiderstehlich zu Helen zurück. In der vergangenen Nacht hatte ihn der alte Albtraum – so klar und furchterregend wie stets – erneut heimgesucht, und noch jetzt verspürte er seine bösartigen Nachwirkungen, ähnlich wie ein Geschwür in der Magengrube. Vielleicht konnte ja dieses Zimmer diesen besonderen Dämon austreiben, zumindest eine Zeitlang. Ganz verschwinden würde er natürlich nie.

Auf der gegenüberliegenden Seite, vor der Wand, stand der abgeschlossene Waffenschrank, der seine Jagdwaffen enthielt. Es war ein wüster, blutrünstiger Sport, ein 32,4 Gramm schweres Metallprojektil mit siebenhundert Metern pro Sekunde in ein Wildtier zu treiben, und er wunderte sich, warum er sich zur Jagd hingezogen fühlte. Aber es war Helen gewesen, die die

Jagd wahrhaft geliebt hatte. Ein seltsames Hobby für eine Frau, aber sie war ja eine ungewöhnliche Frau gewesen. Eine außergewöhnliche Frau.

Durch den geriffelten, staubigen Glaseinsatz fiel sein Blick auf Helens Krieghoff-Doppelbüchse. Die erlesen gravierten Seitenplatten waren mit Silber und Gold eingelegt, der Schaft aus Walnussholz glänzte vom häufigen Gebrauch. Die Krieghoff war sein Hochzeitsgeschenk gewesen, unmittelbar bevor Helen und er zur Flitterwochen-Safari aufgebrochen waren, auf Kapbüffel in Tansania. Ein wunderschönes Objekt, der Preis lag im sechsstelligen Bereich, nur die feinsten Hölzer und Edelmetalle waren verwendet worden – und dennoch diente es einem höchst grausamen Zweck.

Während Pendergasts Blick darauf ruhte, fiel ihm an der Mündung des Laufs ein schmaler Streifen Rost auf.

Er schritt zur Tür des Salons und rief die Treppe hinunter: »Maurice? Würden Sie mir bitte den Schlüssel zum Waffenschrank bringen?«

Nach einer Weile erschien Maurice in der Eingangshalle. »Jawohl, Sir.« Er wandte sich um und verschwand wieder. Augenblicke später stieg er langsam die knarrende Treppe herauf, einen eisernen Schlüssel in der geäderten Hand. Ein wenig ächzend ging er an Pendergast vorbei und blieb vor dem Waffenschrank stehen, schob den Schlüssel ins Schloss und drehte ihn.

»Bitte schön, Sir.« Pendergast verzog keine Miene, doch es freute ihn, dass er in Maurice ein Gefühl des Stolzes verspürte: weil er den Schlüssel griffbereit hatte, zu Diensten war.

»Vielen Dank, Maurice.«

Maurice verließ mit kurzem Nicken den Raum.

Pendergast griff in den Waffenschrank und umfasste den kalten, metallenen Doppellauf. Seine Finger kribbelten, schon allein deshalb, weil es Helens Waffe war. Aus irgendeinem

Grund schlug sein Herz schneller, zweifellos die nachklingenden Wirkungen seines Albtraums. Er nahm die Jagdbüchse aus dem Schrank und legte sie auf den Refektoriumstisch in der Mitte des Zimmers. Aus einer Schublade unten im Waffenschrank zog er die Utensilien zur Waffenreinigung hervor und legte sie neben die Waffe. Dann wischte er sich die Hände sauber, nahm das Gewehr zur Hand, klappte den Verschluss auf und spähte in beide Läufe.

Er wunderte sich ein wenig: Der rechte Lauf war stark verschmutzt; der linke sauber. Er legte das Gewehr auf den Tisch zurück und überlegte. Wieder trat er auf den Flur.

»Maurice?«

Wieder erschien der alte Diener. »Ja, Sir?«

»Wissen Sie, ob seit … dem Tod meiner Frau jemand mit der Krieghoff geschossen hat?«

»Es war Ihr ausdrücklicher Wunsch, Sir, dass niemand die Büchse benutzt. Ich selbst verwahre den Schlüssel. Seitdem ist kein Mensch auch nur in die Nähe des Waffenschranks gekommen.«

»Vielen Dank, Maurice.«

»Gern geschehen, Sir.«

Pendergast ging in den Salon zurück, doch diesmal schloss er die Tür hinter sich. Aus einem Schreibtisch zog er ein altes Blatt Briefpapier hervor, das er auf den Tisch legte. Dann steckte er eine Bürste in den rechten Lauf, schob ein wenig von den Schmutzpartikeln auf das Blatt Papier und betrachtete sie eingehend: Stückchen und kleine Flocken von einer verbrannten, papierähnlichen Substanz. Schließlich griff er in die Außentasche seines Jacketts und zog die Lupe hervor, die er stets bei sich trug, klemmte sie sich in die Augenhöhle und betrachtete die Teilchen eingehend. Kein Zweifel, es handelte sich um die versengten, verkohlten Reste von Schusspflaster.

Aber das Kaliber-500/416-NE-Geschoss enthielt kein Schuss-

pflaster, nur die Kugel, die Hülse und die Treibladung. Eine solche Patrone, selbst eine defekte, hätte niemals eine derartige Verschmutzung hinterlassen.
Pendergast untersuchte den linken Lauf, er war sauber und gut geölt. Mit Hilfe der Reinigungsbürste schob er einen Lappen durch den Lauf. Hier war keinerlei Verunreinigung zu erkennen.
Pendergast richtete sich auf, plötzlich hellwach. Das letzte Mal war die Waffe an jenem schrecklichen Tag abgefeuert worden. Er zwang sich, an damals zurückzudenken. Was er im Wachzustand um jeden Preis vermied. Doch sobald er sich erinnerte, fiel es ihm nicht schwer, die Einzelheiten abzurufen. Jeder Augenblick jener Jagd war auf ewig in sein Gedächtnis eingebrannt.
Helen hatte die Waffe nur einmal abgefeuert. Die Krieghoff hatte zwei Abzüge, einer hinter dem anderen. Der vordere Abzug betätigte den rechten Lauf und war zugleich derjenige, der in der Regel zuerst betätigt wurde. Es war der Abzug, den Helen betätigt hatte. Und dieser Schuss hatte den rechten Lauf verunreinigt.
Bei diesem einzigen Schuss hatte Helen den sogenannten Roten Löwen verfehlt. Pendergast hatte das immer darauf zurückgeführt, dass die Kugel durch das Buschwerk abgelenkt worden war, vielleicht war Helen auch zu aufgeregt gewesen.
Doch Helen ließ sich ihre innere Erregung niemals anmerken, nicht einmal unter den extremsten Umständen. Sie schoss kaum einmal daneben. Und sie hatte auch beim letzten Mal nicht danebengeschossen … besser gesagt: hätte nicht danebengeschossen, wenn der rechte Lauf geladen gewesen wäre.
Aber der Lauf war nicht mit einem echten Projektil geladen gewesen, sondern mit einer Platzpatrone.
Damit eine Platzpatrone ein ähnliches Geräusch und einen ähnlichen Rückschlag erzeugte, musste sie einen großen, festen

Pfropfen haben, der den Lauf auf genau die Art und Weise verunreinigte, wie er es gerade eben gesehen hatte.
Wäre Pendergast ein Mann von geringerer Selbstbeherrschung gewesen, so hätten die Stützen seiner geistigen Gesundheit unter der emotionalen Intensität seiner Gedanken möglicherweise nachgegeben. An jenem Morgen, unmittelbar bevor sie in den Busch loszogen, um den Löwen zu suchen, hatte Helen die Waffe im Camp mit 500/416-NE-Teilmantelgeschossen geladen. Er war sich da absolut sicher, er hatte es mit eigenen Augen gesehen. Und er wusste auch, dass es echte Projektile gewesen waren, keine Platzpatronen – niemand, vor allem nicht Helen, würde eine Platzpatrone mit Pfropfen mit einem Zwölf-Unzen-Projektil verwechseln. Er erinnerte sich ganz deutlich daran, wie Helen die abgerundeten Köpfe der beiden Teilmantelgeschosse in die Gewehrläufe schob.
Zwischen dem Zeitpunkt, als Helen die Krieghoff mit den Teilmantelgeschossen lud, und dem Zeitpunkt, als sie schoss, hatte irgendjemand die nicht abgefeuerten Patronen entfernt und gegen Platzpatronen ausgetauscht. Und dann hatte jemand nach der Jagd die beiden Platzpatronen – die eine abgefeuert, die andere nicht – entfernt, um den Austausch zu vertuschen. Aber diese Person hatte einen kleinen Fehler begangen: Sie hatte den Lauf, aus dem geschossen worden war, nicht gesäubert, so dass die beweiskräftige Verunreinigung zurückgeblieben war.
Pendergast setzte sich auf dem Stuhl zurück und hob eine Hand – die ganz leicht zitterte – an den Mund.
Helen Pendergast hatte ihr Leben nicht durch einen tragischen Unfall verloren. Sondern durch einen Mord.

6

New York City

Vier Uhr nachmittags, Samstag. Lieutenant Vincent D'Agosta drängelte sich durch die Menschenmenge, duckte sich unter dem Absperrband hindurch und ging zu jener Stelle, wo der Leichnam ausgestreckt auf dem Bürgersteig lag, vor einem der zahllosen, praktisch identischen indischen Restaurants in der East 6. Street. Unter der Leiche hatte sich eine große Blutlache gebildet, in der sich die roten und violetten Neonlichter im schmutzigen Fenster des Restaurants surreal glänzend spiegelten.

Auf den Täter war mindestens ein Dutzend Mal geschossen worden. Und jetzt war er tot. Mausetot. Er lag zusammengesackt auf der Seite, der eine Arm war weit zur Seite ausgestreckt, seine Waffe lag etwa sieben Meter entfernt. Jemand von der Spurensicherung vermaß gerade die Entfernung von der offenen Hand bis zur Waffe.

Bei dem Toten handelte es sich um einen dürren Weißen, Anfang dreißig, dünnes Haar. Wie er so dalag, erinnerte er D'Agosta an einen durchgebrochenen Stock; die Beine waren schräg abgewinkelt, das eine Knie war an die Brust gezogen, das andere nach außen und hinten gedreht, die Arme ausgebreitet. Die beiden Streifenpolizisten, die geschossen hatten, ein dicker Schwarzer und ein drahtiger Latino, standen ein wenig abseits und redeten mit jemandem vom Dezernat Interne Ermittlungen.

D'Agosta ging hinüber, nickte dem Beamten aus dem Dezernat zu und umfasste die Hände der beiden Polizisten. Sie fühlten sich schwitzig an, so als wären die Männer nervös.

Ist schon verdammt hart, dachte er, einen Menschen getötet zu haben. Im Grunde kommt man nie richtig darüber hinweg.

»Lieutenant«, sagte einer der Polizisten hastig, begierig, einem weiteren Zuhörer nochmals alles zu berichten, »der Typ hatte gerade mit gezückter Waffe das Restaurant ausgeraubt und ist die Straße runtergelaufen. Wir haben uns ausgewiesen, unsere Dienstmarken gezeigt, und da hat er auf uns geschossen, der Scheißkerl hat einfach sein Magazin geleert, im Laufen. Zivilisten waren auf der Straße, wir hatten keine andere Wahl, wir *mussten* ihn niederschießen. *Keine Wahl*, Mann, keine Wahl …«

D'Agosta legte dem Beamten die Hand auf die Schulter, drückte sie freundschaftlich und blickte auf sein Namensschild. »Ocampo, regen Sie sich nicht auf. Sie haben getan, was Sie tun mussten. Die interne Untersuchung wird das erweisen.«

»Ich meine, der hat einfach losgeballert, so als gäbe es kein Morgen …«

»Für ihn wird es keines geben.« D'Agosta trat mit dem Beamten vom Dezernat Interne Ermittlungen ein paar Schritte zur Seite. »Irgendwelche Probleme?«

»Ich glaube nicht, Sir. Heutzutage kommt es natürlich immer zu einer Anhörung. Aber der Fall ist glasklar.« Er klappte sein Notizbuch zu.

D'Agosta senkte die Stimme. »Sorgen Sie dafür, dass die beiden Beamten psychologische Betreuung bekommen. Und stellen Sie auch sicher, dass sie sich mit den Gewerkschafts-Anwälten treffen, bevor sie weitere Aussagen machen.«

»Wird gemacht.«

D'Agosta blickte nachdenklich auf die Leiche. »Wie viel hat er erbeutet?«

»Zweihundertzwanzig, plus oder minus. Armes Schwein von Drogenabhängigem, sehen Sie sich den doch mal an, der ist völlig abgemagert wegen des Zeugs.«

»Ja, traurig. Haben Sie irgendwelche Ausweispapiere gefunden?«

»Warren Zabriskie, wohnhaft in Far Rockaway.«

D'Agosta schüttelte den Kopf und ließ den Blick über den Tatort schweifen. Die ganze Sache war so unkompliziert, wie man es sich nur wünschen konnte: zwei Streifenpolizisten, beide Angehörige einer Minderheit; der tote Täter ein Weißer; Zeugen ohne Ende; alles von Sicherheitskameras eingefangen. Ein glasklarer Fall. Es würde keine Protestmärsche, keine Anschuldigungen wegen Brutalität seitens der Polizei geben. Der Schütze hatte bekommen, was er verdiente – da würden alle, wenn auch widerstrebend, zustimmen.

D'Agosta sah sich um. Trotz der Kälte hatte sich hinter dem Absperrband eine ziemlich große Menschenmenge gebildet, East-Village-Rocker und Yupsters und Metrosexuelle oder wie immer zum Teufel man diese Leute heutzutage nannte. Das Team von der Spurensicherung beschäftigte sich nach wie vor mit dem Toten, die Sanitäter warteten auf der einen Seite, der Besitzer des ausgeraubten Restaurants wurde von Detectives befragt. Alle gingen ihrer Arbeit nach. Alles im Griff. Ein sinnloser, idiotischer Drecksfall, der einen wahren Sturm von Papierkram, Befragungen, Berichten, Analysen, Beweismittel-Kartons, Anhörungen, Pressekonferenzen auslösen würde. Und das alles wegen zweihundert lausiger Dollar, damit sich ein Junkie einen Schuss setzen konnte.

D'Agosta überlegte gerade, wann er sich wohl auf elegante Weise verabschieden konnte, als er am gegenüberliegenden Ende des abgesperrten Bereichs einen Ruf hörte und einen Aufruhr sah. Jemand hatte sich unter das Absperrband geduckt und ohne Erlaubnis den Tatort betreten. Wütend wandte sich D'Agosta um – und vor ihm stand Special Agent A. X. L. Pendergast, verfolgt von zwei uniformierten Beamten.

»Hallo, Sie …!«, rief einer der Beamten und packte Pendergast grob an der Schulter. Mit einer routinierten Bewegung befreite sich Pendergast, zog seinen Dienstausweis hervor und hielt ihn dem Beamten unter die Nase.

»Was zum Te–?« Der Beamte wich einen Schritt zurück. »Bundespolizei, der Typ ist vom FBI.«

»Was will der denn hier?«, fragte der andere.

»Pendergast!«, rief D'Agosta und trat rasch auf ihn zu. »Was führt Sie denn hierher? Dieser Fall gehört doch nicht gerade zu der Art von –«

Pendergast brachte ihn mit einer heftigen Geste zum Schweigen: Er zog mit der Hand einen Strich durch die Luft zwischen ihnen. In dem vom Neonlicht erhellten Halbdunkel wirkte sein Gesicht so weiß, dass er beinahe wie ein Gespenst aussah. Pendergast war wie stets wie ein wohlhabender Bestattungsunternehmer gekleidet, im für ihn typischen maßgeschneiderten schwarzen Anzug. Nur dass der Agent diesmal irgendwie anders aussah – ganz anders. »Ich muss mit Ihnen sprechen. Sofort.«

»Klar, kein Problem. Sobald ich hier alles unter Dach und Fach –«

»Ich meine *sofort*, *auf der Stelle*, Vincent.«

D'Agosta starrte ihn ungläubig an. Das war gar nicht der coole, entspannte Pendergast, den er so gut kannte. So hatte er ihn noch nie erlebt: wütend, brüsk, mit hastigen Bewegungen. Und nicht nur das. Der sonst stets makellos gebügelte Anzug war zerknittert und zerdrückt, wie er bei näherem Betrachten feststellte.

Pendergast packte ihn am Revers. »Ich muss Sie um einen Gefallen bitten. Um mehr als einen Gefallen. Kommen Sie mit.«

Die vehemente Aufforderung verblüffte D'Agosta derart, dass ihm nichts anderes übrigblieb, als ihr Folge zu leisten. Er verließ den Tatort unter den Blicken seiner Kollegen, folgte Pendergast an der Menschenmenge vorbei und ging die Straße hinunter, dorthin, wo der Rolls-Royce im Leerlauf stand. Am Steuer saß Proctor, der Chauffeur, mit bemüht ausdrucksloser Miene.

D'Agosta musste fast laufen, um mit Pendergast Schritt zu halten. »Sie wissen, ich helfe Ihnen, wie immer ich auch kann –«

»Sagen Sie kein Wort, sprechen Sie nicht, bis Sie sich angehört haben, was ich Ihnen mitzuteilen habe.«

»Sicher, klar«, fügte D'Agosta hastig hinzu.

»Steigen Sie ein.«

Pendergast setzte sich in den Fond, D'Agosta neben ihn. Pendergast zog ein Fach in der Tür auf und klappte eine kleine Bar auf. Dann griff er nach einer Kristallkaraffe, goss drei Fingerbreit Brandy ins Glas und trank die Hälfte davon in einem einzigen Schluck. Schließlich stellte er die Karaffe zurück und wandte sich zu D'Agosta um. Seine silbrigen Augen glitzerten vor Intensität. »Es handelt sich um keine normale Bitte. Wenn Sie es nicht können oder wollen, dann habe ich vollstes Verständnis dafür. Aber Sie dürfen mich nicht mit Fragen belasten, Vincent. Ich habe keine Zeit, ich habe einfach … *keine* … *Zeit.* Hören Sie zu und geben Sie mir dann Ihre Antwort.«

D'Agosta nickte.

»Sie müssen sich vom Dienst beurlauben lassen. Möglicherweise für ein Jahr.«

»Für ein *Jahr?*«

Pendergast kippte den restlichen Brandy hinunter. »Die ganze Sache kann Monate dauern, vielleicht auch nur Wochen. Aber ich kann einfach nicht sagen, wie lange sie uns in Anspruch nehmen wird.«

»Worum geht es bei ›dieser Sache‹?«

Einen Moment lang schwieg Pendergast. »Ich habe Ihnen gegenüber noch nie von meiner verstorbenen Frau Helen gesprochen, nicht wahr?«

»Nein.«

»Sie ist vor zwölf Jahren ums Leben gekommen, als wir in Afrika auf Safari waren. Sie wurde von einem Löwen angegriffen.«

»O Gott, das tut mir leid.«
»Damals habe ich geglaubt, dass es sich um einen schrecklichen Unfall handelte. Heute weiß ich, dass dem nicht so war.«
D'Agosta wartete.
»Heute weiß ich, dass sie ermordet wurde.«
»O Gott.«
»Die Fährte ist kalt. Ich brauche Sie, Vincent. Ich benötige Ihre Fähigkeiten, Ihr Köpfchen, Ihre Kenntnisse der arbeitenden Klasse, Ihre Art zu denken. Sie müssen mir helfen, die Person – oder die Personen –, die das getan hat, ausfindig zu machen. Ich erstattete Ihnen natürlich sämtliche Auslagen und sorge dafür, dass Ihr Gehalt und Ihre Krankenversicherung weitergezahlt werden.«
Es wurde still im Rolls. D'Agosta war wie vor den Kopf gestoßen. Was würde eine Zusage für seine Karriere bedeuten, seine Beziehung zu Laura Hayward … seine Zukunft? Es wäre verantwortungslos. Nein, mehr als das: Es wäre völlig verrückt.
»Handelt es sich um eine offizielle polizeiliche Ermittlung?«
»Nein. Nur wir beide würden ermitteln. Der Mörder kann sich überall auf der Welt verstecken. Wir würden völlig außerhalb des Systems – *jedes* Systems – operieren.«
»Und wenn wir den Mörder finden? Was dann?«
»Dann sorgen wir dafür, dass Recht geschieht.«
»Was bedeutet?«
Wieder schenkte sich Pendergast mit wütender Geste ein ordentliches Quantum Brandy ein, trank einen großen Schluck und fixierte D'Agosta aus kalten, platinhellen Augen.
»Dann töten wir ihn.«

7

Der Rolls-Royce raste die Park Avenue hinauf. Noch spät auf der Suche nach Kunden umherfahrende Taxis huschten in Schleiern aus Gelb vorbei. D'Agosta saß mit Pendergast im Fond, fühlte sich unwohl in seiner Haut und bemühte sich, keinen neugierigen Blick auf den Agenten zu werfen. Der war nämlich ungeduldig, ungekämmt und – am erstaunlichsten von allem – innerlich aufgewühlt.

»Wann haben Sie das herausgefunden?«, traute er sich zu fragen.

»Heute Nachmittag.«

»Und wie sind Sie dahintergekommen?«

Pendergast antwortete nicht gleich, sondern blickte aus dem Fenster, während der Rolls mit hoher Geschwindigkeit in die 72. Straße in Richtung Central Park einbog. Er stellte das leere Brandyglas, das er auf der ganzen Fahrt achtlos in der Hand gehalten hatte, in die kleine Bar zurück. Dann holte er tief Luft.

»Vor zwölf Jahren wurden Helen und ich gebeten, in Sambia einen Menschenfresser-Löwen zu töten – einen Löwen mit ungewöhnlich roter Mähne. Genau ein solcher Löwe hatte vierzig Jahre vorher in der Gegend sein Unwesen getrieben.«

»Um warum hat man Sie darum gebeten?«

»Zum Teil, weil wir eine professionelle Jagdlizenz besaßen. Sie verpflichtet den Jäger, jedes Tier, das Dörfer oder Camps bedroht, zu töten, sofern die Behörden ihn dazu auffordern.« Pendergast schaute weiter aus dem Fenster. »Der Löwe hatte in einem Safari-Camp einen deutschen Touristen getötet. Helen und ich sind dort hingefahren, um das Tier zu erlegen.«

Er nahm die Brandyflasche in die Hand, warf einen Blick darauf und stellte sie in die Halterung zurück. Mittlerweile fuhr der Rolls durch den Central Park, die skelettartigen Äste der Bäume hoben sich deutlich vor den Regenwolken am Himmel ab.

»Der Löwe hat uns aus seiner tiefen Deckung attackiert, er ist über mich und den Fährtenleser hergefallen. Während er in den Busch zurücklief, hat Helen auf ihn geschossen und anscheinend verfehlt. Sie ist losgegangen, um sich um den Fährtenleser zu kümmern …« Pendergasts Stimme bebte leicht; er rang um Fassung. »Helen ist losgegangen, um sich um den Fährtenleser zu kümmern, und da ist der Löwe zum zweiten Mal aus dem Busch gestürmt. Und hat Helen fortgezerrt. Da habe ich sie zum letzten Mal gesehen. Zumindest lebendig.«

»O mein Gott.« D'Agosta lief es eiskalt den Rücken herunter.

»Heute Nachmittag habe ich im alten Plantagenhaus meiner Familie zufällig Helens Jagdbüchse inspiziert. Und dabei festgestellt, dass jemand an jenem Tag vor zwölf Jahren die Patronen aus ihrer Waffe entfernt und durch Platzpatronen ersetzt hat. Helen hatte gar nicht danebengeschossen – und zwar, weil sie gar keinen Schuss abgegeben hatte.«

»Heiliger Bimbam. Sind Sie sicher?«

Pendergast drehte den Kopf vom Fenster weg und fixierte D'Agosta. »Vincent, würde ich Ihnen das erzählen, würde ich jetzt hier sitzen, wenn ich mir nicht *absolut* sicher wäre?«

»Entschuldigen Sie.«

Sie schwiegen kurz.

»Sie sind heute Nachmittag in New Orleans dahintergekommen?«

Pendergast nickte knapp. »Ich habe gleich einen Rückflug gechartert.«

Der Rolls parkte vor dem Eingang des Dakota-Gebäudes in der 72. Straße. Der Wagen war kaum zum Stehen gekommen, als Pendergast auch schon ausstieg. Mit langen Schritten ging er am Wachhäuschen vorbei und durch den steinernen Gewölbebogen-Eingang, wobei er die dicken Regentropfen ignorierte, die jetzt auf den Bürgersteig pladderten. D'Agosta folgte im Laufschritt, während Pendergast über einen breiten Innenhof eilte, vorbei an sorgsam gepflegten Grünpflanzen und leise plätschernden Bronzebrunnen, in ein schmales Foyer in der Südwestecke des Apartmenthauses. Pendergast drückte einen Knopf neben dem Fahrstuhl, und die Türen glitten auf. Schweigend fuhren die beiden Männer nach oben. Eine Minute später öffneten sich leise die Türen, und sie standen in einem kleinen Vorraum, in dessen gegenüberliegender Wand eine Tür zu sehen war. Sie wies kein sichtbares Schloss auf, doch als Pendergast mit einer knappen Geste der Fingerspitzen über die Oberfläche strich, hörte D'Agosta das unmissverständliche Klicken eines Riegelschlosses, das aufsprang. Pendergast schob die Tür auf. Der Empfangsraum kam in den Blick, schwach erleuchtet, mit drei altrosa gestrichenen Wänden und einer vierten Wand aus schwarzem Marmor, davor ein dünner Wasserfall.

Pendergast zeigte auf die schwarzen Ledersofas, die in dem Raum standen. »Nehmen Sie bitte Platz. Ich bin gleich wieder da.«

D'Agosta setzte sich, während Pendergast durch eine Tür schlüpfte. Er setzte sich zurück und lauschte dem leisen Geplätscher des Wasserfalls, betrachtete die Bonsai-Pflanzen, atmete den Geruch der Lotusblüten ein. Die Wände des Dakota-Gebäudes waren so dick, dass man die Donnerschläge draußen kaum hörte. Alles in dem Raum war darauf ausgerichtet, innere Ruhe zu erzeugen. Doch D'Agosta war alles andere als ruhig. Wieder überlegte er, wie er seinen Antrag auf Beurlaubung begründen wollte – gegenüber seinem Chef und vor allem gegenüber Laura Hayward.

Nach zehn Minuten kam Pendergast zurück. Er hatte sich rasiert und trug jetzt einen sauberen schwarzen Anzug. Außerdem wirkte er gefasster, mehr wie der alte Pendergast, auch wenn D'Agosta spürte, dass er innerlich noch immer sehr angespannt war.

»Vielen Dank, dass Sie gewartet haben, Vincent«, sagte er und winkte ihm zu. »Fangen wir an.«

D'Agosta ging hinter Pendergast über einen langen Flur, der ebenso schwach erleuchtet war wie der Empfangsraum. Neugierig blickte er nach rechts und links: eine Bibliothek, ein Zimmer mit dichthängenden Ölgemälden an den Wänden; ein Weinkeller. Vor der einzigen geschlossenen Tür auf dem Gang blieb Pendergast stehen, er öffnete sie mit der gleichen seltsamen Fingerbewegung. Der Raum dahinter war gerade groß genug für den Tisch und die zwei Stühle, die darin standen. Eine der Seitenwände wurde von einem großen, mindestens einen Meter zwanzig breiten Stahltresor beherrscht.

Wieder bedeutete Pendergast D'Agosta, Platz zu nehmen, und verschwand dann auf dem Gang. Kurz darauf kam er mit einer ledernen Arzttasche in der Hand zurück. Er stellte die Tasche auf den Tisch, klappte sie auf und zog ein Gestell mit Reagenzgläsern und mehreren Glasstopfen-Flaschen heraus, die er auf dem polierten Tisch sorgfältig arrangierte. Einmal, nur einmal, zitterte seine Hand, so dass die Reagenzgläser leise klirrten. Nachdem die Utensilien ausgepackt waren, wandte er sich zu dem Tresor um und schloss ihn mit fünf oder sechs Umdrehungen der Wählscheibe auf. Während er die schwere Tür aufzog, sah D'Agosta ein Einschubfach mit Metallkästen darin, die den Boxen in einem Bankschließfach ähnelten. Pendergast wählte eine aus, zog sie heraus und stellte sie auf den Tisch. Dann schloss er den Tresor und nahm D'Agosta gegenüber Platz.

Einen Augenblick blieb er reglos sitzen. Dann ertönte erneut ein Donnergrollen, gedämpft und fern, das ihn anscheinend aus seinen Gedanken riss. Er nahm ein weißes Seidentaschentuch aus der Arzttasche und legte es auf den Tisch. Dann zog er die Stahlbox zu sich heran, hob den Deckel an und nahm zwei Gegenstände heraus: ein Büschel dicker roter Haare und einen Goldring mit einem wunderschönen Stern-Saphir. Mit einer Pinzette hob er das Haarbüschel an und legte es zur Seite; den Ring holte er mit bloßer Hand heraus, mit einer so unbewusst zärtlichen Geste, dass es D'Agosta einen Stich ins Herz versetzte.

»Das sind die Gegenstände, die ich von Helens Leichnam entfernt habe«, sagte Pendergast. Die indirekte Beleuchtung hob die Falten seiner verhärmten Gesichtszüge hervor. »Ich habe sie mir seit zwölf Jahren nicht mehr angesehen. Helens Hochzeitsring … und ein Büschel der Mähne, das sie dem Löwen ausgerissen hat, als er sie verschlang. Ich habe das Haarbüschel in ihrer abgetrennten linken Hand gefunden.«

D'Agosta zuckte zusammen. »Was haben Sie vor?«

»Ich werde einer Intuition folgen.« Pendergast öffnete die Glasstopfen-Flaschen und gab diverse Pulver in die Teströhrchen. Dann zupfte er mittels der Pinzette kleine Stückchen der Mähne aus dem rötlichen Büschel und gab ein paar Strähnen sorgfältig in jedes Teströhrchen. Schließlich zog er aus der Arzttasche ein kleines braunes Fläschchen, das mit einer Pipette verschlossen war. Er schraubte die Pipette ab und gab mehrere Tropfen einer klaren Flüssigkeit in jedes Röhrchen. In den ersten vier ließ sich keine Reaktion beobachten. Doch im fünften wurde die Flüssigkeit auf einmal hellgrün, wie grüner Tee. Einen Augenblick blickte Pendergast konzentriert auf dieses Röhrchen. Dann zog er mittels einer Pipette eine kleine Menge der Flüssigkeit auf und träufelte sie auf einen dünnen Streifen Papier, den er aus der Arzttasche holte.

»Ein pH-Wert von drei Komma sieben«, sagte er mit einem Blick auf den Streifen. »Exakt die Art von milder Säure, die erforderlich ist, um die Lawson-Moleküle aus dem Blatt zu lösen.«

»Aus was für einem Blatt? Was soll das alles?«

Pendergast blickte von dem kleinen Papierstreifen zu D'Agosta und wieder zurück. »Ich könnte weitere Tests durchführen, was mir aber kaum sinnvoll erscheint. Die Mähne des Löwen, der meine Frau getötet hat, ist mit Molekülen behandelt worden,

die ursprünglich aus der Pflanze *Lawsonia inermis* stammen. Bekannter unter dem Namen Henna.«
»Henna? Sie meinen, jemand hat die Mähne rot *gefärbt?*«
»Ganz genau.« Wieder blickte Pendergast auf. »Proctor wird Sie nach Hause fahren. Ich kann Ihnen drei Stunden Zeit geben, damit Sie die nötigen Vorkehrungen treffen – keine Minute mehr.«
»Und was passiert dann?«
»Dann, Vincent, geht's auf nach Afrika.«

8

D'Agosta stand ein wenig unsicher im Flur der sauberen, aufgeräumten Zweizimmerwohnung, die er gemeinsam mit Laura Hayward bewohnte. Streng genommen war es Lauras Wohnung, aber seit einiger Zeit teilten sie sich wenigstens die Miete. Allein sie dazu zu bringen hatte Monate gedauert. Und jetzt hoffte er inständig, dass die plötzliche Wendung der Ereignisse nicht all die harte Arbeit zunichtemachte, die er in die Reparatur ihrer Beziehung gesteckt hatte.
Er blickte durch die Tür ins Schlafzimmer. Hayward saß aufrecht im Bett und sah zauberhaft aus, obwohl sie erst vor einer Stunde aus tiefem Schlaf aufgewacht war. Der Wecker auf der Kommode zeigte zehn Minuten vor sechs. Erstaunlich, dass sein ganzes Leben in nur anderthalb Stunden auf den Kopf gestellt worden war.
Sie erwiderte seinen Blick, wobei ihre Miene jedoch kaum zu entziffern war. »Das wär's also? Da kommt Pendergast quasi aus dem Nichts mit irgend so einer verrückten Geschichte, und bamm!, du lässt dich von ihm einfach entführen?«
»Laura, er hat gerade eben herausgefunden, dass seine Frau

ermordet wurde. Er glaubt, dass nur ich ihm in dieser Sache helfen kann.«

»Helfen? Wie wär's damit, dass du dir selber hilfst? Du bist nämlich immer noch dabei, dich aus dieser Grube zu ziehen, in die du wegen des Diogenes-Falls gefallen bist. Eine Grube, die, nebenbei bemerkt, Pendergast dir gegraben hat.«

»Er ist mein Freund«, antwortete D'Agosta. Was selbst in seinen Ohren lahm klang.

»Es ist unglaublich.« Laura schüttelte ihre langen schwarzen Haare. »Als ich zu Bett ging, hat man dich angerufen, damit du in einem ganz normalen Mord ermittelst. Und jetzt wache ich auf und stelle fest, dass du deine Sachen packst, um zu verreisen. Und du kannst mir noch nicht einmal sagen, wann du zurückkommst?«

»Liebling, es wird nicht lange dauern. Mein Job hier ist auch mir wichtig.«

»Und ich? Was ist mit mir? Der Job ist nicht das Einzige, was du zurücklässt.«

D'Agosta betrat das Zimmer und setzte sich auf die Bettkante. »Ich habe geschworen, dich nie wieder zu belügen. Und deshalb erzähle ich dir alles. Versteh doch, du bist das Wichtigste in meinem Leben.« Er holte tief Luft. »Wenn du mir sagst, ich soll bleiben, dann bleibe ich.«

Sie sah ihn verständnislos an. Dann wurden ihre Gesichtszüge weicher, und sie schüttelte den Kopf. »Du weißt genau, dass ich das nicht kann. Ich würde mich niemals zwischen dich und diese ... diese Aufgabe stellen.«

Er fasste ihre Hand. »Ich komme so schnell wie möglich wieder. Und rufe jeden Tag an.«

Sie strich sich eine lose Haarsträhne hinters Ohr. »Hast du es Glen schon gesagt?«

»Nein. Ich bin von Pendergasts Wohnung direkt hierhergefahren.«

»Na ja, du solltest Glen anrufen und ihm mitteilen, dass du dich beurlauben lassen willst, Datum der Rückkehr unbekannt. Dir ist hoffentlich klar, dass er ablehnen kann. Und was machst du dann?«

»Ich muss das einfach tun.«

Hayward schlug die Bettdecke zur Seite und schwang die Beine aus dem Bett. Als sein Blick auf ihre Beine fiel, verspürte er plötzlich einen Stich körperlichen Begehrens. Wie konnte er diese wunderschöne Frau verlassen, und wenn nur für einen Tag – von einer Woche, einem Monat … einem Jahr ganz zu schweigen?

»Ich helfe dir beim Packen.«

Er räusperte sich. »Laura –«

Sie legte einen Finger auf seine Lippen. »Es ist besser, wenn du schweigst.«

Er nickte.

Sie beugte sich zu ihm vor und küsste ihn sanft. »Aber versprich mir bitte eines.«

»Alles.«

»Versprich mir, dass du gut auf dich aufpasst. Es würde mir nicht viel ausmachen, wenn Pendergast bei dieser sinnlosen Geschichte ums Leben käme. Aber wenn dir etwas zustößt, werde ich sehr böse sein. Und du weißt ja, wie unangenehm das sein kann.«

9

Flüsterleise glitt der Rolls, mit Proctor am Steuer, über die Brooklyn-Queens-Stadtautobahn südlich der Brooklyn Bridge. D'Agosta beobachtete, wie zwei Schlepper einen riesigen Lastkahn, der mit Autos aus der Schrottpresse beladen war, den East

River hinaufbugsierten und dabei schaumiges Kielwasser aufwirbelten. Die ganze Sache war so schnell gegangen, dass er noch immer keine richtige Einstellung dazu gefunden hatte. Zwar fuhren sie in Richtung John F. Kennedy-Airport, aber vor dem Abflug mussten sie – wie Pendergast erklärt hatte – noch einen kurzen, aber notwendigen Zwischenstopp einlegen.

»Vincent«, sagte Pendergast, der ihm gegenübersaß, »wir müssen uns auf eine Verschlechterung gefasst machen. Wie man mir sagte, geht es Großtante Cornelia schon seit geraumer Zeit nicht sehr gut.«

D'Agosta verlagerte seine Sitzposition. »Ich bin mir nicht sicher, ob ich verstehe, warum es so wichtig ist, sie zu besuchen.«

»Möglicherweise kann sie ein wenig Licht in die Situation bringen. Helen gehörte zu ihren großen Lieblingen. Außerdem möchte ich sie wegen einiger familiärer Angelegenheiten befragen, die, wie ich fürchte, mit dem Mord in Beziehung stehen könnten.«

D'Agosta brummte irgendetwas. Tante Cornelia war ihm ziemlich egal. Mehr noch: Er konnte die mordlustige alte Hexe auf den Tod nicht ausstehen. Außerdem waren seine wenigen Besuche im Mount Mercy Hospital nicht gerade angenehm verlaufen. Aber wenn man mit Pendergast zusammenarbeitete, war es immer ratsam, mit dem Strom zu schwimmen.

Nachdem sie die Stadtautobahn verlassen hatten, fuhren sie auf diversen Nebenstraßen weiter und überquerten schließlich eine schmale Brücke hinüber nach Little Governor's Island, danach mäanderte die Straße durch Marschland und Wiesen, überzogen von morgendlichen Nebelschwaden, die zwischen dem Röhricht waberten. Schließlich gelangten sie auf eine Eichenallee, einst Teil der prachtvollen Zufahrt zu einem großen Anwesen, auch wenn die Äste jetzt wie tote, dem Himmel entgegengestreckte Krallen aussahen.

Proctor brachte den Rolls am Wachhäuschen zum Stehen, woraufhin ein uniformierter Mann heraustrat. »Also, Mr. Pendergast, das ging ja flott.« Er winkte sie durch, ohne sie mit den üblichen Formalitäten zu belästigen.

»Was hat er damit gemeint?«, fragte D'Agosta und blickte über die Schulter zum Wachmann zurück.

»Keine Ahnung.«

Proctor stellte den Rolls auf dem kleinen Parkplatz ab, und sie stiegen aus. Als sie das Haus betraten, wunderte sich D'Agosta ein wenig, dass die Empfangsdame nicht hinter ihrem reichverzierten Schreibtisch saß, den sie allem Anschein nach ziemlich überhastet und in einiger Verwirrung verlassen hatte. Als sie sich nach jemandem umsahen, mit dem sie sprechen konnten, näherte sich auf dem marmornen Querflur ratternd eine von zwei stämmigen Pflegern geschobene fahrbare Krankentrage mit einem menschlichen Körper unter einem schwarzen Laken. D'Agosta sah, wie ein Rettungswagen auf die Auffahrt bog, allerdings ohne Sirenengeheul oder Blaulicht. Also kein Notfall.

»Guten Morgen, Mr. Pendergast!« Dr. Ostrom, der für Großtante Cornelia zuständige Stationsarzt, erschien in der Eingangshalle und eilte mit ausgestreckter Hand und einem Ausdruck der Verwunderung und Bestürzung im Gesicht auf sie zu. »Das ist … nun ja, ich wollte sie gerade anrufen. Bitte kommen Sie mit.«

Sie folgten dem Arzt über den einst hochherrschaftlichen Flur, der heute karg und behördenähnlich wirkte. »Ich habe eine schlechte Nachricht für Sie«, sagte er, während sie weitergingen. »Ihre Großtante ist vor knapp einer halben Stunde verstorben.«

Pendergast blieb stehen. Er atmete langsam aus und ließ die Schultern sichtlich hängen. Erschrocken erkannte D'Agosta, dass es sich bei dem Leichnam, den sie gesehen hatten, um Tante Cornelia gehandelt haben musste.

»Natürliche Ursachen?«, fragte Pendergast leise und ausdruckslos.
»Mehr oder weniger. Fest steht allerdings, dass sie in den letzten Tagen zunehmend unter Ängsten und Wahnvorstellungen litt.«
Pendergast dachte kurz nach. »Irgendwelche besonderen Wahnvorstellungen?«
»Nichts, was wert wäre, wiederholt zu werden. Es waren die üblichen Themen rund um die Familie.«
»Ich würde sie dennoch gerne hören.«
Ostrom schien es zu widerstreben, fortzufahren. »Sie hat gemeint … dass ein Mann, ein gewisser, äh, Ambergris nach Mount Mercy kommt, um sich an ihr zu rächen, und zwar wegen einer Greueltat, die sie laut eigener Aussage vor Jahren begangen hat.«
Die drei gingen weiter über den Flur. »Hat sie die Greueltat genauer beschrieben?«, fragte Pendergast.
»Es war eine hanebüchene Geschichte. Es ging dabei um die Bestrafung eines Kindes …« Ostrom stockte erneut. »Nun ja, indem man ihm die Zunge mit einem Rasiermesser spaltet.«
Eine mehrdeutige Kopfbewegung von Pendergast. D'Agosta meinte zu spüren, wie sich seine Zunge beim Gedanken an dieses Geschehen einrollte.
»Auf jeden Fall«, fuhr Ostrom fort, »ist sie gewalttätig geworden – das heißt, gewalttätiger als üblich –, so dass wir sie komplett festbinden mussten. Und ruhigstellen. Zum Zeitpunkt des angeblichen Treffens mit diesem Ambergris erlitt sie mehrere Schlaganfälle und ist dann plötzlich verschieden. Ah, da wären wir.«
Er betrat ein kleines, fensterloses Zimmer, das spärlich mit alten Möbeln, ungerahmten Bildern und diversem weichem Nippes eingerichtet war – nichts, wie D'Agosta bemerkte, was zu einer Waffe gefertigt werden oder einem Menschen Scha-

den zufügen konnte. Sogar die Keilrahmen waren von den Leinwänden entfernt worden, die Gemälde mit Drachenschnur an der Wand befestigt. Und während er sich so umsah – das Bett, der Tisch, die Seidenblumen im kleinen Körbchen, ein merkwürdiger schmetterlingsförmiger Fleck an der Decke –, kam ihm das alles ungeheuer trostlos vor, und er empfand plötzlich Mitleid mit der gemeingefährlichen alten Dame.

»Da wäre noch die Frage nach der Verwendung des persönlichen Besitzes zu klären«, redete der Arzt weiter. »Wie ich höre, sind die Gemälde recht wertvoll.«

»Ganz recht«, sagte Pendergast. »Schicken Sie sie an Christie's, an die Abteilung für das neunzehnte Jahrhundert. Dort soll man die Bilder in eine Auktion geben. Betrachten Sie den Erlös als Schenkung. Für Ihre guten Werke.«

»Das ist sehr großzügig von Ihnen, Mr. Pendergast. Möchten Sie vielleicht eine Obduktion anordnen? Wenn ein Patient während seines Aufenthalts hier bei uns stirbt, haben die Angehörigen das Recht –«

Pendergast unterbrach ihn mit einer brüsken Handbewegung. »Das wird nicht nötig sein.«

»Und die Vorkehrungen für das Begräbnis?«

»Es wird keines stattfinden. Der Anwalt unserer Familie, Mr. Ogilby, wird sich mit Ihnen in Verbindung setzen und Ihnen mitteilen, wie mit den sterblichen Überresten zu verfahren ist.«

»Wie Sie wünschen.«

Pendergast sah sich kurz im Zimmer um, so als wollte er sich alle Einzelheiten genau einprägen. Dann wandte er sich zu D'Agosta um. Seine Gesichtszüge wirkten neutral, doch aus seinem Blick sprach Traurigkeit, ja sogar Verzweiflung.

»Vincent«, sagte er. »Wir dürfen unseren Flug nicht verpassen.«

10

Der lächelnde Mann mit der Zahnlücke auf dem kleinen Flugplatz hatte das Fahrzeug als Landrover bezeichnet. Das ist, dachte D'Agosta, während er sich mit aller Kraft festhielt, mehr als beschönigend. Was immer die Kiste früher einmal gewesen sein mochte, heute verdiente sie es kaum, als Automobil bezeichnet zu werden. Die Karre hatte keine Fenster, kein Dach, kein Radio und keine Sicherheitsgurte. Die Motorhaube war mit Draht am Kühlergrill befestigt. Die unter ihnen liegende Sandpiste war durch die faustgroßen Löcher im Chassis zu sehen.

Pendergast, der am Steuer saß – er trug Khakihemd und -hose und einen Safarihut –, kurvte um ein großes Schlagloch herum, und sofort danach knallte der Wagen in ein kleineres. D'Agosta hob es durch den Aufprall mehrere Zentimeter aus dem Sitz. Er riss sich zusammen und packte erneut den Überrollbügel. Das hier ist wirklich furchtbar, dachte er. Es war glühend heiß, und überall, in seinen Ohren, der Nase, den Haaren und in Hautfalten, von deren Existenz er nicht einmal wusste, hatte er Staub. Er überlegte, ob er Pendergast bitten sollte, langsamer zu fahren, entschied sich aber dagegen. Denn je mehr sie sich dem Ort näherten, an dem Helen Pendergast ums Leben gekommen war, desto grimmiger wurde sein Begleiter.

Er drosselte nur leicht die Geschwindigkeit, als sie in ein weiteres Dorf kamen – noch eine trostlos wirkende Ansammlung von mit Stöcken und getrocknetem Lehm erbauten Hütten, die in der brütenden Mittagssonne lagen. Es gab keinen Strom im Ort, der einzige kommunale Brunnen befand sich mitten auf dem verlassenen Dorfplatz. Schweine, Hühner und Kinder liefen ziellos in der Gegend herum.

»Und ich habe immer gemeint, die South Bronx wäre eine üble Gegend«, murmelte D'Agosta mehr zu sich selbst als zu Pendergast. »Bis zum Kingazu-Camp sind es noch zehn Meilen«, erwiderte Pendergast und gab Gas.

Wieder geriet der Wagen in ein Schlagloch, und wieder wurde D'Agosta in die Luft geschleudert und landete hart auf dem Steißbein. Nach den Impfungen taten ihm beide Arme weh, außerdem hatte er Kopfschmerzen wegen der sengenden Sonne und weil er ständig durchgerüttelt wurde. In den vergangenen 36 Stunden war nur eine Sache schmerzfrei abgelaufen, das Telefonat mit seinem Chef, Captain Singleton. Singleton hatte seinen Antrag auf Beurlaubung beinahe kommentarlos genehmigt. D'Agosta hatte fast den Eindruck, sein Chef sei erleichtert gewesen, dass er ihn eine Weile nicht zu Gesicht bekam.

Nach einer halben Stunde kamen sie im Kingazu-Camp an. Während Pendergast den Jeep auf einen improvisierten Parkplatz unter einer kleinen Gruppe von Leberwurstbäumen steuerte, nahm D'Agosta das überaus gepflegte Fotosafari-Camp in Augenschein: die makellosen, mit Reet und Stroh gedeckten Hütten; die großen Segeltuch-Gebäude mit Schildern wie SPEISEZELT und BAR; die hölzernen Gehsteige, die die Gebäude miteinander verbanden; die mit Leinen bespannten Pavillons mit bequemen Liegestühlen, auf denen ein Dutzend dicker und glücklicher Touristen, baumelnde Kameras um den Hals, dösten. Zwischen den Dachspitzen verliefen Kabel mit kleinen Glühbirnen. Ein wenig abseits im Busch schnurrte ein Generator. Alles war in hellen, beinahe knalligen Farben gehalten.

»Als wär's ein Teil von Disney World«, sagte D'Agosta und stieg aus.

Einen Augenblick blieben sie schweigend im Schatten der Leberwurstbäume stehen. D'Agosta sog den Duft von brennendem Holz, den Geruch von gemähtem Gras und – schwächer – eines erdigen, animalischen Moschus ein, den er nicht identifizieren konnte. Das sackpfeifenartige Summen der Insekten vermischte sich mit anderen Lauten, dem Tuckern der Generatoren, dem Gurren der Tauben, dem rastlosen Murmeln des nahe gelegenen Luangwa-Flusses. D'Agosta warf Pendergast einen verstohlenen Blick zu. Sein Begleiter stand mit eingefallenen Schultern da, so als trüge er eine schreckliche, schwere Last. Seine Augen funkelten vor unterdrücktem Zorn. Und während er sich im Camp mit einer seltsamen Mischung aus Verlangen und Furcht umschaute, zuckte ein Wangenmuskel. Er musste bemerkt haben, dass D'Agosta ihn ansah, denn plötzlich riss er sich zusammen, reckte sich und glättete seine Safariweste. Das merkwürdige Glitzern verschwand allerdings nicht aus seinen Augen.

»Folgen Sie mir.«

Er ging an den Pavillons und dem Speisezelt vorbei zu einem kleineren Gebäude, das ein wenig abseits vom übrigen Camp unter einer kleinen Gruppe von Bäumen am Ufer des Luangwa stand. Ein Elefant stand bis zu den Knien in dem schlammigen Fluss. D'Agosta beobachtete, wie das Tier mit dem Rüssel Wasser schöpfte und sich über den Rücken sprühte, dann den runzligen Kopf hob und einen harschen, trompetenden Laut ausstieß, der vorübergehend das Summen der Insekten übertönte.

Das kleine Gebäude beherbergte eindeutig die Verwaltung. Es verfügte über ein Vorzimmer, das jetzt leer war, und das eigentliche Büro, in dem ein Mann hinter einem Schreibtisch saß und eifrig auf einem Notebook tippte. Er war um die fünfzig, schlank und drahtig, die hellen Haare waren von der Sonne gebleicht, die Arme sonnengebräunt.

Der Mann hatte sie kommen gehört und hob den Kopf. »Ja, was kann ich für Sie …« Als er Pendergast sah, stockte er. Kein Zweifel, er hatte einen der Gäste erwartet.

»Wer sind Sie?«, fragte er und erhob sich.

»Underhill ist mein Name«, sagte Pendergast. »Und das hier ist mein Freund, Vincent D'Agosta.«

Der Mann erwiderte seinen Blick. »Was kann ich für Sie tun?« D'Agosta hatte den Eindruck, dass der Mann nur selten unerwarteten Besuch bekam.

»Darf ich Sie um Ihren Namen bitten?«, sagte Pendergast.

»Rathe.«

»Mein Freund und ich waren vor ungefähr zwölf Jahren hier auf Safari. Wir sind zufällig wieder hier in Sambia – wir wollen weiter ins Mgandi-Jagdcamp –, und da dachten wir, wir schauen mal kurz vorbei.« Er lächelte kalt.

Rathe blickte aus dem Fenster, ungefähr in die Richtung des provisorischen Parkplatzes. »Mgandi, sagten Sie?«

Pendergast nickte.

Rathe streckte die Hand aus. »Entschuldigen Sie. Bei dem, was heutzutage hier alles abläuft, den ständigen Rebellenaufständen und was sonst noch alles, kann man schon ein bisschen nervös werden.«

»Das kann ich gut verstehen.«

Rathe deutete auf zwei abgewetzte Holzstühle vor dem Schreibtisch. »Bitte, nehmen Sie doch Platz. Kann ich Ihnen etwas anbieten?«

»Ein Bier wäre schön«, antwortete D'Agosta sofort.

»Natürlich. Einen Moment.« Rathe ging hinaus und kam kurz darauf mit zwei Flaschen Mosi-Bier zurück. D'Agosta nahm seine Flasche entgegen, murmelte »Danke« und genehmigte sich einen ordentlichen Schluck.

»Sind Sie der Pächter des Camps?«, fragte Pendergast, als der Mann sich hinter seinen Schreibtisch setzte.

»Nein, der Verwalter. Der Mann, den Sie meinen, heißt Fortnum. Er ist noch im Busch mit einer Gruppe.«

»Fortnum. Verstehe.« Pendergast blickte sich um. »Ich nehme an, dass es seit der Zeit, als ich hier war, mehrere personelle Veränderungen gegeben hat. Das ganze Camp hat sich ziemlich verändert.«

Rathe lächelte freudlos. »Wir müssen uns der Konkurrenz stellen. Heute verlangen unsere Kunden neben der schönen Natur auch Komfort.«
»Natürlich. Trotzdem jammerschade, nicht wahr, Vincent? Wir hatten gehofft, einige vertraute Gesichter zu sehen.«
D'Agosta nickte. Es hatte fünf großer Schlucke bedurft, nur um den Staub aus der Kehle zu waschen.
Pendergast vermittelte den Eindruck, als überlegte er einen Augenblick. »Und Alistair Woking? Ist er immer noch Distriktskommissar?«
Wieder schüttelte Rathe den Kopf. »Er ist vor geraumer Zeit gestorben. Lassen Sie mich nachdenken, das muss jetzt fast zehn Jahre her sein.«
»Ah ja? Was ist denn passiert?«
»Ein Jagdunfall«, antwortete Rathe. »Einige Gäste wollten Elefanten jagen, und Woking ist mitgegangen, um das Ganze zu beaufsichtigen. Er wurde versehentlich in den Rücken geschossen. Verdammter Schlamassel.«
»Ja, das ist höchst bedauerlich«, sagte Pendergast. »Und der derzeitige Pächter des Camps heißt Fortnum, sagten Sie? Als wir hier auf Safari waren, hieß der Pächter Wisley. Gordon Wisley.«
»Er lebt noch«, sagte Rathe. »Er ist im vorletzten Jahr in Pension gegangen. Man sagt, dass er von den Einnahmen seiner Jagdkonzession nahe den Victoria-Fällen königlich lebe. Und dass ihn seine Jungs von vorn bis hinten bedienen.«
Pendergast drehte sich zu D'Agosta um. »Vincent, wissen Sie noch, wie unser Waffenträger hieß?«
D'Agosta verneinte – was der Wahrheit entsprach.
»Warten Sie, jetzt fällt es mir wieder ein. Wilson Nyala. Was meinen Sie, ob wir ihm wohl einmal guten Tag sagen können, Mr. Rathe?«
»Wilson ist im Frühjahr gestorben. An Dengue-Fieber.« Rathe

runzelte die Stirn. »Einen Augenblick mal … haben Sie Waffenträger gesagt?«
»Schade.« Pendergast verlagerte sein Gewicht auf dem Stuhl. »Und was ist mit unserem Fährtenleser? Jason Mfuni.«
»Hab den Namen nie gehört. Aber solche Aushilfskräfte kommen und gehen ja ständig. Also, was hat das alles zu bedeuten, von wegen Waffenträger? Wir hier im Kingazu-Camp veranstalten ausschließlich Fotoexpeditionen.«
»Wie gesagt, es war eine denkwürdige Safari.« Als er Pendergast das sagen hörte, lief es D'Agosta trotz aller Hitze kalt über den Rücken.
Rathe blieb ihnen eine Antwort schuldig. Stattdessen runzelte er nur weiter die Stirn.
»Haben Sie vielen Dank für Ihre Gastfreundschaft.« Pendergast erhob sich. D'Agosta desgleichen. »Wisleys Jagdcamp liegt in der Nähe der Victoria-Fälle, sagten Sie? Hat es auch einen Namen?«
»Ulani-Bach.« Rathe erhob sich ebenfalls. Sein ursprünglicher Argwohn war zurückgekehrt.
»Würde es Ihnen etwas ausmachen, wenn wir uns einmal kurz im Camp umschauen?«
»Wie Sie wollen«, erwiderte Rathe. »Aber stören Sie die Gäste nicht.«

Vor dem Verwaltungsgebäude blieb Pendergast stehen und blickte nach rechts und links, so als wollte er sich orientieren. Er zögerte kurz. Dann aber folgte er wortlos einem ausgetretenen Pfad, der vom Camp fortführte. D'Agosta hatte Mühe, mit ihm Schritt zu halten.
Die Sonne brannte erbarmungslos vom Himmel, das Gebrumme der Insekten schwoll an. Auf der einen Seite des Trampelpfads befand sich ein dichtes Gehölz aus Büschen und Bäumen, auf der anderen der Luangwa-Fluss. D'Agosta spürte, wie ihm

das unvertraute Khakihemd am Rücken und an den Schultern unangenehm klebte. »Wohin geht's denn?«, ächzte er.
»Ins hohe Gras. Dort, wo …« Pendergast ließ den Rest unausgesprochen.
D'Agosta schluckte. »Gut, meinetwegen. Gehen Sie voran.«
Plötzlich blieb Pendergast stehen und drehte sich um. In seine Gesichtszüge war ein Ausdruck getreten, den D'Agosta noch nie gesehen hatte – eine Miene der Trauer, des Bedauerns und einer unergründlichen Müdigkeit. Er räusperte sich, dann sagte er leise: »Es tut mir sehr leid, Vincent, aber das hier muss ich allein tun.«
D'Agosta war erleichtert. »Versteh schon.«
Pendergast fixierte ihn kurz. Dann wandte er sich wieder um, verließ steifbeinig und entschlossen den Weg und betrat den Busch, wo er fast augenblicklich im Schatten unter den Bäumen verschwand.

11

Wie es schien, wussten alle ganz genau, wo Wisleys »Hof« zu finden war. Und zwar am Ende einer sehr gepflegten Sandpiste an einem sanft geschwungenen Hügel in den Wäldern nordwestlich der Victoria-Fälle. Während Pendergast den klapprigen Jeep unmittelbar vor der letzten Biegung zum Stehen brachte, glaubte D'Agosta, die Wasserfälle zu hören: ein leises, fernes Rauschen, mehr eine Empfindung als ein Geräusch.
Er blickte zu Pendergast hinüber. Auf der stundenlangen Fahrt vom Kingazu-Camp hierher hatte Pendergast höchstens ein halbes Dutzend Sätze gesprochen. D'Agosta hatte ihn fragen wollen, was er denn, wenn überhaupt, bei seinen Ermittlungen in dem hohen Gras gefunden hatte, aber jetzt war eindeutig

nicht der richtige Zeitpunkt dafür. Wenn Pendergast so weit war, darüber zu sprechen, dann würde er es tun.

Pendergast steuerte den Wagen um die Kurve, und da kam das Haus in den Blick. Ein wunderschönes altes Kolonialhaus, weiß gestrichen, mit vier gedrungenen Säulen und einer umlaufenden Veranda. Die strengen Umrisse wurden durch prächtige, gepflegte Sträucher aufgelockert: Azaleen, Buchsbaum, Bougainvillea. Es schien, als sei das ganze Grundstück – vielleicht etwas über zwei Hektar groß – vollständig aus dem umgebenden Urwald herausgeschnitten worden. Der smaragdgrüne Rasen, der von mindestens einem halben Dutzend Blumenbeeten durchsetzt war, zog sich bis hinunter zu ihnen. Abgesehen vom fast fluoreszierenden Strahlen der Blumen hätte das Anwesen auch in den pittoresken Dörfern Greenwich oder Scarsdale nicht deplaziert gewirkt. D'Agosta meinte, auf der Veranda einige Personen zu sehen, aber aus dieser Entfernung ließ sich das nicht genau erkennen.

»Sieht so aus, als hätte der alte Wisley nicht schlecht verdient in seinem Leben.«

Pendergast nickte und blickte konzentriert zum Haus hinüber.

»Dieser Mann, Rathe, hat doch Wisleys Jungs erwähnt«, fuhr D'Agosta fort. »Was ist mit der Ehefrau? Meinen Sie, er ist geschieden?«

Pendergast lächelte kühl. »Ich glaube, wir werden feststellen, dass Rathe etwas völlig anderes damit gemeint hat.«

Er fuhr langsam die Zufahrt hinauf bis zu einer Wendeschleife vor dem Haus, wo er bremste und den Motor ausschaltete. D'Agosta blickte zur Veranda hinauf. Ein untersetzter, ungefähr sechzig Jahre alter Mann saß in einem großen Korbstuhl, die Beine ruhten auf einem hölzernen Schemel. Er trug einen weißen Leinenanzug, so dass sein fleischiges Gesicht noch roter wirkte, als es ohnehin schon war. Ein dünner Kranz aus roten Haaren, ähnlich einer Mönchstonsur, umgab sein Haupt.

Der Mann trank einen Schluck irgendeines Getränks aus einem hohen, beschlagenen Glas, dann stellte er es heftig auf einem Tisch ab, neben einen halbvollen Krug desselben Getränks. Seine Bewegungen hatten das etwas Schlaffe, Ausschweifende eines Betrunkenen. Rechts und links von ihm standen zwei Afrikaner mittleren Alters, hager aussehend, in verblichenen Madras-Shorts. Der eine trug ein Barhandtuch über den Unterarm, der andere hielt einen Fächer in beiden Händen, der an einem langen Griff befestigt war, und wedelte damit langsam über den Korbstuhl.

»Ist das Wisley?«

Pendergast nickte. »Er ist nicht gut gealtert.«

»Und die anderen beiden – sind das die ›Jungs‹?«

Pendergast nickte nochmals. »Wie es scheint, muss dieser Ort erst noch im zwanzigsten Jahrhundert ankommen, vom einundzwanzigsten ganz zu schweigen.«

Und dann stieg er langsam und sehr behutsam aus dem Wagen, wandte sich zum Haus um und erhob sich zu voller Größe.

Wisley – auf der Veranda – blinzelte einmal, zweimal. Er blickte von D'Agosta zu Pendergast und machte den Mund auf, um etwas zu sagen. Doch als er den FBI-Agenten erblickte, erstarrte seine Miene. Der leere Gesichtsausdruck wich einem Entsetzen des Wiedererkennens. Fluchend erhob sich Wisley abrupt aus seinem Stuhl, wobei er sein Glas und die Karaffe umstieß. Dann packte er eine Elefantenbüchse, die an der hölzernen Balustrade gelehnt hatte, zog eine Fliegengittertür auf und schlurfte ins Haus.

»Schuldbewusster kann man sich gar nicht benehmen«, sagte D'Agosta. »Ich … oh, verdammter Mist.«

Die beiden Angestellten waren hinter dem Verandageländer außer Sicht geraten. Aus der Richtung der Veranda ertönte ein lauter Schuss, gleichzeitig spritzte hinter D'Agosta und Pendergast Staub auf.

Sie warfen sich hinter den Jeep. »Was zum *Teufel?*«, sagte D'Agosta, tastete nach seiner Glock und wollte sie ziehen.

»Bleiben Sie unten.« Pendergast sprang auf und lief los.

»Hey!«

Noch ein Knall, dann bohrte sich eine Kugel scheppernd in die Seite des Jeeps, worauf eine kleine Wolke zerfetzten Polstermaterials aufstob. D'Agosta spähte, die Waffe in der Hand, um den Reifen zum Haus hinauf. Wo zum Teufel steckte Pendergast?

D'Agosta wich zurück – und zuckte zusammen, als er hörte, wie ein dritter Schuss vom Stahlrahmen des Jeeps abprallte. Verflucht noch mal, er konnte doch nicht einfach wie eine Schießbudenfigur hier rumsitzen. Er wartete, bis eine vierte Kugel über ihn hinwegpfiff, dann hob er den Kopf über die Stoßstange des Jeeps und brachte seine Waffe in Anschlag, während sich der Schütze hinter die Balustrade duckte. D'Agosta wollte gerade abdrücken, als er sah, wie Pendergast aus dem Gebüsch direkt unterhalb der Veranda auftauchte. Erstaunlich behende sprang er über das Geländer, fällte den afrikanischen Schützen mit einem kurzen und heftigen Handkantenschlag in den Nacken und richtete seine 45er auf den anderen Bediensteten. Der hob langsam die Arme.

»Sie können jetzt raufkommen, Vincent«, sagte Pendergast, während er die Waffe an sich nahm, die neben dem stöhnenden Mann lag.

Sie fanden Wisley im Obstkeller. Während sie ihm immer näher kamen, gab er aus der Elefantenbüchse mehrere Schüsse ab, allerdings – aufgrund seiner Angst oder seines Alkoholkonsums – völlig unkontrolliert. Außerdem führte der Rückschlag dazu, dass er der Länge nach hinschlug. Bevor Wisley nochmals schießen konnte, war Pendergast blitzschnell nach vorn gelaufen, stellte den Fuß auf die Büchse und brachte Wisley mit zwei schnellen, harten Schlägen ins Gesicht zur Räson. Der zweite

Schlag brach ihm die Nase, so dass helles Blut auf sein gestärktes weißes Hemd spritzte. Pendergast griff in die Brusttasche seines Hemds, zog ein Taschentuch hervor und reichte es Wisley. Dann packte er ihn am Oberarm, stieß ihn vor sich her aus dem Obstkeller, die Kellertreppe hinauf und aus der Eingangstür auf die Veranda, wo er ihn in den Korbstuhl schubste.

Wie vom Donner gerührt standen die beiden Angestellten noch immer am selben Fleck. D'Agosta fuchtelte mit seiner Glock vor ihnen herum. »Geht hundert Meter die Straße runter. Dann bleibt stehen, wo wir euch sehen können, und zwar mit hoch erhobenen Händen.«

Pendergast steckte sich die Les Baer hinter den Hosenbund und pflanzte sich vor Wisley auf. »Danke für Ihr herzliches Willkommen.«

Wisley drückte sich das Taschentuch an die Nase. »Ich muss Sie mit jemand anders verwechselt haben.« Er sprach, so kam es D'Agosta jedenfalls vor, mit australischem Akzent.

»Im Gegenteil, ich beglückwünsche Sie zu Ihrem hervorragenden Erinnerungsvermögen. Ich glaube, Sie haben mir etwas zu sagen.«

»Ich habe Ihnen gar nichts zu sagen, Kumpel«, antwortete Wisley.

Pendergast verschränkte die Arme vor der Brust. »Ich frage Sie nur ein einziges Mal: Wer hat den Mord an meiner Frau eingefädelt?«

»Ich habe keine Ahnung, wovon Sie reden«, lautete die gedämpfte Antwort.

Pendergast blickte auf Wisley hinunter, dessen Lippen zuckten. »Lassen Sie mich Ihnen etwas erklären, Mr. Wisley«, sagte er nach einem Augenblick. »Ich kann Ihnen versichern, dass Sie mir *sagen werden*, was ich wissen will. Wie viel Demütigung und Unannehmlichkeit Sie über sich ergehen lassen, bevor Sie es mir verraten, diese Entscheidung können Sie frei treffen.«

»Verpiss dich!«

Pendergast betrachtete den schwitzenden, blutenden Mann, der da mit ausgestreckten Gliedern auf dem Stuhl saß. Dann beugte er sich vor und zog Wisley auf die Füße. »Vincent«, sagte er nach hinten über die Schulter, »begleiten Sie Mr. Wisley zu unserem Fahrzeug.«

D'Agosta bohrte Wisley die Glock in den Rücken und stieß ihn in Richtung Jeep und dort auf den Beifahrersitz, danach stieg er hinten ein und wischte ein paar kleine Trümmerteile vom Sitz.

Pendergast startete den Motor und fuhr den Weg zurück, vorbei am smaragdgrünen Rasen und den Technicolor-Blumen, vorbei an den beiden Angestellten – die reglos wie Statuen dastanden – und in den Dschungel.

»Wohin bringen Sie mich?«, wollte Wisley wissen, während sie um die Kurve bogen und das Haus aus dem Blickfeld geriet.

»Ich habe keine Ahnung«, erwiderte Pendergast.

»Was soll das heißen – Sie haben keine Ahnung?« Wisleys Stimme klang nicht mehr ganz so selbstsicher.

»Wir gehen auf eine Safari.«

Gemächlich fuhren sie eine Viertelstunde weiter. Das hohe Gras wich einer Savanne und einem breiten, schokoladenbraunen Fluss, der so träge wirkte, als hätte er gar keine Strömung. D'Agosta sah zwei Flusspferde, die am Flussufer spielten, und einen riesigen Schwarm storchähnlicher Vögel mit dünnen gelben Beinen und einer enormen Spannweite, die wie eine weiße Wolke vom Wasser aufstiegen. Die Sonne hatte sich Richtung Horizont gesenkt, und die Gluthitze des Mittags hatte nachgelassen.

Pendergast nahm den Fuß vom Gaspedal und ließ den Jeep auf der mit Gras bewachsenen Uferböschung ausrollen. »Das hier scheint mir eine geeignete Stelle zu sein.«

D'Agosta sah sich verwirrt um. Der Ausblick war ein wenig an-

ders als die Landschaft, durch die sie auf den letzten acht Kilometern gekommen waren.
Plötzlich stutzte er. Denn in ungefähr vierhundert Meter Entfernung, ein wenig abseits des Flusses, sah er ein Rudel Löwen, die an einem Skelett nagten. Wegen ihres sandfarbenen Fells hatte er die Tiere in dem niedrigen Grasland zunächst nicht wahrnehmen können.
Wisley saß ganz starr auf dem Vordersitz und stierte in die Richtung. Er hatte die Löwen sofort gesehen.
»Steigen Sie bitte aus, Mr. Wisley«, sagte Pendergast sanft.
Wisley rührte sich nicht vom Fleck.
D'Agosta legte seine Waffe an Wisleys Genick. »Los.«
Steif und langsam stieg Wisley aus dem Jeep.
»Sieht wie alte Beute aus«, sagte Pendergast und wies mit seiner Waffe auf das Rudel. »Ich schätze mal, die haben Hunger.«
»Löwen fressen keine Menschen«, sagte Wisley. »Nur ganz selten.« Doch der polternde Ton war aus seiner Stimme gewichen.
»Die Löwen müssen Sie ja nicht fressen, Mr. Wisley«, sagte Pendergast. »Das wäre sozusagen nur das Tüpfelchen auf dem i. Wenn die Löwen glauben, dass Sie es auf ihre Beute abgesehen haben, werden sie angreifen. Aber Sie wissen ja alles über Löwen.«
Wisley schwieg und starrte zu den Tieren hinüber.
Pendergast streckte die Hand nach ihm aus und zog das Taschentuch weg. Sofort rann wieder Blut aus Wisleys Nase. »Das sollte immerhin ein gewisses Interesse wecken.«
Wisley warf ihm einen gehetzten Blick zu.
»Gehen Sie auf die Löwen zu, wenn ich bitten darf«, sagte Pendergast.
»Sie spinnen«, erwiderte Wisley mit erhobener Stimme.
»Nein. Ich bin der mit der Waffe.« Pendergast zielte auf ihn. »Gehen Sie.«

Einen Augenblick blieb Wisley regungslos stehen. Dann stellte er ganz langsam einen Fuß vor den anderen und ging in Richtung der Löwen. Pendergast folgte, die Waffe schussbereit, dichtauf. Schließlich D'Agosta, im Abstand von einigen Metern. Er war geneigt, Wisley beizupflichten – das hier war wirklich irre. Aufmerksam verfolgte das Rudel, wie sie näher kamen.

Nachdem sie vierzig Meter im Schneckentempo zurückgelegt hatten, blieb Wisley wieder stehen.

»Weitergehen, Mr. Wisley«, rief Pendergast.

»Ich kann nicht.«

»Ich erschieße Sie, wenn Sie nicht weitergehen.«

Wisleys Mundwinkel zuckten wie verrückt. »Die Pistole, die Sie da haben, dürfte nicht mal einen einzelnen Löwen stoppen, von einem Rudel ganz zu schweigen.«

»Dessen bin ich mir durchaus bewusst.«

»Wenn die Löwen mich töten, töten sie auch Sie.«

»Auch darüber bin ich mir im Klaren.« Pendergast drehte sich um. »Vincent, könnten Sie bitte zurückbleiben?« Er kramte in der Hosentasche, zog den Schlüssel des Jeeps heraus und warf ihn D'Agosta zu. »Bringen Sie sich in Sicherheit, es könnte sein, dass die Sache hier schiefgeht.«

»Verflucht noch mal, Sie haben wohl nicht alle Tassen im Schrank!«, rief Wisley mit schriller Stimme. »Haben Sie nicht gehört, was ich Ihnen gesagt habe? Auch Sie würden dabei umkommen!«

»Mr. Wisley, seien Sie ein braver Mann und gehen Sie weiter. Ich kann es wirklich nicht ausstehen, mich zu wiederholen.«

Wisley rührte sich immer noch nicht.

»In der Tat, ich werde nicht noch einmal bitten. In fünf Sekunden werde ich Ihnen eine Kugel durch den linken Ellbogen jagen. Zwar werden Sie dann immer noch gehen können, aber der Schuss wird die Löwen zweifellos aufschrecken.«

Wisley machte einen Schritt und blieb wieder stehen. Dann ging er noch einen Schritt. Einer der Löwen – ein großes Männchen mit wilder gelbbrauner Mähne – erhob sich träge. Er blickte zu ihnen herüber, leckte sich die blutigen Lefzen. D'Agosta, der etwas weiter hinten stand, merkte, wie es in seinem Magen zu rumoren begann.

»Na schön!«, sagte Wisley. »Ist ja gut, ich werd's Ihnen erzählen.«

»Ich bin ganz Ohr«, sagte Pendergast.

Wisley zitterte wie Espenlaub. »Gehen wir zum Wagen zurück.«

»Von mir aus können wir auch hierbleiben. Am besten, Sie kommen schnell zur Sache.«

»Es war ein … es war ein abgekartetes Spiel.«

»Details, wenn ich bitten darf.«

»Die Details kenne ich nicht. Woking war der Kontaktmann.«

Inzwischen hatten sich auch zwei der Löwinnen erhoben.

»Bitte, *bitte*«, flehte Wisley mit brechender Stimme. »Um Himmels willen, können wir denn nicht im Jeep miteinander reden?«

Pendergast schien einen Augenblick darüber nachzudenken. Dann nickte er.

In einem etwas flotteren Tempo kehrten sie zum Fahrzeug zurück. Als sie einstiegen und D'Agosta Pendergast den Schlüssel gab, sah er, dass der Löwe langsam auf sie zukam. Pendergast startete den Motor. Jetzt ging der Löwe nicht mehr, sondern lief. Endlich sprang der Motor an; Pendergast legte den ersten Gang ein und wendete, wobei der Jeep um neunzig Grad herumschleuderte, als der Löwe sie einholte, brüllte und an der Seite kratzte. D'Agosta blickte über die Schulter nach hinten, das Herz hämmerte ihm in der Brust. Langsam wurde der Löwe hinter ihnen kleiner, bis er gar nicht mehr zu sehen war.

Nach einer Weile hielt Pendergast den Jeep mitten im Nirgendwo an und ließ sie alle aussteigen. Mit der Les Baer wedelte er in Richtung Wisley. »Auf die Knie.«
Wisley gehorchte.
Pendergast reichte ihm das blutige Taschentuch. »Also gut. Erzählen Sie mir den Rest.«
Wisley zitterte immer noch am ganzen Leib. »Ich … ich … mehr weiß ich nicht. Da waren zwei Männer. Der eine war Amerikaner, der andere Europäer. Ein Deutscher, glaub ich. Die haben … den Menschenfresser-Löwen geliefert. Vermutlich auch dressiert. Diese Leute verfügten über jede Menge Geld.«
»Woran haben Sie erkannt, welcher Nationalität die Männer waren?«
»Ich habe gehört, wie sie sich unterhalten haben. Hinter dem Speisezelt, als sie mit Woking redeten. In der Nacht, bevor der Tourist getötet wurde.«
»Wie sahen die Männer aus?«
»Es war Nacht. Ich konnte sie nicht erkennen.«
Pendergast hielt kurz inne. »Was hat Woking genau getan?«
»Er hat den Tod des Touristen arrangiert. Er wusste, wo der Löwe wartet, er hat den Touristen in dessen Richtung dirigiert. Hat ihm gesagt, dass sich dort ein Warzenschwein, eine Gelegenheit zum Fotoschuss, befindet.« Wisley schluckte. »Er … er hat auch eingefädelt, dass Nyala das Gewehr Ihrer Frau mit Platzpatronen lädt.«
»Nyala war also auch an der Sache beteiligt?«
Wisley nickte.
»Und Mfuni, der Fährtenleser, hat er auch mitgemacht?«
»Alle haben mitgemacht.«
»Die Männer, die Sie erwähnten – Sie sagten, sie hätten über viel Geld verfügt. Woher wussten Sie das?«
»Sie haben gut bezahlt. Woking hat fünfzigtausend gekriegt, um den Plan umzusetzen. Ich … ich habe zwanzigtausend be-

kommen für die Nutzung des Camps und dafür, dass ich weggeschaut habe.«

»Der Löwe war dressiert?«

»Das hat jemand gesagt.«

»Wie?«

»Das weiß ich nicht. Ich weiß nur, dass der Löwe abgerichtet war, auf Befehl zu töten – auch wenn jeder, der glaubt, dass das verlässlich funktioniert, verrückt ist.«

»Sind Sie sicher, dass es nur zwei Männer waren?«

»Ich habe nur zwei Stimmen gehört.«

Pendergasts Gesichtszüge wurden hart. Einmal mehr wurde D'Agosta Zeuge, wie sich Pendergast mit reiner Willenskraft in den Griff bekam. »Gibt es sonst noch etwas?«

»Nein. Nichts. Das ist alles, ich schwöre es. Wir haben nie mehr darüber gesprochen.«

»Also gut.« Und dann – mit plötzlicher, furchterregender Geschwindigkeit – packte Pendergast Wisley an den Haaren und legte ihm die Waffe an die Schläfe.

»Nein!«, rief D'Agosta und legte Pendergast beschwichtigend die Hand auf den Arm.

Pendergast drehte sich zu ihm um, und D'Agosta wäre fast nach hinten getaumelt, so intensiv war sein Blick.

»Ich halte es für gar keine gute Idee, einen Informanten zu töten«, sagte D'Agosta und modulierte seine Stimme sorgfältig, damit sie betont lässig klang. »Vielleicht hat er ja noch nicht alles gesagt. Möglicherweise bringen ihn auch die Gin-Tonics um, was Ihnen viel Ärger ersparen würde. Keine Sorge, das fette Schwein geht nirgendwo hin.«

Pendergast zögerte, hielt die Waffe aber weiterhin Wisley an die Schläfe. Dann ließ er Wisleys Tonsur aus dünnen, rötlichen Haaren langsam los. Der Ex-Distriktskommissar sank zu Boden. Angewidert sah D'Agosta, dass er sich in die Hose gemacht hatte.

Wortlos stieg Pendergast wieder in den Jeep. D'Agosta setzte sich auf den Beifahrersitz. Sie bogen auf die Straße und fuhren zurück nach Lusaka, ohne ein einziges Mal zurückzuschauen.
Erst nach einer halben Stunde ergriff D'Agosta das Wort. »Und? Was kommt als Nächstes?«
»Die Vergangenheit«, erwiderte Pendergast, ohne den Blick von der Straße zu nehmen. »Als Nächstes kommt die Vergangenheit.«

12

Savannah, Georgia

Wie träge dösend lag der Whitfield Square im schwindenden Licht eines Montagabends. Die Straßenlaternen gingen an und ließen die kleinen Palmen und das Spanische Moos, das von den knorrigen Eichen hing, wie zarte Schemen erscheinen. Nach der Waschküchenhitze in Zentralafrika empfand D'Agosta das feucht-schwüle Georgia geradezu als Wohltat.
Er ging hinter Pendergast über die kurzgeschnittene, teppichdichte Rasenfläche. In der Mitte des Platzes befand sich ein großer, von Blumenbeeten umgebener, nach einer Seite offener Pavillon. Eine Hochzeitsgesellschaft stand unter dem gewellten Dach und folgte gehorsam den Anweisungen eines Fotografen. Anderswo schlenderten Menschen vorbei oder saßen auf schwarzgestrichenen Bänken, plauderten oder lasen. D'Agosta nahm das alles wie durch einen Weichzeichner wahr und schüttelte den Kopf. Nach der Blitzreise von New York nach Sambia und dem anschließenden Flug in dieses Zentrum der Südstaaten-Vornehmheit fühlte er sich wie betäubt.
Pendergast blieb stehen und deutete über die Habersham Street

hinweg auf eine große viktorianische Villa, makellos weiß und den benachbarten Bauten sehr ähnlich. Während sie darauf zugingen, sagte er: »Und denken Sie daran, Vincent, er weiß noch nichts davon.«

»Hab schon verstanden.«

Sie überquerten die Straße und stiegen die kleine Eingangstreppe aus Holz hinauf. Pendergast läutete. Nach ungefähr zehn Sekunden ging das Licht an, und die Tür wurde von einem Mittvierziger geöffnet. D'Agosta blickte den Mann neugierig an: großgewachsen und auffallend gutaussehend, hohe Wangenknochen, dunkle Augen und dichte, dunkelbraune Haare. Er war so sonnengebräunt, wie Pendergast blass war. In der einen Hand trug er eine gefaltete Zeitschrift. D'Agosta warf einen kurzen Blick auf die aufgeschlagene Seite. Die Fußzeile lautete *Journal of American Neurosurgery*.

Die Sonne, die fast hinter den Häusern auf der gegenüberliegenden Seite des Platzes versunken war, schien dem Mann in die wachen Augen, so dass er D'Agosta und Pendergast nicht gut erkennen konnte. »Ja?«, fragte er. »Kann ich Ihnen helfen?«

»Judson Esterhazy«, sagte Pendergast und streckte seine Hand aus.

Esterhazy stutzte, dann aber spiegelte sich in seiner Miene Verwunderung und Freude. »Aloysius? Das ist aber eine Überraschung! Komm doch rein.«

Esterhazy ging voran durch eine Diele, dann über einen schmalen Flur mit Büchern an den Wänden und schließlich in ein gemütliches kleines Zimmer. Gemütlich war kein Wort, das D'Agosta sehr oft verwendete, aber ihm fiel kein besseres ein, um den Raum zu beschreiben. Das warme gelbliche Licht verlieh den antiken Mahagonimöbeln einen milden Glanz. Sideboard, Rollpult-Schreibtisch, Waffenschrank, weitere Bücherregale. Dicke Perserteppiche bedeckten den Boden. An der einen Wand hingen zwei große Zeugnisse: ein medizinischer Titel und ein Doktorgrad. Die Polstermöbel machten einen außergewöhnlich bequemen Eindruck. Antiquitäten aus aller Welt, afrikanische Skulpturen, asiatische Jadeschnitzereien, zierten jede waagerechte Oberfläche. Zwei Fenster, gerahmt von zarten Vorhängen, gingen zum Platz hinaus. Zwar war der Raum vollgestopft mit Objekten, wirkte aber dennoch nicht überladen – das Zimmer eines gebildeten, weitgereisten Mannes mit Geschmack.

Pendergast drehte sich um und stellte D'Agosta Esterhazy vor. Der konnte seine Verwunderung kaum verbergen, als er hörte, dass D'Agosta Polizist war. Trotzdem lächelte er und schüttelte ihm herzlich die Hand.

»Das ist aber eine unerwartete Freude. Möchtest du etwas trinken? Tee, Bier, Bourbon?«

»Bourbon bitte, Judson«, sagte Pendergast.

»Wie trinkst du ihn?«

»Pur.«

Esterhazy wandte sich D'Agosta zu. »Und Sie, Lieutenant?«

»Ein Bier wäre prima, danke.«

»Natürlich.« Immer noch lächelnd ging Esterhazy zu einer Hausbar hinüber und schenkte mit routinierten Bewegungen einen großen Bourbon ein. Dann entschuldigte er sich und ging in die Küche, um ein Bier zu holen.

»Gütiger Himmel, Aloysius«, sagte er, als er zurückkam, »wie lange haben wir uns nicht mehr gesehen – neun Jahre?«

»Zehn.«

»Zehn Jahre. Als wir zusammen diese Jagdreise nach Kilchurn Lodge unternommen haben.«

D'Agosta trank das Bier in kleinen Schlucken und sah sich um, während sich die beiden anderen unterhielten. Pendergast hatte ihn vorhin über Esterhazys Vita informiert. Er war Neurochirurg, der, nachdem er es in seiner Profession bis ganz nach oben gebracht hatte, einen Teil seiner Zeit karitativen Aufgaben widmete, sowohl an lokalen Krankenhäusern als auch für Doctors With Wings, jene Hilfsorganisation, die Ärzte in Katastrophengebiete in der Dritten Welt flog und bei der seine Schwester gearbeitet hatte. Er war ein begeisterter Sportler und laut Pendergast ein noch besserer Schütze, als es seine Schwester gewesen war. Nachdem D'Agosta die diversen Jagdtrophäen an den Wänden gesehen hatte, musste er zugeben, dass Pendergast nicht übertrieben hatte. Ein Arzt, der gleichzeitig ein begeisterter Jäger war. Eine interessante Kombination.

»Aber nun erzähl doch mal«, sagte Esterhazy mit seiner tiefen, wohlklingenden Stimme. »Was führt dich hierher in den tiefen Süden? Ermittelst du in einem Fall? Und lass bitte nicht die schmutzigen Details aus.« Er lachte.

Pendergast trank einen kleinen Schluck Bourbon. Er zögerte nur einen Moment lang. »Judson, ich fürchte, deine Frage lässt sich nicht so leicht beantworten. Ich bin wegen Helen hier.«

Das Lachen blieb Esterhazy im Hals stecken. Ein Ausdruck der Verwirrung trat in seine patrizischen Gesichtszüge. »Helen? Was ist mit Helen?«

Pendergast trank noch einen größeren Schluck. »Ich habe erfahren, dass ihr Tod kein Zufall war.«

Einen Augenblick stand Esterhazy wie angewurzelt da und starrte Pendergast nur ungläubig an. »Was zum Teufel willst du damit sagen?«

»Ich will damit sagen, dass deine Schwester ermordet wurde.«

Esterhazy erhob sich. Ein leidvoller Ausdruck trat in seine Züge. Dann kehrte er ihnen den Rücken zu und ging langsam, wie traumwandlerisch, zu einem Bücherbord an der gegenüberliegenden Wand. Er nahm einen Gegenstand zur Hand, anscheinend rein zufällig, drehte ihn um und stellte ihn wieder ab. Nach einem langen Augenblick wandte er sich um, ging zur Hausbar, griff nach einem Whiskyglas und goss sich einen steifen Drink ein. Schließlich setzte er sich in einen Sessel ihnen gegenüber.

»So wie ich dich kenne, Aloysius, muss ich wohl nicht fragen, ob du dir da ganz sicher bist«, sagte er sehr leise.

»Nein, musst du nicht.«

Esterhazys ganzes Gebaren änderte sich, sein Gesicht wurde blass, immer wieder öffnete und schloss er die Hände. »Und was willst du – was wollen wir – nun unternehmen?«

»Ich werde mit Vincents Hilfe die Person oder Personen, die letztlich dafür verantwortlich sind, finden. Und wir werden dafür sorgen, dass der Gerechtigkeit Genüge getan wird.«

Esterhazy sah Pendergast mitten ins Gesicht. »Ich will dabei sein. Ich will dabei sein, wenn der Mann, der meine kleine Schwester ermordet hat, für seine Tat büßt.«

Pendergast schwieg.

Esterhazy verströmte einen solchen Zorn, seine Gefühle waren offenbar so intensiv, dass sie D'Agosta beinahe Angst machten. Als Esterhazy sich in seinem Stuhl zurücksetzte, wirkten seine dunklen, funkelnden Augen ruhelos. »Wie bist du dahintergekommen?«

Pendergast skizzierte die Ereignisse der vergangenen Tage. Obgleich erschüttert, hörte Esterhazy doch genau zu. Als Pendergast zu Ende erzählt hatte, stand er auf und schenkte sich noch einen Whisky ein.

»Ich glaubte …« Pendergast stockte. »Ich glaube Helen äußerst gut gekannt zu haben. Und dennoch … wenn jemand sie ermordet und derart aufwendige Vorkehrungen getroffen hat, um ihren Tod zu vertuschen und als Unfall auszugeben, dann ist klar, dass es einen Teil in ihrem Leben gab, von dem ich nichts ahnte. Und weil wir den Großteil ihrer letzten zwei Jahre auf Erden zusammen verbracht haben, muss ich davon ausgehen, dass es, was immer es war, weiter zurück in ihrem Leben lag. Und darum brauche ich deine Hilfe.«

Esterhazy strich sich mit der Hand über die breite Stirn und nickte.

»Fällt dir jemand ein, irgendjemand, der ein Motiv gehabt haben könnte, Helen zu ermorden? Feinde? Rivalinnen im Beruf? Frühere Liebhaber?«

Esterhazy schwieg, seine Kiefer mahlten. »Helen war ... wunderbar. Gütig. Charmant. Sie hatte keine Feinde. Alle liebten sie am MIT. Sie hat immer genau darauf geachtet, dass alle, mit denen sie Seminararbeiten schrieb, ebenfalls einen Schein bekamen.«

Pendergast nickte. »Wie sieht's mit der Zeit nach der Uni aus? Hatte sie bei Doctors With Wings Rivalen? Wurde jemand bei einer Beförderung zu Helens Gunsten übergangen?«

»In der Organisation herrschen andere Gesetze. Alle arbeiten zusammen. Keine Egos. Helen wurde dort sehr geschätzt.« Er schluckte schmerzlich. »Sogar geliebt.«

Pendergast setzte sich in seinem Sessel zurück. »In den Monaten vor ihrem Tod hat sie mehrere Kurzreisen unternommen. Zu Forschungszwecken, wie sie mir sagte, aber sie hat sich mit Details zurückgehalten. Im Rückblick kommt mir das Ganze merkwürdig vor – Doctors With Wings ging es mehr um Weiterbildung und ärztliche Versorgung und weniger um medizinische Forschung. Jetzt wünschte ich, ich hätte sie um weitere Informationen angegangen. Du bist Arzt, weißt du, was Helen möglicherweise vorhatte?«

Esterhazy überlegte kurz, dann schüttelte er den Kopf. »Tut mir leid, Aloysius. Helen hat mir nichts erzählt. Sie liebte es, an ferne Orte zu reisen – wie du ja weißt. Und die medizinische Forschung hat sie fasziniert. Wegen dieser beiden Leidenschaften hat sie sich ja überhaupt bei DWW engagiert.«

»Wie sieht's mit ihrem familiären Hintergrund aus?«, fragte D'Agosta. »Irgendwelche Konflikte innerhalb der Familie, Kümmernisse aus der Kindheit, dergleichen?«

»Alle haben Helen geliebt«, antwortete Esterhazy. »Ich war damals ein bisschen eifersüchtig auf ihre Beliebtheit. Und nein, es hat keine nennenswerten Schwierigkeiten in der Familie gegeben. Unsere Eltern sind beide vor mehr als fünfzehn Jahren gestorben. Ich bin der letzte Esterhazy.« Er zögerte.

»Ja?« Pendergast beugte sich vor.

»Nun, ich bin zwar sicher, da ist nichts dran, aber lange bevor Helen dich kennenlernte, hatte sie … eine unglückliche Liebesbeziehung. Mit einem richtigen Hallodri.«

»Erzähl weiter.«

»Es war im ersten Jahr nach dem Grundstudium, glaube ich. Sie hat diesen jungen Burschen vom MIT übers Wochenende mit nach Hause gebracht. Blond, gepflegt, blaue Augen, großgewachsen und sportlich, schien dauernd in langen Tennishosen und Pullovern mit Vereinswappen herumzulaufen. Er stammte aus einer wohlhabenden alten Einwandererfamilie, wuchs in Manhattan auf, die Eltern hatten ein Sommerhaus auf Fishers Island, er redete davon, ins Investmentbanking zu gehen – du kennst ja den Typus.«

»Warum war die Beziehung unglücklich?«

»Wie sich herausstellte, hatte er irgendeine Art sexuelles Problem. Helen hat sich zwar nie klar geäußert, aber es ging da wohl um irgendein perverses oder grausames Verhalten auf dem Gebiet.«

»Und?«

»Sie hat ihn verlassen. Er hat sie danach noch eine Zeitlang belästigt, Anrufe, Briefe. Ich glaube aber nicht, dass das bis zum Stalking ging. Und dann schien das alles auf einmal aufzuhören.« Er wedelte mit der Hand. »Das war sechs Jahre, bevor ihr euch kennengelernt habt, und neun Jahre vor ihrem Tod. Ich sehe nicht, dass diese Beziehung etwas mit ihrem Tod zu tun haben könnte.«

»Und der Name des Burschen?«

Esterhazy legte die Hände an den Kopf. »Adam … Adam, das war sein Vorname. Aber an seinen Nachnamen kann ich mich nicht mehr erinnern … wenn ich ihn denn überhaupt je gekannt habe.«

Langes Schweigen. »Sonst noch etwas?«

Esterhazy schüttelte den Kopf. »Es ist mir ein Rätsel, warum jemand auf die Idee kommen sollte, Helen weh zu tun.«

Kurzes Schweigen. Mit einem Nicken wies Pendergast auf einen gerahmten Kupferstich an einer Wand: eine Schneeeule auf einem Baum sitzend bei Nacht, verblichen. »Das ist ein Audubon, nicht wahr?«

»Ja. Leider nur eine Reproduktion.« Esterhazy warf einen Blick darauf. »Komisch, dass du das erwähnst.«

»Warum?«

»Das Bild hing in Helens Kinderzimmer. Sie hat mir erzählt, dass sie, wenn sie krank war, stundenlang darauf gestarrt hat, ohne Unterbrechung. Audubon hat sie fasziniert. Aber das weißt du natürlich alles«, schloss er rasch. »Ich habe das Bild behalten, weil es mich an sie erinnert.«

D'Agosta sah in Pendergasts Zügen einen leisen Ausdruck der Verwunderung, den er aber rasch verbarg.

Nach kurzem Schweigen sagte Pendergast: »Gibt es irgendetwas, was du noch über Helens Leben, unmittelbar bevor ich sie kennenlernte, erzählen kannst?«

»Sie hat sich in ihrer Arbeit sehr engagiert. Es gab auch eine Zeit, als sie begeistert Freeclimbing betrieben hat. Sie war fast jedes Wochenende in den Gunks.«

»Den Gunks?«

»Den Shawangunk-Bergen. Sie lebte damals eine Zeitlang in New York. Ist viel herumgereist. Teilweise natürlich für Doctors With Wings – Burundi, Indien, Äthiopien. Aber teilweise auch um des Abenteuers willen. Ich weiß noch, wie ich sie eines Nachmittags zufällig traf, vor fünfzehn, sechzehn Jahren. Sie

war ganz aufgeregt am Packen und wollte gerade – ausgerechnet – nach New Madrid fahren.«
»New Madrid?«, fragte Pendergast
»New Madrid in Missouri. Sie wollte mir nicht verraten, warum sie dort hinwollte, und sagte, ich würde sie nur auslachen. Sie konnte auf ihre Art eine sehr verschlossene Person sein. Aber das weißt du sicher besser als jeder andere, Aloysius.«
Wieder warf D'Agosta Pendergast einen verstohlenen Blick zu. *Und damit wären's zwei*, dachte er. Er kannte niemanden, der verschlossener war, dem es mehr widerstrebte, andere an seinen Gedanken teilhaben zu lassen, als Pendergast.
»Ich wünschte, ich hätte dir mehr helfen können. Wenn mir der Nachname dieses früheren Freundes einfällt, sage ich dir Bescheid.«
Pendergast erhob sich. »Danke, Judson. Es war sehr freundlich von dir, so lange mit uns zu sprechen. Und entschuldige bitte, dass du die Wahrheit auf diese Art erfahren hast. Ich fürchte, es war – na ja, ich hatte einfach nicht die Zeit, sie dir schonender beizubringen.«
»Ich kann dich gut verstehen.«
Esterhazy ging durch den Flur in die Eingangsdiele. »Warte«, begann er, dann zögerte er an der halbgeöffneten Tür. Einen Augenblick ließ er die Maske des stoischen Zorns fallen, und D'Agosta sah, dass ganz unterschiedliche Gefühle seine attraktiven Gesichtszüge entstellten. Aber was für welche? Blanke Wut? Angst? Seelische Verwüstung? »Du hast ja gehört, was ich vorhin gesagt habe. Ich möchte, dass … ich muss …«
»Judson«, sagte Pendergast schnell und fasste seine Hand. »Du musst mich die Sache regeln lassen. Ich verstehe ja, welch großen Kummer, welch großen Zorn du empfindest, aber *du musst mich die Sache regeln lassen.*«
Judson schüttelte kurz und heftig den Kopf.

»Ich kenne dich«, fügte Pendergast sanft hinzu, »aber ich muss dich warnen … übe keine Selbstjustiz. Bitte.«
Esterhazy holte einmal tief Luft, dann noch einmal, erwiderte aber nichts. Schließlich nickte Pendergast kurz und trat nach draußen in die Abendluft.

Nachdem er die Haustür geschlossen hatte, blieb Judson Esterhazy, immer noch schwer atmend, für längere Zeit in der dunklen Diele stehen. Als er seinen fürchterlichen Zorn, seinen furchtbaren Schock schließlich im Griff hatte, wandte er sich um und ging rasch in sein Zimmer zurück. Dort schritt er geradewegs auf den Waffenschrank zu und schloss ihn auf, wobei er den Schlüssel vor lauter Aufregung zweimal fallen ließ. Er strich über die wunderschön auf Hochglanz polierten Gewehre, dann wählte er eines aus: eine Holland & Holland Royal Delux 470 NE mit einem Leupold-VX-III-Zielfernrohr. Er zog die Waffe aus dem Schrank, drehte sie mit leicht zitternden Händen, dann stellte er sie zurück und verschloss sorgfältig den Schrank.
Pendergast konnte so viel über Rechtsstaatlichkeit predigen, wie er wollte, Tatsache war: Es war an der Zeit, die Sache selbst in die Hand zu nehmen. Denn eines hatte Judson Esterhazy im Leben gelernt. Es gab nur eine Möglichkeit, etwas richtig hinzubekommen. Du musst es selber tun.

13

New Orleans

Pendergast steuerte den Rolls-Royce auf den vom Licht der Natriumdampflampen grell erleuchteten Parkplatz in der Dauphine Street. Der Parkplatzwächter, ein Mann mit dicken

Ohren und schweren Tränensäcken unter den Augen, ließ die Schranke hinter ihnen herunter und reichte Pendergast ein Ticket, das dieser hinter den Scheibenwischer steckte.

»Hinten links, Platz neununddreißig!«, rief der Mann mit unüberhörbarem Mississippi-Delta-Akzent und betrachtete den Rolls mit großen Augen. »Ach nein, nehmen Sie lieber Platz zweiunddreißig, der ist größer. Und wir haften auch nicht für Schäden. Vielleicht sollten Sie Ihren Wagen besser im LaSalle's in der Toulouse abstellen, im Parkhaus.«

»Vielen Dank, ich ziehe diesen Parkplatz vor.«

»Wie Sie wollen.«

Pendergast manövrierte den großen Rolls über den engen Parkplatz und steuerte ihn vorsichtig auf die zugewiesene Parkfläche. Sie stiegen aus. Der Parkplatz war zwar groß, vermittelte aber trotzdem ein klaustrophobisches Gefühl, weil er an allen Seiten von ganz unterschiedlichen alten Gebäuden eingeschlossen war. Es war ein milder Winterabend, und obwohl es schon ziemlich spät war, wankten immer noch Gruppen junger Männer und Frauen, einige mit Plastikbechern voll Bier in der Hand, über die Bürgersteige und riefen sich gegenseitig irgendetwas zu, lachten und lärmten. Von den dahinterliegenden Straßen wehte gedämpft der Lärm von Rufen und Schreien, hupenden Autos und Dixieland-Jazz herüber.

»Ein typischer Abend im French Quarter«, sagte Pendergast und lehnte sich gegen den Rolls. »Bourbon ist die übernächste Straße, Epizentrum der öffentlichen Zurschaustellung der moralischen Verderbtheit dieses Landes.« Während er die Abendluft einatmete, glitt ein schwer zu deutendes Lächeln über seine blassen Gesichtszüge.

D'Agosta wollte losgehen, aber Pendergast rührte sich nicht vom Fleck. »Gehen wir?«, fragte er schließlich.

»Gleich, Vincent.« Pendergast schloss die Augen, so als wollte er die Atmosphäre des Ortes in sich wirken lassen. D'Agosta wartete und rief sich in Erinnerung, dass Pendergasts sonderbare Stimmungsschwankungen und seltsame Eigenarten Geduld erforderten, viel Geduld. Doch die Fahrt von Savannah hierher war lang und anstrengend gewesen – wie es schien, besaß Pendergast da unten einen weiteren Rolls, der mit dem in New York praktisch identisch war –, und außerdem hatte er Kohldampf. Zudem freute er sich schon seit geraumer Zeit auf ein kühles Bier, und mit anzusehen, wie diese Zecher mit ihren Bechern voll Bier vorbeigingen, besserte seine Stimmung auch nicht gerade.

Nach einer Minute räusperte sich D'Agosta. Pendergast schlug die Augen auf.

»Sehen wir uns Ihr Elternhaus an?«, fragte D'Agosta. »Oder wenigstens das, was davon noch übrig ist?«

»Ja, genau das machen wir.« Pendergast drehte sich um. »Wir befinden uns hier in einem der ältesten Abschnitte der Dauphine Street, im Herzen des French Quarter, des *echten* French Quarter.«

D'Agosta brummte irgendetwas. Da sah er, dass der Parkwächter sie von der anderen Seite des Parkplatzes mit einem gewissen Argwohn beobachtete.

Pendergast streckte den Arm aus. »Das zauberhafte neoklassizistische Stadthaus hier zum Beispiel wurde von einem der berühmtesten der ersten New-Orleans-Architekten erbaut, James Gallier Senior.«

»Wie's aussieht, wurde es in ein Holiday Inn umgewandelt«, sagte D'Agosta mit einem Blick auf das Schild an der Fassade.

»Und das prächtige Haus dort ist das Gardette–Le-Pretre-Haus. Erbaut für einen Zahnarzt, der aus Philadelphia hierherkam, als New Orleans noch spanisch war. Ein Pflanzer namens Le Pretre hat es neunzehnneununddreißig für über zwanzigtausend Dollar gekauft – eine ungeheure Summe zur damaligen Zeit. Die Le Pretres besaßen das Haus bis in die siebziger Jahre, aber leider ist es mit der Familie danach bergab gegangen. Inzwischen ist es, glaube ich, in Luxus-Eigentumswohnungen umgewandelt worden.«

»Okay«, sagte D'Agosta. Der Parkwächter kam mit mürrischer Miene zu ihnen herüber.

»Und direkt auf der anderen Straßenseite«, sagte Pendergast, »liegt das alte kreolische Cottage, in dem James Audubon eine Zeitlang mit seiner Frau, Lucy Bakewell, gewohnt hat. Heute beherbergt es ein kleines Museum.«

»Entschuldigen Sie«, sagte der Parkwächter, dessen Augen sich zu froschähnlichen Schlitzen verengten. »Vorsätzliches Herumlungern ist hier verboten.«

»Verzeihen Sie!« Pendergast zog einen Fünfzig-Dollar-Schein aus der Hosentasche. »Wie achtlos von mir, Ihnen kein Trinkgeld anzubieten. Ich beglückwünsche Sie zu Ihrer Achtsamkeit.«

Der Mann lächelte. »Na ja, ich wollt nicht ... aber trotzdem vielen Dank, Sir.« Er nahm den Geldschein entgegen. »Lassen Sie sich ruhig Zeit, kein Grund zur Eile.« Er nickte, lächelte und ging zurück in sein Wachhäuschen.

Pendergast hatte es offenbar nach wie vor nicht eilig, den Parkplatz zu verlassen. Die Hände hinter dem dunklen Anzug verschränkt, ging er umher und blickte mal dahin und mal dorthin, als wäre er in einem Museumssaal, sein Gesichtsausdruck eine seltsame Mischung aus Wehmut, Verlust und etwas, das sich nicht so leicht bestimmen ließ. D'Agosta bemühte sich, seine zunehmende Verärgerung zu unterdrücken. »Suchen wir nun endlich Ihr Elternhaus?«, fragte er schließlich.

Pendergast drehte sich zu ihm um und sagte leise: »Aber wir haben es doch schon gefunden, mein lieber Vincent.«

»Und wo liegt es?«

»Genau hier. *Hier* stand Rochenoire.«

Auf einmal sah D'Agosta den asphaltierten Parkplatz mit ganz anderen Augen. Ein Windstoß wehte ein Stück ekligen Mülls vom Boden, wirbelte es herum und herum. Irgendwo schrie eine Katze.

»Nachdem das Haus abgebrannt war«, sagte Pendergast, »wurden die unterirdischen Grüfte entfernt, der Keller wurde zugeschüttet und der Rest planiert. Jahrelang war das hier ein unbebautes Grundstück, bis ich es schließlich an die Firma verpachtet habe, die diesen Parkplatz betreibt.«

»Das Grundstück gehört Ihnen noch immer?«

»Die Pendergasts verkaufen niemals Grundbesitz.«

»Ah ja, so.«

Pendergast wandte sich ab. »Rochenoire lag weit zurück von der Straße, davor befand sich ein französischer Garten. Ursprünglich war es ein Kloster, ein großes Steingebäude mit Erkerfenstern, Zinnen und einem Witwengang. Neogotisch, ziemlich ungewöhnlich für die Straße. Ich bewohnte eines der Eckzimmer, im ersten Stock, dort oben.« Er zeigte in die Luft. »Von dort blickte man über das Audubon-Cottage hinweg zum Fluss, das andere Fenster ging hinaus zum Le-Pretre-Haus. Ah, die Le Pretres … ich habe sie damals stundenlang beobachtet, wenn sie hinter den erleuchteten Fenstern auf und ab gingen, und ihr theatralisches Getue belauscht.«

»Und Helen haben Sie im Audubon-Museum, das gegenüber liegt, kennengelernt?« D'Agosta hoffte, mit seiner Frage das Gespräch zurück auf die anstehende Aufgabe zu lenken.

Pendergast nickte. »Ich hatte dem Museum unser Doppelelefantfolio für eine Ausstellung ausgeliehen und wurde zur Vernissage eingeladen. Die waren immer begierig, das Exemplar unserer Familie in die Finger zu bekommen, das mein Urgroßvater direkt bei Audubon subskribiert hatte.«

Pendergast stockte. In dem grellen Licht, in das der Parkplatz getaucht war, wirkte sein Gesicht beinahe gespenstisch weiß. »Als ich das kleine Museum betrat, habe ich auf der anderen

Seite des Raums eine junge Frau gesehen, die zu mir herüberschaute.«

»Liebe auf den ersten Blick?«, fragte D'Agosta.

Das geisterhafte Lächeln kehrte zurück. »Es war, als wäre die Welt plötzlich verschwunden, als würde niemand sonst existieren. Sie war absolut zauberhaft. Ganz in Weiß gekleidet. Ihre Augen waren so blau, dass es an indigofarben grenzte, durchsetzt mit kleinen violetten Pünktchen. Höchst ungewöhnlich. Mehr noch: meiner Erfahrung nach einzigartig. Sie kam geradewegs zu mir herüber, stellte sich vor und fasste meine Hand, noch ehe ich meine Fassung wiedergewann …« Er stockte. »Helen kannte keine Schüchternheit, sie war der einzige Mensch, dem ich völlig vertraut habe.«

Pendergasts Stimme klang belegt, dann riss er sich zusammen. »Außer Ihnen, mein lieber Vincent.«

D'Agosta war erstaunt, plötzlich auf diese Weise gelobt zu werden. »Danke.«

»Was für einen schwelgerischen Unsinn ich da rede«, sagte Pendergast rasch. »Die Antworten liegen in der Vergangenheit, aber wir dürfen uns nicht in ihr verlieren. Wie dem auch sei: Ich glaube, es war wichtig für uns – für uns *beide* –, dass wir an diesem Ort angefangen haben.«

»Angefangen?«, wiederholte D'Agosta. Dann drehte er sich um. »Sagen Sie mal, Pendergast –«

»Ja?«

»Apropos Vergangenheit, es gibt da etwas, was ich mich schon die ganze Zeit frage. Warum haben die – wer immer sie sind – sich eigentlich die ganze Mühe gemacht?«

»Ich bin mir nicht ganz sicher, ob ich Ihnen folgen kann.«

»Den dressierten Löwen erwerben. Den Tod des deutschen Fotografen herbeiführen, um Sie und Helen in das Camp zu locken. Diese vielen Leute bestechen. Das hat doch enorm viel Geld und Zeit gekostet. Das ist doch ein enorm komplizierter

Plan. Warum nicht einfach eine Entführung oder einen Autounfall hier unten in New Orleans inszenieren? Ich meine, das wäre doch der leichtere Weg …« Er brach ab.

Einen Augeblick schwieg Pendergast. Dann nickte er langsam. »Sie haben recht. Es ist eine höchst merkwürdige Vorgehensweise. Aber vergessen Sie nicht, unser Freund Wisley hat gesagt, dass es sich bei einem der Verschwörer, die er belauscht hat, um einen Deutschen handelte. Und dieser Tourist, den der Löwe als Ersten tötete, war ebenfalls Deutscher. Vielleicht war der erste Mord ja mehr als nur ein Ablenkungsmanöver.«

»Das habe ich nicht bedacht«, sagte D'Agosta.

»Wenn dem so ist, würde das die Ausgaben und Anstrengungen eher rechtfertigen. Aber behalten wir diesen Gedanken einstweilen im Kopf. Ich bin überzeugt, dass unser erster Schritt darin bestehen muss, mehr über Helen selbst herauszufinden – wenn das denn möglich ist.« Er griff in die Außentasche seines Jacketts, zog ein gefaltetes Blatt Papier heraus und reichte es D'Agosta.

D'Agosta faltete es auseinander. Eine Adresse, verfasst in Pendergasts eleganter Schrift:

214 Mechanic Street
Rockland, Maine

»Was ist das?«, fragte D'Agosta.

»Die Vergangenheit. Dort ist Helen aufgewachsen. Das ist Ihre nächste Aufgabe, Vincent. Meine eigene liegt hier.«

14

Penumbra-Plantage

»Möchten Sie noch einen Tee, Sir?«

»Nein, danke, Maurice.« Pendergast betrachtete die Reste seines frühen Abendessens – Bohnen-Mais-Eintopf, Erbsen und Schinken mit Redeye-Sauce – mit so viel Wohlgefallen, wie er aufzubringen vermochte. Draußen vor den hohen Fenstern des Esszimmers dämmerte es zwischen den Hemlocktannen und Zypressen, während irgendwo in den Schatten eine Spottdrossel ihr langes, kompliziertes Lied sang.

Pendergast betupfte sich mit einer weißen Leinenserviette die Mundwinkel und stand vom Tisch auf. »Jetzt, wo ich gegessen habe, frage ich mich, ob ich wohl das Schreiben sehen könnte, das heute Nachmittag für mich gekommen ist.«

»Gewiss, Sir.« Maurice verließ das Speisezimmer, betrat die Eingangshalle und kehrte kurz darauf mit einem Brief zurück. Er war ziemlich verknittert und mehr als einmal neu adressiert worden. Nach dem Poststempel zu urteilen, hatte es fast drei Wochen gedauert, bis er zugestellt worden war. Selbst wenn er die elegante, altmodische Handschrift nicht erkannt hätte, die chinesischen Briefmarken hätten dennoch auf den Absender hingewiesen: Constance Greene, sein Mündel, das derzeit mit seinem kleinen Söhnchen in einem abgelegenen Kloster in Tibet wohnte. Pendergast schlitzte den Umschlag mit seinem Messer auf, zog den einzelnen Briefbogen hervor und las.

Lieber Aloysius,

ich weiß nicht genau, in welchen Schwierigkeiten Du steckst, aber in meinen Träumen sehe ich, dass Du in großer Not bist – oder sein wirst. Das tut mir sehr leid. Was Fliegen sind den

müß'gen Knaben, das sind wir den Göttern; sie töten uns zum Spaß.
Ich werde bald nach Hause kommen. Versuche, ruhig zu sein, alles ist unter Kontrolle. Und was es nicht ist, wird es bald sein. Wisse, dass Du in meinen Gedanken bist. Und auch in meinen Gebeten – oder es wärst, wenn ich beten würde.

Constance

Stirnrunzelnd las Pendergast den Brief noch einmal.
»Stimmt irgendetwas nicht, Sir?«
»Ich bin mir nicht sicher.« Pendergast dachte offenbar weiter über den Inhalt des Briefs nach. Dann legte er ihn zur Seite und wandte sich zu seinem Diener um. »Wie dem auch sei, Maurice, ich hatte gehofft, Sie könnten sich mir eventuell in der Bibliothek zugesellen.«
Maurice, der gerade den Tisch abdeckte, hielt inne. »Sir?«
»Ich dachte, dass wir vielleicht gemeinsam einen Verdauungs-Sherry trinken und uns ein wenig über die alten Zeiten unterhalten könnten. Ich stelle fest, dass ich gerade sehr nostalgisch gestimmt bin.«
Eine höchst ungewöhnliche Einladung, was in Maurices Miene auch deutlich zum Ausdruck kam. »Vielen Dank, Sir. Lassen Sie mich vorher nur den Tisch zu Ende abräumen.«
»Sehr gern. Ich gehe in den Keller und suche uns eine schön schimmlige Flasche aus.«
Der Inhalt war, ehrlich gesagt, mehr als schön: ein Hidalgo Oloroso Viejo VORS. Pendergast trank einen Schluck und bewunderte die Komplexität des Sherrys, fruchtig, mit Holznoten und einem Abgang, der unendlich lange am Gaumen zu haften schien. Auf einer Ottomane, auf der anderen Seite des alten Kaschan-Seidenteppichs, saß Maurice sehr aufrecht und steif in seiner Butleruniform da und schien sich auf beinahe komische Art unbehaglich zu fühlen.

»Schmeckt Ihnen der Sherry?«
»Er schmeckt sehr gut, Sir.«
»Dann trinken Sie ihn aus, Maurice. Es hilft, die Feuchtigkeit aus den Zimmern zu vertreiben.«
Maurice tat, wie ihm geheißen. »Soll ich noch ein Scheit in den Kamin legen?«
Pendergast schüttelte den Kopf, dann sah er sich nochmals um. »Erstaunlich, was für eine Flut von Erinnerungen es auslöst, wieder hier zu sein.«
»Das kann ich mir gut denken, Sir.«
Pendergast zeigte auf einen großen, freistehenden Globus in einem Holzrahmen. »Zum Beispiel erinnere ich mich an einen heftigen Streit mit meinem Kindermädchen, darüber, ob Australien ein Kontinent sei. Sie beharrte darauf, dass Australien lediglich eine Insel sei.«
Maurice nickte.
»Und die erlesenen Wedgewood-Teller, die auf dem obersten Bord des Bücherregals dort standen.« Mit einem Nicken zeigte Pendergast auf die Stelle. »Ich entsinne mich noch an den Tag, als mein Bruder und ich den Angriff der Römer auf Silvium nachgespielt haben. Die Belagerungsmaschine, die Diogenes gebaut hatte, erwies sich als allzu effektiv. Die erste Salve landete direkt auf dem Bord dort.« Pendergast schüttelte den Kopf. »Einen Monat lang kein Kakao.«
»Ich erinnere mich nur allzu deutlich daran, Sir«, sagte Maurice und trank aus. Der Sherry schien allmählich seine Wirkung zu entfalten.
Rasch schenkte Pendergast ihnen beiden nach. »Nein, nein, ich bestehe darauf«, sagte er, als Maurice sich zierte.
Er nickte und murmelte »Danke«.
»Dieses Zimmer war immer das Zentrum des Hauses«, sagte Pendergast. »Hier hat das Fest stattgefunden, nachdem ich als Klassenbester von Lusher abgegangen war. Und Großvater hat

hier seine Reden geprobt. Wissen Sie noch, wie wir alle um ihn herumsaßen, Zuhörer spielten und Beifall klatschten und pfiffen?«

»Als wäre es gestern gewesen.«

Pendergast trank noch einen Schluck. »Und hier haben wir auch den Empfang gegeben, nach unserer Hochzeitsfeier im französischen Garten.«

»Ja, Sir.« Die scharfe Kante der Reserviertheit war ein wenig stumpf geworden, und es schien auch, als sitze Maurice ein wenig entspannter auf der Ottomane.

»Helen hat dieses Zimmer ebenfalls geliebt.«

»Ja, das hat sie.«

»Ich erinnere mich, dass sie hier oft am Abend gesessen, an ihren Forschungen gearbeitet und die neuesten Fachzeitschriften gelesen hat.«

Ein wehmütiges, nachdenkliches Lächeln huschte über Maurices Züge.

Pendergast betrachtete sein Glas und den herbstfarbenen Sherry darin. »Wir konnten hier Zeit verbringen, ohne miteinander zu sprechen, und haben es einfach nur genossen, mit dem anderen zusammen zu sein.« Er hielt inne und sagte leichthin: »Maurice, hat meine Frau irgendwann einmal mit Ihnen über ihr Leben, bevor ich sie kennenlernte, gesprochen?«

Maurice leerte sein Glas und stellte es behutsam beiseite. »Nein, sie war eine ganz stille.«

»Was ist Ihre eindrücklichste Erinnerung an sie?«

Maurice dachte einen Augenblick nach. »Dass ich ihr kannenweise Hagebuttentee gebracht habe.«

Nun war es an Pendergast zu lächeln. »Ja, das war ihr Lieblingstee. Es schien, als könne sie nie genug davon bekommen. In der Bibliothek roch es ständig nach Hagebutte.« Er sog die Luft ein. Jetzt roch das Zimmer nur nach Staub und Feuchtigkeit. »Ich fürchte, ich war häufiger von zu Hause fort, als gut

war. Ich frage mich oft, was Helen wohl in dem zugigen alten Haus getan hat, um sich ein wenig zu amüsieren, wenn ich nicht in der Stadt war.«
»Hin und wieder ist sie verreist, im Rahmen ihrer Tätigkeit. Aber sie hat auch viel Zeit in diesem Zimmer verbracht«, sagte Maurice. »Sie haben ihr sehr gefehlt.«
»Tatsächlich? Sie hat nach außen hin immer eine so tapfere Miene gemacht.«
»Ich bin ihr während Ihrer Abwesenheit ständig hier in der Bibliothek begegnet«, sagte Maurice. »Sie hat sich die Vögel angeschaut.«
»Die Vögel?«
»Sie wissen doch, Sir. Das alte Lieblingsbuch Ihres Bruders ... bevor die schlechten Zeiten begannen. Das alte Buch mit all den Vogelstichen in der Schublade dort.« Mit einem Nicken zeigte er auf eine Schublade unten in einem alten Schrank aus Kastanienholz.
Pendergast runzelte die Stirn. »Das Audubon-Doppelelefantfolio?«
»Genau das. Ich habe ihr ihren Tee gebracht, aber sie hat mich kaum wahrgenommen. Sie hat einfach dagesessen und stundenlang in dem Buch geblättert.«
Pendergast stellte sein Glas ziemlich abrupt ab. »Hat sie mit Ihnen mal über ihr Interesse an Audubon gesprochen? Ihnen möglicherweise Fragen gestellt?«
»Hin und wieder. Die Freundschaft Ihres Ururgroßvaters mit Audubon hat sie fasziniert. Es war schön zu sehen, dass sie ein solch großes Interesse an der Familiengeschichte entwickelte.«
»Sie sprechen von Großvater Boethius?«
»Ja, genau dem.«
»Wann war das, Maurice?«, fragte Pendergast nach einem Augenblick.

»Oh, kurz nachdem Sie beide geheiratet haben, Sir. Sie wollte seine Papiere sehen.«

Pendergast genehmigte sich nachdenklich einen Schluck. »Papiere? Was für Papiere?«

»Die, die hier drin sind, in der Schublade, unter den Stichen. Immer wieder hat sie in den alten Dokumenten und Tagebüchern gelesen. In denen und im Vogelbuch.«

»Hat sie Ihnen einmal gesagt, warum Sie das getan hat?«

»Ich nehme an, sie hat die Bilder bewundert. Da sind einige wunderschöne Vögel drin, Mr. Pendergast.« Maurice trank noch einen Schluck von seinem Sherry. »Sagen Sie einmal – haben Sie beide sich denn nicht dort kennengelernt? Im Audubon-Cottage in der Dauphine Street?«

»Ja. Bei einer Ausstellung mit Audubon-Stichen. Aber damals hat sich Helen kaum dafür interessiert. Sie hat mir gesagt, sie sei nur deshalb dort hingegangen, weil es Wein und Käse umsonst gab.«

»Sie kennen doch die Frauen, Sir. Sie haben gern ihre kleinen Geheimnisse.«

»So scheint es«, erwiderte Pendergast sehr leise.

15

Rockland, Maine

Unter normalen Umständen wäre die *Salty Dog Tavern* genau die Art von Bar gewesen, die Vincent D'Agosta gefiel: ehrlich, unprätentiös, *working class* und preiswert. Derzeit waren die Umstände allerdings alles andere als normal. D'Agosta war in vier Tagen zwischen ebenso vielen Städten hin und her geflogen oder gefahren. Laura Hayward fehlte ihm, und er war müde, hundemüde. Maine im Februar war nicht unbedingt reizvoll. Und das Letzte, wozu er im Moment Lust hatte, war, mit ein paar Fischern Bier zu trinken.

Aber allmählich war er doch etwas verzweifelt. Rockland hatte sich als Sackgasse erwiesen. Das alte Esterhazy-Haus hatte, seit die Familie vor zwanzig Jahren ausgezogen war, mehrmals den Besitzer gewechselt. Von den Nachbarn schien sich nur eine alte Jungfer an die Familie zu erinnern – und die hatte ihm die Tür vor der Nase zugeschlagen. In den Zeitungen der Stadtbücherei wurden die Esterhazys nicht erwähnt, und im Stadtarchiv hatte er bis auf die Steuerakten nichts Relevantes gefunden. So viel zum Thema Klatsch und Tratsch in einer Kleinstadt.

Und so hatte er sich in die *Salty Dog Tavern* aufgemacht, eine Kneipe am Hafen, die – wie man ihm mitgeteilt hatte – von den ältesten der alten Fischer frequentiert wurde. Wie sich herausstellte, handelte es sich um ein schäbiges, mit Schindeln gedecktes Gebäude zwischen zwei Lagerhäusern am landseitigen Ende des Fischereihafens. Ein Gewitter kam schnell näher, ein paar Schneeflocken wirbelten bereits von See an Land, und der Wind peitschte die Gischt von den Wellen und wehte herrenlose Zeitungen über den felsigen Strand. Warum zum Teufel bin ich überhaupt hier?, fragte sich D'Agosta. Aber er kannte ja den Grund, Pendergast hatte es ihm erklärt. *Ich fürchte, Sie müssen dorthin*, hatte er gesagt. *Mir ist die Angelegenheit zu nahe. Mir fehlt die erforderliche investigative Distanz und Objektivität.*

In der Bar war es dunkel, die stickige Luft roch nach Tiefkühlfisch und abgestandenem Bier. Nachdem sich D'Agostas Augen an die Schummerbeleuchtung gewöhnt hatten, bemerkte er, dass die Anwesenden – der Barkeeper und vier mit Cabanjacken oder Südwestern bekleidete Gäste – ihre Gespräche unterbrochen hatten und ihn anstarrten. Es war sichtlich eine Kneipe, in der nur Stammkunden verkehrten. Aber wenigstens war es trocken hier drin, und der Bollerofen strahlte eine wohlige Wärme aus.

D'Agosta nahm am Ende der Theke Platz, nickte dem Barkeeper zu und bestellte ein Budweiser. Er benahm sich betont unauffällig, und so kam das Gespräch allmählich wieder in Gang. Bald hatte er herausgefunden, dass es sich bei allen vier Gästen um Fischer handelte; dass die Fischerei derzeit nichts einbrachte; dass die Fischerei streng genommen noch nie was eingebracht hatte.

D'Agosta sah sich in der Bar um und trank sein Bier in kleinen Schlucken. Die Einrichtung war, kaum erstaunlich, alt, vorherrschend waren nautische Motive. An den Wänden hingen Haigebisse, riesige Hummerscheren und Fotos von Fischerbooten, von der Decke baumelten Netze mit Kugeln aus farbigem Glas. Auf jeder Oberfläche lag eine dicke Patina aus Altersabnutzung, Zigarettenqualm und Staub.

D'Agosta trank sein Bier und dann noch eins, bevor er sich sagte, dass es an der Zeit war, in Aktion zu treten. »Mike.« Er redete den Barkeeper beim Vornamen an, den er vorher dem Gespräch entnommen hatte. »Ich möchte eine Lokalrunde ausgeben. Und trinken Sie doch eins mit.«

Einen Augenblick sah Mike ihn entgeistert an, dann nahm er mit einem unwirsch gemurmelten Danke die Bestellung an. Die Gäste nickten und bedankten sich brummelnd; die Biere wurden ausgeteilt.

D'Agosta trank einen großen Schluck. Es war wichtig, wie ein ganz normaler Typ zu wirken. Was im *Salty Dog* bedeutete, trinkfest zu sein. Er räusperte sich. »Ich hab mich gefragt«, sagte er, »ob einer von euch mir vielleicht helfen könnte.«

Die Männer erwiderten seinen Blick, manche neugierig, andere argwöhnisch. »Helfen wobei?«, fragte ein grauhaariger Mann, den die anderen mit Hector angeredet hatten.

»Früher hat hier in der Gegend mal eine Familie gelebt. Die Esterhazys. Ich versuche, Angehörige ausfindig zu machen.«
»Wie heißen Sie eigentlich, Mister?«, fragte einer der Fischer, Ned mit Namen. Er war ungefähr einen Meter fünfundsechzig groß, hatte ein wind- und wettergegerbtes Gesicht und Unterarme dick wie Telefonmasten.
»Martinelli.«
»Sind Sie ein Bulle?«, fragte Ned stirnrunzelnd.
D'Agosta schüttelte den Kopf. »Privatermittler. Es geht um eine Erbschaft.«
»Eine Erbschaft?«
»Es ist da ziemlich viel Geld im Spiel. Die Treuhänder haben mich eingestellt, damit ich eventuell noch lebende Esterhazys aufspüre. Wenn ich sie nicht finde, kann das Erbe nicht an sie ausgezahlt werden.«
Eine Minute herrschte Stille in der Bar, während die Gäste seine Antwort verarbeiteten. Mehr als ein Augenpaar hellte sich bei der Erwähnung von Geld auf.
»Mike, noch eine Runde, bitte.« D'Agosta trank einen großzügigen Schluck von seinem schaumigen Bier. »Die Treuhänder haben außerdem ein kleines Honorar für diejenigen ausgelobt, die dabei helfen, überlebende Familienangehörige zu finden.«
D'Agosta bemerkte, dass die Fischer einander ansahen, dann wieder ihn anschauten. »Also, kann mir jemand hier irgendwas erzählen?«
»Es gibt in der Stadt keine Esterhazys mehr«, sagte Ned.
»Es gibt in der ganzen Gegend hier keine Esterhazys mehr«, sagte Hector. »Und das kann auch gar nicht anders sein – nicht nach dem, was passiert ist.«
»Und was war das?«, fragte D'Agosta und bemühte sich, sein Interesse nicht allzu deutlich zu zeigen.
Weitere Blicke wurden zwischen den Fischern gewechselt. »Ich

weiß zwar nicht viel«, sagte Hector, »aber die hatten es verdammt eilig, die Stadt zu verlassen.«
»Die haben eine verrückte Tante im Dachgeschoss eingesperrt gehalten«, meinte der dritte Fischer. »Was sie aber auch mussten, nachdem sie damit angefangen hatte, die Hunde in der Stadt zu töten und zu essen. Die Nachbarn haben gesagt, sie hätten gehört, wie die Tante nachts da oben geschrien, mit der Faust an die Tür gedonnert und nach Hundefleisch verlangt hat.«
»Ach komm, Gary«, sagte der Barkeeper und lachte. »Das war doch bloß die Frau, die immer rumgezetert hat. Das war eine regelrechte Furie. Du siehst dir zu viel Horrorfilme nach Mitternacht an.«
»In Wirklichkeit«, widersprach Ned, »hat die Frau versucht, ihren Mann zu vergiften. Die hat ihm Strychnin in den Grießbrei getan.«
Der Barkeeper schüttelte den Kopf. »Trink noch eins, Ned. Ich habe gehört, dass der Vater sein Geld am Aktienmarkt verloren hat. Die Esterhazys haben die Stadt Hals über Kopf verlassen, weil sie allen möglichen Leuten Geld schuldeten.«
»Eine hässliche Geschichte«, sagte Hector und trank sein Glas aus. »Eine sehr hässliche.«
»Wie waren die Esterhazys denn so als Familie?«
Zwei der Fischer blickten sehnsüchtig auf ihre leeren Gläser, die sie geradezu furchterregend schnell geleert hatten.
»Mike, machen Sie noch 'ne Runde, bitte«, sagte D'Agosta zum Barkeeper.
»Ich habe gehört«, sagte Ned und nahm das Glas entgegen, »dass der Vater ein echter Mistkerl war. Dass er seine Frau mit einem Elektrokabel verprügelt hat. Und dass sie ihn deswegen vergiftet hat.«
Die Geschichten wurden immer verrückter und unwahrscheinlicher; Pendergast hatte ihm nur eine Information liefern können, nämlich dass Helens Vater Arzt gewesen war.

»Da habe ich aber was anderes gehört«, sagte der Barkeeper. »Die Frau war verrückt. Die ganze Familie hatte Angst vor ihr, ist um sie herumgeschlichen aus Angst, sie könnte in die Luft gehen. Und der Mann war oft von zu Hause weg. Immer auf Reisen. Südamerika, glaube ich.«

»Irgendwelche Verhaftungen? Polizeiliche Ermittlungen?« Aber D'Agosta kannte die Antwort ja schon: Das Polizeiregister der Esterhazys war blütenrein. Es gab keinerlei Unterlagen darüber, dass sie mit dem Gesetz in Konflikt geraten waren oder wegen häuslichen Unfriedens die Polizei gerufen worden war. »Ihr habt die Familie erwähnt ... die Esterhazys hatten doch einen Sohn und eine Tochter.«

Kurzes Schweigen. »Der Sohn war irgendwie seltsam«, sagte Ned.

»Ned, der Sohn war Jahrgangsbester im Abschlussjahrgang«, sagte Hector.

Jahrgangsbester, dachte D'Agosta, wenigstens das kann überprüft werden. »Und die Tochter? Wie war die so?«

Ringsum Schulterzucken. Ob die Highschool wohl noch Unterlagen über sie besaß? »Weiß jemand, wo die beiden Kinder jetzt sein könnten?«

Blicke wurden gewechselt. »Ich habe gehört, dass der Sohn irgendwo im Süden lebt«, sagte Mike, der Barkeeper. »Keine Ahnung, was mit der Tochter passiert ist.«

»Esterhazy ist kein gewöhnlicher Name«, gab Hector zu bedenken. »Schon mal daran gedacht, es übers Internet herauszufinden?«

D'Agosta blickte in ein Meer von leeren Gesichtern. Jede weitere Frage würde vermutlich zu einem weiteren Chor sich widersprechender Gerüchte und wenig hilfreicher Ratschläge führen. Außerdem wurde ihm klar, dass er angetrunken war.

Er stand auf – und musste sich an der Theke festhalten, damit er nicht wankte. »Was schulde ich Ihnen?«, fragte er Mike.

»Zweiunddreißigfünfzig«, lautete die Antwort.
D'Agosta fischte zwei Zwanziger aus der Brieftasche und legte die Scheine auf den Tresen. »Vielen Dank an euch alle für eure Hilfe«, sagte er. »Schönen Abend noch.«
»Und was ist mit dem Honorar?«, sagte Ned.
D'Agosta hielt inne, dann drehte er sich um. »Ah ja, das Honorar. Ich gebe euch meine Handynummer. Wenn jemandem noch was einfallen sollte – irgendetwas *Spezielles*, nicht nur Gerüchte –, dann kann er mich ja anrufen. Wenn das zu irgendetwas führt, gibt's vielleicht Geld.« Er zog eine Serviette zu sich heran und schrieb seine Nummer auf.
Die Fischer nickten ihm zu, Hector hob zum Abschied die Hand.
D'Agosta schlug den Mantelkragen hoch und trat unsicheren Schritts in den heftigen Schneesturm.

16

New Orleans

Diese Zeit am Tag, wenn die Türen verrammelt und verriegelt waren, die Besucher gegangen und jeder kleine Gegenstand an seinem Platz war, mochte Desmond Tipton am liebsten. Es war die ruhige Phase von 17 bis 20 Uhr, bevor die Touristen, die nur aufs Trinken aus waren, ins French Quarter einfielen wie die mongolischen Horden des Dschingis Khan, die Bars und Jazzclubs heimsuchten und bis zum Abwinken Sazeracs in sich hineinschütteten. Er konnte sie jeden Abend draußen hören, denn ihre feuchtfröhlichen Stimmen und Rufe und ihr infantiles Gegröle wurde nur teilweise von den uralten Wänden des Audubon Cottage gedämpft.

Für heute Abend hatte sich Tipton vorgenommen, die Wachsfigur von John James Audubon abzustauben, das Herzstück und zentrale Motiv des Museums. In dem lebensgroßen Diorama saß der bedeutende Naturforscher in seinem Arbeitszimmer neben dem Kamin, Zeichenblock und Stift in der Hand, und fertigte eine Zeichnung von einem toten, auf einem Tisch liegenden Vogel – einer Scharlachtangare – an. Tipton nahm den kleinen Akkusauger und den Staubwedel und stieg über die Absperrung aus Plexiglas. Zuerst säuberte er Audubons Kleidung, indem er mit dem kleinen Staubsauger darüberfuhr, anschließend hielt er ihn an Bart und Kopfhaar der Figur und wischte mit dem Staubwedel kleine Schmutzpartikel vom hübschen Wachsfigurengesicht.

Plötzlich hörte er etwas. Er hielt inne und schaltete den Akkusauger aus. Wieder das Geräusch: Jemand klopfte an die Eingangstür.

Verärgert schaltete Tipton den Staubsauger wieder ein und machte weiter, doch dann wurde das Klopfen noch lauter. So was erlebte er fast jeden Abend. Betrunkene Schwachköpfe, die die historische Plakette neben der Tür gelesen hatten und deshalb aus irgendeinem Grund anklopften. So ging das nun schon seit Jahren. Immer weniger Besucher am Tag, immer mehr Geklopfe und Gegröle am Abend. Die einzige Erholung waren die Monate nach dem Hurrikan gewesen.

Wieder hartnäckiges Klopfen, bedächtig und laut.

Tipton legte den Handstaubsauger ab, stieg aus dem Diorama und marschierte auf seinen gichtigen O-Beinen zur Tür. »Wir haben geschlossen!«, rief er durch die Eichentür. »Verschwinden Sie, sonst ruf ich die Polizei!«

»Ach, sind Sie das, Mr. Tipton?«, ließ sich die gedämpfte Stimme vernehmen.

Tiptons weiße Augenbrauen ruckten nach oben. Wer konnte das sein? Die Besucher, die tagsüber ins Museum kamen, beachteten ihn gar nicht, und auch er vermied es beharrlich, mit ihnen ein Gespräch zu beginnen, sondern saß, das Gesicht tief über seine Forschungsunterlagen gebeugt, missmutig an seinem Tisch.

»Wer ist da?«, fragte Tipton, nachdem er sich von der Überraschung erholt hatte.

»Könnten wir das Gespräch drinnen fortführen, Mr. Tipton? Es ist ziemlich kalt hier draußen.«

Tipton zögerte, dann entriegelte er die Tür und sah vor sich einen schlanken Herrn in dunklem Anzug, der bleich wie ein Gespenst war und dessen silbrige Augen im Halbdunkel der Straße glänzten. Der Mann kam ihm irgendwie bekannt vor; Tipton erschrak.

»Mr. … *Pendergast?*«, traute er sich beinahe flüsternd zu fragen.

»Höchstselbst.« Pendergast trat ein, ergriff Tiptons Hand und schüttelte sie kurz. Tipton starrte ihn ungläubig an.

Pendergast deutete auf den Besucherstuhl vor Tiptons Schreibtisch. »Darf ich?«

Tipton nickte. Pendergast nahm Platz und schlug die Beine übereinander. Schweigend nahm Tipton auf seinem Stuhl Platz.

»Sie sehen ja aus, als hätten Sie gerade ein Gespenst erblickt.«

»Nun ja, Mr. Pendergast …« Tipton war völlig durcheinander. »Ich dachte … Ihre Familie wäre ausgestorben … Ich hatte ja keine Ahnung …«, stammelte er in die Stille hinein.

»Die Gerüchte über meinen Tod sind stark übertrieben.«

Tipton tastete in der Westentasche seines etwas schmuddeligen dreiteiligen Anzugs, zog ein Taschentuch hervor und tupfte sich die Stirn. »Freut mich, Sie zu sehen, freut mich ungeheuer …« Wieder tupfte er sich die Stirn.

»Das beruht ganz auf Gegenseitigkeit.«

»Was führt Sie hierher zurück, wenn ich fragen darf?« Tipton bemühte sich, seine Fassung wiederzugewinnen. Seit fast fünfzig Jahren war er nun schon als Kurator des Audubon Cottage tätig und wusste daher sehr viel über die Familie Pendergast. Das Letzte, womit er gerechnet hatte, war, einen von denen wiederzusehen. Er erinnerte sich noch gut an die schreckliche Nacht des Brandes, so als wäre es gestern gewesen: der Pöbel auf der Straße, die Schreie aus den oberen Stockwerken, die Flammen, die in den Nachthimmel schlugen ... Er war erleichtert gewesen, als die überlebenden Angehörigen aus der Gegend fortzogen, denn die Pendergasts hatten ihm schon immer Angst eingejagt, vor allem dieser merkwürdige Bruder, Diogenes. Ihm war zu Ohren gekommen, dass Diogenes in Italien ums Leben gekommen sei. Außerdem hatte er gehört, dass Aloysius verschwunden sei. Das glaubte er nur zu gerne. Die Pendergasts waren eine Familie, die offenbar zum Aussterben verurteilt war.

»Ich wollte unserer kleinen Immobilie auf der anderen Straßenseite einen kleinen Besuch abstatten. Und weil ich in der Nähe war, dachte ich mir, ich schaue einmal kurz vorbei und mache einem alten Freund meine Aufwartung. Wie läuft's denn in letzter Zeit mit dem Museum?«

»Immobilie? Sie meinen ...?«

»Ganz genau. Der Parkplatz, auf dem früher einmal Rochenoire stand. Ich habe es nicht über mich gebracht, das Grundstück zu verkaufen, aus ... aus *sentimentalen* Gründen.« Pendergast lächelte.

Tipton nickte. »Natürlich, natürlich. Was das Museum betrifft, so sehen Sie ja selbst, Mr. Pendergast, dass der Stadtteil sich sehr zum Schlechten verändert hat. Wir haben in jüngster Zeit kaum noch Besucher.«

»Das Viertel hat sich in der Tat verändert. Da ist es doch höchst angenehm, dass das Audubon Cottage immer noch genauso aussieht.«

»Wir bemühen uns, alles beim Alten zu belassen.«

Pendergast erhob sich und verschränkte die Hände hinter dem Rücken. »Sie gestatten? Wie ich sehe, haben Sie im Moment geschlossen, ich würde mich aber trotzdem gern ein wenig umschauen. Um der alten Zeiten willen.«
Tipton erhob sich hastig. »Natürlich. Bitte entschuldigen Sie den Zustand des Audubon-Dioramas ... ich war gerade dabei, es abzustauben.« Er war ihm ungeheuer peinlich, dass er den kleinen Akkusauger Audubon auf den Schoß gelegt und den Staubwedel gegen dessen einen Arm gestützt hatte, so als hätte irgendein Witzbold den bedeutenden Mann in eine Putzfrau verwandeln wollen.
»Erinnern Sie sich noch«, sagte Pendergast, »an die Sonderausstellung vor fünfzehn Jahren, die Sie kuratiert und für die wir Ihnen unser Doppelelefantenfolio ausgeliehen haben?«
»Selbstverständlich.«
»Es war eine sehr festliche Vernissage.«
»Das kann man wohl sagen, ja.« Tipton erinnerte sich nur zu gut an seinen Stress und sein Entsetzen, Menschentrauben dabei zuzusehen, wie sie mit randvollen Weingläsern zwischen den Exponaten umherspazierten. Es war ein wunderschöner Sommerabend gewesen, der Vollmond hatte geschienen, aber er war so kaputt gewesen, dass er kaum etwas mitbekommen hatte. Deshalb war es die erste und letzte Sonderausstellung, die er kuratiert hatte.
Pendergast begann, durch die Räume zu schlendern, und schaute dabei in die Glasvitrinen mit ihren Stichen und Zeichnungen und Vögeln, den Audubon-Andenken, den Briefen und Skizzen. Tipton folgte ihm auf dem Fuße.
»Wussten Sie eigentlich, dass meine Frau und ich uns hier kennengelernt haben? Damals, auf dieser Vernissage?«
»Nein, Mr. Pendergast, das war mir nicht bekannt.« Tipton war unbehaglich zumute. Pendergast wirkte merkwürdig aufgekratzt.

»Meine Frau – Helen – ich glaube, sie hat sich sehr für Audubon interessiert.«
»Ja, ganz gewiss.«
»Hat sie nach der Ausstellungseröffnung … das Museum noch einmal besucht?«
»O ja. Vorher und nachher.«
»Vorher?«
Der scharfe Ton, in dem die Frage gestellt wurde, ließ Tipton aufhorchen. »Ja, warum? Sie ist ab und zu hierhergekommen, um ihren Forschungen nachzugehen.«
»Ihren Forschungen«, wiederholte Pendergast. »Und das war wie lange, bevor meine Frau und ich uns kennengelernt haben?«
»Mindestens ein halbes Jahr vor jener Ausstellungseröffnung. Vielleicht länger. Sie war eine reizende Frau. Ich war so entsetzt, als ich erfuhr, dass sie –«
»Schon gut.« Jetzt war Pendergast offenbar milder gestimmt, zumindest schien er sich wieder im Griff zu haben. Dieser Pendergast ist schon ein komischer Kauz, dachte Tipton, genauso wie die anderen aus der Familie. Sich exzentrisch aufzuführen, das war ja schön und gut in New Orleans, dafür war die Stadt schließlich berühmt, aber dieses Benehmen ging nun doch zu weit.
»Ich habe nie viel über Audubon gewusst«, fuhr Pendergast fort. »Und ich habe auch nie verstanden, was es mit diesen Forschungen auf sich hat. Können Sie sich noch gut an die Besuche meiner Frau erinnern?«
»Ein wenig«, sagte Tipton. »Sie hat sich für die Zeit interessiert, die Audubon im Jahr achtzehnhunderteinundzwanzig hier verbracht hat, gemeinsam mit Lucy.«
Pendergast blieb vor einer abgedunkelten Glasvitrine stehen. »Hat sich meine Frau für etwas Besonderes interessiert? Hatte sie vielleicht vor, einen Artikel oder ein Buch über Audubon zu schreiben?«

»Das müssten Sie besser wissen als ich, aber ich erinnere mich tatsächlich, dass sie mich mehr als einmal nach dem Schwarzgerahmten gefragt hat.«

»Dem Schwarzgerahmten?«

»Dem berühmten ›verlorenen Gemälde‹. Dasjenige, das Audubon während seines Aufenthalts im Sanatorium gemalt hat.«

»Verzeihen Sie bitte, dass mein Wissen über Audubon so begrenzt ist. Was hat es mit diesem ›verlorenen Gemälde‹ auf sich?«

»Als junger Mann erkrankte Audubon schwer. Während seiner Rekonvaleszenz hat er ein Bild gemalt. Offenbar ein außergewöhnliches Gemälde – sein erstes wirklich bedeutendes Werk. Später ist es verschwunden. Das Merkwürdige daran ist, dass niemand, der es gesehen hat, erwähnt hat, was es darstellt. Nur dass es auf brillante Weise lebensecht war und sich in einem ungewöhnlichen, schwarz angemalten Rahmen befand. Was Audubon tatsächlich gemalt hat, scheint nicht überliefert zu sein.« Tipton, der sich nun auf vertrautem Terrain befand, merkte, dass seine Nervosität ein wenig nachließ.

»Und Helen hat sich für dieses Bild interessiert?«

»Jeder Audubon-Forscher interessiert sich für das Bild. Es markierte den Anfang jener Schaffensphase, die mit *Die Vögel Amerikas* ihren Höhepunkt erreichte, und ist bei weitem das bedeutendste Werk der Natur-Malerei, das je veröffentlicht wurde. Das Schwarzgerahmte sei – so behaupteten Leute, die das Bild zu Gesicht bekamen – das erste Werk, das Audubons wahres Genie zeige.«

»Verstehe.« Pendergasts Miene wurde nachdenklich. Dann sah er plötzlich auf die Uhr. »Nun denn! Es war schön, Sie wiederzusehen, Mr. Tipton.« Er umfasste Tiptons Hand, worauf dieser beunruhigt feststellte, dass Pendergasts Hand noch kälter war als beim Eintreten – wie bei einer Leiche im Tiefkühlfach. Er folgte seinem Besucher bis an die Tür. Während er die Tür aufzog, nahm Tipton seinen ganzen Mut zusammen und stellte die Frage, die ihm auf dem Herzen lag. »Mr. Pendergast, haben Sie zufällig noch das Doppelelefantenfolio Ihrer Familie in Besitz?«

Pendergast drehte sich um. »Ja.«

»Ah! Wenn ich so kühn sein darf, Ihnen etwas vorzuschlagen, und ich hoffe, Sie werden mir meine Direktheit verzeihen, wenn Sie also aus irgendeinem Grund ein schönes Zuhause für den Band finden möchten, eines, wo er sehr gut gepflegt werden und von der Öffentlichkeit gewürdigt würde, wären wir natürlich sehr geehrt …« Er senkte die Stimme hoffnungsvoll.

»Ich werde es mir überlegen. Und nun einen schönen Abend, Mr. Tipton.«

Erleichtert stellte Tipton fest, dass Pendergast ihm nicht noch einmal die Hand entgegenstreckte.

Die Tür fiel ins Schloss; Tipton schloss ab und schob den Riegel vor, dann blieb er lange stehen und überlegte. Die Ehefrau von einem Löwen gefressen, die Eltern bei einem Brand ums Leben gekommen, den der Pöbel gelegt hatte … was für eine merkwürdige Familie. Und die Jahre hatten diesen Angehörigen ganz offensichtlich auch nicht normaler gemacht.

17

Das Zentrum für Medizinische Wissenschaften der Tulane-Universität in der Tulane Street war in einem unscheinbaren grauen Wolkenkratzer untergebracht, der auch im Finanzdistrikt von New York keinesfalls fehl am Platz gewirkt hätte. Im 31. Stock trat Pendergast aus dem Fahrstuhl und begab sich in die Gynäkologische Abteilung. Schließlich stand er nach einigen Erkundigungen vor der Tür von Miriam Kendall.

Er klopfte leise an. »Herein«, erklang eine kräftige, klare Stimme.

Pendergast öffnete die Tür. Das kleine Büro gehörte ganz offensichtlich einer akademischen Lehrkraft. Zwei metallene Bücherregale waren mit Lehrbüchern und Fachzeitschriften vollgestopft. Auf dem Schreibtisch lagen stapelweise Examenshefte. Hinter dem Schreibtisch saß eine Frau von vielleicht sechzig Jahren. Sie erhob sich, als Pendergast eintrat.

»Dr. Pendergast«, sagte sie und erwiderte den angebotenen Handschlag mit einer gewissen Reserviertheit.

»Nennen Sie mich Aloysius. Danke, dass Sie mich empfangen.«

»Keine Ursache. Bitte nehmen Sie doch Platz.«

Sie setzte sich hinter den Schreibtisch und musterte Pendergast distanziert, fast klinisch. »Sie sind keinen Tag älter geworden.«

Das ließ sich von Miriam Kendall nicht behaupten. In dem gelblichen Morgenlicht, das durch die hohen, schmalen Fenster fiel, sah sie sehr viel älter aus als damals, als sie sich mit Helen Esterhazy Pendergast ein Büro teilte. Doch ihr Gebaren war genau so, wie Pendergast es in Erinnerung hatte: knapp, kühl, berufsmäßig.

»Die äußere Erscheinung kann täuschen«, antwortete Pendergast. »Wie dem auch sei. Ich danke Ihnen, dass Sie mich empfangen. Wie lange sind Sie schon an der Tulane?«

»Seit neun Jahren jetzt.« Sie legte die Hände auf den Schreibtisch, Fingerspitzen aneinander. »Ich muss schon sagen, Aloysius, es wundert mich, dass Sie sich mit Ihren Nachforschungen nicht direkt an Helens alten Chef, Morris Blackletter, gewandt haben.«

Pendergast nickte. »Ich habe mich bereits erkundigt. Er lebt inzwischen im Ruhestand, und wie Sie vermutlich wissen, hat er nach seiner Zeit bei Doctors With Wings bei diversen

Pharmaunternehmen Beraterpositionen bekleidet. Im Moment macht er allerdings Urlaub in England und kommt erst in ein paar Tagen zurück.«

Sie nickte. »Und was ist mit Doctors With Wings?«

»Ich bin heute Morgen dort gewesen. Das Büro glich einem Irrenhaus, alle bereiteten sich auf ihren Einsatz in Aserbeidschan vor.«

»Ach ja, das Erdbeben. Wie ich höre, soll es viele Tote gegeben haben.«

»Ich habe dort keinen Menschen über dreißig gesehen. Und keiner, der sich eine Minute Zeit genommen hat, um mit mir zu sprechen, hatte die geringste Erinnerung an meine Frau.«

Wieder nickte Kendall. »Das ist ein Job für junge Leute. Deshalb bin ich dort auch weggegangen, um Frauenheilkunde zu unterrichten.« Das Schreibtischtelefon klingelte. Kendall ignorierte es. »Aber egal«, sagte sie flott, »ich bin mehr als glücklich, meine Erinnerungen an Helen mit Ihnen zu teilen, Aloysius, auch wenn ich schon neugierig bin, warum Sie gerade jetzt an mich herantreten, nach all den Jahren.«

»Höchst verständlich. Tatsache ist, dass ich vorhabe, eine Biographie über meine Frau zu schreiben. Eine Art Feier ihres Lebens, so kurz es auch war. Doctors With Wings war Helens erste und einzige Stelle, nachdem sie ihren Master in pharmazeutischer Biologie gemacht hatte.«

»Ich dachte, Sie sei Epidemiologin gewesen.«

»Das war ihre Unterspezialität.« Pendergast hielt inne. »Mir ist klargeworden, wie wenig ich über ihre Arbeit bei DWW weiß. Das ist ein Fehler, den ich mir ganz allein zuzuschreiben habe – und etwas, was ich nun wiedergutmachen möchte.«

Als Kendall das hörte, wurden ihre harten Gesichtszüge etwas weicher. »Das freut mich zu hören. Helen war eine bemerkenswerte Frau.«

»Wenn Sie so freundlich wären, ein wenig über Helens Zeit bei

Doctors With Wings zu erzählen. Aber bitte keine Schönfärberei. Meine Frau war nicht ohne Fehler – ich ziehe die ungeschönte Wahrheit vor.«
Kendall sah ihn an. Dann schweifte ihr Blick zu einem unbestimmten Punkt hinter Pendergast und wurde verhangen, so als blickte sie in die Vergangenheit. »Sicherlich wissen Sie einiges über DWW. Wir haben uns für Krankheitspflege, sauberes Trinkwasser und Ernährungsprogramme in der Dritten Welt eingesetzt. Es ging uns darum, die Menschen zu ermächtigen, ihre Lebensbedingungen und ihre gesundheitliche Situation zu verbessern. Aber wenn sich eine Naturkatastrophe ereignet – so wie jetzt das Erdbeben in Aserbeidschan –, haben wir Teams aus Ärzten und Pflegekräften mobilisiert und in die Zielregionen geflogen.«
»So viel weiß ich.«
»Helen …« Sie zögerte.
»Sprechen Sie weiter«, sagte Pendergast leise.
»Helen war sehr effizient in ihrer Arbeit, von Anfang an. Allerdings hatte ich oft das Gefühl, dass es ihr mehr um das Abenteuer als um die Hilfsarbeit ging. Als würde sie die monatelange Büroarbeit nur erledigen, um die Gelegenheit zu bekommen, im Epizentrum irgendeines Katastrophengebiets abgesetzt zu werden.«
Pendergast nickte.
»Ich erinnere mich …« Wieder hielt Kendall inne. »Wollen Sie sich keine Notizen machen?«
»Ich habe ein ausgezeichnetes Gedächtnis, Mrs. Kendall. Bitte fahren Sie fort.«
»Ich erinnere mich, wie in Ruanda eine Gruppe von uns von einem mit Macheten herumfuchtelnden Mob umringt war. Es müssen mindestens fünfzig Männer gewesen sein, ziemlich betrunken. Helen hat plötzlich einen zweischüssigen Derringer hervorgezogen und die ganze Bande entwaffnet. Sie hat den

Leuten gesagt, sie sollen ihre Waffen auf einen Haufen werfen und verschwinden. Und sie haben es getan!« Sie schüttelte den Kopf. »Hat sie Ihnen jemals davon erzählt?«

»Nein.«

»Sie wusste auch, wie man mit einem Derringer umgeht. Sie hat in Afrika schießen gelernt, nicht wahr?«

»Ja.«

»Mir ist das immer ein wenig merkwürdig vorgekommen.«

»Was?«

»Helens Faible für Schusswaffen, meine ich. Ein seltsames Hobby für eine Biologin. Aber jeder hat eben seine eigene Art, sich von Stress zu befreien. Und wenn man in einem Krisengebiet arbeitet, kann der Druck unerträglich sein. Der Tod, die Brutalität, die Barbarei.« Sie schüttelte den Kopf über irgendeine Erinnerung.

»Ich hatte gehofft, Helens Personalakte bei DWW einzusehen, hatte aber keinen Erfolg.«

»Sie haben das Büro ja gesehen. Wie Sie sich vielleicht vorstellen können, halten die dort nicht die allerbeste Ordnung, vor allem was Unterlagen angeht, die älter als zehn Jahre sind. Außerdem wäre Helens Akte schmaler als die meisten.«

»Und warum?«

»Sie hat dort nur halbtags gearbeitet.«

»Nicht ... ganztags?«

»Na ja, ›halbtags‹ ist nicht ganz richtig. Ich meine, die meiste Zeit hat sie volle vierzig Stunden gearbeitet – wenn sie in einem Krisengebiet war, sogar sehr viel länger –, aber oft ist sie gar nicht im Büro erschienen, manchmal für Tage hintereinander. Ich hatte immer angenommen, dass sie einen zweiten Job hatte oder an irgendeinem privaten Projekt arbeitete, aber Sie sagten ja eben, es sei ihr einziger Job gewesen.« Kendall zuckte mit den Schultern.

»Sie hatte keinen anderen Job.« Pendergast schwieg einen Augenblick. »Irgendwelche anderen Erinnerungen persönlicher Natur?«

Kendall zögerte. »Sie ist mir immer wie eine sehr zurückhaltende Person vorgekommen. Mir war nicht einmal bekannt, dass sie einen Bruder hatte, bis er eines Tages im Büro aufgekreuzt ist. Ein ausgesprochen gutaussehender Mann. Er war ebenfalls im medizinischen Bereich tätig, wenn ich mich recht entsinne.«

Pendergast nickte. »Judson.«

»Ja, das war sein Name. Ich nehme an, es gab viele Mediziner in der Familie?«

»Allerdings. Helens Vater war Arzt.«

»Das wundert mich nicht.«

»Hat sie mit Ihnen jemals über Audubon gesprochen?«

»Den Maler? Nein, nie. Aber es ist komisch, dass Sie ihn erwähnen.«

»Warum genau?«

»Weil mich das an das einzige Mal erinnert, als ich erlebt habe, dass Helen die Worte fehlten.«

Pendergast beugte sich ein wenig vor auf seinem Stuhl. »Bitte erzählen Sie mir davon.«

»Wir waren auf Sumatra. Ein Tsunami hatte dort große Verheerungen angerichtet.«

Pendergast nickte. »An den Einsatz erinnere ich mich. Helen und ich waren zu der Zeit erst einige Monate verheiratet.«

»Es herrschte das totale Chaos; wir hatten alle bis zum Umfallen gearbeitet. Eines Abends kam ich in das Zelt zurück, das ich mir mit Helen und einer anderen Angehörigen von DWW teilte. Helen saß da, allein, im Campstuhl. Sie döste, auf dem Schoß ein aufgeschlagenes Buch, das die Zeichnung eines Vogels zeigte. Weil ich sie nicht wecken wollte, habe ich ihr das Buch vorsichtig weggenommen. Da ist sie aufgeschreckt, hat mir das Buch aus den Händen gerissen und zugeklappt. Sie

schien richtig wütend zu sein. Aber dann bekam sie sich wieder in den Griff, hat die Sache mit einem Lachen abgetan und gesagt, ich hätte sie erschreckt.«
»Was war das für ein Vogel?«
»Klein, ziemlich farbenfroh. Er hatte einen ungewöhnlichen Namen ...« Sie versuchte sich zu erinnern. »Ein Teil davon war der Name eines Bundesstaats.«
Pendergast dachte einen Augenblick nach. »Virginia-Ralle?«
»Nein, daran würde ich mich erinnern.«
»Kalifornische Grundammer?«
»Nein. Der Vogel war grün und gelb.«
Es entstand ein längeres Schweigen. »Karolinasittich?«, fragte Pendergast schließlich.
»Genau der! Ich weiß noch, dass ich sagte, ich hätte gar nicht gewusst, dass es in Nordamerika Papageienarten gibt. Aber sie hat die Frage einfach beiseitegewischt, und das war's.«
»Verstehe. Vielen Dank, Mrs. Kendall.« Pendergast hatte völlig regungslos dagesessen, jetzt erhob er sich plötzlich und streckte seine Hand aus. »Vielen Dank für Ihre Hilfe.«
»Ich hätte gern ein Exemplar Ihrer Biographie. Ich habe Helen sehr gemocht.«
Pendergast verneigte sich knapp. »Ich schicke Ihnen eines zu, sobald das Buch veröffentlicht ist.« Dann wandte er sich um, verließ den Raum und fuhr – mit seinen Gedanken weit, weit weg – im Lift bis ins Erdgeschoss.

18

Pendergast wünschte Maurice eine gute Nacht, nahm sich das Glas mit dem Rest einer Flasche Romanie-Conti 1964, die er zum Abendessen geöffnet hatte, und ging über den hallenden

Mittelflur des Penumbra-Plantagenhauses in die Bibliothek. Vom Golf vom Mexiko kommend war ein Gewitter übers Land gezogen, der Wind ließ das Haus ächzen und die Fensterläden knarren und fuhr in das nackte Geäst der Bäume ringsumher. Regentropfen prasselten gegen die Fenster, schwere, dräuende Wolken verdunkelten den Vollmond.

Pendergast näherte sich dem Bücherschrank mit Glasfront, der die wertvollsten Bücher der Familie enthielt: einen Zweitdruck von Shakespeares *First Folio;* Johnsons *Wörterbuch*, die zweibändige Ausgabe aus dem Jahr 1755; ein Exemplar aus dem 16. Jahrhundert der *Les Tres Riches Heures du Duc de Berry* in der originalen Illustration der Brüder Limburg. Die vier Bände von Audubons Doppelelefantenfolio der *Vögel Amerikas* hatten ihre eigene Schublade unten im Bücherschrank.

Er streifte weiße Baumwollhandschuhe über, zog die vier riesigen Bände hervor und legte sie nebeneinander auf den Refektoriumstisch in der Mitte der Bibliothek. Jeder Band maß mehr als neunzig mal hundertzwanzig Zentimeter. Er wandte sich dem ersten zu und schlug ihn mit äußerster Sorgfalt auf der Seite mit dem ersten Stich auf: Wilder Truthahn, männlich. Das umwerfend schöne Bild, so frisch wie am Tag, als es gemalt wurde, war derart lebensecht, dass es schien, als würde das Tier einem entgegenspringen. Die Ausgabe, eine von nur 200, deren reich verziertes Exlibris und originale Widmung noch immer das Vorsatzblatt zierten, war von Pendergasts Vorfahren auf dem Wege der Subskription direkt von Audubon erworben worden. Es war das kostbarste Buch, das je in der Neuen Welt hergestellt worden war, und heute an die zehn Millionen Dollar wert.

Langsam blätterte Pendergast die Seiten um: der *Gelbschnabelkuckuck*, der *Zitronenwaldsänger*, der *Purpurgimpel* … Er betrachtete die Vögel eingehend, einen nach dem anderen, Bildtafel um Bildtafel, bis er schließlich zur Abbildung 26 gelangte: der *Karolinasittich*.

Er schob die Hand in die Innentasche seines Jacketts und zog ein Blatt Papier heraus, auf dem er sich Notizen gemacht hatte.

Karolinasittich (Conuropsis carolinensis)
Einzige in den östlichen USA beheimatete Papageienart. Wurde 1939 für ausgestorben erklärt.
Letztes wildlebendes Exemplar wurde 1904 in Florida getötet; letzter Vogel in Gefangenschaft, »Incas«, starb 1918 im Zoo von Cincinnati.
Waldrodungen; getötet wegen der Federn, um Damenhüte anzufertigen, getötet von Farmern, die die Vögel für eine Plage hielten, wurden in großer Zahl als Haustiere gehalten.
Hauptgrund des Aussterbens: das Verhalten des Schwarms. Wenn einzelne Vögel geschossen wurden und zu Boden fielen, landete der Schwarm, anstatt zu flüchten, auf dem Boden und versammelte sich um den Toten oder Verletzten, so als wollten sie helfen, was schließlich zur Auslöschung des gesamten Schwarms führte.

Pendergast faltete das Blatt Papier zusammen, steckte es wieder ein und schenkte sich ein Glas Burgunder ein. Während er es austrank, schien er diesen ganz erstaunlichen Wein kaum zu schmecken.
Nun wusste er – und das war enorm kränkend –, dass sein erstes Treffen mit Helen kein Zufall gewesen war. Und doch konnte er es kaum fassen. Aber die Verbindung seiner Familie zu James Audubon war doch sicherlich nicht der Grund, warum sie ihn geheiratet hatte? Sie hatte ihn geliebt, ganz bestimmt, und dennoch wurde ihm zunehmend klar, dass seine Frau ein Doppelleben geführt hatte. Es war eine bittere Ironie: Helen war der einzige Mensch auf der Welt gewesen, dem er vertraut, dem er sich geöffnet hatte – und in der ganzen Zeit hatte sie ein

Geheimnis vor ihm bewahrt. Und während er sich noch ein Glas Wein eingoss, dachte er darüber nach, dass er, weil er ihr vertraut hatte, nie hinter ihr Geheimnis gekommen war, das ihm bei jedem anderen Freund sofort aufgefallen wäre.
Das alles war ihm klar. Und doch war es ohne Gewicht verglichen mit den noch offenen Fragen, die ihm geradezu ins Auge sprangen:
Was steckte dahinter, dass Helen offensichtlich von Audubon fasziniert war, und warum hatte sie so viel Sorgfalt darauf verwandt, ihr unbestreitbares Interesse an dem Maler vor ihm zu verbergen?
Was für eine Verbindung bestand zwischen Helens Interesse an Audubons berühmten Stichen und einer obskuren Papageienart, die seit fast einem Jahrhundert ausgestorben war?
Wo befand sich Audubons erstes künstlerisch reifes Werk, das geheimnisumwitterte Schwarzgerahmte, und weshalb hatte Helen danach gesucht?
Und was besonders verwirrend und am wichtigsten war: Wieso hatte dieses Interesse letztlich zu ihrem Tod geführt? Denn obwohl er sich in wenig anderem sicher war, von einer Sache war er ohne den leisesten Zweifel überzeugt, nämlich dass sich irgendwo versteckt hinter diesem Vorhang von Fragen und Vermutungen nicht nur der Grund für Helens Tod verbarg, sondern der Mörder selbst.
Er stellte das Glas zur Seite, erhob sich aus dem Sessel und ging mit langen Schritten zum Telefon, das auf einem Tisch in der Nähe stand. Er nahm den Hörer in die Hand und wählte.
Beim zweiten Läuten wurde abgenommen. »D'Agosta.«
»Hallo, Vincent.«
»Pendergast! Wie geht's Ihnen?«
»Wo befinden Sie sich im Augenblick?«
»Im Hotel Copley Plaza, ich ruh mich aus. Haben Sie eine

Ahnung, wie viele Männer namens Adam am MIT studiert haben, als Ihre Frau dort war?«

»Nein.«

»Einunddreißig. Sechzehn habe ich aufspüren können. Keiner sagt, dass er sie kennt. Fünf weitere befinden sich außer Landes. Zwei weitere sind tot. Über die anderen acht gibt es keinerlei Informationen: Es seien ›verlorene Alumni‹, sagen die Leute von der Universität.«

»Lassen Sie uns unseren Freund Adam fürs Erste auf Eis legen.«

»Dagegen ist nichts einzuwenden. Also, wohin geht's als Nächstes? Nach New Orleans? Oder New York vielleicht? Ich würde mal gerne wieder ein bisschen Zeit mit –«

»In den Norden von Baton Rouge. Zur Oakley-Plantage.«

»Wieso das denn?«

»Sie werden zum Oakley-Plantagenhaus fahren, es liegt kurz außerhalb von St. Francisville.«

Lange Pause. »Und was soll ich da unten machen?«, fragte D'Agosta in zweiflerischem Tonfall.

»Ein paar ausgestopfte Papageien unter die Lupe nehmen.«

Eine weitere, noch längere Pause. »Und was tun *Sie?*«

»Ich werde mich ins Grand Hotel Bayou begeben. Und ein verschollenes Gemälde aufspüren.«

19

Bayou Goula, Louisiana

Das eine schwarzgekleidete Bein über das andere geschlagen, die Arme verschränkt, saß Pendergast so reglos da wie die Alabaster-Statuen auf der von Palmen umstandenen Terrasse des eleganten Hotels. Das Gewitter vom Vorabend war vorübergezogen, und es versprach ein warmer, sonniger Tag zu werden, voll von falschen Versprechungen eines nahenden Frühlings. Vor Pendergast lag eine breite Auffahrt aus weißem Kies. Ein kleines Heer von Hoteldienern und Caddies war damit beschäftigt, teure Autos und glänzende Golfkarren hierhin und dorthin zu befördern. Jenseits der Auffahrt lag ein Swimmingpool, azurblau glitzernd im spätmorgendlichen Licht, ohne Schwimmer, aber umgeben von Sonnenhungrigen, die Bloody Marys tranken. Jenseits des Pools erstreckten sich ein ausgedehnter Golfkurs, makellose Fairways und geharkte Bunker, über die Männer in pastellfarbenen Blazern und Frauen goldener und weißer Aufmachung schlenderten. Dahinter wiederum zog das breite braune Band des Mississippi vorüber.

»Mr. Pendergast?«

Pendergast blickte auf und sah einen kleinen, rundlichen Endfünfziger im dunklen Anzug, das Jackett zugeknöpft und mit dunkelroter Krawatte mit ganz feinem Dessin. Seine Glatze glänzte so hell in der Sonne, dass sie vergoldet hätte sein können, die dicken weißen Koteletten standen leicht über die Ohren hinaus. Die kleinen blauen Augen saßen tief in den Höhlen im geröteten Gesicht. Der verkniffene Mund war zu einem geschäftsmäßigen Lächeln erstarrt.

Pendergast erhob sich. »Guten Morgen.«

»Ich bin Portby Chausson, Geschäftsführer des Grand Hotel Bayou.«

Pendergast schüttelte die ausgestreckte Hand. »Freut mich, Ihre Bekanntschaft zu machen.«

Chausson deutete mit seiner pinkfarbenen Hand in Richtung Hotel. »Ebenso. Zu meinem Büro geht's dort entlang.«

Er ging voran, durch den Innenhof in ein hallendes, mit cremefarbenem Marmor ausgelegtes Foyer. Pendergast folgte dem

Geschäftsführer, vorbei an wohlgenährten Geschäftsleuten mit schlanken Frauen am Arm, zu einer schlichten Tür unmittelbar hinter dem Empfangstresen. Chausson öffnete die Tür, und ein opulentes Büro im Stil des französischen Barock kam zum Vorschein. Chausson begleitete Pendergast zu einem Stuhl vor dem reichverzierten Schreibtisch.

»Ihrem Akzent entnehme ich, dass Sie nicht aus diesem Teil des Landes stammen«, sagte Chausson, während er hinter seinem Schreibtisch Platz nahm.

»Ich komme aus New Orleans«, erwiderte Pendergast.

»Ah.« Chausson rieb sich die Hände. »Aber Sie sind ein neuer Gast, wie ich annehme?« Er konsultierte seinen Computer. »In der Tat. Nun, Mr. Pendergast, danke, dass Sie uns für Ihre Urlaubswünsche in Betracht gezogen haben. Und gestatten Sie mir, Sie zu Ihrem exquisiten Geschmack zu beglückwünschen: das Bayou Grand ist das luxuriöseste Resort-Hotel im gesamten Mississippi-Delta.«

Pendergast legte den Kopf schräg.

»Aber gut, am Telefon deuteten Sie an, dass Sie an unseren Golf-und-Freizeit-Arrangements Interesse haben. Wir hätten da zwei: das einwöchige Platin-Paket und das zweiwöchige Diamant-Paket. Das einwöchige Angebot fängt bei zwölftausendfünfhundert an. Allerdings möchte ich Ihnen vorschlagen, zum zweiwöchigen aufzustocken, weil darin –«

»Entschuldigen Sie bitte, Mr. Chausson«, unterbrach Pendergast sanft. »Aber wenn Sie mir gestatten, nur einen Augenblick zu Wort zu kommen, dann könnte ich, wie ich glaube, uns beiden wertvolle Zeit sparen.«

Der Geschäftsführer hielt inne und sah Pendergast erwartungsvoll lächelnd an.

»Es stimmt, ich habe ein gewisses Interesse an Ihren Golf-Reisen gezeigt. Aber bitte verzeihen Sie mir mein kleines Täuschungsmanöver.«

Chausson machte ein verständnisloses Gesicht. »Täuschungsmanöver?«
»Ganz recht. Ich wollte lediglich Ihre Aufmerksamkeit erregen.«
»Ich verstehe nicht ganz.«
»Und ich weiß nicht, wie ich mich deutlicher ausdrücken soll, Mr. Chausson.«
»Wollen Sie damit sagen«, der leere Gesichtsausdruck verdüsterte sich, »dass Sie gar nicht vorhaben, im Bayou Grand abzusteigen?«
»Das stimmt, leider. Golf ist nicht mein Sport.«
»Und dass Sie mich getäuscht haben, damit Sie ... Zugang zu mir bekommen konnten?«
»Wie ich sehe, ist der Groschen endlich gefallen.«
»In diesem Fall, Mr. Pendergast, haben wir nichts weiter zu besprechen. Schönen Tag noch.«
Pendergast betrachtete einen Augenblick lang seine perfekt manikürten Fingernägel. »Ich sehe das etwas anders.«
»Dann hätten Sie mich direkt ansprechen sollen, ohne eine List anzuwenden.«
»Hätte ich das getan, dann wäre ich mit an Sicherheit grenzender Wahrscheinlichkeit nicht bis in Ihr Büro vorgedrungen.«
Chausson wurde rot. »Ich habe genug gehört. Ich bin ein sehr beschäftigter Mann. Und wenn Sie mich nun bitte entschuldigen wollen, es gibt hier *zahlende* Gäste, um die ich mich zu kümmern habe.«
Aber Pendergast machte keine Anstalten aufzustehen. Stattdessen griff er mit einem Seufzen, das fast bedauernd klang, in die Tasche seiner Anzugjacke, zog ein kleines Lederetui hervor, klappte es auf und zeigte seinen goldenen Dienstausweis.
Chausson starrte einen langen Moment darauf. »FBI?«
Pendergast nickte.

»Ist ein Verbrechen geschehen?«
»Ja.«
Chausson traten Schweißperlen auf die Stirn. »Sie wollen doch wohl nicht … in meinem Hotel eine Verhaftung vornehmen, oder?«
»Mir schwebt da etwas anderes vor.«
Chausson war ungeheuer erleichtert. »Geht es hier um einen Kriminalfall?«
»Um keinen, der mit dem Hotel in Zusammenhang steht.«
»Haben Sie einen Durchsuchungsbefehl oder eine Vorladung?«
»Nein.«
Chausson schien seine Fassung zum großen Teil wiederzugewinnen. »Ich fürchte, Mr. Pendergast, wir müssen unsere Anwälte konsultieren, bevor wir auf irgendwelche Anfragen reagieren können. Unternehmenspolitik. Tut mir sehr leid.«
Pendergast steckte seinen Dienstausweis ein. »Das ist höchst bedauerlich.«
Chausson machte eine unübersehbar selbstzufriedene Miene. »Mein Assistent wird Sie hinausbegleiten.« Er drückte auf einen Knopf. »Jonathan?«
»Stimmt es, Mr. Chausson, dass dieses Hotel ursprünglich das Haus eines Baumwollbarons war?«
»Ja, ja.« Ein schlanker junger Mann betrat das Zimmer. »Würden Sie Mr. Pendergast bitte hinausbegleiten?«
»Ja, Sir.«
Pendergast machte noch immer keine Anstalten aufzustehen. »Ich frage mich, Mr. Chausson, was Ihre Gäste wohl dazu sagen würden, wenn sie erführen, dass in diesem Hotel früher einmal ein Sanatorium untergebracht war.«
Auf einmal verschlossen sich Chaussons Gesichtszüge. »Ich habe keine Ahnung, wovon Sie sprechen.«
»Von einem Sanatorium für alle möglichen Arten von außer-

ordentlich unangenehmen, hochinfektiösen Krankheiten. Cholera, Tuberkulose, Malaria, Gelbfieber –«

»Jonathan?«, sagte Chausson. »Mr. Pendergast wird noch eine Weile hierbleiben. Bitte schließen Sie die Tür hinter sich.«

Der junge Mann zog sich zurück. Chausson wandte sich zu Pendergast um und setzte sich vor; seine rosafarbenen Kinnbacken wackelten vor lauter Empörung. »Wie können Sie es wagen, mir zu drohen?«

»Drohen? Was für ein hässliches Wort. ›Die Wahrheit macht frei‹, Mr. Chausson. Ich biete Ihnen an, Ihre Gäste mittels der Wahrheit zu befreien, nicht, ihnen zu drohen.«

Einen Augenblick lang blieb Chausson regungslos stehen. Dann ließ er sich langsam zurück auf seinen Stuhl sinken. »Was wollen Sie?«, fragte er leise.

»Der Grund meines Besuchs ist das Sanatorium. Ich bin hier, um mir alte Akten anzusehen, die möglicherweise noch existieren. Vor allem jene, die sich auf einen bestimmten Patienten beziehen.«

»Und wer soll dieser Patient sein?«

»John James Audubon.«

Chausson runzelte die Stirn. Und dann schlug er mit seinen ausgiebig geschrubbten Händen in unverhüllter Verärgerung auf den Schreibtisch. »Nicht schon *wieder!*«

Pendergast sah ihn verwundert an. »Wie bitte?«

»Jedes Mal, wenn ich glaube, dass dieser elende Kerl vergessen ist, kommt jemand anders hierher. Und ich nehme an, dass auch Sie sich nach dem Gemälde erkundigen wollen.«

Pendergast saß schweigend da.

»Ich sage Ihnen, was ich den anderen erzählt habe. John James Audubon war hier vor fast hundertachtzig Jahren Patient. Die … äh, das Sanatorium wurde vor mehr als *einem Jahrhundert* geschlossen. Sämtliche Unterlagen – und mit Sicherheit jedwedes Gemälde – sind längst verschwunden.«

»Und das ist alles?«, fragte Pendergast.

Chausson nickte; damit war für ihn die Sache abgeschlossen. »Und das ist alles.«

Ein kummervoller Ausdruck trat in Pendergasts Gesichtszüge. »Jammerschade. Nun ja, einen schönen Tag noch, Mr. Chausson.« Und damit erhob er sich vom Stuhl.

»Eine Sekunde.« Chausson erhob sich ebenfalls, plötzlich besorgt. »Sie werden den Gästen doch nichts davon erzählen …«

Pendergast sah noch bekümmerter drein. »Wie gesagt, jammerschade.«

Chausson streckte die Hand aus. »Warten Sie einen Moment.« Er zog ein Taschentuch aus der Hose und wischte sich die Stirn. »Kann sein, dass noch ein paar Akten übrig sind. Kommen Sie mit.« Und damit holte er tief und erschauernd Luft und schritt vorneweg aus dem Büro.

Pendergast folgte Chausson durch ein elegantes Restaurant, vorbei an einem Bereich, in dem Speisen vorbereitet wurden, in eine riesige Küche. Schnell wichen der Marmor und das Gold weißen Kacheln und gummierten Bodenmatten. Auf der anderen Seite der Küche öffnete Chausson eine Metalltür. Eine alte Eisentreppe führte in einen kühlen, feuchten, schwach erleuchteten Kellergang, der sich endlos in die Erde von Louisiana zu bohren schien. Die Wände und Decke bestanden aus bröckelndem Gips, der Fußboden aus schartigen Ziegelsteinen.

Schließlich blieb Chausson vor einer mit Beschlägen versehenen Eisentür stehen. Mit einem Knarzen schob er sie auf und trat ins Dunkel, wobei die feuchte Luft stark nach Pilzbefall und Moder roch. Nachdem er einen altmodischen Lichtschalter im Uhrzeigersinn gedreht hatte, kam ein riesiger Raum zum Vorschein. Das Huschen und Quieken des sich zurückziehenden Ungeziefers war deutlich zu hören. Der Boden war von ausrangierten, mit Asbest verkleideten Rohren und diversem, mit Schimmel überzogenen Gerümpel übersät. »Das war ehemals der Heizungsraum«, sagte Chausson und bahnte sich einen Weg zwischen dem Rattenkot und dem Müll.

In der gegenüberliegenden Ecke lagen mehrere aufgeplatzte Bündel Papier, feucht, von Nagern angefressen, voller Stockflecken, alt und verrottet. In einer anderen hatten Ratten ihr Nest gebaut. »Das ist alles, was von den Unterlagen des Sanatoriums übrig ist«, sagte Chausson, während sich wieder etwas von dem früheren Triumph in seine Stimme schlich. »Ich habe Ihnen ja gesagt, es sind nur Reste. Keine Ahnung, warum die nicht schon vor Jahren weggeworfen wurden.«

Pendergast kniete sich hin und fing an, die Papiere sehr sorgfältig durchzusehen, wobei er jedes einzelne umdrehte und inspizierte. Zehn Minuten verstrichen, dann zwanzig. Chausson klopfte mehrmals auf seine Armbanduhr, doch Pendergast war völlig unempfänglich für Chaussons Gereiztheit. Schließlich erhob er sich, einen dünnen Stapel Papiere in der Hand. »Darf ich mir die ausleihen?«

»Nehmen Sie sie mit … am besten alle.«

Pendergast steckte die Papiere in einen braunen Umschlag. »Sie hatten vorhin erwähnt, dass andere Personen Interesse an Audubon und einem bestimmten Gemälde gezeigt hätten.«

Chausson nickte.

»Hieß das Gemälde vielleicht das Schwarzgerahmte?«

Chausson nickte erneut.

»Diese anderen Personen – wer waren sie, und wann waren sie hier?«

»Die eine war, warten Sie, vor etwa fünfzehn Jahren hier. Kurz nachdem ich hier als Geschäftsführer anfing. Die andere vielleicht ein Jahr darauf.«

»Ich bin also erst die dritte Person, die sich nach den Papieren erkundigt«, sagte Pendergast. »Nach Ihrem Tonfall zu urteilen, hatte ich angenommen, dass es mehr gewesen wären. Erzählen Sie mir von der ersten Person.«

Wieder seufzte Chausson. »Ein Kunsthändler, ein recht unappetitlicher Kerl. In meiner Branche lernt man, einen Menschen an seinem Benehmen, an seiner Wortwahl zu erkennen. Dieser Mann hat mir geradezu Angst eingejagt. Er war an dem Gemälde interessiert, das Audubon angeblich während seiner Zeit hier gemalt hat. Er hat angedeutet, dass er sich für meine Bemühungen erkenntlich zeigen würde. Er ist ziemlich wütend geworden, als ich ihm nichts erzählen konnte.«

»Hat er die Papiere gesehen?«, fragte Pendergast.

»Ich wusste damals noch nicht, dass sie existieren.«

»Erinnern Sie sich, wie der Mann hieß?«

»Ja. Blast. Einen solchen Namen vergisst man nicht.«

»Verstehe. Und die zweite Person?«

»War eine Frau. Jung, rötlich-braunes Haar, schlank. Sehr attraktiv. Sie war sehr viel angenehmer und besaß auch mehr Überredungskraft. Dennoch: Ich konnte ihr nicht viel mehr erzählen, als ich auch Blast gesagt hatte. Sie hat die Papiere durchgesehen.«

»Hat sie irgendwelche davon mitgenommen?«

»Das habe ich ihr nicht gestattet; ich glaubte, die Papiere könnten wertvoll sein. Aber jetzt will ich sie einfach nur noch loswerden.«

Pendergast nickte bedächtig. »Diese junge Frau – wissen Sie noch, wie sie hieß?«

»Nein. Es war komisch, sie hat mir ihren Namen nicht genannt. Ich entsinne mich, dass ich darüber nachgedacht habe, nachdem sie gegangen war.«

»Hatte sie einen ähnlichen Akzent wie ich?«

»Nein. Sie sprach mit einem Nordstaaten-Akzent. So wie die Kennedys.« Chausson erschauderte.

»Verstehe. Danke, dass Sie sich Zeit für mich genommen

haben.« Pendergast wandte sich um. »Ich finde schon allein hinaus.«

»O nein«, sagte Chausson rasch. »Ich begleite Sie zu Ihrem Wagen. Ich *bestehe darauf.*«

»Keine Sorge, Mr. Chausson. Ich werde Ihren Gästen kein Sterbenswörtchen sagen.« Und dann schritt Pendergast – nachdem er sich kurz verneigt und, noch kürzer, recht traurig gelächelt hatte – rasch über den langen Flur in Richtung Außenwelt.

20

St. Francisville, Louisiana

D'Agosta fuhr vor dem weißgestrichenen, klassizistischen Plantagenhaus vor, das sich zwischen den Beeten mit verwelkten Blumen und den kahlen Bäumen abzeichnete. Aus dem winterlichen Himmel fiel ein leichter Regen, auf dem Asphalt standen Pfützen. Er blieb einen Moment in dem Mietwagen sitzen, lauschte im Radio dem miserablen Text von »Just You and Me« und versuchte, seine Verärgerung zu überwinden, die daher rührte, dass er zu einem besseren Botengang losgeschickt worden war. Was wusste er denn schon über tote Vögel?

Als der Song schließlich ausgeblendet wurde, erhob er sich von seinem Sitz, schnappte sich einen Regenschirm und stieg aus. Er ging die Stufen zum Oakley-Plantagenhaus hinauf und betrat die Veranda, deren Jalousie-Fenster wegen des starken Regens geschlossen waren. Nachdem er den tropfenden Regenschirm in einen Ständer gestellt hatte, zog er den Regenmantel aus, hängte ihn auf einen Kleiderständer und betrat das Gebäude.

»Sie müssen Dr. D'Agosta sein«, begrüßte ihn eine intelligente Frau mit schmalem Gesicht, die sich von ihrem Schreibtisch erhob und auf ihren ein wenig kurzen Beinen zu ihm herübergeeilt kam, wobei ihre Schuhe auf den Dielen laut und vernehmlich klapperten. »In dieser Zeit des Jahres kommen nicht viele Besucher zu uns. Ich bin Lola Marchant.« Sie streckte ihm die Hand entgegen.

Der kräftige Händedruck überraschte D'Agosta. Die mit Rouge, Puder und Lippenstift stark geschminkte Frau musste mindestens sechzig sein, sie war etwas beleibt und wirkte kerngesund.

»Schämen Sie sich! Ein so schlechtes Wetter mitzubringen!« Sie lachte auf. »Wie auch immer, Audubon-Forscher sind bei uns stets herzlich willkommen. Meistens kommen ja Touristen zu uns.«

D'Agosta folgte ihr in eine Empfangshalle. Die Wände und der Boden waren aus weißgestrichenem Holz, die Decke trugen mächtige Balken. Langsam bereute er, sich am Telefon als Audubon-Forscher ausgegeben zu haben. Denn er wusste so wenig über Audubon, so wenig über Vögel, dass er sich sicher war, schon beim geringsten Informationsaustausch passen zu müssen. Am besten, er hielt einfach den Mund.

»Das Wichtigste zuerst!« Marchant trat hinter einen anderen Schreibtisch und schob D'Agosta ein voluminöses Besucherbuch hin. »Bitte unterschreiben Sie, und geben Sie auch den Grund Ihres Besuchs an.«

Er trug seinen Namen und den vermeintlichen Grund ein.

»Vielen Dank! Also, fangen wir an! Was genau soll ich Ihnen denn zeigen?«

D'Agosta räusperte sich. »Ich bin Ornithologe«, er sprach das Wort absolut korrekt aus, »und würde mir gern einige von Audubons Präparaten anschauen.«

»Wunderbar! Wie Sie sicherlich wissen, war Audubon nur vier

Monate hier, er arbeitete damals als Zeichenlehrer für Eliza Pirrie, die Tochter von Mr. und Mrs. James Pirrie, den Eigentümern der Oakley-Plantage. Nach einem Streit mit Mrs. Pirrie ist er urplötzlich nach New Orleans zurückgereist und hat sämtliche Präparate und Zeichnungen mitgenommen. Doch als wir vor vierzig Jahren zum historisch bedeutsamen Ort des Staates Louisiana erklärt wurden, haben wir eine Schenkung von Audubon-Zeichnungen, Briefen und einigen seiner Vogel-Präparate erhalten, die wir im Laufe der Jahre ergänzt haben. Und heute besitzen wir eine der schönsten Audubon-Sammlungen in ganz Louisiana!«
Sie strahlte ihn an, wobei ihr Busen leicht wogte. »Sehr schön«, murmelte D'Agosta, zog ein Steno-Notizheft aus der Sakkotasche seines braunen Anzugs und hoffte, dadurch eher das Bild eines seriösen Forschers abzugeben.
»Hier entlang bitte, Dr. D'Agosta.«
Dr. D'Agosta ... Er registrierte, dass seine Besorgnis zunahm.
Marchant ging mit festen Schritten über die gestrichenen Pitchpinedielen zu einer Treppe. Sie stiegen in den ersten Stock hinauf und durchquerten mehrere große, mit Stilmöbeln eingerichtete Zimmer, bis sie schließlich zu einer verschlossenen Tür gelangten, hinter der – als sie geöffnet wurde – eine steile, schmale Stiege zum Dachgeschoss hinaufführte. D'Agosta folgte Marchant bis unters Dach. Es handelte sich aber nur dem Namen nach um ein Dachgeschoss, denn alles war makellos sauber und gepflegt und roch nach frischer Farbe. An drei Wänden standen alte Eichenschränke mit Einsätzen aus geriffeltem Glas, außerdem an der gegenüberliegenden Wand modernere, verschlossene Schränke. Licht spendeten die Mansardenfenster mit Milchglasscheiben, die einen kühlen weißen Schein in den Raum hineinließen.
»Wir haben ungefähr hundert Vögel aus Audubons ursprünglicher Sammlung«, sagte Marchant und ging flotten Schritts

über den Mittelgang. »Bedauerlicherweise war Audubon kein besonders guter Tierpräparator. Die Präparate wurden aber natürlich stabilisiert. Da wären wir.«

Vor einem großen grauen Metallschrank, der einem Tresor ähnelte, blieben sie stehen. Marchant drehte am Einstellrad und betätigte den Hebelgriff. Mit leise saugendem Unterdruck öffnete sich die große Tür, worauf die inneren Holzschränke mit Beschriftungen in Messing-Etikettenhaltern zum Vorschein kamen, die in jede Schublade gebohrt waren. Der Gestank nach Mottenkugeln schlug D'Agosta entgegen. Marchant zog eines der Schubfächer heraus, und drei Reihen ausgestopfter Vögel waren zu sehen; jede kleine Kralle war mit einem vergilbten Namensschildchen beringt, aus den Augen quoll weiße Baumwolle.

»Die kleinen Namensschildchen stammen original von Audubon«, sagte Marchant. »Ich nehme die Vögel selbst in die Hand – bitte fassen Sie sie nicht an ohne meine Erlaubnis. Also!« Sie lächelte. »Welche würden Sie denn gerne sehen?«

D'Agosta konsultierte sein Notizbuch. Er hatte sich von einer Internetseite, die Audubons Originalpräparate und deren Standorte komplett auflistete, ein paar Vogelnamen herausgesucht. »Ich würde gerne mit dem Stelzenwaldsänger beginnen.«

»Ausgezeichnet!« Die eine Schublade wurde wieder hineingeschoben, eine andere herausgezogen. »Möchten Sie ihn sich auf dem Tisch oder in der Schublade anschauen?«

»Schublade genügt.« D'Agosta klemmte sich eine Lupe in die Augenhöhle und betrachtete leise vor sich hin murmelnd den Vogel aus der Nähe. Ein zerzaust aussehendes Ding, die Federn waren geknickt oder fehlten ganz, da und dort ragte das Füllmaterial heraus. Gleichzeitig täuschte er – erfolgreich, wie er hoffte – große Konzentration vor, hielt inne und machte sich unleserliche Notizen.

Dann richtete er sich auf. »Vielen Dank. Der nächste auf meiner Liste ist der Amerikanische Goldfink.«
»Kommt sofort.«
Wieder tat er so, als würde er den Vogel untersuchen und durch die Lupe betrachten, und wieder machte er sich Notizen und redete dabei mit sich selbst.
»Hoffentlich finden Sie, wonach Sie suchen«, sagte Marchant hoffnungsvoll.
»O ja, bestimmt. Danke.« Die ganze Angelegenheit langweilte ihn immer mehr, außerdem war ihm von dem Mottenkugelgeruch leicht übel.
»Und nun«, er tat so, als konsultiere er sein Notizbuch, »schaue ich mir mal den Karolinasittich an.«
Jähes Schweigen. Verwundert sah D'Agosta, dass Marchant ein wenig rot geworden war. »Verzeihen Sie, aber das Präparat haben wir nicht.«
D'Agosta merkte, dass seine Gereiztheit zugenommen hatte: Die hatten das Präparat gar nicht, wegen dem er hergekommen war. »Aber in allen Nachschlagewerken steht, dass es hier ist. Es heißt sogar, dass das Museum zwei davon besitzt.«
»Wir haben sie nicht mehr.«
»Und wo sind sie?«, fragte er sichtlich verärgert.
Darauf folgte ein langes Schweigen. »Ich fürchte, sie sind verschwunden.«
»Verschwunden? Verlorengegangen?«
»Nein, nicht verlorengegangen. Gestohlen. Vor vielen Jahren, als ich hier noch Assistentin war. Nur ein paar Federn sind übrig geblieben.«
Das weckte sofort D'Agostas Interesse. Sein Polizisten-Radar setzte sich in Gang. Plötzlich war ihm klar, dass das hier doch keine sinnlose Unternehmung war. »Hat es eine polizeiliche Ermittlung gegeben?«
»Ja, aber eine ziemlich oberflächliche. Es ist schwierig, die

Polizei für zwei gestohlene Vögel zu begeistern, auch wenn es sich um eine ausgestorbene Art handelt.«
»Haben Sie eine Kopie des damaligen Berichts?«
»Wir halten in unseren Büchern hier eine äußerst gute Ordnung.«
»Ich würde mir den Bericht gern einmal ansehen.«
Er spürte, dass Marchant ihn neugierig betrachtete. »Verzeihen Sie, dass ich danach frage, Dr. D'Agosta, aber warum wollen Sie das? Die Vögel sind seit mehr als einem Dutzend Jahren verschollen.«
Das änderte die Situation völlig. D'Agosta überlegte. Er traf einen schnellen Entschluss, griff in die Tasche und holte seinen Dienstausweis heraus.
»Oh.« Sie blickte ihn mit weit aufgerissenen Augen an. »Sie sind ja Polizist. Und gar nicht Ornithologe.«
D'Agosta steckte die Dienstmarke wieder ein. »Das stimmt. Ich bin Lieutenant Detective beim New Yorker Morddezernat. Und nun seien Sie so lieb und holen Sie die Akte.«
Sie nickte und fragte zögerlich: »Worum geht's denn?«
D'Agosta registrierte eine gewisse Aufgeregtheit, eine gewisse unterdrückte Erregtheit in ihrem Blick. »Um Mord natürlich«, sagte er und lächelte.
Sie nickte erneut und erhob sich. Einige Minuten später kam sie mit einer dünnen Aktenmappe zurück. Als er die aufschlug, fand er darin einen höchst flüchtig verfassten Polizeibericht, ein einziger, hingeschluderter Absatz, in dem lediglich stand, dass eine Routineüberprüfung der Sammlung ergeben habe, dass die Vögel fehlten. Keinerlei Anzeichen für einen Einbruch, keine anderen Gegenstände gestohlen, keine Beweismittel am Tatort gesammelt, keine Fingerabdrücke genommen und keine Verdächtigen aufgeführt. Das einzig Brauchbare war der Zeitrahmen, der für den Diebstahl genannt wurde. Dieser musste zwischen dem 1. September und 1. Oktober stattgefun-

den haben, weil die Sammlung einmal im Monat auf ihren Bestand überprüft wurde.

»Haben Sie Aufzeichnungen darüber, welche Forscher die Sammlungen genutzt haben?«

»Ja. Aber wir überprüfen die Sammlung, nachdem sie gegangen sind, um sicherzugehen, dass sie nichts stibitzt haben.«

»Dann können wir den Zeitrahmen noch weiter einengen. Holen Sie mir bitte die Besucherbücher.«

»Sofort.« Marchant eilte davon, das Klappern ihrer Schuhe hallte im Dachgeschoss wider, während sie die schmale Treppe hinunterstieg.

Binnen weniger Minuten kehrte sie zurück, einen großen Buckram-Band in Händen, den sie mit einem lauten Knall auf einen Tisch in der Mitte des Raumes warf. Sie blätterte um, und D'Agosta schaute zu, bis sie schließlich die betreffende Seite aufgeschlagen hatte. D'Agosta überflog sie. Drei Forscher hatten in diesem Monat die Sammlung genutzt, der letzte am 22. September. Der Eintrag war in großer, schweifender Handschrift verfasst:

Matilda V. Jones
18 Agassiz Drive
Cooperstown, NY 27490

Ein falscher Name und eine falsche Adresse, wenn ich denn je welche gesehen habe, dachte D'Agosta. Agassiz Drive, wer's glaubt, wird selig. Außerdem fingen alle Postleitzahlen für New York mit 1 an.

»Sagen Sie mal, müssen die Forscher Ihnen irgendeine Art Nachweis vorlegen, von welcher Institution sie kommen, einen Ausweis oder dergleichen?«

»Nein, wir vertrauen ihnen. Vielleicht sollten wir das nicht. Aber natürlich überwachen wir sie genau. Ich kann mir einfach nicht vorstellen, wie es einem Forscher gelingen soll, uns einen der Vögel direkt vor der Nase wegzuschnappen!«

Ich kann mir Millionen von Möglichkeiten vorstellen, dachte D'Agosta, hielt aber den Mund. Die Tür zum Dachgeschoss war mit einem altmodischen Schlüssel verschlossen, und der Schrank mit den Vögeln selbst war ein billiges Modell, das ein erfahrener Tresorknacker mühelos aufbekam. Obwohl, dachte er, nicht mal das wirklich notwendig war, denn ihm fiel ein, dass Marchant, bevor sie nach oben gingen, von der Wand in der Empfangshalle einen Schlüsselring genommen hatte. Die Eingangstür war unverschlossen gewesen – und er war einfach so ins Haus hineinspaziert. Jeder konnte warten, bis der diensthabende Kurator den Empfangstresen verließ, um die Toilette aufzusuchen, die Schlüssel vom Nagel nehmen und schnurstracks zu den Vögeln gehen. Schlimmer noch, er war sogar mit dem unverschlossenen Vogelschrank allein gelassen worden, als Marchant losging, um das Besucherbuch zu holen. Hätten die Vögel irgendwelchen Wert, dann wären sie inzwischen schon alle weg, dachte er grimmig.

D'Agosta zeigte auf den Namen. »Sind Sie der Forscherin begegnet?«

»Wie gesagt, ich habe hier damals als Assistentin gearbeitet. Mr. Hotchkiss war der Kurator, und er hat die Forscherin sicherlich im Auge behalten.«

»Und wo ist Mr. Hotchkiss jetzt?«

»Es ist vor einigen Jahren verstorben.«

D'Agosta widmete sich wieder dem Eintrag im Besucherbuch. Sollte es sich bei Matilda V. Jones tatsächlich um die Diebin handeln – und er war sich da ziemlich sicher –, dann war sie keine besonders ausgebuffte Ganovin. Abgesehen von dem falschen Namen vermittelte die Schrift nicht den Anschein, als wäre sie gefälscht. Vermutlich hatte der eigentliche Diebstahl am oder um den 23. September stattgefunden, dem Tag, nachdem man der Diebin den genauen Standort gezeigt hatte, als sie sich als Forscherin ausgab. Wahrscheinlich war sie in einem Hotel im Ort abgestiegen. Das ließ sich übers Hotelregister herausfinden.

»Wenn Ornithologen hierherkommen, um bei Ihnen zu forschen, wo steigen die normalerweise ab?«

»Wir empfehlen das Houma House drüben in St. Francisville. Es ist das einzige anständige Hotel.«

D'Agosta nickte.

»Und?«, sagte Marchant. »Haben Sie schon irgendwelche Beweise gefunden?«

»Könnten Sie die Seite hier für mich fotokopieren?«

»Ja, gern.« Sie nahm den schweren Band vom Tisch und karrte ihn weg, wodurch sie D'Agosta abermals allein ließ. Kaum war sie weg, klappte er sein Handy auf und wählte.

»Pendergast.«

»Hallo, ich bin's, Vincent. Nur kurz: Haben Sie schon mal den Namen Matilda V. Jones gehört?«

Ein jähes Schweigen. Und dann kam Pendergasts Antwort, eisig wie ein arktischer Windstoß. »Woher haben Sie diesen Namen, Vincent?«

»Zu kompliziert, um das jetzt zu erklären. Kennen Sie den Namen?«

»Ja. So hieß die Katze meiner Frau … eine Russischblaue.«

D'Agosta war schockiert. »Die Handschrift Ihrer Frau … war sie groß und schwungvoll?«

»Ja. Würden Sie mir endlich bitte sagen, worum es geht?«

»Audubons beide ausgestopften Karolinasittiche wurden in Oakley aufbewahrt. Bis auf ein paar Federn sind sie verschwunden. Und wissen Sie was: Ihre Frau hat sie gestohlen.«

D'Agosta hörte schwerfällige Schritte die Stiege ins Dachgeschoss heraufkommen. »Ich muss jetzt Schluss machen.« Er klappte gerade das Handy zu, als Marchant mit den Fotokopien um die Ecke bog.

»Also, Lieutenant«, sagte sie und legte sie auf den Tisch, »werden Sie das Verbrechen nun für uns lösen?« Sie schenkte ihm ein lebhaftes Lächeln. D'Agosta sah, dass sie die Gelegenheit genutzt hatte, um etwas frisches Rouge aufzutragen und den Lippenstift nachzuziehen. Das hier ist für sie wahrscheinlich sehr viel spannender, dachte er, als sich *Mord ist ihr Hobby* anzusehen.

D'Agosta steckte die Papiere in seine Aktentasche und wandte sich zum Gehen. »Nein, ich fürchte, die Spur ist zu kalt. Viel zu kalt. Aber trotzdem vielen Dank für Ihre Hilfe.«

21

Penumbra-Plantage

»Sind Sie sich da sicher, Vincent? Ganz sicher?«

D'Agosta nickte. »Ich habe das Hotel am Ort, das Houma House, überprüft. Nachdem Ihre Frau – unter dem Namen ihrer Katze – die Vögel im Oakley-Plantagenhaus studiert hatte, hat sie dort übernachtet. Diesmal hat sie ihren echten Namen angegeben; das Hotel hat vermutlich verlangt, dass sie sich ausweist, vor allem dann, wenn sie bar gezahlt haben sollte. Es gab keinen Grund für sie, dort zu übernachten, es sei denn, sie hatte vor, am nächsten Tag zum Plantagenhaus zurückzukehren, sich dort hineinzustehlen und die Vögel mitgehen zu lassen.« Er reichte Pendergast ein Blatt Papier. »Das stammt aus dem Besucherbuch.«

Pendergast überflog es. »Das ist die Handschrift meiner Frau.« Er legte das Blatt zur Seite; sein Gesicht glich einer Maske. »Und Sie sind sich sicher, was das Datum des Diebstahls betrifft?«

»Dreiundzwanzigster September, plus minus ein paar Tage.«
»Damit hätte der Diebstahl ungefähr ein halbes Jahr nachdem Helen und ich geheiratet haben, stattgefunden.«
In dem Wohnraum im ersten Stock breitete sich ein betretenes Schweigen aus. D'Agosta wandte den Blick von Pendergast ab und betrachtete unbehaglich das Zebrafell und die Tierköpfe an den Wänden, bis sein Blick schließlich auf den großen Waffenschrank mit den großkalibrigen Jagdgewehren mit den wunderschönen Ziselierungen fiel. Welche Büchse wohl Helen gehört hatte?
Maurice steckte den Kopf durch die Tür zum Salon. »Noch mehr Tee, meine Herren?«
D'Agosta schüttelte den Kopf. Maurice machte ihn ganz unruhig, ständig kreuzte der alte Diener unbemerkt in der Nähe auf, wie eine Mutter.
»Danke, Maurice, für den Moment haben wir alles«, sagte Pendergast.
»Wie Sie wünschen, Sir.«
»Was haben Sie denn herausgefunden?«, fragte D'Agosta.
Einen Augenblick gab Pendergast keine Antwort. Dann verschränkte er ganz langsam die Finger und legte die Hände auf die Oberschenkel. »Ich habe das Grand Hotel Bayou aufgesucht. Früher war in dem Gebäude das Meuse St. Claire-Sanatorium untergebracht, in dem Audubon das Schwarzgerahmte gemalt hat. Meine Frau ist ebenfalls dort gewesen und hat sich nach dem Gemälde erkundigt. Vermutlich ein paar Monate, nachdem sie mich kennenlernte. Auch ein Mann – ein Kunstsammler oder -händler, offenbar von zweifelhaftem Ruf – hat Erkundigungen nach dem Gemälde eingeholt, rund ein Jahr vor Helen.«
»Also waren auch andere Personen neugierig auf das Bild.«
»Sehr neugierig, wie es scheint. Außerdem ist es mir gelungen, im Keller des Sanatoriums einige Unterlagen von Interesse zu finden. In ihnen wird der Verlauf von Audubons Krankheit, sei-

ne Behandlung und dergleichen erörtert.« Pendergast streckte die Hand nach einer Leder-Aktenmappe aus, klappte sie auf und zog ein sehr altes Blatt Papier heraus, in einer Plastikhülle steckend, fleckig und gelb, die untere Hälfte vermodert. »Dies ist ein Bericht über Audubon, geschrieben von Dr. Arne Torgensson, seinem Arzt in dem Sanatorium. Ich lese Ihnen die relevanten Teile vor.«

Dem Patienten geht es schon viel besser, sowohl was seinen körperlichen als auch was seinen seelischen Zustand betrifft. Er kann inzwischen wieder gehen und hat die anderen Patienten mit Geschichten über seine Abenteuer im Grenzland zum Indianerterritorium unterhalten. In der vergangenen Woche ließ er sich Malfarben, einen Keilrahmen und Leinwand holen und fing an zu malen. Und was für ein Gemälde es geworden ist! Die Kraft der Pinselstriche, die außergewöhnliche Palette der Farben, das ist schon sehr erstaunlich. Es zeigt einen höchst ungewöhnlichen …

Pendergast legte das Blatt Papier in die Mappe zurück. »Wie Sie sehen, fehlt der entscheidende Abschnitt: die Beschreibung des Gemäldes. Niemand kennt das Sujet.«
D'Agosta trank einen Schluck Tee und wünschte, es wäre ein Bud. »Scheint mir sonnenklar zu sein: Das Gemälde hat einen Karolinasittich dargestellt.«
»Ihre Gründe, Vincent?«
»Ihre Frau hat die Vögel aus dem Oakley-Plantagenhaus gestohlen, um das Gemälde aufzuspüren – oder um es, was wahrscheinlicher ist, zu *identifizieren.*«
»Ihre Logik ist fehlerhaft. Warum die Vögel *stehlen?* Es hätte doch völlig genügt, sich das Präparat anzuschauen.«
»Nicht, wenn man Konkurrenten hat«, sagte D'Agosta. »Andere Personen waren ebenfalls hinter dem Gemälde her. In einem

Spiel mit hohem Einsatz greift man nach jedem Vorteil, den man erringen oder anderen vorenthalten kann. Die Tatsache, dass sie Konkurrenten hatte, könnte sogar darauf hinweisen, wer Ihre Frau –« Er hielt abrupt inne, weil er seine neue Vermutung nicht aussprechen wollte.

Pendergasts durchdringender Blick bewies, dass er ahnte, was D'Agosta gemeint hatte. »Mit dem Gemälde halten wir möglicherweise etwas in Händen, das uns bislang entgangen ist.« Dann sagte er fast im Flüsterton: »Ein *Motiv.*«

Es wurde still im Zimmer.

Schließlich sagte Pendergast: »Wir wollen nichts überstürzen.« Er klappte die Mappe wieder auf und zog ein anderes zerfleddertes Blatt Papier hervor. »Ich habe auch das hier geborgen, anscheinend handelt es sich um einen Teil von Audubons Entlassungsbericht. Wiederum nur ein Fragment.«

> *… wurde am 14. Tag des Novembers 1821 aus unserer Pflege entlassen. Bei seiner Abreise schenkte er Dr. Torgensson, dem Direktor von Meuse St. Claire, ein kurz zuvor zu Ende gemaltes Bild, aus Dankbarkeit, dass er hier gesund gepflegt wurde. Eine kleine Gruppe von Ärzten und Patienten nahm an der Entlassung teil, und viele Abschiedsgrüße wurden …*

Pendergast ließ das Blatt in die Mappe zurückfallen und klappte sie zu.

»Haben Sie eine Idee, wo sich das Gemälde heute befindet?«, fragte D'Agosta.

»Der Arzt ging nach Port Allen in den Ruhestand – und genau dorthin führt mich mein nächster Weg … Aber es gibt da noch etwas, was zumindest von einigem Interesse ist. Erinnern Sie sich, dass Helens Bruder, Judson, erwähnte, Helen habe einmal eine Reise nach New Madrid im Bundesstaat Missouri unternommen?«

»Ja.«
»Achtzehnhundertzwölf war New Madrid der Schauplatz eines gewaltigen Erdbebens, stärker als acht auf der Richter-Skala – so stark, dass anschließend eine Reihe neuer Seen entstand und der Lauf des Mississippi sich änderte. Annährend die Hälfte der Stadt wurde zerstört. Es gibt da aber noch eine andere Auffälligkeit.«
»Und die wäre?«
»John James Audubon hielt sich zur Zeit des Erdbebens in New Madrid auf.«
D'Agosta setzte sich in seinem Stuhl zurück. »Und das heißt?«
Pendergast breitete die Hände aus. »Ist es ein Zufall? Vielleicht.«
»Eigentlich müsste ich mehr über Audubon wissen«, sagte D'Agosta, »aber ich habe bei dem Thema wohl nicht gut im Unterricht aufgepasst. Was wissen Sie über ihn?«
»Sehr viel. Lassen Sie mich Ihnen eine Zusammenfassung geben. Audubon war der uneheliche Sohn eines Kapitäns der französischen Marine und dessen Mätresse. Er wurde auf Haiti geboren und wuchs in Frankreich auf, wo ihn seine Stiefmutter großzog. Im Alter von achtzehn Jahren schickten ihn die Eltern nach Amerika, damit er nicht in Napoleons Armee eingezogen wurde. Audubon lebte nahe Philadelphia, wo er bald anfing, Vögel zu studieren und zu malen, und eine Einheimische heiratete, Lucy Bakewell. Das Paar zog an die Grenze zum Indianerterritorium in Kentucky, wo Audubon einen Krämerladen eröffnete; doch den Großteil der Zeit brachte er damit zu, Vögel zu sammeln, zu sezieren, auszustopfen und zu präparieren. Er zeichnete und malte sie als Hobby; seine ersten Arbeiten waren allerdings schwach und tastend, und seine Skizzen – von denen viele überdauert haben – waren ähnlich leblos wie die toten Vögel, die er zeichnete. Wie sich herausstellte, war Audubon kein geschickter Kaufmann, und so zog er acht-

zehnhundertzwanzig, nachdem sein Geschäft bankrottgegangen war, mit seiner Familie in ein schäbiges kreolisches Häuschen in der Dauphine Street in New Orleans, wo sie in Armut lebten.«

»Dauphine Street«, sagte D'Agosta leise. »So hat Audubon also Ihre Familie kennengelernt?«

»Ja. Er war ein charmanter Bursche, schneidig, gutaussehend, ein vorzüglicher Schütze und hervorragender Fechter. Er und mein Ururgroßvater Boethius freundeten sich an und gingen oft gemeinsam jagen. Anfang achtzehneinundzwanzig erkrankte Audubon schwer, und zwar so schwer, dass man ihn, im Koma liegend, mit einem Pferdefuhrwerk ins Meuse St. Claire bringen musste. Dort verbrachte er eine lange Genesungszeit. Wie Sie wissen, malte er dann während seiner Rekonvaleszenz das sogenannte Schwarzgerahmte, dessen Sujet unbekannt ist. Nach seiner Genesung, er war immer noch bettelarm, kam Audubon auf die Idee, die gesamte Vogelwelt Amerikas, jede Vogelart im Land, in Lebensgröße zu zeichnen, und zwar in einem großen Werk der Naturgeschichte. Während Lucy die Familie als Lehrerin durchbrachte, zog Audubon mit seinem Gewehr, einem Jungen und Künstlerfarben und Papier los in die Natur. Später stellte er einen Gehilfen ein und fuhr den Mississippi hinab. Nach und nach malte er Hunderte Vögel und schuf dabei ungeheuer lebensechte Porträts der Vögel in ihrem natürlichen Habitat – etwas, was vorher noch nie getan worden war.«

Pendergast trank einen Schluck Tee, dann fuhr er fort. »Achtzehnsechsundzwanzig reiste Audubon nach England, wo er einen Drucker fand, der von seinen Aquarellen Lithographien anfertigte. Anschließend reiste er kreuz und quer durch Amerika und Europa, um Subskribenten für das Buch zu finden, das später unter dem Titel *Die Vögel Amerikas* veröffentlicht wurde. Der letzte Druck wurde achtzehnachtunddreißig gestochen, wobei Audubon zu dem Zeitpunkt bereits großen Ruhm erlangt hatte. Einige Jahre darauf begann er mit der Arbeit an einem weiteren äußerst ehrgeizigen Buchprojekt, *Die lebend gebärenden Vierfüßer Nordamerikas.* Doch seine geistigen Kräfte ließen nach, weshalb das Werk von seinen Söhnen fertiggestellt werden musste. Schließlich machte der bedauernswerte Audubon einen grässlichen geistigen Verfall durch. Seine letzten Lebensjahre verbrachte er in reinem Wahnsinn. Im Alter von fünfundsechzig Jahren ist er in New York gestorben.«

D'Agosta stieß einen leisen Pfiff aus. »Interessante Geschichte.«

»In der Tat.«

»Und niemand hat eine Ahnung, was aus dem Schwarzgerahmten geworden ist?«

Pendergast schüttelte den Kopf. »Allem Anschein nach ist dieses Gemälde der Heilige Gral der Audubon-Forscher. Ich fahre morgen zu Arne Torgenssons Haus. Es ist eine kurze Fahrt, es liegt ein paar Meilen westlich von Port Allen. Ich hoffe, von dort die Spur des Gemäldes aufnehmen zu können.«

»Glauben Sie, auf Grundlage der Daten, die Sie erwähnten, dass ...« D'Agosta überlegte, wie er die Frage am taktvollsten formulieren konnte, »... das Interesse Ihrer Frau an Audubon und dem verschollenen Gemälde ... aus einer Zeit stammt, bevor sie Sie kennenlernte?«

Darauf gab ihm Pendergast keine Antwort.

»Wenn ich Ihnen helfen soll«, sagte D'Agosta, »können Sie doch nicht jedes Mal dichtmachen, wenn ich ein heikles Thema anschneide.«

Pendergast seufzte. »Sie haben völlig recht. Es hat tatsächlich den Anschein, als sei Helen von Jugend an von Audubon fasziniert, vielleicht sogar besessen gewesen. Dieses Verlangen, mehr über Audubon zu erfahren, seinem Werk nahe zu sein, hat – teilweise – zu unserem Treffen geführt. Und ganz offen-

sichtlich hatte sie besonders großes Interesse daran, das verschollene Gemälde zu finden.«
»Aber warum wollte sie dieses Interesse vor Ihnen geheim halten?«
»Ich glaube«, seine Stimme klang belegt, »weil ich nicht wissen sollte, dass unsere Beziehung nicht auf einem glücklichen Zufall beruhte, sondern auf einem Treffen, das sie absichtsvoll – vielleicht sogar zynisch – arrangiert hatte.«
Pendergasts Miene hatte sich verdunkelt. D'Agosta tat es fast leid, die Frage gestellt zu haben.
»Wenn Ihre damalige Frau hinter jemandem her war, um das Schwarzgerahmte aufzuspüren«, sagte D'Agosta, »dann könnte es doch sein, dass sie sich in Gefahr wähnte. Hat sich ihr Verhalten in den Wochen vor ihrem Tod verändert? War sie nervös, aufgeregt?«
Mit Bedacht erwiderte Pendergast: »Ja. Ich nahm an, dass irgendwelche Komplikationen dahintersteckten, die mit Ihrer Arbeit zusammenhingen, und weil sie sich auf die Safari vorbereitete.« Er schüttelte den Kopf.
»Hat sie denn irgendetwas getan, das aus dem Rahmen fiel?«
»Ich war in den unmittelbaren Wochen vor der Reise nur selten in Penumbra.«
D'Agosta hörte, wie sich hinter ihm jemand räusperte. Maurice mal wieder.
»Ich wollte Ihnen nur sagen, dass ich mich für die Nacht zurückziehe«, sagte der Butler. »Haben Sie sonst noch Wünsche?«
»Nur noch eine Frage, Maurice«, sagte Pendergast. »In den Wochen vor meiner letzten gemeinsamen Reise mit Helen war ich doch des Öfteren nicht hier, nicht wahr?«
»Das stimmt, Sie waren in New York«, sagte Maurice und nickte. »Sie trafen Vorkehrungen für die Safari.«
»Hat meine Frau während meiner Abwesenheit irgendetwas

Ungewöhnliches gesagt oder getan? Hat sie zum Beispiel Post oder Telefonanrufe bekommen, die sie aufgebracht haben?«
Maurice überlegte. »Nicht, dass ich mich erinnern kann, Sir. Allerdings schien sie ziemlich aufgeregt zu sein, vor allem nach ihrem Ausflug.«
»Ihrem Ausflug?«, fragte Pendergast. »Was für ein Ausflug denn?«
»Eines Morgens wurde ich geweckt, als sie mit ihrem Auto die Auffahrt hinunterfuhr – Sie erinnern sich sicher, wie laut es war, Sir. Kein Brief, keine Benachrichtigung, nichts. Es war gegen sieben Uhr an einem Sonntagmorgen, wenn ich mich recht entsinne. Zwei Tage später kam sie zurück. Kein Wort darüber, wo sie gewesen war. Ich erinnere mich aber, dass sie ganz aus dem Häuschen war. Sie war wegen irgendetwas ganz aufgeregt, wollte aber kein Wort darüber verlieren.«
»Verstehe.« Pendergast tauschte einen Blick mit D'Agosta. »Vielen Dank, Maurice.«
»Keine Ursache, Sir. Gute Nacht.« Und damit drehte er sich um und ging mit leisen Schritten den Flur hinunter, bis er nicht mehr zu sehen war.

22

D'Agosta nahm die Ausfahrt auf der I-10 und fuhr auf den Bell Chasse Highway, dann ging's auf der fast leeren Schnellstraße weiter. Es war wieder ein warmer Februartag, er hatte die Fenster heruntergelassen und das Radio auf einen Sender mit klassischem Rock 'n' Roll eingestellt. Es ging ihm besser als in den vergangenen Tagen. Während der Wagen die Überlandstraße entlanggondelte, trank er einen Krispy Kreme-Kaffee und stellte den Becher in die Halterung zurück. Die beiden Kürbis-Ge-

würz-Doughnuts hatten ihm richtig gutgetan, Kalorien hin oder her. Nichts konnte ihm die gute Laune verderben.
Am Vorabend hatte er eine Stunde lang mit Laura Hayward telefoniert. Das hatte sein Stimmungshoch ausgelöst. Anschließend war er in einen langen, traumlosen Schlaf gefallen. Als er aufwachte, war Pendergast schon losgefahren, und Maurice hatte ihm Frühstück serviert: Schinkenspeck, Eier und Maisgrütze. Anschließend war er in die Stadt gefahren, wo er sich mit den Leuten vom 6. Bezirk der Polizei New Orleans prima verstanden hatte. Als sie von seiner Verbindung mit der Familie Pendergast erfuhren, hatten die Kollegen zwar zunächst misstrauisch reagiert, aber als sie merkten, dass er ein ganz normaler Typ war, änderte sich ihre Einstellung. Man räumte ihm die freie Nutzung der Computer ein, und es dauerte keine anderthalb Stunden, da hatte er den Kunsthändler ausfindig gemacht, der sich schon so lange für das verschollene Gemälde interessierte: John W. Blast, zurzeit wohnhaft in Sarasota, Florida. Ein in der Tat unangenehmer Zeitgenosse. Fünf Festnahmen in den vergangenen zehn Jahren: Verdacht auf Erpressung; Verdacht auf Fälscherei; Besitz gestohlenen Eigentums; Besitz von Produkten geschützter Tiere; Gewaltanwendung und Körperverletzung. Entweder hatte er Geld oder gute Anwälte, oder beides, denn jedes Mal war er ungeschoren davongekommen.
D'Agosta druckte sich die Details aus, steckte die Kopien in seine Jacketttasche und ging – trotz des ausgiebigen Frühstücks schon wieder hungrig – ins örtliche Krispy Kreme, ehe er nach Penumbra aufbrach.
Pendergast brannte bestimmt schon darauf, zu erfahren, was bei seinen Nachforschungen herausgekommen war.
Als er auf die Auffahrt zum alten Plantagenhaus bog, sah er, dass Pendergast schon wieder zu Hause war. Der Rolls-Royce stand im Schatten der Zypressen. D'Agosta parkte daneben und ging mit knirschenden Schritten über den Kies, dann stieg er

die Stufen zur überdachten Veranda hinauf. Er betrat die leere Eingangshalle und schloss die Haustür hinter sich.
»Pendergast?«, rief er.
Keine Antwort.
Er ging den Flur hinunter und spähte in die verschiedenen Wohnräume. Alle waren dunkel und leer.
»Pendergast?«, rief er nochmals.
Vielleicht macht er ja einen kleinen Spaziergang, dachte D'Agosta. Das Wetter wäre gut genug dafür.
Mit schnellen Schritten stieg er die Treppe hinauf, bog auf dem Treppenabsatz scharf um die Ecke und blieb abrupt stehen. Aus dem Augenwinkel sah er eine vertraute Silhouette, die schweigend im Salon saß. Pendergast, im selben Sessel sitzend wie am Vorabend. Das Licht war ausgeschaltet, so dass er im Dunkeln saß.
»Pendergast?«, sagte D'Agosta. »Ich dachte, Sie wären nicht im Haus, und –«
Er hielt inne, als er Pendergasts Gesicht sah. Es zeigte einen Ausdruck der Leere, der ihn zögern ließ. Er setzte sich in einen Sessel in der Nähe, aber seine gute Laune war wie weggeblasen. »Was ist denn los?«
Pendergast holte tief Luft. »Ich bin zu Torgensson gefahren, Vincent. Es gibt kein Gemälde.«
»Kein Gemälde?«
»In Torgenssons Haus ist heute ein Beerdigungsinstitut untergebracht. Das Gebäude wurde entkernt. Nur die tragenden Wände und Balken wurden stehengelassen, damit das Unternehmen dort einziehen konnte. Dort ist nichts. *Nichts.*« Pendergasts Lippen wurden schmal. »Die Spur endet einfach.«
»Aber was ist mit dem Arzt? Er muss doch irgendwo hingezogen sein; wir könnten doch von dort die Spur wieder aufnehmen.«
Wieder eine Pause, länger als vorher. »Dr. Arne Torgensson

verstarb im Jahr achtzehnhundertzweiundfünfzig. Völlig verarmt und in geistiger Umnachtung aufgrund einer Syphilis-Infektion. Aber vorher hatte er noch das Inventar des Hauses verkauft, Stück für Stück, an unzählige unbekannte Käufer.«

»Wenn er das Gemälde verkauft hat, müsste es doch Unterlagen darüber geben.«

Pendergast sah ihn betrübt an. »Es *gibt keine* Unterlagen. Möglicherweise hat er das Gemälde gegen Kohle zum Heizen verkauft. Oder er hat es in seinem Wahnsinn in Stücke gerissen. Vielleicht hat es ihn auch überdauert, und es ist bei der Sanierung vernichtet worden. Ich bin gegen eine Mauer gelaufen.«

Und da hast du also aufgegeben, dachte D'Agosta. Bist nach Hause gekommen und hast dich in den dunklen Salon gesetzt. In all den Jahren, in denen er Pendergast kannte, hatte er ihn noch nie so niedergeschlagen erlebt. Und dennoch: Die Fakten rechtfertigten nicht eine derartige Verzweiflung.

»Helen war ebenfalls dem Gemälde auf der Spur«, sagte D'Agosta ein wenig schroffer, als er beabsichtigt hatte. »Sie haben – wie lange? – ein paar Tage danach gesucht. Ihre Frau hat *jahrelang* nicht aufgegeben.«

Pendergast erwiderte nichts darauf.

»Na gut, dann gehen wir die Sache eben von einer anderen Richtung an. Statt dass wir dem Gemälde nachspüren, folgen wir den Spuren Ihrer Frau. Der letzte Ausflug, den sie unternommen hat, der, als sie zwei, drei Tage nicht zu Hause war … vielleicht hatte der ja etwas mit dem verschollenen Gemälde zu tun.«

»Selbst wenn Sie recht hätten«, erwiderte Pendergast, »der Ausflug liegt mehr als ein Dutzend Jahre zurück.«

»Wir können es aber doch versuchen. Und dann können wir Mr. John W. Blast, dem Kunsthändler im Ruhestand, in Sarasota einen Besuch abstatten.«

In Pendergasts Blick glomm ein Funke Interesse.
D'Agosta tätschelte seine Jacketttasche. »Es stimmt. Er ist der Mann, der außer Helen hinter dem Schwarzgerahmten her war. Sie irren sich, wenn Sie sagen, Sie wären gegen eine Wand gelaufen.«
»Helen kann in den drei Tagen überall hingefahren sein«, entgegnete Pendergast.
»Was zum Teufel soll das? Sie geben einfach auf?« D'Agosta sah Pendergast verständnislos an. Dann drehte er sich um und rief zum Flur hinaus. *»Maurice? Hallo! Maurice!«* Wo steckte der Kerl eigentlich, wenn man ihn brauchte?
Einen Augenblick war es still. Dann hörte D'Agosta irgendwo weit entfernt in dem Herrenhaus ein leises Knallen. Kurz darauf waren auf der hinteren Treppe Schritte zu hören. Maurice bog um die Ecke des Flurs. »Was wünschen die Herren?«, keuchte er ziemlich außer Atem.
»Helens Ausflug, den Sie gestern Abend erwähnten … als meine Frau ohne Vorwarnung abreiste und zwei Tage lang fort war.«
»Ja?« Maurice nickte.
»Können Sie uns noch etwas mehr darüber erzählen? Gibt es vielleicht Tankstellen-Quittungen, Hotelrechnungen?«
Maurice kramte in seinem Gedächtnis, dann sagte er: »Nein, Sir.«
»Meine Frau hat nach ihrer Rückkehr nichts gesagt. Kein einziges Wort?«
Maurice schüttelte den Kopf. »Nein, tut mir leid, Sir.«
Pendergast saß völlig regungslos in seinem Sessel. Stille breitete sich im Zimmer aus.
»Doch, wenn ich's mir recht überlege, war da doch etwas«, sagte Maurice. »Obwohl ich bezweifle, dass es Ihnen weiterhelfen kann.«
D'Agosta zuckte zusammen. »Was war das?«

»Nun ja …« Der alte Diener zögerte. D'Agosta hätte ihn am liebsten am Revers gepackt und geschüttelt.

»Es ist nur so, dass … mir jetzt einfällt, dass Ihre Frau mich anrief, Sir. Am ersten Morgen, von unterwegs.«

Pendergast erhob sich langsam. »Reden Sie weiter, Maurice«, sagte er leise.

»Es war kurz vor neun. Ich war gerade im Frühstücksraum und trank meinen Kaffee. Das Telefon klingelte, und Mrs. Pendergast war am Apparat. Sie hatte ihre Automobilclub-Karte in ihrem Büro vergessen. Sie hatte eine Reifenpanne und brauchte ihre Mitgliedsnummer.« Maurice warf Pendergast einen kurzen Blick zu. »Sie erinnern sich sicher, dass sie nicht viel von Autos verstand, nicht wahr, Sir?«

»Das ist alles?«

Maurice nickte. »Ich habe die Mitgliedskarte geholt und Ihrer Frau die Nummer vorgelesen. Wofür sie sich bei mir bedankt hat.«

»Sonst nichts?«, fragte D'Agosta nach. »Keine Hintergrundgeräusche? Ein Gespräch vielleicht?«

»Es ist so lange her, Sir.« Maurice dachte angestrengt nach. »Ich glaube, da waren Verkehrsgeräusche. Vielleicht ein Hupen. Sie muss von einer Telefonzelle aus angerufen haben.«

Einen Augenblick lang schwiegen alle drei. Maurices Antwort ernüchterte D'Agosta.

»Was war mit ihrer Stimme?«, fragte Pendergast. »Hat meine Frau angespannt oder nervös geklungen?«

»Nein, Sir. Und jetzt erinnere ich mich doch – sie hat gesagt, sie hätte Glück gehabt, dass sie die Reifenpanne dort hatte, wo sie sich gerade befand.«

»Glück gehabt?«, wiederholte Pendergast. »Warum?«

»Weil sie eine Egg Cream trinken konnte, solange sie wartete.«

Ein Moment des Stillstands. Plötzlich ging eine Art Ruck durch

Pendergast. Wortlos lief er an D'Agosta und Maurice vorbei auf den Flur und rannte die Treppe hinunter.
D'Agosta folgte ihm. Die Treppe war leer, doch aus der Bibliothek drangen Geräusche. Als er das Zimmer betrat, sah er, wie Pendergast fieberhaft etwas auf den Regalen suchte und wahllos Bücher auf den Boden warf. Er griff einen Band, ging mit langen Schritten zu einem Tisch in der Nähe, räumte ihn mit einer Armbewegung ab und blätterte in dem Buch. D'Agosta sah, dass es sich um einen Straßenatlas von Louisiana handelte. In Pendergasts Hand erschienen ein Lineal und ein Bleistift, dann beugte er sich über den Atlas, maß Entfernungen und notierte sie sich.
»Dort ist es«, flüsterte er und tippte mit dem Finger auf die Seite. Dann lief er wortlos aus der Bibliothek.
D'Agosta folgte ihm durch das Esszimmer, die Küche, die Speisekammer, den Vorratsraum und die hintere Küche zur rückwärtigen Tür des Herrenhauses. Pendergast nahm zwei Stufen auf einmal und lief durch den weitläufigen Garten zu einer weißgestrichenen Scheune, die zu einer Garage mit einem halben Dutzend Stellplätzen umgewandelt worden war. Er öffnete das Garagentor und verschwand im Dunkel.
D'Agosta ging ihm hinterher. Der große, schummrige Raum roch ein wenig nach Heu und Motorenöl. Als sich seine Augen an die Dunkelheit gewöhnt hatten, sah er drei in Persennings gehüllte Objekte, bei denen es sich nur um Automobile handeln konnte. Pendergast ging mit großen Schritten zu einem hinüber und zog die Plane herunter. Darunter befand sich ein zweisitziges rotes Cabriolet, tiefliegend und superschnell wirkend. Es funkelte in dem indirekten Licht, das in der umgewandelten Scheune herrschte.
»Wow.« D'Agosta stieß einen leisen Pfiff aus. »Ein alter Porsche. Was für ein hübsches Auto.«
»Ein Porsche fünf-fünf-null Spyder, Baujahr vierundfünfzig.

Er gehörte Helen.« Pendergast sprang behende hinein und tastete unter der Matte nach dem Schlüssel. Während D'Agosta die Tür öffnete und sich auf den Beifahrersitz setzte, fand Pendergast den Schlüssel, steckte ihn ins Zündschloss, drehte ihn. Der Motor sprang mit ohrenbetäubender Lautstärke an.
»Sei gesegnet, Maurice«, sagte Pendergast, während der Motor brummte. »Du hast den Wagen in Topzustand gehalten.«
Pendergast ließ dem Porsche ein paar Sekunden Zeit zum Aufwärmen, dann lenkte er ihn aus der Garage. Kaum hatten sie das Tor hinter sich gelassen, gab er Gas. Der Wagen beschleunigte, wobei ein wahrer Sturm von Kieselsteinchen losbrach, die gegen das Nebengebäude prasselten wie Flintenschrot. D'Agosta spürte, dass es ihn wie einen Astronauten beim Start in den Sitz drückte. Während der Sportwagen die Zufahrt hinunterraste, sah D'Agosta Maurice, der in seiner schwarzen Kleidung auf der Treppe stand und ihnen hinterherschaute.
»Wohin fahren wir?«, fragte er.
Pendergast sah ihn an. Die Verzweiflung war aus seinem Blick gewichen, hatte einem schwachen, aber erkennbaren Glitzern Platz gemacht, dem Glitzern des Jagdfiebers. »Dank Ihnen, Vincent, haben wir den Heuhaufen gefunden«, antwortete er. »Nun wollen wir doch mal sehen, ob wir auch die Nadel finden.«

23

Unter lautem Motorgeheul preschte der Sportwagen über die verschlafenen Nebenstraßen des ländlichen Louisiana. Mangrovensümpfe, Bayous, imposante Plantagen und Marschen huschten nur so an ihnen vorbei. Wenn sie durch ein Dorf kamen, fuhren sie hin und wieder ein kurzes Stück langsamer, dann zog der laute, röhrende Motor sofort neugierige Blicke auf sich. Pendergast hatte das Cabrioverdeck nicht zugezogen, weshalb D'Agosta sich zunehmend windzerzaust fühlte und seine kahle Stelle am Hinterkopf auf unangenehme Weise Zugluft bekam. Der Wagen lag so tief auf der Straße, dass man sich als Insasse ungeschützt und verletzlich fühlte. Warum hatte Pendergast eigentlich diesen Wagen genommen statt den sehr viel komfortableren Rolls?

»Können Sie mir vielleicht jetzt verraten, wohin wir fahren?«, rief er durch den heulenden Fahrtwind.

»Nach Picayune, Mississippi.«

»Und wieso gerade da hin?«

»Weil Helen von dort Maurice angerufen hat.«

»Das *wissen* Sie?«

»Mit fünfundneunzigprozentiger Wahrscheinlichkeit.«

»Und wieso?«

Pendergast schaltete einen Gang herunter und steuerte um eine scharfe Kurve in der Straße. »Helen hat eine Egg Cream getrunken, während Sie auf den Mechaniker des Automobilclubs gewartet hat.«

»Na gut. Und?«

»Und: Egg Creams waren eine Schwäche von Helen, die ich ihr nicht abgewöhnen konnte. Außerhalb von New York und Teilen von Neu-England bekommt man das Getränk kaum.«

»Erzählen Sie weiter.«

»Innerhalb einer Entfernung von New Orleans, die sich bequem mit dem Auto zurücklegen lässt, gibt – oder gab – es nur drei Lokale, die Egg Creams servieren. Helen hat sie alle aufgesucht; ständig ist sie zum einen oder anderen gefahren. Manchmal bin ich mitgekommen. Nach den Angaben der Straßenkarte bin ich – auf Grundlage des Wochentags und Helens Neigung, zu schnell zu fahren – zu dem Schluss gekommen, dass Picayune von den drei Orten derjenige ist, der am ehesten in Frage kommt.«

D'Agosta nickte. Schien ganz einfach – es musste einem nur erklärt werden. »Aber warum gehen Sie nur von einer fünfundneunzigprozentigen Wahrscheinlichkeit aus?«

»Weil es sein könnte, dass Helen an jenem Morgen aus irgendeinem anderen Grund losgefahren ist. Oder von der Polizei gestoppt wurde – sie hat haufenweise Strafzettel wegen Geschwindigkeitsüberschreitung bekommen.«

Picayune im Bundesstaat Mississippi war ein gepflegter Ort mit niedrigen Häusern kurz hinter der Grenze zu Louisiana. Ein Schild an der Stadtgrenze verkündete, die Stadt sei eine KOSTBARE MÜNZE IN DER BÖRSE DES SÜDENS, ein anderes zeigte Fotos von den Festwagen der Krewe-of-Roses-Parade aus dem Vorjahr. D'Agosta sah sich neugierig um, während sie durch die ruhigen, vom Bäumen bestandenen Straßen fuhren. Als sie mit ihrem Porsche ins Zentrum rumpelten, drosselte Pendergast die Geschwindigkeit.

»Der Ort hat sich ziemlich verändert«, sagte er und blickte nach rechts und links. »Das Internet-Café ist natürlich neu. Wie auch das kreolische Restaurant. Aber das kleine Lokal da drüben, das *Crawfish po'boys* anbietet, gab es auch schon damals.«

»Sie sind zusammen mit Helen hier gewesen?«

»Nicht mit Helen. Ich bin in weiter zurückliegenden Jahren mehrmals durch die Stadt gekommen. Ein paar Meilen von hier gibt es ein FBI-Ausbildungszentrum. Ah, das hier muss es sein.«

Pendergast bog in eine ruhige Nebenstraße und parkte am Bordstein. Es handelte sich um eine Wohnstraße, bis auf das am nächsten befindliche Gebäude, ein einstöckiges, aus Fertigbetonteilen errichtetes Haus, das von der Straße zurücklag und von einem Parkplatz mit rissiger, unebener Asphaltdecke umgeben war. Ein schiefes Schild an der Stirnseite wies es als *Jake's Yankee Chowhouse* aus; der Außenanstrich war verblasst und blätterte ab, das Restaurant war augenscheinlich schon seit Jahren geschlossen. Vor den Fenstern auf der Rückseite hingen jedoch Musselin-Gardinen, und an der Betonmauer war eine Satellitenschüssel angebracht. Das Gebäude diente also auch als Wohnhaus.

»Mal sehen, ob wir die Sache auf die leichte Art hinbekommen können«, murmelte Pendergast. Er schaute sich noch eine Weile auf der Straße um. Und dann fing er an, den Motor mit langen Stößen seines rechten Fußes aufheulen zu lassen. Der Porsche erwachte röhrend zum Leben, wurde mit jedem Betätigen des Gaspedals lauter, so dass das Laub unter dem Boden hervorgeblasen wurde und er ähnlich heftig vibrierte wie ein Passagierjet.

»Mein Gott!«, brüllte D'Agosta durch den Lärm. »Wollen Sie die Toten wecken?«

Pendergast machte eine Viertelminute lang weiter, bis mindestens ein Dutzend Leute aus den Fenstern und Türen die Straße herauf und herunter blickten. »Nein«, erwiderte er, gab nicht mehr ganz so heftig Vollgas und ließ den Motor zurück in den Leerlauf rumpeln. »Ich glaube, die Lebenden dürften genügen.« Rasch nahm er die Gesichter, die ihnen entgegenblickten, in Augenschein. »Zu jung«, sagte er über eine Frau und schüttelte den Kopf, »und der dort, der arme Kerl, ist eindeutig zu dumm … Ah. Der da, der könnte uns vielleicht helfen. Kommen Sie, Vincent.« Pendergast stieg aus und schlenderte die Straße hinunter bis zum dritten Haus auf der linken Seite, wo ein ungefähr sechzig Jahre alter Mann im gelben Hemd auf der Vordertreppe saß und ihnen missmutig entgegensah. In der einen fleischigen Hand hielt er eine Fernsehfernbedienung, in der anderen eine Flasche Bier.

Plötzlich begriff D'Agosta, warum sich Pendergast für diese Fahrt für den Porsche seiner Frau entschieden hatte.

»Entschuldigen Sie, Sir«, sagte Pendergast, während er sich dem Haus näherte. »Können Sie mir vielleicht zufällig sagen, ob Sie dieses Automobil wiedererkennen?«

»Ach, stecken Sie sich das Ding doch in den Hintern«, sagte der Mann, drehte sich um und ging ins Haus zurück, wobei er die Tür laut und vernehmlich hinter sich zuschlug.

D'Agosta zog sich die Hose hoch. »Soll ich den fetten Drecksack wieder aus dem Haus zerren?«

Pendergast schüttelte den Kopf. »Ist nicht nötig, Vincent.« Er drehte sich um und betrachtete das Restaurant. Eine alte, korpulente Frau im fadenscheinigen Hauskleid war aus der Küche getreten und auf der von zwei pinkfarbenen Plastikflamingos flankierten Veranda stehen geblieben. In der einen Hand hielt sie eine Zeitschrift, in der anderen einen Zigarillo und musterte Pendergast und D'Agosta durch eine altmodische Brille mit großen Gläsern. »Vielleicht haben wir ja gerade eben den Vogel aufgescheucht, hinter dem ich her bin.«

Sie gingen zu dem maroden Parkplatz und der Küchentür von *Jake's Chowhouse* zurück. Die Frau beobachtete ihr Näherkommen völlig regungslos und ohne dass sich ihre Miene sichtbar veränderte

»Guten Tag, Ma'am«, sagte Pendergast und verneigte sich knapp.

»Selber Tag.«

»Sind Sie zufällig die Eigentümerin dieses schönen Lokals?«

»Könnte sein«, sagte sie und nahm einen tiefen Zug an ihrem Zigarillo. Der Zigarillo steckte, wie D'Agosta auffiel, in einer weißen Plastikspitze.

Pendergast zeigte auf den Spyder. »Und könnte es auch sein, dass Sie dieses Automobil wiedererkennen?«

Sie wandte den Blick von ihnen ab und spähte durch ihre ver-

schmutzte Brille auf den Wagen. Dann schaute sie wieder zu ihnen hin. »Könnte sein.«
Schweigen. D'Agosta hörte, wie erst ein Fenster und dann eine Tür zugeschlagen wurden.
»Entschuldigen Sie, wie unachtsam von mir«, sagte Pendergast plötzlich. »Ihnen Ihre kostbare Zeit ohne Vergütung zu stehlen.« Wie von Zauberhand erschien ein Zwanzig-Dollar-Schein in Pendergasts Hand, den er der Frau entgegenhielt. Zu D'Agostas Verwunderung pflückte sie den Schein Pendergast aus den Fingern und steckte ihn sich in das zwar schrumpelige, aber dennoch volle Dekolleté.
»Ich hab das Auto dreimal gesehen«, sagte die Frau. »Mein Sohn war ganz verrückt nach diesen ausländischen Sportwagen. Er hat hinterm Getränketresen gearbeitet. Er ist vor ein paar Jahren bei einem Verkehrsunfall außerhalb der Stadt ums Leben gekommen. Aber egal, als der Wagen das erste Mal hier aufgekreuzt ist, ist mein Sohn fast übergeschnappt. Hat alle dazu gebracht, dass sie alles stehen und liegen lassen, damit sie sich den Wagen anschauen.«
»Erinnern Sie sich noch an den Fahrer?«
»Das war 'ne junge Frau. Ziemlich hübsches Ding.«
»Sie erinnern sich nicht zufällig, was sie bestellt hat?«, fragte Pendergast.
»Das vergess ich wohl mein Lebtag nicht. Eine Egg Cream. Sie hat gesagt, dass sie dafür aus New Orleans hergekommen ist. Man stelle sich das mal vor – so ein weiter Weg für eine Egg Cream.«
Wieder Schweigen, diesmal allerdings kürzer.
»Sie sprachen von drei Malen«, sagte Pendergast. »Was war mit dem letzten Mal?«
Die Frau sog erneut an ihrem Zigarillo, hielt einen Moment inne, um in ihrem Gedächtnis zu kramen. »Bei dem Mal ist die Frau zu Fuß gekommen. Sie hatte eine Reifenpanne.«

»Ich beglückwünsche Sie zu Ihrem ausgezeichneten Erinnerungsvermögen, Ma'am.«

»Wie gesagt, so ein Auto – oder so eine Dame – vergisst man nicht so schnell wieder. Mein Henry hat ihr die Egg Cream umsonst serviert. Sie ist auf den Hof gefahren und hat erlaubt, dass er sich hinters Steuer setzt. Fahren hat sie ihn allerdings nicht lassen. Hat gesagt, sie sei in Eile.«

»Ah. Die Frau befand sich also auf der Durchreise?«

»Sie hat gesagt, sie hätte sich verfahren, hätte die Abzweigung nach Caledonia nicht finden können.«

»Caledonia? Die Stadt kenne ich nicht.«

»Das ist keine Stadt – ich rede vom Staatsforst Caledonia. Die Straße war damals nicht ausgeschildert. Und heute auch noch nicht.«

Sollte Pendergast aufgeregt sein, so ließ er es sich nicht anmerken. Auf D'Agosta wirkten Pendergasts Gesten, während er der alten Frau noch einen Zigarillo ansteckte, fast ein wenig gelangweilt.

»Und dort wollte die Frau hin?«, fragte er und steckte das Feuerzeug wieder ein. »Zu diesem Staatsforst?«

Die Frau nahm den Zigarillo aus dem Mund, betrachtete ihn, machte ein paar Kaubewegungen und steckte sich dann die Spitze zwischen die Lippen, als ob sie eine Schraube in eine Wand drehte. »Nee.«

»Darf ich fragen, wohin die Frau wollte?«

Die Frau tat mit großem Aufwand so, als versuche sie sich zu erinnern. »Mal überlegen … Das ist schon so lange her …« Das exzellente Gedächtnis ließ jählings nach.

Wieder tauchte ein Zwanzig-Dollar-Schein auf; wieder wurde er schnell in die gleiche Hautfalte gesteckt. Sofort sagte die Frau: »Sunflower.«

»Sunflower?«, wiederholte Pendergast.

Die Frau nickte. »Sunflower in Louisiana. Knapp zwei Meilen

hinter der Grenze. Nehmen Sie die Abzweigung nach Bogalusa, kurz vor dem Sumpfgebiet.« Sie zeigte in die Richtung.
»Ich bin Ihnen zu großem Dank verpflichtet.« Pendergast wandte sich D'Agosta zu. »Vincent, kommen Sie, wir wollen keine Zeit verlieren.«
Während sie mit großen Schritten zum Auto zurückgingen, rief die Frau: »Wenn Sie den alten Minenschacht passiert haben, rechts abbiegen!«

24

Sunflower, Louisiana

»Wissen Sie schon, was Sie möchten, junger Mann?«, fragte die Kellnerin.
D'Agosta legte die Speisekarte auf den Tisch zurück. »Den Wels.«
»Frittiert, im Ofen gebacken, gebraten oder gegrillt?«
»Gegrillt, nehme ich an.«
»Ausgezeichnete Wahl.« Sie notierte sich die Bestellung auf ihrem Notizblock und wandte den Kopf. »Und Sie, Sir?«
»Die Fischsuppe«, sagte Pendergast. »Aber ohne das Kartoffelpüree.«
»Kein Problem.« Sie nahm auch diese Bestellung auf, dann drehte sie sich mit einem Ruck um und schritt in ihren bequemen weißen Schuhen davon.
D'Agosta schaute ihr nach, wie sie mit den Hüften wackelnd in Richtung Küche ging. Seufzend trank er einen Schluck von seinem Bier. Es war ein langer, ermüdender Nachmittag gewesen. Sunflower im Bundesstaat Louisiana, eine Stadt mit ungefähr dreitausend Einwohnern, war auf der einen Seite von einem

Eichenwald und auf der anderen von einem riesigen Zypressensumpf, bekannt als Black Brake, umgeben. Der Ort war völlig nichtssagend: kleine, schäbige Häuser mit Lattenzäunen davor, abgewetzte Bürgersteige, die ausgebessert werden mussten, Redbone-Jagdhunde, die auf den Vorderveranden dösten. Ein heruntergekommenes, von der Außenwelt vergessenes Nest mit hartgesottenen, hart arbeitenden Einwohnern.

Pendergast und D'Agosta waren im einzigen Hotel der Stadt abgestiegen und anschließend getrennter Wege gegangen; jeder hatte aufzudecken versucht, warum Helen Pendergast eine dreitätige Pilgerreise zu einem so entlegenen Fleckchen Erde angetreten hatte.

Doch das Glück, das sie bislang gehabt hatten, hatte sie in Sunflower offenbar verlassen. D'Agosta hatte fünf fruchtlose Stunden damit zugebracht, in leere Gesichter zu blicken und in Sackgassen zu geraten. Es gab dort keine Kunsthändler oder Museen, keine Privatsammlungen oder historische Gesellschaften. Niemand erinnerte sich, Helen gesehen zu haben. Das Foto, das er herumgezeigt hatte, löste nur ausdruckslose Mienen aus. Nicht einmal der Porsche half der Erinnerung der Leute auf die Sprünge. John James Audubon hatte sich, wie ihre Nachforschungen zeigten, niemals in dieser Gegend von Louisiana aufgehalten.

Als D'Agosta sich schließlich mit Pendergast im kleinen Restaurant des Hotels zum Abendessen traf, war er fast genauso niedergeschlagen, wie Pendergast an jenem Morgen gewirkt hatte. Und als wollte der Himmel seiner Stimmung entsprechen, waren dunkle Gewitterwolken aufgezogen.

»Nichts«, beantwortete er Pendergasts Frage und schilderte ihm den entmutigenden Vormittag. »Vielleicht hat sich die alte Lady ja falsch erinnert. Oder hat uns bloß verarscht, um noch einen Zwanziger einzustecken. Wie war's bei Ihnen?«

Das Essen kam. Mit einem fröhlichen »Da wären wir!« stellte

die Kellnerin ihnen die Teller hin. Schweigend betrachtete Pendergast sein Gericht, löffelte ein Fischstückchen aus der Suppe und betrachtete es eingehend.

»Darf ich Ihnen noch ein Bier bringen?«, fragte sie D'Agosta und strahlte.

»Warum nicht?«

»Und eine Club-Soda für Sie?«, fragte sie Pendergast.

»Nein danke, die hier reicht mir.«

Beschwingten Schritts verließ die Kellnerin ihren Tisch.

D'Agosta wandte sich zu Pendergast um. »Nun? Hatten Sie Glück?«

»Eine Sekunde.« Pendergast holte sein Handy hervor und wählte. »Maurice? Wir übernachten hier in Sunflower. Ganz recht. Gute Nacht.« Er steckte das Handy wieder ein. »Meine Erfahrungen, fürchte ich, waren ebenso entmutigend wie Ihre.« Das Funkeln in seinen Augen und das ironische Lächeln straften seine vermeintliche Enttäuschung allerdings Lügen.

»Wie kommt es eigentlich, dass ich Ihnen nicht glaube?«, fragte D'Agosta schließlich.

»Passen Sie mal gut auf, ich werde an unserer Kellnerin gleich ein kleines Experiment durchführen.«

Die Kellnerin kam mit D'Agostas Bud und einer frischen Serviette zurück. Während sie beides vor ihm abstellte, sagte Pendergast in seiner melodiösesten Stimme, wobei er seinen Akzent noch hervorkehrte: »Meine Liebe, dürfte ich Ihnen vielleicht eine Frage stellen?«

Mit einem kecken Lächeln drehte sie sich zu ihm um. »Schießen Sie los, junger Mann.«

Betont umständlich zog Pendergast ein kleines Notizbuch aus seiner Jacketttasche. »Ich bin Reporter oben in New Orleans und stelle gerade Recherchen über eine Familie an, die hier früher mal gelebt hat.« Er klappte das Notizbuch auf und blickte erwartungsvoll zu der Kellnerin auf.

»Wie heißt die Familie?«

»Doane.«

Hätte Pendergast gesagt, er wolle das Lokal ausrauben, die Reaktion hätte nicht dramatischer ausfallen können. Die Miene der Frau verschloss sich sofort, wurde leer und ausdruckslos, die Augen wurden zugekniffen. Auch die Keckheit verschwand augenblicklich.

»Darüber weiß ich nichts«, murmelte sie. »Da kann ich Ihnen leider nicht helfen.« Und damit drehte sie sich um, verließ den Tisch und schob sich durch die Tür zur Küche.

Pendergast steckte das Notizbuch wieder ein und wandte sich zu D'Agosta zu. »Nun, was halten Sie von meinem kleinen Experiment?«

»Woher zum Teufel haben Sie gewusst, dass die so reagieren würde? Die verschweigt uns doch offensichtlich irgendetwas.«

»Das, mein lieber Vincent, ist genau der Punkt.« Pendergast trank noch einen Schluck Club-Soda. »Ihr Verhalten passt ins Bild. Alle Leute in der Stadt reagieren auf die gleiche Weise. Ist Ihnen während Ihrer Erkundigungen heute Nachmittag denn nicht ein gewisses Maß an Zögerlichkeit und Argwohn aufgefallen?«

D'Agosta überlegte. Es stimmte zwar, niemand war besonders zuvorkommend gewesen, aber er hatte das schlichtweg auf die Trotzigkeit der Kleinstädter geschoben, das Misstrauen gegen irgend so einen Yankee, der in ihre Stadt geschneit kam und jede Menge Fragen stellte.

»Während meiner Nachforschungen«, fuhr Pendergast fort, »bin ich auf ein zunehmend verdächtiges Ausmaß an Vernebelung und Leugnung gestoßen. Und als ich schließlich einen älteren Herrn um Informationen anging, hat er mir hitzig beschieden, dass die Geschichten über die Doanes nichts als Geschwätz seien, ganz gleich, was ich sonst gehört hätte. Natürlich habe ich danach angefangen, mich nach der Familie Doane zu erkundigen. Und da habe ich dann eine ähnliche Antwort bekommen, wie Sie sie gerade eben gehört haben.«

»Und weiter?«

»Ich habe das Büro des Lokalblatts aufgesucht und gebeten, die alten Ausgaben sehen zu dürfen, beginnend ungefähr ab dem Zeitpunkt, als Helen hier war. Dort verweigerte man mir die Mithilfe, so dass das hier«, Pendergast zog seine Dienstmarke hervor, »notwendig war, damit man sich eines Besseren besann. Wie ich feststellte, waren in den Jahren um Helens Besuch hier in der Stadt in bestimmten Ausgaben des Lokalblatts mehrere Seiten sorgfältig herausgeschnitten worden. Ich habe mir notiert, um welche Ausgaben es sich handelt, und bin anschließend die Landstraße zurückgefahren, zur Bücherei in Kemp, der letzten Stadt vor Sunflower. Die älteren Ausgaben der Zeitungen dort verfügten über alle Seiten, die im Lokalblatt von Sunflower fehlten. Und so habe ich von der Geschichte erfahren.«

»Und worum drehte sie sich?«, fragte D'Agosta.

»Um das seltsame Schicksal der Familie Doane. Mr. Doane war ein finanziell unabhängiger Romanautor, der mit seiner Familie nach Sunflower zog, um von allem wegzukommen und weit weg von den Ablenkungen der Zivilisation den großen amerikanischen Roman zu schreiben. Die Doanes kauften eines der größten und schönsten Häuser der Stadt, das ein Holzbaron in den Jahren vor der Schließung des Sägewerks gebaut hatte. Doane hatte zwei Kinder. Eines, der Sohn, erhielt die besten Noten und höchsten Auszeichnungen, die die Sunflower High School je vergeben hat, ein intelligenter Bursche nach allem, was man so hört. Die Tochter war eine begabte Dichterin, deren Werke gelegentlich in den örtlichen Zeitungen abgedruckt wurden. Ich habe ein paar davon gelesen, und sie sind tatsächlich gut geschrieben. Mrs. Doane avancierte zu einer bekannten Landschaftsmalerin. Die Stadt war sehr stolz auf ihre begabten

Neubürger, über die häufig in der Zeitung berichtet wurde, die Preise bekamen und für den einen oder anderen örtlichen Wohltätigkeitsverein Geld spendeten, Bänder durchschnitten, dergleichen.«

»Landschaftsmalerin«, wiederholte D'Agosta. »Hat die Frau auch Vögel gemalt?«

»Darüber konnte ich nichts herausfinden. Die Familie hatte offenbar auch kein besonderes Interesse an Audubon oder naturhistorischen Kunstwerken. Dann, ein paar Monate nach Helens Besuch, ließ der stete Strom positiver Artikel allmählich nach.«

»Vielleicht hatte die Familie ja genug von der öffentlichen Aufmerksamkeit.«

»Das glaube ich nicht. Es gab da nämlich noch einen letzten Artikel über die Doanes – einen allerletzten Artikel«, fuhr Pendergast fort. »Ein halbes Jahr danach. Darin heißt es, dass William, der Sohn, nach einer großangelegten Fahndung im Staatsforst von der Polizei festgenommen worden sei und momentan im Bezirksgefängnis in Einzelhaft sitze. Anklage: zweifacher Mord mit einer Axt.«

»Der Spitzenschüler?«, fragte D'Agosta ungläubig.

Pendergast nickte. »Nachdem ich das gelesen hatte, habe ich mich in Kemp nach der Familie Doane erkundigt. Die Einwohner dort zeigten sich keineswegs so zurückhaltend, wie es mir hier aufgefallen ist. Eine wahre Flut von Gerüchten und Andeutungen brach über mich herein. Über gemeingefährliche Verrückte, die nur nachts aus dem Haus gingen. Über Wahnsinn und Gewalt. Stalking und Bedrohungen. Es wurde schwierig, Fakten und Fiktion, Kleinstadtklatsch und Wirklichkeit auseinanderzuhalten. Nur in einer Hinsicht bin ich mir einigermaßen sicher, nämlich dass alle Doanes inzwischen tot sind, wobei jeder auf eine einzigartig unangenehme Weise ums Leben gekommen ist.«

»Jeder?«
»Die Mutter beging Selbstmord. Der Sohn starb in der Todeszelle, während er wegen der erwähnten Axtmorde auf seine Hinrichtung wartete. Die Tochter verstarb in einer psychiatrischen Klinik, nachdem sie sich zwei Wochen lang geweigert hatte zu schlafen. Als Letzter kam der Vater ums Leben, er wurde vom Sheriff von Sunflower erschossen.«
»Was war passiert?«
»Anscheinend hatte der Vater angefangen, in der Stadt umherzuspazieren, junge Frauen anzusprechen, die Einheimischen zu bedrohen. Es gibt Berichte über Vandalismus, Sachbeschädigung, kleine Kinder, die einfach verschwanden. Die Leute, mit denen ich gesprochen habe, deuteten an, es habe sich weniger um eine Tötung, sondern eher um eine Exekution gehandelt – mit der stillschweigenden Duldung der Stadtväter von Sunflower. Der Sheriff und seine Deputies haben Mr. Doane in dessen Haus erschossen, während er sich mutmaßlich der Festnahme widersetzte. Es hat keine Ermittlungen gegeben.«
»Jesus Maria«, antwortete D'Agosta. »Das würde die Reaktion der Kellnerin erklären. Und auch die große Feindseligkeit hier im Ort.«
»Genau.«
»Was ist Ihrer Meinung nach mit den Doanes passiert? Haben Sie eine Vermutung?«
»Ich habe keine Ahnung. Aber eines kann ich Ihnen sagen: Ich bin überzeugt, dass die Doanes der Grund für Helens Besuch sind.«
»Das ist ein ziemlich großer Gedankensprung.«
Pendergast nickte. »Aber überlegen Sie doch einmal: Die Doanes sind das einzige herausragende Merkmal in einer ansonsten unscheinbaren Stadt. Es gibt hier nichts von Interesse. In irgendeiner Weise sind die Doanes das Verbindungsglied, nach dem wir suchen.«

Die Kellnerin eilte an ihren Tisch, schnappte sich ihre Teller und schritt davon, noch ehe D'Agosta einen Kaffee bestellen konnte. »Ich frage mich, was wohl erforderlich ist, hier eine Tasse Java zu bekommen«, sagte D'Agosta und versuchte, die Kellnerin durch diesen Satz auf sich aufmerksam zu machen.

»Irgendwie, Vincent, bezweifle ich, dass Sie Ihren ›Java‹ oder irgendetwas sonst in diesem Lokal bekommen.«

D'Agosta seufzte. »Wer bewohnt also heute das Haus?«

»Niemand. Es wurde nach der Erschießung von Mr. Doane verrammelt und verriegelt.«

»Wir fahren hin«, sagte D'Agosta, mehr eine Aussage als eine Frage.

»Ganz genau.«

»Wann?«

Pendergast hob den Finger, damit die Kellnerin zu ihnen kam. »Sowie wir von unserer widerstrebenden, aber höchst vielsagenden Kellnerin die Rechnung bekommen haben.«

25

Doch nicht die Kellnerin brachte ihnen die Rechnung, sondern der Geschäftsführer des Hotels. Er legte sie auf den Tisch und erklärte D'Agosta und Pendergast, ohne sich auch nur im Ansatz dafür zu entschuldigen, dass sie nun doch nicht im Hotel übernachten konnten.

»Was soll das heißen?«, sagte Vincent. »Wir haben das Zimmer doch gebucht. Sie haben doch unsere Kreditkartennummern entgegengenommen.«

»Wir erwarten eine größere Gesellschaft«, antwortete der Geschäftsführer. »Die hatte vorher reserviert, das ist an der

Rezeption übersehen worden. Und wie Sie ja selbst sehen, ist dies hier ein kleines Hotel.«

»Dann hat die Gruppe eben Pech gehabt«, sagte D'Agosta. »Wir waren vorher hier.«

»Aber Sie haben noch nicht ausgepackt«, antwortete der Geschäftsführer. »Mir wurde sogar gesagt, dass Sie Ihr Gepäck noch nicht auf Ihre Zimmer gebracht haben. Ich habe Ihre Kreditkarten-Quittung bereits zerrissen. Tut mir leid.«

Aber es klang gar nicht so, als ob es ihm leidtat. D'Agosta wollte ihm schon die Hölle heißmachen, als Pendergast ihm die Hand auf den Arm legte. »Also gut«, sagte Pendergast, griff in seine Brieftasche und beglich die Abendessenrechnung in bar. »Guten Abend.«

Der Manager ging. D'Agosta wandte sich zu Pendergast um. »Und so etwas wollen Sie sich von diesem Blödmann bieten lassen? Es liegt doch auf der Hand, dass er uns wegen der Fragen hinauswirft, die Sie gestellt haben – und wegen der uralten Geschichte, die wir ans Licht geholt haben.«

Statt zu antworten, wies Pendergast mit einem Nicken zum Fenster. Als D'Agosta hindurchschaute, sah er, wie der Hotelmanager die Straße überquerte. Während D'Agosta weiter hinschaute, ging der Mann an mehreren, für die Nacht mit Rollläden gesicherten Ladengeschäften vorbei und betrat schließlich das Büro des Sheriffs.

»Was für ein Kaff ist das hier eigentlich?«, sagte D'Agosta. »Es kommt noch so weit, dass die Dörfler mit Mistgabeln auf uns losgehen.«

»Die Stadt interessiert uns nicht«, sagte Pendergast. »Es hat keinen Sinn, die Dinge kompliziert zu machen. Ich schlage vor, dass wir sofort losfahren, bevor der Sheriff einen Vorwand erfindet, unter dem er uns aus der Stadt hinauswerfen kann.«

Sie verließen das Restaurant und gingen zum hinteren Parkplatz des Hotels. Das drohende Gewitter hatte sich schnell genähert. Der Wind fuhr in die Baumkronen, in der Ferne ertönte Donnergrollen. Pendergast zog das Verdeck des Porsches zu, D'Agosta stieg ein. Pendergast stieg selbst ein, ließ den Motor an und steuerte den Wagen in eine Gasse, dann fuhren sie auf Nebenstraßen durch die Stadt, wobei sie die Hauptverkehrsstraßen mieden.

Das Haus der Doanes lag ungefähr drei Kilometer außerhalb, oben an einer ungepflasterten Zufahrt, die früher einmal gut gepflegt worden war, mittlerweile jedoch kaum mehr als ein ausgefahrener Feldweg war. Pendergast fuhr vorsichtig, damit der Spyder nicht mit dem Unterboden auf der festgedrückten Erde aufsetzte. Engstehende Bäume säumten die Straße, ihre kahlen Äste ragten in den Nachthimmel. D'Agosta, der auf seinem Sitz herumgeschleudert wurde, bis ihm die Zähne klapperten, kam zu dem Schluss, dass unter diesen Bedingungen selbst der Landrover, den sie in Sambia gefahren hatten, vorzuziehen wäre.

Pendergast bog um die letzte Kurve, dann kam das Haus im Licht der Scheinwerfer in Sicht, während am Himmel dunkle Gewitterwolken aufzogen. D'Agosta staunte nicht schlecht. Er hatte ein großes Gebäude erwartet, so auffällig und elegant, wie der Rest der Stadt unscheinbar war. Was er da sah, war groß, das stimmte, aber elegant war es keinesfalls. Es wirkte eher wie ein Fort aus der Zeit, als die USA Louisiana kauften. Erbaut aus riesigen, rohbehauenen Holzbohlen, verfügte es an beiden Seiten über hohe Türme und eine breite, gedrungene Mittelfassade mit unzähligen kleinen Fenstern. Oberhalb davon war der bizarre Anachronismus eines Witwengangs zu sehen, der von einer eisernen Balustrade mit spitzen Zacken umsäumt war. Das Haus stand allein auf einer kleinen Anhöhe. Dahinter, zum Osten hin, erstreckte sich ein dichtes, dunkles, bis zum riesigen Black-Brake-Sumpf reichendes Waldgebiet. Während D'Agosta das Gebäude betrachtete, zuckte ein Blitz über dem Wald auf

und tauchte die Umrisse kurz in ein gespenstisches gelbliches Licht.
»Sieht so aus, als hätte jemand versucht, ein Schloss mit einer Blockhütte zu kreuzen«, sagte er.
»Der ursprüngliche Eigentümer war schließlich Holzbaron.« Pendergast nickte in Richtung des Witwengangs. »Ohne Zweifel hat er ihn genutzt, um sein Reich zu überwachen. Ich habe gelesen, dass ihm fünfundzwanzigtausend Hektar Land gehörten, einschließlich der Sumpfzypressenwälder im Black Brake, bevor die Regierung das Land erwarb und in einen Staatsforst und ein Naturschutzgebiet umwandelte.«
Er fuhr vor das Haus, bremste und warf einen kurzen Blick in den Rückspiegel, dann steuerte er den Wagen ums Haus herum und schaltete den Motor aus.
»Erwarten Sie Gesellschaft?«, fragte D'Agosta.
»Es hat keinen Sinn, Aufmerksamkeit zu erregen.«
Jetzt begann es so richtig zu regnen, dicke Tropfen, die gegen die Windschutzscheibe und auf das Stoffverdeck prasselten. Pendergast stieg aus, D'Agosta folgte rasch seinem Beispiel. Im Laufschritt liefen sie hinüber zur überdachten hinteren Veranda. D'Agosta blickte fast ein wenig ängstlich zu dem weitläufigen Gebäude hinauf. Es war genau die Art exzentrisches Domizil, das einem Romanautor gefallen konnte. Jedes kleine Fenster war sorgsam mit Fensterläden verschlossen, die Haustür mit einem Vorhängeschloss und einer Kette gesichert. Rings um das Haus hatte sich eine üppige Vegetation entwickelt und verdeckte das Mauerwerk, wobei auch etliche Holzbohlen von Moosen und Flechten überzogen waren.
Pendergast sah sich ein letztes Mal um, dann widmete er sich dem Vorhängeschloss. Er hielt es an der Haspe und drehte es mal hierhin, mal dorthin, dann nahm er es in die andere Hand und hielt ein kleines Werkzeug über das Zylindergehäuse. Ein paar schnelle Drehungen, dann sprang das Vorhängeschloss

auf. Pendergast entfernte die Kette und ließ sie zu Boden fallen. Auch die Tür selbst war verschlossen; Pendergast beugte sich über das Schloss, und im Nu hatte er den Mechanismus mit demselben Werkzeug geknackt. Dann richtete er sich wieder auf, drehte den Türknauf und schob die Tür laut quietschend weit auf. Nachdem er eine Taschenlampe hervorgeholt hatte, trat er ein. D'Agosta hatte schon vor langer Zeit gelernt, dass man bei der Zusammenarbeit mit Pendergast stets zwei Dinge brauchte: eine Schusswaffe und eine Taschenlampe. Jetzt zog er seine Taschenlampe hervor und folgte Pendergast ins Haus.

Sie befanden sich in einer großen, altmodischen Küche. In der Mitte stand ein Frühstückstisch aus Holz, vor der gegenüberliegenden Wand reihten sich ein Herd, eine Spüle, ein Kühlschrank und eine Waschmaschine. Hier endete jedoch schon jede Ähnlichkeit mit einer üblichen Küche. Die Schränke standen offen, das Porzellan- und das Glasgeschirr, fast alles davon zerbrochen, war von den Regalen auf die Arbeitsplatten und den Fußboden gefegt worden. Hier und da waren Reste von Lebensmitteln zu sehen – Mehl, Reis, Bohnen –, vertrocknet, von Ratten auseinandergescharrt und mit Rändern aus uraltem Schimmel. Die Stühle waren umgestoßen und zersplittert, die Wände von Löchern durchsetzt, geschaffen von einem Vorschlaghammer oder vielleicht einer Faust. Der Putz war in Placken von der Decke gefallen und hatte sich hier und da auf dem Boden zu kleinen Häufchen aus weißem Kalk getürmt, in denen die Spuren von Ungeziefer und Kot deutlich zu erkennen waren. D'Agosta leuchtete mit der Taschenlampe im Raum herum, um sich diesen Wirbelwind an Zerstörung genauer anzusehen. Der Lichtschein verharrte in einer Ecke, wo eine große, vor langer Zeit getrocknete Lache von etwas – Blut? – zu sehen war. An der Wand darüber, auf Brusthöhe, befanden sich mehrere gezackte Löcher, hervorgerufen von Schüssen aus

einer großkalibrigen Schrotflinte, mit ähnlichen Spritzern aus getrocknetem Blut und Innereien.
»Ich nehme an, dass unser Mr. Doane hier seinem Schöpfer begegnet ist«, sagte D'Agosta, »mit besten Grüßen vom Sheriff des Ortes. Sieht ganz danach aus, als hätte ein wüster Kampf stattgefunden.«
»Stimmt, es scheint sich hier tatsächlich um den Ort der Erschießung zu handeln«, erwiderte Pendergast. »Es hat jedoch kein Kampf stattgefunden. Die Beschädigungen stammen aus einer Zeit, die vor dem Zeitpunkt der Erschießung liegt.«
»Was zum Teufel hat sich hier ereignet?«
Pendergast sah sich das Chaos noch einen Augenblick länger an, dann antwortete er: »Ein Abstieg in den Wahnsinn.« Er leuchtete mit der Taschenlampe zu einer Tür in der gegenüberliegenden Wand. »Kommen Sie, Vincent, suchen wir weiter.«
Langsam gingen sie durch das Erdgeschoss und durchsuchten das Esszimmer, den Salon, die Speisekammer, das Wohnzimmer, die Bäder und weitere Räume von unbestimmter Nutzung. Überall stießen sie auf das gleiche Chaos: umgestoßene Möbel, zerbrochene Gläser, in Dutzende Teile zerrissene Bücher, die auf dem Boden verstreut herumlagen. Im Kamin im kleinen Zimmer sahen sie Hunderte kleiner Knochen. Pendergast untersuchte sie sorgfältig und sagte, es handele sich um die Überreste von Eichhörnchen, die – danach zu urteilen, wie sie zueinander lagen – in den Schornstein gestopft worden und dort verblieben waren, bis Zersetzung und Verwesung schließlich dazu geführt hätten, dass sie auf die Kaminböcke hinabfielen. In einem anderen Zimmer fanden sie eine dunkle, schmuddelige Matratze, umgeben von den Resten zahlloser uralter Mahlzeiten: leere Sardinenbüchsen, Einwickelpapier von Süßigkeitsriegeln, zerdrückte Bierdosen. Eine Ecke des Zimmers war offenbar als Latrine genutzt worden, ohne dass man sich um Hygiene oder den Schutz der Intimsphäre be-

müht hätte. An keiner Wand des Raumes hingen Bilder, ob nun schwarz oder auf sonstige Weise gerahmt. Das einzige »Verschönerungselement« waren endlose Kritzeleien mit violettem Leuchtmarker, ein wüstes Durcheinander von Schnörkeln und manischen Strichen, das den Betrachter durchaus beunruhigen konnte.

»Jesus Maria«, sagte D'Agosta. »Was kann Helen hier bloß gewollt haben?«

»Die ganze Sache ist über alle Maßen merkwürdig«, erwiderte Pendergast, »vor allem, wenn man bedenkt, dass die Familie Doane zur Zeit von Helens Besuch hier der Stolz von Sunflower gewesen ist. Dieser Abstieg in den kriminellen Wahnsinn hat viel später stattgefunden.«

Draußen grollte das Gewitter, begleitet von grellen Blitzen, deren Licht durch die mit Läden verschlossenen Fenster fiel. Sie stiegen ins Untergeschoss hinab, das – wenngleich nicht ganz so verwüstet – Anzeichen eines ähnlichen Tornados irrsinniger Zerstörung aufwies, wie er im Erdgeschoss so unübersehbar gewesen war. Nach einer gründlichen, jedoch ergebnislosen Suche stiegen sie in den ersten Stock hinauf. Hier hatte der Wirbelwind der Verwüstung nicht ganz so stark gewütet, auch wenn es jede Menge beunruhigende Anzeichen gab. In einem Raum – eindeutig das Zimmer des Sohnes – war eine Wand fast vollständig mit Preisen für akademische Leistungen und Auszeichnungen für die Freiwilligenarbeit für die Gemeinde bedeckt. Auf Grundlage ihrer Informationen datierten diese ein, zwei Jahre vor oder nach Helen Pendergasts Besuch in der Stadt. Die gegenüberliegende Wand hing genauso voll, und zwar mit vertrockneten Tierschädeln – Schweine, Hunde, Ratten. Diese waren allesamt auf die gröbstmögliche Weise ans Holz genagelt worden, ohne dass man sich die Mühe gemacht hatte, sie zu säubern oder zumindest ausbluten zu lassen. Getrocknetes Blut lief in dicken Fäden aus

jeder mumifizierten Trophäe auf die darunter an die Wand genagelte.
Das Zimmer der Tochter machte einen noch unheimlicheren Eindruck, denn es fehlte darin jede persönliche Note. Das einzige hervorstechende Merkmal bestand aus einer Reihe ähnlich gebundener roter Bände auf einem Bücherbord, auf dem sich ansonsten nur noch eine Gedicht-Anthologie befand.
Nach und nach gingen sie durch die leeren Zimmer. Währenddessen versuchte D'Agosta dem Ganzen einen Sinn abzugewinnen.
Am Ende des Flurs gelangten sie an eine verschlossene Tür. Pendergast zog seine Einbruchswerkzeuge hervor, knackte das Schloss und versuchte, die Tür zu öffnen. Die ging aber einfach nicht auf.
»Ist ja mal was Neues«, sagte D'Agosta.
»Wenn Sie sich bitte die oberen Türpfosten ansehen, mein lieber Freund, dann erkennen Sie, dass die Tür nicht nur abgeschlossen, sondern verschraubt ist.« Er ließ den Türknauf los. »Wir kommen hierauf noch zurück. Schauen wir uns vorher das Dachgeschoss an.«
Das Dachgeschoss des alten Hauses bestand aus einem Gewirr kleiner Räume, die bis oben hin mit stockfleckigen Möbeln und altem Gepäck vollgestellt waren. Sie nahmen eine gründliche Durchsuchung der Kisten und Koffer vor, wobei sie erstickende Wolken von Staub aufwirbelten, jedoch nichts Interessanteres fanden als muffige alte Bekleidungsstücke und Bündel von Zeitungen, die sortiert, gestapelt und mit Bindfaden verschnürt waren. Pendergast stöberte in einem alten Werkzeugkasten, nahm einen Schraubenzieher heraus und steckte ihn in die Tasche.
»Schauen wir mal in den beiden Türmen nach«, sagte er und wischte sich mit sichtlichem Abscheu den Staub vom schwarzen Anzug. »Dann gehen wir das verrammelte Zimmer an.«

Die Türme waren zugig, die Wendeltreppen und Nischen voller Spinnen, Rattenkot und Stapeln von vergilbten alten Büchern. Jede Treppe endete in einem winzigen Aussichtszimmer, die Fenster waren schmal wie die Schießscharten einer Burg und boten einen Blick auf den von Blitzen erhellten Wald. D'Agosta merkte, dass er immer ungeduldiger wurde. Wie es schien, hatte das Haus kaum mehr als Wahnsinn und Rätsel anzubieten. Warum war Helen Pendergast hergekommen – wenn sie überhaupt hier gewesen war?

Nachdem sie in den Türmen nichts von Interesse gefunden hatten, kehrten sie ins Haupthaus und zur verschraubten Tür zurück. Während D'Agosta die Taschenlampe hielt, drehte Pendergast zwei lange Schrauben heraus. Er drehte am Türknauf, schob die Tür auf und betrat das Zimmer. D'Agosta folgte – und wäre vor lauter Überraschung beinahe rückwärts getaumelt.

Es war, als befände man sich in einem Fabergé-Ei. Das Zimmer war nicht groß, doch es kam D'Agosta wie ein Kleinod vor – angefüllt mit Schätzen, die vor lauter innerer Strahlkraft funkelten. Die Fenster waren mit Brettern vernagelt und mit Segeltuch verhängt, so dass die Inneneinrichtung auf beinahe hermetische Weise erhalten worden war, wobei jede Oberfläche so liebevoll poliert war, dass selbst zehn Jahre der Unbewohntheit den Glanz nicht trüben konnten. An jedem Quadratzentimeter Wand hingen Bilder, der Raum war randvoll mit prachtvollen, geschreinerten Möbeln und Skulpturen, der Boden ausgelegt mit traumhaft schönen Teppichen, auf kleinen Kissen aus schwarzem Samt waren funkelnde Schmuckgegenstände ausgelegt.

In der Mitte des Zimmers stand ein einzelnes Sofa, der Bezug war aus dunkel gegerbtem Leder, in das ganz erstaunliche abstrakte Blumenmuster gepunzt worden waren. Das Auf und Ab der handgearbeiteten Linien war so gekonnt gemacht, war auf

so geradezu hypnotische Weise schön, dass D'Agosta kaum den Blick davon abwenden konnte. Dennoch erregten andere Gegenstände seine Aufmerksamkeit noch stärker. An einem Ende standen mehrere groteske Skulpturen, längliche Köpfe darstellend, geschnitzt aus exotischem Holz, neben einer Ansammlung erlesener Schmuckstücke aus Gold, Edelsteinen und schimmernden schwarzen Perlen.
Schweigend und verwundert schritt D'Agosta durch das Zimmer, kaum imstande, seine Aufmerksamkeit auf irgendeinen Gegenstand zu lenken, bis sein Blick auf ein weiteres Kleinod fiel. Auf einem Tisch stand eine Sammlung kleinformatiger, handgefertigter Bücher in eleganter Lederbindung mit Goldprägung. D'Agosta nahm eines davon in die Hand und blätterte darin. Es war voll von Gedichten, handgeschrieben in schöner Schrift, unterzeichnet und datiert von Karen Doane. Die handgewebten Teppiche lagen in mehreren Schichten auf dem Boden und zeigten so farbenfrohe, auffällige geometrische Muster, dass sie das Auge förmlich blendeten. D'Agosta leuchtete mit der Taschenlampe an die Wände und staunte über die Ölgemälde, die ungemein lebendigen, strahlenden Landschaftsbilder, darstellend Waldlichtungen rings um das Haus oder alte Friedhöfe, plastische Stillleben und zunehmend grandiose Landschaften und Traumgebilde. D'Agosta trat vor das am nächsten befindliche Bild und ließ den Lichtstrahl der Taschenlampe darüber hinweggleiten. Es war am unteren Rand mit M. DOANE signiert
Pendergast stellte sich neben ihn, eine stumme Präsenz. »Melissa Doane. Die Frau des Romanautors. Wie es aussieht, hat sie die Bilder gemalt.«
»Alle?« D'Agosta ließ den Lichtstrahl über die anderen Wände in dem kleinen Zimmer gleiten. Kein Gemälde in einem schwarzen Rahmen, mehr noch: kein Gemälde, das nicht mit M. DOANE signiert war.

»Ich fürchte, es ist nicht hier.«

Langsam ließ D'Agosta die Taschenlampe sinken. Er merkte, dass er schwer atmete und sein Herz schneller schlug. Das Ganze war bizarr – jenseits von bizarr. »Was zum Teufel ist das hier? Und warum konnte das Zimmer so bleiben, warum hat man es nicht ausgeraubt?«

»Die Stadt schützt ihre Geheimnisse gut.« Pendergast ließ den Blick schweifen und nahm das Zimmer in Augenschein. Seine Miene verriet äußerste Konzentration. Erneut ging er langsam im Zimmer auf und ab, bis er schließlich vor dem Tisch mit den handgefertigten Büchern stehen blieb. Er blätterte kurz in einigen und legte sie zurück auf den Tisch. Er ging aus dem Zimmer, D'Agosta folgte ihm über den Flur, dann betrat er das Zimmer der Tochter. D'Agosta holte ihn ein, als er gerade das Bücherbord mit den identischen rotgebundenen Bänden musterte. Er streckte seine spindeldürre Hand aus, nahm den letzten Band vom Bord und blätterte darin; alle Seiten waren unbeschrieben. Dann stellte er das Buch zurück und nahm den vorletzten Band vom Bord. Dieser Band war voll mit waagerechten Linien, offenbar mit dem Lineal gezogen, und zwar so dicht, dass jede Seite fast schwarz vor lauter Linierung war.

Pendergast nahm das nächste Buch zur Hand und blätterte es durch. Auch hier wieder dichte Linierung und vorn einige unbeholfene Kinderzeichnungen. Der folgende Band enthielt zusammenhanglose Einträge in einer ungelenken Schrift, die die Seiten hinauf- und hinunterstieg.

Pendergast las laut vor, aufs Geratewohl, Prosa, geschrieben in Versen:

Ich kann nicht
Schlafen Ich darf nicht
Schlafen. Sie kommen, sie flüstern
Dinge. Sie zeigen mir

Dinge. Ich kann es nicht
Ausschalten, ich kann es nicht
Ausschalten. Wenn ich wieder einschlafe,
Sterbe ich … Schlaf = Tod
Tod = Schlaf
Tod = ich kann es nicht
Ausschalten

Pendergast blätterte einige Seiten um. Die Ergüsse gingen weiter, bis sie sich in zusammenhanglosen Wörtern und unleserlichen Kritzeleien auflösten. Nachdenklich stellte er das Buch zurück, zog ein anderes, viel früheres in der Reihe hervor und schlug es in der Mitte auf. D'Agosta sah eine ausgeprägte, gleichmäßige Schrift, offenkundig die eines Mädchens, mit gekritzelten Blumen und lustigen Gesichtern am Rand und die *i*s mit fröhlich gekringelten Punkten.
Pendergast las das Datum ab.
D'Agosta rechnete schnell im Kopf nach. »Das liegt ungefähr ein halbes Jahr vor Helens Besuch in Sunflower.«
»Ja. Als die Familie Doane noch nicht lange hier gewohnt hat.« Pendergast blätterte, überflog die Einträge, hielt an einer Stelle inne und las laut vor:

Mattie Lee hat mich wieder wegen Jimmy genervt. Mag sein, dass er süß ist, aber ich kann diese Goth-Klamotten und diese Trash-Metal-Musik, die er so toll findet, nicht ausstehen. Er gelt sich die Haare, kämmt sie nach hinten, raucht und hält die Zigarette mit den Fingern nahe an der glühenden Spitze. Er glaubt, dadurch cool zu wirken. Ich finde, er sieht dadurch aus wie ein Hirni, der versucht, cool zu wirken. Schlimmer noch: Er sieht dadurch aus wie ein Doofi, der aussieht wie ein Hirni, der versucht, cool zu sein.

»Typisch Highschool-Mädchen«, sagte D'Agosta und runzelte die Stirn.

»Vielleicht ein wenig sarkastischer als die meisten.« Pendergast blätterte erneut in dem Tagebuchband. Plötzlich verharrte er bei einem Eintrag, der ungefähr drei Monate später verfasst worden war. »Ah!«, rief er aus, plötzlich Interesse in der Stimme, und las vor:

Als ich von der Schule nach Haus gekommen bin, habe ich gesehen, wie sich Mom und Dad über irgendetwas auf dem Küchentresen beugten. Und rat mal, was das war? Ein Papagei! Ein grauer, dicker Papagei mit einem stummeligen roten Schwanz und einem großen dicken Metallring an einem Bein mit einer Nummer, aber ohne Namen. Der Papagei war zahm und hockte sich auf meinen Arm. Er hat mich mit schiefem Kopf angesehen und mir in die Augen geschaut, als wollte er sagen: Und das bist du. Dad hat im Lexikon nachgeschlagen und meint, es sei ein Afrikanischer Graupapagei. Er sagt, dass der Papagei jemandes Haustier sein müsse, er sei zu zahm, als dass es anders sein könne. Der Papagei ist einfach um die Mittagszeit aufgetaucht, er hat im Pfirsichbaum neben dem Hintereingang gehockt und laut gekreischt, um auf sich aufmerksam zu machen. Ich habe Dad angefleht, dass wir den Papagei behalten. Er hat mir versprochen, das könnten wir, bis er den wahren Besitzer herausgefunden habe. Aber wir müssten eine Annonce in die Zeitung setzen. Worauf ich ihm geantwortet habe, dann müssten wir die Anzeige ja wohl in der Timbuktu Times bringen, was er ziemlich witzig fand. Ich hoffe, Dad findet den wahren Besitzer nie. Wir haben dem Papagei in einem alten Karton ein kleines Nest gebaut. Morgen will Dad zur Zoohandlung in Slidell fahren und einen richtigen Käfig für ihn kaufen. Während der Papagei auf dem Küchentresen herumgehüpft ist, hat er einen von Moms Muffins entdeckt, gekrächzt und den Muffin verdrückt, also habe ich ihn Muffin getauft.

»Ein Papagei«, murmelte D'Agosta. »Das ist doch wenigstens mal was.«
Pendergast blätterte in dem Tagebuch, langsamer jetzt, bis er zum Ende gelangte. Dann nahm er den nächsten Band vom Regal und begann, die Daten der Einträge methodisch zu vergleichen, bis er zu einem bestimmten Eintrag kam. D'Agosta hörte, wie Pendergast kurz Luft holte.
»Vincent, hier ist der Eintrag, den die Tochter am neunten Februar schrieb – am Tag, als Helen den Doanes einen Besuch abstattete.«

Der schlimmste Tag in meinem Leben!!!
Nach dem Mittagessen ist eine Dame zu uns gekommen und hat geklingelt. Sie fuhr einen roten Sportwagen und war superschick gekleidet, trug so altmodische, durchlöcherte Lederhandschuhe. Sie hat gesagt, sie habe gehört, wir hätten einen Papagei, und gefragt, ob sie ihn mal sehen könne. Dad hat ihr Muffin (in seinem Käfig) gezeigt, und da hat sie gefragt, wie wir ihn bekommen hätten. Dann hat sie jede Menge Fragen über Muffin gestellt: Wann wir ihn bekommen hätten, woher er gekommen sei, ob er zahm sei, ob er sich anfassen lasse, wer mit ihm am meisten spiele. Solche Sachen eben. Die Frau wollte sich auch den Metallring aus der Nähe ansehen, aber Dad hat sie vorher gefragt, ob der Papagei ihr gehöre. Sie bejahte und sagte, sie wolle Muffin zurückhaben. Da ist mein Dad misstrauisch geworden und hat die Frau gefragt, ob sie die Nummer auf Muffins Ring nennen könne. Was sie nicht konnte. Und sie konnte auch keinerlei Nachweis darüber vorlegen, dass Muffin ihr gehört, hat uns aber so eine merkwürdige Geschichte aufgetischt, gesagt, sie sei Wissenschaftlerin und Muffin sei aus ihrem Labor entflogen.

Dad hat ausgesehen, als ob er der Frau kein Wort glaubte, und ihr sehr bestimmt geantwortet, dass er ihr, wenn sie einen Nachweis vorlegen könne, den Papagei mit Freuden zurückgeben werde, dass Muffin aber bis dahin bei uns bleibe. Das hat die Frau offenbar nicht besonders überrascht, und dann hat sie mich mit betrübter Miene angesehen und gefragt: »Ist Muffin dein kleiner Liebling?« Ich habe das bejaht. Da schien sie eine Weile zu überlegen. Anschließend hat sie Dad gefragt, ob er ihr ein gutes Hotel in der Stadt empfehlen könne. Er hat geantwortet, dass es nur eines gebe und dass er die Telefonnummer hole, dann ist er in die Küche zurückgegangen, um das Telefonbuch zu holen. Kaum war er weg, hat die Frau Muffins Käfig gepackt, ihn in einen schwarzen Müllsack, den sie aus ihrer Handtasche gezogen hatte, gesteckt, ist zur Tür hinausgelaufen, hat den Sack in ihr Auto geworfen und ist von der Einfahrt heruntergefahren! Muff hat die ganze Zeit laut gekrächzt. Ich bin schreiend nach draußen gelaufen, und Dad ist auch aus dem Haus gerannt, dann sind wir in unseren Wagen gestiegen und haben die Frau verfolgt, aber sie war verschwunden. Dad hat den Sheriff angerufen, aber der war nicht besonders interessiert am Auffinden eines gestohlenen Papageis, vor allem, weil es sich ja um ihren Papagei gehandelt haben konnte. Und damit war Muffin weg, einfach so.

Da bin ich rauf in mein Zimmer gelaufen und konnte einfach nicht wieder aufhören zu heulen.

Pendergast klappte das Tagebuch zu und steckte es in seine Jacketttasche. Gleichzeitig erhellte ein Blitz die Bäume hinter dem Fenster, und ein Donnerschlag erschütterte das Haus.

»Unglaublich«, sagte D'Agosta. »Helen hat den Papagei gestohlen. So wie sie auch die ausgestopften Papageien von Audubon entwendet hat. Was um alles in der Welt hat sie sich dabei gedacht?«

Pendergast blieb ihm die Antwort schuldig.
»Haben Sie den Papagei je gesehen? Hat sie ihn mit nach Penumbra gebracht?«
Pendergast schüttelte wortlos den Kopf.
»Und was hat es mit diesem wissenschaftlichen Labor auf sich, das sie erwähnte?«
»Helen hat in keinem Labor gearbeitet. Sie war bei Doctors With Wings angestellt.«
»Haben Sie *irgendeine* Idee, was sie mit dem Papagei vorhatte?«
»Zum ersten Mal in meinem Leben bin ich völlig ratlos.«
Wieder zuckten Blitze auf und erhellten Pendergasts Miene, die nichts als Schock und Verständnislosigkeit ausdrückte.

26

New York City

Captain Laura Hayward vom Morddezernat der Polizei New York ließ die Tür zu ihrem Büro gern offen, um damit zu signalisieren, dass sie ihre Wurzeln als einfacher Cop, der in U-Bahnen Streife gegangen war, nicht verleugnete. Sie hatte im Dezernat eine steile Karriere gemacht. Sie wusste zwar, dass sie gut war und die Beförderungen verdiente, trotzdem war ihr auf unbehagliche Weise bewusst, dass es nicht geschadet hatte, eine Frau zu sein, zumal nach den zahlreichen Skandalen wegen Diskriminierung von Frauen am Arbeitsplatz in der vorhergehenden Dekade.
Doch an diesem Morgen, als sie um sechs im Büro erschienen war, schloss sie widerstrebend die Tür, obwohl sonst niemand da war. Die Ermittlungen im Zusammenhang mit einer Serie

von Drogenmorden der russischen Mafia auf Coney Island kamen einfach nicht von der Stelle und hatten nichts als eine Riesenmenge an Papierkram und zahllose Sitzungen mit sich gebracht. Schließlich war man übereingekommen, dass sich jemand – also sie – mit den Akten hinsetzte und alles noch einmal durchsah, damit wenigstens einer durchblickte und die Ermittlungen vorantreiben konnte.

Gegen Mittag war ihr beinahe schwindlig wegen der sinnlosen Gewalt der ganzen Geschichte. Hayward stand vom Schreibtisch auf und nahm sich vor, ein wenig frische Luft zu schnappen und im kleinen Park neben dem Polizeihochhaus etwas spazieren zu gehen. Sie öffnete ihre Tür, verließ das äußere Büro und stieß auf eine Gruppe von Beamten, die auf dem Flur herumlungerten.

Die Männer grüßten sie ein wenig beflissener als sonst, wobei sie sich verlegen Seitenblicke zuwarfen.

Hayward erwiderte die Grüße und blieb stehen. »Also gut, was ist los?«

Verräterisches Schweigen.

»Ich habe noch nie einen Haufen schlechterer Schauspieler gesehen«, sagte sie leichthin. »Ehrlich, wenn ihr euch zu einer Pokerrunde zusammensetzen würdet, ihr würdet alle verlieren.«

Der Witz kam nicht an; nach kurzem Zögern meldete sich ein Sergeant zu Wort. »Captain, es geht da um einen, äh, FBI-Agenten. Einen gewissen Pendergast.«

Hayward stutzte. Ihre Abneigung gegen Pendergast war unter ihren Kolleginnen und Kollegen weithin bekannt, ebenso seine Beziehung zu ihrem Lebensgefährten D'Agosta. Pendergast hatte Vincent tief in die Scheiße geritten, und irgendwie hatte sie das Gefühl, dass der derzeitige Ausflug nach Louisiana genauso katastrophal enden würde wie die früheren. Vielleicht bahnte sich ja gerade eine Katastrophe an … Und während ihr diese Gedanken durch den Kopf gingen, versuchte sie ihre

Gesichtszüge zu beherrschen und einen völlig gelassenen Eindruck zu machen. »Was ist denn mit Special Agent Pendergast?«, fragte sie kühl.
»Es geht da eigentlich nicht um Pendergast«, sagte der Sergeant. »Sondern um eine Verwandte von ihm. Eine gewisse Constance Greene. Sie sitzt unten in der Zentralaufnahme und hat Pendergast als ihren nächsten Angehörigen angegeben. Anscheinend ist sie seine Nichte oder so was Ähnliches.«
Wieder betretenes Schweigen.
»Und?«, soufflierte Hayward.
»Die Frau war im Ausland. Hat eine Überfahrt auf der *Queen Mary Zwei* von Southampton nach New York gebucht, ist mit ihrem Baby an Bord gegangen.«
»Ihrem Baby?«
»Richtig. Höchstens ein paar Monate alt. Nachdem das Schiff angelegt hatte, wurde sie an der Passkontrolle festgehalten, weil das Baby gefehlt hat. Der Zoll hat uns per Funk verständigt, und wir haben sie in Gewahrsam genommen. Sie steht unter Mordverdacht.«
»Mordverdacht?«
»Ganz genau. Wie's aussieht, hat sie ihr Baby irgendwo mitten auf dem Atlantik über Bord geworfen.«

27

Golf von Mexiko

Es schien fast so, als ob die Delta 767 in zehntausend Metern Höhe schwebe; der Himmel war heiter und wolkenlos, das Meer eine durchgehende blaue Fläche in der Tiefe, die im nachmittäglichen Licht glitzerte.

»Darf ich Ihnen noch ein Bier bringen, Sir?«, fragte die Stewardess und beugte sich beflissen über D'Agosta.

»Gern.«

Die Stewardess wandte sich D'Agostas Sitznachbarn zu. »Und Sie, Sir? Alles in Ordnung bei Ihnen?«

»Nein«, sagte Pendergast und deutete abfällig auf das kleine Tellergericht Räucherlachs, das auf seinem heruntergeklappten Sitzrücken-Tablett stand. »Meinem Gefühl nach hat das Gericht Zimmertemperatur. Könnten Sie mir bitte ein gekühltes bringen?«

»Sehr gern.« Die Stewardess nahm den Teller mit berufsmäßiger Geste vom Tablett.

D'Agosta wartete, bis die Stewardess zurückkam, dann machte er es sich in dem breiten, komfortablen Sitz bequem und streckte die Beine aus. Nur wenn er mit Pendergast reiste, flog er erster Klasse, woran er sich aber durchaus gewöhnen konnte.

In der Lautsprecheranlage ertönte ein *Pling!*, dann gab der Pilot durch, dass das Flugzeug in zwanzig Minuten auf dem Sarasota Bradenton International Airport landen werde.

D'Agosta trank einen Schluck von seinem Bier. Sunflower im Bundesstaat Louisiana lag schon achtzehn Stunden und Hunderte Meilen hinter ihnen, doch das seltsame Haus der Doanes – mit diesem Kleinod von Zimmer voller Wunderdinge – war ihm immer wieder durch den Kopf gegangen. Pendergast hatte jedoch nicht die geringste Neigung gezeigt, darüber zu sprechen, und war den ganzen Flug über nachdenklich und still gewesen.

D'Agosta versuchte es noch einmal. »Ich habe da eine Theorie.«

Pendergast warf ihm einen kurzen Blick zu.

»Ich glaube, die Familie Doane sollte uns auf die falsche Fährte locken.«

»In der Tat.« Pendergast aß versuchsweise einen Bissen von dem Lachs.
»Denken Sie doch mal darüber nach. Die Doanes sind viele Monate nach Helens Besuch übergeschnappt. Wie kann der Besuch also irgendetwas mit dem zu tun haben, was später passiert ist? Oder mit einem Papagei?«
»Vielleicht haben Sie recht«, sagte Pendergast vage. »Mich wundert nur, dass es vor dem … Ende zu diesem plötzlichen Erblühen schöpferischer Intelligenz gekommen ist. Und zwar bei allen Angehörigen der Familie.«
»Es ist ja eine bekannte Tatsache, dass Wahnsinn vererbbar ist.« D'Agosta hütete sich allerdings, aus dieser Beobachtung einen Schluss zu ziehen. »Wie dem auch sei, es sind immer die Talentierten, die verrückt werden.«
»Verheißungsvoll beginnen wir des Lebens Lenz, doch dann folgt Stagnation, Verzweiflung, Armut und Demenz.« Pendergast wandte sich zu D'Agosta um. »Sie glauben also, dass die Kreativität der Doanes dazu geführt hat, dass sie den Verstand verloren haben?«
»Mit Sicherheit ist das mit der Tochter passiert.«
»Verstehe. Und dass Helen den Papagei gestohlen hat, hat nichts mit dem zu tun, was der Familie später zugestoßen ist. Ist das Ihre Hypothese?«
»Mehr oder weniger. Was glauben Sie?« D'Agosta hoffte, Pendergast mit dieser Frage aus der Reserve zu locken.
»Ich glaube, dass ich keine Zufälle mag, Vincent.«
D'Agosta zögerte. »Sehen Sie, ich habe mich noch etwas anderes gefragt … Ich meine, hat Helen sich vielleicht gelegentlich merkwürdig … sonderbar verhalten?«
Es kam ihm so vor, als strafften sich Pendergasts Züge. »Ich bin mir nicht sicher, ob ich verstehe, was Sie meinen.«
»Diese …«, wieder stockte D'Agosta, »… plötzlichen Reisen zu seltsamen Zielen. Diese Geheimnisse. Dieses Stehlen von

Vögeln, erst zwei tote aus dem Museum, dann einen lebendigen von einer Familie. Könnte es vielleicht sein, dass Helen unter einer Form von Stress, oder, Sie wissen schon, an einer Nervenkrankheit litt? In Rockland sind mir nämlich Gerüchte zu Ohren gekommen, wonach ihre Familie nicht so ganz normal –«

Er verstummte, als die Umgebungstemperatur rings um ihre Sitze abrupt um mehrere Grade sank.

Pendergast ließ sich zunächst nichts anmerken, aber als er dann etwas erwiderte, klang seine Stimme fern, um Höflichkeit bemüht. »Es mag schon sein, dass Helen Esterhazy außergewöhnlich war. Aber sie gehörte auch zu den vernunftbegabtesten, geistig gesündesten Menschen, denen ich je begegnet bin.«

»Bestimmt war sie das. Ich wollte damit nicht andeuten –«

»Außerdem zählte sie nicht zu jenen Menschen, die unter Stress zusammenbrechen.«

»Okay«, sagte D'Agosta hastig. War also keine gute Idee gewesen, das Thema anzuschneiden.

»Wir sollten, glaube ich, unsere Zeit lieber dazu nutzen, das anstehende Thema zu erörtern«, lenkte Pendergast das Gespräch in neue Bahnen. »Es gibt da einige Dinge, die Sie über *ihn* wissen sollten.« Er holte einen dünnen Umschlag aus seiner Jacketttasche und zog ein einzelnes Blatt Papier heraus. »John Woodhouse Blast. Alter: achtundfünfzig. Geboren in Florence, South Carolina. Derzeitiger Wohnort: Vier-eins-eins-zwei Beach Road, Siesta Key. Er ist etlichen Beschäftigungen nachgegangen: Kunsthändler, Galeriebesitzer, Import/Export – außerdem war er als Kupferstecher und Drucker tätig.« Er steckte das Blatt wieder ein. »Seine Kupferstiche waren von recht besonderer Art.«

»Und zwar?«

»Sie stellten Porträts verstorbener Präsidenten dar. Wenn Sie wissen, was ich meine.«

»Sie meinen, er hat als *Geldfälscher* gearbeitet?«
»Der Secret Service hat gegen ihn ermittelt. Nichts wurde jemals bewiesen. Außerdem wurde wegen des Schmuggels von Elfenbein und Nashornhorn gegen ihn ermittelt – beides illegal seit der Konvention zum Schutz gefährdeter Arten von neunundachtzig. Auch in dem Fall konnte man ihm nichts nachweisen.«
»Der Typ ist offenbar schlüpfriger als ein Aal.«
»Er ist ganz offensichtlich ein einfallsreicher, entschlossener und gefährlicher Mann.« Pendergast hielt kurz inne. »Aber es gibt da noch einen anderen relevanten Aspekt … seinen Namen: John Woodhouse Blast.«
»Ja und?«
»Blast ist ein direkter Nachkomme von John James Audubon, und zwar über dessen Sohn, John Woodhouse Audubon.«
»Tatsächlich?«
»John Woodhouse war selbst ein guter Maler. Er hat Audubons letztes Werk, *Die lebend gebärenden Vierfüßer Nordamerikas*, fertiggestellt, wobei er nach dem plötzlichen psychischen Niedergang seines Vaters fast die Hälfte der Bildtafeln selbst gemalt hat.«
D'Agosta stieß einen leisen Pfiff aus. »Dann glaubt Blast vermutlich, dass das Schwarzgerahmte von Rechts wegen ihm gehört.«
»Das nehme ich an. Wie es aussieht, hat er einen Großteil seines Erwachsenenlebens mit der Suche nach dem Gemälde verbracht. Er scheint sie in den letzten Jahren allerdings aufgegeben zu haben.«
»Und was macht er also jetzt?«
»Das habe ich nicht herausfinden können. Er hält sein aktuelles Blatt verdeckt.« Pendergast schaute aus dem Fenster. »Wir müssen aufpassen, Vincent. Sehr gut aufpassen.«

28

Sarasota, Florida

Siesta Key war eine Offenbarung für D'Agosta: schmale, von Palmen gesäumte Alleen, smaragdgrüne Rasenflächen, die zu wunderschönen azurblauen Buchten hinabführten, gewundene Kanäle, auf denen träge Ausflugsboote schaukelten. Der Strand war breit, der Sand weiß und so fein wie Zucker und zog sich von Norden und Süden bis in den Sonnenglast. Auf der einen Seite wogte das Meer, dessen lange Wellen an den Strand brandeten; auf der anderen Seite erstreckten sich Apartmenthäuser und Luxushotels, unterbrochen von Swimmingpools, Villen-Anwesen und Restaurants. Es war die Zeit des Sonnenuntergangs. Während D'Agosta die Aussicht auf sich wirken ließ, hielten die Sonnenanbeter, Sandburgenbauer und Strandläufer wie auf ein unsichtbares Signal hin inne und blickten nach Westen. Liegestühle wurden umgestellt, Camcorder in die Höhe gehalten. D'Agosta folgte der allgemeinen Blickrichtung. Die Sonne, die aussah wie ein Halbkreis aus orangefarbenem Feuer, versank im Golf von Mexiko. Er hatte noch nie einen Sonnenuntergang gesehen, den nicht die New Yorker Stadtlandschaft oder New Jersey beeinträchtigt hätte. Und er staunte nicht schlecht. Eben noch war die Sonne da, sank hinter die endlose, flache Linie des Horizonts ... und dann war sie plötzlich verschwunden und streute rosafarbene Bänder des Abendrots aus. D'Agosta schmeckte die jodhaltige Meeresluft. Es fiel ihm leicht, sich vorzustellen, dass Laura und er an einen solchen Ort ziehen würden, sobald er die Rente eingereicht hätte.

Blasts Eigentumswohnung lag in der Endetage eines Luxus-Apartmenthauses mit Blick aufs Meer. Sie fuhren im Fahrstuhl hinauf; Pendergast läutete. Lange Zeit gar nichts, dann ein leises, kratzendes Geräusch, als die Abdeckung des Spions zur

Seite geschoben wurde. Eine weitere, kürzere Verzögerung, gefolgt vom Aufschließen und Öffnen der Tür. Auf der anderen Seite stand ein Mann: klein, schlank, schwarze, mit Brillantine eingeölte und nach hinten gekämmte Haare. »Ja?«
Pendergast zeigte seinen Dienstausweis, D'Agosta desgleichen. »Mr. Blast?«, erkundigte sich Pendergast.
Der Mann schaute von einem Dienstausweis zum anderen, dann wieder auf Pendergast. In seinem Blick lag keine Furcht, keine Angst, wie D'Agosta bemerkte, nur leise Neugier.
»Dürfen wir hereinkommen?«
Der Mann überlegte kurz. Dann zog er die Tür einen Spaltbreit weiter auf.
Sie gingen durch den Eingangsflur ins Wohnzimmer, das opulent, wenn auch ziemlich farbenfroh eingerichtet war. Schwere goldfarbene Vorhänge rahmten das Panoramafenster ein, durch das man weit über das Meer blickte. Auf dem Boden lagen dicke weiße Flauschteppiche. Die Luft roch ein wenig nach Weihrauch. Zwei Zwergspitze, der eine weiß, der andere schwarz, musterten sie unwirsch von einer Ottomane in der Nähe.
D'Agosta wandte seine Aufmerksamkeit wieder Blast zu. Der Mann hatte so gar keine Ähnlichkeit mit seinem Vorfahren Audubon. Er war klein und wirkte übertrieben geschäftig, trug ein Menjou-Bärtchen und sah – angesichts des Klimas – erstaunlich blass aus. Doch er bewegte sich schnell und geschmeidig, was irgendwie im Widerspruch zur trägen Dekadenz der Wohnungseinrichtung stand.
»Möchten Sie sich nicht setzen?«, sagte er und zeigte auf zwei große, mit karmesinrotem Samt bezogene Polstersessel. Er sprach mit einem kaum hörbaren Südstaaten-Akzent.
Pendergast nahm Platz, D'Agosta desgleichen. Blast ließ sich ihnen gegenüber auf ein weißes Ledersofa sinken. »Ich nehme an, Sie sind nicht wegen meines Mietobjekts an der Shell Road gekommen.«

»Völlig richtig«, antwortete Pendergast.
»Wie kann ich Ihnen dann helfen?«
Pendergast ließ die Frage einen Augenblick im Raum stehen, dann antwortete er: »Wir sind wegen des Schwarzgerahmten gekommen.«
Blasts Überraschung zeigte sich nur kurz. Einen Augenblick später lächelte er, so dass seine kleinen, strahlend weißen Zähne zum Vorschein kamen. Es war kein besonders freundliches Lächeln. Der Mann erinnerte D'Agosta an einen Nerz, glatt und immer bereit zuzubeißen. »Machen Sie mir ein Verkaufsangebot?«
Pendergast schüttelte den Kopf. »Nein. Wir möchten uns das Bild anschauen.«
»Es ist immer ratsam, die Konkurrenz zu kennen«, sagte Blast.
Pendergast schlug die Beine übereinander. »Komisch, dass Sie von der Konkurrenz sprechen. Das ist nämlich der zweite Grund unseres Kommens.«
Blast legte fragend den Kopf zur Seite.
»Helen Esterhazy Pendergast.« Pendergast betonte jedes einzelne Wort.
Diesmal verharrte Blast völlig regungslos. Er blickte von Pendergast zu D'Agosta, dann wieder zu Pendergast. »Verzeihen Sie, aber wo wir gerade beim Thema Namen sind: Dürfte ich bitte Ihre erfahren?«
»Special Agent Pendergast. Und das hier ist mein Partner, Lieutenant D'Agosta.«
»Helen Esterhazy Pendergast«, wiederholte Blast. »Eine Verwandte von Ihnen?«
»Sie war meine Frau«, erwiderte Pendergast in kühlem Tonfall.
Blast breitete die Hände aus. »Ich habe den Namen noch nie gehört. *Désolée.* Also, wenn das alles ist …« Er stand auf.
Auch Pendergast erhob sich abrupt. Doch anstatt Blast zur

Rede zu stellen, wie D'Agosta befürchtet hatte, verschränkte er die Hände hinter dem Rücken, ging zum Panoramafenster und schaute hinaus. Dann drehte er sich um, schlenderte im Zimmer umher und betrachtete die verschiedenen Gemälde, eines nach dem anderen, so als befände er sich in einem Museum. Blast blieb, wo er war, regungslos, nur sein Blick folgte Pendergast. Der Agent ging in den vorderen Flur und blieb einen Augenblick vor der Tür zu einem Wandschrank stehen. Plötzlich schob er die Hand in seinen schwarzen Anzug, holte etwas daraus hervor und berührte die Tür; dann riss er sie abrupt auf.

Blast lief zu ihm hin. »Was machen Sie denn da?«, rief er verärgert.

Pendergast griff in den Schrank, schob mehrere Gegenstände zur Seite und zog aus dem hinteren Bereich einen langen Pelzmantel mit der bekannten gelb-schwarzen Fellmusterung eines Tigers hervor.

»Wie können Sie es wagen, in meine Privatsphäre einzudringen?«, sagte Blast, während er immer näher kam.

Pendergast schüttelte den Mantel und blickte daran hinauf und hinunter. »Das wäre genau das Richtige für eine Prinzessin«, sagte er und wandte sich mit einem Lächeln Blast zu. »Absolut echt.« Er griff nochmals in den Wandschrank und schob weitere Mäntel zur Seite, während Blast wütend und mit hochrotem Kopf dastand. »Ozelot, Margay ... das ist eine ziemlich große Sammlung bedrohter Arten. Und die Mäntel sind neu, sicherlich jünger als das CITES-Verbot von neunundachtzig, vom ESA-Verbot aus dem Jahr zweiundsiebzig ganz zu schweigen.«

Pendergast hängte die Pelzmäntel in den Wandschrank zurück und schloss die Tür. »Der Polizeivollzugsdienst der US-Umweltbehörde dürfte sich ohne Zweifel für Ihre Sammlung interessieren. Sollen wir da mal anrufen?«

Blasts Reaktion überraschte D'Agosta. Anstatt weiter zu protestieren, entspannte er sich. Er lächelte wieder sein Haifischlächeln und betrachtete Pendergast beinahe anerkennend. »Bitte«, sagte er und streckte den Arm aus. »Wie ich sehe, haben wir noch mehr zu besprechen. Setzen Sie sich.«

Pendergast kehrte zu seinem Sessel zurück, Blast nahm wieder auf dem Ledersofa Platz.

»Wenn ich Ihnen helfe … welches Schicksal würde dann meiner kleinen Sammlung blühen?« Blast nickte in Richtung Wandschrank.

»Das hängt davon ab, wie *gut* unser Gespräch verläuft.«

Blast atmete aus, ein langes, zischendes Geräusch.

»Erlauben Sie mir, den Namen zu wiederholen«, sagte Pendergast. »Helen Esterhazy Pendergast.«

»Ja, ja, Ihre Frau ist mir noch in guter Erinnerung.« Er legte seine manikürten Hände aneinander. »Bitte verzeihen Sie meinen kleinen Vertuschungsversuch von eben. Die langen Jahre der Erfahrung haben mich gelehrt, mich mit Auskünften zurückzuhalten.«

»Sprechen Sie weiter«, erwiderte Pendergast kühl.

Blast zuckte mit den Schultern. »Ihre Frau und ich waren Konkurrenten. Ich habe fast zwanzig Jahre meines Lebens mit der Suche nach dem Schwarzgerahmten vergeudet. Ich hatte erfahren, dass sie allen möglichen Leuten Fragen nach dem Gemälde stellte. Ich war gar nicht erfreut, um es höflich auszudrücken. Wie Ihnen zweifellos bewusst ist, bin ich Audubons Ururururenkel. Das Bild gehört mir, von Rechts wegen. Niemand ist berechtigt, Nutzen daraus zu ziehen – nur ich. Audubon hat das Bild zwar in dem Sanatorium gemalt, aber er hat es nicht mitgenommen. Das wahrscheinlichste Szenario, so meine These, war, dass er es einem von den drei ihn behandelnden Ärzten schenkte. Der eine ist völlig verschwunden. Der zweite ist nach Berlin zurückgezogen – falls er das Gemälde bei sich gehabt hatte, wurde es entweder durch den Krieg zerstört oder ist unwiederbringlich verlorengegangen. Ich habe mich bei der Suche auf den dritten Arzt konzentriert, Torgensson – mehr aus Hoffnung als sonst etwas.« Er spreizte die Arme. »Durch diese Verbindung bin ich zufällig auf Ihre Frau gestoßen. Ich bin ihr allerdings nur einmal begegnet.«

»Wo und wann?«

»Vor fünfzehn Jahren vielleicht. Nein, nicht ganz fünfzehn. Auf Torgenssons altem Anwesen am Stadtrand von Port Allen.«

»Und was genau hat sich bei diesem Treffen zugetragen?« Pendergasts Stimme klang gepresst.

»Ich habe Ihrer Frau genau das erzählt, was ich gerade eben Ihnen erzählt habe: dass mir das Gemälde von Rechts wegen gehört. Außerdem habe ich meinem Wunsch Ausdruck verliehen, dass sie ihre Suche einstellt.«

»Und was hat meine Frau darauf erwidert?« Pendergasts Stimme klang jetzt eisig.

Blast atmete tief durch. »Das ist ja das Komische.«

Pendergast wartete.

»Erinnern Sie sich, was Sie vorhin über das Bild sagten. ›Wir wollen es uns anschauen‹, sagten Sie. Genau das hat sie auch gesagt. Sie sagte, dass sie das Gemälde nicht besitzen wolle. Was sie betreffe, könne ich das Bild haben. Ich war entzückt, das zu hören, und wir gaben uns die Hand. Wir gingen als Freunde auseinander, könnte man sagen.« Wieder ein feines Lächeln.

»Was genau waren ihre Worte?«

»Sie hat gesagt: ›Ich verstehe ja, dass Sie seit langem nach dem Bild suchen. Doch bitte begreifen Sie, ich will es nicht *besitzen.* Ich will es nur studieren. Ich möchte etwas bestätigen. Wenn ich es finde, übergebe ich es Ihnen, aber im Gegenzug müssen Sie versprechen, dass Sie mir, wenn Sie es vor mir finden, freie

Hand geben, es zu untersuchen.‹ Ich war hocherfreut über diese Vereinbarung.«
»*Quatsch!*«, sagte D'Agosta und erhob sich von seinem Stuhl. Er konnte sich einfach nicht mehr beherrschen. »Helen hat das Gemälde doch nicht jahrelang gesucht, nur um es *anzuschauen.* Auf keinen Fall. Sie lügen.«
»So wahr mir Gott helfe, es ist die Wahrheit«, sagte Blast und lächelte sein frettchenhaftes Lächeln.
»Was ist als Nächstes geschehen?«, fragte Pendergast.
»Das war's. Wir gingen unserer Wege. Es war mein einziges Treffen mit ihr. Ich bin ihr nie wieder begegnet. Und das ist die Wahrheit, nichts als die Wahrheit.«
»Niemals?«, fragte Pendergast.
»Niemals. Und mehr weiß ich nicht.«
»Sie wissen sehr viel mehr«, sagte Pendergast plötzlich lächelnd. »Aber bevor Sie weiterreden, Mr. Blast, möchte ich *Ihnen* etwas sagen, was Sie offenbar nicht wissen – als Zeichen meines Vertrauens.«
Erst das Zuckerbrot, dann die Peitsche, dachte D'Agosta. Doch was bezweckte Pendergast mit der Befragung?
»Ich habe den Beweis, dass Audubon das Bild Torgensson geschenkt hat«, sagte Pendergast.
Blast beugte sich vor; plötzlich war er interessiert. »Den Beweis, sagen Sie?«
»Ja.«
Es folgte ein langes Schweigen. Blast setzte sich zurück. »Nun gut, ich bin heute mehr denn je davon überzeugt, dass das Bild verschwunden ist. Zerstört, als Torgenssons letzter Wohnsitz abbrannte.« Blast sah ihn lange an. »Es gibt vieles, was Sie nicht wissen, Mr. Pendergast. Port Allen war *nicht* Dr. Torgenssons letzter Wohnsitz.«
Pendergast konnte seine Überraschung nicht verhehlen. »In der Tat?«

»In seinen letzten Lebensjahren geriet Torgensson in beträchtliche finanzielle Nöte. Er wurde von Gläubigern verfolgt: von Banken, lokalen Händlern, sogar von der Stadt wegen nicht entrichteter Steuern. Am Ende wurde das Haus in Port Allen zwangsversteigert, und er ist in ein Shotgun-Haus am Fluss gezogen.«

»Woher wissen Sie das alles?«, wollte D'Agosta wissen.

Statt zu antworten, stand Blast auf und verließ das Zimmer. D'Agosta hörte, wie eine Tür geöffnet und in einer Schublade gekramt wurde. Kurz darauf kam er mit einer Aktenmappe in der Hand zurück, die er Pendergast reichte. »Torgenssons Kreditunterlagen. Schauen Sie sich mal den Brief an, der ganz oben liegt.«

Pendergast zog ein vergilbtes Blatt Buchhaltungspapier aus der Mappe, das an einer Seite grob eingerissen war. Es handelte sich um ein Schreiben mit dem Briefkopf der Detektei Pinkerton. Er begann zu lesen. *»Er hat es. Der Bursche hat es. Aber es gelingt uns nicht, es ausfindig zu machen. Wir haben das kleine Haus von oben bis unten durchsucht. Es ist genauso leer wie das Haus in Port Allen. Nichts Wertvolles ist übrig geblieben, mit Sicherheit kein Gemälde von Audubon.«*

Pendergast legte das Schreiben in die Mappe zurück, überflog weitere Dokumente, dann klappte er die Mappe zu. »Und Sie, äh, haben diesen Bericht *entwendet*, um Ihrer Konkurrentin das Leben schwerzumachen, nehme ich an.«

»Es hat ja keinen Sinn, seinen Gegnern zu helfen.« Blast nahm die Mappe wieder an sich und legte sie neben sich auf das Sofa. »Aber am Ende war sowieso alles umsonst.«

»Und warum?«, fragte Pendergast.

»Weil ein paar Monate nach Torgenssons Umzug ins Shotgun-Haus dieses von einem Blitz getroffen wurde, so dass es bis auf die Grundmauern niederbrannte – mit Torgensson darin. Falls er das verschollene Bild anderswo versteckt hatte, dann ist dieser Ort längst vergessen. Und falls er es irgendwo im Haus aufbewahrt hatte, so ist es mit allem anderen verbrannt.« Blast zuckte mit den Achseln. »Und das war der Zeitpunkt, an dem ich die Suche schließlich aufgegeben habe. Nein, Mr. Pendergast, ich fürchte, das Schwarzgerahmte existiert nicht mehr. Ich weiß es, denn ich habe zwanzig Jahre meines Lebens mit der Suche danach vergeudet.«

»Ich glaube dem Kerl kein Wort«, sagte D'Agosta, während sie im Fahrstuhl zur Eingangshalle hinunterfuhren. »Er wollte uns nur weismachen, dass Helen das Gemälde nicht besitzen wollte, um sein Motiv zu verbergen – nämlich ihr zu schaden. Er wollte sich absichern, damit wir ihn nicht des Mordes verdächtigen, so einfach ist das.«

Pendergast gab ihm keine Antwort.

»Der Typ ist ja nicht dumm, da hätte man gedacht, er würde sich eine etwas weniger lahme Ausrede einfallen lassen«, fuhr D'Agosta fort. »Beide waren hinter dem Bild her, und Helen war allzu nahe herangekommen. Blast wollte einfach nicht, dass irgendjemand sonst sein rechtmäßiges Erbe bekommt. Ein glasklares Motiv. Und dann gibt es da noch diese Großwild-Connection, das Elfenbein und der Pelzschmuggel. Blast hat Kontakte in Afrika, kann doch sein, dass er die genutzt hat, um den Mord zu arrangieren.«

Die Fahrstuhltüren öffneten sich; sie gingen durch die Eingangshalle und traten in die nach Meer riechende Abendluft. Die Wellen schwappten leise an den Strand, aus Tausenden Fenstern schien Licht, das den dunklen Sand in die Farbe widergespiegelter Flammen tauchte. Aus einem Restaurant in der Nähe drang leise Musik.

»Wie haben Sie das erkannt?« fragte D'Agosta, während sie zur Straße gingen.

Pendergast war tief in Gedanken versunken. »Wie bitte?«

»Das mit den Mänteln im Wandschrank? Den Pelzen?«
»Am Geruch.«
»Am *Geruch?*«
»Wie Ihnen jeder, der ein solches Stück besessen hat, bestätigen wird, verströmen die Pelze von Großkatzen einen schwachen Geruch, nicht unangenehm, eine Art parfümierter Moschus, der völlig unverwechselbar ist. Ich kenne ihn gut. Mein Bruder und ich haben uns als Kinder oft im Pelzschrank unserer Mutter versteckt. Mir war klar, dass der Bursche Elfenbein und Nashornhorn schmuggelte; von dort war es kein großer Gedankensprung, dass er auch mit illegal erworbenen Pelzen handelt.«
»Verstehe.«
»Kommen Sie, Vincent, *Caramino* liegt nur zwei Straßen von hier entfernt. Dort gibt's die besten Steinkrebsscheren an der Golfküste, wie man mir sagt. Sie schmecken ausgezeichnet, wenn man sie mit eiskaltem Wodka herunterspült. Und ich habe das Gefühl, dass ich einen Drink brauche.«

29

New York City

Kaum hatte Captain Hayward den schäbigen Wartebereich vor den Verhörzimmern im Kellergeschoss des Polizeihochhauses betreten, da standen die beiden Zeugen, die sie einbestellt hatte, von ihren Stühlen auf.
Auch der Sergeant des Morddezernats erhob sich, worauf Hayward die Stirn runzelte. »Okay, bitte nehmen Sie wieder Platz und entspannen Sie sich. Ich bin nicht der Präsident.« Ihr war schon klar, dass ihr Dienstgrad ein bisschen furchteinflößend

wirkte, vor allem auf jemanden, der auf einem Schiff arbeitete, aber das hier war zu viel, und deshalb war ihr unbehaglich zumute. »Tut mir leid, dass ich Sie an einem Sonntag einbestellt habe, Sergeant. Ich rede einzeln mit ihnen, keine besondere Reihenfolge.«

Sie ging weiter ins Verhörzimmer, eines von den netteren. Hier wurden die auskunftswilligen Zeugen vernommen, nicht die unkooperativen Verdächtigen »gegrillt«. Der Raum war mit einem Beistelltisch, einem Schreibtisch und ein paar Stühlen möbliert. Der Mann mit dem Diktaphon war schon da. Er nickte und gab ihr das »Alles Klar«-Zeichen.

»Danke«, sagte Hayward. »Ich danke Ihnen, vor allem, weil Sie so kurzfristig gekommen sind.« Ihr Vorsatz fürs neue Jahr lautete: Unterdrücke deine bisweilen gereizten Bemerkungen jenen gegenüber, die in der Hierarchie tiefer stehen. Die, die über ihr standen, sollten dagegen nach wie vor deutliche Worte zu hören bekommen: *Nach oben treten, nach unten buckeln*, das war ihr Leitspruch.

Sie steckte den Kopf durch den Türspalt. »Schicken Sie mir bitte den ersten herein.«

Der Sergeant führte den ersten Zeugen herein, der noch seine Uniform trug. Hayward deutete auf einen der Stühle.

»Mir ist klar, dass Sie bereits vernommen wurden, aber ich hoffe, noch eine Runde macht Ihnen nichts aus. Ich will mich bemühen, es kurz zu machen. Kaffee, Tee?«

»Nein danke, Captain«, sagte der Schiffsoffizier.

»Sie sind der Sicherheitschef des Schiffs, ist das richtig?«

»Ja.«

Der Sicherheitschef, ein gutmütiger älterer Herr mit einem Schopf weißer Haare und einem angenehmen britischen Akzent, sah wie ein Polizeibeamter im Ruhestand in einer englischen Kleinstadt aus. Was er vermutlich auch ist, dachte sie.

»Also, was ist denn passiert?«, fragte sie. Sie fing immer gern mit allgemeinen Fragen an.
»Nun, Captain, die Sache kam mir kurz nach dem Ablegen zur Kenntnis. Ich erhielt die Information, dass sich einer der Passagiere, Constance Greene, merkwürdig benehme.«
»Könnten Sie das näher erläutern?«
»Sie hatte ihr Baby mit an Bord gebracht, einen drei Monate alten Säugling. Schon allein dies war ungewöhnlich – ich kann mich an keinen einzigen Fall erinnern, dass ein Passagier schon einmal ein so kleines Kind mit an Bord gebracht hat. Vor allem nicht eine alleinstehende Mutter. Ich erhielt die Nachricht, dass kurz nach ihrer Einschiffung eine freundliche Passagierin ihr Baby habe sehen wollen – und ihr dabei vielleicht zu nahe kam –, und dass Ms. Greene die Passagierin offenbar bedroht habe.«
»Was hat sie getan?«
»Ich habe Ms. Greene in ihrer Kabine befragt und bin zu dem Schluss gekommen, dass sie lediglich überfürsorglich reagierte – Sie wissen ja, wie einige dieser Mütter sein können – und dass sie die Passagierin nicht wirklich bedrohen wollte. Die Passagierin, die sich beschwert hatte, war, wie ich fand, eine neugierige alte Wichtigtuerin.«
»Was für einen Eindruck hat sie auf Sie gemacht? Ms. Greene, meine ich.«
»Ruhig, gelassen, recht distanziert.«
»Und das Baby?«
»Lag bei ihr im Zimmer, in einer Wiege, die unser Housekeeping zur Verfügung gestellt hatte. Es schlief während meines kurzen Besuchs.«
»Und was passierte dann?«
»Ms. Greene hat sich drei, vier Tage lang in ihrer Kabine eingeschlossen. Danach wurde sie während der restlichen Überfahrt da und dort auf dem Schiff gesehen. Ich weiß von keinen

weiteren Vorfällen, das heißt, bis Ms. Greene bei der Passkontrolle ihr Baby nicht vorweisen konnte. Das Kind war in ihren Pass eingetragen, wie es üblich ist, wenn eine Staatsbürgerin der USA im Ausland ein Kind zur Welt bringt.«

»Hat Ms. Greene auf Sie einen geistig gesunden Eindruck gemacht?«

»Sie wirkte geistig völlig gesund, zumindest während meines Gesprächs mit ihr. Und ungewöhnlich selbstsicher für eine junge Dame ihres Alters.«

Der nächste Zeuge war ein Purser, der bestätigte, was der Sicherheitschef ausgesagt hatte: dass die Passagierin mit ihrem Baby an Bord gegangen war, dass sie extrem fürsorglich war und dass sie mehrere Tage in ihrer Kabine verschwunden war. Dann, ungefähr auf der Mitte der Überfahrt, wurde sie gesehen, wie sie in den Restaurants speiste und ohne das Baby auf dem Schiff umherging. Die Leute nahmen an, dass sie eine Kinderfrau hatte oder den Babysitting-Dienst auf dem Schiff in Anspruch nahm. Sie blieb für sich, sprach mit niemandem, wies alle freundlichen Gesten zurück. »Ich habe sie für eine dieser extrem reichen Exzentrikerinnen gehalten«, sagte der Purser aus, »Sie wissen schon, von der Sorte, die so viel Geld haben, dass sie tun können, was sie wollen, und sich von niemandem etwas sagen lassen. Und …« Er stockte.

»Sprechen Sie weiter.«

»Zum Ende der Reise hin habe ich dann doch gedacht, dass sie vielleicht ein klein bisschen … irre ist.«

Hayward blieb an der Tür zu der kleinen U-Haft-Zelle stehen. Sie war Constance Greene noch nie begegnet, hatte aber von Vinnie viel über sie gehört. Er hatte sie ihr immer so geschildert, als sei sie schon recht alt, doch als die Tür aufschwang, sah Hayward zu ihrer Überraschung eine höchstens 22 oder

23 Jahre alte Frau, deren dunkles Haar zu einem schicken, wenn auch altmodischen Bob geschnitten war und die, immer noch formell gekleidet, auf der herunterklappbaren Pritsche saß.

»Darf ich hereinkommen?«

Constance Greene sah sie an. Hayward brüstete sich damit, in dem Blick eines Menschen lesen zu können, aber diese Augen waren unergründlich.

»Gerne.«

Hayward setzte sich auf den einzigen Stuhl im Raum. Konnte es wirklich sein, dass diese Frau ihr eigenes Kind in den Atlantik geworfen hatte? »Ich bin Captain Hayward.«

»Freut mich, Ihre Bekanntschaft zu machen, Captain.«

Unter den Umständen empfand sie diese etwas veraltete Begrüßungsfloskel doch als ein wenig unheimlich. »Ich bin eine Bekannte von Lieutenant D'Agosta, den auch Sie kennen, außerdem habe ich gelegentlich mit Ihrem, äh, Onkel, Special Agent Pendergast, zusammengearbeitet.«

»Er ist nicht mein Onkel. Aloysius ist mein Pate. Wir sind nicht verwandt«, korrigierte sie Hayward geziert, pedantisch.

»Ah ja, so. Haben Sie Familie?«

»Nein«, kam die schnelle, schroffe Erwiderung. »Meine Angehörigen sind schon lange tot.«

»Das tut mir leid. Zunächst eine Frage: Könnten Sie mir mit einem Detail aushelfen? Wir haben ein wenig Mühe, Ihre offiziellen Dokumente zu finden. Kennen Sie vielleicht Ihre Sozialversicherungsnummer auswendig?«

»Ich besitze keine Sozialversicherungsnummer.«

»Wo wurden Sie geboren?«

»Hier in der Stadt New York. In der Water Street.«

»Der Name des Krankenhauses?«

»Ich bin zu Hause zur Welt gekommen.«

»Verstehe.« Hayward entschied sich, diesen Befragungsansatz nicht weiterzuverfolgen. Die juristische Abteilung würde das

schon noch herausbekommen und, ehrlich gesagt, ging sie damit den bevorstehenden schwierigen Fragen aus dem Weg.
»Constance, ich bin im Morddezernat tätig, aber das hier ist nicht mein Fall. Ich bin nur gekommen, um Fakten zu sammeln. Sie sind nicht verpflichtet, irgendeine meiner Fragen zu beantworten, und diese Befragung hat keinen offiziellen Charakter. Verstehen Sie?«
»Ich verstehe das vollkommen, danke.«
Hayward wunderte sich erneut über Constance Greenes altmodische Ausdrucksweise und ihr Gebaren. Etwas in ihren Augen wirkte so alt und weise, dass sie zu einem so jungen Kopf nicht recht passen wollten.
Sie atmete tief durch. »Haben Sie Ihr Baby tatsächlich ins Meer geworfen?«
»Ja.«
»Warum?«
»Weil es böse war. So wie sein Vater.«
»Und der Vater ist …«
»Tot.«
»Und wie hieß er noch gleich?«
Stille senkte sich über die Zelle. Und als Greene dann die kühlvioletten Augen abwandte, begriff Hayward besser als durch alles, was Greene gesagt hatte, dass sie diese Frage niemals beantworten würde.
»Warum sind Sie zurückgekommen? Sie waren doch im Ausland. Wieso sind Sie jetzt nach Hause zurückgekehrt?«
»Weil Aloysius meine Hilfe benötigen wird.«
»Hilfe? Was für eine Art Hilfe denn?«
Constance blieb regungslos sitzen. »Er ist auf den Verrat, der seiner harrt, nicht vorbereitet.«

30

Savannah, Georgia

Judson Esterhazy stand inmitten der Antiquitäten und Polstermöbel in seinem Studierzimmer und schaute aus einem der hohen Fenster, die auf den mittlerweile menschenleeren Whitfield Square hinausgingen. Ein kühler Regen tropfte von den kleinen Palmen und dem Pavillon in der Platzmitte und sammelte sich in Pfützen auf den Bürgersteigen aus Ziegelsteinen in der Habersham Street. Auf D'Agosta, der neben ihm stand, machte Helens Bruder bei diesem zweiten Besuch einen anderen Eindruck. Das lockere, höfliche Gebaren war verschwunden. Das attraktive Gesicht wirkte besorgt, angespannt, ein wenig verhärmt.

»Und sie hat Ihnen gegenüber nichts von ihrem Interesse an Papageien erwähnt, auch nicht am Karolinasittich?«

Esterhazy schüttelte den Kopf. »Niemals.«

»Und das verschollene Gemälde? Sie haben nie mit ihr darüber gesprochen, nicht einmal nebenbei?«

Wieder Kopfschütteln. »Das ist alles ganz neu für mich. Ich kann es ebenso wenig erklären wie Sie.«

»Ich kann mir vorstellen, wie schmerzlich die ganze Sache für Sie sein muss.«

Esterhazy wandte sich vom Fenster ab. Seine Kiefer mahlten; D'Agostas Ansicht nach Ausdruck einer kaum unterdrückten Wut. »Nicht annähernd so schmerzvoll, wie von diesem Burschen Blast zu erfahren. Er ist vorbestraft, sagten Sie?«

»Nein. Er wurde mehrfach inhaftiert. Aber nicht verurteilt.«

»Das bedeutet nicht, dass er unschuldig ist«, sagte Esterhazy.

»Ganz im Gegenteil«, sagte D'Agosta.

Esterhazy warf ihm einen Blick von der Seite zu. »Und es ging nicht nur um Dinge wie Erpressung und Fälschung. Sie sprachen auch von Gewaltanwendung und Körperverletzung.«

D'Agosta nickte.

»Und er war auch hinter diesem … diesem verschollenen Gemälde her?«

»Wie der Teufel hinter der armen Seele«, sagte D'Agosta.

Esterhazy ballte die Hände und drehte sich wieder zum Fenster um.

»Judson«, sagte Pendergast, »weißt du noch, was ich dir gesagt habe –«

»Du hast deine Frau verloren«, sagte Esterhazy über die Schulter gewandt, »ich meine Schwester. Man kommt nie ganz darüber hinweg, aber zumindest kann man es akzeptieren. Aber jetzt von dieser Sache zu erfahren …« Er holte tief Luft. »Und nicht nur das, sondern es könnte auch sein, dass dieser Kriminelle auf irgendeine Weise daran beteiligt war, dass Helen –«

»Das wissen wir nicht sicher«, sagte Pendergast.

»Aber Sie können verdammt sicher sein, dass wir es herausfinden werden«, sagte D'Agosta.

Esterhazy gab keine Antwort. Er schaute nur weiter aus dem Fenster, während er mit der Kinnlade mahlte und den Blick nach innen richtete.

31

Sarasota, Florida

Zweihundert Kilometer weiter südlich schaute ebenfalls ein Mann aus dem Fenster.

John Woodhouse Blast blickte hinunter auf die Strandläufer und Sonnenbadenden neun Stockwerke unter sich; auf die

langen, weißen Linien der Brandungswellen, die auf den Strand zuliefen; auf den Strand, der sich beinahe bis ins Unendliche erstreckte. Dann wandte er sich ab, schritt durchs Wohnzimmer und blieb kurz vor einem vergoldeten Spiegel stehen. In dem erschöpften Gesicht, das ihm da entgegenstarrte, spiegelte sich die Unruhe einer schlaflosen Nacht.
Er hatte doch aufgepasst, so sehr aufgepasst. Wieso passierte ihm das jetzt? Dieser blasse Totenkopf von einem Racheengel, der da so unerwartet vor seiner Tür erschienen war ... Er hatte immer ein konservatives Spiel gespielt, war nie Risiken eingegangen. Und es hatte immer geklappt, bis jetzt ...
Das Läuten eines Telefons durchbrach die Stille im Zimmer. Blast schrak zusammen. Mit großen Schritten ging er hinüber zum Mobilteil und hob es von der Basisstation. Von der Ottomane aus verfolgten die beiden Zwergspitze jede seiner Bewegungen.
»Ich bin's, Victor. Was ist los?«
»Verflucht, Victor, es wird aber auch Zeit, dass du zurückrufst. Wo zum Teufel hast du gesteckt?«
»War weg«, erwiderte eine rauhe, grobe Stimme. »Gibt's ein Problem?«
»Das kann man wohl sagen. Ein riesiges, großes Scheißproblem. Ein Agent vom FBI hat gestern hier in meiner Wohnung rumgeschnüffelt.«
»Kennen wir ihn?«
»Sein Name ist Pendergast. Er hatte einen Bullen von der New Yorker Polizei dabei.«
»Was wollten die, was *glaubst* du?«
»Er weiß zu viel, Victor – *viel* zu viel. Wir werden uns um die Sache kümmern müssen, und zwar umgehend.«
»Du meinst –« Die rauhe Stimme stockte.
»So ist es. Es ist an der Zeit, alles zu Ende zu bringen.«
»Alles?«

»Alles. Du weißt, was du tun musst, Victor. Sorg dafür, dass es erledigt wird. Und zwar *umgehend.*« Blast knallte das Telefon auf die Basisstation und blickte durch das Fenster auf den endlosen blauen Horizont.

32

Die unbefestigte Straße wand sich durch den Kiefernwald und endete an einer großen Wiese am Rande des Mangrovensumpfs. Der Schütze stellte den Range Rover auf der Wiese ab, nahm Langwaffenkoffer, Mappe und Rucksack aus dem Kofferraum, brachte alles zu einer kleinen Anhöhe in der Mitte der Wiese und stellte es im verfilzten Gras ab. Er holte eine Papierzielscheibe aus der Mappe und ging zum Sumpf hinunter, wobei er seine Schritte zählte. Die Mittagssonne drang durch die Zypressen und warf Lichtflecken auf das grünlich-braune Wasser.

Der Schütze suchte sich einen glatten, breiten Baumstamm aus, befestigte die Zielscheibe daran und nagelte sie mit einem Zweckenhammer fest. Für den Winter war es ein milder Tag, fast zwanzig Grad, aus dem Sumpf wehte der Geruch von Wasser und verrottendem Holz hinüber, und eine Schar Krähen krächzte und lärmte in den Zweigen. Das nächste Haus war zehn Meilen entfernt. Es wehte kein Lüftchen.

Er kehrte zu der Stelle zurück, wo seine Ausrüstung lag, und zählte wieder seine Schritte, um sicherzugehen, dass die Zielscheibe wirklich etwa hundert Meter entfernt war.

Er klappte den harten Pelican-Koffer auf und nahm das Gewehr heraus, eine Remington 40 XS T-Rifle. Ein schwerer Brocken mit seinen fast sieben Kilo, aber der Vorteil war eine Treffgenauigkeit von unter 0,75 MOA. Der Schütze hatte die Waffe

seit geraumer Zeit nicht mehr abgefeuert, aber sie war gereinigt, geölt und einsatzbereit.
Er kniete sich hin, legte die Waffe über die Knie, klappte das Zweibein aus, stellte die richtige Höhe ein und ließ es einrasten. Dann legte er sich ins verfilzte Gras, setzte das Gewehr vor sich ab und bewegte es hin und her, bis es eine stabile Lage hatte. Er schloss ein Auge und fixierte durch das Leupold-Zielfernrohr die am Baum befestigte Scheibe. So weit, so gut. Er griff in die Hosentasche, fischte eine Schachtel 308-Winchester-Munition heraus und legte sie zu seiner Rechten ins Gras. Nachdem er eine Patrone entnommen hatte, führte er sie in die Kammer ein, was er dreimal wiederholte, bis das Magazin voll war. Er spannte den Schlagbolzen und schaute erneut durch das Zielfernrohr.
Als er das Ziel erfasst hatte, atmete er langsam, bis sein Puls möglichst niedrig war. Die leichte Bewegung der Waffe, die sich durch ein Schwanken des Ziels im Fadenkreuz zeigte, ließ nach, als er seinen ganzen Körper zur Ruhe brachte. Er legte den Finger an den Abzug, erhöhte leicht den Druck, ließ den Atem ausströmen, zählte seine Herzschläge und löste zwischen zwei Herzschlägen den Schuss aus. Ein Krachen, ein leichter Stoß. Er entnahm die leere Patronenhülse, ließ den Atem kommen, entspannte sich wieder und übte erneut leichten Druck auf den Abzug aus. Wieder ein Stoß und ein Krachen, das im flachen Sumpfland rasch verhallte. Noch zwei Schüsse, dann war das Magazin leer. Er stand auf, sammelte die vier abgeschossenen Patronenhülsen ein, steckte sie in die Tasche und ging die Zielscheibe inspizieren.
Die Schüsse waren nicht exakt am gleichen Punkt aufgetroffen, aber dicht genug am Zentrum, um links und etwas unterhalb davon ein unregelmäßiges Loch zu schlagen. Er holte ein Plastiklineal aus der Tasche, maß die Abweichungen und ging über die Wiese zurück, langsam, um die Anstrengung möglichst ge-

ring zu halten. Er legte sich flach auf den Boden und verdrehte am Zielfernrohr die Stellschrauben für die Höhen- und die Seitenkorrektur.

Erneut, mit großer Bedachtsamkeit, gab er vier Schüsse auf das Ziel ab. Diesmal waren die Schüsse zentriert, alle vier Kugeln steckten mehr oder weniger im gleichen Loch. Zufrieden nahm er die Zielscheibe vom Baumstamm, knüllte sie zusammen und stopfte sie in die Tasche.

Er kehrte in die Mitte der Wiese zurück und nahm wieder Feuerposition ein. Jetzt war Zeit für ein bisschen Spaß. Als er begonnen hatte zu feuern, hatten sich die Krähen lärmend erhoben, um sich etwa zweihundertfünfzig Meter entfernt am Rande der Wiese niederzulassen. Er entdeckte sie am Boden unter einer großen gelben Kiefer, wo sie in den abgefallenen Nadeln umherstolzierten und die Samen aus den verstreuten Zapfen pickten.

Der Mann spähte durch das Zielfernrohr, suchte sich eine Krähe aus und folgte ihr mit dem Fadenkreuz, während sie an einem Zapfen pickte und ihn mit dem Schnabel schüttelte. Sein Zeigefinger legte sich fester um den gebogenen Stahl, der Schuss ertönte, und die Krähe verschwand in einem Sprühregen aus schwarzen Federn und bespritzte einen nahen Baumstamm mit Fetzen von rotem Fleisch. Der Rest des Schwarms flatterte lärmend auf, stieß ins Blaue und stob über die Baumwipfel davon.

Der Mann hielt Ausschau nach einem neuen Ziel; diesmal richtete er das Zielfernrohr auf den Sumpf. Langsam suchte er den Sumpfrand ab, bis er es fand: einen dicken Ochsenfrosch, etwa hundertvierzig Meter entfernt, der auf einem Wasserlilienblatt in einem kleinen Fleckchen Sonne ruhte. Wieder zielte der Schütze, entspannte sich und feuerte. Eine rosa Wolke, vermischt mit grünlichem Wasser und Stückchen des Lilienblatts, stieg auf, beschrieb einen Bogen im Sonnenlicht und fiel anmu-

tig zurück ins Wasser. Der dritte Schuss schnitt einer Wassermokassinschlange den Kopf ab, die sich im verängstigten Bemühen wegzukommen wild durchs Wasser schlängelte.
Noch ein Schuss. Er brauchte eine echte Herausforderung. Er sah sich mit bloßem Auge im Sumpf um, doch die Schüsse hatten die Tiere aufgeschreckt, es war nichts in Sicht. Er würde warten müssen.
Er kehrte zum Range Rover zurück, nahm eine Gewehrtasche aus weichem Segelstoff aus dem Kofferraum, zog den Reißverschluss auf und holte eine zweiläufige CZ Bobwhite 12-Kaliber mit einem nach seinen eigenen Wünschen beschnitzten Kolben heraus. Es war die preiswerteste Flinte, die er besaß, aber es handelte sich trotzdem um eine ausgezeichnete Waffe, und das, was er jetzt tun musste, war ihm verhasst. Er wühlte im Rover herum und holte einen tragbaren Schraubstock sowie eine Bügelsäge mit brandneuem Sägeblatt heraus.
Er legte sich die Schrotflinte über die Knie, streichelte die Läufe, rieb sie mit ein wenig Waffenöl ein und legte einen Messstreifen aus Papier daneben. Nachdem er eine Stelle mit einem Nagel markiert hatte, machte er sich mit der Bügelsäge an die Arbeit.
Es war eine lange, mühselige, erschöpfende Angelegenheit. Als er damit fertig war, feilte er die rauhe Kante mit einer Rundfeile, fräste sie kurz ab, bürstete sie mit Stahlwolle und ölte sie dann erneut. Er kippte die Läufe ab und reinigte sie sorgfältig von losen Spänen, dann führte er zwei Schrotpatronen ein. Mit der Flinte und den abgesägten Enden schlenderte er zum Sumpf hinunter, warf die Läufe so weit ins Wasser hinaus, wie er konnte, setzte die Waffe auf die Hüfte und betätigte den vorderen Abzug.
Der Knall war ohrenbetäubend, der Rückstoß wie von einem Maulesel. Grob, bösartig und verheerend. Auch der zweite Lauf ließ sich anstandslos abfeuern. Der Schütze kippte die Läufe

nach vorne, steckte die leeren Patronenhülsen in die Tasche, wischte das Gewehr sauber und lud erneut. Auch beim zweiten Mal funktionierte alles einwandfrei. So schmerzlich es sein mochte, er war zufrieden.
Wieder beim Auto angelangt, schob er die Schrotflinte in ihre Tasche zurück, verstaute die Tasche und holte ein Sandwich und eine Thermoskanne aus seinem Rucksack. Er aß langsam, genoss die getrüffelte Gänseleberpastete und trank dazu eine Tasse heißen Tee mit Milch und Zucker aus der Thermoskanne. Er bemühte sich, die frische Luft und die Sonne zu genießen und nicht an das anstehende Problem zu denken. Als er sein Picknick beendete, stieg ein Rotschwanzbussard aus dem Sumpf auf, ein Weibchen, zweifellos von einem Nest, und begann, träge über den Baumwipfeln zu kreisen. Etwa zweihundertdreißig Meter entfernt, schätzte er.
Also das war jetzt endlich eine Herausforderung, die seines Könnens würdig war.
Erneut ging er mit dem Scharfschützengewehr in Anschlag und zielte auf den Vogel, aber das Sichtfeld des Zielfernrohrs war zu schmal, er konnte ihn nicht im Visier behalten. Er würde stattdessen das elektrische Zielgerät benutzen müssen. Er spähte durch die Visiereinrichtung und versuchte, den Bewegungen des Vogels zu folgen. Ging auch nicht; das Gewehr war zu schwer und das Bussardweibchen zu schnell. Es zog eine Ellipse, und wenn er es treffen wollte, dann musste er auf einen Punkt auf dieser Ellipse zielen, warten, bis der Vogel ihn erreicht hatte, und den Schuss genau timen.
Kurz darauf stürzte das Bussardweibchen vom Himmel, ein paar Federn wehten hinter ihm her, vom Wind davongetragen. Der Schütze klappte den Zweifuß ein, sammelte die abgeschossenen Patronenhülsen ein und zählte alle noch mal durch, legte das Präzisionsgewehr in den Koffer zurück, packte den Imbiss samt Thermosflasche weg und schulterte seinen Rucksack. Er

schaute sich noch einmal gründlich um, aber der einzige Hinweis auf seine Anwesenheit war ein Flecken niedergedrücktes Gras.
Mit einem Gefühl tiefer Befriedigung kehrte er zum Range Rover zurück. Endlich konnte er seinen Gefühlen freien Lauf lassen – zumindest für eine Weile –, konnte zulassen, dass sie durch seinen Körper strömten und seinen Adrenalinspiegel hochtrieben als Vorbereitung auf das kommende Töten.

33

Port Allen, Louisiana

In der hellen Nachmittagssonne stand D'Agosta vor dem Besucherzentrum und blickte über die Court Street zum Fluss hinunter. Abgesehen vom Besucherzentrum selbst – einem schönen alten Backsteingebäude, makellos saniert und auf den neuesten Stand gebracht –, wirkte alles brandneu: die Geschäfte, die Behördenbauten, die verstreuten Häuser am Ufer. Es war schwer zu glauben, dass der Arzt von John James Audubon hier vor fast hundertfünfzig Jahren gelebt hatte und gestorben war.
»Ursprünglich war dieser Ort als St. Michel bekannt«, sagte Pendergast, der neben ihm stand. »Port Allen wurde achtzehnhundertneun gegründet, aber fünfzig Jahre später hatte der Mississippi mehr als die Hälfte der Stadt verschluckt. Wollen wir zur Uferpromenade hinuntergehen?«
Er schlug ein flottes Tempo an. D'Agosta folgte ihm und versuchte, Schritt zu halten. Er war erschöpft und fragte sich, wie Pendergast es hinbekam, nach dieser Woche, in der sie pausenlos per Auto und Flugzeug unterwegs gewesen waren, so ener-

giegeladen zu sein. Sie waren von einer Stadt zur anderen gehetzt, um Mitternacht ins Bett gefallen und im Morgengrauen wieder aufgewacht. Port Allen, das war für sein Empfinden einfach ein Ort zu viel.

Zuerst hatten sie sich Dr. Torgenssons vorletzten Wohnsitz angeschaut, ein reizvolles altes Backsteinhaus im Westen der Stadt, heute ein Beerdigungsinstitut. Danach waren sie ins Rathaus geeilt, wo Pendergast eine Sekretärin mit viel Charme dazu gebracht hatte, ihn irgendwelche alten Stadtpläne und Bücher einsehen zu lassen. Und nun waren sie hier, am Ufer des Mississippi, dort, wo Dr. Torgensson, wie Blast behauptete, seine letzten unerfreulichen Monate in einem handtuchschmalen Shotgun-Haus verbracht hatte, bankrott und von Syphilis und Alkoholismus gezeichnet.

Die Promenade am Flussufer war breit und prachtvoll, der Blick vom Anlegeplatz spektakulär: Am gegenüberliegenden Ufer breitete sich Baton Rouge aus, und Lastschlepper arbeiteten sich durch die breiten, schokoladenbraunen Wassermassen.

»Das ist die Port-Allen-Schleuse«, sagte Pendergast und deutete auf eine große Lücke im Uferdamm, die in zwei gewaltigen gelben Schleusentoren endete. »Das größte schwimmende Bauwerk seiner Art. Die Schleuse verbindet den Mississippi mit dem Intracoastal Waterway.«

Als sie an der Promenade entlanggingen, spürte D'Agosta, dass er unter dem Einfluss der frischen Brise, die vom Wasser wehte, wieder ein wenig auflebte. Am Touristenpavillon sah sich Pendergast die Ankündigungen und Plakate an. »Wie schade, wir haben die Lagniappe-Hackbrett-Fete verpasst«, bemerkte er.

D'Agosta warf Pendergast einen unauffälligen Blick zu. Wenn man bedachte, wie schwer ihn der Schock der Ermordung seiner Frau getroffen hatte, hatte er die Nachricht über Constance Greenes Verhaftung – Hayward hatte sie gestern darüber informiert –, erstaunlich gefasst aufgenommen. Ganz gleich, wie lange D'Agosta ihn jetzt schon kannte, wirklich *kennen* tat er Pendergast nicht. Dem Mann lag doch offensichtlich etwas an Constance, und dennoch schien ihn der Umstand, dass sie in Gewahrsam genommen worden war und der Kindstötung beschuldigt wurde, kaum zu berühren.

Pendergast schlenderte aus dem Touristenpavillon und überquerte den Rasen in Richtung Ufer. Bei den Überresten eines zerstörten Abwassersiels, das jetzt halb unter Wasser lag, blieb er stehen. »Anfang des neunzehnten Jahrhunderts war das Geschäftsviertel zwei oder drei Häuserblocks weiter da draußen«, sagte er und wies auf die brodelnden Wassermassen. »Jetzt gehört es dem Mississippi.«

Sie liefen zurück über die Promenade und die Commerce Avenue, Pendergast voran, bogen links in die Court Street und dann rechts in die Atchafalaya ab. »Als Dr. Torgensson gezwungen war, sein letztes Domizil zu beziehen«, erklärte er, »wurde aus dem westlichen Teil von St. Michel Baton Rouge. Damals war die Gegend hier ein schäbiges Arbeiterviertel zwischen dem Eisenbahndepot und dem Fähranleger.«

Er bog in eine andere Straße ein, zog erneut den Stadtplan zu Rate, ging ein kleines Stück weiter und blieb stehen. »Ich glaube«, sagte er, die Worte in die Länge gezogen, »wir sind angekommen.«

Sie gelangten zu einem kleinen Einkaufszentrum. Drei Gebäude standen nebeneinander: ein McDonald's, ein Mobiltelefonladen und ein gedrungenes, grellfarbiges Haus, das ein *Pappy's Donette Hole* beherbergte, eine lokale Doughnut-Kette, die D'Agosta auch schon anderswo aufgefallen war. Zwei Wagen parkten davor, und im Drive-In-McDonald's herrschte reger Betrieb.

»Das hier?«, rief D'Agosta aus.

Pendergast nickte und zeigte zum Handy-Shop. »Genau dort stand Torgenssons Shotgun-Haus.«

D'Agosta unterzog die Gebäude nacheinander einer genauen Musterung. Seine Laune, die während des kurzen Spaziergangs gestiegen war, sank wieder. »Genau wie Blast gesagt hat«, brummte er. »Völlig aussichtslos.«

Pendergast schob die Hände in die Hosentaschen und schlenderte zum Mini-Einkaufszentrum. Nacheinander betrat er alle drei Läden. D'Agosta, der nicht die Energie aufbrachte, ihm zu folgen, blieb einfach auf dem angrenzenden Parkplatz stehen und schaute zu. Innerhalb von fünf Minuten war der FBI-Agent zurück. Schweigend suchte er den Horizont ab, wobei er sich fast unmerklich drehte, bis er alles innerhalb eines Radius von dreihundertsechzig Grad gründlich gemustert hatte. Dann wiederholte er es, und diesmal blieb er mittendrin stehen.

»Schauen Sie sich einmal dieses Gebäude an, Vincent«, sagte er.

D'Agosta folgte der Geste mit dem Blick bis zum Besucherzentrum, das sie zu Beginn ihres Rundgangs passiert hatten.

»Was ist damit?«, fragte er.

»Das war ganz offensichtlich einmal ein Wasserwerk. Der neogotische Stil lässt darauf schließen, dass es vermutlich bereits auch schon zum ursprünglichen St. Michel gehörte.« Er hielt kurz inne. »Ja«, murmelte er kurz darauf. »Ganz sicher.«

D'Agosta wartete.

Pendergast drehte sich um und wies in die entgegengesetzte Richtung. Von ihrem Standort aus bot sich ihnen ein ungehinderter Blick hinab zur Promenade, dem zerstörten Abwassersiel und dem breiten, dahinterliegenden Mississippi.

»Seltsam«, bemerkte Pendergast. »Das kleine Einkaufszentrum steht auf direkter Linie zwischen dem alten Wasserwerk und dem Abwassersiel unten am Fluss.«

Schnellen Schritts kehrte Pendergast zum Fluss zurück. D'Agosta folgte ihm.

Direkt am Ufer blieb Pendergast stehen, beugte sich vor und

inspizierte das Abwassersiel. D'Agosta konnte sehen, dass es zu einem breiten Steinrohr führte, das mit Beton versiegelt und teilweise wieder aufgefüllt war.

Pendergast richtete sich auf. »Genau, wie ich mir gedacht habe. Hier war eine alte Wasserrohrleitung.«

»Ja? Und was bedeutet das?«

»Sie wurde ohne Zweifel aufgelassen und versiegelt, als die östliche Hälfte der Stadt St. Michel im Fluss versank. Bemerkenswert!«

D'Agosta konnte der Begeisterung seines Freundes für historische Details nichts abgewinnen.

»Bestimmt sehen Sie es doch jetzt, Vincent? Torgenssons Haus muss gebaut worden sein, nachdem diese alte Wasserrohrleitung versiegelt wurde.«

D'Agosta zuckte mit den Schultern. Er begriff beim besten Willen nicht, worauf Pendergast hinauswollte.

»In diesem Teil der Welt war es üblich – jedenfalls bei Gebäuden, die über einer alten Wasserrohrleitung erbaut wurden –, in den alten Tunnel zu graben und ihn als Keller zu benutzen. Zu einer Zeit, als Keller noch von Hand ausgehoben werden mussten, war das eine enorme Arbeitsersparnis.«

»Sie meinen, die Rohrleitung ist noch da?«

»Genau. Als das Haus achtzehnfünfundfünfzig gebaut wurde, wurde wahrscheinlich ein Abschnitt des abgetrennten und aufgegebenen Tunnels – der mittlerweile natürlich ganz trocken war – als Keller verwendet. Diese alten Wasserrohrleitungen sind nicht rund, sondern rechteckig, und bestehen aus mit Mörtel verbundenen Steinen. Die Bauleute brauchten einfach nur die Fundamente abzustützen, senkrecht zu den bestehenden Wänden des Tunnels zwei Ziegelwände an den Seiten hochzuziehen und – voilà! Ein Keller.«

»Und Sie glauben, dort werden wir das Bild finden?«, fragte D'Agosta ein wenig atemlos. »In Torgenssons Keller?«

»Nein. Nicht *im* Keller. Erinnern Sie sich an die Notiz des Gläubigers, die Blast uns gezeigt hat? ›Wir haben das Haus vom Keller bis zum Dachboden durchsucht. Wie sich erwiesen hat, ist es leer; es ist nichts von Wert zurückgeblieben, und ganz bestimmt kein Gemälde.‹«

»Wenn es nicht im Keller ist, wozu dann die Aufregung?« Pendergasts penible Art konnte einen manchmal wirklich rasend machen.

»Überlegen Sie doch mal: eine Reihe schmaler Häuser, erbaut in einer Linie über einem bereits existierenden Tunnel, alle mit einem Keller, der aus einem Abschnitt dieses Tunnels besteht. Aber, Vincent, denken Sie auch an die Zwischenräume *zwischen* den Häusern. Vergessen Sie nicht, die Keller werden in etwa so groß gewesen sein wie die Häuser über ihnen.«

»Also ... Sie meinen also, zwischen den Kellern müsste auch was sein?«

»Genau. Zwischen den Kellern müssen Abschnitte der alten Wasserrohrleitung sein, zugemauert und ungenutzt. Und dort könnte Torgensson das Bild versteckt haben.«

»Warum es so gut verstecken?«

»Von etwas können wir ausgehen: Wenn dem Doktor das Bild so teuer war, dass er sich nicht einmal in größter finanzieller Not davon trennen mochte, wird er auch den Wunsch gehabt haben, es immer in seiner Nähe zu haben. Und doch musste er es vor seinen Gläubigern verstecken, und zwar gut.«

»Aber das Haus wurde vom Blitz getroffen. Es ist bis auf die Grundmauern niedergebrannt.«

»Das ist wahr. Aber wenn unsere Logik korrekt ist, wäre das Bild in seiner Nische sicher gewesen, in der Rohrkammer zwischen Torgenssons Keller und dem Nachbarkeller.«

»Wir müssen also nur in den Keller des Handyladens gelangen!«

Pendergast legte ihm zügelnd die Hand auf den Arm. »Der

Handyladen hat leider keinen Keller. Ich habe es überprüft, als ich hineinging. Der Keller des Gebäudes, das davor an der Stelle stand, muss nach dem Feuer zugeschüttet worden sein.«
Wieder überkam D'Agosta eine große Ernüchterung. »Aber was zum Teufel sollen wir dann tun? Wir können uns ja schlecht einen Bulldozer besorgen, den Laden einebnen und einen neuen Keller ausheben.«
»Nein. Aber möglicherweise gelingt es uns, von einem der angrenzenden Keller in die Rohrkammer zu gelangen. Die existieren noch, wie ich festgestellt habe. Die Frage ist nur, mit welchem sollen wir anfangen?« Erneut kehrte das Schimmern, das in letzter Zeit so oft gefehlt hatte, in Pendergasts Augen zurück, das Glitzern der Jagd. »Mir wäre nach einem Doughnut«, sagte er. »Wie steht's mit Ihnen?«

34

St. Francisville, Louisiana

Sorgsam baute Dr. Morris Blackletter den Servo-Mechanismus in die runde Bauform mit dem kleinen Stützrad hinten ein. Er überprüfte alles, überprüfte es erneut, steckte dann das USB-Kabel der Steuereinheit in seinen Laptop und ließ das Diagnose-Programm laufen. Alles bestens. Er schrieb ein einfaches vierzeiliges Programm, kopierte es in die Steuerung und gab den Befehl »ausführen«. Der kleine Roboter – ein ziemlich hässliches Gebilde aus Prozessoren, Motoren und Sensoren, das auf dicken Gummireifen fuhr – startete den vorderen Motor, rollte exakt fünf Sekunden über den Boden und blieb dann abrupt stehen.
Blackletter empfand ein Aufwallen von Triumph, das in keinem

Verhältnis zu seiner Errungenschaft stand. Seinen ganzen Urlaub über, während er englische Kathedralen betrachtet oder in schummrigen Pubs gehockt hatte, hatte er sich auf diesen Augenblick gefreut.

Vor Jahren hatte Blackletter in einer Studie gelesen, dass sich Leute im Ruhestand oft Interessen suchten, die völlig anders waren als die Arbeit, die ihr Berufsleben ausgefüllt hatte. Das, dachte er wehmütig, war bei ihm eindeutig der Fall. In all den Jahren im Gesundheitswesen, erst bei den Doctors With Wings, später in der Pharmaindustrie und -forschung, war er vom menschlichen Körper wie besessen gewesen: wie der menschliche Leib funktionierte, was ihn versagen ließ, wie man ihn gesund erhalten oder seine Leiden kurieren konnte. Und jetzt spielte er mit Robotern herum – dem Gegensatz von Fleisch und Blut. Wenn einer ausbrannte, warf man ihn einfach weg und bestellte sich einen neuen. Keine Trauer, kein Tod.

Wie anders war das in den Jahren, die er in Ländern der Dritten Welt verbracht hatte, ausgedörrt, von Moskitos zerstochen, von Guerillakämpfern bedroht und geplagt von Korruption, manchmal selbst erkrankt – als er versucht hatte, Epidemien einzudämmen. Er hatte Hunderten, vielleicht sogar Tausenden von Menschen das Leben gerettet, doch viele, so viele andere waren gestorben. Natürlich traf ihn daran keine Schuld. Aber dann war da noch diese andere Sache, das, woran er versuchte, nie zu denken. Diese Sache hatte ihn mehr als alles andere bewogen, Fleisch und Blut zu meiden und seine Befriedigung in Plastik und Silikon zu suchen …

Na bitte. Jetzt dachte er schon wieder daran. Er schüttelte den Kopf, wie um sich von der schrecklichen Schuld zu befreien, und wandte sich wieder dem Roboter zu. Langsam versickerten die Schuldgefühle. Geschehenes ließ sich nicht rückgängig machen, und seine Motive waren stets lauter gewesen. Ein

Lächeln zog über sein Gesicht. Er hob die Hand und schnippte mit den Fingern.
Der Audio-Sensor des Roboters fing das Geräusch auf, worauf er zu der Geräuschquelle herumschwenkte. »Robo will einen Cracker«, krächzte er mit metallischer, körperloser Stimme.
Absurd erfreut darüber, erhob sich Blackletter und ging in die Küche, um sich eine letzte Tasse Tee zu kochen, bevor er für heute Schluss machte. Plötzlich hielt er inne, die Teekanne in der Hand, und lauschte.
Da war es wieder: das Knarren eines Dielenbretts.
Langsam stellte Blackletter die Kanne zurück auf die Arbeitsfläche. Der Wind? Aber nein, es war eine ruhige, windstille Nacht.
Vielleicht jemand auf der Straße? Aber dafür war das Geräusch zu nahe, zu deutlich.
Vielleicht war es ja auch nur Einbildung. Das Gehirn neigte dazu, wie er wusste. Wenn reale akustische Reize fehlten, lieferte es selbst welche. Er hatte jetzt stundenlang im Arbeitszimmer herumgebastelt und …
Wieder ein Knarren. Diesmal war Blackletter sich sicher. Das Geräusch kam aus dem Haus.
»Wer ist da?«, rief er. Das Knarren erstarb.
Ein Einbrecher? Unwahrscheinlich. In der Straße gab es weit größere, prächtigere Häuser als seins.
Wer konnte das sein?
Das Knarren setzte wieder ein, gleichmäßig, dringlich. Und jetzt konnte er auch feststellen, von wo es kam: aus dem Wohnzimmer im vorderen Bereich des Hauses.
Er warf einen Blick auf das Telefon und sah die leere Ladestation. *Verdammte schnurlose Telefone.* Wo hatte er das Ding bloß gelassen? Natürlich – es lag im Arbeitszimmer, auf dem Tisch neben dem Laptop.
Rasch kehrte er ins Arbeitszimmer zurück und griff nach dem

Telefon. Dann erstarrte er. Jemand war im Flur, direkt vor der Tür. Ein hochgewachsener Mann im langen Trenchcoat trat aus dem Dunkel.

»Was haben Sie in meinem Haus verloren?«, fragte Blackletter scharf. »Was wollen Sie?«

Der Eindringling sagte nichts. Stattdessen schlug er den Mantel zurück und enthüllte die Doppelläufe einer abgesägten Schrotflinte. Der Kolben war aus schwerem dunklen Holz, mit Paisley-Rosetten beschnitzt, und die Läufe schimmerten bläulich im Licht des Arbeitszimmers.

Blackletter stellte fest, dass er unfähig war, den Blick von der Waffe zu wenden. Er trat einen Schritt zurück. »Warten Sie«, begann er. »Tun Sie das nicht. Sie machen einen Fehler ... wir können doch reden ...«

Die Waffe schwenkte hoch. Ein ungeheuer lauter, dröhnender Knall ertönte, als beide Läufe fast gleichzeitig abgefeuert wurden. Blackletter wurde zurückgeschleudert, prallte mit einem ohrenbetäubenden Krachen gegen die rückwärtige Wand und sackte dann zu Boden. Gerahmte Bilder und allerhand Schnickschnack regneten von den kleinen Holzregalen.

Die Haustür fiel bereits ins Schloss.

Der Roboter, dessen Audio-Sensoren das Geräusch aufgefangen hatten, schwenkte zur reglosen Gestalt seines Erbauers herum. »Robo will einen Cracker«, sagte er. Die blecherne Stimme wurde durch das Blut gedämpft, das seine Miniaturlautsprecher bedeckte. »Robo möchte einen Cracker.«

35

Port Allen, Louisiana

Der Tag war dunkel und regnerisch, ganz anders als der heitere, wolkenlose Vortag. D'Agosta hatte absolut nichts dagegen. So würde es im Doughnut-Laden weniger Kunden geben, mit denen sie sich befassen mussten. Pendergasts Plan erfüllte ihn mit gravierenden Bedenken.

Pendergast, der am Steuer des Rolls saß, nahm die Port-Allen-Abfahrt von der I-10. Die Reifen zischten über den nassen Asphalt. D'Agosta saß neben ihm und blätterte im *New Orleans Star-Picayune.* »Ich verstehe nicht, warum wir das nicht nachts machen können«, sagte er.

»Das Geschäft hat eine Alarmanlage. Und der Lärm würde in der Nacht mehr auffallen.«

»Das Reden übernehmen besser Sie. Ich habe das Gefühl, dass mein Queens-Akzent in diesem Teil des Landes nicht so gut ankommen würde.«

»Ein ausgezeichneter Punkt, Vincent.«

D'Agosta fiel auf, dass Pendergast zum wiederholten Male in den Rückspiegel blickte. »Haben wir Gesellschaft?«, fragte er.

Als Antwort lächelte Pendergast nur. Statt des gewohnten schwarzen Anzugs trug er heute ein buntkariertes Flanellhemd und Jeans. Nun ähnelte er nicht mehr einem Beerdigungsunternehmer, sondern einem Totengräber.

D'Agosta blätterte um und hielt inne, als er auf einen Artikel mit der Schlagzeile »Pensionierter Wissenschaftler in seinem Haus ermordet« stieß. »He, Pendergast«, sagte er, nachdem er die ersten Absätze überflogen hatte. »Schauen Sie sich das mal an. Das ist der Typ, mit dem Sie reden wollten, Morris Blackletter. Helens früherer Chef. Er wurde ermordet in seinem Haus aufgefunden.«

»Ermordet? Wie?«

»Erschossen. Schrotflinte.«

»Geht die Polizei davon aus, dass er einen Einbrecher überrascht hat?«

»Das steht hier nicht.«

»Er muss gerade eben erst aus dem Urlaub zurückgekommen sein. Ein Jammer, dass wir nicht früher zu ihm gegangen sind. Er hätte sich als recht nützlich erweisen können.«

»Jemand anders hat ihn zuerst erwischt. Und ich kann mir denken, wer dieser Jemand war.« D'Agosta schüttelte den Kopf. »Vielleicht sollten wir nach Florida zurück und Blast in die Mangel nehmen.«

Pendergast bog in die Court Street ein und folgte der Straße Richtung Innenstadt und Mississippi. »Möglich. Aber mir ist sein Motiv unklar.«

»Mir nicht. Vielleicht hat Helen ihrem Chef erzählt, dass Blast sie bedroht hat.« D'Agosta faltete die Zeitung zusammen und schob sie zwischen Sitz und Mittelkonsole. »Wir reden mit Blast, und am nächsten Abend wird Blackletter getötet. Sie sind doch derjenige, der nicht an Zufälle glaubt.«

Pendergast blickte nachdenklich drein. Aber anstatt etwas zu erwidern, bog er von der Court Street ab und manövrierte den Rolls einen Block von ihrem Ziel entfernt vorsichtig in eine Parklücke. Sie traten in den Nieselregen hinaus, und Pendergast öffnete den Kofferraum. Er reichte D'Agosta einen gelben Bauhelm und eine große Arbeitstasche aus Segeltuch. Einen zweiten Helm setzte er sich auf den Kopf. Zuletzt zog er einen schweren Werkzeuggürtel hervor, von dem eine Ansammlung von Taschenlampen, Maßbändern, Drahtschneidern und anderem Werkzeug baumelte, und schnallte ihn um.

»Wollen wir?«, fragte er.

In *Pappy's Donette Hole* herrschte kaum Betrieb. Zwei rundliche Mädchen standen hinter der Theke, ein einsamer Kunde bestellte ein Dutzend Jumbo-Doughnuts mit doppelt Schokoladenguss. Pendergast wartete, bis der Kunde bezahlt hatte und gegangen war, dann trat er vor, mit klirrendem Werkzeuggürtel.

»Ist der Chef zu sprechen?«, fragte er gebieterisch. Sein Südstaatenakzent hatte ungefähr fünf Stufen an Vornehmheit und Kultiviertheit eingebüßt.

Eines der Mädchen drehte sich wortlos um und verschwand hinten im Laden. Eine Minute später kehrte sie mit einem Mann mittleren Alters zurück. Seine dicken Oberarme waren mit blonden Härchen bedeckt, und er schwitzte, obwohl es ein kühler Tag war.

»Ja?«, sagte er und wischte Mehl an einer Schürze ab, die bereits voller Fett und Doughnut-Teig war.

»Sind Sie der Chef hier?«

»Ja.«

Pendergast langte in die Tasche seiner Jeans und zückte ein aufklappbares Mäppchen. »Wir sind vom Bauamt, Prüfstelle Baustatik und Baugenehmigungen. Mein Name ist Addison, und mein Partner hier heißt Steele.«

Der Mann studierte den Dienstausweis, den Pendergast gestern Nacht gefälscht hatte, und grunzte. »Und was wollen Sie?«

Pendergast steckte den Ausweis weg und zog ein paar zusammengeheftete, offiziell wirkende Papiere. »Unser Amt hat eine Prüfung der Bau- und Baugenehmigungsunterlagen von Gebäuden hier in der Gegend vorgenommen, und dabei hat sich gezeigt, dass es bei verschiedenen Gebäuden – einschließlich diesem hier – Probleme gibt. *Große* Probleme.«

Der Mann blickte auf die Papiere, die ihm entgegengestreckt wurden, und runzelte die Stirn. »Was denn für Probleme?«

»Unregelmäßigkeiten beim Genehmigungsverfahren. Probleme mit der Bausubstanz.«

»Das kann nicht sein«, verwahrte der Mann sich. »Wir haben hier regelmäßige Inspektionen, die Lebensmittel und die sanitären Anlagen werden –«
»Wir sind nicht vom Gesundheitsamt«, unterbrach Pendergast ihn sarkastisch. »Die Unterlagen zeigen, dass dieses Gebäude ohne eine ordentliche Baugenehmigung errichtet wurde.«
»Warten Sie mal. Wir sind schon ein Dutzend Jahre hier drin –«
»Warum, glauben Sie wohl, wurde eine Überprüfung angeordnet?«, sagte Pendergast, der immer noch mit den Papieren vor dem verschwitzten Gesicht des Mannes herumwedelte. »Es hat Unregelmäßigkeiten gegeben. Vorwürfe von *Korruption.*«
»Hey, ich bin nicht der Mann, mit dem Sie deswegen reden sollten. Der Franchisegeber regelt –«
»*Sie* sind aber der Mann, der jetzt vor Ort ist.« Pendergast beugte sich vor. »Wir müssen in den Keller hinunter und feststellen, wie schlimm die Situation ist.« Er stopfte die Papiere zurück in die Hemdtasche. »Und zwar sofort.«
»Sie wollen den Keller sehen? Meinetwegen«, sagte der Filialleiter, der heftig schwitzte. »Nicht meine Schuld, wenn's ein Problem gibt. Ich arbeite hier nur.«
»Gut. Packen wir's an.«
»Joanie wird Sie runterbringen, während Mary Kate sich um die Kunden kümmert –«
»O nein«, fiel Pendergast ihm ins Wort. »O nein. Nein, nein. Keine Kunden. Nicht, bevor wir fertig sind.«
»Keine Kunden?«, wiederholte der Mann. »Ich versuche, hier einen Doughnut-Laden zu führen.«
Pendergast rückte näher. »Wir haben hier eine gefährliche, vielleicht sogar lebensbedrohliche Situation. Unsere Analysen haben gezeigt, dass das Gebäude baufällig ist. Sie sind verpflichtet, das Geschäft für die Öffentlichkeit zu schließen, bis

wir unsere Überprüfungen der Fundamente und der tragenden Bauteile abgeschlossen haben.«

»Ich weiß nicht.« Das Stirnrunzeln des Filialleiters vertiefte sich. »Ich werde im Hauptbüro anrufen müssen. Wir haben den Laden noch nie während der Geschäftszeiten dichtgemacht, und in meinem Franchisevertrag steht –«

»Sie *wissen* nicht!? Wir werden hier bestimmt nicht rumstehen und warten, bis Sie jeden Hinz und Kunz angerufen haben, der Ihnen einfällt.« Pendergast rückte noch näher. »Warum genau versuchen Sie, Zeit zu schinden? Wissen Sie, was passieren würde, wenn der Fußboden unter einem Kunden nachgibt, der gerade eine Packung«, Pendergast hielt kurz inne, um einen Blick auf die Speisekarte zu werfen, die über der Theke hing, »glasierte XXL-Schokoladen-Bananen-Doughnuts mit doppelt Cremefüllung verspeist?«

Stumm schüttelte der Mann den Kopf.

»Sie würden angeklagt werden. Sie persönlich. Wegen Fahrlässigkeit. Fahrlässiger Tötung. Vielleicht sogar wegen vorsätzlicher Tötung.«

Der Filialleiter trat einen Schritt zurück. Er schnappte nach Luft, und frische Schweißperlen traten ihm auf die Stirn.

Pendergast ließ das angespannte Schweigen andauern. »Ich sag Ihnen, was wir machen«, bot er dann mit plötzlicher Großmütigkeit an. »Sie hängen das GESCHLOSSEN-Schild raus, und Mr. Steele und ich führen unten eine kurze Inspektion durch. Wenn die Lage weniger ernst ist, als man uns zu glauben veranlasst hat, kann der Betrieb weitergehen, bis unser Gutachten vorliegt.«

In der Miene des Mannes zeichnete sich Erleichterung ab. Er wandte sich an seine Mitarbeiterinnen. »Mary Kate, wir schließen für ein paar Minuten. Joanie, begleite diese Männer in den Keller.«

Pendergast und D'Agosta folgten Joanie durch die Küche, an

einem Vorratsraum und den Toiletten vorbei zu einer unbezeichneten Tür. Dahinter führte eine steile Betontreppe hinunter in die Dunkelheit. Das Mädchen schaltete das Licht an und enthüllte einen Friedhof alter Elektrogeräte – Profi- Standmixer und Gastronomie-Fritteusen, die offenbar sämtlich auf Reparatur warteten. Der Keller selbst war offensichtlich sehr alt, mit Wänden aus unbehauenem Stein, grob gemörtelt. Zwei der Wände bestanden aus Backstein. Obgleich ebenfalls sehr alt, waren sie doch viel sorgfältiger gemauert. Neben der Treppe standen Kunststoffmülltonnen aufgereiht, und in einer Ecke lag ein unordentlicher, offenbar vergessener Haufen Plastikplanen.
Pendergast drehte sich um. »Danke, Joanie. Wir werden allein arbeiten. Bitte schließen Sie die Tür, wenn Sie hinausgehen.«
Das Mädchen nickte und trat den Rückzug die Treppe hinauf an.
Pendergast trat zu einer der Backsteinwände. »Vincent«, sagte er wieder in seinem normalen Tonfall, »wenn ich mich nicht sehr irre, liegt ungefähr vier Meter dahinter eine andere Wand, die von Arne Torgenssons Keller. Und dazwischen sollten wir den Abschnitt des alten Wasserrohrs finden, in dem der gute Doktor möglicherweise etwas versteckt hat.«
D'Agosta ließ die Werkzeugtasche zu Boden fallen. »Ich denk mal, wir haben zwei Minuten, maximum, bevor dieser Esel da oben seinen Chef anruft, und dann ist die Kacke am Dampfen.«
»Sie verwenden immer so bildhafte Ausdrücke«, murmelte Pendergast, untersuchte die Ziegelmauer mit seiner Lupe und klopfte mit einem Kugelhammer dagegen. »Ich glaube jedoch, ich kann uns ein wenig mehr Zeit erkaufen.«
»Ach ja? Und wie?«
»Ich werde unseren Freund, den Filialleiter, wohl leider darüber in Kenntnis setzen müssen, dass die Lage sogar noch ernster ist als ursprünglich angenommen. Der Laden muss für

Kunden geschlossen bleiben, aber nicht nur das – die Angestellten müssen ebenfalls das Haus räumen, bis wir unsere Inspektion beendet haben.«

Pendergasts leichte Schritte treppauf verklangen rasch. D'Agosta wartete in der kühlen, trockenen Dunkelheit. Einen Augenblick später brach ein Tumult aus: Proteste, erhobene Stimmen. Der Lärm verstummte fast so rasch, wie er losgebrochen war. Pendergast tauchte wieder auf dem Treppenabsatz auf. Nachdem er die Tür hinter sich geschlossen und abgesperrt hatte, stieg er die Treppe hinunter und trat zu der Werkzeugtasche. Er griff hinein, zog einen Vorschlaghammer hervor und reichte ihn D'Agosta.

»Vincent«, sagte er mit dem geisterhaften Anflug eines Lächelns, »ich lasse Ihnen den Vortritt.«

36

Während D'Agosta den Vorschlaghammer in der Hand wog, inspizierte Pendergast das alte Mauerwerk, klopfte erst auf einen Stein, dann auf einen anderen, angestrengt lauschend. Die Beleuchtung war schummerig, und D'Agosta musste die Augen zusammenkneifen, um etwas erkennen zu können. Nach ein paar Augenblicken gab der FBI-Agent einen leisen, befriedigten Laut von sich und richtete sich wieder auf.

»Hier«, verkündete er und deutete auf einen Ziegelstein etwa in der Mitte der Wand.

D'Agosta kam herbei und schwang probehalber den Vorschlaghammer wie ein Schlagmann beim Baseball.

»Ich habe uns fünf Minuten erkauft«, sagte Pendergast. »Allerhöchstens zehn. Dann wird unser Freund, der Filialleiter, ohne Zweifel zurück sein. Diesmal möglicherweise in Gesellschaft.«

D'Agosta schlug mit dem Vorschlaghammer gegen die Wand. Zwar verfehlte er die angegebene Stelle um ein paar Ziegel, aber das Eisen traf die Mauer mit einer Wucht, die durch seine Hände und den Arm hochfuhr. Ein zweiter Schlag traf besser, der dritte ebenfalls. D'Agosta setzte den Vorschlaghammer ab, wischte sich die Hände an der Rückseite seiner Hose ab, fasste erneut zu und machte sich wieder an die Arbeit. Nach etwa einem Dutzend heftiger Schläge bedeutete Pendergast ihm mit einer Geste, er solle aufhören. Keuchend trat D'Agosta zurück.

Der FBI-Agent wedelte die Wolke von Zementstaub beiseite, ließ den Strahl einer Taschenlampe über die Wand gleiten und beklopfte wieder die Ziegel, einen nach dem anderen. »Sie lösen sich. Machen Sie weiter, Vincent.«

D'Agosta trat erneut vor und versetzte der Wand eine weitere Serie wuchtiger Schläge. Beim letzten Schlag hörte man etwas bröckeln, und einer der Backsteine zerbrach. Pendergast schoss vor, einen Kaltmeißel in einer Hand, einen Hammer in der anderen. Er betastete kurz die bröckelnde Mauer, setzte den Meißel an, hob den Hammer und griff mit ein paar wohlgesetzten Schlägen die umgebende Schicht aus Mörtel und altem Zement an. Weitere Ziegel wurden gelockert, andere löste Pendergast mit den Händen heraus. Er ließ Meißel und Hammer fallen und den Strahl der Taschenlampe über die Wand gleiten. Ein Loch, ungefähr so groß wie ein Beachball, war sichtbar geworden. Pendergast schob den Kopf hindurch und ließ die Taschenlampe hierhin und dorthin gleiten.

»Was sehen Sie?«, fragte D'Agosta.

Statt zu antworten, trat Pendergast zur Seite. »Noch ein paar, bitte«, sagte er und deutete auf den Vorschlaghammer.

Diesmal zielte D'Agosta mit seinen Schlägen auf die Ränder des ausgezackten Lochs, wobei er sich auf die obere Kante konzentrierte. Steine, Ziegelbruch und alter Mörtel regneten herab. Endlich gab Pendergast erneut das Signal zum Aufhören. D'Agosta, der vor Anstrengung keuchte, tat es nur zu gern.

Hinter der abgesperrten Kellertür oben an der Treppe war etwas zu hören. Der Filialleiter war wieder da.

Pendergast trat an das klaffende Loch in der Backsteinwand, D'Agosta zwängte sich hinter ihm durch. Durch die Staubwolken hindurch enthüllten die Strahlen ihrer Taschenlampen einen flachen Hohlraum hinter den zerborstenen Ziegeln. Es war eine Kammer, etwa vier Meter breit und einen Meter zwanzig hoch. Plötzlich stockte D'Agosta der Atem. Der gelbe Strahl seiner Taschenlampe war auf eine flache Lattenkiste gefallen, die an der gegenüberliegenden Wand lehnte, auf beiden Seiten durch Holzstreben verstärkt. Genau die Größe, dachte D'Agosta, die man von einem Gemälde erwarten würde. Ansonsten war die Kammer, soweit man das durch die Staubwolken erkennen konnte, leer.

Über ihnen wurde am Türknauf gerüttelt. »He!«, ertönte die Stimme des Filialleiters. Sie hatte viel von ihrer ursprünglichen Aggressivität zurückgewonnen. »Was zum Teufel treiben Sie da unten?«

Pendergast blickte sich rasch um. »Vincent«, sagte er, drehte sich um und richtete den Strahl seiner Taschenlampe auf den Stapel Plastikplanen in der gegenüberliegenden Ecke. »Beeilen Sie sich.«

Es brauchte nichts weiter gesagt zu werden. D'Agosta eilte zu dem Stapel und durchwühlte ihn nach einer Plastikplane in passender Größe, während Pendergast sich durch das frisch geschlagene Loch in der Wand duckte.

»Ich komm runter«, brüllte der Filialleiter und rüttelte an der Tür. »Machen Sie die Tür auf!«

Pendergast zerrte die Holzkiste aus ihrem Versteck. D'Agosta half ihm, sie durch das Loch zu bugsieren, und zusammen wickelten sie sie in die Plastikplane.

»Ich habe das Franchisebüro in New Orleans angerufen«, ertönte die Stimme des Filialleiters. »Sie können hier nicht einfach reinkommen und mir den Laden dichtmachen! Niemand hat was von diesen sogenannten Inspektionen gehört, die Sie durchführen.«

D'Agosta packte ein Ende der Lattenkiste, Pendergast das andere, und sie erklommen die Treppe. D'Agosta konnte hören, wie ein Schlüssel im Schloss gedreht wurde. »Machen Sie Platz!«, brüllte Pendergast, als sie aus der Staubwolke ins schwache Kellerlicht traten, die Holzkiste, verdeckt durch die Plastikplane, in den Händen. »Aus dem Weg! Sofort!«

Der Tür flog auf, der rotgesichtige Filialleiter blockierte den Ausgang. »Was zum Teufel haben Sie da in der Hand?«, fragte er scharf.

»Beweismittel in einem möglichen Kriminalfall.« Sie waren oben an der Treppe angekommen. »Es sieht noch sehr viel schlechter für Sie aus als vorher, Mr. ...« Pendergast schaute auf das Namensschild des Filialleiters. »Mr. Bona.«

»Für mich? Ich bin hier erst seit sechs Monaten, ich wurde hierher versetzt.«

»Sie sind derjenige, dessen Name in den Akten steht. Wenn es hier kriminelle Umtriebe gegeben hat – und ich bin mir zunehmend sicher, dass dem so war –, wird es auch Ihr Name sein, der auf dem Haftbefehl steht. Also, treten Sie jetzt zur Seite, oder muss ich Behinderung einer laufenden Ermittlung der Liste der potentiellen Anklagen hinzufügen?«

Es folgte ein kurzer Moment des Stillstands. Dann trat Bona widerstrebend zur Seite. Pendergast schob sich an ihm vorbei, die verhüllte Lattenkiste im Arm, und D'Agosta folgte ihm schleunigst.

»Wir müssen uns beeilen«, sagte Pendergast leise, als sie zur Tür hinausstürmten. Der Filialleiter stieg bereits in den Keller hinab und tippte dabei eine Nummer in sein Handy.

Sie rannten die Straße hinunter bis zum Rolls. Pendergast öffnete den Kofferraum, sie stellten die Holzkiste, eingehüllt in ihre schützende Plane, hinein. Die Bauhelme folgten, zusammen mit D'Agostas Werkzeugtasche. Dann knallten sie den Kofferraum zu und stiegen eilig vorne ein. Pendergast hatte nicht einmal den Werkzeuggürtel abgenommen.

Als Pendergast den Motor anließ, sah D'Agosta den Filialleiter aus dem Doughnut-Laden auftauchen, das Handy immer noch fest umklammert. »Hey!«, hörten sie ihn noch einen Block entfernt brüllen. »Hey, Sie da! Anhalten!«

Pendergast legte den Vorwärtsgang ein und trat auf das Gaspedal. Der Rolls wendete mit quietschenden Reifen und raste die Straße hinunter, in Richtung Court Street und Autobahn.

Pendergast schaute D'Agosta an. »Gut gemacht, mein lieber Vincent.« Und diesmal war sein Lächeln nicht geisterhaft. Es war echt.

37

Sie fuhren auf den Alexander Drive und dann über den Zubringer auf die Interstate 10 und über die Horace Wilkinson Bridge. D'Agosta sank dankbar in seinen Sitz zurück. Der breite Mississippi strömte unter ihnen dahin, düster unter dem bleiernen Himmel.

»Glauben Sie, es ist es?«, fragte D'Agosta. »Das Schwarzgerahmte?«

»Ganz bestimmt.«

Hinter der Brücke begann das eigentliche Baton Rouge. Es war früher Nachmittag und der Verkehr moderat. Regen prasselte gegen die Windschutzscheibe und trommelte auf das Wagendach. Die Autos, die Richtung Süden unterwegs waren, reihten sich hinter ihnen ein. Als sie das I-12-Autobahnkreuz passierten, zappelte D'Agosta unruhig hin und her. Er wollte sich nicht allzu viele Hoffnungen machen. Doch vielleicht – nur vielleicht – bedeutete das ja, dass er Laura Hayward früher wiedersehen konnte als erwartet. Er hatte nicht geahnt, wie schwer ihm diese erzwungene Trennung fallen würde. Natürlich telefonierten sie jeden Abend miteinander, aber das war kein Ersatz für …

»Vincent«, sagte Pendergast. »Schauen Sie doch bitte mal in den Rückspiegel.«

D'Agosta kam der Bitte nach. Erst entdeckte er nichts Ungewöhnliches in der Reihe von Autos hinter ihnen. Doch dann, als Pendergast die Spur wechselte, sah er, dass ein anderer Wagen – vier, vielleicht fünf Autos hinter ihnen – dasselbe tat. Es war eine Limousine neueren Baujahrs, dunkelblau oder schwarz; bei dem Regen war das schwer zu sagen.

Pendergast beschleunigte ein wenig, überholte einige Fahrzeuge und kehrte dann in seine ursprüngliche Spur zurück. Ein, zwei Minuten später tat die Limousine dasselbe.

»Ich sehe ihn«, murmelte D'Agosta.

Sie setzten die Fahrt einige Minuten fort. Der Wagen blieb weit hinter ihnen, bemüht, nicht allzu sehr aufzufallen.

»Glauben Sie, es ist der Filialleiter?«, fragte D'Agosta. »Bona?«

Pendergast schüttelte den Kopf. »Der Bursche hinter uns beschattet uns schon seit heute Morgen.«

»Und was machen wir jetzt?«

»Ich warte, bis wir aus der Stadt raus sind. Dann sehen wir weiter. Die Landstraßen könnten sich als nützlich erweisen.«

Sie passierten das Louisiana-Einkaufszentrum, dann mehrere Parks und Country Clubs. Die Stadtlandschaft wich städtischen Randgebieten und schließlich Flecken ländlichen Flachlands. D'Agosta holte seine Glock heraus und lud sie durch.

»Heben Sie sich das als letzten Ausweg auf«, sagte Pendergast.

»Wir dürfen nicht riskieren, dass das Gemälde beschädigt wird.«
Und was ist mit uns?, dachte D'Agosta. Er blickte in den Rückspiegel, aber es war unmöglich, ins Innere der dunklen Limousine zu schauen. Als sie die Ausfahrt Sorrento passierten, wurde der Verkehr noch spärlicher.
»Wollen wir ihn stellen?«, sagte D'Agosta. »Ihn zum Handeln zwingen?«
»Ich würde es vorziehen, ihn abzuhängen«, sagte Pendergast. »Sie werden überrascht sein, zu was so ein Oldtimer fähig ist.«
»Ja, klar …«
Pendergast trat das Gaspedal bis zum Anschlag durch und schlug das Steuer scharf nach rechts ein. Der Rolls, der für einen so großen Wagen bemerkenswert gut ansprach, schoss vorwärts, wechselte zwei Fahrspuren und jagte die Autobahnausfahrt hinunter, ohne das Tempo zu drosseln.
D'Agosta prallte heftig gegen die Beifahrertür. Ein erneuter Blick in den Rückspiegel zeigte, dass ihr Verfolger nachgezogen hatte und ebenfalls in die Ausfahrt eingebogen war.
Am Ende der Ausfahrt raste Pendergast an dem Stoppschild vorbei auf die Route 22 und trat hart auf die Bremse. Die Reifen quietschten, als das Heck des Wagens einen 120-Grad-Bogen beschrieb. Geschickt nutzte Pendergast die Schleuderbewegung aus, manövrierte den Wagen in die richtige Spur und trat dann wieder aufs Gaspedal. Sie jagten die Bundesstraße entlang und schossen am Transporter eines Malers, einem Buick und einem Langustenlieferwagen vorbei. Wütendes Gehupe ertönte hinter ihnen.
D'Agosta blickte über die Schulter zurück. Die Limousine, die jeden Versuch eines Versteckspiels aufgegeben hatte, blieb an ihnen dran.
»Er ist noch hinter uns«, sagte er.
Pendergast nickte.

Er gab Gas, und mit noch größerer Geschwindigkeit rasten sie durch ein kleines Gewerbegebiet. Drei Häuserblocks mit Geschäften, die landwirtschaftliche Geräte oder Eisenwaren verkauften, huschten wie Schemen vorbei. Vor ihnen markierte eine Ampel die Kreuzung Route 22 und Airline Highway, die gerade von einer Reihe Autos überquert wurde; man sah einen dichten Strom aufleuchtender Bremslichter. Der Rolls schoss über die Eisenbahnschienen und hob kurz vom Boden ab, dann näherten sie sich der Kreuzung. Die Ampel schaltete auf Gelb und dann auf Rot.

»Herr im Himmel«, murmelte D'Agosta und packte den Griff der Beifahrertür.

Unter Betätigung der Lichthupe und wüstem Gehupe fand Pendergast eine Lücke zwischen den Fahrzeugen vor ihnen und dem entgegenkommenden Verkehr. Ein neues Hupkonzert ertönte, als sie über die regenglatte Kreuzung rasten, wobei sie knapp einem Achtzehntonner entgingen. Pendergast hatte den Fuß nicht vom Gaspedal genommen, so dass die Nadel des Tachos zitternd bei über hundert Meilen pro Stunde stand.

»Vielleicht sollten wir einfach anhalten und den Typen stellen«, schlug D'Agosta vor. »Ihn fragen, für wen er arbeitet.«

»Wie langweilig. Außerdem wissen wir, für wen er arbeitet.«

Sie zogen an einem Auto vorbei, dann an noch einem und noch einem, so schnell, dass die Fahrzeuge kaum mehr waren als stillstehende Farbflecke auf der Straße. Jetzt hatten sie den Verkehr hinter sich gelassen, die Straße vor ihnen war leer. Häuser, Geschäftsgebäude und gelegentlich ein trostlos aussehender Futtermittelladen oder Discounter blieben zurück, als sie ins Sumpfland hineinfuhren. Eine Gruppe Kreppmyrten, schwarze Wächter unter einem Himmel, der düster war wie das Metall einer Pistole, huschte in Windeseile vorbei. Die Scheibenwischer fuhren im stetigen Rhythmus über das Glas. D'Agosta gestattete sich, seinen Griff etwas zu lockern und sich ein wenig zu entspannen.

Er warf einen Blick über die Schulter zurück. Sie hatten es geschafft.

Nein – nein, hatten sie nicht.

»Mist«, fluchte D'Agosta. »Er ist uns über die Kreuzung gefolgt. Hartnäckiger Scheißkerl.«

»Wir haben das, was er haben will«, sagte Pendergast. »Ein weiterer Grund dafür, dass wir uns nicht einholen lassen dürfen.«

Je weiter sie ins sumpfige Tiefland hineinfuhren, desto schmaler wurde die Straße. D'Agosta hielt den Blick nach hinten gerichtet, während sie eine lange, nicht einsehbare Kurve nahmen. Als die Limousine nicht mehr in Sicht war, verschwunden hinter der Kurve und hohem Sumpfgras, merkte er, dass der Rolls langsamer wurde.

»Das ist unsere Chance, ihn –«, begann er.

Plötzlich schwenkte der Rolls heftig zur Seite. D'Agosta, der fast nach hinten geschleudert worden wäre, kämpfte darum, seinen Sitz wiederzufinden. Sie waren von der Landstraße auf ein schmales, unbefestigtes Sträßchen abgebogen, das in den tiefsten Sumpf hineinführte. Auf einem dreckigen, verbeulten Schild stand DESMIRAIL WILDLIFE AREA – FORSTFAHRZEUGE FREI.

Der Wagen schleuderte heftig von einer Seite zur anderen, als sie die matschige Fahrspur entlang bretterten. D'Agosta flog gegen die Wagentür, und im nächsten Moment fühlte er sich aus dem Sitz gehoben; nur der Gurt verhinderte, dass er sich beim Zusammenstoß mit dem Wagendach eine Gehirnerschütterung zuzog. Noch eine Minute weiter so, dachte er grimmig, dann brechen uns beide Achsen. Er wagte einen erneuten Blick in den Rückspiegel, aber die Straße schlängelte sich derart, dass man nicht mehr als hundert Meter weit nach hinten sehen konnte.

Vor ihnen verengte sich die Straße und gabelte sich. Ein weit schmalerer, holpriger Fußweg bog davon ab und lief direkt an einem Bayou entlang. Eine Kette war davorgespannt, an der ein Schild hing: WARNUNG: GESPERRT FÜR KRAFTFAHRZEUGE.

Anstatt abzubremsen und in die Kurve zu gehen, stieg Pendergast aufs Gaspedal.

»Oha!«, rief D'Agosta, als sie direkt auf den Fußweg zuhielten. »Herr im Himmel –«

Mit einem Knall wie ein Flintenschuss brachen sie durch die Kette. Eine ungeheure Anzahl von Reihern, Geiern und Brautenten erhob sich mit protestierendem Krakeelen von den umstehenden Gelbholzbäumen und kahlen Zypressen. Der große Wagen schlingerte und ruckte einmal nach links, einmal nach rechts, immer wieder, bis D'Agosta nur noch verschwommen sah und ihm die Zähne im Schädel klapperten. Sie tauchten in ein Dickicht aus Zyperngras ein, und dic hohen Halme teilten sich mit einem seltsamen *whack*, *whack* vor ihnen.

D'Agosta hatte ja schon einige haarsträubende Verfolgungsjagden mitgemacht, aber so etwas noch nicht. Das Sumpfgras war jetzt so hoch und dicht, dass sie nur wenige Wagenlängen vor sich erkennen konnten. Doch anstatt das Tempo zu drosseln, langte Pendergast hinüber und schaltete die Scheinwerfer ein, ohne abzubremsen.

D'Agosta klammerte sich fest, als ob es um sein Leben ginge, und wagte nicht, den Blick auch nur eine Sekunde von dem Sumpfgelände vor ihnen abzuwenden. »Langsamer, Pendergast«, rief er. »Wir haben ihn abgehängt! Um Himmels willen, fahren Sie –«

Und dann, ganz plötzlich, waren sie aus dem Gras heraus. Der Wagen fuhr über eine Bodenerhebung, und sie segelten, ganz buchstäblich, auf ein offenes, etwas höher gelegenes Gelände, das aus dem tiefen Sumpf ragte. Ein paar graue Nebengebäude und eingezäunte Teiche waren zu sehen. Erst jetzt, als die Sicht besser war und es Erkennungszeichen gab, an denen man sich orientieren konnte, erkannte D'Agosta so richtig, wie schnell sie gefahren waren. Auf einer großen, verwitterten Reklametafel stand:

GATORVILLE U.S.A.
100 % gezüchtete Bio-Alligatoren
Alligatoren-Ringen, geführte Touren
Hauseigene Gerberei – Häute & Füße, Niedrigstpreise!
Abgabe Alligatorfleisch pfundweise
* IM WINTER GESCHLOSSEN *

Der Rolls prallte auf den Boden auf, hob sich mit ungeheurer Wucht und schoss weiter vorwärts. Pendergast trat auf die Bremse, worauf der Wagen über den unbefestigten Hof schlitterte. D'Agostas Blick glitt von dem Schild zu dem direkt vor ihnen liegenden wackeligen Holzgebäude mit Wellblechdach, dessen scheunenartige Tore offen standen. Auf einem Schild im Fenster war zu lesen: VERARBEITUNG. Er erkannte, dass sie auf keinen Fall rechtzeitig anhalten konnten.

Der Rolls krachte in den Schuppen, man spürte eine gewaltsame Geschwindigkeitsabnahme und einen halben Crash, der D'Agosta zurück in die Ledersitze warf, und dann standen sie. Eine gewaltige Staubwolke rollte über sie hinweg. Als sie sich langsam hob, sah er, dass der Rolls einen Stapel übergroßer Plastik-Fleischbehälter gerammt hatte und ein Dutzend von ihnen weit aufgerissen waren. Drei gepökelte, gehäutete Alligatorleichen, hellrosa mit langen weißlichen Fettstreifen, klebten an der Motorhaube und der Windschutzscheibe.

Es entstand ein Augenblick eigentümlichen Stillstands. Pendergast blickte auf die Windschutzscheibe – voll mit Regentropfen, Sumpfgras, Spanischem Moos und Reptilienschmutz –, dann sah er D'Agosta an. »Da fällt mir ein«, sagte er, während der Motor zischte und tickte. »Irgendwann müssen wir Maurice wirklich mal bitten, uns sein Alligator-Étouffée zu machen. Seine Verwandten stammen aus dem Atchafalaya-Becken, und er hat da so ein wunderbares Rezept, das seit langem in der Familie weitergegeben wird.«

38

Sarasota, Florida

Gegen Abend begann der Himmel aufzuklaren, und schon bald lag ein spielerisch schimmerndes Mondlicht über dem Golf von Mexiko und versteckte sich zwischen der rastlosen Dünung. Dräuende Wolken zogen rasch am Himmel entlang. Brecher liefen unablässig auf den Strand auf und zogen sich unter langanhaltendem Donnern wieder zurück.

Doch John Woodhouse Blast schenkte alldem keine Beachtung. Er ging ruhelos auf und ab, nur gelegentlich blieb er stehen, um einen Blick auf die Uhr zu werfen.

Schon halb elf. Was sollte die Verzögerung? Es hätte ein simpler Auftrag sein sollen: rein, die Sache erledigen, wieder raus. Der Anruf vorhin hatte durchblicken lassen, dass alles nach Plan lief, sogar mit einem früheren Ergebnis zu rechnen war – alles lief weit besser, als er zu hoffen gewagt hatte. Aber das war vor sechs Stunden gewesen. Und jetzt, da er so voller Erwartung war, schien das Warten noch qualvoller.

Er trat an die Bar, holte ein Whiskyglas aus Kristall vom Regal, warf eine Handvoll Eiswürfel hinein und goss mehrere Fingerbreit Scotch darüber. Dann trank er einen großen Schluck, atmete tief aus und nahm einen zweiten, eher moderaten

Schluck. Schließlich ging er zum weißen Ledersofa, stellte das Glas auf einem Abalone-Untersetzer ab und schickte sich an, sich zu setzen.

Das plötzliche Läuten des Telefons unterbrach die Stille, worauf er heftig zusammenzuckte. Er wirbelte herum, wobei er vor lauter Eifer fast das Glas umgestoßen hätte, und packte das Telefon.

»Also?«, sagte er, wobei er selber fand, dass seine Stimme hoch und atemlos klang. »Ist die Sache erledigt?«

Am anderen Ende herrschte Schweigen.

»Hallo? Haben Sie Bohnen in den Ohren, Freundchen? Ich fragte: *Ist die Sache erledigt?*«

Immer noch Schweigen. Und dann wurde aufgelegt.

Blast starrte auf den Apparat. Was zum Teufel sollte das? Ein Versuch, ihm mehr Kohle aus dem Kreuz zu leiern? Tja, wie man dieses Spiel spielte, wusste er auch. Jeder Klugscheißer, der versuchte, ihn zu verarschen, würde bald wünschen, er wäre nie geboren worden.

Er setzte sich aufs Sofa und nahm einen Schluck von seinem Scotch. Diese gierige Ratte wartete am anderen Ende der Leitung, klar tat er das, er wartete darauf, dass Blast zurückrief und ihm mehr Geld bot. Na, eher würde die Hölle zufrieren. Blast wusste, was solche Jobs kosteten, und, noch entscheidender, er wusste, wie man andere Schläger anheuerte, Schläger mit mehr Erfahrung, wenn gewisse Rädchen neu geschmiert werden mussten …

Es klingelte an der Tür.

Blast ließ es zu, dass sich ein Lächeln auf seinem Gesicht ausbreitete. Er warf einen Blick auf die Uhr: zwei Minuten. Seit dem Anruf waren lediglich zwei Minuten vergangen. Der Dreckskerl wollte also reden. Hielt sich für einen echten Schlaumeier. Er trank einen Schluck von seinem Drink und machte es sich auf dem Sofa gemütlich.

Wieder klingelte es.
Langsam stellte Blast das Glas auf den Untersetzer. Sollte der Dreckskerl doch schwitzen. Vielleicht konnte er den Preis sogar noch etwas herunterhandeln. Es wäre nicht das erste Mal.
Es klingelte wieder. Jetzt aber rappelte Blast sich auf, strich mit dem Finger über das schmale Oberlippenbärtchen, ging mit großen Schritten zur Tür und riss sie auf.
Überrascht trat er zurück. Vor der Tür stand nicht die schleimige Ratte, die er erwartet hatte, sondern ein hochgewachsener Mann mit dunklen Augen und dem Aussehen eines Filmstars. Er trug einen langen schwarzen Trenchcoat, locker gegürtet. Blast erkannte, dass er einen schwerwiegenden Fehler begangen hatte, als er die Tür öffnete. Doch bevor er sie wieder zuknallen konnte, war der Mann bereits eingetreten und hatte sie hinter sich geschlossen.
»Mr. Blast?«
»Wer sind Sie?«, entgegnete Blast.
Anstatt zu antworten, trat der Mann abermals vor. Und zwar so plötzlich, so entschieden, dass Blast sich gezwungen sah, noch einen Schritt zurückzuweichen. Winselnd liefen die beiden Spitze ins Schlafzimmer, wo sie sicher waren.
Der hochgewachsene Mann musterte ihn von oben bis unten, und irgendein starkes Gefühl ließ seine Augen glitzern. Angst? Wut?
Blast schluckte. Er hatte nicht die leiseste Ahnung, was dieser Mann von ihm wollte, doch irgendein inneres Gefühl von Selbsterhaltung, ein sechster Sinn, den er bei seiner jahrelangen Geschäftstätigkeit am äußersten Rand der Legalität erworben hatte, verriet ihm, dass ihm Gefahr drohte.
»Was wollen Sie?«, fragte er.
»Ich heiße Esterhazy«, erwiderte der Mann. »Kommt Ihnen der Name bekannt vor?«

Er kam ihm bekannt vor. Und wie. Dieser Typ, Pendergast, hatte ihn erwähnt. Helen *Esterhazy* Pendergast.

»Nie gehört.«

Mit einer jähen Bewegung löste Esterhazy den Gürtel seines Trenchcoats. Der Mantel schwang auf und enthüllte eine abgesägte Schrotflinte.

Blast wich zurück. Die Zeit verlangsamte sich, der Adrenalinstoß setzte ein. Mit einer Art Klarheit des Schreckens bemerkte Blast, dass der Schaft aus schwarzem Holz bestand und kunstvoll verziert war.

»Warten Sie«, sagte er. »Hören Sie, was immer es ist, wir können das doch klären. Ich bin ein vernünftiger Mensch. Sagen Sie mir, was Sie wollen.«

»Meine Schwester. Was haben Sie ihr angetan?«

»Nichts. Gar nichts. Wir haben nur geredet.«

»Geredet.« Der Mann lächelte. »Worüber?«

»Nichts. Nichts Wichtiges. Schickt Sie dieser Pendergast? Ich habe ihm schon alles erzählt, was ich weiß.«

»Und was genau wissen Sie?«

»Sie wollte das Bild nur sehen. Das Schwarzgerahmte, meine ich. Sie habe da eine Theorie, sagte sie.«

»Eine Theorie?«

»Ich weiß es nicht mehr genau. Wirklich, bitte glauben Sie mir. Es ist schon so lange her.«

»Nein. Ich will etwas über diese Theorie hören.«

»Ich würde es Ihnen sagen, wenn ich mich daran erinnern könnte.«

»Sind Sie sicher, dass Sie sich an nichts weiter erinnern?«

»Das ist alles. Ich schwöre es, das ist alles.«

»Danke.« Mit einem ohrenbetäubenden Donnern spuckte einer der Läufe Rauch und Flammen. Blast spürte, wie er vom Boden abhob und zurückgeschleudert wurde, bis er krachend auf dem Fußboden aufschlug. Ein taubes Gefühl breitete sich in seiner Brust aus. Erstaunlich, diese Abwesenheit von Schmerz, und einen kurzen Augenblick hegte er die verrückte Hoffnung, der Schuss könnte ihn verfehlt haben … Und dann blickte er auf seinen zerstörten Brustkorb hinunter.

Wie aus weiter Ferne sah er – jetzt ein wenig schemenhaft und undeutlich –, wie der Mann sich näherte und über ihm stehen blieb. Die schnauzenartige Form der Gewehrläufe löste sich von der Gestalt und schwebte über seinem Kopf. Blast versuchte zu protestieren, aber eine andere Wärme, seltsam tröstlich, füllte seine Kehle, so dass er nicht imstande war, Laute zu bilden …

Und dann kam ein zweites schreckliches Durcheinander aus Flammen und Lärm, und diesmal brachte es das Vergessen.

39

New York City

Es war erst Viertel nach sieben, doch die Ermittler im Dezernat für Tötungsdelikte waren schon mitten bei der Arbeit, sie nahmen die Daten der potentiellen Morde und Totschläge auf, die es in der Nacht gegeben hatte, und versammelten sich in den Pausenräumen, um die Fortschritte bei offenen Fällen zu besprechen. Captain Laura Hayward saß hinter ihrem Schreibtisch und beendete einen ungewöhnlich umfassenden Monatsbericht für den Commissioner. Der arme Mann war neu hier – er war aus Texas hergewechselt –, und Hayward wusste, dass er ein wenig bürokratisches Händchenhalten schätzte.

Sie schrieb ihren Bericht zu Ende, speicherte und trank einen Schluck von ihrem Kaffee. Er war nicht mal mehr lauwarm; sie war bereits seit über einer Stunde im Büro. Als sie den Becher abstellte, klingelte ihr Handy. Es war ihr privates Handy, nicht das offizielle, und nur vier Menschen kannten die Nummer: ihre Mutter, ihre Schwester, der Anwalt der Familie – und Vincent D'Agosta.

Sie zog das Handy aus der Jackentasche und betrachtete es. Da sie es mit den Vorschriften sehr genau nahm, wäre sie normalerweise während der Arbeitszeit nicht rangegangen. Diesmal jedoch machte sie die Bürotür zu und klappte das Handy auf.

»Hallo?«

»Laura«, kam D'Agostas Stimme. »Ich bin's.«

»Vinnie. Alles in Ordnung? Ich war ein wenig besorgt, als du dich gestern Abend nicht gemeldet hast.«

»Es ist alles in Ordnung, und es tut mir leid. Es ist nur so, es wurde alles ein bisschen … hektisch.«

Sie setzte sich wieder hinter ihren Schreibtisch. »Erzähl.«

Es folgte eine Pause. »Also, wir haben das Schwarzgerahmte gefunden.«

»Das Gemälde, hinter dem ihr her wart?«

»Ja. Zumindest glaube ich, dass es das Bild ist.«

Sonderlich aufgeregt schien er deswegen nicht zu sein. Er klang eher irritiert. »Wie habt ihr es gefunden?«

»Es war hinter der Kellerwand eines Doughnut-Ladens versteckt, so unglaublich es klingt.«

»Und wie seid ihr drangekommen?«

Wieder eine Pause. »Wir, äh, sind eingebrochen.«

»Eingebrochen?«

»Ja.«

Sämtliche Alarmglocken schrillten in Haywards Kopf. »Wie habt ihr's gemacht, habt ihr euch nach Ladenschluss reingeschlichen?«

»Nein. Wir haben es gestern Nachmittag gemacht.«

»Rede weiter.«

»Pendergast hat alles geplant. Wir sind rein, haben so getan, als kämen wir vom Bauamt, und Pendergast –«

»Ich habe meine Meinung geändert. Ich will nichts mehr hören. Überspring das und erzähl, was danach passiert ist.«

»Also, deshalb habe ich nicht wie sonst angerufen. Als wir Baton Rouge verlassen hatten, merkten wir, dass wir verfolgt wurden. Wir hatten eine irre Verfolgungsjagd durch die Sümpfe und Bayous von –«

»Vinnie! Hör mal kurz auf. Bitte.« Das war genau das, was sie befürchtet hatte. »Ich dachte, du hättest mir versprochen, auf dich aufzupassen und dich nicht in Pendergasts regelwidrigen Mist reinziehen zu lassen.«

»Das weiß ich doch, Laura. Ich hab's nicht vergessen.« Wieder eine Pause. »Sobald ich wusste, dass wir dicht an dem Gemälde dran waren, richtig dicht, dachte ich, ich würde fast alles tun, um das Geheimnis zu lüften – damit ich wieder zu dir zurück kann.«

Sie seufzte und schüttelte den Kopf. »Und was ist dann passiert?«

»Wir haben unseren Verfolger abgehängt. Es war schon Mitternacht, als wir endlich nach Penumbra zurückkamen. Wir trugen die Holzkiste, die wir geborgen hatten, in die Bibliothek und stellten sie auf einen Tisch. Pendergast war unglaublich pingelig damit. Statt die verdammte Lattenkiste mit einer Brechstange aufzustemmen, mussten wir winzige Werkzeuge benutzen, die sogar einen Juwelier zum Schielen gebracht hätten. Es hat Stunden gedauert. Irgendwann muss das Gemälde Feuchtigkeit abbekommen haben, weil die Rückseite am Holz festklebte, und das abzulösen, dauerte noch länger.«

»Aber es war das Schwarzgerahmte?«

»Zumindest hatte es einen schwarzen Rahmen. Aber die Leinwand war von Schimmel überzogen und so dreckig, dass man kaum was erkennen konnte. Pendergast holte Tupfer und

Bürstchen und einen Haufen Lösungs- und Reinigungsmittel und fing an, die Schmutzschicht zu entfernen – ich selbst durfte das Bild nicht anrühren. Nach ungefähr einer Viertelstunde hatte er einen kleinen Abschnitt des Gemäldes gereinigt, und dann –«

»Was?«

»... ist er urplötzlich erstarrt. Ehe ich wusste, wie mir geschah, hatte er mich aus der Bibliothek hinauskomplimentiert und die Tür abgeschlossen.«

»Einfach so?«

»Ja, einfach so. Und ich stand draußen im Flur. Ich hab nicht mal einen Blick auf das Gemälde erhaschen können.«

»Wie ich immer sage, der Typ hat sie nicht mehr alle.«

»Ich gebe zu, er hat so seine Eigenarten. Das war gegen drei Uhr morgens, also dachte ich mir, zum Teufel damit, und hab mich aufs Ohr gehauen. Ehe ich mich's versah, war es Morgen. Er ist noch da drin und werkelt vor sich hin.«

Hayward spürte, wie ihr langsam der Kamm schwoll. »Typisch Pendergast. Vinnie, der Mann ist nicht dein Freund.«

Sie hörte D'Agosta seufzen. »Ich versuche immer wieder, mir in Erinnerung zu rufen, dass wir den Tod seiner Frau untersuchen, dass das alles ein gewaltiger Schock für ihn gewesen sein muss ... Doch, er ist mein Freund, auch wenn er es auf merkwürdige Weise zeigt.« Er hielt kurz inne. »Irgendwas Neues über Constance Greene?«

»Sie ist unter Verschluss in der Justizvollzugsstation des Bellevue-Krankenhauses. Ich habe sie befragt. Sie beteuert immer noch, dass sie ihr Baby über Bord geworfen hat.«

»Hat sie gesagt, warum?«

»Ja. Sie sagt, dass es böse gewesen ist. Genau wie sein Vater.«

»Grundgütiger. Ich wusste ja, dass sie nicht mehr alle Tassen im Schrank hat, aber nicht, dass es so schlimm ist.«

»Wie hat Pendergast es aufgenommen?«

»Schwer zu sagen, wie immer bei Pendergast. Oberflächlich betrachtet, schien es ihn kaum zu berühren.«
Kurzes Schweigen. Hayward überlegte, ob sie versuchen sollte, Druck auf ihn auszuüben, damit er nach Hause kam, erkannte dann aber, dass sie ihm nicht noch eine zusätzliche Last aufbürden wollte.
»Da ist noch etwas«, sagte D'Agosta.
»Was denn?«
»Erinnerst du dich an den Typ, von dem ich dir erzählt habe – Blackletter? Helen Pendergasts früherer Chef bei Doctors With Wings?«
»Was ist mit ihm?«
»Er wurde vorgestern Abend in seinem Haus ermordet. Zwei Schüsse aus kürzester Entfernung, Kaliber zwölf. Hat ihm die Eingeweide aus dem Leib gepustet.«
»Gütiger Himmel.«
»Und das ist noch nicht alles. John Blast, dieser unappetitliche Bursche, mit dem wir in Sarasota gesprochen haben, erinnerst du dich? Der ebenfalls an dem Gemälde interessiert war? Ich hatte angenommen, dass der uns verfolgen lässt. Aber ich hab's gerade in den Nachrichten gehört – er wurde ebenfalls erschossen, gestern, kurz nachdem wir uns das Gemälde geschnappt hatten. Ebenfalls mit zwei Zwölf-Kaliber-Patronen.«
»Hast du eine Ahnung, was da vorgeht?«
»Als ich von dem Mord an Blackletter hörte, dachte ich, dass Blast dahintersteckt. Aber jetzt ist der auch tot.«
»Typisch Pendergast. Wo er auftaucht, gibt's Ärger.«
»Moment.« Es gab eine Pause von etwa zwanzig Sekunden, bevor D'Agostas Stimme wieder zu hören war. »Das war Pendergast. Er hat gerade an meine Tür geklopft. Das Bild ist jetzt gereinigt, sagt er, und er will meine Meinung hören. Ich liebe dich, Laura. Ich rufe heute Abend wieder an.«
Dann war die Leitung tot.

40

Penumbra-Plantage

Als D'Agosta die Tür seines Zimmers öffnete, stand Pendergast davor, die Hände im Rücken verschränkt. Er trug immer noch das karierte Arbeitshemd und die Jeans, die er bei ihrem Beutezug nach Port Allen angehabt hatte.

»Es tut mir sehr leid, Vincent«, sagte er. »Bitte vergeben Sie mir, was Ihnen als der Gipfel an Unhöflichkeit und Rücksichtslosigkeit meinerseits erscheinen muss.«

D'Agosta erwiderte nichts.

»Vielleicht werden die Dinge klarer, wenn Sie das Gemälde sehen. Wenn Sie nichts dagegen haben?« Er deutete auf die Treppe.

D'Agosta folgte ihm den mit opulenten Teppichen ausgelegten Flur hinunter. »Blast ist tot«, berichtete er. »Mit demselben Typ Waffe erschossen, mit der Blackletter getötet wurde.«

Pendergast blieb unvermittelt stehen. »Erschossen, sagen Sie?« Dann setzte er seinen Weg fort, wenngleich ein wenig langsamer.

Die Tür zur Bibliothek stand offen, und gelbes Licht fiel in die Eingangshalle. Stumm stieg Pendergast vor D'Agosta die Treppe hinab und trat durch den Türbogen. Das Gemälde stand in der Mitte des Raums auf einer Staffelei. Es war mit einem schweren Samttuch verhüllt.

»Bitte stellen Sie sich dorthin, vor das Gemälde«, sagte Pendergast. »Ich brauche Ihre ehrliche Reaktion.«

D'Agosta stellte sich direkt davor.

Pendergast trat an die Seite der Staffelei, ergriff das Tuch und nahm es ab.

Völlig verblüfft starrte D'Agosta das Bild an. Es zeigte nicht den Karolinasittich, nicht einmal einen Vogel oder sonst irgendein Naturmotiv. Es war ein Aktgemälde. Man sah eine verhärmte Frau mittleren Alters, die auf einem Krankenhausbett lag. Ein Strahl kühlen Lichts fiel schräg aus einem winzigen Fenster hoch oben hinter ihr herein. Sie hatte die Beine an den Knöcheln gekreuzt und die Hände über den Brüsten gefaltet, eine Haltung fast wie bei einer Leiche. Die Rippen ragten hervor, die Haut hatte die Farbe von Pergament, sie war eindeutig krank und möglicherweise auch nicht ganz geistig gesund. Und doch hatte sie etwas abstoßend Einladendes an sich. Neben dem Bett stand ein kleiner Kiefernholztisch mit einem Wasserkrug und Verbandsmaterial. Das schwarze Haar der Frau breitete sich über das Kissen aus grobem Leinen aus. Die geweißten Wände, das schlaffe, trockene Fleisch, die Webart des Bettleinens, selbst die Sonnenstäubchen in der Luft waren genau beobachtet und mit gnadenloser Klarheit und Sicherheit wiedergegeben, extrem realistisch und elegisch zugleich. D'Agosta war kein Experte, aber dennoch machte das Gemälde einen ungeheuren Eindruck auf ihn.

»Vincent?«, fragte Pendergast ruhig.

D'Agosta strich mit ausgestrecktem Finger den schwarzen Rahmen des Gemäldes entlang. »Ich weiß nicht, was ich denken soll«, sagte er.

»In der Tat.« Pendergast zögerte. »Als ich anfing, das Gemälde zu reinigen, kam als Erstes das da zum Vorschein.« Er deutete auf die Augen der Frau, die aus dem Bild heraus auf den Betrachter starrten. »Als ich das gesehen hatte, erkannte ich, dass all unsere Annahmen falsch gewesen waren. Ich brauchte Zeit für mich allein, um den Rest des Gemäldes zu reinigen. Ich wollte nicht, dass Sie es Stück für Stück enthüllt sahen. Ich wollte, dass Sie gleich das ganze Gemälde sehen. Ich brauchte eine frische, unmittelbare Meinung. Deshalb habe ich Sie so unvermittelt ausgeschlossen. Ich bitte nochmals um Verzeihung.«

»Ein außerordentliches Bild. Aber … sind Sie sicher, dass es überhaupt ein Audubon ist?«
Pendergast deutete auf eine Ecke des Gemäldes, wo D'Agosta so gerade eben eine undeutliche Signatur erkennen konnte. Dann wies er stumm auf eine andere, dunkle Ecke des gemalten Zimmers, wo eine Maus hockte, wie in Wartehaltung. »Die Signatur ist echt, aber, was noch wichtiger ist, niemand außer Audubon hätte diese Maus malen können. Und ich bin sicher, dass es ein reales Vorbild dafür gab, im Sanatorium. Sie ist so schön beobachtet, dass es nicht anders sein kann.«
D'Agosta nickte langsam. »Ich war mir ganz sicher, dass es ein Karolinasittich sein würde. Was soll eine nackte Frau mit alldem zu tun haben?«
Pendergast breitete lediglich seine weißen Hände aus, eine Geste der Ratlosigkeit; D'Agosta konnte die Frustration in seinen Augen erkennen. Der Bundesagent wandte sich von der Staffelei ab und sagte: »Schauen Sie die mal durch, Vincent, wenn Sie mögen.« Auf einem Refektoriumstisch war eine Anzahl von Drucken, Lithographien und Aquarellen ausgebreitet. Auf der linken Seite lagen Skizzen von Tieren, Vögeln, Insekten, Stillleben und rasche Porträtskizzen. Obenauf lag das Aquarell einer Maus.
Sie unterschieden sich vollständig von den Bildern, die auf der rechten Seite ausgebreitet waren. Das war etwas völlig anderes. Sie zeigten fast ausschließlich Vögel, so lebensecht und detailgetreu gemalt, dass sie fast aus dem Papier hätten stelzen können, doch es gab auch ein paar Säugetiere und Waldszenen.
»Bemerken Sie den Unterschied?«
»Natürlich. Die Sachen auf der linken Seite sind Mist. Die auf der rechten Seite – also, die sind einfach wunderschön.«
»Ich habe sie aus den Mappen meines Ururgroßvaters genommen«, sagte Pendergast. »Die dort«, er wies auf die groben Skizzen auf der linken Seite, »bekam mein Vorfahr achtzehn-

hunderteinundzwanzig von Audubon, der damals in dem Cottage in der Dauphine Street wohnte. Das war kurz vor Audubons Erkrankung. So hat er gemalt, bevor er ins Meuse St. Claire-Sanatorium kam.« Er wandte sich den Arbeiten auf der rechten Tischseite zu. »Und so hat er später gemalt. Nachdem er das Sanatorium verlassen hatte. Erkennen Sie das Problem?«
D'Agosta war immer noch wie vor den Kopf gestoßen; das Bild in dem schwarzen Rahmen war unglaublich. »Er hat sich weiterentwickelt. Das machen Künstler ständig. Was ist daran rätselhaft?«
Pendergast schüttelte den Kopf. »Weiterentwickelt? Nein, Vincent, das hier ist eine *Verwandlung*. Niemand verbessert sich so sehr. Die frühen Skizzen taugen nicht viel. Sie sind handwerklich ganz gut, detailgenau, mittelmäßig. Es ist nichts da, Vincent, *nichts*, was auf den geringsten Funken künstlerischen Talents hindeuten würde.«
D'Agosta musste dem zustimmen. »Also was ist passiert?«
Pendergast taxierte mit seinen blassen Augen die Kunstwerke, kehrte langsam zu dem Sessel zurück, den er vor die Staffelei gestellt hatte, und setzte sich. »Diese Frau war eindeutig Patientin im Sanatorium. Vielleicht hat Dr. Torgensson sich in sie verliebt. Vielleicht hatten sie eine Beziehung irgendeiner Art. Das würde erklären, warum er so hartnäckig an dem Bild festhielt, selbst als er in tiefste Armut gesunken war. Aber das erklärt noch lange nicht Helens extrem starkes Interesse daran.«
D'Agosta schaute wieder auf die Frau, die in fast resignierter Position auf dem einfachen Krankenhausbett lag. »Könnte sie vielleicht eine Vorfahrin von Helen gewesen sein?«, fragte er. »Eine Esterhazy?«
»Der Gedanke ist mir auch schon gekommen«, entgegnete Pendergast. »Aber warum in dem Fall diese obsessive Suche?«
»Ihre Familie hat Maine unter zweifelhaften Umständen ver-

lassen«, sagte D'Agosta. »Vielleicht gab es ja irgendeinen Makel in der Familiengeschichte, und das Gemälde hätte zur Aufklärung beitragen können.«

»Ja, aber was für einen?« Pendergast deutete auf die Frauengestalt. »Man sollte doch annehmen, dass ein derart kontroverses Bild den Namen einer Familie eher beschmutzen als reinwaschen würde. Zumindest können wir jetzt spekulieren, warum das Motiv des Gemäldes in der Literatur nie erwähnt wurde – es ist zu verstörend und provozierend.«

Kurzes Schweigen.

»Warum wollte Blast es unbedingt haben?«, grübelte D'Agosta laut. »Ich meine, es ist nur ein Bild. Warum hat er so viele Jahre danach gesucht?«

»Das zumindest ist leicht zu beantworten. Er war ein Audubon, er betrachtete es als sein Geburtsrecht. Es wurde zur fixen Idee für ihn. Mit der Zeit wurde die Jagd zu dem, was ihn reizte. Ich nehme an, das Sujet des Bildes hätte ihn ebenso überrascht wie uns.« Pendergast legte die Finger zusammen und presste sie gegen die Stirn.

D'Agosta blickte immer noch auf das Bild. Da war etwas, ein Gedanke, dem es nicht ganz gelang, an die Oberfläche seines Bewusstseins zu steigen. Das Gemälde versuchte, ihm etwas mitzuteilen. Er starrte es an.

Und dann, urplötzlich, erkannte er, was es war.

»Dieses Bild«, sagte er. »Schauen Sie es sich an. Es ähnelt den Aquarellen auf dem Tisch. Die Bilder, die er später gemalt hat.«

Pendergast blickte nicht auf. »Ich fürchte, ich kann Ihnen nicht ganz folgen.«

»Sie haben es selbst gesagt. Die Maus auf dem Gemälde – es ist eindeutig eine Maus von Audubon.«

»Ja, sehr ähnlich den Mäusen, die er in seinem Werk *Die lebend gebärenden Vierfüßer Nordamerikas* gemalt hat.«

»Gut. Und jetzt sehen Sie sich mal die Maus auf diesem Stapel früher Zeichnungen an.«

Langsam hob Pendergast den Kopf. Er blickte auf das Gemälde und dann auf die Zeichnungen, dann zu D'Agosta. »Ihr Punkt, Vincent?«

D'Agosta wies zum Refektoriumstisch. »Diese frühe Maus. Ich hätte nie gedacht, dass Audubon sie gemalt hat. Das gilt für den ganzen frühen Kram, diese Stillleben und Skizzen. Ich hätte nie im Leben gedacht, dass die von Audubon sind.«

»Genau was ich eben gesagt habe. Darin liegt das Rätsel.«

»Aber ich bin mir nicht so sicher, dass es ein Problem ist.«

Pendergast schaute ihn an, und Neugier flammte in seinen Augen auf. »Sprechen Sie weiter.«

»Also, wir haben diese frühen, mittelmäßigen Skizzen. Und dann haben wir diese Frau. Was ist dazwischen passiert?«

Das Funkeln in Pendergasts Augen wurde heller. »Er wurde krank.«

D'Agosta nickte. »Genau. Die Krankheit hat ihn verändert. Welche Antwort könnte es sonst geben?«

»Brillant, mein lieber Vincent!« Pendergast hieb auf die Armlehnen seines Sessels, sprang auf und tigerte im Raum umher. »Die Berührung mit dem Tod, die plötzliche Konfrontation mit der eigenen Sterblichkeit, hat ihn irgendwie verändert. Es erfüllte ihn mit kreativer Energie, es war der verwandelnde Moment seiner Künstlerlaufbahn.«

»Wir sind immer davon ausgegangen, dass Helens Interesse dem Motiv des Gemäldes galt«, sagte D'Agosta.

»Genau. Aber erinnern Sie sich noch an Blasts Worte? Helen wollte das Bild nicht besitzen. Sie wollte es lediglich studieren. Sie wollte eine Bestätigung für den genauen Zeitpunkt von Audubons künstlerischer Verwandlung.« Pendergast verstummte, seine Schritte wurden langsamer, schließlich blieb er ganz stehen. Er richtete den Blick nach innen.

»Also«, sagte D'Agosta. »Rätsel gelöst.«
Die silbrigen Augen richteten sich auf ihn. »Nein.«
»Was meinen Sie?«
»Warum hätte Helen das alles vor mir verbergen sollen?«
D'Agosta zuckte mit den Achseln. »Vielleicht war ihr die erste Begegnung mit Ihnen peinlich, die kleine verzeihliche Notlüge, die sie damals erzählt hat.«
»Eine kleine Notlüge? Das glaube ich nicht. Nein, sie hat das Ganze aus einem weit bedeutsameren Grund vor mir verheimlicht.« Pendergast sank wieder auf den Plüschsessel und starrte auf das Bild. »Decken Sie es ab.«
D'Agosta breitete das Tuch über das Gemälde. So langsam fing er an, sich Sorgen zu machen. Pendergast wirkte selber nicht ganz geistig gesund.
Der Agent schloss die Augen. Es wurde noch stiller in der Bibliothek, die Standuhr in der Ecke tickte lauter. D'Agosta setzte sich ebenfalls. Manchmal war es am besten, Pendergast Pendergast sein zu lassen.
Die Augen öffneten sich langsam.
»Wir sind dieses Problem von Anfang an völlig falsch angegangen.«
»Und wieso?«
»Wir sind davon ausgegangen, dass Helen an dem *Maler* Audubon interessiert war.«
»Und? Woran sollte sie sonst interessiert sein?«
»An dem Patienten Audubon.«
»Dem Patienten?«
Ein langsames Nicken. »Das war Helens Leidenschaft. Medizinische Forschung.«
»Aber warum dann die Suche nach dem Gemälde?«
»Weil er es direkt nach seiner Genesung gemalt hat. Sie wollte die Bestätigung für eine Theorie, die sie entwickelt hatte.«
»Und was für eine Theorie soll das sein?«

»Mein lieber Vincent, ist uns bekannt, an welcher Krankheit Audubon genau litt?«

»Nein.«

»Richtig. Aber diese Krankheit ist der Schlüssel zu allem! Es war die Krankheit, über die Helen Näheres erfahren wollte. Welche Auswirkungen sie auf Audubon hatte. Denn sie scheint einen mittelmäßigen Künstler in ein Genie verwandelt zu haben. Helen war klar, dass irgendetwas ihn verändert hatte. Deshalb ist sie nach New Madrid gefahren, wo er das Erdbeben miterlebt hat. Sie suchte überall, nah und fern, um das Agens dieser Veränderung zu verstehen. Und als sie auf seine Krankheit stieß, wusste sie, dass ihre Suche beendet war. Sie wollte das Gemälde lediglich sehen, um ihre Theorie bestätigt zu bekommen: dass Audubons Krankheit irgendetwas mit seinem Gehirn angestellt hat. Die Krankheit hatte neurologische Auswirkungen. Ganz erstaunliche neurologische Auswirkungen!«

»Also, jetzt komm ich nicht mehr mit.«

Pendergast sprang auf. »Und deshalb hat Helen es mir verheimlicht. Weil es potentiell eine extrem wertvolle pharmakologische Entdeckung war – ein patentrechtlich geschütztes Mittel. Mit unserer privaten Beziehung hatte es gar nichts zu tun!« Mit einer plötzlichen, impulsiven Bewegung packte er D'Agosta bei beiden Armen. »Und ich würde immer noch im Dunkeln tappen, mein lieber Vincent, wenn nicht Ihr genialer Einfall gewesen wäre.«

»Also, so weit würde ich jetzt vielleicht nicht gehen …«

Pendergast ließ ihn los und strebte zur Tür der Bibliothek. »Kommen Sie. Wir haben keine Zeit zu verlieren.«

»Wo gehen wir hin?«, fragte D'Agosta und beeilte sich, ihm zu folgen. In seinem Kopf wirbelte immer noch alles wild durcheinander, und er versuchte, Pendergasts Logik und Beweisführung nachzuvollziehen.

»Unseren Verdacht bestätigen – und in Erfahrung bringen, ein für alle Mal, was das alles zu bedeuten hat.«

41

Der Schütze änderte seine Position im gesprenkelten Schatten und nahm einen Schluck Wasser aus der Feldflasche. Mit den Schweißbändern, die er um beide Handgelenke trug, berührte er nacheinander die Schläfen. Seine Bewegungen waren langsam, methodisch und wurden von dem dichten Gebüsch komplett verdeckt.

Es war im Grunde nicht nötig, derart vorsichtig zu sein. Die Zielperson konnte ihn nie und nimmer erspähen. Aber er jagte seit Jahren die andere Art Wild – die vierfüßige Variante, manchmal scheu, manchmal außergewöhnlich wachsam –, und das hatte ihn gelehrt, äußerste Vorsicht walten zu lassen.

Die Tarnung war perfekt: eine mächtige, umgestürzte Eiche, bedeckt mit Spanischem Moos, das nur ein paar winzige Ritzen freigab. Und durch eine dieser Ritzen ragte der Lauf seiner Remington 40 XS T-Rifle. Die Tarnung war perfekt, weil sie in der Tat natürlich war, eine der Folgen des Hurrikans Katrina, die in den umgebenden Wäldern und Sümpfen immer noch überall sichtbar waren. Man sah sie so oft, dass man aufhörte, darauf zu achten.

Damit rechnete der Schütze.

Der Lauf seiner Waffe ragte kaum mehr als drei Zentimeter aus dem Jagdschirm heraus. Er lag im Vollschatten, der Lauf selbst war mit einem speziellen nichtreflektierenden schwarzen Polymer überzogen, und die Zielperson würde in die pralle Morgensonne hinaustreten. Man würde die Waffe nicht einmal erkennen, wenn sie abgefeuert wurde; dafür würde der Mündungsfeuerdämpfer sorgen.

Sein Fahrzeug, einen gemieteten Nissan-Kleinlaster mit Allradantrieb und bedeckter Ladepritsche, hatte er rückwärts an den Jagdschirm herangefahren. Er hatte die Heckklappe heruntergeklappt und benutzte die Ladepritsche als Schießplattform – er lag darauf. Die Schnauze des Kleinwagens war auf einen alten Holzfällerweg gerichtet, der nach Osten verlief. Selbst wenn jemand ihn sah und die Verfolgung aufnahm, würde es keine dreißig Sekunden dauern, von der Ladepritsche ins Fahrerhaus zu kommen, den Motor anzulassen und den Weg herunterzubrettern. Die öffentliche Straße, und damit die Sicherheit, lag gerade mal zwei Meilen entfernt.

Er wusste nicht genau, wie lange er warten musste – es konnten zehn Minuten sein oder zehn Stunden –, aber das spielte keine Rolle. Er war hochmotiviert. So motiviert, wie er noch nie zuvor im Leben gewesen war. Nein, das stimmte so nicht ganz: Da hatte es dieses eine andere Mal gegeben.

Der Morgen war diesig, überall lag noch Tau, und in dem dunklen Jagdschirm kam ihm die Luft stehend und tot vor. Umso besser. Erneut betupfte er seine Schläfen. Insekten summten schläfrig; er konnte das unruhige Piepsen und Schnattern von Wühlmäusen hören. Irgendwo in der Nähe musste ein Nest sein. In letzter Zeit schienen die verdammten Dinger überall in den Sümpfen des tiefgelegenen Flachlands zu sein, gierig wie Laborkaninchen und fast so zahm.

Er nahm noch einen Schluck Wasser und überprüfte erneut die 40 XS. Das Zweibein hatte einen sicheren Stand und war eingerastet. Behutsam löste er den Kammerverschluss, überprüfte, ob die 308-Winchester gut im Patronenlager lag, und spannte wieder den Schlagbolzen. Wie die meisten aktiven Scharfschützen zog er die Stabilität und Treffgenauigkeit eines Repetierers vor. Er hatte drei Extra-Patronen im Magazin, für alle Fälle,

aber Sinn und Zweck eines Präzisions-Waffensystems war, den ersten Schuss zählen zu lassen, und sein Plan sah eigentlich nicht vor, die anderen einzusetzen.
Am wichtigsten war sein Leupold Mark 4 M1-Zielfernrohr für den Langstreckenbereich. Er schaute hindurch und zielte mit dem Leuchtpunkt erst auf die Eingangstür des Plantagenhauses, dann auf den Kiesweg, dann auf den Rolls-Royce selbst. Sechshundertfünfzig Meter, vielleicht sechshundertneunzig. Ein Schuss, ein Abschuss.
Als er auf das große Auto blickte, spürte er, dass sein Herzschlag sich leicht beschleunigte. Erneut ging er den Plan im Kopf durch. Er würde warten, bis die Zielperson hinter dem Steuer saß und der Motor lief. Das Automobil würde über die halbkreisförmige Auffahrt rollen und kurz anhalten, bevor es auf die Straße fuhr. In diesem Moment würde er den Schuss abgeben.
Er lag absolut still und zwang sein Herz, wieder langsamer zu schlagen. Er durfte sich keine Aufregung gestatten; eigentlich durfte er nicht zulassen, dass irgendeine Emotion – Ungeduld, Wut, Furcht – ihn ablenkte. Er musste vollkommen ruhig sein. Das hatte ihm schon zuvor gute Dienste geleistet, unter Umständen, die gefährlicher waren als diese. Er drückte das Auge fest ans Zielfernrohr, sein Finger ruhte leicht auf dem Abzugsbügel. Erneut rief er sich in Erinnerung, dass dies ein Auftrag war. Es war am besten, es so zu sehen. Wenn er diesen letzten Job noch erledigte, war er damit fertig, und diesmal ein für alle Mal …
Wie zur Belohnung für seine Selbstdisziplin öffnete sich die Tür des Plantagenhauses, und ein Mann trat heraus. Er hielt die Luft an. Es war nicht seine Zielperson, sondern der andere, der Polizist. Langsam – so langsam, dass er sich kaum zu bewegen schien –, wanderte sein Finger vom Abzugsbügel zum Abzug; er hatte das Abzugsgewicht federleicht eingestellt. Der stämmige Mann blieb auf der breiten Veranda stehen und schaute sich

um, durchaus ein wenig wachsam. Der Schütze zuckte mit keiner Wimper. Seine Tarnung war perfekt, das wusste er. Jetzt erschien die Zielperson aus dem düsteren Inneren des Hauses, und gemeinsam gingen die beiden über die Veranda und stiegen die Stufen zur Kiesauffahrt hinab. Der Schütze folgte ihnen mit dem Zielfernrohr, den Leuchtpunkt des Fadenkreuzes auf den Kopf der Zielperson gerichtet. Er zwang sich, nicht vorzeitig zu schießen. Sein Plan war gut, und er sollte dabei bleiben. Die beiden gingen schnell, offenbar hatten sie es eilig, irgendwo hinzukommen. *Bleib bei deinem Plan.*

Durch das Fadenkreuz des Zielfernrohrs beobachtete er, wie die beiden Männer sich dem Auto näherten, die Türen öffneten, einstiegen. Wie erwartet setzte sich die Zielperson ans Steuer, ließ den Motor an, drehte sich zu ihrem Begleiter um, sagte ein paar Worte und ließ dann den Wagen auf die Auffahrt rollen. Der Schütze beobachtete alles genau, ließ den Atem ausströmen und zwang sein Herz, noch langsamer zu schlagen. Er würde den Schuss zwischen zwei Herzschlägen auslösen.

Der Rolls nahm die leichte Kurve der Kiesauffahrt mit etwa 25 Stundenkilometern und verlangsamte die Fahrt, als er sich der Kreuzung mit der Straße näherte. *Jetzt*, dachte der Schütze. All die Vorbereitungen, Disziplin und langjährige Erfahrung flossen in diesem einen Augenblick der Vollendung zusammen. Die Zielperson war in Position. Langsam erhöhte er den Druck auf den Abzug, kein festes Drücken, sondern ein weiches Liebkosen, weiter, noch ein wenig weiter …

Genau in diesem Moment lief – überrascht quiekend, gefolgt von heftigem Gezappel – eine graubraune Wühlmaus über die Knöchel seiner Abzugshand. Gleichzeitig schien ein großer gezackter Schatten, schwarz gegen das Schwarz, rasch über die Baumfalle zu gleiten.

Die Remington ging mit einem Knall los, der Schütze spürte einen leichten Rückstoß. Fluchend fegte er die zappelnde

Wühlmaus beiseite, spähte rasch durch das Zielfernrohr und repetierte. Er konnte das Loch in der Windschutzscheibe erkennen, etwa fünfzehn Zentimeter über und links von der anvisierten Stelle. Der Rolls hatte Fahrt aufgenommen, er entkam, die Reifen drehten durch, als der Rolls die Kurve schnitt, Kies spritzte auf, ein Sturm von Weiß; darauf bedacht, nicht in Panik zu geraten, folgte der Schütze dem Wagen mit dem Zielfernrohr, wartete auf den Herzschlag, übte Druck auf den Abzug aus.

Aber noch während er das tat, sah er heftige Aktivität im Wageninnern. Der stämmige Mann machte einen Satz nach vorn, griff nach dem Steuer und füllte mit seiner massigen Gestalt die Windschutzscheibe aus. Im selben Moment feuerte das Gewehr erneut. Der Rolls geriet ins Schleudern und kam in einem seltsamen Winkel zum Stehen, quer über der Straße. Eine dreieckige Fläche aus Blut bedeckte die Innenseite der Windschutzscheibe und verdeckte die Sicht auf das, was drinnen vorging.

Wen hatte er da getroffen?

Noch während er hinschaute, sah er eine kleine Rauchwolke aus dem Fahrzeug kommen, gefolgt vom Krachen eines Schusses. Eine Millisekunde später pfiff eine Kugel durchs Gebüsch, keinen Meter von seinem Versteck entfernt. Ein zweiter Schuss, und der traf den Nissan unter metallischem Klirren.

Augenblicklich rollte sich der Schütze nach hinten und warf sich von der Pritschenfläche ins Fahrerhaus. Als eine neue Kugel vorbeipfiff, ließ er den Motor an, warf das Gewehr auf den Beifahrersitz, wo bereits eine andere Waffe lag, eine Schrotflinte, die Doppelläufe kurz abgesägt, die mit einem kunstvoll geschnitzten Kolben aus schwarzem Holz aufwartete. Mit knirschenden Gängen und quietschenden Reifen bretterte er den alten Holzfällerweg herunter. Hinter ihm stieg eine Wolke aus Moos und Staub auf.

Er bog ab, bog erneut ab und beschleunigte trotz des schlechten Zustands der Fahrspur auf knapp 100 Stundenkilometer. Seine Waffen rutschten zu ihm hinüber, er schob sie zurück und warf eine rote Decke darüber. Noch eine Abzweigung, noch ein Quietschen von Reifen, und er konnte die Straße vor sich sehen. Erst jetzt, das sichere Entkommen in Sicht, erlaubte er sich, seiner Frustration und Enttäuschung freien Lauf zu lassen.

»Verdammt!«, brüllte Judson Esterhazy und schlug mehrmals mit der Faust aufs Armaturenbrett. »Zum Teufel noch mal! Was für eine gottverdammte Scheiße!«

42

New York City

Dr. John Felder ging, einen begleitenden Wachmann neben sich, den langen, kühlen Flur der geschlossenen Abteilung des Bellevue hinunter. Felder, klein, schlank und elegant, war sich durchaus bewusst, wie sehr er sich mit seiner äußeren Erscheinung von der allgemeinen Verwahrlosung und dem kontrollierten Chaos der Station abhob. Es würde sein zweites Gespräch mit der Patientin sein. Im ersten Gespräch hatte er die Grundlagen abgeklärt, alle obligatorischen Fragen gestellt, sich die obligatorischen Notizen gemacht. Er hatte genug getan, um seiner Verantwortung als vom Gericht bestallter psychiatrischer Sachverständiger gerecht zu werden und sein Gutachten vorzulegen. Und in der Tat war er zu einem eindeutigen Schluss gelangt: Die Frau war unfähig, zwischen Richtig und Falsch zu unterscheiden und daher für ihre Handlungen nicht verantwortlich.

Und trotzdem war er zutiefst unzufrieden. Er war schon an vielen ungewöhnlichen Fällen beteiligt gewesen. Er hatte Dinge gesehen, die sehr wenige Ärzte je gesehen hatten; er hatte außerordentliche Erscheinungsformen krimineller Pathologie untersucht. Aber so etwas war ihm noch nie begegnet. Vielleicht zum ersten Mal in seiner Berufslaufbahn hatte er das Gefühl, dem rätselhaften Kern der Psyche eines Patienten nicht nahegekommen zu sein – nicht einmal andeutungsweise.

Normalerweise würde das wenig Unterschied im bürokratischen Ablauf der Dinge machen. Theoretisch betrachtet war seine Arbeit erledigt. Trotzdem hatte er sein Gutachten noch nicht vorgelegt, mit der Begründung, dass eine weitere Beurteilung notwendig sei. Das verschaffte ihm die Gelegenheit, noch einmal mit der Patientin zu sprechen. Und diesmal, entschied er, würde er ein richtiges Gespräch mit ihr führen. Eine ganz normale Unterhaltung zwischen zwei Menschen – nicht mehr und nicht weniger.

Er bog um eine Ecke und setzte seinen Weg durch die endlosen Krankenhausflure fort. Der Lärm, die Schreie, die Gerüche und Geräusche der geschlossenen Abteilung drangen kaum in sein Bewusstsein vor, so intensiv dachte er über die Geheimnisse des Falls nach. Da war zunächst einmal die Frage nach der Identität der jungen Frau. Trotz gewissenhafter Suche war das Gericht nicht in der Lage gewesen, eine Geburtsurkunde, eine Sozialversicherungsnummer oder irgendwelche anderen Papiere aufzutreiben, die die Existenz der Frau belegten, abgesehen von ein paar vornehmen und absichtlich vagen Unterlagen des Feversham Instituts in Putnam County. Der britische Pass, der in ihrem Besitz gefunden worden war, war zwar durchaus echt, allerdings hatte sie ihn durch ein außerordentlich geschicktes Betrugsmanöver von einem kleinen britischen Konsulatsangestellten in Boston erhalten. Es war, als wäre sie voll ausgebildet auf der Erde erschienen, wie Athene aus dem Kopf des Zeus.

Seine Schritte hallten auf den langen Fluren wider, während er versuchte, vorab nicht zu viel über das nachzudenken, was er fragen würde. Einer offiziellen Befragung war es nicht gelungen, die Undurchsichtigkeit der Patientin zu durchdringen, vielleicht versprach ein spontanes Gespräch ja mehr Erfolg.

Felder bog um eine letzte Ecke und war im Besuchszimmer angekommen. Der diensthabende Wachmann sperrte die graue Metalltür mit Guckloch auf und führte ihn in einen kleinen, kargen, aber nicht gänzlich unerfreulichen Raum, der mehrere Stühle, einen Couchtisch, Zeitschriften, eine Lampe und eine Spionglaswand beherbergte. Die Patientin war bereits anwesend und saß neben einem Polizisten. Beide erhoben sich, als Felder eintrat.

»Guten Tag, Constance«, sagte er knapp. »Officer, Sie können ihr die Handschellen abnehmen.«

»Dafür brauche ich die richterliche Anordnung, Doktor.«

Felder setzte sich, klappte seine Aktenmappe auf, entnahm ihr das Dokument und reichte es dem Polizisten. Der überflog es, brummte seine Zustimmung, erhob sich, nahm der Gefangenen die Handschellen ab und hängte sie an seinen Gürtel.

»Ich warte draußen. Falls Sie mich brauchen, drücken Sie einfach auf den Knopf.«

»Danke.«

Kaum hatte der Polizist den Raum verlassen, wandte Felder seine Aufmerksamkeit der Patientin Constance Greene zu. Sie stand sittsam vor ihm, in einem schlichten Gefängnis-Overall, die Hände vor dem Bauch gefaltet. Wieder verblüfften ihn ihre Haltung und ihre bemerkenswerte Erscheinung.

»Constance, wie geht es Ihnen? Aber nehmen Sie doch bitte Platz.«

Sie setzte sich. »Es geht mir gut, Doktor. Und Ihnen?«

»Gut, danke.« Er lächelte, lehnte sich zurück und schlug die Beine übereinander. »Es freut mich, dass wir Gelegenheit haben, noch einmal miteinander zu sprechen. Ich wollte nur noch ein paar Punkte durchgehen, der Vollständigkeit halber. Geht es in Ordnung, wenn wir uns kurz unterhalten?«

»Sicher.«

»Sehr gut. Ich hoffe, ich erscheine Ihnen nicht allzu neugierig. Vielleicht könnte man es eine Berufskrankheit nennen. Ich kann offenbar nicht abschalten, nicht mal, wenn meine Arbeit im Grunde getan ist. Sie sagten, Sie wurden in der Water Street geboren?«

Sie nickte.

»Eine Hausgeburt?«

Wieder ein Nicken.

Er zog seine Notizen zu Rate. »Eine Schwester, Mary Greene. Ein Bruder, Joseph. Mutter Chastity Greene, Vater Horace Greene. Ist das so weit richtig?«

»Voll und ganz.«

Voll und ganz. Ihre Sprechweise war so … merkwürdig. »Wann wurden Sie geboren?«

»Ich kann mich nicht erinnern.«

»Nun, natürlich können Sie sich nicht *erinnern*, aber sicher kennen Sie doch Ihr Geburtsdatum?«

»Ich fürchte, nein.«

»Das muss so gegen Ende der achtziger Jahre gewesen sein.«

Der Anflug eines Lächelns huschte über ihr Gesicht und war fast schon wieder verschwunden, ehe Felder es registrierte. »Wohl eher Anfang der siebziger Jahre, glaube ich.«

»Aber Sie sagen doch, dass Sie erst dreiundzwanzig sind.«

»Mehr oder weniger. Wie bereits erwähnt, kann ich den genauen Zeitpunkt meiner Geburt nicht angeben.«

Er räusperte sich leise. »Constance, wissen Sie, dass es keinerlei Beweise dafür gibt, dass Ihre Familie je in der Water Street gewohnt hat?«

»Vielleicht waren Ihre Recherchen nicht gründlich genug.«

Er beugte sich vor. »Gibt es irgendeinen Grund, weshalb Sie die Wahrheit vor mir verbergen? Bitte vergessen Sie nicht: Ich bin nur hier, um Ihnen zu helfen.«

Schweigen. Er schaute in ihre violetten Augen, auf dieses junge, schöne Gesicht, perfekt eingerahmt von dem kastanienbraunen Haar, den unverkennbaren Ausdruck, an den er sich von ihrer ersten Begegnung her erinnerte: Hochmut, gelassene Überlegenheit, vielleicht sogar Geringschätzung. Sie hatte das Auftreten einer ... ja, was? Einer Königin? Nein, das traf es nicht so ganz. So jemandem war Felder noch nie begegnet.

Er legte seine Notizen beiseite und versuchte, sich ganz zwanglos zu geben. »Wie ist es eigentlich dazu gekommen, dass Sie Mr. Pendergasts Mündel wurden?«

»Als meine Eltern und meine Schwester starben, war ich verwaist und obdachlos. Mr. Pendergasts Haus am Riverside Drive war«, eine Pause, »damals im Besitz eines gewissen Leng. Schließlich wurde es ... frei. Ich habe dort gewohnt.«

»Warum ausgerechnet dort?«

»Es war groß, bequem und bot viele Verstecke. Und es gab eine reichhaltige Bibliothek. Als Mr. Pendergast das Haus erbte, entdeckte er mich dort und wurde mein gesetzlicher Vormund.«

Pendergast. Der Name war kurz in den Zeitungen aufgetaucht, in Verbindung mit Constances Verbrechen. Der Mann hatte jeden Kommentar abgelehnt. »Warum wurde er Ihr Vormund?«

»Aus Schuldgefühl.«

Schweigen. Felder räusperte sich. »Aus Schuldgefühl? Warum sagen Sie das?«

Sie schwieg.

»War Mr. Pendergast vielleicht der Vater Ihres Kindes?«

Jetzt aber erwiderte sie mit ganz außergewöhnlicher Ruhe: »Nein.«

»Und was für eine Rolle spielten Sie im Pendergastschen Haushalt?«
»Ich war seine Amanuensis. Ich habe Recherchen für ihn durchgeführt. Er fand meine Sprachkenntnisse nützlich.«
»Sprachkenntnisse? Wie viele Sprachen sprechen Sie?«
»Keine außer Englisch. Latein, Altgriechisch, Französisch, Italienisch, Spanisch und Deutsch kann ich allerdings fließend lesen und schreiben.«
»Interessant. Sie müssen eine sehr begabte Schülerin gewesen sein. Wo sind Sie zur Schule gegangen?«
»Ich habe es mir selbst angeeignet.«
»Sie meinen, Sie sind Autodidaktin?«
»Ich meine, ich habe es mir selbst angeeignet.«
War denn so etwas überhaupt möglich?, fragte sich Felder. Konnte ein Mensch in der heutigen Zeit in der Stadt New York geboren werden und aufwachsen, ohne irgendwelche Spuren zu hinterlassen? Dieser informelle Ansatz führte zu nichts. Höchste Zeit, etwas direkter zu werden, ein wenig Druck auszuüben. »Wie ist Ihre Schwester gestorben?«
»Sie wurde von einem Serienmörder umgebracht.«
Felder schwieg kurz. »Ist der Fall aktenkundig? Wurde der Serienmörder gefasst?«
»Nein und nein.«
»Und Ihre Eltern? Was ist mit denen passiert?«
»Sie sind beide an Schwindsucht gestorben.«
Felder fühlte sich ermutigt. Das würde leicht nachzuprüfen sein, denn sämtliche Tuberkulosefälle in der Stadt New York wurden genauestens dokumentiert. »In welchem Krankenhaus sind Ihre Eltern gestorben?«
»In keinem. Ich weiß nicht, wo mein Vater starb. Ich weiß, dass meine Mutter auf der Straße starb und auf dem Armenfriedhof auf Hart Island begraben wurde.«
Sie blieb sitzen, faltete die Hände im Schoß. Felder empfand

wachsende Frustration. »Kommen wir noch mal auf Ihre Geburt zurück. Sie können sich nicht einmal erinnern, in welchem Jahr Sie geboren wurden?«

»Nein.«

Felder seufzte. »Ich würde Ihnen gern ein paar Fragen zu Ihrem Baby stellen.«

Sie blieb stumm.

»Sie sagen, Sie hätten Ihr Baby über Bord des Schiffs geworfen, weil es böse war. Woher wussten Sie, dass es böse war?«

»Sein Vater war böse.«

»Sind Sie bereit, mir zu sagen, wer der Vater war?«

Keine Antwort.

»Sie glauben also, dass das Böse erblich ist?«

»Es gibt Reihen, Ansammlungen von Genen im menschlichen Genom, die eindeutig zu kriminellem Verhalten beitragen, und diese Ansammlungen sind erblich. Sie haben doch sicher die jüngsten Forschungen zur Dunklen Triade menschlicher Verhaltensweisen verfolgt?«

Felder war vertraut mit den Forschungsergebnissen und höchst verwundert über die Klarheit und Fundiertheit ihrer Entgegnung.

»Also haben Sie es als notwendig erachtet, die Gene Ihres Babys aus dem Genpool zu entfernen, indem Sie es in den Atlantik warfen?«

»Das ist richtig.«

»Und der Vater? Ist er noch am Leben?«

»Er ist tot.«

»Wie ist er gestorben?«

»Er wurde in eine pyroklastische Welle gestürzt.«

»Er wurde … was bitte?«

»Das ist ein geologischer Fachbegriff. Er fiel in einen Vulkan.«

Es dauerte eine Weile, bis er ihre Aussage verarbeitet hatte. »War er Geologe?«

Keine Antwort. Es war zum Verrücktwerden, sie drehten sich im Kreis und kamen nirgendwohin.
»Sie sagten ›wurde gestürzt‹. Wollen Sie damit andeuten, dass er gestoßen wurde?«
Wieder kam keine Antwort. Das war ganz offensichtlich eine wilde Phantasievorstellung, es lohnte nicht, sie weiterzuverfolgen oder die Patientin darin zu bestärken.
Felder wechselte das Thema. »Constance, als Sie Ihr Baby über Bord warfen, wussten Sie da, dass Sie ein Verbrechen begingen?«
»Natürlich.«
»Haben Sie die Konsequenzen bedacht?«
»Ja.«
»Sie wussten also, dass es moralisch falsch war, Ihr Baby zu töten.«
»Im Gegenteil. Es war nicht nur richtig, es zu tun, es war die einzige Möglichkeit.«
»Und warum?«
Auf die Frage folgte Schweigen. Mit einem Seufzer und dem Gefühl, als hätte er ein Netz in der Dunkelheit ausgeworfen, griff Dr. John Felder nach seinem Notizbuch und erhob sich.
»Vielen Dank, Constance. Unsere Zeit ist um.«
»Gern geschehen, Dr. Felder.«
Er drückte auf den Knopf. Sofort ging die Tür auf, der Polizist kam herein.
»Ich bin hier fertig«, sagte Felder. Dann wandte er sich an Constance Greene und hörte sich fast wider Willen sagen: »In ein paar Tagen werden wir eine erneute Sitzung haben.«
»Es wird mir ein Vergnügen sein.«
Während Felder über die langen Gänge der geschlossenen Abteilung ging, überlegte er, ob seine ursprüngliche Meinung wohl korrekt gewesen war. Die Frau war psychisch krank, das stand fest, aber war sie wirklich wahnsinnig – wahnsinnig im

juristischen Sinn? Wenn man bei ihr alles entfernte, was an einem Menschen geistig gesund war, alles, was vorhersagbar war, was normal war – was blieb dann? Nichts.
Und genauso lagen die Dinge, was ihre Identität betraf.

43

Baton Rouge

Absichtlich mit festen, gleichmäßigen Schritten marschierte Laura Hayward über den Flur im ersten Stock des Allgemeinen Krankenhauses von Baton Rouge. Sie hatte alles unter Kontrolle, Atmung, Gesichtsausdruck, Körpersprache. Alles. Bevor sie New York verließ, hatte sie Jeans und ein Polohemd angezogen, sie trug die Haare offen, die Uniform hatte sie zu Hause gelassen. Sie war als Privatperson hier, nicht mehr und nicht weniger.
Ärzte, Schwestern und andere Krankenhausangestellte glitten schemenhaft an ihr vorbei, als sie auf die Doppeltüren zusteuerte, die in die Chirurgie führten. Sie schob sich hindurch und achtete darauf, ihre Schritte langsam und fest zu halten. Die Aufnahme lag zu ihrer Rechten, aber sie ging daran vorbei und ignorierte das höfliche »Kann ich Ihnen helfen?« der Krankenschwester. Sie ging geradewegs ins Wartezimmer, an dessen hinterem Ende sie eine einsame Gestalt sitzen sah, die sich erhob und einen Schritt auf sie zutat, das Gesicht ernst, fast grimmig, einen Arm ausgestreckt.
Sie trat zu ihm, hob mit einer geschmeidigen Bewegung den rechten Arm, holte aus und versetzte ihm einen Schlag. »Scheißkerl!«
Er taumelte rückwärts, machte aber keine Anstalten, sich zu verteidigen. Sie schlug ihn erneut ins Gesicht.

»Egoistischer, arroganter Scheißkerl! Nicht nur, dass Sie fast seine Karriere zerstört hätten. Jetzt haben Sie ihn auch noch umgebracht, Sie Arschloch!«

Sie holte ein drittes Mal aus. Diesmal jedoch umfasste er ihren Arm mit einem Griff wie ein Schraubstock, zog sie zu sich heran, drehte sie um und drückte ihr sanft, aber fest die Arme an die Seite. Sie kämpfte kurz gegen ihn an. Und dann spürte sie, wie ihr Zorn, der ganze Hass in sich zusammenfiel, ebenso schnell, wie er in ihr aufgestiegen war. Sie sackte in Pendergasts Griff zusammen, völlig ausgelaugt. Er half ihr zu einem Stuhl. Vage nahm sie wahr, dass es irgendwo einen Aufruhr gab, Schritte, Rufe. Als sie aufblickte, wurde sie umringt von drei Wachmännern, die verschiedenste widersprüchliche Fragen und Befehle blafften, während die Aufnahmeschwester mit vor den Mund gelegten Händen hinter ihnen stand.

Pendergast stand auf, zückte sein Mäppchen mit dem Dienstausweis und hielt es ihnen hin. »Ich kümmere mich darum. Kein Grund zur Aufregung.«

»Aber es hat einen tätlichen Angriff gegeben«, sagte einer der Wachleute. »Sir, Sie bluten.«

Pendergast trat einen aggressiven Schritt vor. »Ich sagte, ich kümmere mich darum. Ich danke Ihnen und Ihren Kollegen für die prompte Reaktion, einen schönen Abend noch.«

Nach einem kurzen Moment der Verwirrung entfernten sich die Wachleute, ließen aber einen Mann zurück, der neben der Tür des Wartezimmers Aufstellung nahm, die Arme vor der Brust verschränkte und Hayward misstrauisch im Auge behielt.

Pendergast setzte sich neben sie. »Er wird schon seit Stunden operiert. Offenbar ist es sehr ernst. Ich habe darum gebeten, über seinen Zustand informiert zu werden, sobald es irgendetwas zu – ah, da ist ja einer der Chirurgen.«

Ein Arzt betrat mit ernster Miene das Wartezimmer. Er schaute von Hayward zu Pendergast, dessen Gesicht blutete, enthielt sich aber jeglichen Kommentars. »Special Agent Pendergast?«

»Ja. Und das ist Captain Hayward von der New Yorker Polizei, eine enge Freundin des Patienten. Sie können mit uns beiden ganz frei sprechen.«

»Verstehe.« Der Arzt nickte und zog ein Klemmbrett zu Rate, das er in der Hand hielt. »Die Kugel ist schräg von hinten eingetreten und hat das Herz gestreift, bevor sie in einer Rippe steckenblieb.«

»Das Herz?«, fragte Hayward. Nach einer Weile gelang es ihr, sich zu sammeln und ihre Gedanken zu ordnen.

»Unter anderem wurde die Aortenklappe teilweise zerstört und die Blutzufuhr zu einem Teil des Herzens blockiert. Im Augenblick versuchen wir, die Klappe wieder zu flicken, damit das Herz weiterschlägt.«

»Wie hoch sind die … Überlebenschancen?«, fragte sie.

Der Arzt zögerte. »Jeder Fall ist anders. Positiv ist, dass der Patient nicht allzu viel Blut verloren hat. Wenn die Kugel auch nur einen halben Millimeter weiter links eingedrungen wäre, hätte es die Aorta zerrissen. Allerdings wurden auch so gravierende Schäden am Herzen angerichtet. Aber sollte die Operation erfolgreich verlaufen, hat er ausgezeichnete Chancen, wieder ganz gesund zu werden.«

»Hören Sie«, sagte Hayward. »Ich bin Polizistin. Mir gegenüber müssen Sie nicht um den heißen Brei herumreden. Ich will wissen, wie seine Überlebenschancen stehen.«

Der Chirurg schaute sie aus blassen, verwaschenen Augen an. »Es ist eine schwierige, komplizierte Operation. Ein Team der besten Chirurgen von Louisiana tut gerade in diesem Augenblick sein Möglichstes. Aber sogar unter den günstigsten Umständen … ein gesunder Patient, keine Komplikationen … also, die Operation verläuft nicht oft erfolgreich. Es ist wie der

Versuch, den Motor eines Autos zu reparieren – während er läuft.«
»Nicht oft?« Plötzlich fühlte sie sich ganz elend. »Was genau heißt das?«
»Ich weiß nicht, ob es da irgendwelche Studien gibt, aber als Chirurg würde ich die Wahrscheinlichkeit eines erfolgreichen Verlaufs bei fünf Prozent ansetzen ... oder weniger.«
Es folgte ein langes Schweigen. *Fünf Prozent oder weniger.*
»Wie steht's mit einer Herztransplantation?«
»Wenn wir ein passendes, funktionsfähiges Herz zur Verfügung hätten, wäre das eine Möglichkeit. Aber wir haben keins.«
Hayward tastete blind nach der Lehne des Stuhls und sank darauf nieder.
»Hat Mr. D'Agosta irgendwelche Verwandte, die wir benachrichtigen sollten?«
Hayward antwortete nicht sofort. Schließlich sagte sie: »Eine Ex-Frau und einen Sohn ... in Kanada. Sonst gibt es niemanden. Und es heißt Lieutenant D'Agosta.«
»Ich bitte um Verzeihung. Jetzt müssen Sie mich entschuldigen, ich muss in den OP zurück. Die Operation wird mindestens noch acht Stunden dauern, sofern alles gut verläuft. Sie können gerne hierbleiben, aber ich bezweifle, dass es vorher etwas Neues zu berichten gibt.«
Hayward nickte vage. Es fiel ihr schwer, seine Worte zu erfassen. Sie schien jede Fähigkeit zur rationalen Reflexion eingebüßt zu haben.
Sie spürte die leichte Berührung des Arztes an der Schulter. »Dürfte ich fragen, ob der Lieutenant religiös ist?«
Sie versuchte, sich auf die Frage zu konzentrieren, und nickte. »Er ist katholisch.«
»Hätten Sie gern, dass ich den Krankenhauspfarrer bitte, zu Ihnen zu kommen?«

»Den Priester?« Sie schaute Pendergast an, unsicher, was sie darauf antworten sollte.

»Ja«, sagte Pendergast. »Es wäre schön, wenn der Priester kommt. Wir würden gern mit ihm sprechen. Und in Anbetracht der Umstände sagen Sie ihm bitte, er solle sich darauf vorbereiten, die Letzte Ölung zu erteilen.«

Ein leises Piepen war irgendwo an dem Arzt zu hören, und er langte automatisch hinunter, löste einen Piepser vom Gürtel und schaute darauf. Gleichzeitig erwachte die Lautsprecheranlage zum Leben, und eine besänftigende Frauenstimme ertönte aus einer versteckten Box:

»*Code blau*, OP *zwei-eins. Code blau*, OP *zwei-eins. Codeteam bitte zum* OP *zwei-eins.*«

»Sie entschuldigen mich«, sagte der Chirurg, einen Anflug von Hast in der Stimme. »Ich muss jetzt gehen.«

44

Aus der Lautsprecheranlage ertönte ein abschließendes *bing, bing!*, dann herrschte Stille. Hayward blieb reglos sitzen, plötzlich wie erstarrt. In ihrem Kopf drehte sich alles. Sie brachte es nicht über sich, Pendergast anzusehen oder die Krankenschwestern, sie konnte nur zu Boden starren. Sie konnte an nichts anderes denken als an den Ausdruck in den Augen des Arztes, als er davongeeilt war.

Kurz darauf kam der Priester, eine schwarze Tasche in der Hand, die ihn fast selbst wie einen Arzt wirken ließ, ein kleiner Mann mit weißem Haar und einem sorgsam gestutzten Bart. Mit hellen, vogelähnlichen Augen schaute er von ihr zu Pendergast.

»Ich bin Pater Bell.« Er stellte seine Tasche ab und streckte

seine kleine Hand aus. Hayward nahm sie, aber anstatt ihr die Hand zu schütteln, hielt er sie tröstend umfasst. »Und Sie sind?«
»Captain Hayward. Laura Hayward. Ich bin … eine enge Freundin von Lieutenant D'Agosta.«
Er hob leicht die Augenbrauen. »Sie sind also bei der Polizei?«
»NYPD.«
»Wurde er im Dienst verwundet?«
Hayward zögerte; Pendergast übernahm geschickt das Gespräch. »In gewisser Weise. Ich bin Special Agent Pendergast vom FBI, ein Kollege des Lieutenants.«
Ein knappes Nicken und ein Handschlag. »Ich bin hier, um Lieutenant D'Agosta die Sakramente zu erteilen, insbesondere das Sakrament, das wir Krankensalbung nennen.«
»Krankensalbung«, wiederholte Hayward.
»Früher haben wir es die Letzte Ölung genannt, aber das war stets eine wenig zutreffende und ungenaue Bezeichnung. Schauen Sie, es ist ein Sakrament für die Lebenden, nicht für die Sterbenden, und es ist ein heilendes Sakrament.« Seine Stimme war hell und melodisch.
Hayward neigte den Kopf und schluckte.
»Ich hoffe, es stört Sie nicht, wenn ich etwas ausführlicher darauf eingehe. Meine Anwesenheit kann manchmal ein wenig beunruhigend wirken. Die Leute glauben, dass ich nur gerufen werde, wenn jemand im Sterben liegt, was aber nicht der Fall ist.«
Hayward war zwar nicht katholisch, empfand seine Direktheit aber trotzdem als beruhigend. »Dieser Code, den wir da gerade gehört haben.« Sie verstummte kurz. »Bedeutet das …?«
»Der Lieutenant wird von einem Team hervorragender Ärzte operiert. Wenn es einen Weg gibt, ihn da rauszuholen, werden sie ihn finden. Wenn nicht, wird Gottes Wille geschehen. Also,

was meinen Sie, gibt es irgendeinen Grund, weshalb der Lieutenant wünschen könnte, dass ich ihm die Sakramente nicht erteile?«

»Er ist, ehrlich gesagt, kein praktizierender Katholik …« Hayward zögerte. Sie konnte sich nicht erinnern, wann Vinnie zum letzen Mal in die Kirche gegangen war. Aber etwas an der Vorstellung, den Priester bei ihm zu wissen, schien tröstlich, und sie spürte, dass Vinnie es zu schätzen wissen würde. »Ich würde sagen, ja, tun Sie es. Ich glaube, Vincent würde zustimmen.«

»Sehr schön.« Der Priester drückte ihre Hand. »Gibt es noch etwas, das ich für einen von Ihnen tun kann? Irgendwelche Erledigungen? Anrufe?« Er hielt kurz inne. »Eine Beichte? Wir haben eine Kapelle hier im Krankenhaus.«

»Nein, danke«, sagte Hayward. Sie warf einen Blick auf Pendergast, aber der schwieg.

Pater Bell nickte ihnen beiden zu, griff nach seiner schwarzen Tasche und steuerte mit schnellen, sicheren Schritten, vielleicht sogar mit einem leichten Anflug von Eile, auf die Operationssäle zu.

Sie vergrub das Gesicht in den Händen. Fünf Prozent oder weniger. Eins zu zwanzig. Das kurze Gefühl von Trost, das der Priester ihr vermittelt hatte, löste sich auf. Sie sollte sich besser an den Gedanken gewöhnen, dass Vinnie es nicht schaffen würde. Es war so sinnlos, eine solche Vergeudung eines Menschenlebens. Er war noch nicht mal fünfundvierzig. Erinnerungen stiegen in ihr auf, zersplittert, quälend, die schlechten Erinnerungen peinigend, die guten Erinnerungen sogar noch schlimmer.

Irgendwo im Hintergrund hörte sie Pendergasts Stimme. »Ich möchte gern, dass Sie eines wissen, falls es schlecht ausgeht: Vincent hat sein Leben nicht weggeworfen.«

Sie blickte durch die Finger auf den leeren Krankenhausflur, dorthin, wo der Priester verschwunden war, und schwieg.

»Captain. Ein Polizist riskiert jeden Tag sein Leben. Er kann jederzeit den Tod finden, überall, wegen allem und jedem. Beim Schlichten eines häuslichen Streits, beim Abwehren eines Terrorangriffs. Jeder Tod im Dienst ist ehrenhaft. Und Vincent war mit der ehrenhaftesten Aufgabe befasst, die es gibt, dem Wiedergutmachen eines Unrechts. Seine Bemühungen waren ausschlaggebend für das Lösen dieses Mordfalls, absolut entscheidend.«

Hayward antwortete nicht. Sie dachte wieder an den Code. Das war vor einer Viertelstunde gewesen. Vielleicht, dachte sie, war der Priester bereits zu spät gekommen.

45

South Mountain, Georgia

Der Wanderweg führte aus dem Wald heraus und hinauf zum Berggipfel. Judson Esterhazy blieb am Rand der offenen Wiese stehen, gerade noch rechtzeitig, um zu sehen, wie die Sonne über den kieferbestandenen Hügelketten unterging und den diesigen Abend in ein rotes Glühen tauchte. In der Ferne schimmerte ein See weißgolden im letzten Tageslicht.

Er legte eine kurze Pause ein, obwohl er nicht schwer atmete. Dieser sogenannte Berg war nur dem Namen nach einer, es war eher ein Hügel als irgendwas sonst. Der Gipfel war lang und schmal, ein Höhenrücken, bedeckt mit hohem Gras. Auf einer kahlen Erhebung aus Granit standen die Überreste eines Feuerturms.

Esterhazy blickte sich um. Der Gipfel war menschenleer. Er trat aus dem Schatten der gelben Kiefern heraus und ging über den überwucherten Pfad auf den hochaufragenden Feuerturm zu. Dort angekommen, lehnte er sich an eine der verrosteten Metallstreben, fummelte in seiner Tasche herum und zog seine Pfeife und einen Tabaksbeutel hervor. Er schob den Pfeifenkopf in den Beutel, füllte ihn und stopfte den Latakia-Tabak mit dem Daumen fest, wobei ihm der Duft in die Nase stieg. Als die Pfeife zu seiner Befriedigung gestopft war, wischte er ein paar Tabakfasern ab, drückte den Tabak noch einmal fest, zog ein Feuerzeug aus der Tasche und führte die Flamme mit leichten, gleichmäßigen Bewegungen über den Pfeifenkopf.

Der blaue Rauch trieb im Zwielicht davon. Während er rauchte, sah Esterhazy eine Gestalt am anderen Ende des Feldes auftauchen, dort, wo der südliche Weg endete. Es gab verschiedene Wanderwege, die auf den South Mountain hinaufführten, alle von unterschiedlichen Straßen und aus anderen Himmelsrichtungen.

Der Duft des teuren Tabaks, die beruhigende Wirkung des Nikotins, das tröstliche Ritual, all das besänftigte seine Nerven. Er verfolgte nicht, wie die Gestalt näher kam, sondern hielt den Blick nach Westen gerichtet, auf das diffuse orangerote Glühen über den Bergen, wo vor wenigen Augenblicken noch die Sonne gewesen war. Er hielt den Blick darauf gerichtet, bis er Stiefel durchs Gras rascheln und das schwache Zischen eines Atems hörte. Dann drehte er sich zu dem Mann um – einem Mann, den er seit zehn Jahren nicht mehr gesehen hatte. Er hatte sich kaum verändert: ein Anflug von Hängebacken, etwas gelichtetes Haar, aber ansonsten kräftig und sehnig wie eh und je. Der Mann trug teure Sumpfstiefel und ein Chambray-Hemd.

»Guten Abend«, sagte der Mann.

Esterhazy nahm die Pfeife aus dem Mund und hob sie grüßend. »Hallo, Mike«, entgegnete er.

Der Mann stand vor dem Abendrot, weswegen seine Züge

undeutlich blieben. »Also«, begann er, »klingt, als hätten Sie es auf sich genommen, ein kleines Problem zu beseitigen, und was dabei rausgekommen ist, ist ein Riesenschlamassel.«

Esterhazy hatte nicht vor, sich diesen Ton bieten zu lassen, nicht von Michael Ventura. »Nichts, was mit diesem Pendergast zu tun hat, ist ›ein kleines Problem‹«, sagte er schroff. »Es ist genau das eingetreten, wovor wir uns all die Jahre gefürchtet haben. Etwas musste getan werden, und ich habe es getan. Eigentlich wäre das Ihr Job gewesen. Aber Sie hätten es zweifellos noch mehr vermasselt.«

»Unwahrscheinlich. Solche Jobs kann ich am besten.«

Ein langes Schweigen. Esterhazy sog einen dünnen Rauchfaden ein, stieß ihn aus und versuchte, sein inneres Gleichgewicht wiederzufinden.

»Es ist lange her«, sagte Ventura. »Lassen Sie uns nicht mit Misstönen beginnen.«

Esterhazy nickte. »Es ist nur so, dass … Also, ich hatte gedacht, es wäre vorbei. Längst vergessen.«

»Es wird nie vorbei sein. Nicht, solange wir mit Spanish Island zu tun haben.«

Ein Anflug von Besorgnis zog über Esterhazys Gesicht. »Es ist doch alles in Ordnung, oder?«

»So weit, wie man es erwarten kann.«

Wieder Schweigen.

»Hören Sie«, sagte Ventura mit milderer Stimme. »Ich weiß sehr wohl, dass das alles nicht einfach für Sie sein kann. Sie haben ein hohes Opfer gebracht, das höchste, und wir waren Ihnen sehr dankbar dafür.«

Esterhazy sog an seiner Pfeife. »Kommen wir zur Sache.«

»Okay. Also, nur damit ich das richtig verstehe. Statt Pendergast zu töten, haben Sie seinen Partner erledigt.«

»D'Agosta. Ein glücklicher Zufall. Er stellte ein ungelöstes Problem dar. Ich habe mich auch um zwei andere ungelöste

Probleme gekümmert – Blast und Blackletter. Zwei Leute, die man schon längst aus dem Verkehr hätte ziehen sollen.«
Als Antwort spuckte Ventura ins Gras. »Da bin ich anderer Meinung. War ich immer. Blackletter wurde gut für sein Stillschweigen bezahlt. Und Blast ist nur indirekt beteiligt.«
»Trotzdem war er ein ungelöstes Problem.«
Ventura schüttelte nur den Kopf.
»Jetzt ist D'Agostas Freundin hier runtergekommen. Seine Freundin, die zufällig der jüngste Captain im Dezernat für Tötungsdelikte des NYPD ist.«
»Und?«
Esterhazy nahm die Pfeife aus dem Mund und sagte in kühlem Ton: »Mike, Sie haben keine Ahnung, nicht den Hauch einer Vorstellung, wie gefährlich dieser Pendergast ist. Ich kenne ihn gut. Ich musste sofort handeln. Unglücklicherweise ist es mir nicht gelungen, ihn beim ersten Versuch zu töten. Was den zweiten Versuch sehr viel schwieriger machen wird. Entweder er oder wir, das begreifen Sie doch wohl, oder?«
»Was kann er denn schon wissen?«
»Er hat das Schwarzgerahmte gefunden, er weiß von Audubons Krankheit, und irgendwie hat er auch von der Familie Doane erfahren.«
Ein scharfes Luftholen. »Echt? Wie viel weiß er über die Doanes?«
»Schwer zu sagen. Er war in Sunflower. Er hat ihr Haus besucht. Er ist hartnäckig und intelligent. Sie können davon ausgehen, dass er alles weiß – oder bald wissen wird.«
»Scheiße! Wie um alles in der Welt haben die das herausgefunden?«
»Keine Ahnung. Pendergast ist nicht nur ein brillanter Ermittler, er ist auch hochmotiviert – *einzigartig* motiviert.«
Ventura schüttelte den Kopf.
»Und ich hege wenig Zweifel daran, dass er dieser Mordermitt-

lerin mit seinen Verdächtigungen in den Ohren liegt, genau wie er es mit seinem Partner getan hat, diesem D'Agosta. Ich fürchte, es ist nur eine Frage der Zeit, bevor sie unserem gemeinsamen Freund einen Besuch abstatten.«
Es entstand eine Pause. »Glauben Sie, es ist eine offizielle Ermittlung?«
»Scheint nicht so. Ich glaube, sie arbeiten auf eigene Faust. Ich bezweifle, dass noch andere beteiligt sind.«
Ventura dachte einen Augenblick nach, bevor er wieder das Wort ergriff. »Also beenden wir den Job.«
»Genau. Wir machen Pendergast und diesen Captain unschädlich. Sofort. Wir bringen sie alle um.«
»Der Bulle, den Sie getroffen haben, D'Agosta – sind Sie sicher, dass er tot ist?«
»Ich glaube schon. Er hat eine Drei-null-acht im Rücken.«
Judson runzelte die Stirn. »Wenn er nicht aus eigenem Antrieb stirbt, werden wir nachhelfen müssen. Überlassen Sie das mir.«
Ventura nickte. »Ich sorge dafür, dass die anderen bei der Stange bleiben.«
»Machen Sie das. Brauchen Sie Hilfe? Geld?«
»Geld ist die geringste unserer Sorgen. Das wissen Sie.« Und Ventura entfernte sich über die Wiese, auf den rosigen Abendhimmel zu, bis seine dunkle Gestalt im Nadelwald am anderen Ende verschwand.
Judson Esterhazy blieb noch eine Viertelstunde gegen den Feuerturm gelehnt stehen, paffte seine Pfeife und dachte nach. Schließlich klopfte er die Pfeife an der Eisenstrebe aus und steckte sie wieder in die Tasche. Er warf einen letzten Blick auf das schwindende Licht im Westen, drehte sich um und ging den Wanderweg hinunter zur Straße auf der anderen Seite des Berges.

46

Baton Rouge

Wie viel Zeit genau vergangen war – fünf Stunden oder fünfzig –, Laura Hayward hätte es nicht sagen können. Das langsame Verrinnen der Minuten verschmolz mit einer seltsamen Fuge aus Lautsprecherdurchsagen, hektischen, gedämpften Stimmen, dem leisen Piepen medizinischer Apparate. Gelegentlich war Pendergast an ihrer Seite. Manchmal stellte sie fest, dass er fort war. Anfangs wollte sie die Zeit zwingen, so schnell wie möglich zu vergehen. Dann, als das Warten länger wurde, wollte sie nur noch, dass die Zeit langsamer verging. Denn je länger Vincent D'Agosta auf dem OP-Tisch lag, desto geringer war die Chance, dass er überlebte.

Dann – urplötzlich – stand der Chirurg vor ihnen. Sein blauer OP-Kittel war zerknittert, sein Gesicht bleich und abgespannt. Hinter ihm stand Pater Bell.

Beim Anblick des Priesters machte Haywards Herz einen schrecklich großen Satz. Sie hatte gewusst, dass dieser Augenblick kommen musste. Und doch, jetzt, wo es so weit war, wusste sie nicht, ob sie es ertragen würde. *O nein. O nein, nein, nein, nein …* Sie merkte, dass Pendergast ihre Hand nahm.

Der Arzt räusperte sich. »Ich bin gekommen, um Ihnen zu sagen, dass die Operation erfolgreich verlaufen ist. Wir haben sie vor fünfundvierzig Minuten abgeschlossen und den Patienten seitdem intensiv überwacht. Die Zeichen sind vielversprechend.«

»Ich bringe Sie zu ihm«, sagte Pater Bell.

»Nur ganz kurz«, fügte der Arzt hinzu. »Er ist kaum bei Bewusstsein und noch sehr schwach.«

Einen Augenblick saß Hayward reglos, wie betäubt da und versuchte, das Ganze zu begreifen. Pendergast sagte etwas, aber sie verstand nicht, was. Dann spürte sie, wie sie hochgezogen wurde – der FBI-Agent stützte sie auf einer Seite, der Priester auf der anderen –, und dann gingen sie den Krankenhausflur hinunter. Links um die Ecke, rechts um die Ecke, an geschlossenen Türen vorbei und durch Gänge voller Tragbahren und leerer Rollstühle. Durch eine offene Tür kamen sie in einen kleinen Bereich, der von tragbaren Wandschirmen abgeschlossen wurde. Eine Schwester zog einen der Wandschirme beiseite, und da war Vinnie. Angeschlossen an ein Dutzend Apparate, die Augen geschlossen. Schläuche schlängelten sich unter die Bettwäsche: Blutplasma, eine Tropfinfusion. Trotz seiner vierschrötigen Gestalt wirkte er zerbrechlich, beinahe durchsichtig.

Der Atem stockte ihr. Dann öffnete er die Augen, schloss sie wieder, schlug sie wieder auf. Er sah sie der Reihe nach stumm an und schaute ihr dann in die Augen.

Als Hayward auf ihn hinuntersah, spürte sie, wie der Rest ihrer Selbstbeherrschung – dieser gebieterischen Geistesgegenwart, auf die sie so stolz war – bröckelte. Heiße Tränen liefen ihr über die Wangen.

»O Vinnie«, schluchzte sie.

D'Agostas Augen füllten sich mit Tränen. Und dann fielen sie langsam zu.

Pendergast legte stützend den Arm um sie; einen Augenblick barg sie ihr Gesicht am Stoff seines Hemds und ließ ihren Gefühlen freien Lauf, von Schluchzern geschüttelt. Erst jetzt, als sie Vinnie lebendig wiedersah, wurde ihr klar, wie nahe sie daran gewesen war, ihn zu verlieren.

»Ich fürchte, Sie müssen jetzt gehen«, sagte der Arzt leise.

Sie richtete sich auf, trocknete ihre Tränen und holte tief und zittrig Luft, ein reinigendes Luftholen.

»Noch ist er nicht über den Berg. Sein Herz wurde durch das Trauma schwer geschädigt. Er braucht so bald wie möglich eine neue Aortenklappe. Eine Bio-Prothese.«

Hayward nickte. Sie löste sich von Pendergast, warf noch einen Blick auf D'Agosta und wandte sich dann ab.
»Laura«, hörte sie ihn krächzen.
Sie schaute zurück. Er lag noch immer auf dem Bett, die Augen geschlossen. Hatte sie es sich nur eingebildet?
Da rührte er sich leicht, seine Augen öffneten sich. Sein Kiefer bewegte sich, aber er brachte keinen Laut hervor.
Sie trat vor und beugte sich über sein Bett.
»Sorg dafür, dass meine Arbeit hier einen Sinn hatte«, sagte er, die Stimme kaum mehr als ein Hauch.

47

Penumbra-Plantage

Im großen Kamin in der Bibliothek prasselte ein Feuer; Hayward verfolgte, wie der alte Diener Maurice nach dem Essen dort den Kaffee servierte. Er schlängelte sich zwischen den Möbeln hindurch, ein sehr alter Mann mit faltigem Gesicht und seltsam ausdrucksloser Miene. Ihr war aufgefallen, wie sorgsam er darauf bedacht war, nicht auf die Blutergüsse auf Pendergasts Kiefer zu starren. Vielleicht, dachte Hayward, hat sich der alte Knabe im Laufe der Jahre ja daran gewöhnt, seinen Arbeitgeber im lädierten Zustand zu sehen.
Das Herrenhaus und die Parkanlagen waren genauso, wie sie es sich vorgestellt hatte: uralte Eichen, mit Spanischem Moos behangen, weißer Säulenvorbau, verblichene Antebellum-Einrichtung. Es gab sogar ein Familiengespenst, hatte der alte Diener ihr versichert, das in den nahen Sümpfen umging – noch ein vorhersagbares Klischee. Die einzige Überraschung war im Grunde das Erscheinungsbild allgemeinen Verfalls, das Pen-

umbra von außen bot. Es war schon ein wenig seltsam, denn sie war immer davon ausgegangen, dass Pendergast jede Menge Geld hatte. Entschlossen verbannte sie diese Überlegungen aus ihren Gedanken und ermahnte sich, dass sie nicht das geringste Interesse an Pendergast oder seiner Familie hatte.

Bevor sie am gestrigen Abend das Krankenhaus verlassen hatten, hatte Pendergast sie ausführlich nach ihrem Besuch bei Constance Greene befragt. Danach hatte er ihr angeboten, auf Penumbra zu übernachten. Hayward hatte abgelehnt und sich entschlossen, in einem Hotel in der Nähe des Krankenhauses abzusteigen. Doch ein Besuch bei D'Agosta am folgenden Morgen hatte noch einmal in aller Deutlichkeit bestätigt, was der Arzt ihr gesagt hatte: Es würde eine lange, langsame Rekonvaleszenz werden. Sie konnte sich freinehmen, das war kein Problem, sie hatte sowieso schon zu viele Urlaubstage angehäuft, aber die Vorstellung, eine Ewigkeit und drei Tage in einem deprimierenden Hotelzimmer warten zu müssen, war unerträglich. Insbesondere, da Vinnie auf Pendergasts Drängen hin an einen sicheren Ort verlegt werden würde, sobald er irgendwie transportfähig war, einen Ort, wo sie ihn aus Gründen der Sicherheit nicht besuchen durfte. Heute Morgen, als Vinnie kurz bei Bewusstsein gewesen war, hatte er sie erneut inständig gebeten, den Fall zu übernehmen und dort weiterzumachen, wo er aufgehört hatte, es bis zum bitteren Ende durchzuziehen.

Als Pendergast ihr also nach dem Mittagessen seinen Wagen geschickt hatte, um sie abzuholen, checkte sie aus dem Hotel aus und nahm seine Einladung an, auf Penumbra zu wohnen. Ihre Hilfe hatte sie noch nicht zugesichert, aber sie war bereit gewesen, sich die Einzelheiten anzuhören. Einiges wusste sie bereits aus ihren Telefonaten mit Vinnie. Es hatte sich angehört wie eine typische Pendergast-Ermittlung: Ahnungen, Sackgassen und sich widersprechende Hinweise, durch hochgradig fragwürdige Polizeiarbeit zusammengeschustert.

Doch in Penumbra, während Pendergasts Schilderung des Falls – er hatte beim Essen damit begonnen und führte sie beim Kaffee fort –, erkannte Hayward, dass die bizarre Geschichte durchaus ihre innere Logik hatte. Pendergast erzählte von der Obsession seiner verstorbenen Frau für Audubon und davon, wie er und D'Agosta der Spur des Karolinasittichs, des verschollenen Gemäldes, des entflogenen Papageis und dem seltsamen Schicksal der Doane-Familie nachgegangen waren. Er las ihr Abschnitte aus dem Tagebuch der Doane-Tochter vor, ihren beängstigenden Abstieg in den Wahnsinn. Er schilderte ihre Begegnung mit Blast, einem Mann, der ebenfalls auf der Suche nach dem Gemälde war und vor kurzem ermordet worden war – genau wie Helens früherer Arbeitgeber bei den Doctors With Wings, Morris Blackletter. Und schließlich erklärte Pendergast die Folge von Schlussfolgerungen und Entdeckungen, die zur Auffindung des verschollenen Gemäldes geführt hatten.
Als Pendergast endlich verstummte, lehnte Hayward sich in ihrem Sessel zurück, trank ihren Kaffee, ging die bizarren Informationen im Kopf noch einmal durch und suchte nach Verknüpfungen und logischen Verbindungen, fand allerdings herzlich wenig. Es würde noch sehr viel Arbeit nötig sein, um die Lücken zu füllen.
Sie betrachtete das Gemälde, das als das »Schwarzgerahmte« bekannt war. Es wurde nur indirekt durch das Kaminfeuer beleuchtet, aber sie konnte trotzdem Details erkennen: die Frau auf dem Bett, der kahle Raum, die kühle, weiße Nacktheit ihres Körpers. Verstörend, um es gelinde auszudrücken.
Sie schaute Pendergast an, der wieder in seinem Markenzeichen steckte, einem schwarzen Anzug. »Sie glauben also, dass Ihre Frau an Audubons Krankheit interessiert war. Einer Krankheit, die ihn irgendwie in ein kreatives Genie verwandelte.«

»Durch irgendeine unbekannte neurologische Wirkung, ja. Für jemanden mit Helens Interessen wäre das eine höchst wertvolle pharmakologische Entdeckung gewesen.«

»Und das Gemälde wollte sie lediglich, um eine Bestätigung ihrer Theorie zu erhalten.«

Pendergast nickte. »Dieses Gemälde ist das Bindeglied zwischen Audubons frühen, mittelmäßigen Werken und seinem späteren Genie. Es ist der Beweis für die Verwandlung, die bei ihm vonstattenging. Aber damit wären wir noch nicht bei der Schlüsselfrage dieses Falls angelangt, den Vögeln.«

Hayward runzelte die Stirn. »Den Vögeln?«

»Die Karolinasittiche. Der Doane-Papagei.«

Hayward hatte schon selbst über eine Verbindung zu Audubons Krankheit nachgegrübelt, aber erfolglos. »Und?«

Pendergast nahm einen Schluck von seinem Kaffee. »Ich glaube, wir haben es mit einem Typ des Virus H5N1 zu tun.«

»Virus H5N1? Sie meinen Vogelgrippe?«

»Das, glaube ich, ist die Krankheit, die Audubon niedergestreckt hat, die ihn fast umgebracht hätte und die verantwortlich für das Erblühen seiner Kreativität war. Seine Symptome – hohes Fieber, Kopfschmerzen, Delirium, Husten – sind sämtlich mit Grippe vereinbar. Einer Grippe, die er sich zweifellos beim Präparieren eines Karolinasittichs zugezogen hat.«

»Nun mal langsam. Woher wollen Sie das alles wissen?«

Statt zu antworten, griff Pendergast nach einem abgegriffenen, in Leder gebundenen Buch. »Das ist das Tagebuch meines Ururgroßvaters Boethius Pendergast. Er hat sich in Audubons jüngeren Tagen mit dem Maler angefreundet.« Er schlug das Tagebuch auf einer Seite auf, die mit einem seidenen Lesezeichen gekennzeichnet war, fand den gesuchten Abschnitt und begann, laut vorzulesen:

21. Aug. Den Abend wieder mit J. J. A. verbracht. Er hatte sich am Nachmittag mit dem Präparieren zweier Karolinasittiche vergnügt – einer Vogelart mit eigentümlicher Farbgebung, aber ansonsten wenig bemerkenswert. Er hat die Sittiche ausgestopft und auf Zypressenholz montiert. Nach einem ausgezeichneten Essen drehten wir noch eine Runde durch den Park. Gegen halb elf verabschiedete er sich. In der nächsten Woche plant er eine Reise stromaufwärts, wo er seinen Worten nach Geschäftsinteressen hat.

Pendergast klappte das Tagebuch zu. »Audubon hat diese Reise nie angetreten. Denn innerhalb einer Woche entwickelte er die Symptome, die ihn schließlich ins Meuse St. Claire-Sanatorium brachten.«

Hayward deutete mit dem Kopf auf das Tagebuch. »Glauben Sie, Ihre Frau hat diesen Abschnitt gelesen?«

»Ganz bestimmt. Warum sonst hätte sie die beiden Karolinasittiche stehlen sollen, eben die, die von Audubon präpariert worden waren? Sie wollte sie auf Vogelgrippe testen.« Er hielt inne. »Ja mehr noch: Sie hoffte, ihnen einen lebendigen Erreger entnehmen zu können. Vincent sagt, von den Papageien, die meine Frau entwendet hat, sind nur noch ein paar Federn vor Ort geblieben. Morgen früh werde ich zur Oakley-Plantage fahren, diese übrig gebliebenen Federn mit großer Vorsicht einsammeln und sie testen lassen, um eine Bestätigung meines Verdachts zu erhalten.«

»Aber das alles erklärt noch immer nicht, was diese Papageien mit der Familie Doane zu tun haben sollen.«

»Das ist ganz einfach. Die Doanes erkrankten an der gleichen Infektion wie Audubon.«

»Wie kommen Sie denn darauf?«

»Es gibt einfach zu viele Gemeinsamkeiten, Captain, das kann unmöglich Zufall sein. Das plötzliche Erblühen genialer Kreativität. Gefolgt von einem geistigen Zerfall. Zu viele Gemeinsamkeiten – und Helen wusste das. Deshalb ist sie hingefahren, um den Papagei an sich zu nehmen.«

»Aber als sie den Papagei wegholte, war die Familie noch gesund. Sie hatten keine Grippe.«

»In einem der Tagebücher im Haus der Doanes wird ganz nebenbei vermerkt, dass die Familie kurz nach Ankunft des Papageis die Grippe bekam.«

»O mein Gott.«

»Und dann, ziemlich schnell, zeigten sich bei allen Familienmitgliedern Zeichen kreativer Genialität.« Wieder hielt er kurz inne. »Helen ist hingefahren, um den Vogel von den Doanes wegzuholen – da bin ich mir ganz sicher. Vielleicht um zu verhindern, dass die Krankheit sich weiter ausbreitete. Und natürlich, um ihn zu testen und eine Bestätigung ihrer Theorie zu erhalten. Beachten Sie, was Karen Doane in ihrem Tagebuch über den Tag schreibt, an dem Helen ihnen den Papagei wegnahm. Sie trug Lederhandschuhe und stopfte den Vogel samt Käfig in einen Müllsack. Warum? Ursprünglich nahm ich an, dass der Müllsack einfach der Geheimhaltung diente. Aber er sollte dafür sorgen, dass sie und das Auto nicht kontaminiert wurden.«

»Und die Lederhandschuhe?«

»Die trug sie ohne Zweifel, um die Chirurgenhandschuhe darunter zu verbergen. Helen versuchte, einen Virus von der menschlichen Bevölkerung fernzuhalten. Zweifellos wurden Vogel, Käfig und Müllsack sämtlich verbrannt, nachdem sie die notwendigen Proben entnommen hatte, selbstverständlich.«

»Verbrannt?«, wiederholte Hayward.

»Standard-Vorgehensweise. Die entnommenen Proben werden letztlich ebenfalls vernichtet worden sein.«

»Warum? Wenn die Familie Doane infiziert war, konnten sie die Krankheit doch übertragen. Den Papagei zu verbrennen, das wäre doch, als ob man den Brunnen erst zudecken würde, nachdem das Kind hineingefallen ist.«

»Nicht ganz. Sehen Sie, das Vogelgrippevirus wird leicht vom Vogel auf den Menschen übertragen, aber nur sehr schwer vom Menschen auf den Menschen. Für die Nachbarn bestand keine Gefahr. Für die Doanes war es natürlich zu spät.« Pendergast trank einen letzten Schluck Kaffee und stellte die Tasse ab. »Aber damit wäre die zentrale Frage noch nicht geklärt: Von wo ist der Papagei entwischt? Und, noch wichtiger, wie wurde er zum Krankheitsüberträger?«

Bei ihrer Skepsis war Hayward doch fasziniert. »Vielleicht irren Sie sich. Möglicherweise hat das Virus die ganze Zeit geschlummert. Und der Papagei hat sich auf natürliche Weise angesteckt.«

»Unwahrscheinlich. Vergessen Sie nicht, er war beringt. Nein. Das Genom des Virus wird mühsam in einem Labor sequenziert und nachgebildet worden sein, unter Verwendung genetischen Materials des Erregers aus den gestohlenen Karolinasittichen. Und dann wurden lebende Vögel damit infiziert.«

»Der Vogel ist also aus einem Labor entkommen.«

»Genau.« Pendergast erhob sich. »Das größte Rätsel von allen bleibt: Was hat das mit dem Mord an Helen, den beiden Morden in den letzten Tagen und dem Angriff auf Vincent und mich zu tun?«

»Vergessen Sie da nicht eine andere Frage, die gestellt werden müsste?«, erkundigte sich Hayward.

Pendergast sah sie an.

»Sie sagen, Helen hat die Papageien gestohlen, die Audubon studiert hat – die von ihm präparierten Papageien, bei denen er sich vermutlich angesteckt hat. Helen ist zur Familie Doane gefahren, um auch deren Papagei zu stehlen, weil sie wusste, wie Sie ebenfalls sagen, dass er infiziert war. Daraus folgt: Helen stellte den gemeinsamen Nenner, das Verbindungsglied zwischen diesen beiden Vorgängen dar. Sind Sie da nicht neugierig zu erfahren, welche Rolle Ihre Frau bei dem Sequenzieren und Infizieren gespielt hat?«

Pendergast wandte sich ab, doch vorher huschte noch ein schmerzlicher Ausdruck über sein Gesicht. Hayward bereute beinahe, die Frage aufgeworfen zu haben.

Ein langes Schweigen senkte sich über die Bibliothek. Schließlich drehte Pendergast sich zu ihr um. »Wir müssen da weitermachen, wo Vincent und ich aufgehört haben.«

»Wir?«

»Sie werden Vincents Bitte entsprechen, nehme ich doch an. Ich brauche einen kompetenten Partner. Und soweit ich mich erinnere, stammen Sie ursprünglich aus dieser Region. Sie werden Ihre Sache gut machen, das weiß ich.«

Pendergasts anmaßende, herablassende Haltung war hochgradig irritierend. Hayward war nur zu gut mit seinen unorthodoxen Ermittlungstechniken vertraut, seiner Art, unbekümmert Vorschriften und Regeln zu umgehen, seinem Vorgehen am Rande der Legalität. Sie würde die ganze Sache als höchst ärgerlich empfinden, wenn nicht gar als unerträglich. Es könnte sogar ihrer Karriere schaden. Sie erwiderte seinen ruhigen Blick. Wenn dieser Mann nicht wäre, dann würde Vinnie jetzt nicht im Krankenhaus liegen, schwer verwundet, und eine neue Herzklappe brauchen.

Und dennoch … Vinnie hatte sie darum gebeten. Zweimal.

Ihr ging auf, dass sie sich bereits entschieden hatte.

»Nun gut. Ich werde Ihnen helfen, die Sache durchzuziehen. Um Vinnies willen, nicht um Ihretwegen. Aber –« Sie zögerte. »Unter einer Bedingung. Und die ist nicht verhandelbar.«

»Natürlich, Captain.«

»Wenn wir – falls wir – denjenigen finden, der für den Tod Ihrer Frau verantwortlich ist, müssen Sie mir versprechen, ihn nicht umzubringen.«

Pendergast wurde sehr still. »Ihnen ist doch wohl klar, worüber wir hier sprechen? Über den kaltblütigen Mord an meiner Frau.«
»Ich glaube nicht an Selbstjustiz. Zu viele Täter sind tot, bevor sie vor Gericht gestellt werden können. Dieses Mal werden wir dafür sorgen, dass die Gerechtigkeit ihren Lauf nehmen kann.«
Es entstand eine Pause. »Was Sie da von mir verlangen, ist schwierig.«
»Es ist der Preis für den Tanz«, sagte Hayward schlicht.
Pendergast ließ den Blick lange auf ihr ruhen. Dann, fast unmerklich, nickte er.

48

In der schummrigen Garage hockte ein Mann hinter einem Fahrzeug, das unter einer weißen Leinenhülle verborgen lag. Es war sieben Uhr abends, die Sonne war schon untergegangen. Die Luft roch nach Autowachs, Motorenöl und Schimmel. Der Mann zog eine 9-mm-Beretta-Halbautomatik aus dem Hosenbund, öffnete das Magazin und überprüfte nochmals, ob es voll war. Nachdem er die Pistole wieder zurück hinter den Gürtel gesteckt hatte, öffnete und schloss er die Hände dreimal, wobei er abwechselnd die Finger streckte und ballte. Die Zielperson würde gleich eintreffen. Der Schweiß lief dem Mann in den Nacken, und eine Sehne zuckte im Oberschenkel, doch er nahm weder das eine noch das andere wahr, so sehr konzentrierte er sich auf das, was gleich geschehen würde.
Frank Hudson erkundete das Gelände der Penumbra-Plantage nun schon seit Tagen, er hatte die Bewegungen und Gewohnheiten der Bewohner des Hauses gründlich studiert. Es wun-

derte ihn, wie lax die Sicherheitsmaßnahmen waren: nur ein schrulliger, halbblinder Diener, der das Haus morgens aufschloss und abends wieder zuschloss, und zwar so pünktlich, dass man die Uhr danach stellen konnte. Zwar war das Eingangstor tagsüber geschlossen, aber nicht verriegelt, außerdem wurde es offenbar nicht überwacht. Bei seiner gründlichen Recherche hatte er keinerlei Anzeichen für Überwachungskameras, Alarmanlagen, Bewegungsmelder oder Infrarotstrahlen entdeckt. Die heruntergekommene alte Plantage lag so weit ab vom Schuss, dass er, Hudson, von regelmäßigen Polizeipatrouillen kaum etwas zu befürchten hatte. Außer der Zielperson und dem Diener hatte er kaum einen Menschen in dem Herrenhaus entdeckt. Nur eine ziemlich attraktive Frau mit einer tollen Figur hatte er ein paarmal gesehen.

Die Gewohnheiten von Hudsons Zielperson, einem gewissen Pendergast, stellten die einzige Unregelmäßigkeit im ewig gleichen Tagesablauf dar, der auf der Penumbra-Plantage herrschte. Er kam und ging zu absolut unvorhersehbaren Zeiten. Doch Hudson observierte das Gelände nun schon so lange, dass er in Pendergasts Kommen und Gehen allmählich ein kleines Muster erkannte; und dieses Muster kreiste um Wein. Wenn der schlurfende alte Diener anfing, das Abendessen vorzubereiten, und eine Flasche Wein entkorkte, dann kehrte Pendergast nicht später als halb acht Uhr abends nach Hause zurück. Öffnete der Diener keine Flasche, so bedeutete das, dass Pendergast nicht zu Hause aß und viel später am Abend eintraf, wenn überhaupt.

Und an diesem Abend stand – deutlich sichtbar durch die Fenster vor dem Speisezimmer – auf einem Sideboard eine entkorkte Flasche Wein.

Hudson sah auf die Uhr. Er spielte in Gedanken durch, wie die Sache ablaufen würde, was er vorhatte. Plötzlich stutzte er. Von der Einfahrt her drang das Geräusch knirschender Autoreifen auf Kies zu ihm in die Garage. Jetzt galt's. Hudson wartete, atmete flach. Der Wagen kam vor der Garage zum Stehen, der Motor im Leerlauf. Eine Wagentür wurde geöffnet, gefolgt vom Geräusch von Schritten. Die Garagentüren schwangen auf, erst die eine, dann die andere – es waren keine automatischen –, und die Schritte kehrten zum Wagen zurück. Der Motor drehte ein wenig höher. Langsam schob sich die Motorhaube des Rolls in die Garage, vorübergehend leuchteten die Scheinwerfer den Raum aus und blendeten ihn. Kurz darauf erlosch das Licht, der Motor erstarb, und es war wieder dunkel in der Garage.

Hudson blinzelte und wartete, bis sich seine Augen wieder an die Dunkelheit gewöhnten. Er umfasste den Griff der Pistole, zog sie langsam hinter dem Gürtel hervor und löste vorsichtig den Sicherheitsriegel.

Er wartete, dass die Tür aufging und die Zielperson das Licht in der Garage einschaltete, aber nichts geschah. Pendergast wartete offenbar im Wagen. Worauf? Hudson spürte, wie sich der Herzschlag beschleunigte, und versuchte, seine Atmung zu kontrollieren, hellwach zu bleiben. Er hatte sich gut versteckt, denn er hatte die Schutzhülle des Autos so weit heruntergezogen, dass sie ganz bis zum Boden reichte, weshalb nicht einmal seine Schuhe zu sehen waren.

Vielleicht telefonierte Pendergast ja mit dem Handy, beendete gerade ein Telefonat. Oder er nutzte die seltene Gelegenheit, ruhig dazusitzen, wie es Leute mitunter taten, bevor sie aus dem Wagen ausstiegen.

Mit allergrößter Vorsicht hob Hudson ein klein wenig den Kopf und spähte über den Rand der Schutzhülle. Die verschwommenen Konturen des Rolls hoben sich im Dunkel ab, das einzige Geräusch war das Ticken des sich abkühlenden Motors. Es war nicht möglich zu erkennen, was sich hinter den getönten Scheiben befand.

Hudson wartete.

»Haben Sie einen Knopf verloren?«, erklang eine Stimme von rechts hinter ihm.
Hudson stieß einen Laut der Überraschung aus und sprang auf, wobei seine Hand instinktiv den Abzug der Pistole betätigte. Der Schuss erzeugte in dem engen Raum einen lauten Widerhall. Noch während Hudson versuchte, sich umzudrehen, wurde ihm die Waffe entwunden, und ein sehniger Arm schlang sich um seinen Hals. Hudson wurde herumgewirbelt und unsanft gegen das umhüllte Fahrzeug gestoßen.
»Im großen Spiel des Lebens«, sagte die Stimme, »ist man am Anfang ein Dummkopf und am Ende ein Schurke.«
Hudson zuckte nur matt mit den Schultern.
»Und wo, mein Freund, befinden Sie sich in diesem Spektrum?«
»Ich weiß nicht, wovon Sie reden, verdammt noch mal«, brachte Hudson schließlich mit krächzender Stimme hervor.
»Wenn Sie sich zusammenreißen, lasse ich Sie los. Und nun schön entspannen.«
Hudson hörte auf, sich zu wehren. Dabei spürte er, wie der Druck nachließ, seine Arme freigegeben wurden. Als er sich umdrehte, sah er sich seiner Zielperson gegenüber, diesem Pendergast: ein hochgewachsener, schwarzgekleideter Mann mit einem solch hellen Teint und derart hellem Haar, dass das Gesicht in der Dunkelheit zu leuchten schien wie ein Gespenst. Er hielt seine, Hudsons, Beretta in der Hand und zielte damit auf ihn. »Entschuldigen Sie, man hat uns noch nicht vorgestellt. Meine Name ist Pendergast.«
»Fick dich selber.«
»Ich habe das schon immer für eine seltsame Redewendung gehalten – die anatomischen Möglichkeiten scheinen mir begrenzt.« Pendergast musterte ihn von oben bis unten, dann steckte er sich die Beretta in den Hosenbund. »Wollen wir die Unterhaltung im Haus fortsetzen?«

Der Mann sah ihn konsterniert an.
»Bitte.« Pendergast machte ihm ein Zeichen, dass er vor ihm in Richtung der Seitentür gehen solle. Nach einem Moment kam Hudson der Aufforderung nach. Vielleicht bestand ja doch noch eine Möglichkeit, irgendwas aus der Sache rauszuziehen.
Er ging durch die offene Garagentür. Pendergast folgte dichtauf, überquerte die mit Kies bestreute Auffahrt und stieg die Stufen zum maroden Herrenhaus hinauf. Der Diener hielt die Haustür auf.
»Soll dieser Herr etwa ins Haus kommen?«, fragte er in einem Ton, der klarmachte, dass er es nicht hoffte.
»Nur für ein paar Minuten, Maurice. Wir wollen im Ostsalon ein Glas Sherry trinken.«
Pendergast bedeutete dem Mann, über den mittleren Flur in einen kleinen Wohnraum zu gehen. Im Kamin prasselte ein Feuer.
»Setzen Sie sich.«
Hudson setzte sich vorsichtig auf ein altes Ledersofa, Pendergast nahm ihm gegenüber Platz und blickte auf seine Armbanduhr. »Ich habe nur einige Minuten Zeit. Also noch einmal: Wie heißen Sie bitte?«
Hudson versuchte, sich zu sammeln und sich auf die plötzliche und unerwartete Wendung der Ereignisse einzustellen. Er konnte die ganze Sache immer noch erfolgreich über die Bühne bringen. »Vergessen Sie den Namen. Ich bin Privatermittler und habe für Blast gearbeitet. Mehr brauchen Sie nicht zu wissen – was im Grunde schon mehr als genug ist.«
Pendergast musterte ihn erneut von oben bis unten.
»Ich weiß, dass Sie das Bild haben«, fuhr Hudson fort. »Das Schwarzgerahmte. Und ich weiß, dass Sie Blast umgebracht haben.«
»Wie außerordentlich schlau von Ihnen.«

»Blast schuldet mir viel Geld. Ich hole mir nur das, was mir zusteht. Wenn Sie mich bezahlen, vergesse ich alles, was ich über Blasts Tod weiß. Haben Sie mich verstanden?«
»Ah ja. Sie sind hier, um eine Art improvisierten Erpressungsversuch durchzuführen.« In die blassen Gesichtszüge des Mannes trat ein grausiges Lächeln, wobei seine weißen, ebenmäßigen Zähne zum Vorschein kamen.
»Ich hole mir nur ab, was mir zusteht. Und helfe Ihnen gleichzeitig aus der Patsche. Wenn Sie wissen, was ich meine.«
»Mr. Blast hatte gar kein gutes Urteilsvermögen in Personalfragen.«
Unsicher, was damit gemeint war, schaute Hudson zu, wie Pendergast die Beretta aus dem schwarzen Anzug zog, das Magazin prüfte, es wieder hineinschob und die Waffe auf ihn richtete. Gleichzeitig traf der Diener mit einem Silbertablett mit zwei kleinen Gläsern voll von einer braunen Flüssigkeit ein, die er, eines nach dem anderen, abstellte.
»Maurice, der Sherry ist nun doch nicht mehr nötig. Ich werde den Herrn hier hinunter zum Sumpf begleiten und ihm mit seiner eigenen Waffe in den Hinterkopf schießen. Die Alligatoren werden dann die Spuren beseitigen. Ich bin rechtzeitig zum Abendessen zurück.«
»Wie Sie wünschen, Sir«, sagte der Diener und stellte die beiden Gläser zurück aufs Tablett.
»Erzählen Sie doch keinen Stuss«, sagte Hudson und spürte ein unbehagliches Zucken. Vielleicht hatte er doch den Bogen überspannt?
Pendergast schien ihn nicht zu hören. Er erhob sich und deutete mit der Pistole auf ihn. »Gehen wir.«
»Seien Sie doch nicht albern. Damit kommen Sie nie durch. Meine Leute erwarten mich. Man weiß, wo ich bin.«
»Ihre Leute?« Wieder das grässliche Lächeln. »Kommen Sie, wir wissen doch beide, dass Sie frei arbeiten und dass Sie nie-

mandem erzählt haben, wo Sie heute Abend hinwollen. Auf in den Sumpf!«

»Warten Sie.« Hudson spürte Panik in sich aufsteigen. »Sie machen einen Fehler.«

»Glauben Sie nicht, dass ich – der ich bereits einen Menschen getötet habe –, ganz erpicht darauf bin, jemanden umzubringen, der von dem Verbrechen erfahren hat und nun Schweigegeld erpressen will? Auf die Füße!«

Hudson sprang auf. »Hören Sie mir zu, bitte. Vergessen Sie das Geld. Ich wollte es nur erklären.«

»Es sind keine Erklärungen nötig. Sie haben mir nicht einmal Ihren Namen genannt, wofür ich Ihnen danke. Es versetzt mir immer einen Stich, mich an die Namen der Menschen zu erinnern, die ich getötet habe.«

»Hudson«, sagte er rasch. »Frank Hudson. Bitte tun Sie das nicht.«

Pendergast drückte ihm die Pistole in die Seite und stieß ihn heftig in Richtung Tür. Wie ein Zombie taumelte Hudson in die Halle hinaus, durch die Haustür und auf die Veranda. Die Nacht erhob sich vor ihm, schwarz und feucht, erfüllt mit dem Quaken der Frösche und dem Sirren von Insekten.

»Nein. Gütiger Gott, nein.« Hudson wurde klar, dass er sich ganz furchtbar verrechnet hatte.

»Weitergehen, bitte.«

Hudson spürte, wie seine Knie nachgaben, und sank auf den Holzfußboden der Veranda. »Bitte.« Tränen rannen ihm über das Gesicht.

»Dann mache ich es eben gleich hier.« Hudson spürte, wie der kalte Lauf der Pistole seinen Nacken berührte. »Maurice muss das dann eben sauber machen.«

»Tun Sie es nicht«, stöhnte Hudson. Er hörte, wie Pendergast den Hahn der Beretta spannte.

»Und warum nicht?«

»Wenn ich als vermisst gemeldet werde, wird die Polizei mein Auto finden. Es steht nicht weit weg von hier; die Bullen werden auch an Ihre Tür klopfen.«
»Ich werde das Auto wegfahren.«
»Sie werden DNA-Spuren hinterlassen, das können Sie gar nicht vermeiden.«
»Maurice wird das Auto wegfahren. Außerdem, mit ein paar Polizisten werde ich schon fertig.«
»Man wird die Sümpfe durchsuchen.«
»Wie gesagt, die Alligatoren werden Ihre Leiche beseitigen.«
»Wenn Sie das glauben, wissen Sie nicht viel über Leichen. Sie neigen nämlich dazu, Tage oder sogar Wochen später wieder aufzutauchen. Sogar in Sumpfgebieten.«
»Nicht in meinem Sumpf, mit meinen Alligatoren.«
»Alligatoren können keine menschlichen Knochen verschwinden lassen – sie gehen durch den Verdauungstrakt hindurch und kommen unverändert wieder heraus.«
»Ihre Biologiekenntnisse sind beeindruckend.«
»Hören Sie zu. Die Polizei wird herausfinden, dass ich für Blast gearbeitet habe, sie werden die Verbindung zwischen Ihnen und Blast herstellen und zwischen mir und Ihnen. Ich habe unten an der Straße mit meiner Kreditkarte getankt. Glauben Sie mir, die Polizei wird hier alles auf den Kopf stellen.«
»Wie sollte man mich denn mit Blast in Verbindung bringen?«
»Das wird man, darauf können Sie Gift nehmen!«, rief Hudson mit wahrer Inbrunst aus. »Ich kenne die ganze Geschichte, Blast hat sie mir erzählt. Er hat mir von Ihrem Besuch erzählt. Gleich nachdem Sie gegangen sind, hat er ein Einfrieren seines Pelzhandels angeordnet. Er wollte kein Risiko eingehen. Er war schon am Telefon, da waren Sie noch keine Minute weg.«
»Was ist mit dem Gemälde? Waren Sie das, der uns verfolgt hat?«
»Ja. Blast hat Sie aufgestachelt, danach zu suchen. Er wollte,

dass Sie das Schwarzgerahmte finden, denn er dachte sich, dass Sie womöglich schlau genug sind, etwas zu schaffen, was ihm nicht gelungen war. Sie haben ihm imponiert. Aber die Polizei wird das alles erfahren, wenn sie es nicht schon längst weiß, nach der Nummer, die Sie im Donette Hole abgezogen haben. Glauben Sie mir, wenn ich spurlos verschwinde, werden sie hier mit Spürhunden aufkreuzen.«

»Die Polizei wird mich niemals mit Blast in Verbindung bringen.«

»Natürlich wird sie das! Blast hat gesagt, Sie hätten ihn beschuldigt, Ihre Frau getötet zu haben. Sie stecken bereits bis zum Hals drin!«

»Hat Blast meine Frau getötet?«

»Er sagte, er hätte nichts damit zu tun.«

»Und Sie haben ihm geglaubt?«

Hudson redete, so schnell er konnte, das Herz raste schmerzhaft in seiner Brust. »Blast war kein Heiliger, aber er war kein Mörder. Er war ein Wiesel, ein Trickbetrüger, ein Manipulator. Er hatte nicht den Schneid, jemanden umzubringen.«

»Im Gegensatz zu Ihnen. Sie haben sich mit einer Pistole in meiner Garage versteckt.«

»Nein, nein! Ich bin kein Auftragskiller, ich wollte nur einen Deal machen. Ich bin nur ein kleiner Privatdetektiv, der versucht, sich seinen Lebensunterhalt zu verdienen. Sie müssen mir glauben!« Hudsons Stimme kippte vor Panik.

»Muss ich das?« Pendergast steckte die Pistole ein. »Sie dürfen aufstehen, Mr. Hudson.«

Er erhob sich. Sein Gesicht war tränennass. Er zitterte am ganzen Leib, aber das war ihm egal. Hoffnung kam in ihm auf.

»Sie sind doch ein wenig intelligenter, als ich angenommen habe. Also, wie wär's hiermit: Ich lege Sie nicht um, sondern wir gehen wieder ins Haus, trinken ein Glas Sherry und besprechen die Stellenausschreibung?«

Hudson saß auf dem Sofa neben dem heißen Feuer und schwitzte am ganzen Leib. Er fühlte sich ausgelaugt, erschöpft und dennoch prickelnd lebendig, so als wäre er neugeboren worden und würde als neuer Mensch über die Erde schreiten.
Pendergast lehnte sich mit einem seltsamen, angedeuteten Lächeln in seinem Sessel zurück. »Tja, Mr. Hudson, wenn Sie für mich arbeiten wollen, müssen Sie mir alles erzählen. Über Blast, über Ihren Auftrag.«
Hudson war nur allzu dankbar, reden zu dürfen. »Unmittelbar nach Ihrem Besuch hat Blast mich angerufen. Sie haben ihm richtig Angst eingejagt mit Ihrem Gerede über Pelze von geschützten Arten. Er sagte, er würde das ganze Unternehmen auf Eis legen, auf unbestimmte Zeit. Und er sagte auch, Sie wären dem verschollenen Gemälde auf der Spur, dem Schwarzgerahmten, und ich sollte Ihnen überallhin folgen und sehen, ob ich es Ihnen abnehmen kann, wenn Sie es finden.«
Pendergast, der die Finger zusammengelegt hatte, nickte.
»Wie gesagt, er hat gehofft, dass Sie ihn zu dem Gemälde führen. Ich bin Ihnen gefolgt und hab mitbekommen, was sie da im Pappy's für'n Ding abgezogen haben. Ich habe Sie verfolgt, aber Sie sind mir entwischt.«
Wieder ein Nicken.
»Also bin ich zurück zu Blast, um Bericht zu erstatten, und fand ihn tot vor. Schrotflinte, aus nächster Nähe, hat ihn regelrecht zerfetzt. Er schuldete mir noch mehr als fünf Riesen, Tagessatz plus Spesen. Ich dachte, Sie hätten ihn umgenietet. Und da dachte ich mir, ich statte Ihnen einen Besuch ab und hole mir von Ihnen, was mir zusteht.«
»Leider habe ich Blast nicht getötet. Ein anderer hat ihn erwischt.«
Hudson, der nicht wusste, ob er das glauben sollte, nickte.
»Und was wissen Sie über Mr. Blasts Geschäfte?«
»Nicht viel. Wie schon gesagt, er war im illegalen Handel mit

geschützten Arten tätig – Tierhäute. Aber die ganz große Sache für ihn, das war dieses schwarzgerahmte Bild. Er war halb verrückt deswegen.«

»Und Ihr eigener Lebenslauf, Mr. Hudson? Wo waren Sie zuvor beschäftigt?«

»Früher war ich mal bei der Polizei, aber dann habe ich Diabetes bekommen und wurde in den Innendienst versetzt. Ich hab's einfach nicht ertragen, ständig hinterm Schreibtisch zu sitzen, also bin ich Privatdetektiv geworden. Das war vor etwa fünf Jahren. Ich hab viel für Mr. Blast gearbeitet, meistens habe ich seine Geschäftspartner und Lieferanten überprüft. Er hat sehr darauf geachtet, mit wem er Geschäfte machte. Auf dem Markt wimmelt es von verdeckten Ermittlern und betrügerischen Geschäftemachern. Meistens hatte er mit einem Typ namens Victor zu tun.«

»Victor wer?«

»Den Nachnamen habe ich nie gehört.«

Pendergast schaute auf die Uhr. »Essenszeit, Mr. Hudson, und bedauerlicherweise können Sie nicht zum Essen bleiben.«

Hudson bedauerte es ebenfalls.

Pendergast griff in seinen Anzug und zog ein kleines Bündel Geldscheine hervor. »Für das, was Blast Ihnen schuldet, kann ich nicht einstehen, aber das hier ist für die ersten beiden Arbeitstage. Fünfhundert am Tag plus Spesen. Von jetzt an werden Sie ohne Knarre arbeiten, und Sie arbeiten ausschließlich für mich. Verstanden?«

»Ja, Sir.«

»Es gibt eine Kleinstadt namens Sunflower, direkt westlich vom Black-Brake-Sumpf. Ich möchte, dass Sie sich eine Landkarte nehmen, einen Kreis mit einem Radius von fünfzig Meilen um die Stadt ziehen und in Erfahrung bringen, welche Pharmafirmen und Pharmaforschungsinstitute es innerhalb dieses Radius gibt beziehungsweise in den letzten fünfzehn Jahren gegeben hat. Ich möchte, dass Sie alle aufsuchen, getarnt als Autofahrer, der sich verfahren hat. Gehen Sie so nahe heran, wie Sie können, ohne unerlaubt Firmengelände zu betreten. Machen Sie sich keine Notizen oder Fotos, behalten Sie alles im Kopf. Beobachten Sie und erstatten Sie mir binnen vierundzwanzig Stunden Bericht. Das wird Ihr erster Auftrag sein. Haben Sie verstanden?«

Hudson hatte es. Er hörte, wie die Haustür aufging und Stimmen in der Halle; jemand war gekommen. »Ja. Danke, Sir.« Das war sogar noch mehr Geld, als Blast ihm bezahlt hatte – und für einen ganz einfachen Auftrag. Solange er nicht in den Black-Brake-Sumpf musste, war alles okay. Über das Sumpfgebiet hatte er schon zu viele Gerüchte gehört.

Pendergast begleitete ihn zur Küchentür. Erfüllt von tiefer Dankbarkeit und Loyalität gegenüber dem Mann, der sein Leben verschont hatte, trat Hudson in die Nacht hinaus.

49

St. Francisville, Louisiana

Laura Hayward folgte dem Streifenwagen aus der Stadt, auf einer Serpentinenstraße, die nach Süden zum Mississippi führte. Sie hatte den Eindruck, allgemeine Aufmerksamkeit zu erregen, außerdem fühlte sie sich ziemlich unwohl in ihrer Haut am Steuer von Helen Pendergasts altem Porsche-Cabrio. Doch Pendergast hatte ihr den Wagen seiner Frau derart höflich angeboten, dass sie es nicht über sich gebracht hatte, abzulehnen. Während sie die abschüssige, von Eichen und Walnussbäumen gesäumte Straße entlangfuhr, schweiften ihre Gedanken zurück zu ihrer ersten Stelle bei der Polizei in New Orleans. Sie hatte damals nur als Aushilfe in der Einsatzzentrale gearbeitet, aber die dortigen Erfahrungen hatten sie in ihrem Berufswunsch bestärkt. Das war vor der Zeit gewesen, als sie in Richtung Norden, nach New York, aufbrach, wo sie aufs John Jay College of Criminal Justice ging und anschließend ihre erste Stelle als Verkehrspolizistin antrat. In den fast fünfzehn Jahren, die seitdem vergangen waren, hatte sie ihren Südstaaten-Akzent größtenteils eingebüßt und war obendrein zu einer überzeugten New Yorkerin geworden.

Doch der Anblick von St. Francisville – weißgestrichene Häuser mit langen Veranden und Blechdächern, dazu die schwüle Luft, die nach Magnolien duftete – brach die Kruste, die sie sich in New York zugelegt hatte, mühelos auf. Ihre Erfahrungen mit der örtlichen Polizei waren, bislang jedenfalls, besser als das Herumgereiche zwischen den Abteilungen, das sie in Florida bei ihrem Versuch, an Informationen über den Mordfall Blast heranzukommen, erlebt hatte. Dic vornehme Art des Alten Südens hatte eben doch etwas für sich.

Der Streifenwagen bog auf die Einfahrt vor einem Haus. Hayward fuhr hinterher und parkte daneben. Als sie ausstieg, sah sie ein bescheidenes Farmhaus, mit gepflegten Blumenbeeten davor und eingerahmt von zwei Magnolien.

Die beiden Polizisten, die sie zum Haus von Blackletter eskortiert hatten, ein Sergeant vom Morddezernat und ein Streifenbeamter, stiegen aus ihrem Wagen, zogen die Gürtel hoch und kamen auf sie zu. Der Weiße, Officer Field, hatte karottenfarbenes Haar, ein rotes Gesicht und schwitzte stark. Der andere, Sergeant Detective Cring, verströmte eine fast übermäßige Ernsthaftigkeit; ein Mann, der seine Pflicht erfüllte, auf jedes i einen Punkt setzte und bei keinem t den Querstrich vergaß.

Das Häuschen war, so wie die angrenzenden Häuser, weiß gestrichen, hübsch und gepflegt. Ein Absperrband, vom Wind losgerissen, flatterte über den Rasen oder ringelte sich um die Verandasäulen. Das Schloss der Haustür war mit orangefarbenem Tatort-Klebeband versiegelt.

»Captain«, sagte Cring, »möchten Sie das Grundstück untersuchen oder sich lieber im Haus umschauen?«

»Erst einmal das Haus, bitte.«

Sie betrat hinter den beiden Beamten die Veranda. Ihr unangekündigtes Eintreffen in der Polizeiwache von St. Francisville war ein großes Ereignis gewesen, allerdings zunächst kein freudiges. Man war gar nicht glücklich, dass ein Captain – und zwar ein weiblicher! – des New Yorker Morddezernats in einem schicken Sportwagen aufkreuzte und ohne Vorwarnung oder Status als Verbindungsoffizier, ja ohne einen höflichen Anruf aus dem hohen Norden, anfing, in einem lokalen Mord zu ermitteln. Doch Hayward war es gelungen, den Argwohn mit freundlichem Smalltalk über ihre Zeit bei der Polizei in New Orleans zu zerstreuen, und so waren sie alle ziemlich bald gute Kumpel. Zumindest hoffte sie das.

»Wir schauen uns alle Räume an«, fuhr Cring fort, als er vor die Haustür trat. Er holte ein Taschenmesser hervor und durchtrennte das Klebeband. Weil das Schloss aufgebrochen worden war, schwang die Tür auf.

»Was ist mit der hier?«, fragte Hayward und zeigte auf eine Beweismittel-Kiste, die neben der Tür stand.

»Der Tatort wurde bereits gründlich durchsucht«, sagte Cring. »Sie müssen nichts mehr tun.«

»Okay.«

»Der Fall ist ziemlich klar«, sagte Cring, als sie das Haus betraten, in dem es abgestanden und ein wenig modrig roch.

»Klar in welcher Hinsicht?«

»Es war ein Raubüberfall, der schiefgegangen ist.«

»Und woraus schließen Sie das?«

»Das Haus wurde durchwühlt, mehrere elektronische Geräte

wurden gestohlen – ein Flachbildschirm, zwei Computer, die Stereoanlage. Sie können sich das ja gleich selber ansehen.«

»Vielen Dank.«

»Die Tat hat sich zwischen zehn und elf Uhr abends ereignet. Der Täter hat, wie Sie vermutlich bemerkt haben, die Haustür mit einem Stemmeisen aufgebrochen und ist durch diesen Flur in den Hobbyraum gegangen, wo Blackletter an seinen Robotern herumbastelte.«

»Robotern?«

»Blackletter war ein Roboterfan. Es war sein Hobby, solche Dinge herzustellen.«

»Der Täter ist also geradewegs von hier in den Hobbyraum gegangen?«

»So sieht's aus. Er hat offenbar gehört, dass sich Blackletter in dem Zimmer befand, und beschlossen, ihn erst auszuknocken, bevor er das Haus leer räumt.«

»Stand Blackletters Wagen vorm Haus?«

»Ja.«

Hayward betrat hinter Cring den Hobbyraum. Auf einem langen Tisch lagen Metall- und Plastikteile, Drähte, Leiterplatten und diverse kleine Geräte. Auf dem Fußboden darunter prangte ein großer dunkler Fleck, die Wand aus Betonschalsteinen war mit Blut bespritzt und durchsiebt von Schrotkugeln. Die Markierhütchen und Pfeile der Spurensicherung waren noch an ihrem Platz.

Schrotflinte, dachte Hayward. Genau wie bei Blast.

»Es war eine abgesägte Flinte«, sagte Cring. »Kaliber zwölf, auf Grundlage der Analyse der Blutspritzer und der gefundenen Schrotkügelchen. Gewicht: acht Kugeln pro Unze.«

Hayward nickte. Sie inspizierte die Tür zum Hobbyraum: dickes Metall mit einer Schicht aus harter Schallisolierung, die von innen daran festgeschraubt war. Wände und Decke waren ebenfalls gut schallisoliert. Ob Blackletter wohl bei offener oder bei geschlossener Tür gearbeitet hatte? Falls er pingelig war – was offenbar zutraf –, hielt er die Tür vermutlich geschlossen, damit kein Staub und Schmutz aus der Küche ins Zimmer drangen.

»Nachdem der Täter das Opfer erschossen hat«, fuhr Cring fort, »ist er zurück in die Küche gegangen – wir haben kleine Flecken sekundäres Blut von Schuhabdrücken gefunden – und dann über den Flur zurück ins Wohnzimmer.«

Hayward war kurz davor, etwas darauf zu erwidern, verkniff es sich aber. Es handelte sich hier nicht um einen Einbruch, aber jetzt darauf hinzuweisen würde auch nichts bringen. »Könnte ich mir mal das Wohnzimmer ansehen?«

»Natürlich.« Cring ging ihr voran durch die Küche auf die Diele, dann ins Wohnzimmer. Nichts war angerührt worden; es herrschte noch immer totale Unordnung. Ein Rolltop-Schreibtisch war durchwühlt worden, Briefe und Fotos waren umhergeworfen, Bücher aus Regalen gezogen, ein Sofa mit einem Messer aufgeschlitzt worden. In der Wand, dort, wo die Stützen des fehlenden Flachbildschirms befestigt waren, prangte ein Loch.

Haywards Blick fiel auf einen antiken Brieföffner aus Sterlingsilber mit einem eingelegten Opal im Griff, der auf dem Fußboden lag, wohin er vom Schreibtisch heruntergefegt worden war. Als sie den Blick schweifen ließ, entdeckte sie recht viele kleine handgearbeitete Gegenstände aus Silber und Gold: Aschenbecher, kleine Truhen und Kästchen, Teekannen, Teelöffel, Tabletts, Kerzenlöscher, Tintenfässer und Figürchen, alle wunderschön ziseliert. Einige wiesen Intarsien aus Edelsteinen auf. Alle waren offenbar kurzerhand zu Boden gefegt worden.

»Wurden aus der Sammlung dieser Silber- und Goldgegenstände welche gestohlen?«, fragte sie.

»Nicht, dass wir wüssten.«

»Es käme mir aber wahrscheinlich vor.«

»Solche Sachen sind schwer zu verkaufen, vor allem hier in der Gegend. Bei unserem Einbrecher handelt es sich höchstwahrscheinlich um einen Drogensüchtigen, der einfach nur irgendwas gesucht hat, um sich schnell einen Schuss setzen zu können.«

»Alle diese Silbergegenstände sehen wie Sammlerstücke aus.«

»Ja, das stimmt. Dr. Blackletter hat im Heimatverein mitgearbeitet und von Zeit zu Zeit eins von seinen Sammlerstücken gespendet. Er hatte sich auf amerikanisches Silber aus der Zeit vor dem Bürgerkrieg spezialisiert.«

»Und womit hat er sein Geld verdient?«

»Er war Arzt.«

»Wie ich gehört habe, hat er für Doctors With Wings gearbeitet, eine gemeinnützige Organisation, die nicht viel Geld hatte. Die Silbergegenstände müssen ein kleines Vermögen wert sein.«

»Nach seiner Arbeit für die Hilfsorganisation hat er als Berater für diverse Pharmafirmen gearbeitet. Es gibt hier in der Gegend ziemlich viele davon. Die Branche zählt zu den Hauptstützen der lokalen Wirtschaft.«

»Haben Sie eine Akte über Dr. Blackletter? Ich würde sie mir gern mal anschauen.«

»Die Akte befindet sich auf der Wache. Ich gebe Ihnen eine Kopie, sobald wir hier fertig sind.«

Hayward blieb im Wohnzimmer stehen. Sie empfand eine schwer definierbare Unzufriedenheit, so als könnte sie mehr Informationen aus dem Tatort beziehen. Ihr Blick fiel auf mehrere Fotos in Silberrahmen, die offensichtlich von einem der Bücherregale heruntergefegt worden waren.

»Darf ich?«

»Nur zu. Die Leute von der Spurensicherung sind quasi mit der Zahnbürste hier durchgegangen.«

Hayward kniete sich hin und hob mehrere Fotos auf. Sie zeigten vermutlich verschiedene Familienangehörige und Freunde. Einige Aufnahmen zeigten wahrscheinlich Blackletter selbst: in Afrika, als Pilot eines Flugzeugs, Einheimische impfend, vor einer Buschklinik stehend. Auf mehreren Fotos stand er neben einer attraktiven, einige Jahre jüngeren Blondine; auf einem Foto hatte er den Arm um sie gelegt.

»War Dr. Blackletter verheiratet?«

»Keinmal«, antwortete Cring.

Hayward drehte das letzte Foto um. Beim Sturz auf den Boden war das Glas im Rahmen gesprungen. Hayward zog es aus dem Rahmen. Auf der Rückseite stand eine mit großzügiger, schwungvoller Schrift verfasste Widmung. FÜR MORRIS. IN ERINNERUNG AN DEN FLUG ÜBER DEN SEE. IN LIEBE, M.

»Darf ich das behalten? Nur das Foto, meine ich.«

Ein Zögern. »Ja, aber wir müssten das eintragen.« Noch ein Zögern. »Darf ich fragen, warum Sie es haben möchten?«

»Es könnte für meine Ermittlungen relevant sein.« Hayward hatte darauf achtgegeben, den Kollegen vor Ort nicht zu verraten, worum es bei ihren Ermittlungen genau ging, und nach ein paar halbherzigen Versuchen, dahinterzukommen, hatten sie das Thema taktvollerweise fallengelassen.

Jetzt aber brachte Cring es doch wieder zur Sprache. »Bitte nehmen Sie mir die Frage nicht übel, aber meine Kollegen und ich sind ein wenig erstaunt, dass sich ein Captain des New Yorker Morddezernats für einen ziemlich gewöhnlichen Raubmord hier bei uns im tiefen Süden interessiert. Wir wollen Ihnen nicht nachspionieren, aber es wäre doch nützlich zu erfahren, wonach Sie suchen – damit wir Ihnen helfen können.«

Hayward war klar, dass sie der Frage nicht weiter aus dem Weg gehen konnte, und entschied sich deshalb für eine Irreführung. »Es geht um Ermittlungen im Bereich Terrorismus.«

Schweigen. »Ah ja, verstehe.«

»Terrorismus«, wiederholte Field, der hinter ihr stand und sich zum ersten Mal zu Wort meldete. Er war ihnen derart leise gefolgt, dass Hayward fast vergessen hatte, dass er auch noch da war. »Davon gibt's da oben in New York ja 'ne ganze Menge, wie ich höre.«

»Richtig«, antwortete Hayward. »Und Sie haben sicherlich Verständnis dafür, wenn ich nicht in die Details gehen kann.«

»Absolut.«

»Wir halten uns in dieser Angelegenheit bedeckt. Was auch der Grund dafür ist, dass ich in inoffizieller Mission hier bin, wenn Sie wissen, was ich meine.«

»Ja, natürlich«, sagte Field. »Wenn ich fragen darf – haben die Roboter etwas mit der Sache zu tun?«

Hayward lächelte ihn kurz an. »Je weniger gesagt wird, desto besser.«

»Ja, Ma'am.« Field wurde ganz rot vor Freude, weil er richtig geraten hatte.

Hayward hasste sich selbst wegen ihrer Lüge. Es war eine schlimme Vorgehensweise, die sie, sollte sie je herauskommen, den Job kosten könnte.

»Geben Sie mir das Foto«, sagte Cring und warf seinem Untergebenen einen warnenden Blick zu. »Ich sorge dafür, dass es eingetragen wird und sofort wieder in Ihre Hände gelangt.« Er steckte das Foto in einen Beweismittel-Umschlag, versiegelte ihn und schrieb seine Initialen darauf.

»Ich denke mal, dann wären wir hier fertig«, sagte Hayward und sah sich um; gleichzeitig hatte sie ein schlechtes Gewissen, weil sie die Kollegen derart hinters Licht geführt hatte. Sie hoffte nur, dass Pendergasts Vorgehensweise nicht schon auf sie abgefärbt hatte.

Sie trat aus dem dunklen Haus in den hellen Sonnenschein und die schwüle Luft. Als sie sich umsah, fiel ihr auf, dass die Straße knapp achthundert Meter entfernt am Mississippi endete. Spontan wandte sie sich zu Cring um, der gerade die Haustür versiegelte.

»Detective?«

Er wandte sich um. »Ma'am?«

»Sie verstehen doch sicherlich, dass Sie über das, was wir gerade besprochen haben, mit niemandem reden dürfen?«

»Ja, Ma'am.«

»Aber wahrscheinlich wissen Sie jetzt auch, warum ich diesen Einbruch für inszeniert halte.«

Cring rieb sich das Kinn. »Inszeniert?«

»Vorgetäuscht.« Hayward wies mit einem Nicken die Straße hinunter. »Ich würde sogar wetten, dass Sie, wenn Sie nachschauten, die fehlenden elektronischen Geräte dort unten, am Ende der Straße, auf dem Grund des Mississippi finden.«

Cring blickte von ihr zum Fluss und wieder zu ihr. Er nickte langsam.

»Ich komme heute Nachmittag kurz wegen des Fotos vorbei«, sagte Hayward, während sie sich in den engen Porsche zwängte.

50

Penumbra-Plantage

Der alte Diener, Maurice, öffnete Hayward, worauf sie die düsteren Räume des Plantagenhauses betrat. Es entsprach ziemlich genau ihrer Vorstellung von dem Domizil, aus dem Pendergast stammte: Oberschicht, deren Stammbaum bis in die Zeit vor dem Bürgerkrieg zurückreichte, allerdings im Niedergang begriffen, angefangen vom baufälligen Haus bis zum schwermütigen alten Diener in seiner Butlerkluft.

»Hier entlang, Captain Hayward«, sagte Maurice, wandte sich um und wies mit offener Handfläche zum Salon. Als sie den Raum betrat, sah sie Pendergast vor einem Kamin sitzen, ein kleines Glas neben der rechten Hand. Er erhob sich und wies ihr einen Platz auf dem Sofa zu.

»Einen Sherry?«

Sie stellte ihre Aktentasche ab und nahm daneben Platz. »Nein, danke. So etwas trinke ich nicht.«

»Etwas anderes vielleicht? Bier? Tee? Einen Martini?«

Sie warf Maurice einen kurzen Blick zu. Sie wollte ihn nicht bemühen, war aber doch ziemlich erschöpft nach der Fahrt. »Einen Tee bitte. Stark, mit Milch und Zucker.«

Der Diener neigte kurz den Kopf und zog sich zurück.

Pendergast setzte sich wieder und schlug ein Bein übers andere. »Wie war Ihre Fahrt nach Siesta Key und St. Francisville?«

»Ergiebig. Aber zunächst – wie geht's Vinnie?«

»Er hält sich ganz gut. Die Verlegung in ein Privatkrankenhaus wurde ohne besondere Vorkommnisse vollzogen. Und die zweite Operation, bei der seine Aortenklappe durch eine Herzklappe vom Schwein ersetzt wurde, ist hervorragend verlaufen, so dass er sich inzwischen auf dem Wege der Besserung befindet.«

Hayward lehnte sich zurück. Ihr fiel ein riesiger Stein vom Herzen. »Gott sei Dank. Ich möchte ihn besuchen.«

»Wie ich bereits erwähnte – das wäre unklug. Selbst ihn anzurufen könnte wenig ratsam sein. Wir scheinen es hier mit einem ausgesprochen cleveren Killer zu tun haben, der, wie ich glaube, über gewisse Insiderinformationen über uns verfügt.« Pendergast trank einen kleinen Schluck von seinem Sherry. »Jedenfalls habe ich gerade den Laborbericht über die Federn erhalten, die ich aus dem Oakley-Plantagenhaus entwendet habe. Die Vögel waren tatsächlich mit einem Vogelgrippevirus infiziert, aber die sehr kleine Probe, die ich in die Finger bekommen konnte, war einfach zu abgebaut, um sie kultivieren zu können. Trotzdem: Der Forscher, den ich eingestellt habe, hat eine wichtige Erkenntnis gewonnen. Das Virus ist neuroinvasiv.«

Hayward seufzte. »Das werden Sie mir erläutern müssen.«

»Das Virus versteckt sich im menschlichen Nervensystem. Es ist stark *neurovirulent.* Und das, Captain, ist das letzte Stück in dem Puzzle.« Pendergast erhob sich und ging vor dem Kamin auf und ab. »Das Papageienvirus lässt einen Menschen erkranken, genauso wie jedes Grippevirus. Und so wie viele andere Viren auch verbirgt es sich im Nervensystem, um dem Blutkreislauf und somit dem menschlichen Immunsystem aus dem Weg zu gehen. Aber da hören die Ähnlichkeiten auch schon auf. Denn dieses Virus *wirkt* darüber hinaus auf das Nervensystem. Und diese Auswirkung ist höchst ungewöhnlich. Er verstärkt die Gehirnaktivität, was zu einem Erblühen der intellektuellen Fähigkeiten führt. Mein Forscher – ein überaus kluger Mann – hat mir erklärt, dass dies von einer Lockerung der neuronalen Netzwerke herrührt. Soll heißen, das Virus macht die Nervenenden ein wenig empfindlicher. Es bewirkt, dass sie schneller und leichter Impulse abfeuern, mit weniger Stimuli auskommen. Sie werden schießwütig, sozusagen. Aber das Virus hemmt auch die Produktion des Acetylcholin im Gehirn. Und wie es scheint, bringt diese Kombination von Auswirkungen das Nervensystem letztlich ins Ungleichgewicht und führt bei dem Erkrankten zu einer unkontrollierbaren sensorischen Reizüberflutung.«

Hayward runzelte die Stirn. Das waren doch sehr weitgehende Spekulationen, selbst für jemanden wie Pendergast. »Und Sie sind sich da ganz sicher?«

»Zusätzliche Forschungen wären erforderlich, um die Hypothese zu bestätigen, aber es ist die einzige Antwort, die passt.« Er hielt inne. »Denken Sie mal einen Moment nach, Captain.

Sie sitzen auf dieser Couch. Sie spüren, wie das Leder gegen ihren Rücken drückt. Sie sind sich der Teetasse in Ihrer Hand bewusst. Sie können den Lammrücken riechen, den es zum Abendessen geben wird. Sie hören eine Vielzahl ganz unterschiedlicher Geräusche: das Zirpen der Grillen, das Singen der Vögel in den Bäumen, das Prasseln im Kamin, Maurice, wie er in der Küche hantiert.«

»Kein Problem«, sagte Hayward. »Aber worauf wollen Sie hinaus?«

»Sie würden diese Sinnesreize und vermutlich hundert weitere wahrnehmen, wenn Sie innehielten und von ihnen Notiz nähmen. Das Entscheidende jedoch ist: Sie nehmen sie gar nicht wahr. Denn ein Teil Ihres Gehirns – der Thalamus, um genau zu sein – fungiert sozusagen als Verkehrspolizist und regelt, dass Sie sich lediglich jener Sinnesreize bewusst sind, die Ihnen im Moment wichtig sind. Stellen Sie sich vor, wie es wäre, wenn es diesen Verkehrspolizisten nicht gäbe. Sie würden ununterbrochen von Sinnesreizen bombardiert und wären außerstande, irgendeinen von ihnen zu ignorieren. Das mag zwar kurzfristig die kognitiven Funktionen und die Kreativität steigern, langfristig jedoch würde es Sie in den Wahnsinn treiben. Buchstäblich. Und genau das ist Audubon passiert. Und Ähnliches ist auch der Familie Doane widerfahren – nur sehr viel schneller und stärker. Wir haben bereits vermutet, dass der Wahnsinn, unter dem Audubon und die Doanes litten, mehr als nur Zufall war. Wir hatten nur eben nicht das Verbindungsglied. Bis jetzt.«

»Der Papagei der Doanes«, sagte Hayward. »Auch er trug das Virus in sich. Genauso wie die Papageien, die von der Oakley-Plantage gestohlen wurden.«

»Korrekt. Meine Frau muss diesen außergewöhnlichen Effekt zufällig entdeckt haben. Sie erkannte, dass die Erkrankung Audubon zutiefst verändert hatte, und als Epidemiologin verfügte sie über die nötige Sachkenntnis, die Gründe dafür herauszufinden. Ihre geniale Idee bestand darin, zu erkennen, dass es sich nicht nur um eine psychische Veränderung handelte, verursacht dadurch, dass Audubon dem Tod nur knapp entronnen war, sondern auch um eine *physiologische* Veränderung. Sie haben gefragt, welche Rolle Helen in dieser ganze Sache spielte: Ich habe Grund zu der Annahme, dass sie sich, mit den besten Absichten, mit ihrer Entdeckung an ein pharmazeutisches Unternehmen gewandt hat, das daraus ein Medikament zu entwickeln versuchte. Ein Medikament zur Bewusstseinssteigerung, ein Mittel, für das meines Wissens heute der Begriff ›Hirndoping‹ verwendet wird.«

»Und was ist mit dem Medikament passiert? Warum ist es nicht entwickelt worden?«

»Wenn wir das erfahren, werden wir, wie ich glaube, den Gründen für den Mord an meiner Frau sehr viel näher gekommen sein.«

Hayward sagte sehr behutsam: »Ich habe heute erfahren, dass Blackletter nach seinem Ausscheiden aus der Organisation Doctors With Wings für mehrere Pharmafirmen als Berater tätig war.«

»Ausgezeichnet.« Wieder ging Pendergast auf und ab. »Ich bin bereit für Ihren Bericht.«

Hayward fasste ihre Besuche in Florida und St. Francisville kurz zusammen. »Blast wie auch Blackletter wurden von einem Profikiller ermordet, der eine abgesägte Flinte Kaliber zwölf verwendet hat, Munition acht Kugeln pro Unze. Er hat die Häuser betreten und die Männer erschossen, dann hat er die Zimmer verwüstet und ein paar Sachen mitgehen lassen, damit das Ganze aussieht wie ein Raubüberfall.«

»Für welche Pharmaunternehmen war Blackletter als Berater tätig?«

Hayward öffnete ihre Aktentasche, zog einen braunen Umschlag hervor, zog daraus ein Blatt Papier und hielt es ihm hin.

Pendergast kam herüber und nahm das Blatt entgegen. »Haben Sie irgendwelche von Blackletters früheren Kontakten oder Partnern ausgegraben?«

»Ich habe einen Schnappschuss von einer alten Flamme.« Sie reichte ihm das Foto, und er betrachtete es kurz.

»Ein ausgezeichneter Anfang.«

»Apropos Blast, es gibt da etwas, was ich nicht verstehe.«

Pendergast legte das Foto zur Seite. »Ja?«

»Nun, es ist ziemlich offensichtlich, dass die Person, die Blackletter getötet hat, auch Blast ermordet hat. Aber warum? Er hatte doch noch nichts mit dieser Vogelgrippe zu tun, oder?«

Pendergast schüttelte den Kopf. »Nein. Aber das ist eine sehr gute Frage. Es muss, glaube ich, mit dem Gespräch zusammenhängen, das Helen einmal mit Blast geführt hat. Blast hat mir gesagt, dass sie, als er sie wegen des Schwarzgerahmten und ihrer Gründe, es besitzen zu wollen, zur Rede stellte, geantwortet hat: ›Ich will es nicht besitzen. Ich will es nur studieren.‹ Jetzt wissen wir, dass Blast hinsichtlich dieser Frage die Wahrheit gesagt hat. Aber wer immer den Mord an meiner Frau arrangiert hat, kann natürlich nicht gewusst haben, was bei diesem Gespräch herausgekommen ist. Möglicherweise hat Helen Blast mehr erzählt – vielleicht viel mehr. Über Audubon und die Vogelgrippe zum Beispiel. Und deshalb musste Blast, um ganz sicherzugehen, sterben. Er stellte zwar kein großes Problem dar, man musste ihn aber trotzdem aus dem Weg räumen.«

Hayward schüttelte den Kopf. »Der Mörder muss extrem kaltschnäuzig sein.«

»Ja wirklich, eiskalt.«

Im selben Moment kam Maurice mit einem Ausdruck des Abscheus im Gesicht herein. »Mr. Hudson ist hier, um Sie zu sprechen, Sir.«

»Schicken Sie ihn herein.«
Hayward schaute zu, wie ein kleiner, untersetzter, unterwürfig wirkender Mann das Zimmer betrat – Trench, Fedora, Nadelstreifen und zweifarbige Budapester. Er sah von Kopf bis Fuß wie die *film noir*-Karikatur eines Privatdetektivs aus, für den er sich offenbar auch hielt. Sie wunderte sich, dass Pendergast mit so einem Mann Umgang pflegte.
»Ich hoffe, ich störe nicht«, sagte er, neigte den Kopf und nahm seinen Hut ab.
»Überhaupt nicht, Mr. Hudson.« Ihr fiel auf, dass Pendergast sie nicht vorstellte. »Haben Sie die Liste mit den pharmazeutischen Unternehmen, um die ich Sie gebeten habe?«
»Ja, Sir. Ich habe jedes einzelne aufgesucht …«
»Vielen Dank.« Pendergast nahm die Liste entgegen. »Bitte warten Sie im Ostsalon, dort will ich gleich Ihren Bericht entgegennehmen.« Er nickte in Richtung Maurice. »Sorgen Sie dafür, dass Mr. Hudson es sich so lange mit einem alkoholfreien Getränk gemütlich macht.« Maurice begleitete Hudson hinaus auf den Flur.
»Was um alles in der Welt haben Sie angestellt, dass er so …«, Hayward suchte nach dem treffenden Wort, »… demütig ist?«
»Eine Variante des Stockholm-Syndroms. Zunächst bedroht man jemandes Leben, dann verschont man ihn großmütig. Der bedauernswerte Kerl hat den Fehler begangen, sich bei seinem einigermaßen unüberlegten Erpressungsversuch mit einer geladenen Schusswaffe in meiner Garage zu verstecken.«
Hayward zuckte innerlich zusammen. Wieder einmal wurde ihr bewusst, warum sie Pendergasts Methoden so unappetitlich fand. »Wie dem auch sei, er arbeitet jetzt für uns. Und der erste Auftrag, den ich ihm gegeben habe, bestand darin, eine Liste mit Pharmaunternehmen im Umkreis von fünfzig Meilen des Hauses der Doanes zusammenzustellen – basierend auf der Annahme, dass fünfzig Meilen die äußerste Entfernung ist, die

ein Papagei, der entfliegt, zurücklegt. Jetzt müssen wir noch eines tun: Ihre Liste mit jenen Unternehmen vergleichen, für die Blackletter beratend tätig war.« Pendergast hielt die zwei Seiten in die Höhe und blickte zwischen ihnen hin und her. Plötzlich verhärteten sich seine Gesichtszüge. Er ließ die Hand, die das Blatt hielt, sinken; sein Blick traf Haywards.
»Wir haben eine Übereinstimmung: Longitude Pharmaceuticals.«

51

Baton Rouge

Das Haus, ein in freundlichem Gelb gestrichenes Stuckgebäude mit weißem Zierrat, stand in einem restaurierten Viertel am Rande der Spanish Town von Baton Rouge; der kleine Vorgarten war ein wahres Tulpenmeer. Laura Hayward folgte Pendergast auf dem Weg aus Ziegelsteinen zur Haustür. Misstrauisch musterte sie das große Schild BETTELN UND HAUSIEREN VERBOTEN! Das war kein gutes Omen, außerdem wurmte es sie, dass Pendergast ihren Vorschlag, vorher anzurufen, um einen Termin zu vereinbaren, abgelehnt hatte.
Ein kleiner Mann mit schütteren Haaren öffnete und beäugte sie durch seine runde Brille. »Kann ich Ihnen helfen?«
»Ist Mary Ann Roblet zu Hause?«, fragte Pendergast in seinem schmeichlerischsten Tonfall, was Hayward noch mehr ärgerte. Erneut rief sie sich in Erinnerung, dass sie das hier nicht für Pendergast, sondern für Vinnie tat.
Der Mann zögerte. »Wen darf ich melden?«
»Aloysius Pendergast und Laura Hayward.«
Wieder ein Zögern. »Sind Sie, äh, fromme Menschen?«

»Nein, Sir«, sagte Pendergast. »Und wir wollen auch nichts verkaufen.« Er wartete und setzte eine freundliche Miene auf.
Nach einem Moment des Zögerns rief der Mann nach hinten über die Schulter: »Mary Ann? Hier sind zwei Leute, die dich sprechen möchten.« Er blieb im Türrahmen stehen, bat Pendergast und Hayward allerdings nicht, einzutreten.
Kurz darauf erschien eine lebhafte Frau an der Tür, rundlich, vollbusig, das silbrig graue Haar frisiert, das Make-up geschmackvoll aufgetragen. »Ja?«
Pendergast stellte sich und Hayward nochmals vor, gleichzeitig zog er seinen FBI-Dienstausweis hervor, klappte ihn mit einer knappen Bewegung vor der Frau auf, dann zu und ließ ihn wieder irgendwo in seinem schwarzen Anzug verschwinden. Erschrocken bemerkte Hayward, dass sich in dem Dienstausweis das Foto befand, das sie in Blackletters Haus gefunden hatte.
Mary Ann Roblet errötete.
»Dürfte ich mit Ihnen unter vier Augen sprechen, Mrs. Roblet?«
Sie war ganz aufgeregt, brachte kein Wort heraus, errötete noch mehr.
Der Mann, allem Anschein nach ihr Ehemann, hielt sich argwöhnisch im Hintergrund. »Was ist denn? Wer sind diese Leute?«
»Die kommen vom FBI.«
»FBI? Worum zum Kuckuck geht's denn?« Er wandte sich zu Pendergast und Hayward um. »Was wollen Sie?«
Pendergast ergriff das Wort. »Mr. Roblet, dies ist eine reine Routinebefragung, nichts, worüber Sie sich Sorgen machen müssen. Aber es ist vertraulich. Wir müssen nur kurz mit Ihrer Frau sprechen, das ist alles. Also, Mrs. Roblet, dürften wir eintreten?«
Sie trat einen Schritt von der Tür weg; jetzt war sie knallrot im Gesicht.

»Gibt es einen Raum im Haus, in dem wir uns ungestört unterhalten können?«, fragte Pendergast. »Das heißt, wenn Sie nichts dagegen haben.«
Mrs. Roblet fand ihre Sprache wieder. »Wir können ins kleine Zimmer gehen.«
Sie folgten Mrs. Roblet in das Zimmer, darin standen zwei Sessel und ein Sofa, der Boden war mit hellem Teppichboden ausgelegt, in einer Ecke stand ein riesiger Plasmafernseher. Pendergast schloss die Tür, während Mr. Roblet mit mürrischer Miene im Flur stehen blieb. Mrs. Roblet nahm überaus korrekt auf dem Sofa Platz und zog den Saum ihres Kleids ein wenig nach unten. Statt sich in einen der Sessel zu setzen, nahm Pendergast neben ihr auf dem Sofa Platz.
»Entschuldigen Sie, dass wir Sie stören«, sagte er in einem leisen, freundlichen Ton. »Wir hoffen, nur wenige Minuten Ihrer Zeit in Anspruch nehmen zu müssen.«
Nach kurzem Schweigen erwiderte Mrs. Roblet: »Ich nehme an, Sie ermitteln wegen … des Todes von Morris Blackletter.«
»Das ist richtig. Wieso wissen Sie das?«
»Ich habe in der Zeitung davon gelesen.« Es schien, als würden ihre sorgsam beherrschten Gesichtszüge im nächsten Moment entgleisen.
»Es tut mir sehr leid.« Pendergast zog ein kleines Päckchen Papiertaschentücher hervor und hielt ihr eines hin. Sie nahm es entgegen und tupfte sich damit die Augen trocken. Es kostete sie enorme Anstrengung, nicht in Tränen auszubrechen.
»Wir sind nicht gekommen, um in Ihrem früheren Leben herumzuschnüffeln oder Ihre Ehe durcheinanderzubringen«, fuhr Pendergast in freundlichem Tonfall fort. »Es muss sehr schwierig sein, im Verborgenen um jemanden zu trauern, der Ihnen früher einmal sehr viel bedeutet hat. Ihr Mann wird von dem, was in diesem Raum gesprochen wird, nichts erfahren.«
Sie nickte und tupfte sich nochmals die Augen trocken. »Ja.

Morris war … ein wunderbarer Mann«, sagte sie leise. Dann änderte sich ihr Ton, wurde strenger. »Also, bringen wir die Sache hinter uns.«

Hayward rutschte unruhig in ihrem Sessel herum. Dieser verfluchte Pendergast mit seinen merkwürdigen Methoden, dachte sie. Die Befragung müsste im Grunde in einem offiziellen Rahmen stattfinden, in einer Polizeiwache und mit einem Aufnahmegerät auf dem Tisch.

»Natürlich. Sie haben Dr. Blackletter in Afrika kennengelernt?«

»Ja.«

»Unter was für Umständen?«

»Ich arbeitete damals als Krankenschwester in der Baptistenmission in Liberville in Gabun. Das ist in Westafrika.«

»Und Ihr Mann?«

»Er war der Hauptpastor der Mission«, sagte sie mit leiser Stimme.

»Wie haben Sie Dr. Blackletter kennengelernt?«

»Ist das wirklich nötig?«, flüsterte sie.

»Ja.«

»Er leitete eine kleine Klinik für Doctors With Wings, sie lag direkt neben der Missionsstation. Immer wenn im westlichen Teil des Landes eine Krankheit ausbrach, ist er in den Busch geflogen, um die Dorfbewohner zu impfen. Eine sehr, sehr gefährliche Arbeit. Wenn er Hilfe benötigte, habe ich ihn manchmal begleitet.«

Pendergast legte seine Hand begütigend auf ihre. »Wann hat die Beziehung zu ihm begonnen?«

»Ungefähr in der Mitte unseres ersten Jahres dort. Das ist jetzt zweiundzwanzig Jahre her.«

»Und wann hat die Beziehung geendet?«

Langes Schweigen. »Sie hat nicht geendet.« Ihre Stimme stockte.

»Erzählen Sie uns von Dr. Blackletters Arbeit hier in den Staaten, nachdem er Doctors With Wings verlassen hatte.«
»Morris war Epidemiologe. Ein sehr guter. Er hat für etliche pharmazeutische Unternehmen als Berater gearbeitet, hat ihnen bei der Entwicklung von Impfstoffen und anderen Arzneimitteln geholfen.«
»Gehörte Longitude Pharmaceuticals auch dazu?«
»Ja.«
»Hat er Ihnen je etwas von seiner Arbeit für die Firma erzählt?«
»Er hat sich größtenteils über seine beratende Tätigkeit ausgeschwiegen. Das Ganze war ziemlich geheim, wegen Industriespionage und so. Aber komisch, dass Sie die Firma erwähnen, über die hat er mir ein paarmal etwas erzählt. Mehr als über die meisten anderen.«
»Und?«
»Er hat dort ungefähr ein Jahr gearbeitet.«
»Wann war das?«
»Vor etwa elf Jahren. Er hatte ganz plötzlich gekündigt. Es war dort etwas passiert, was ihm nicht gefallen hat. Er war wütend und verängstigt – und glauben Sie mir, Morris war kein Mann, dem man leicht Angst einjagen konnte. Ich erinnere mich noch, dass er eines Abends mit mir über den Vorstandschef des Unternehmens gesprochen hat. Slade war sein Name. Charles J. Slade. Ich erinnere mich, dass Morris sagte, der Mann sei böse und dass das Zeichen eines wahrhaft bösen Menschen seine Fähigkeit sei, gute Menschen in seinen Mahlstrom zu ziehen. Das war das Wort, das er verwendet hat: *Mahlstrom.* Ich weiß noch, dass ich es nachschlagen musste. Kurz nach seiner Kündigung hat Morris ganz plötzlich aufgehört, über Longitude zu sprechen, und auch danach hat er nie mehr ein Wort über das Unternehmen verloren.«
»Er hat auch nie wieder für diese Firma gearbeitet?«

»Nein. Kurz nachdem Morris gegangen war, ist das Unternehmen bankrottgegangen. Zum Glück hatte er da aber bereits sein Honorar erhalten.«

Hayward beugte sich vor. »Verzeihen Sie, wenn ich Sie unterbreche, aber woher wissen Sie, dass er sein Honorar erhalten hat?«

Mary Ann Roblet sah sie aus ihren grauen, feuchten und roten Augen an. »Er hatte ein Faible für feine Silberwaren. Antiquitäten. Er ist ständig losgefahren, um neue zu kaufen, und hat ein Vermögen für seine Privatsammlung ausgegeben. Als ich ihn fragte, wie er sich das leisten könne, hat er geantwortet, er habe von Longitude einen großen Bonus erhalten.«

»Einen großen Bonus. Nach einem einjährigen Arbeitsverhältnis.« Pendergast überlegte einen Moment. »Was hat er sonst noch über diesen Slade gesagt?«

Sie dachte kurz nach. »Dass Slade eine gute Firma heruntergewirtschaftet habe. Sie mit seiner Gedankenlosigkeit und Arroganz ruiniert habe.«

»Sind Sie Slade je begegnet?«

»O nein. Kein einziges Mal. Morris und ich hatten nie irgendeine Art öffentliche Beziehung. Sie war immer … privat. Allerdings habe ich gehört, dass alle eine Heidenangst vor Slade hatten. Mit Ausnahme natürlich von June.«

»June?«

»June Brodie. Slades Sekretärin.«

Pendergast dachte kurz über die Antwort nach. Dann wandte er sich zu Hayward um. »Haben Sie noch irgendwelche Fragen?«

»Hat Dr. Blackletter einmal angedeutet, woran er bei Longitude gearbeitet oder mit wem er dort zusammengearbeitet hat?«

»Er hat nie über die vertraulichen Forschungen gesprochen. Aber von Zeit zu Zeit hat er einige der Leute erwähnt, mit denen er zusammengearbeitet hat. Er hat gern lustige Geschichten über Leute erzählt. Mal sehen … Mein Gedächtnis ist auch nicht mehr das, was es einmal war. Da war June, natürlich.«

»Warum ›natürlich‹?«, fragte Pendergast.

»Weil June für Slade so wichtig war.« Sie hielt inne, wollte noch etwas hinzufügen, errötete dann aber leicht.

»Ja?«, drängte Pendergast

Roblet schüttelte den Kopf.

Nach kurzem Schweigen fuhr Hayward fort: »Mit wem hat Dr. Blackletter sonst noch bei Longitude zusammengearbeitet?«

»Lassen Sie mich nachdenken. Mit dem Leiter der Forschungsabteilung, Dr. Gordon Groebel, Morris war ihm direkt unterstellt.«

Hayward notierte sich rasch den Namen. »Gibt's irgendwas Besonderes über diesen Dr. Groebel?«

»Mal sehen … Morris hat ihn ein paarmal als töricht bezeichnet. Töricht und gierig, wenn ich mich recht entsinne.« Sie hielt inne. »Da war noch jemand anders. Ein Mr. Phillips. Denison Phillips, glaube ich. Er war der Justitiar der Firma.«

Schweigen breitete sich in dem kleinen Wohnzimmer aus. Mary Ann Roblet trocknete sich die Augen, holte ein Schminktäschchen hervor, frischte ihr Make-up auf, richtete ihr Haar und trug einen Hauch Lippenstift auf.

»Das Leben geht weiter, wie man so sagt. Wäre das alles?«

»Ja«, sagte Pendergast und erhob sich. »Vielen Dank, Mrs. Roblet.«

Sie erwiderte nichts. Sie gingen hinter ihr durch die Tür in den Flur. Ihr Mann trank in der Küche Kaffee. Er sprang auf und eilte in die Eingangsdiele, als sie gerade gehen wollten.

»Alles in Ordnung, Liebes?«, fragte er und sah sie besorgt an.

»Völlig in Ordnung. Du erinnerst dich doch noch an diesen

netten Dr. Blackletter, der vor Jahren in der Missionsstation gearbeitet hat?«
»Blackletter, der fliegende Doktor? Natürlich erinnere ich mich an ihn. Feiner Kerl.«
»Er ist vor ein paar Tagen in St. Francisville bei einem Raubüberfall erschossen worden. Die FBI-Agenten ermitteln in dem Fall.«
»Du lieber Himmel«, sagte Roblet und wirkte mehr erleichtert als alles andere. »Das ist ja furchtbar. Ich habe nicht mal gewusst, dass er in Louisiana lebt. Hab seit Jahren nicht mehr an ihn gedacht.«
»Ich auch nicht.«
Während sie in den Rolls stiegen, drehte sich Hayward zu Pendergast um. »Das war außergewöhnlich gut gemacht.«
Pendergast wandte sich zu ihr um und neigte den Kopf. »Weil diese Worte von Ihnen kommen, nehme ich sie als sehr großes Kompliment an, Captain Hayward.«

52

Frank Hudson verharrte im Schatten eines Baumes auf dem Fußweg vor dem Gebäude, in dem das Standesamt untergebracht war. Die Klimaanlage in dem Gebäude war auf sibirische Temperaturen abgesenkt worden, und als er in die für die Jahreszeit untypische schwül-heiße Luft hinaustrat, fühlte er sich wie ein Eiswürfel, der in eine warme Suppe gefallen war.
Er stellte seine Aktentasche ab, zog aus der Brusttasche seines Nadelstreifenanzugs ein Taschentuch und wischte sich über die Glatze. Es geht doch nichts über den Winter in Baton Rouge, dachte er gereizt. Er stopfte das Taschentuch in die Brusttasche zurück, zupfte so daran, dass eine Ecke salopp hervorschaute,

blinzelte in dem hellen Sonnenlicht mit zusammengekniffenen Augen in Richtung Parkplatz und entdeckte seinen alten Ford Falcon. Daneben stieg eine stämmige Frau sichtlich genervt aus ihrem zerbeulten Chevrolet Nova und schlug die Tür einmal, zweimal zu, damit die endlich schloss.
»Mistding«, hörte er die Frau zu dem Auto sagen, als sie die Tür nochmals mit Schwung zuknallte. »Scheißkarre.«
Hudson wischte sich wieder über die Glatze und setzte seinen Fedora auf. Er wollte hier noch ein bisschen länger im Schatten stehen bleiben, bevor er in seinen Wagen stieg. Der Auftrag, den Pendergast ihm gegeben hatte, war kinderleicht gewesen. June Brodie, 35, Sekretärin, verheiratet, keine Kinder, attraktiv. Es stand alles in den Akten. Ehemann staatlich geprüfter Krankenpfleger. Sie selbst hatte eine Ausbildung zur staatlich geprüften Krankenschwester gemacht, hatte sich dann aber schließlich entschieden, für Longitude zu arbeiten. Dort war sie sechzehn Jahre lang tätig. Longitude geht pleite, sie wird arbeitslos, und eine Woche später steigt sie in ihren Tahoe. Fährt zur Archer-Brücke ein paar Meilen vor der Stadt. Verschwindet. Im handschriftlichen, im Auto zurückgelassenen Abschiedsbrief steht: *Ich kann nicht mehr. Alles mein Fehler. Verzeih mir.* Man sucht eine Woche lang den Fluss ab, nichts. Es ist ein bevorzugter Ort für Selbstmörder, der Fluss ist tief und hat eine schnelle Strömung, viele Leichen werden nie gefunden. Ende der Geschichte.
Hudson hatte nur kurze Zeit benötigt, um die Informationen zusammenzubekommen, die Akten durchzusehen. Er machte sich Sorgen, dass er nicht genug geleistet hatte, um sich das 500-Dollar-Tageshonarar zu verdienen. Vielleicht sollte er verschweigen, dass er nur zwei Stunden gebraucht hatte.
Die Akte war vollständig, sogar eine Kopie des Abschiedsbriefs war darin; der FBI-Agent müsste eigentlich hochzufrieden sein. Was die Bezahlung anging, wollte er mal sehen, was kam. Die

Verbindung war zu einträglich, als dass er das Risiko eingehen durfte, mit dem Mann Spielchen zu spielen oder zu versuchen, ein paar Pennys mehr aus ihm rauszuquetschen.
Hudson hob die Aktentasche vom Boden auf und trat aus dem Schatten auf den backofenheißen Parkplatz.

Mit einem letzten Fluch knallte Nancy Milligan die Wagentür zu – die geschlossen blieb. Nancy schwitzte, war verärgert und wütend. Wütend auf die ungewöhnliche Hitze, wütend auf die alte Karre und besonders wütend auf ihren Mann. Warum ließ der Blödmann sie seine Besorgungen machen, statt seinen dicken Hintern hochzukriegen und die Sache selber zu erledigen? Warum die Stadtverwaltung von Baton Rouge eine Kopie seiner Geburtsurkunde brauchte, bei seinem Alter ... das machte doch keinen Sinn.
Sie richtete sich auf und war etwas peinlich berührt, als sie auf der anderen Seite des Parkplatzes einen Mann – Fedora auf dem Kopf nach hinten geschoben – sah, der sich die Stirn wischte und in ihre Richtung blickte.
Im selben Moment flog der Hut durch die Luft, und die ganze Seite seines Kopfes verschwamm und verschmolz zu einem Strahl einer dunklen Flüssigkeit. Fast gleichzeitig ertönte zwischen den ausladenden Eichen ein Knall. Der Mann stürzte zu Boden, als wäre er gefällt worden, und rollte wie ein Baumstamm, bevor er reglos liegen blieb, die Arme in einer grotesken Selbstumarmung um sich geschlungen. Der Hut rollte einige Meter und kam dann eiernd auf der Oberseite zum Liegen.
Einen Augenblick stand die Frau einfach nur völlig starr neben ihrem Wagen. Dann holte sie ihr Handy hervor und wählte mit tauben Fingern die Notrufnummer. »Ein Mann«, sagte sie, verwundert, wie ruhig ihre Stimme klang, »ist gerade eben auf dem Parkplatz des Standesamtes an der Louisiana Avenue erschossen worden.«

Auf die Frage am anderen Ende antwortete sie: »Ja, er ist mit Sicherheit tot.«

53

Der Parkplatz und ein kleiner Bereich der nahe gelegenen Straße waren mit Tatortband abgesperrt. Eine Menschenansammlung aus Reportern, Teams von Nachrichtensendern und Kameraleuten drängte gegen die Barrikade der Blauuniformierten, dazu gesellten sich ein paar vereinzelte Gaffer und verärgerte Leute, die ihren Wagen nicht vom Parkplatz herunterfahren konnten.

Hayward stand neben Pendergast hinter der Barriere und sah den Ermittlern bei der Arbeit zu. Pendergast hatte sie gegen ihren Willen dazu überredet, sich als Zivilisten auszugeben und nicht an den Ermittlungen zu beteiligen. Außerdem sollten sie verschweigen, dass der Privatermittler für sie gearbeitet hatte. Hayward hatte widerstrebend zugestimmt. Ihre Verbindung zu Hudson zuzugeben, das würde ihnen einen endlosen Papierkrieg und zahllose Befragungen und Schwierigkeiten aufhalsen; es würde ihre Arbeit behindern, zudem müssten sie sich mit den Berichten in den Zeitungen und der öffentlichen Meinung auseinandersetzen. Und was würde dabei herauskommen? Mit fast hundertprozentiger Sicherheit würden sie den Kerl, der Vinnie angeschossen hatte, und den Mörder dieses Mannes – offenbar ein und dieselbe Person – niemals finden.

»Ich kapiere das nicht«, sagte Hayward. »Warum Hudson aufs Korn nehmen? Wir sind es doch, die alle Leute befragen, im Nebel stochern, den Bodensatz aufrühren, aber er hat doch nur ein paar öffentlich zugängliche Akten über June Brodie eingesehen.«

Pendergast blinzelte mit leicht zusammengekniffenen Augen in die Sonne und schwieg.
Hayward verkniff sich weitere Bemerkungen und schaute wieder zu den Leuten von der Spurensicherung, die auf dem heißen Asphalt in der Hocke saßen. Sie sahen aus wie Krebse, die sich langsam über den Meeresgrund bewegten. Bislang hatten sie alles richtig gemacht. Gewissenhaft, nach allen Regeln der Kunst, kein einziger Fehler, den sie erkennen konnte. Es waren Profis. Und vielleicht war das auch gar nicht verwunderlich; die Ermordung eines Mannes am helllichten Tag vor einem Regierungsgebäude war in Baton Rouge schließlich nicht an der Tagesordnung.
»Kommen Sie, schlendern wir hier entlang«, sagte Pendergast leise. Sie folgte ihm, während er sich durch die Menschenmenge schlängelte, die weite Rasenfläche überquerte, um den Parkplatz herum und hinüber zur gegenüberliegenden Seite ging, wo sich das Gebäude mit dem Standesamt befand. Sie blieben vor einer Gruppe von Eiben stehen, die zu länglichen Formen gestutzt waren und aussahen wie plattgedrückte Bowling-Kegel.
Plötzlich argwöhnisch geworden, beobachtete Hayward, wie Pendergast sich den Sträuchern näherte.
»Von hier hat der Schütze seinen Schuss abgegeben«, sagte er.
»Woher wollen Sie das denn wissen?«
Er zeigte auf den Boden um die Eiben herum, der mit Rindenmulch bedeckt war. »Hier hat er sich hingelegt, die Spuren seines Zweibeins sehen Sie dort.«
Hayward spähte hin, ohne zu nahe heranzugehen. Mit einiger Mühe entdeckte sie dann schließlich die beiden nahezu unsichtbaren Abdrücke im Boden, dort, wo der Rindenmulch zur Seite geschoben worden war.
»Pendergast, Sie haben wirklich eine blühende Phantasie. Aber woher wissen Sie, dass er von hier den Schuss abgefeuert hat?

Die Polizei glaubt offenbar, dass der Schuss von der anderen Seite des Parkplatzes kam.« Die Beamten hatten sich auf die Spurensuche entlang der Straße konzentriert.

»Wegen der Position des Fedoras. Die Wucht des Projektils hat den Kopf des Opfers zur Seite geschleudert, aber durch das Zurückschnellen der Halsmuskeln wurde ihm der Hut vom Kopf gerissen.«

Hayward verdrehte die Augen. »Eine ziemlich gewagte Hypothese.«

Doch Pendergast hatte ihr gar nicht zugehört. Wieder überquerte er die Rasenfläche, diesmal allerdings rascher. Hayward setzte sich ebenfalls in Marsch, wobei sie sich anstrengen musste, ihn einzuholen.

Pendergast ging über die vierhundert Meter breite, offene Fläche und näherte sich dem Parkplatz. Geschickt schlängelte er sich durch die Menschenmenge und stand schließlich vor den Absperrungen. Wieder spähte er mit seinen blassblauen Augen, die er zum Schutz gegen die helle Sonne ein wenig zusammenkniff, in das Meer der geparkten Autos. Ein kleines Fernglas erschien in seiner Hand; er blickte sich um.

Dann steckte er das Fernglas wieder ein. »Entschuldigen Sie – Officers?« Er beugte sich über die Absperrung und versuchte die beiden Beamten auf sich aufmerksam zu machen, die sich gerade über ein Klemmbrett beugten und unterhielten.

Sie nahmen ganz bewusst keine Notiz von ihm.

»Officers? Hallo, entschuldigen Sie bitte.«

Einer der Detectives blickte herüber, sichtlich widerwillig. »Ja?«

»Kommen Sie doch mal bitte herüber.« Pendergast winkte ihn zu sich.

»Sir, wir sind hier gerade sehr beschäftigt.«

»Bitte. Es ist wichtig. Ich habe *Informationen.*«

Hayward wunderte und ärgerte sich zugleich über Pendergasts

untertänige Ansprache, die ihr allerdings durchaus kalkuliert vorkam, so als sollte sie Skepsis provozieren. Sie hatte versucht, sich bei den örtlichen Beamten einzuschmeicheln – das Letzte, was sie wollte, war, dass Pendergast ihre Bemühungen jetzt unterlief.

Der Detective kam näher. »Haben Sie den Vorfall gesehen?«

»Nein. Aber ich sehe *das da.*« Pendergast deutete zum Parkplatz.

»Was?« Der Detective blickte in die Richtung, in die Pendergast deutete.

»Den weißen Subaru. In der vorderen rechten Tür, direkt unterhalb der Fenstereinfassung, befindet sich ein Einschussloch.«

Der Detective kniff die Augen zusammen, dann ging er gemächlich los und schlängelte sich zwischen den Autos hindurch zum Subaru. Er beugte sich vor. Kurz darauf hob er blitzartig den Kopf, rief seinen Kollegen etwas zu und winkte.

»George? *George!* Komm mal mit dem Team rüber. Hier in der Tür steckt eine Kugel.«

Die Leute vom Spurensicherungsteam liefen zum Subaru; der Detective ging mit großen Schritten zurück zu Pendergast. Auf einmal zeigte er sich interessiert. »Wie haben Sie das entdeckt?«

Pendergast lächelte. »Ich besitze ein ausgezeichnetes Sehvermögen.« Er beugte sich vor. »Und wenn Sie einem unwissenden Passanten die Mutmaßung verzeihen, ich würde meinen, dass es sich – angesichts der Position des Einschusslochs und der Lage des Opfers – bei dem Strauchwerk in der Südostecke des Gebäudes um den Ort handeln könnte, von dem aus der Schuss abgefeuert wurde.«

Der Blick des Detectives schweifte zum Gebäude und an der Schussbahn entlang; er hatte sofort begriffen. »Okay.« Er winkte zwei Detectives heran und unterhielt sich leise mit ihnen.

Sofort ging Pendergast los.

»Sir? Einen Moment, Sir.«

Doch Pendergast befand sich bereits außer Hörweite, war im allgemeinen Trubel der Menschenmenge untergetaucht. Er ging auf das Gebäude zu, Hayward im Schlepptau, mit den sich bewegenden Massen der Leute. Aber anstatt auf ihr geparktes Auto zuzusteuern, wandte er sich um und betrat das Standesamt.

»Das war ein interessantes Gespräch«, sagte Hayward.

»Es schien mir klug, den Beamten jede verfügbare Unterstützung zukommen zu lassen. Wir brauchen in diesem Fall jeden Ansatzpunkt, den wir erhalten können. Allerdings glaube ich«, fuhr Pendergast fort, als sie sich der Dame am Empfang näherten, »dass unser Gegner möglicherweise eben seinen zweiten Fehler begangen hat.«

»Und der wäre?«

Anstatt ihr zu antworten, wandte sich Pendergast an die Angestellte. »Wir würden uns gern mal Ihre Akten über eine gewisse June Brodie ansehen. Es kann sein, dass sie noch nicht wieder im Regal stehen. Ich glaube, ein Herr hat sie sich heute Morgen schon einmal angeschaut.«

Während die Frau die Akten von einem Sortierwagen holte, wandte sich Hayward zu Pendergast um. »Also gut. Diesmal gebe ich klein bei. Aber worin bestand sein erster Fehler?«

»Dass er mich in Penumbra verfehlt und stattdessen Vincent getroffen hat.«

54

New York City

Dr. John Felder trat nach der Anhörung betreffend die Zwangseinweisung von Constance Greene aus dem Zeugenstand und nahm Platz. Er vermied es dabei, in die Richtung der Beklagten zu sehen; der stete Blick aus ihren violetten Augen hatte etwas zutiefst Beunruhigendes. Felder hatte gesagt, was er zu sagen hatte und was seiner Überzeugung als Psychiater entsprach: dass Constance Greene an einer schweren psychischen Erkrankung litt und in einer geschlossenen Station untergebracht werden musste. Das war zwar eigentlich ohne Belang, weil sie bereits wegen Mordes angeklagt und eine Freilassung gegen Kaution abgelehnt worden war, aber die Anhörung war trotzdem ein erforderlicher Schritt in dem ganzen Verfahren. Und in diesem besonderen Fall, das musste Felder zugeben, war es ein Rechtsverfahren, an dessen Ende ein hieb- und stichfestes Urteil stand. Denn trotz ihrer Selbstbeherrschung, trotz ihrer Intelligenz und ihrer vermeintlichen geistigen Gesundheit war Felder mittlerweile davon überzeugt, dass Constance Greene extrem geistesgestört war – außerstande, Richtig von Falsch zu unterscheiden.

Papiere raschelten, einige Anwesende räusperten sich, dann fasste der Richter das Ergebnis der Anhörung zusammen. »Ich gebe hiermit zu Protokoll«, verkündete er, »dass die mutmaßlich geisteskranke Person sich keines Rechtsbeistands bedient.«

»Das ist richtig, Euer Ehren«, sagte Greene geziert und hielt die Hände auf ihrem Gefängnis-Rock gefaltet.

»Sie haben das Recht, bei diesem Gerichtstermin das Wort zu ergreifen«, sagte der Richter. »Möchten Sie sich äußern?«

»Im Moment nicht, Euer Ehren.«

»Sie haben die Zeugenaussage von Dr. Felder gehört. Er glaubt, dass Sie eine Gefahr für sich und andere darstellen und in eine Justizvollzugsstation eingewiesen werden sollten. Wollen Sie sich zu dieser Aussage äußern?«

»Ich möchte einem Fachmann nicht widersprechen.«

»Wie Sie wünschen.« Der Richter reichte einem Gerichtsdiener einen Stapel Papiere und erhielt dafür einen anderen. »Und nun habe ich selbst eine Frage.« Er schob seine Brille ein wenig die Nase hinunter und sah Constance Greene an.

Felder war bass erstaunt. Er war bei Dutzenden Anhörungen anwesend gewesen, bei denen es um Sicherheitsverwahrung ging, aber kaum einmal, wenn überhaupt, hatte ein Richter dem oder der Angeklagten eine direkte Frage gestellt. Normalerweise schloss der Richter die Verhandlung mit irgendwelchen schulmeisterlichen Anmerkungen, die voll waren von moralischen Aufforderungen und pseudo-psychologischen Erkenntnissen.

»Miss Greene, niemand scheint imstande zu sein, Ihre Identität festzustellen, ja nicht einmal Ihre Existenz zu verifizieren. Das Gleiche gilt für Ihr Baby. Trotz einer intensiven Suche gibt es offenbar keine Hinweise, dass Sie ein Kind zur Welt gebracht haben. Letzterer Punkt stellt eine Schwierigkeit dar, mit der sich der Richter in dem Verfahren gegen Sie befassen muss. Aber auch ich bin mit bedeutsamen juristischen Fragen konfrontiert, wenn ich Sie zwangseinweise, ohne eine Sozialversicherungsnummer oder Hinweise darauf zu haben, dass Sie amerikanische Staatsbürgerin sind. Kurzum, wir wissen nicht, wer Sie wirklich sind.«

Er hielt inne. Greene betrachtete ihn aufmerksam, hielt die Hände noch immer gefaltet.

»Wären Sie bereit, diesem Gericht die Wahrheit über Ihre Herkunft mitzuteilen?«, fragte der Richter in strengem, aber nicht unfreundlichem Tonfall. »Wer Sie wirklich sind und woher Sie stammen?«

»Euer Ehren, ich habe bereits die Wahrheit gesagt«, antwortete Constance.

»In der mir hier vorliegenden Abschrift Ihrer Aussage deuten Sie an, dass Sie in den siebziger Jahren in der Water Street geboren wurden. Aber die Dokumente zeigen, dass das nicht stimmen kann.«

»Es stimmt auch tatsächlich nicht.«

Felder spürte, dass ihn eine gewisse Müdigkeit beschlich. Der Richter müsste es eigentlich besser wissen; seine Fragen brachten nichts, er vergeudete nur die Zeit des Gerichts. Und er, Felder, musste sich um seine Patienten kümmern – Patienten, die zahlten.

»Aber Sie sagen es hier, in dieser Niederschrift, die ich in Händen halte.«

»Ich sage es nicht.«

Verärgert las der Richter aus der Abschrift vor.

Frage: Wann wurden Sie geboren?
Antwort: Daran erinnere ich mich nicht.
Frage: Nun, natürlich können Sie sich nicht daran erinnern, aber Sie kennen doch sicherlich Ihr Geburtsdatum?
Antwort: Leider nicht.
Frage: Das müsste so in den späten achtziger Jahren liegen?
Antwort: Eher in den frühen Siebzigern, glaube ich.

Der Richter hob den Kopf. »Haben Sie das gesagt?«

»Ja.«

»Also gut. Sie behaupten, in den frühen siebziger Jahren des zwanzigsten Jahrhunderts in der Water Street geboren worden zu sein. Die Nachforschungen dieses Gerichts haben jedoch zweifelsfrei ergeben, dass dies nicht der Wahrheit entspricht. Überdies sehen sie viel zu jung aus, als dass sie vor mehr als dreißig Jahren geboren sein können.«

Greene erwiderte nichts darauf.
Felder erhob sich von seinem Platz. »Euer Ehren, gestatten Sie eine Zwischenfrage?«
Der Richter wandte sich zu ihm um. »Ja, Dr. Felder.«
»Solcherlei Fragen habe ich der Patientin bereits mehrfach gestellt. Bei allem Respekt, Euer Ehren, ich möchte das Gericht daran erinnern, dass wir es hier nicht mit einer gesunden Psyche zu tun haben. Ich hoffe, dem Hohen Gericht nicht zu nahe zu treten, wenn ich sage, dass meiner Ansicht nach bei einer derartigen Befragung nichts Nützliches herauskommen kann.«
Der Richter tippte mit seiner Brille auf die Aktenmappe. »Vielleicht haben Sie recht, Dr. Felder. Und bin ich richtig informiert, dass der nächste Angehörige, Aloysius Pendergast, in dieser Frage die Aussage verweigert?«
»Er hat jede Aufforderung zur Aussage verweigert, Euer Ehren.«
»Nun gut.« Der Richter nahm einen anderen Stapel Papiere zur Hand, holte tief Luft und richtete den Blick in den kleinen, fast menschenleeren Gerichtssaal. Dann setzte er die Brille wieder auf und beugte sich über seine Unterlagen. »Das Gericht stellt hiermit fest –«
Constance Greene erhob sich, plötzlich ganz rot im Gesicht, von ihrem Stuhl. Zum ersten Mal zeigte sie so etwas wie eine Gefühlsreaktion. Felders Eindruck nach war sie sogar ein wenig wütend. »Nach reiflicher Überlegung glaube ich, dass ich mich doch äußern möchte.« Plötzlich hatte ihre Stimme eine gewisse Schärfe. »Darf ich sprechen, Euer Ehren?«
Der Richter setzte sich zurück und verschränkte die Hände. »Ich werde eine Aussage zulassen.«
»Ich wurde tatsächlich in der Water Street geboren, in den Siebzigern – allerdings in den Siebzigern des *neunzehnten* Jahrhunderts. Alles, was Sie wissen müssen, finden Sie im Stadt-

archiv in der Centre Street, Weiteres in der New York Public Library. Über mich; über meine Schwester Mary, die ins Armenhaus, die Missionsstation von Five Points, geschickt wurde und später einem Massenmord zum Opfer fiel; über meinen Bruder Joseph; über meine Eltern, die an Tuberkulose starben – dort finden Sie alle erforderlichen Informationen. Das weiß ich, weil ich die Akten selbst eingesehen habe.«
Stille breitete sich in dem Gerichtssaal aus. Schließlich sagte der Richter. »Vielen Dank, Miss Greene. Sie dürfen wieder Platz nehmen.«
Sie setzte sich.
Der Richter räusperte sich. »Das Gericht stellt hiermit fest, dass Miss Constance Greene, Alter unbekannt, geistig nicht zurechnungsfähig ist und zurzeit eine eindeutige Gefahr für sich und andere darstellt. Das Gericht ordnet daher an, Constance Greene in die Justizvollzugsanstalt Bedford Hills zum Zweck der Beobachtung und Behandlung einzuweisen. Und zwar für unbestimmte Zeit.«
Er klopfte mit dem Hämmerchen auf den Richtertisch. »Die Sitzung ist beendet.«
Felder stand auf; er fühlte sich seltsam mutlos. Er warf einen Blick auf die rätselhafte Frau, die sich wieder erhoben hatte und jetzt von zwei muskulösen Wachmännern flankiert wurde. Wie sie so zwischen den Männern stand, wirkte sie klein und zerbrechlich. Die Farbe war aus ihrem Gesicht gewichen, das jetzt wieder völlig ausdruckslos wirkte. Sie wusste, was gerade geschehen war – sie *musste* es wissen –, und trotzdem zeigte sie nicht die geringste Gefühlsregung.
Felder wandte sich ab und verließ den Gerichtssaal.

55

Sulphur, Louisiana

Der gemietete Buick glitt auf der diamantgeschliffenen Betondecke der Interstate 10 dahin. Hayward hatte den Tempomat auf 75 Meilen pro Stunde eingestellt, obwohl Pendergast gemurrt hatte, dass sie bei dieser Geschwindigkeit fünf Minuten zu früh in der Stadt eintreffen würden.

Sie hatten an diesem Tag schon über 300 Kilometer in dem Buick zurückgelegt, wobei Hayward aufgefallen war, dass Pendergast schlechte Laune hatte, was ihm gar nicht ähnlich sah. Er hatte kein Geheimnis daraus gemacht, dass ihm der Buick missfiel, und mehr als einmal vorgeschlagen, in den Rolls-Royce – dessen Windschutzscheibe ersetzt worden war – überzuwechseln, aber Hayward hatte sich geweigert, in das Auto einzusteigen. Sie konnte sich einfach nicht vorstellen, effizient ermitteln zu können, wenn man in einem Rolls herumgondelte, außerdem fragte sie sich, wie Pendergast überhaupt auf die Idee kommen konnte, ein derart extravagantes Auto für die Arbeit zu nutzen. Die Fahrt in dem alten Porsche seiner Frau war schon schlimm genug gewesen. Nachdem Hayward einen Tag darin gefahren war, hatte sie den Sportwagen in Pendergasts Garage abgestellt und darauf bestanden, ein zwar sehr viel weniger aufregendes, aber tausendmal weniger auffälliges Auto zu mieten. Insbesondere ärgerte sich Pendergast vermutlich darüber, dass die ersten beiden Namen auf der Liste von Mary Ann Roblet nichts ergeben hatten. Die erste Person war längst verstorben, die andere geistig unzurechnungsfähig und lag obendrein in einem Krankenhaus, angeschlossen an eine Herz-Lungen-Maschine. Sie befanden sich nun auf dem Weg zur dritten und letzten Person. Denison Phillips IV., ehemals Justitiar bei Longitude, der als Ruheständler sein Leben am Bonvie Drive auf dem Gelände des Bayou Glades Country Club von Sulphur genoss. Name und Adresse hatten in Hayward bereits ein inneres Bild aufsteigen lassen: Angehöriger der landbesitzenden Oberschicht, wie es sie nur in den Südstaaten gab, von oben herab, wichtigtuerisch, alkoholkrank, listig und vor allem unkooperativ. Sie kannte diesen Typus aus ihrem Studium an der Louisiana State University nur allzu gut.

Sie sah das Schild der Ausfahrt nach Sulphur, drosselte die Geschwindigkeit und bog auf die rechte Spur.

»Ich bin heilfroh, dass wir uns die Akte über unseren Mr. Phillips angesehen haben«, sagte Pendergast.

»Es gibt keine Einträge in seinem Vorstrafenregister.«

»Das stimmt«, lautete die knappe Antwort. »Ich beziehe mich allerdings auf die Akte von Mr. Denison Phillips V.«

»Seinen Sohn? Sie meinen die rechtskräftige Verurteilung wegen Drogenbesitzes?«

»Ein ziemlich schwerwiegendes Vergehen. Besitz von mehr als fünf Gramm Kokain mit der Absicht, es zu verkaufen. Außerdem ist mir aufgefallen, dass er sich für ein Jurastudium an der Louisiana State beworben hat.«

»Ja. Mal sehen, ob er mit der Vorstrafe zugelassen wird. Eine Straftat qualifiziert einen nicht gerade für den Beruf als Anwalt.«

»Man möchte annehmen«, sagte Pendergast gedehnt, »dass die Familie gute Verbindungen und deshalb Grund zur Annahme hat, dass der Eintrag gelöscht wird, sobald Denison das einundzwanzigste Lebensjahr erreicht. Zumindest bin ich überzeugt, dass die Familie das *vorhat.*«

Hayward wandte kurz den Kopf und blickte Pendergast an. In seinen Augen glomm ein Ausdruck der Entschlossenheit. Sie konnte sich gut vorstellen, wie er die Sache deichseln wollte. Er würde die Daumenschrauben anlegen, damit drohen, jeden Versuch, den Eintrag aus dem Vorstrafenregister zu löschen, zu vereiteln, vielleicht sogar damit drohen, sich an die Presse zu wenden und dafür zu sorgen, dass Denison Phillips V. keinesfalls in die Kanzlei seines Vaters eintreten konnte – es sei denn, der alte Herr redete, und zwar ausführlich. Mehr denn je wünschte Hayward, dass Vinnie hier wäre, anstatt im Caltrop Hospital zu genesen. Der Umgang mit Pendergast war anstrengend. Zum hundertsten Mal fragte sie sich, weshalb Vinnie – ein Cop der alten Schule, so wie sie – Pendergast und seine höchst unorthodoxen Methoden so außerordentlich schätzte.

Sie holte tief Luft. »Sagen Sie mal, Pendergast, könnten Sie mir vielleicht einen Gefallen tun?«

»Selbstverständlich, Captain.«

»Lassen Sie mich bei dieser Befragung die ersten Fragen stellen.«

Pendergasts Blick ruhte auf ihr.

»Ich kenne den Typus gut«, fuhr sie fort. »Und ich habe eine Idee, wie man am besten mit so jemandem umgeht.«

Es folgte ein kurzes und Haywards Eindruck nach etwas frostiges Schweigen. Und dann sagte Pendergast: »Ich werde Ihre Befragung mit großem Interesse verfolgen.«

Denison Phillips IV. nahm sie an der Tür seines weitläufigen Hauses auf dem Golfclub-Gelände in Empfang, das so alt war, dass die rundum gepflanzten Bäume herrschaftliche Proportionen erreicht hatten. Der Mann wirkte genau so, wie Hayward es sich vorgestellt hatte, entsprach derart genau dem Typus, dass sie augenblicklich angewidert war. Der Seersucker-Blazer mit dem Paisley-Einstecktuch, das hellgelbe, am Kragen aufgeknöpfte Hemd mit Monogramm, die grüne Golfhose und der nachmittägliche Martini in der Hand rundeten das Bild ab.

»Darf ich Sie nach dem Grund Ihres Kommens fragen?«, sagte er gedehnt und mit einem Pseudo-Oberklasse-Akzent, in dem

sämtliche Spuren seiner Dienstbotenvorfahren aus mehreren Generationen sorgsam getilgt worden waren.
»Ich bin Captain Hayward von der Polizei New York, ehemals Polizei New Orleans«, sagte sie und wechselte in den ausdruckslosen, neutralen Tonfall, den sie für potentielle Informanten reservierte. »Und das hier ist mein Partner, Special Agent Pendergast vom FBI.« Sie holte ihren Dienstausweis hervor und hielt ihn Phillips kurz hin. Pendergast machte sich gar nicht erst die Mühe, ihrem Beispiel zu folgen.
Phillips blickte von einem zum anderen. »Ist Ihnen eigentlich bewusst, dass heute Sonntag ist?«
»Ja, Sir. Dürfen wir eintreten?«
»Vielleicht muss ich vorher mit meinem Anwalt sprechen«, sagte Phillips.
»Natürlich«, erwiderte Hayward, »das ist Ihr gutes Recht, Sir, und wir würden auch so lange warten, bis er eingetroffen ist. Aber wir sind in inoffiziellem Auftrag hier und haben nur ein paar Fragen. Sie sind in keinerlei Hinsicht Ziel unserer Ermittlungen. Wir benötigen nur zehn Minuten Ihrer Zeit.«
Phillips zögerte kurz, dann trat er zur Seite. »Wenn das so ist, kommen Sie herein.«
Hayward folgte Phillips ins Haus: weißer Teppichboden, weiße Backsteinwände, weißes Leder, Gold und Glas. Pendergast ging schweigend hinterdrein. Sie betraten das Wohnzimmer mit Panoramafenstern und Blick auf einen Fairway.
»Bitte setzen Sie sich.« Phillips nahm Platz und stellte seinen Martini auf einen Lederuntersatz auf einem Beistelltisch. Er bot ihnen nichts zu trinken an.
Hayward räusperte sich. »Sie waren Partner in der Kanzlei Marston, Phillips und Lowe, ist das richtig?«
»Wenn es hier um die Kanzlei geht, kann ich wirklich keine Fragen beantworten.«
»Und Sie waren Justitiar des Unternehmens Longitude, bis zu

und während der Zeit, als es vor ungefähr elf Jahren bankrottging?«
Langes Schweigen. Phillips lächelte, legte die Hände auf die Knie und stand auf. »Es tut mir leid, aber wir haben bereits die Grenzen überschritten, innerhalb deren ich mich ohne meinen Rechtsbeistand wohl fühle. Ich schlage vor, Sie kommen mit einer Vorladung wieder. In Anwesenheit meines Anwalts beantworte ich Ihnen dann gerne alle Fragen.«
Hayward erhob sich. »Wie Sie wollen. Entschuldigen Sie die Störung, Mr. Phillips.« Sie hielt inne. »Grüßen Sie Ihren Sohn von uns.«
»Sie kennen meinen Sohn?«, erwiderte Phillips leichthin, ohne eine Spur von Ängstlichkeit.
»Nein«, sagte Hayward. Sie ging zur Eingangsdiele.
Als sie den Türknauf umfasste, fragte Phillips schließlich mit sehr ruhiger Stimme: »Warum haben Sie ihn dann gerade erwähnt?«
Hayward wandte sich um. »Weil ich sehe, Mr. Phillips, dass Sie ein Gentleman des Alten Südens sind. Ein offener und ehrlicher Mann mit altmodischen Werten, der Direktheit zu schätzen weiß.«
Phillips nahm das Kompliment mit einer gewissen Mattigkeit entgegen.
Hayward fuhr fort, wobei sie ihre Stimme leicht modulierte, damit ihr Südstaaten-Tonfall besser herauskam, den sie normalerweise unterdrückte. »Und darum will ich auch ganz offen zu Ihnen sein. Ich bin hier, um einen Spezialauftrag durchzuführen. Wir benötigen Informationen. Und wir sind in der Lage, Ihrem Sohn zu helfen. In dieser Sache wegen der Verurteilung aufgrund Drogenbesitzes, meine ich.«
Da wurde Phillips auf einmal ganz still. »In dieser Sache ist alles geklärt«, sagte er schließlich.
»Nun ja, schauen Sie, das hängt davon ab.«

»Wovon?«
»Davon, wie offen und ehrlich Sie zu uns sind.«
Phillips runzelte die Stirn. »Ich verstehe nicht ganz.«
»Mr. Phillips, Sie sind im Besitz von Informationen, die sehr wichtig für uns sind. Also, mein Partner hier, Agent Pendergast – sagen wir einfach, wir beide sind unterschiedlicher Ansicht, wie wir am besten an diese Informationen herankommen. Er, wie auch das Bureau of Investigation, kann dafür sorgen, dass der Eintrag Ihres Sohnes *nicht* gelöscht wird. Außerdem ist er der Meinung, dass das der leichteste Weg ist, um sich Ihrer Mithilfe zu vergewissern. Indem er den Eintrag Ihres Sohnes so belässt, indem er verhindert, dass Ihr Sohn Jura studieren kann – oder zumindest *androht*, dass Ihr Sohn nicht Jura studieren kann –, glaubt er, Sie zu Aussagen bewegen zu können.«
Hayward hielt inne. Phillips blickte sie nacheinander an. Eine Ader an seiner Schläfe schwoll an.
»Ich für meinen Teil würde lieber mit Ihnen kooperieren. Schauen Sie, ich kenne die hiesige Polizei. Ich war früher einmal selbst in dem Laden. Ich kann dabei helfen, dass die Einträge Ihres Sohnes gelöscht werden. Helfen, dass er Jura studieren kann, dass er das Examen besteht, in Ihre Kanzlei eintritt. Ich finde, das wäre gut für alle. Was meinen Sie?«
»Ich verstehe. Die klassische Verhörtechnik guter Polizist, böser Polizist.«
»Eine bewährte Methode.«
»Was wollen Sie wissen?«, fragte Phillips kleinlaut.
»Wir ermitteln in einem alten Fall und haben Grund zu der Annahme, dass Sie uns helfen können. Wie ich bereits erwähnte, geht es dabei um Longitude Pharmaceuticals.«
Ein verschleierter Ausdruck trat in Phillips' Gesichtszüge. »Ich bin nicht befugt, über das Unternehmen Aussagen zu machen.«
»Das ist wirklich schade. Und ich will Ihnen auch sagen, war-

um. Weil diese Einstellung nur die Vorstellung meines Partners verstärkt, dass seine Art, die Sache zu regeln, die richtige ist. Mir wäre das peinlich, und Ihr Sohn würde niemals einen Abschluss in Jura machen.«

Phillips gab keine Antwort.

»Und es ist auch deshalb schade, weil Agent Pendergast hier in der Lage ist, Ihnen zu helfen, wie auch, Ihnen zu schaden.« Hayward hielt kurz inne, damit Phillips alles richtig verstand. »Schauen Sie, Sie werden die Hilfe des FBI benötigen, wenn Sie die Einträge Ihres Sohnes korrigieren wollen. Mit einer Verurteilung wegen Drogenbesitzes … na ja, wie Sie sich vielleicht vorstellen können, gibt es da neben den Unterlagen bei der örtlichen Polizei auch eine Akte bei der Bundespolizei, um die man sich kümmern müsste.«

Phillips stutzte. »Es geht hier um ein geringfügiges Delikt. Das FBI dürfte sich wohl kaum dafür interessieren.«

»Drogenbesitz *mit der Absicht zu verkaufen.* Das generiert automatisch eine FBI-Akte.« Hayward nickte bedächtig. »Sie sind Unternehmensanwalt und haben das vielleicht nicht gewusst. Aber glauben Sie mir, diese Akte liegt irgendwo in einem Schrank. Eine Zeitbombe, die nur darauf wartet, die Zukunft Ihres Sohnes in die Luft zu jagen.«

Pendergast stand regungslos neben ihr. Er hatte während der gesamten Unterredung kein einziges Wort gesagt.

Phillips trank einen Schluck von seinem Martini und atmete tief aus. »Was genau wollen Sie wissen?«

»Erzählen Sie uns von den Vogelgrippe-Experimenten bei Longitude.«

Die Eiswürfel in dem Martini klirrten, weil Phillips auf einmal die Hand zitterte.

»Mr. Phillips?«, soufflierte Hayward.

»Captain, wenn ich mit Ihnen darüber spräche, und das käme heraus, würde das zu meinem Tod führen.«

»Nichts wird herauskommen. Nichts wird auf Sie zurückfallen und Ihnen schlaflose Nächte bereiten. Sie haben mein Wort.«
Phillips nickte.
»Aber Sie müssen uns die ganze Wahrheit sagen. Das ist der Deal.«
Es folgte ein Schweigen.
»Und Sie werden meinem Sohn helfen?«, fragte Phillips schließlich. »Seinen Eintrag löschen, sowohl auf lokaler als auch auf Bundesebene?«
Hayward nickte. »Ich werde mich persönlich darum kümmern.«
»Also gut. Ich erzähle Ihnen, was ich weiß. Was nicht viel ist, fürchte ich. Ich gehörte nicht der Vogelgrippe-Gruppe an. Anscheinend hatten diese Leute vor …«
»›Diese Leute‹?«
»Es handelte sich um eine geheime Arbeitsgruppe innerhalb von Longitude. Sie wurde vor dreizehn oder vierzehn Jahren gebildet. Die Namen der Mitglieder wurden unter Verschluss gehalten. Das einzige Mitglied, das ich kannte, war Dr. Slade. Charles J. Slade, der Vorstandschef. Er leitete die Gruppe. Man hat versucht, ein neues Medikament zu entwickeln.«
»Was für eine Art Medikament?«
»Ein Medikament zur Bewusstseinserweiterung, das man aus einer Variante der Vogelgrippe entwickelte. Alles top secret. Man hat enorm viel Zeit in das Projekt investiert. Dann brach alles auseinander. Das Unternehmen geriet in finanzielle Schwierigkeiten, fing an, Einsparungen vorzunehmen, Sicherheitsprotokolle wurden nicht eingehalten. Es kam zu einem Unfall. Das Projekt wurde eingestellt. Dann, als es so aussah, als sei das Schlimmste überstanden, brach ein Feuer aus, bei dem Komplex sechs zerstört wurde und Slade ums Leben kam, und –«
»Einen Moment bitte«, unterbrach ihn Pendergast, der sich

erstmals zu Wort meldete. »Sie glauben, dass Dr. Slade tot ist?«
Phillips blickte ihn an und nickte. »Und das war nur der Anfang. Nicht lange danach beging seine Sekretärin Selbstmord, und das Unternehmen ging in die Insolvenz. Es war eine Katastrophe.«
Ein kurzes Schweigen entstand. Als Hayward zu Pendergast schaute, fiel ihr in dem normalerweise ausdruckslosen Gesicht ein Ausdruck der Überraschung und Enttäuschung auf. Ganz offensichtlich hatte er mit diesem Verlauf des Gesprächs nicht gerechnet.
»War Slade Mediziner?«, fragte Pendergast.
»Er hatte einen Doktortitel.«
»Haben Sie ein Foto von ihm?«
Phillips zögerte. »Es müsste sich eines in meinem Aktenordner mit den alten Jahresberichten befinden.«
»Bitte holen Sie ihn.«
Phillips erhob sich und verschwand durch eine Tür, die in die Bibliothek führte. Kurz darauf kehrte er mit einem Jahresbericht zurück, den er aufschlug und Pendergast reichte. Pendergast betrachtete das Foto auf der Vorderseite, oberhalb des Grußworts des Vorstandschefs, und reichte den Bericht Hayward. Sie sah einen auffallend gutaussehenden Mann: markantes Gesicht, einen Wust weißer Haare, zwei intensiv blickende braune Augen, eine hohe Stirn und ein Grübchen am Kinn; er wirkte eher wie ein Filmstar und weniger wie ein Vorstandschef.
Nach einer Weile legte Hayward den Bericht zur Seite und fuhr fort. »Wenn das Projekt so geheim war, warum hat man Sie denn dann hinzugezogen?«
Ein Zögern. »Ich habe den Betriebsunfall erwähnt. Man hielt Papageien im Labor, um das Virus zu kultivieren und zu testen. Einer der Papageien ist entflogen.«

»Und ist über den Black-Brake-Sumpf geflogen und hat eine Familie in Sunflower infiziert. Die Doanes.«

Phillips sah sie scharf an. »Sie scheinen ja eine Menge zu wissen.«

»Bitte erzählen Sie weiter.«

Phillips trank noch einen Schluck; seine Hände zitterten immer noch. »Slade und die Gruppe entschieden … das, äh, *spontane* Experiment seinen Lauf nehmen zu lassen. Als sie den Papagei schließlich ausfindig gemacht hatten, war es ohnehin zu spät – die Familie hatte sich bereits angesteckt. Also hat man die Sache laufen lassen, um herauszufinden, ob die neue Variante des Virus, die man entwickelt hatte, wirkt.«

»Hat sie aber nicht.«

Phillips nickte. »Die Familie starb. Natürlich nicht auf der Stelle. Das war dann auch der Zeitpunkt, als man mich hinzuzog, damit ich das Unternehmen im Nachhinein wegen der juristischen Folgen beriet. Ich war entsetzt. Die Geschäftsleitung hatte sich ungeheuerlicher Rechtsverstöße schuldig gemacht, mehrfacher schwerer Straftaten bis hin zu fahrlässiger Tötung. Eine Katastrophe, was die unternehmensrechtliche und strafrechtliche Seite anging. Ich habe denen gesagt, dass es keinerlei rechtlich gangbaren Weg gebe, den sie gehen könnten, bei dem sie am Ende dort landen würden, wo es ihnen gefiel. Also hat man die Sache begraben.«

»Das heißt, Sie haben es nicht gemeldet.«

»Das fiel alles unter die anwaltliche Schweigepflicht.«

Pendergast meldete sich wieder zu Wort. »Wie ist das Feuer ausgebrochen? Dasjenige, bei dem Slade ums Leben kam?«

Phillips wandte sich zu ihm um. »Die Versicherungsgesellschaft hat eine gründliche Untersuchung durchgeführt. Es war ein Betriebsunfall, Ursache die unsachgemäße Lagerung chemischer Stoffe. Wie gesagt, zu der Zeit war das Unternehmen bestrebt, auf Teufel komm raus Einsparungen vorzunehmen.«

»Und was ist mit den anderen Leuten in der Vogelgrippe-Gruppe passiert?«

»Ich weiß zwar nicht, um wen es sich handelt, habe aber gehört, dass sie auch verstorben sind.«

»Und trotzdem hat jemand Ihr Leben bedroht.«

Er nickte. »Ich erhielt einen Anruf, erst vor einigen Tagen. Der Anrufer hat sich mir nicht vorgestellt. Wie es scheint, haben Ihre Ermittlungen Bewegung in die Sache gebracht.« Er holte tief Luft. »Mehr weiß ich nicht. Hiermit habe ich Ihnen alles erzählt. Ich war weder Teil des Experiments, noch habe ich mit dem Tod der Familie Doane etwas zu tun. Ich wurde im Nachhinein hinzugezogen, damit ich den Schaden repariere – das ist alles.«

»Was können Sie uns über June Brodie erzählen?«, fragte Hayward.

»Sie war Slades Chefsekretärin.«

»Wie würden Sie sie charakterisieren?«

»Ziemlich jung. Attraktiv. Motiviert.«

»Gut in ihrem Job?«

»Sie war Slades rechte Hand. Sie schien ihre Finger überall drin zu haben.«

»Was soll das heißen?«

»Dass sie stark ins Tagesgeschäft des Unternehmens involviert war.«

»Bedeutet das auch, dass sie über das Geheimprojekt Bescheid wusste?«

»Wie ich bereits sagte, das Projekt war streng geheim.«

»Aber sie war Slades Chefsekretärin«, warf Pendergast ein. »Und hochmotiviert. Sie hat doch sicherlich alles gesehen, was über seinen Schreibtisch ging.«

Phillips erwiderte nichts darauf.

»Welche Art von Beziehung hatte sie zu ihrem Arbeitgeber?«

»Slade hat nie mit mir darüber gesprochen.«

»Aber Sie haben doch bestimmt Gerüchte gehört«, fuhr Pendergast fort. »War es mehr als eine berufliche Beziehung?«

»Das konnte ich nicht erkennen.«

»Was für eine Art Mann war Slade?«, fragte Hayward nach einem Moment.

Zunächst hatte es den Anschein, als wollte Phillips nicht antworten. Doch dann wurde sein trotziger Gesichtsausdruck milder, und er seufzte resigniert. »Charles Slade verband auf faszinierende Weise visionäre Brillanz und außergewöhnliche Fürsorglichkeit, gemischt mit einer unerhörten Gier, ja Brutalität. Er schien das Beste wie das Schlimmste im Menschen zu verkörpern – wie es ja bei vielen Vorstandschefs der Fall ist. Im einen Moment konnte er am Bett eines sterbenden Jungen weinen und im nächsten zehn Millionen aus dem Budget streichen und dadurch die Entwicklung eines Medikaments stoppen, das Tausenden Menschen das Leben gerettet hätte.«

Es entstand ein kurzes Schweigen.

Pendergast musterte den Anwalt ganz ruhig. »Sagen Ihnen die Namen Helen Pendergast oder Helen Esterhazy etwas?«

Der Anwalt erwiderte seinen Blick, in seinen Augen lag auch nicht der geringste Hinweis, dass er die Namen kannte. »Nein. Ich habe beide Namen noch nie gehört. Zumindest nicht, bevor sie vor meiner Tür erschienen, Agent Pendergast.«

Pendergast hielt Hayward die Tür des Buick auf. Sie blieb kurz stehen, bevor sie einstieg. »Na, ist das nicht prima gelaufen?«

»In der Tat.« Er schlug die Tür zu, ging um das Auto herum und setzte sich hinein. Die Gereiztheit, die ihr kurz zuvor an ihm aufgefallen war, war offenbar verschwunden. »Und trotzdem bin ich ziemlich neugierig.«

»Und worauf?«

»Darauf, zu erfahren, warum Sie mich gegenüber unserem

Freund Phillips so dargestellt haben. Dem Mann zu sagen, dass ich ihm damit drohen würde, die Vorstrafe seines Sohnes gegen ihn zu verwenden … wieso meinen Sie, dass ich ihn nicht so behandelt hätte, wie Sie es getan haben?«

Hayward drehte die Zündung. »Weil ich Sie kenne. Sie hätten den armen Kerl klitzeklein gemacht. Ich habe das schon mal erlebt. Statt der Peitsche habe ich ihm Zuckerbrot gegeben.«

»Und warum?«

»Weil es funktioniert, vor allem bei so einem Mann. Und weil es mir hilft, nachts besser zu schlafen.«

»Ich hoffe, Sie finden die Betten in Penumbra bequem, Captain.«

»Ganz gewiss.«

»Gut. Ich persönlich finde sie höchst zufriedenstellend.« Und während er das Gesicht geradeaus richtete, meinte Hayward den Anflug eines Lächelns darin zu sehen. Und da wurde ihr plötzlich klar, dass sie sich möglicherweise getäuscht hatte in der Frage, wie Pendergast mit Denison Phillips IV. umgegangen wäre. Aber die Antwort darauf werde ich wohl nie bekommen, dachte sie.

56

Itta Bena, Mississippi

Die Straße verlief mitten durch das Sumpfgebiet vor den Toren der kleinen Stadt, Zypressen säumten die Straße, ein schwaches morgendliches Sonnenlicht drang durch das Geäst. Ein verblichenes Schild, das in dieser Landschaft ziemlich verloren wirkte, verkündete:

Longitude Pharmaceuticals, Inc.
Gegründet 1966
»Der Zukunft entgegen mit besseren Arzneimitteln«

Der Buick holperte und vibrierte auf dem miserablen Straßenbelag, die Reifen schlugen auf den Asphalt. Im Rückspiegel sah Hayward einen kleinen, sich nähernden Punkt, der sich bald als Pendergasts Rolls-Royce entpuppte. Am Morgen hatte Pendergast darauf bestanden, dass sie mit zwei Autos fuhren, und behauptet, er müsse noch verschiedene Nachforschungen anstellen; aber Hayward war sich ziemlich sicher, dass er nur nach einem Vorwand gesucht hatte, um aus dem gemieteten Buick heraus und wieder hinein in seinen bequemeren Rolls zu kommen.

Der Rolls näherte sich schnell, wobei er die Höchstgeschwindigkeit um einiges überschritt, bog auf die linke Fahrspur und jagte an ihr vorbei, wodurch der Buick durchgerüttelt wurde. Hayward sah nur ganz kurz eine blasse, zum Gruß erhobene Hand unter einem schwarzen Ärmel.

Die Straße beschrieb eine lange Kurve, und schon bald hatte Hayward den Rolls wieder eingeholt, der im Leerlauf vor dem Tor der pharmazeutischen Fabrik stand. Pendergast sprach gerade mit dem Security-Beamten im Wachhäuschen. Nach einem längeren Gespräch, in dessen Verlauf der Wachmann mehrmals zum Telefon ging, wurden beide Wagen durchgewinkt.

Hayward fuhr an einem Schild mit der Beschriftung: LONGITUDE PHARMACEUTICALS, INC., ITTA BENA-BETRIEBSANLAGE vorbei und bog gerade noch rechtzeitig auf den Parkplatz, um zu sehen, dass Pendergast seine Les Baer 45er überprüfte. »Rechnen Sie mit Ärger?«

»Man weiß ja nie«, erwiderte Pendergast, steckte die Waffe ins Holster zurück und strich seinen Anzug zurecht.

Eine Rasenfläche voller Fingerhirse führte zu einem Komplex niedriger Gebäude aus gelbem Backstein, der an drei Seiten von den Ausbuchtungen eines sumpfigen Sees umgeben war, der voll von Sumpflilien und Entengrün war. Hinter einem Schutzschirm aus Bäumen konnte Hayward weitere Gebäude erkennen, von denen einige offenbar mit Efeu bewachsen und verfallen waren. Und hinter dem Ganzen lag der dunstige, düstere Black-Brake-Sumpf. Hayward schaute in die Richtung des Feuchtgebiets, das selbst am hellen Tag finster wirkte, und erschauderte leicht. In ihrer Jugend hatte sie jede Menge Geschichten über den Sumpf gehört: Legenden über Piraten, Geister und noch seltsamere Dinge. Sie wedelte eine Stechmücke weg.

Sie betrat hinter Pendergast das Hauptgebäude. Die Dame am Empfang hatte bereits zwei Namensschildchen bereitgelegt, das eine für MR. PENDERGAST, das andere für MS. HAYWARD. Hayward nahm ihr Schildchen und heftete es sich ans Revers.

»Nehmen Sie den Fahrstuhl, erster Stock, letzte Tür rechts«, sagte die grauhaarige Empfangsdame und lächelte.

Als sie in den Aufzug einstiegen, bemerkte Hayward: »Sie haben nicht gesagt, dass wir Polizisten sind. Mal wieder nicht.«

»Es ist mitunter nützlich, erst die Reaktion abzuwarten, bevor man eine solche Information preisgibt.«

Hayward zuckte mit den Schultern. »Egal, aber kommt Ihnen das nicht alles ein bisschen zu leicht vor?«

»Doch.«

»Wer von uns spricht mit den Leuten?«

»Sie haben sich beim letzten Mal so gut geschlagen, würden Sie auch diesmal wieder die Honneurs machen?«

»Gern. Nur könnte es sein, dass ich diesmal nicht so nett bin.« Sie spürte das beruhigende Gewicht ihrer Dienstwaffe, die enganliegend unterhalb der Schulter im Holster steckte.

Knarrend fuhr der Lift ein Stockwerk hinauf. Als sie heraustraten, befanden sie sich in einem langen, mit Linoleum ausgelegten Flur. Sie schlenderten bis zum Ende und gelangten an eine offene Tür, hinter der eine Sekretärin in einem großen Büro arbeitete. Am gegenüberliegenden Ende sah man eine verblichene, aber trotzdem ansehnliche, geschlossene Eichentür.

Hayward trat als Erste ein. Die Sekretärin, die ziemlich jung und hübsch war und einen Pferdeschwanz und roten Lippenstift trug, hob den Kopf. »Bitte nehmen Sie Platz.«

Sie setzten sich auf ein braungraues Sofa, davor stand ein Glastisch, auf dem Stapel von eselsohrigen Broschüren lagen. In aufgeräumtem Tonfall sagte die Sekretärin von ihrem Schreibtisch aus: »Ich bin Joan Farmer, Dr. Dalquists Privatsekretärin. Er wird den ganzen Tag nicht abkömmlich sein und hat mich gebeten festzustellen, wie ich Ihnen helfen kann.«

Hayward beugte sich zu ihr vor. »Ich fürchte, Sie können uns gar nicht helfen, Miss Farmer. Das kann nur Mr. Dalquist.«

»Wie gesagt, er hat zu tun. Wenn Sie mir vielleicht erklären möchten, was Sie benötigen?« Jetzt klang ihre Stimme schon nicht mehr ganz so freundlich.

»Ist er dort drin?« Hayward wies mit einem Nicken zur geschlossenen Tür.

»Miss Hayward, ich hoffe, ich habe mich klar ausgedrückt. Mr. Dalquist darf nicht gestört werden. Also noch einmal: Wie kann ich Ihnen helfen?«

»Wir sind wegen des Vogelgrippe-Projekts hier.«

»Ich bin mit diesem Projekt nicht vertraut.«

Schließlich holte Hayward ihren Dienstausweis aus der Tasche, legte ihn auf den Tisch und klappte ihn auf. Die Sekretärin zuckte leicht zusammen, beugte sich vor, betrachtete ihn und inspizierte anschließend Pendergasts Ausweis, den er ebenfalls gezückt hatte.

»Polizei – und FBI? Warum haben Sie das denn nicht gleich gesagt?« Rasch wich ihr Ausdruck des Erschreckens unverhüllter Verärgerung. »Bitte warten Sie hier.« Sie stand auf und klopfte leise an die geschlossene Tür, dann öffnete sie sie, verschwand aus dem Blick und zog sie hinter sich zu.

Hayward warf Pendergast einen kurzen Blick zu. Sie erhoben sich gleichzeitig, gingen zur Tür hinüber und betraten den Raum.

Es war ein freundliches, wenn auch ein wenig spartanisch eingerichtetes Büro. Ein Mann, der mehr wie ein Professor und weniger wie ein Vorstandschef aussah – er trug eine Brille, ein Tweedjackett und eine Khakihose –, unterhielt sich mit der Sekretärin vor einem großen Schreibtisch. Sein weißes Haar war sorgfältig gekämmt, der weiße Schnauzbart lag über Lippen, die vor Gereiztheit geschürzt waren.

»Das hier ist ein Privatbüro!«, sagte die Sekretärin.

»Wie ich höre, sind Sie beide Polizisten«, sagte Dalquist. »Also, wenn Sie einen Durchsuchungsbefehl haben, würde ich den gerne mal sehen.«

»Wir haben keinen Durchsuchungsbefehl«, sagte Hayward. »Wir hatten gehofft, inoffiziell mit Ihnen sprechen zu können. Wenn wir einen Durchsuchungsbefehl benötigen, dann besorgen wir uns einen.«

Ein Zögern. »Wenn ich wüsste, worum es geht, wäre das möglicherweise nicht nötig.«

Hayward wandte sich zu Pendergast um. »Special Agent Pendergast, vielleicht hat Mr. Dalquist ja recht, und wir sollten uns doch einen Durchsuchungsbefehl besorgen. Immer schön die Vorschriften einhalten, wie ich immer sage.«

»Das kann zwar durchaus ratsam sein, Captain Hayward. Es könnte aber natürlich an die Öffentlichkeit gelangen, dass wir einen Durchsuchungsbefehl angefordert haben.«

Dalquist seufzte. »Bitte setzen Sie sich. Miss Farmer, ich

kümmere mich um die Angelegenheit, vielen Dank. Und bitte schließen Sie die Tür hinter sich.«

Die Sekretärin verließ den Raum, doch weder Hayward noch Pendergast setzten sich.

»Also, worum geht's denn in dieser Sache? Um was für eine Vogelgrippe?«, fragte Dalquist und errötete leicht. Hayward betrachtete ihn eingehender, konnte in seinen feindselig dreinblickenden blauen Augen jedoch keinen Anhaltspunkt dafür entdecken, dass er ihnen etwas verschwieg.

»Wir arbeiten hier überhaupt nicht mit Grippeviren«, fuhr Dalquist fort und trat hinter den Schreibtisch. »Wir sind ein kleines pharmazeutisches Forschungsunternehmen mit einigen wenigen Produkten zur Behandlung bestimmter Collagen-Krankheiten, und damit hat es sich.«

»Vor etwa dreizehn Jahren«, sagte Hayward, »hat Longitude hier ein illegales Forschungsprojekt über die Vogelgrippe durchgeführt.«

»Illegal? Wieso illegal?«

»Weil die Sicherheitsmaßnahmen nicht eingehalten wurden. Ein erkrankter Vogel ist vom Betriebsgelände entkommen und hat eine in der Nähe lebende Familie angesteckt. Alle Angehörigen starben, und Longitude hat die Sache vertuscht. Und vertuscht sie immer noch – worauf bestimmte Morde in jüngster Zeit hindeuten.«

Ein langes Schweigen. »Das ist eine ungeheuerliche Anschuldigung. Ich weiß nichts von der Sache. Longitude ist vor ungefähr zehn Jahren durch eine Insolvenz gegangen. Das Unternehmen hat eine vollständige Restrukturierung durchlaufen. Es ist niemand mehr hier aus jener Zeit. Das alte Management-Team ist nicht mehr da. Wir haben uns verkleinert und konzentrieren uns heute auf wenige Kernprodukte.«

»Kernprodukte? Als da wären?«

»Hauptsächlich Medikamente gegen Dermatomyositis und

Polymyositis. Wir sind ein kleines, spezialisiertes Unternehmen. Ich habe noch nie gehört, dass hier an der Vogelgrippe geforscht wurde.«
»Niemand aus der Zeit von vor zehn Jahren ist noch übrig?«
»Keiner, soweit ich weiß. Wir hatten einen verheerenden Brand, bei dem der damalige Vorstandschef ums Leben kam, außerdem war das gesamte Betriebsgelände mehrere Monate lang geschlossen. Als wir wieder anfingen, waren wir im Kern ein anderes Unternehmen.«
Hayward zog ein Kuvert aus der Jacke. »Nach unserem Kenntnisstand hat Longitude kurz vor der Insolvenz seine Forschungen zu mehreren Arzneimitteln gegen seltene Erkrankungen und zu neuen Impfstoffen eingestellt. Einfach so. Sie waren die einzige Firma, die in diesem Bereich geforscht hat. Dadurch haben Millionen kranker Menschen in der Dritten Welt jede Hoffnung verloren.«
»Wir waren *bankrott.*«
»Und deshalb haben sie die Forschungen eingestellt?«
»Der neue Vorstand hat den Bereich geschlossen. Ich persönlich habe erst zwei Jahre nach dieser Zeit in der Firma angefangen. Ist das ein Verbrechen?«
Hayward merkte, dass sie schwer atmete. Es hatte keinen Sinn. So kamen sie nicht weiter. »Mr. Dalquist, die veröffentlichten Unterlagen Ihres Unternehmens deuten darauf hin, dass Sie im Jahr acht Millionen Dollar verdienen. Ihre wenigen Medikamente sind hochprofitabel. Was machen Sie mit all dem Geld?«
»Genau das, was jedes andere Unternehmen damit macht. Gehälter, Steuern, Dividenden, Gemeinkosten, Forschung und Entwicklung.«
»Verzeihen Sie, wenn ich das so sage, aber angesichts der Gewinne sieht Ihr Forschungsgelände definitiv heruntergekommen aus.«

»Lassen Sie sich nicht von Äußerlichkeiten täuschen. Wir haben hier das allerneueste Equipment. Aber wir liegen weit vom Schuss und müssen uns deshalb auch keinem Schönheitswettbewerb stellen.« Er breitete die Hände aus. »Offenbar missfällt Ihnen die Art und Weise, wie wir unser Geschäft betreiben. Vielleicht missfalle ich Ihnen. Mag auch sein, dass Ihnen missfällt, dass ich acht Millionen im Jahr verdiene und wir heute ein recht profitables Unternehmen sind. Okay. Aber wir sind unschuldig, was diese Anschuldigungen betrifft. Absolut unschuldig. Sehe ich denn wie jemand aus, der etwas mit Mord zu tun hat?«

»Beweisen Sie uns das Gegenteil.«

Dalquist trat hinter dem Schreibtisch hervor. »Mein erster spontaner Gedanke war, Sie auflaufen zu lassen, Sie dazu zu zwingen, sich einen Durchsuchungsbefehl zu besorgen, Sie vor Gericht bis aufs Messer zu bekämpfen und unsere hochbezahlten Anwälte darauf anzusetzen, den Prozess auf Wochen oder Monate hinauszögern. Selbst wenn Sie gewännen, würden Sie am Ende einen begrenzten Durchsuchungsbefehl haben und müssten sich mit einem Berg von Papieren herumschlagen. Aber wissen Sie was? Ich lasse das bleiben. Ich werde Ihnen einen Freifahrtschein ausstellen, und zwar hier und jetzt. Sie können hingehen, wohin Sie wollen, alles untersuchen und Zugang zu allen Dokumenten bekommen. Wir haben nichts zu verbergen. Würde Sie das zufriedenstellen?«

Hayward warf Pendergast einen Blick zu. Seine Miene war nicht zu entziffern, seine silberfarbenen Augen waren leicht geschlossen.

»Das wäre sicherlich ein Anfang«, sagte sie.

Dalquist beugte sich über den Schreibtisch und betätigte einen Knopf. »Miss Farmer, bitte setzen Sie ein Schreiben auf, das ich unterzeichne, in dem diesen beiden Herrschaften der völlige, komplette und unbegrenzte Zutritt zu sämtlichen Anlagen von

Longitude Pharmaceuticals eingeräumt wird, samt Anweisungen, dass die Mitarbeiter alle Fragen vollständig und wahrheitsgemäß beantworten und selbst die sensibelsten Bereiche und Dokumente zugänglich machen sollen.«

Er ließ den Knopf der Gegensprachanlage los und blickte auf. »Ich hoffe allerdings, dass Sie so schnell wie möglich das Gelände verlassen.«

Pendergast brach sein langes Schweigen. »Wir werden sehen.«

57

Als sie schließlich am anderen Ende des Betriebsgeländes von Longitude Pharmaceuticals ankamen, war Hayward erschöpft. Dalquist hatte Wort gehalten: Sie hatten überall Zutritt bekommen – zu den Labors, Büros, Archiven. Man hatte ihnen sogar gestattet, durch die schon längst geschlossenen Gebäude zu spazieren, die hier und da auf dem weitläufigen Gelände standen. Niemand hatte sie begleitet, keine Security hatte sie belästigt; sie hatten völlig freie Hand gehabt.

Und sie hatten absolut nichts gefunden. Bis auf einige niedere Service-Mitarbeiter war aus der Zeit vor der Insolvenz niemand mehr in dem Unternehmen beschäftigt. In den Firmenakten, die Jahrzehnte zurückreichten, stand kein Wort über ein Vogelgrippe-Projekt. Alles machte einen grundsoliden Eindruck.

Was Haywards Misstrauen erregte. Ihrer Erfahrung nach hatten alle – selbst ehrliche Leute – etwas zu verbergen.

Sie blickte zu Pendergast, während sie den Gang im letzten, nicht mehr in Betrieb befindlichen Gebäude entlanggingen. Seinem ausdruckslosen, alabasterfarbenen Gesicht war nicht zu entnehmen, was er dachte.

Sie traten aus dem Hinterhausgang, eine Feuerschutztür, die sich knarrend öffnete. Dahinter lagen eine rissige Betonterrasse und eine ungepflegte Rasenfläche. Rechts war ein sumpfiger kleiner See zu sehen, ein versandeter Bayou, umgeben von kahlen, mit Spanischem Moos behängten Sumpfzypressen. Geradeaus, durch ein undurchdringliches Gewirr von Vegetation, konnte Hayward die Überreste einer mit Efeu überrankten Backsteinmauer erkennen, und dahinter wiederum eine gezackte, ausgebrannte, am äußersten Ende des Geländes versteckte Ruine, die an drei Seiten vom dunstigen, düsteren Black-Brake-Sumpf umschlossen war. Hinter der Ruine lag eine alte Anlegestelle, verkohlt und verfallen, kaum mehr als eine Reihe von Pfählen, die aus dem dunklen Wasser des Sumpfs ragten.

Inzwischen fiel ein feiner Regen, er benetzte das Gras, und tiefe, dunkle Wolken zogen am Himmel dahin.

»Ich habe meinen Regenschirm vergessen«, sagte Hayward und blickte zu den nassen, trostlos wirkenden Bäumen.

Pendergast, der in die Richtung des Anlegers und des Sumpfs geschaut hatte, griff in seine Anzugjacke. O nein, dachte sie, jetzt hat er auch noch einen Regenschirm dabei. Doch stattdessen holte er ein kleines Päckchen mit durchsichtigen Plastikregenmänteln hervor, einen für sie und einen für sich.

Einige Minuten darauf gingen sie durch das feuchte Gras der Rasenfläche in Richtung der verhedderten Überreste eines alten, von Stacheldraht gekrönten Maschendrahtzauns. Auf dem Boden davor lag ein demoliertes Tor, sie traten durch einen schmalen Spalt hindurch. Dahinter zeichneten sich die Überreste des niedergebrannten Gebäudes ab. So wie bei den übrigen Gebäuden bestand das Mauerwerk aus gelbem Backstein, aber das Dach war eingestürzt, mächtige verkohlte Balken ragten in den Himmel, die Fenster- und Türrahmen waren schwarze Löcher mit Brandstreifen darüber. Dicke Teppiche aus Kuzdu hatten sich die Mauern hochgerankt.

Hayward folgte Pendergast durch einen zerstörten Durchgang. Pendergast blieb stehen und inspizierte die auf dem Boden liegende Tür und den Rahmen, dann kniete er sich hin und begann, mit irgendwelchen Dietrichen am Türschloss herumzuhantieren.

»Merkwürdig«, sagte er und stand auf.

Der Eingangsbereich war mit verkohlten Holzteilen übersät, die Decke zum Teil eingestürzt, so dass ein schummriges Licht ins Innere fiel. Ein Schwarm Schwalben löste sich aus der Dunkelheit und flog davon, kreisend und kreischend wegen der Ruhestörung. Über allem lag der Geruch von Feuchtigkeit. Wasser tropfte von den schwarzen Holzbalken, auf dem einst gefliesten Fußboden standen Pfützen.

Pendergast zog eine kleine Taschenlampe aus der Tasche und leuchtete damit umher. Sie begaben sich ins Innere, wobei sie über Trümmerteile hinwegtraten. Dabei leuchtete Pendergast mit dem dünnen Lichtstrahl seiner Taschenlampe hierhin und dorthin. Dann gingen sie durch eine kaputte Tür und einen Flur entlang, auf beiden Seiten ausgebrannte Räume. Hier und da lagen geschmolzene Glas- und Aluminiumteile auf dem Boden neben geschmolzenen Plastikteilen und den Drahtskeletten von Möbeln.

Hayward schaute zu, wie Pendergast schweigend durch die dunklen Räume eilte, prüfend und Ausschau haltend. Schließlich blieb er vor den Überresten eines Aktenschranks stehen und stocherte in einer durchweichten Masse verbrannter Papiere unten in einer Schublade, wobei er sie auseinanderdrückte. In der Mitte waren die Papiere nicht verbrannt, er holte einige hervor und inspizierte sie. *»Lieferung an Nova G. abgeschlossen«*, las er ab. »Das hier ist bloß ein Haufen alter Schiffspapiere.«

»Irgendetwas von Interesse?«

Weiteres Stochern. »Unwahrscheinlich.« Nachdem er mehrere verkohlte Seiten an sich genommen hatte, steckte er sie in einen Reißverschlussbeutel, der wiederum in seiner Anzugjacke verschwand.

Sie gelangten in einen großen Raum in der Mitte des Gebäudes, wo der Brand offenbar am heftigsten gewütet hatte. Die Decke war eingestürzt, die Trümmer waren mit Matten aus Kudzu überzogen, hier und da waren kleine und größere Unebenheiten zu sehen. Pendergast blickte sich um, dann ging er zu einer davon, packte das Rankengestrüpp und riss es beiseite, wodurch das Skelett einer alten Maschine zum Vorschein kam, voll mit Kabeln und Schaltungen, deren Zweck Hayward ein Rätsel war. Pendergast ging durch den Raum und zog weitere Ranken zur Seite, worauf mehr ausgebrannte Apparate zum Vorschein kamen.

»Haben Sie eine Ahnung, was das Ding hier einmal war?«, fragte Hayward.

»Ein Autoklav – er dient der Sterilisierung –, und ich würde mal schätzen, dass *dies* früher eine Zentrifuge gewesen ist.« Er leuchtete mit der Taschenlampe zu einer großen, halbgeschmolzenen Masse. »Und hier sehen wir die Überreste eines Laminar-flow-Reinraumarbeitsplatzes. Das hier war früher einmal ein erstklassiges Mikrobiologielabor.«

Er kickte einige Trümmer zur Seite, beugte sich vor und hob etwas auf. Der Gegenstand schimmerte matt im Lichtstrahl seiner Taschenlampe, er steckte ihn ein.

»Der Polizeibericht über Slades Tod«, sagte Hayward, »deutet an, dass seine Leiche in einem Labor gefunden wurde. Das hier muss der Raum gewesen sein.«

»Ja.« Pendergast leuchtete mit der Taschenlampe auf eine Reihe massiver, geschmolzener Schränke unter einer Haube. »Und hier befand sich der Brandherd. Das Lager für die chemischen Stoffe.«

»Sie glauben, dass der Brand gelegt wurde?«

»Mit Sicherheit. Das Feuer war notwendig, um die Beweise zu vernichten.«

»Woher wissen Sie das?«

Pendergast griff in seine Tasche und zeigte Hayward den Gegenstand, den er aufgehoben hatte. Ein Aluminiumstreifen, ungefähr zwei Zentimeter lang, der den Brand offenbar überstanden hatte. In den Streifen war eine Nummer eingeprägt.

»Was ist das?«

»Ein unbenutzter Metallring zur Vogelberingung.« Er betrachtete den Streifen eingehender, dann reichte er ihn Hayward. »Und auch kein normales Beringungsband.« Er deutete auf die Innenseite, wo ein kleiner Bereich mit Silikon deutlich zu erkennen war. »Sehen Sie mal. Der Streifen ist mit etwas versehen, was zweifellos ein Zielflugsender ist. Jetzt wissen wir, wie Helen den Sittich aufgespürt hat. Ich hatte mich gefragt, wieso sie in der Lage war, die Doanes ausfindig zu machen, bevor diese die Symptome der Vogelgrippe entwickelten.«

Hayward gab ihm den Streifen zurück. »Wenn ich mal was fragen darf – warum glauben Sie, dass der Brand absichtlich gelegt wurde? Die Berichte sind doch ziemlich eindeutig, es wurden damals weder Hinweise auf Brandbeschleuniger noch auf Manipulationen gefunden.«

»Das oder der Brandstifter war ein erstklassiger Chemiker, der wusste, was er tat. Es gibt hier zu viel Zufälle, um die Annahme zu rechtfertigen, dass das Gebäude zufällig in Brand geraten ist, unmittelbar nachdem das Vogelgrippe-Projekt eingestellt wurde.«

»Und *wer* hat das Feuer gelegt?«

»Ich möchte Ihre Aufmerksamkeit auf die extremen Sicherheitsmaßnahmen lenken, den einst beeindruckenden Sicherheitszaun, die speziellen, fast unüberwindlichen Schlösser an den Türen, die Fenster, die früher verriegelt und mit Milchglas versehen waren. Außerdem lag das Gebäude abseits von

den anderen, beinahe in einem Sumpf, geschützt von allen Seiten. Dieser Brand wurde mit Sicherheit von einem Insider gelegt. Von jemandem, der zu allem Zugang hatte.«
»Slade?«
»Der Brandstifter ist im von ihm selbst gelegten Feuer umgekommen – kein ungewöhnliches Phänomen.«
»Andererseits«, sagte Hayward, »kann es sich bei dem Brand auch um einen Mordanschlag gehandelt haben. Das Motiv: Slade, als Leiter des Projekts, wusste zu viel.«
Pendergasts blasse Augen wandten sich ihr langsam zu. »Sie nehmen mir das Wort aus dem Munde, Captain.«
Sie standen schweigend da, während der Regen durchs Dach der Ruine tropfte.
»Sieht so aus, als steckten wir in einer Sackgasse«, sagte Hayward.
Schweigend holte Pendergast den Reißverschlussbeutel mit dem verkohlten Papier aus der Tasche und reichte ihn Hayward. Sie inspizierte die Fragmente. Bei einem handelte es sich um die Anforderung einer Schiffsladung von Petrischalen, mit einer handschriftlichen Notiz unten, die Anzahl zu erhöhen, und zwar »im Auftrag von CJS«. Unterzeichnet war der Auftrag mit einer einzigen Initiale.
»CJS? Das muss Charles J. Slade sein.«
»Korrekt. Und das ist nun wirklich von Interesse.«
Sie reichte ihm den Beutel zurück. »Ich erkenne nicht, warum.«
»Die Handschrift ist offensichtlich die von June Brodie, Slades Sekretärin. Diejenige, die auf der Archer-Brücke eine Woche nach Slades Tod Selbstmord begangen hat. Nur: Diese auf den Auftrag gekritzelte Notiz deutet darauf hin, dass sie gar nicht Selbstmord begangen hat.«
»Woran, um alles in der Welt, können Sie das ablesen?«
»Ich besitze zufällig eine Fotokopie des Abschiedsbriefs aus

Brodies Akte aus dem Standesamt. Sie hat den Brief in ihrem Wagen zurückgelassen, bevor sie sich von der Archer-Brücke stürzte.« Pendergast zog ein Blatt Papier aus seiner Anzugjacke; Hayward faltete es auseinander. »Vergleichen Sie einmal diese Handschrift mit derjenigen auf dem Fragment, das ich soeben gefunden habe, eine völlig routinemäßige Notiz, die in ihrem Büro hingekritzelt wurde.«

Hayward sah sich erst das eine, dann das andere Blatt an. »Aber die Schrift ist doch genau die gleiche.«

»Und genau das, lieber Captain, ist ja das Merkwürdige.« Und damit steckte er die Papiere zurück in seine Anzugjacke.

58

Die Sonne war schon hinter einem Band aus schlammfarbenen Wolken untergegangen, als Laura Hayward schließlich zur kleinen Landstraße gelangte, die aus Itta Bena hinaus und anschließend weiter nach Osten zur Autobahn führte. Laut GPS waren es bis zurück nach Penumbra viereinhalb Stunden; sie würde also vor Mitternacht dort eintreffen. Pendergast hatte ihr gesagt, er werde noch später zurück sein. Er war losgefahren, um noch mehr über June Brodie herauszufinden.

Es war ein langer, einsamer, leerer Highway. Hayward war schläfrig und machte das Fenster auf, um einen Stoß frischer Luft hereinzulassen. Der Wagen füllte sich mit dem Geruch nach Abend und feuchter Erde. In der nächsten Stadt wollte sie schnell irgendwo einen Kaffee und ein Sandwich rausholen. Vielleicht konnte sie auch ein kleines Speiselokal finden. Seit dem Frühstück hatte sie nichts mehr gesessen.

Ihr Handy klingelte; sie zog es mit einer Hand aus der Handtasche. »Hallo?«

»Captain Hayward. Dr. Foerman vom Caltrop Hospital.«
Als sie den ernsten Tonfall des Arztes hörte, wurde ihr sofort bange.
»Entschuldigen Sie, dass ich Sie noch so spät am Abend störe, aber ich musste Sie leider anrufen. Der Zustand von Mr. D'Agosta hat sich plötzlich sehr verschlechtert.«
Sie schluckte. »Und was heißt das?«
»Wir machen gerade Tests, aber es sieht so aus, dass er eine seltene Art von anaphylaktischem Schock erlitten hat, der vermutlich mit der Schweineklappe in seinem Herzen zusammenhängt.« Er hielt inne. »Ich will ganz ehrlich sein: Es steht nicht gut um ihn. Wir … wir fanden, dass Sie benachrichtigt werden sollten.«
Einen Augenblick brachte Hayward kein Wort heraus. Sie drosselte das Tempo und bog auf den Seitenstreifen. Der Wagen kam leicht schleudernd auf dem Randstreifen zum Stehen.
»Captain Hayward?«
»Ich bin noch da.« Mit zittrigen Fingern gab sie *Caltrop*, LA in ihr GPS ein. »Eine Sekunde.« Das GPS berechnete die Zeit, die sie von ihrem Standort bis nach Caltrop brauchen würde. »Ich bin in zwei Stunden bei Ihnen. Vielleicht weniger.«
»Wir erwarten Sie.«
Sie klappte das Handy zu und legte es auf den Beifahrersitz. Dann holte sie tief und erschauernd Luft. Und dann gab sie völlig abrupt Gas, kurbelte das Lenkrad herum und wendete um 180 Grad, so dass der Schotter hinter dem Wagen aufspritzte und das Heck mit quietschenden Reifen auf den Highway zurückschleuderte.

Judson Esterhazy schlenderte, die Hände in die Taschen des Arztkittels geschoben, durch die doppelflügelige Glastür in die warme Abendluft und atmete tief durch. Von seinem Aussichtspunkt im überdachten Bereich des Haupteingangs des Krankenhauses blickte er auf den Parkplatz. Die von Natriumdampflampen hellerleuchtete Fläche führte um den Haupteingang herum und zog sich um eine Seite des kleinen Krankenhauses; sie war zu drei viertel leer. Ein ruhiger, ereignisloser Märzabend im Krankenhaus von Caltrop.

Er wandte seine Aufmerksamkeit der räumlichen Anordnung des Geländes zu. Hinter dem Parkplatz erstreckte sich eine gemähte Rasenfläche bis hinunter zu einem kleinen See. Am anderen Ende des Krankenhauses befand sich ein schmaler Park mit einigen sorgfältig gepflanzten und gepflegten Tupelobäumen. Zwischen diesen verlief ein Fußweg, an den schönsten Stellen waren Granitbänke aufgestellt.

Esterhazy, allem Anschein nach ein Arzt, der an die frische Luft gegangen war, schlenderte über den Parkplatz zum Rand des kleinen Parks und setzte sich auf eine Bank. Träge las er die Namen, die in die Bank geschnitzt waren – eine dumme Spielerei, aber die Spender wollten eben nicht anonym bleiben.

Bislang war alles nach Plan gelaufen. Sicher, es war ziemlich schwierig gewesen, D'Agosta zu finden. Irgendwie war es Pendergast gelungen, ihm eine neue Identität zu verschaffen, außerdem hatte er medizinische Berichte gefälscht, eine Geburtsurkunde besorgt, das komplette Programm. Hätte Judson nicht Zugang zu nichtöffentlichen pharmazeutischen Akten gehabt, dann hätte er den Lieutenant womöglich nie aufgespürt. Letztlich hatte die Schweine-Herzklappe den notwendigen Hinweis geliefert. Jetzt wusste er, dass D'Agosta wegen seines verletzten Herzens in eine Kardio-Klinik verlegt worden war. D'Agostas Voruntersuchungen hatten ergeben, dass seine Aortenklappe stark geschädigt war. Der Mistkerl hätte sterben sollen, doch als er wider Erwarten überlebte, war Judson klar, dass D'Agosta eine Schweine-Herzklappe brauchen würde.

Es gab nicht viele Anfragen nach Herzklappen von Schweinen

im System. *Wenn du die Schweineklappe findest, findest du auch den Mann.* Und genau das hatte er getan.

Und da war ihm aufgegangen, dass er zwei Fliegen mit einer Klappe schlagen konnte. D'Agosta war zwar nicht das Hauptziel, aber komatös und im Sterben liegend konnte er trotzdem einen höchst wirksamen Köder abgeben.

Er sah auf die Uhr. Pendergast und Hayward operierten, wie er wusste, noch immer von Penumbra aus; vermutlich waren sie höchstens ein paar Stunden entfernt. Und natürlich waren sie mittlerweile über D'Agostas Gesundheitszustand informiert und würden wie die Verrückten hierher ins Krankenhaus rasen. Das Timing war perfekt. D'Agosta lag im Sterben, wegen der Dosis Pavulon, die er ihm verabreicht hatte, wobei die Dosierung zwar weit im tödlichen Bereich lag, aber so fein abgestimmt war, dass sie nicht sofort zum Tod führte. Das war das Schöne am Pavulon – die Dosis konnte so angepasst werden, dass sie den Todeskampf in die Länge zog. Sie führte zu zahlreichen Krankheitssymptomen, wie man sie auch bei einem anaphylaktischen Schock beobachtete, und hatte eine Halbwertszeit im Körper von weniger als drei Stunden. Pendergast und Hayward würden gerade noch rechtzeitig eintreffen, um das Todesröcheln mitzuerleben.

Esterhazy erhob sich und schlenderte den mit Backsteinen gepflasterten Gehweg entlang, der durch den kleinen Park führte. Der Lichtschein vom Parkplatz reichte nicht weit, beließ den Park zum großen Teil im Dunkeln. Hier könnte ein geeigneter Standort sein, um den Schuss abzugeben. Wenn er denn ein Scharfschützengewehr verwenden würde. Aber das konnte natürlich nicht funktionieren. Wenn die beiden ankamen, würden sie möglichst nahe am Haupteingang parken, aus dem Auto springen und ins Gebäude laufen – und wären damit sich ständig bewegende Zielscheiben. Nachdem er Pendergast vor Penumbra nicht erwischt hatte, hatte Esterhazy keine Lust, es noch

einmal auf diese Weise zu versuchen. Diesmal wollte er keine Risiken eingehen.
Darum die abgesägte Schrotflinte.
Er ging zurück in Richtung Krankenhauseingang. Dort positioniert, wären seine Erfolgsaussichten sehr viel besser. Er würde auf der rechten Seite des Gehwegs Stellung beziehen, zwischen den Laternen. Egal, wo Pendergast und Hayward parkten, sie müssten dicht an ihm vorbeikommen. Dort würde er sie dann – im Arztkittel, das Klemmbrett in der Hand, den Kopf darübergebeugt – in Empfang nehmen. Sie würden besorgt sein, in Eile, er würde der Arzt sein, also keinerlei Argwohn erregen. Was konnte normaler sein? Sie würden sich ihm nähern und aus dem Gesichtsfeld all jener, die sich im Gebäude, hinter der Glastür befanden, verschwinden. Dann würde er die abgesägte Flinte unter dem Arztkittel hervorziehen und aus nächster Nähe, aus der Hüfte schießen. Die gewaltige Schrotflinte würde ihnen die Eingeweide und das Rückenmark buchstäblich aus dem Rücken pusten. Dann musste er nur noch die sieben Meter zum Auto gehen, einsteigen und wegfahren.
Mit geschlossenen Augen ging er den Ablauf durch und nahm dabei die Zeit. Fünfzehn Sekunden, mehr oder weniger, von Anfang bis Ende. Sobald der Sicherheitsbeamte am Empfangstresen nach Unterstützung telefoniert und den Mumm aufgebracht hätte, sich mit seinem dicken Hintern nach draußen zu bewegen, wäre er, Judson, längst über alle Berge.
Es war ein guter Plan. Einfach und idiotensicher. Seine Zielpersonen wären unvorbereitet, exponiert. Selbst der legendär coole Pendergast würde aufgeregt sein. Keine Frage, Pendergast gab sich die Schuld an D'Agostas Zustand – und nun lag sein guter Freund auch noch im Sterben.
Die einzige Gefahr, allerdings nur eine geringe, konnte dann drohen, wenn ihn jemand im Krankenhaus ansprach oder zur Rede stellte, bevor die Zeit des Handelns gekommen war. Doch

das war eher unwahrscheinlich. Es war ein teures Privatkrankenhaus und groß genug, dass ihn niemand zweimal angeschaut hatte, als er hereinmarschiert kam und seinen Ausweis vorzeigte. Er war geradewegs in D'Agostas Zimmer spaziert und hatte ihn vollgepumpt mit Schmerzmitteln vorgefunden, in tiefem Schlaf nach der Operation. Man hatte keinen Security-Beamten postiert, offensichtlich weil man den Eindruck hatte, D'Agostas Identität gut genug verborgen zu haben. Und Judson musste schon zugeben, man hatte das hervorragend hinbekommen, der ganze Papierkram stimmte, alle im Krankenhaus glaubten, es handele sich um Tony Spada aus Flushing, Queens …

Außer dass er der einzige Patient in der ganzen Region war, der ein vierzigtausend Dollar teures Aortenklappe-Transplantat aus einem Schweineherzen benötigte.

Er hatte das Pavulon ganz oben in die Infusionslösung injiziert. Als der Alarm losging, befand er sich längst in einem anderen Bereich des Krankenhauses. Niemand befragte ihn, man sah ihn nicht einmal schräg von der Seite an. Weil er selbst Arzt war, wusste er genau, welchen Eindruck man vermitteln, wie man sich verhalten, was man sagen musste.

Er blickte auf die Uhr. Dann schlenderte er zu seinem Wagen hinüber und stieg ein. Die Schrotflinte schimmerte auf dem Boden vor dem Beifahrersitz. Er würde eine Weile hier sitzen bleiben, im Dunkeln. Dann würde er die Flinte unter seinem Kittel verstecken, aus dem Auto steigen, zu seiner Stellung zwischen den Laternen gehen … und warten, dass die Vögel angeflogen kamen.

Hayward erblickte das Krankenhaus am Ende der langen, geraden Zufahrtsstraße, ein zweistöckiges Gebäude, das in der Nacht schimmerte, gelegen inmitten einer weitläufigen, leicht ansteigenden Rasenfläche, die vielen Fenster spiegelten sich im Wasser eines nahe gelegenen Teichs. Sie gab Gas, die Straße wurde ein wenig abschüssig, überquerte einen Bach, stieg dann wieder an. Nicht weit vom Eingang entfernt bremste sie stark ab, um die überhöhte Geschwindigkeit zu drosseln, und bog, während die Reifen auf dem vom Tau bedeckten Asphalt leise quietschten, in die letzte Kurve vor dem Parkplatz.

Abrupt kam sie in der Parkbucht zum Stehen, die dem Krankenhaus am nächsten lag, stieß die Tür auf und sprang aus dem Auto. Im Laufschritt überquerte sie den Parkplatz und betrat den überdachten Gehweg, der zur Eingangstür führte. Sofort erblickte sie zwischen den Lichtkreisen einen Arzt, Klemmbrett in der Hand, neben dem Fußweg stehend. Er hatte noch eine Chirurgenmaske auf – er musste direkt aus dem OP gekommen sein.

»Captain Hayward?«, fragte der Arzt.

Jählings wandte sie sich um, ein wenig beunruhigt von dem Gedanken, dass er auf sie gewartet hatte. »Ja, wie geht es ihm?«

»Er wird durchkommen«, lautete die etwas gedämpfte Antwort. Lässig hielt der Arzt das Klemmbrett in der einen Hand, während er mit der anderen unter seinen weißen Arztkittel griff.

»Gott sei Dank –«, begann sie, und dann sah sie die Schrotflinte.

59

New York City

Dr. John Felder stieg die breite Steintreppe der Hauptfiliale der New York Public Library hinauf. Hinter ihm, auf der Fifth Avenue, lärmte der abendliche Verkehr: immer wieder lautes

Gehupe und das Geschleife von Dieselmotoren. Einen Augenblick blieb er zwischen den großen Steinlöwen, »Geduld« und »Tapferkeit«, stehen, sah auf die Uhr und klemmte die dünne braune Aktenmappe fester unter den Arm. Dann ging er weiter zur Messingtür oben an den Stufen.

»Entschuldigen Sie, Sir«, sagte der Wachmann vor der Tür. »Die Bücherei ist für heute geschlossen.«

Felder holte seinen Sonderleseausweis heraus und zeigte ihn vor.

»Vielen Dank, Sir«, sagte der Wachmann und trat respektvoll einen Schritt zur Seite.

»Ich habe beantragt, einige Forschungsmaterialen einsehen zu dürfen«, sagte Felder. »Mir wurde gesagt, dass sie jetzt bereitliegen.«

»Erkundigen Sie sich in der Abteilung Allgemeine Recherche«, erwiderte der Wachmann. »Zimmer dreihundertfünfzehn.«

»Vielen Dank.«

Während er durch die riesige Eingangshalle ging, hallten seine Schritte laut auf dem Fußboden wider. Es war fast acht Uhr abends. Bis auf einen zweiten Wachmann an einer Empfangsstation, der ebenfalls einen Blick auf seinen Ausweis warf und das geschwungene Treppenhaus hinaufzeigte, war der hohe Raum menschenleer. Nachdem Felder im zweiten Stock angekommen war, ging er den Flur hinunter bis zur Tür des Zimmers 315.

Zimmer 315 – die Bezeichnung wurde dem Raum nicht gerecht. Fast zwei Häuserblocks lang, erhob sich der Hauptlesesaal der öffentlichen Bücherhalle von New York fünfzehn Meter empor zu einer Rokoko-Kassettendecke voller Gemälde. Elegante Kristallleuchter hingen über scheinbar endlosen Reihen langer Eichenlesetische, die nach wie vor über ihre originalen Bronzelampen verfügten. Hier und da saßen Leser, die eine Sondergenehmigung besaßen, an den Tischen, hockten über ihren Büchern oder tippten leise in ihre Laptops. Zwar standen an den Wänden viele Bücher, doch sie waren sozusagen nur ein Tropfen im Eimer der Bücherei. In den unterirdischen Geschossen des Hauptgebäudes und den anderen unter der Grünfläche des angrenzenden Bryant Park lagerten sechs Millionen Bücher.

Doch Felder war nicht hergekommen, um sich Bücher anzuschauen. Der Grund seines Besuchs war die riesige Sammlung genealogischen Forschungsmaterials der Bibliothek.

Er ging zur Auskunftsstation, die den Raum in zwei Hälften teilte, aus reichverziertem Holz gefertigt war und die Fläche eines kleinen Einfamilienhauses hatte. Nach einem kurzen, geflüsterten Gespräch wurde ihm ein Bücherkarren mit Bestandsbüchern und Aktenordnern hingestellt. Er schob den Bücherkarren zum nächstgelegenen Tisch, setzte sich und begann, die Materialien auf die polierte Tischplatte zu legen. Die Akten und Bücher waren vergilbt und eselsohrig, aber ansonsten in tadellosem Zustand. Und sie hatten eine Gemeinsamkeit: Sie datierten aus der Zeit zwischen 1870 und 1880 und dokumentierten den Bereich von Manhattan, in dem Constance Greene laut eigener Aussage aufgewachsen war.

Seit der Anhörung betreffend die Sicherheitsverwahrung war Felder die Geschichte dieser jungen Frau nicht mehr aus dem Kopf gegangen. Was sie da erzählt hatte, war natürlich Nonsens – das waren die Ergüsse von einer, die völlig den Kontakt zur Realität verloren hatte. Der klassische Fall einer nicht näher bezeichneten psychotischen Störung mit Wahnvorstellungen.

Trotzdem kam Constance Greene ihm nicht wie jemand vor, der die Verbindung zur Wirklichkeit völlig verloren hatte. Sie hatte etwas an sich, das ihn verwirrte – nein, faszinierte. *Ich wurde tatsächlich in der Water Street geboren, in den Siebzigern – allerdings in den Siebzigern des neunzehnten Jahrhunderts. Alles, was Sie wissen müssen, finden Sie im Stadtarchiv in der Centre Street, Weiteres in der New York Public Library ... das weiß ich, weil ich selbst die Unterlagen gesehen habe.*

War das irgendeine Art Fingerzeig, den sie ihm hatte geben wollen, eine geringfügige Information, die ihr Geheimnis möglicherweise aufklären könnte? Handelte es sich vielleicht um einen Hilfeschrei? Nur eine sorgfältige Lektüre der Akten und Dokumente konnte da eine Antwort geben. Kurz fragte er sich, was er hier eigentlich tat. Seine Gutachtertätigkeit in dem Fall war abgeschlossen, außerdem war er ein vielbeschäftigter Psychiater mit einer gutgehenden Privatpraxis. Und dennoch ... er war beinahe schon unanständig neugierig.

Eine Stunde später setzte sich Felder auf seinem Stuhl zurück und atmete tief durch. Unter den vergilbten Dokumenten befanden sich auch Angaben über eine Volkszählung für Manhattan, in der eine Familie Greene als wohnhaft in der Water Street 18 aufgeführt war.

Felder ließ die Akten auf dem Tisch liegen, stand auf und begab sich die Treppe hinunter zur Abteilung Genealogische Nachforschungen im ersten Stock. Seine Recherche der Akten des Katasteramtes und des Amtes für den Militärdienst ergab nichts, das Gleiche galt für die allgemeine Volkszählung der Vereinigten Staaten von 1880, aber der Zensus von 1870 führte einen Horace Greene auf, wohnhaft in Putnam County, New York. Eine Lektüre der Steuerakten von Putnam aus den davorliegenden Jahren lieferte einige weitere kleine Informationen.

Felder stieg die Treppe langsam wieder hinauf und setzte sich an seinen Leseplatz, öffnete vorsichtig die braune Aktenmappe, die er mitgebracht hatte, und legte sich ihren spärlichen Inhalt – den er sich aus dem Staatsarchiv beschafft hatte – auf dem Tisch zurecht.

Was genau hatte er bislang erfahren?

Im Jahre 1870 hatte es einen gewissen Horace Greene, Farmer

in Carmel, New York, gegeben. Ehefrau Chastity Greene; eine Tochter, Mary, acht Jahre alt.

1874 wohnte Horace Greene in der Water Street 18 in Lower Manhattan, Beruf: Hafenarbeiter. Inzwischen hatte er drei Kinder: Mary, 12; Joseph, 3; Constance, 1.

1878 hatte das Gesundheitsamt der Stadt New York Sterbeurkunden sowohl für Horace als auch Chastity Greene ausgestellt. Als Todesursache war in beiden Fällen Tuberkulose angegeben. Damit waren die drei Kinder – jetzt im Alter von sechzehn, sieben und fünf – Waisen.

Eine Polizeiakte aus dem Jahr 1878 gab an, dass Mary Greene wegen »Streetwalkings«, also Prostitution, angeklagt wurde. Die Gerichtsakte ließ durchblicken, dass sie ausgesagt hatte, sie habe versucht, Arbeit als Wäscherin und Näherin zu finden, der Lohn jedoch nicht gereicht habe, um sich und ihre Geschwister zu ernähren. Akten der Sozialfürsorge aus demselben Jahr verzeichneten, dass Mary Greene auf unbestimmte Zeit in die Mission im Stadtteil Five Points, ein Waisenhaus, eingewiesen wurde. Weitere Aufzeichnungen gab es keine; Mary Greene schien verschwunden zu sein.

Eine andere Polizeiakte aus dem Jahr 1880 verzeichnete, dass ein gewisser Castor McGillicutty Joseph Greene, 10, zu Tode geprügelt hatte, als er den Jungen dabei ertappte, ihn bestehlen zu wollen. Strafe: zehn Dollar und sechzig Tage Zwangsarbeit in »The Tombs«, der berüchtigten New Yorker Justizvollzugsanstalt. Später wurde McGillicutty verlegt.

Und das war's. Die letzte – und einzige – Erwähnung einer Constance Greene fand sich in der Volkszählung von 1874.

Felder steckte die Dokumente in die Aktenmappe zurück und schloss sie mit einem Seufzen. Es war doch eine ziemlich deprimierende Geschichte. Es schien klar zu sein, dass die Frau, die sich Constance Greene nannte, sich dieser speziellen Familie – und dieser einen dürftigen Information – bedient und sie zum

Gegenstand ihre Wahnvorstellungen gemacht hatte. Aber warum? Warum hatte sie aus den Tausenden, Millionen Familien der Stadt New York – viele mit umfangreicheren und bewegteren Lebensgeschichten – gerade diese ausgewählt? Konnte es wirklich sein, dass sie aus dieser Familie stammte? Aber der Stammbaum endete doch mit dieser Generation. Er hatte nichts finden können, was Grund zu der Annahme lieferte, dass auch nur ein einziger Angehöriger der Familie Greene überlebt hatte.

Abermals seufzend erhob er sich von seinem Platz, ging zur Auskunftsstation und bat um einige Dutzend lokale Manhattaner Zeitungen aus den späten 1870ern. Er blätterte sie aufs Geratewohl durch und blickte lustlos auf die Artikel, Bekanntmachungen und Annoncen. Natürlich war das ein hoffnungsloses Unterfangen. Er wusste ja gar nicht genau, wonach er suchte – er wusste im Grunde nicht mal, wieso er danach suchte. Was hatte diese psychisch schwerkranke Constance Greene, das ihn so stutzig machte? Es war ja nicht so, dass …

Plötzlich – er blätterte in einer Ausgabe aus dem Jahr 1879 des in Five Points erschienenen Boulevardblatts *New York Daily Inquirer* – hielt er inne. Auf einer Seite im Innenteil war ein Kupferdruck mit dem Untertitel *Gossenkinder beim Spielen* zu sehen. Die Illustration zeigte eine Reihe von äußerst ärmlichen, heruntergekommenen Wohnhäusern. Kleine Kinder mit schmutzigen Gesichtern, die Stickball auf der Straße spielten. Doch ein wenig abseits stand ein mageres Mädchen, das ihnen zusah, mit einem Besen in der Hand. Es war unterernährt, ausgezehrt geradezu, und wirkte, im Gegensatz zu den anderen Kindern bedrückt, beinahe verängstigt. Doch was Felder sofort ins Auge sprang, das waren die Gesichtszüge. Das Mädchen war Constance Greene wie aus dem Gesicht geschnitten.

Einen langen Augenblick betrachtete Felder den Kupferdruck.

Dann legte er mit nachdenklicher, ernster Miene und sehr langsam die Seiten der Zeitung zusammen.

60

Caltrop, Louisiana

Eine rasche Abfolge von Schüssen ertönte, gleichzeitig hechtete Hayward zur Seite, und unmittelbar darauf folgte der Knall der Schrotflinte. Sie schlug hart auf dem Boden auf und spürte den Luftzug der Wolke aus Schrotkugeln, die an ihr vorbeipfiffen. Dann wälzte sie sich herum und riss ihre Waffe aus dem Holster. Doch der falsche Arzt hatte sich bereits umgedreht und rannte mit fliegenden Rockschößen zum Parkplatz. Hayward hörte weitere Schüsse und das Quietschen von Reifen und sah, wie ein alter Rolls-Royce mit qualmenden Reifen auf den Parkplatz gerast kam. Pendergast lehnte sich aus dem Fahrerfenster und feuerte aus einer Pistole, ähnlich wie ein Cowboy vom Rücken eines galoppierenden Pferdes.

Mit kreischenden Reifen ging der Rolls in einen Power-Slide. Noch bevor er zum Stehen kam, stieß Pendergast die Tür auf und lief auf Hayward zu.

»Mir geht's gut!«, rief sie und versuchte aufzustehen. »Mir geht's *gut*, verdammt noch mal! Sehen Sie mal – er flüchtet!«

Noch während sie das sagte, hörte sie, wie auf dem Parkplatz ein Automotor ansprang. Ein Wagen fuhr unter Reifengequietsche davon, die kurz aufscheinenden roten Rücklichter verschwanden von der Zufahrt.

Pendergast zog sie auf die Beine. »Wir haben keine Zeit zu verlieren. Folgen Sie mir.«

Er stürmte durch die Eingangstür; sie liefen an einer Szene einsetzender Panik und Bestürzung vorbei. Ein Sicherheitsbeamter hockte hinter dem Empfangstresen und schrie irgendwas in sein Handy, die Empfangsdame und mehrere Mitarbeiter lagen flach auf dem Boden. Pendergast ignorierte sie, stürmte durch eine weitere Doppeltür und schnappte sich den erstbesten Arzt, dem er begegnete.

»Der Code in drei-zwei-drei«, sagte er und zeigte seinen Dienstausweis. »In dem Zimmer findet ein Mordversuch statt. Dem Patienten wurde irgendein Medikament injiziert.«

Der Arzt erwiderte fast im gleichen Atemzug: »Hab verstanden. Gehen wir.«

Zu dritt liefen sie die Treppe zu D'Agostas Zimmer hinauf. Hayward sah sich einem regen Treiben gegenüber: Eine Gruppe von Schwestern und Ärzten arbeitete konzentriert und beinahe wortlos neben einer Reihe von Geräten. Lichter blinkten, Überwachungsmonitore piepten leise. D'Agosta lag im Bett, absolut reglos.

Der Arzt betrat ruhig das Zimmer. »Alle mal herhören. Diesem Patienten wurde ein Medikament injiziert, und zwar mit der Absicht, ihn zu töten.«

Eine der Schwestern hob den Kopf. »Wie um alles in der Welt –«

Der Arzt schnitt ihr mit einer Handbewegung das Wort ab. »Die Frage lautet: Mit welchem Medikament stehen die Symptome in Einklang?«

Es folgte ein anschwellendes Durcheinander von Stimmen, eine wilde Diskussion, ein neuerliches Betrachten von Diagrammen und Datenblättern. Der Arzt wandte sich zu Pendergast und Hayward um. »Sie können hier jetzt nichts mehr tun. Bitte warten Sie draußen.«

»Ich möchte hierbleiben«, sagte Hayward.

»Das geht nicht. Tut mir leid.«

Als Hayward sich umdrehte, ging wieder ein Alarm los; sie sah, wie sich auf dem EKG-Monitor eine flache Linie bildete. »O mein Gott«, rief sie. »Lassen Sie mich hier warten, bitte, *bitte* –« Die Tür wurde geschlossen, und Pendergast führte Hayward sanft aus dem Raum.

Das Wartezimmer war klein und steril, es standen nur ein paar Plastikstühle darin, und es gab nur ein Fenster, das in die Nacht hinausging. Hayward starrte blicklos in das schwarze Rechteck. Ihre Gedanken rasten, doch sie drehten durch, so als wären sie ein defekter Motor. Ihr Mund war trocken, ihre Hände zitterten. Eine Träne rann ihre Wange hinunter – eine Träne der Frustration und der ungerichteten Wut.

Sie spürte Pendergasts Hand auf ihrer Schulter. Sie schüttelte sie ab und trat einen Schritt zur Seite.

»Captain?«, ertönte die leise Stimme. »Darf ich Sie daran erinnern, dass ein Mordversuch stattgefunden hat – gegen Lieutenant D'Agosta. Und gegen Sie.«

Die kühle, abgeklärte Stimme drang durch den Nebel ihrer rasenden Wut. Sie schüttelte den Kopf. »Lassen Sie mich einfach zufrieden.«

»Sie müssen versuchen, das Problem wie eine Polizistin zu betrachten. Ich brauche Ihre Hilfe, und zwar sofort.«

»Ihr Problem interessiert mich nicht mehr.«

»Bedauerlicherweise ist es nicht mehr nur mein Problem.«

Sie starrte in die Dunkelheit, ballte die Fäuste. »Wenn er stirbt –«

Wieder hörte sie die abgeklärte, beinahe hypnotische Stimme. »Das liegt nicht in unserer Hand. Ich möchte, dass Sie mir jetzt ganz genau zuhören. Ich möchte, dass Sie einen Moment lang Captain Hayward sind, nicht Laura Hayward. Wir haben etwas Wichtiges zu besprechen. Sofort.«

Sie schloss die Augen; sie fühlte sich taub bis ins Mark. Sie hatte nicht einmal mehr die Kraft, Pendergast zu widersprechen.

»Wie es scheint«, sagte er, »haben wir es hier mit einem Mörder zu tun, der auch Arzt ist.«
Sie schloss die Augen. Sie war dem hier, der ganzen Sache, des Lebens überdrüssig. Wenn Vinnie starb ... Sie verdrängte den Gedanken.
»Außerordentliche Maßnahmen wurden ergriffen, damit Vincents Aufenthaltsort geheim bleibt. Offensichtlich hatte der Beinahe-Mörder speziellen Zugang zu Patientenakten, Arzneimitteln und pharmazeutischen Akten. Es gibt nur zwei Möglichkeiten. Die erste lautet, dass er oder sie dem Ärzteteam angehört, das Vincent behandelt, aber das wäre ein großer Zufall und äußerst unwahrscheinlich; alle Personen sind sorgfältig überprüft worden. Die andere Möglichkeit – meines Erachtens die zutreffende – ist, dass Vincent gefunden wurde, indem man den Weg der Schweineklappe zurückverfolgte, die man bei seiner Operation verwendete. Bei seinem Angreifer kann es sich sogar um einen Herzchirurgen handeln.«
Als sie schwieg, fuhr er fort. »Ist Ihnen klar, was das bedeutet? Es bedeutet, dass Vincent als Lockvogel benutzt wurde. Der Täter hat absichtlich ein tödliches Koma herbeigeführt, im Wissen, dass wir an Vincents Krankenbett eilen werden. Natürlich hat er vorausgesehen, dass wir zusammen eintreffen. Lediglich der Umstand, dass wir nicht gleichzeitig ankamen, hat uns gerettet.«
Sie kehrte ihm auch weiterhin den Rücken zu und verbarg ihr Gesicht. *Lockvogel.* Vinnie, als Lockvogel missbraucht. Nachdem er kurz geschwiegen hatte, redete Pendergast weiter.
»Uns sind im Moment die Hände gebunden. Dennoch: Ich glaube, eine entscheidende Entdeckung gemacht zu haben. Während wir getrennt waren, habe ich June Brodies Selbstmord genauer erforscht und bin dabei auf einige interessante Zufälle gestoßen. Wie wir wissen, ereignete sich der Selbstmord, nur eine Woche nachdem Slade bei dem Brand ums

Leben kam. Ungefähr einen Monat später erzählt Junes Ehemann seinen Nachbarn, er werde ins Ausland verreisen – und ward nie wieder gesehen. Das Haus wurde verriegelt und schließlich verkauft. Ich habe versucht, ihn ausfindig zu machen, aber die Spur ist völlig kalt, außer dass ich keinerlei Hinweise fand, dass er das Land verlassen hat.«

Wider Willen wandte sich Hayward langsam um.

»June war eine attraktive Frau. Und allem Anschein nach hatte sie mit Slade eine Langzeit-Affäre.«

Schließlich äußerte sie sich. »Na und«, sagte sie schroff. »Dann war es eben kein Selbstmord. Der Ehemann hat sie ermordet und ist abgehauen.«

»Es gibt zwei Indizien, die gegen diese Annahme sprechen. Zum einen der Abschiedsbrief.«

»Er hat sie gezwungen, ihn zu schreiben.«

»Wie Sie wissen, waren an der Schrift keinerlei Anhaltspunkte für Stress zu erkennen. Und da ist noch etwas. Nicht lange vor ihrem Selbstmord wurde bei June Brodie eine besonders rapide verlaufende Form von Amyotrophischer Lateralsklerose diagnostiziert: Lou-Gehrig-Syndrom. Sie wäre recht schnell daran gestorben.«

Hayward dachte nach. »Dass sie so krank war, würde für Selbstmord sprechen.«

»Mord«, murmelte Pendergast. »Selbstmord. Vielleicht war es weder das eine noch das andere.«

Hayward überhörte diese typische Pendergastsche Bemerkung. »Ihr Privatermittler, Hudson, wurde umgebracht, weil er im Fall Brodie ermittelte. Aller Wahrscheinlichkeit nach bedeutet das: Wer immer hinter der ganzen Sache steckt, will, dass wir Brodie nicht auf die Spur kommen. Das macht sie für uns zu einer Person von entscheidender Bedeutung.«

Pendergast nickte. »In der Tat.«

»Was wissen Sie sonst noch über sie?«

»Ihre Herkunft ist einigermaßen unauffällig. Die Brodies waren einmal ziemlich reich – Erdöl-Geld –, aber in den sechziger Jahren versiegte das Öl, und es brachen schwere Zeiten für sie an. June wuchs in nicht sehr begüterten Verhältnissen auf, sie besuchte ein kleines lokales College und machte eine Ausbildung zur examinierten Krankenschwester, war aber nur einige Jahre in ihrem Beruf tätig. Vielleicht gefiel ihr die Arbeit nicht, vielleicht wollte sie auch nur das höhere Gehalt als persönliche Sekretärin eines Vorstandschefs einstecken. Jedenfalls nahm sie die Stelle bei Longitude an, wo sie für den Rest ihres Lebens arbeitete. Sie heiratete ihren Jugendfreund, hat aber, wie es scheint, in Slade ziemlich bald einen anregenderen Partner gefunden.«

»Und der Ehemann?«

»Entweder wusste er nichts davon, oder er fand sich damit ab.« Pendergast zog eine braune Aktenmappe aus seinem Jackett und reichte sie Hayward. »Bitte sehen Sie sich das hier mal an.«

Sie öffnete die Mappe und sah mehrere vergilbte Zeitungsausschnitte in Plastikhüllen, daneben eine Landkarte. »Was ist das?«

»Sie haben eben gesagt, June Brodie sei von entscheidender Bedeutung. Und da stimme ich Ihnen zu. Ich glaube aber, dass etwas anderes genauso wichtig ist, nämlich die Geographie.«

»Die Geographie?«

»Der Black-Brake-Sumpf, um genau zu sein.« Mit einem Nicken wies Pendergast auf die Zeitungsausschnitte.

Sie blätterte sie kurz durch. Es handelte sich überwiegend um Geschichten aus Lokalblättern über Legenden und abergläubische Vorstellungen im Zusammenhang mit dem Sumpf: geheimnisvolle nächtliche Lichter, ein Froschmann, der spurlos verschwand, Geschichten über vergrabene Schätze und Gespenster. Hayward hatte in ihrer Kindheit und Jugend viele solcher Gerüchte gehört. Das Sumpfgebiet, eines der größten in den Südstaaten, war berüchtigt.

»Schauen Sie mal«, sagte Pendergast und fuhr mit dem Finger auf der Landkarte entlang. »Auf der einen Seite des Black Brake befindet sich Longitude Pharmaceuticals. Auf der anderen liegen Sunflower und das Haus der Doanes. Dazu kommt die Familie Brodie, die außerhalb von Malfourche wohnte, einer Kleinstadt an dem See am Ostende des Sumpfs.«

»Und?«

Pendergast tippte leicht auf die Karte. »Und genau hier, mitten im Black Brake, liegt Spanish Island.«

»Und was ist das?«

»Die Familie Brodie besaß ein Jagdcamp inmitten des Sumpfgebiets, genannt Spanish Island. Zweifellos handelt es sich um eine Insel, wie man sie im Mississippi-Delta antrifft, ein Gebiet mit höherem, festerem Schlamm. Das Camp dürfte auf Pfählen und mit Kreosot imprägnierten Pylonen errichtet worden sein. In den siebziger Jahren ging es bankrott. Das Camp wurde verrammelt und verriegelt und nie wieder eröffnet.«

Hayward blickte ihn an. »Und was heißt das?«

»Sehen Sie sich mal diese Geschichten an. Alle stammen aus Lokalblättern von Kleinstädten, die an den Sumpf angrenzen: Sunflower, Itta Bena und vor allem Malfourche. Mir sind die Geschichten zum ersten Mal aufgefallen, als ich die Zeitungsarchive in Sunflower durchgegangen bin, aber ich habe mir damals nicht viel dabei gedacht. Wenn man die Geschichten allerdings mit einer Landkarte abgleicht, stellt man fest, dass alle auf einen Ort zulaufen – Spanish Island, das tiefste Herz des Sumpfs.«

»Aber … das sind doch alles nur Legenden. Ammenmärchen.«

»Wo Rauch ist, ist auch Feuer.«

Hayward klappte die Mappe zu und reichte sie Pendergast zurück. »Das ist keine Polizeiarbeit, sondern Raterei. Sie haben

keine einzige belastbare Tatsache, die dafür spricht, dass Spanish Island ein wichtiger Ort in unserem Fall ist.«
Es flackerte kurz in Pendergasts Augen. »Vor fünf Jahren hat eine Umweltgruppe eine Säuberungsaktion einer alten illegalen Müllkippe im Sumpf bei Malfourche durchgeführt. Man sieht diese Müllkippen überall in den Südstaaten, auf denen die Leute alte Autos, Kühlschränke, alles, was sinkt, abladen. Einer dieser Gegenstände, den die Umweltschützer aus dem Schlamm zogen, war ein Auto. Natürlich wurde der Fahrzeughalter ermittelt, um ihn mit einem Bußgeld zu belegen. Aber er wurde nie gefunden.«
»Und wer war der Halter des Fahrzeugs?«
»Carlton Brodie, Junes Ehemann. Es war das letzte Auto, das ihm gehörte. Ich vermute mal, dass es sich um den Wagen handelt, mit dem er untergetaucht ist – als er allen erzählte, er fahre … *ins Ausland.*«
Hayward runzelte die Stirn, wollte etwas erwidern, wartete aber erst einmal ab.
»Und da ist noch etwas – etwas, das mich beunruhigt, seit ich den Wagen heute Morgen gesehen habe. Erinnern Sie sich noch an den ausgebrannten Anlegesteg, den wir auf dem Gelände von Longitude gesehen haben? Den hinter Komplex sechs?«
»Was ist damit?«
»Warum um alles in der Welt benötigte Longitude eine Anlegestelle am Black-Brake-Sumpf?«
Hayward dachte nach. »Der Anlegesteg kann aus der Zeit vor Longitude stammen.«
»Mag sein. Aber für mich sah es aus, als stamme er aus demselben Zeitraum, als das Unternehmen dort in Betrieb war. Nein, Captain, alles – insbesondere dieser Anleger – deutet darauf hin, dass Spanish Island unsere nächste Anlaufstelle ist.«
Die Tür des Wartezimmers öffnete sich. Der Arzt kam mit lan-

gen Schritten herein. Noch ehe Hayward etwas sagen konnte, ergriff er das Wort.

»Er wird es schaffen.« Der Arzt konnte sich vor Freude kaum bändigen. »Wir haben gerade noch rechtzeitig herausgefunden, was es war. Pavulon, ein starkes Muskelentspannungsmittel. Das war das Medikament, das man ihm injiziert hat. Eine kleine Menge davon hat in der Krankenhausapotheke gefehlt.«

Einen Augenblick war Hayward ganz schwindlig. Sie packte eine Stuhllehne und setzte sich. »Gott sei Dank.«

Der Arzt wandte sich zu Pendergast um. »Ich weiß zwar nicht, wie Sie dahintergekommen sind, dass es sich um eine Injektion handelte, aber diese Schlussfolgerung hat ihm das Leben gerettet.«

Hayward musste zugeben, dass sie selber nicht darauf gekommen wäre. Sie warf Pendergast einen kurzen Blick zu.

Pendergast steckte die Aktenmappe ein. »Ausgezeichnet. Aber wir müssen jetzt leider gehen, Doktor. Die Sache ist sehr dringend. Hier ist meine Karte; richten Sie der Polizei aus, sie soll Kontakt mit mir aufnehmen. Und sie soll sofort einen Vierundzwanzig-Stunden-Schutz für den Patienten organisieren. Ich bezweifle zwar, dass der Mörder es noch mal versucht, aber man weiß nie.«

»Wird gemacht, Mr. Pendergast«, sagte der Arzt und nahm die Karte mit dem FBI-Emblem entgegen.

»Wir haben keine Zeit zu verlieren«, sagte Pendergast, wandte sich um und strebte mit langen Schritten zur Tür.

»Aber … was machen wir jetzt?«, fragte Hayward.

»Wir fahren natürlich nach Spanish Island.«

61

Penumbra-Plantage

Dunkelheit hüllte das alte neoklassizistische Herrenhaus ein. Schwere Wolken verdunkelten den runden Vollmond, während die Decke einer für die Jahreszeit untypischen Wärme über der spätwinterlichen Landschaft lag. Selbst die Sumpfinsekten schienen schläfrig zu sein, zu träge, um zu summen.

Maurice schlich durch das Erdgeschoss des Plantagenhauses, spähte durch die verschiedenen Zimmer und vergewisserte sich, dass die Fenster verschlossen waren, das Licht überall ausgeschaltet war und alles seine Ordnung hatte. Nachdem er den Riegel an der Haustür vorgeschoben und zugeschlossen hatte, sah er sich noch einmal um, brummte zufrieden und ging schließlich in Richtung Treppe.

Das Läuten eines Telefons auf dem Tisch in der Eingangshalle durchbrach die Stille.

Maurice blickte erschrocken zum Telefon. Während es weiterläutete, ging er darauf zu und nahm mit seiner geäderten, knotigen Hand den Hörer von der Gabel.

»Ja?«

»Maurice?« Es war Pendergasts Stimme. Man hörte ein leises, aber stetes Hintergrundgeräusch, ein Brausen, so wie das Rauschen von starkem Wind.

»Ja?«, sagte Maurice wieder.

»Ich wollte Sie wissen lassen, dass wir heute Abend doch nicht zu Hause sein werden. Sie können das Riegelschloss an der Küchentür vorlegen.«

»Wie Sie wünschen, Sir.«

»Rechnen Sie bitte mit uns irgendwann morgen Abend. Sollte es weitere Verzögerungen geben, sage ich Ihnen rechtzeitig Bescheid.«

»Verstehe.« Maurice hielt einen Moment inne. »Wohin fahren Sie, Sir?«
»Nach Malfourche. Ein kleine Ortschaft am Black-Brake-Sumpf.«
»Sehr wohl, Sir, wie Sie wünschen, Sir. Also bis morgen dann.«
Dann war die Leitung unterbrochen, Maurice legte den Hörer auf. Er hielt kurz inne, blickte aufs Telefon, überlegte. Schließlich nahm er den Hörer wieder in die Hand und wählte.
Das Telefon läutete mehrmals, dann antwortete eine Männerstimme.
»Hallo?«, sagte Maurice. »Mr. Judson, Sir?«
Die Stimme am anderen Ende der Leitung bejahte.
»Hier ist Maurice von der Penumbra-Plantage. Mir geht's gut, danke. Ja. Ja, ich habe gerade von ihm gehört. Sie sind unterwegs zum Black-Brake-Sumpf. Zu einem Ort namens Malfourche. Weil Ihnen so viel an ihm liegt, dachte ich mir, es würde Sie interessieren. Nein, er hat nicht gesagt, warum. Ja. Sehr wohl, Sir. Gern geschehen. Gute Nacht.«
Wieder legte er den Hörer auf, dann ging er zur Rückseite des Hauses und schloss, wie Pendergast ihn gebeten hatte, die Küchentür ab. Nach einem letzten Kontrollblick kehrte er zum Hauptflur zurück und stieg die Treppe in den ersten Stock hinauf. Es gab keine weiteren Ruhestörungen in dieser Nacht.

62

Malfourche, Mississippi

Mike Ventura legte am verrotteten Anleger vor *Tiny's Bait 'n' Bar* an. Es war ein windschiefes, wackeliges altes Holzgebäude auf Pfählen, und Ventura konnte bereits die Country-Musik, das Geschrei und das rauhe Gelächter hören, die über das Wasser zu ihm herüberschwebten.

Er steuerte sein Sportfischerboot mit geringem Tiefgang in einen der wenigen leeren Liegeplätze, stellte den Motor ab, sprang heraus und machte fest. Es war Mitternacht, und im Tiny's ging es hoch her, der Anleger war voll mit Booten, von hochmotorisierten Sportfischerbooten bis hin zu billigen Sperrholz-Ruderbooten. Malfourche mochte eine vom Pech verfolgte Stadt sein, aber die Leute hier wussten immer noch, wie man richtig feierte. Er leckte sich die Lippen. Ein kühles Bier und ein Schuss Jack Daniels, das war jetzt angesagt – bevor es mit der richtigen Arbeit losging.

Er schob die Tür auf, und sofort schlugen die Geräusche und Gerüche über ihm zusammen: die lärmende Musik, das Bier, die Sägespäne, die Feuchtigkeit und der Geruch des Sumpfwassers, das gegen die Pfähle unter ihnen schwappte. Der Angelshop links und die Theke rechts waren in den scheunenähnlichen Raum integriert. Wegen der späten Stunde war das Licht im Angelshop ausgeschaltet, in dem in Kühlschränken und Badewannen die verschiedenen Lebendköder gehalten wurden, für die Tiny's so berühmt war: Tauwürmer, Bachkrebse, Egel, Wachswürmer, Georgia-Springwürmer, Laich und Maden.

Ventura ging schnurstracks zum Tresen. Und sofort stellte Tiny höchstpersönlich, der Barkeeper und Besitzer – ein riesiger Fettkloß von einem Mann –, eine eiskalte Dose Coors auf die Theke, unmittelbar darauf gefolgt von einem doppelten Jack Daniels.

Ventura bedankte sich mit einem Nicken, hob das Whiskyglas, kippte den Inhalt runter und genehmigte sich sofort danach einen ordentlichen Schluck Coors.

Verdammt noch mal, genau das hatte ihm der Arzt empfohlen. Er lebte schon zu lange hier am Sumpf. Während er sein Bier trank, sah er sich in dem alten Schuppen mit einem aufsteigenden Gefühl der Zuneigung um. Es war einer der letzten Läden, wo man keine Schwarzen, keine Schwulen oder Yankees zu Gesicht bekam. Nur Weiße kamen hierher, und niemand musste reden, das wussten hier alle im Saal, und so war es und würde es bleiben bis in alle Ewigkeit. Amen.

Die Wand hinter dem Tresen war mit Hunderten von Postkarten geschmückt, Fotos von Waldarbeitern mit Äxten, neueren Fotos mit prämierten Fischen und Booten, ausgestopften Fischen, signierten Dollarscheinen, einem Luftbild von Malfourche aus den Tagen, als der Ort noch ein blühendes Zentrum für alle gewesen war, von Sumpfzypressen-Baumfällern bis zu Alligatorenjägern. Damals, als alle noch ein anständiges Boot, einen Pick-up und ein Haus besaßen, das wirklich was wert war. Bevor der Sumpf zur Hälfte in ein Naturschutzgebiet umgewandelt worden war.

Scheiß Naturschutzgebiet.

Ventura putzte sein Bier weg. Und ehe er bestellen konnte, bekam er noch eins hingeknallt, dazu einen einfachen Jack Daniels. Tiny wusste, was er wollte. Aber anstatt sich sofort darüber herzumachen, dachte Ventura über die dringende Aufgabe nach, die er zu erledigen hatte. Die Sache würde ihm Spaß machen, außerdem würde er da richtig Kohle rausziehen – sich aber gleichzeitig nicht die Hände schmutzig machen. Sein Blick schweifte zu den zahlreichen Anti-Umweltschutz-Slogans, die an die Wand gepinnt waren. IHR SIERRA CLUB-LEUTE – SCHERT EUCH ZUM TEUFEL! RETTET DIE NATUR – VERFÜTTERT EINEN ÖKO AN DIE ALLIGATOREN, und so weiter. Ganz bestimmt, es war ein guter Plan.

Er beugte sich über den Tresen und winkte den Besitzer zu sich. »Tiny, ich hab ’ne wichtige Ansage zu machen. Kannst du mal die Musik leiser drehen?«

»Klar, Mike.« Tiny ging zur Stereoanlage hinüber und stellte sie leiser. Fast augenblicklich wurde es still im Raum, alle Blicke richteten sich auf die Theke.

Ventura rutschte vom Barhocker herunter und schlenderte in die Mitte der Bar, wobei er mit seinen Cowboystiefeln auf den abgewetzten Dielen laut auftrat.

»Ey, Mike!«, brüllte jemand. Außerdem ertönte ein wenig Geklatsche und Gepfeife von den Besoffenen. Aber Ventura nahm keine Notiz davon. Er war eine bekannte Figur in der Gegend, ehemals County-Sheriff, ein vermögender Mann, aber nie von oben herab. Andererseits hatte er immer Wert darauf gelegt, nicht allzu sehr mit den Knalltüten und Rednecks zu fraternisieren, und hielt eine gewisse Distanz. Die Leute respektierten das.

Er hakte die Daumen in den Gürtel und ließ den Blick in die Runde schweifen. Alle warteten. Es geschah schließlich nicht alle Tage, dass Mike Ventura das Wort an sie richtete. Erstaunlich, wie schnell es ruhig in dem Laden wurde. Es erfüllte Ventura mit einer gewissen Befriedigung, dem Gefühl, einen Punkt erreicht zu haben, an dem ihm Respekt gezollt wurde, er etwas darstellte im Leben.

»Wir haben da ein Problem«, sagte er und ließ das einige Sekunden sacken; dann fuhr er fort. »Ein Problem in Gestalt von zwei Leuten. Umweltschützer. Die kommen undercover hier runter, um sich dieses Ende vom Black Brake anzusehen. Um das Naturschutzgebiet auf den Rest vom Black Brake *und* den Lake End auszudehnen.«

Er blickte finster in die Menge. Gemurmel, Gezische, unartikulierte Rufe der Ablehnung. »Den Lake End?«, rief jemand. »Die sind doch nicht ganz dicht!«

»Ganz richtig. Kein Barschfischen mehr. Keine Jagd mehr. Nichts. Nur ein Naturschutzgebiet, damit die Blödmänner von der Wilderness Society mit ihren *Kajaks* hier runterkommen und die *Vögel* beobachten können.« Er spuckte die Worte förmlich aus.

Ein lauter Chor von Buhrufen und Pfiffen. Ventura hob die Hand, Schweigen gebietend. »Zuerst haben die das Holzfällen verboten. Dann die Hälfte des Brake einkassiert. Jetzt reden sie davon, den Rest einzukassieren, und den See noch dazu. Es wird nichts mehr übrig bleiben. Erinnert ihr euch an das letzte Mal, als wir uns nach denen gerichtet haben? Wir sind zu den Anhörungen gegangen, wir haben friedlich demonstriert, wir haben Briefe geschrieben. Wisst ihr noch? Und was ist dabei rausgekommen?«

Wieder laute Rufe der Ablehnung.

»Ganz richtig. Die haben uns über den Tisch gezogen. Und wisst ihr was?«

Ein Aufschrei. Mehrere Leute waren von ihren Hockern aufgestanden. Wieder hielt Ventura die Hände in die Höhe. »Hört mal alle zu. Die werden morgen hier sein. Ich weiß nicht genau, wann, aber bestimmt ziemlich früh. Ein hochgewachsener, schlanker Mann im schwarzen Anzug und eine Frau. Die wollen in den Sumpf fahren, um Recherchen anzustellen.«

»Räschärschen?«, wiederholte jemand.

»Wollen sich mal umsehen. So wie richtige Forscher. Nur die beiden. Aber sie kommen undercover – die feigen Dreckskerle wissen, dass sie es nicht wagen dürfen, hier ihre wahren Gesichter zu zeigen.«

Jetzt drückte die Stille geradezu Hass aus.

»Ganz genau. Ich weiß ja nicht, wie ihr darüber denkt, aber ich hab's satt, Briefe zu schreiben. Ich hab's satt, zu Anhörungen zu gehen. Ich hab's *satt*, mir von diesen Yankee-Proleten sagen zu lassen, was ich mit meinen Fischen, meinem Holz und meinem Land tun soll.«

Ein jähes, neues Aufbranden von Rufen. Die Leute merkten, worauf er hinauswollte. Ventura griff in die Gesäßtasche, zog ein Bündel Geldscheine heraus und schüttelte es. »Das ist die Anzahlung, und es wird mehr geben von der Seite, die sie geleistet hat. Ihr kennt ja das Sprichwort: *Was im Sumpf versinkt, steigt nie wieder auf.* Ich möchte von euch allen, dass ihr das Problem löst. Macht es allein. Weil wenn ihr das nämlich nicht macht, macht's keiner, und dann könnt ihr euch von dem, was von Malfourche übrig geblieben ist, verabschieden, eure Knarren verscherbeln, eure Häuser verschenken, eure Chevys packen und zu den Schwulen in Boston und San Francisco ziehen. Wollt ihr das?«

Ein Aufschrei der Ablehnung, noch mehr Leute sprangen auf. Ein Tisch fiel krachend um.

»Ihr seid bereit für diese Umweltschützer, ja? Kümmert euch um sie. Und zwar gründlich. Was im Sumpf versinkt, steigt nie wieder auf.« Er blickte in die Runde, dann hielt er eine Hand hoch und neigte den Kopf. »Danke, meine Freunde, und damit gute Nacht.«

In dem Laden war der Teufel los, genauso wie Ventura es vorausgesehen hatte. Er ignorierte den Radau, ging mit langen Schritten zur Tür, stieß sie mit einem Fußtritt auf, trat hinaus in die schwüle Abendluft und auf den Anleger. Er hörte den Höllenlärm, der drinnen in der Kneipe herrschte, die zornigen Stimmen, die Flüche, dass die Musik wieder lauter gestellt wurde. Aber wenn die beiden ankamen, würden ein paar von den Jungs garantiert wieder so nüchtern sein, dass sie das Nötige tun konnten. Tiny würde schon dafür sorgen.

Er klappte sein Handy auf und wählte. »Judson? Ich hab gerade unser kleines Problem gelöst.«

63

Hayward betrat den in der hellen Sonne liegenden Balkon des Motels und sah, wie Pendergast unten im Innenhof seinen Koffer in den Kofferraum des Rolls lud. Es war ungewöhnlich heiß für Anfang März, die Sonne fühlte sich an wie eine Lampe in ihrem Genick, so dass sich Hayward fragte, ob all die Jahre, die sie im Norden gelebt hatte, sie wohl verweichlicht hatten. Sie schleppte ihre Reisetasche die Betontreppe hinunter und stellte sie neben Pendergasts Reisegepäck in den Kofferraum.

Im Rolls war es angenehm temperiert, das cremefarbene Leder fühlte sich schön kühl an. Malfourche lag fünfzehn Kilometer entfernt, doch in dieser sterbenden Stadt hatten alle Motels dichtgemacht; das hier war das am nächsten gelegene gewesen.

»Ich habe Nachforschungen über den Black-Brake-Sumpf angestellt«, sagte Pendergast, als er auf die schmale Überlandstraße bog. »Er ist einer der größten und am wenigsten erschlossenen Sümpfe im ganzen Süden. Er umfasst fast dreißigtausend Hektar und wird im Osten von einem See begrenzt, dem Lake End, und im Westen von einer Reihe von Bayous und Kanälen.«

Hayward fand es schwierig, Pendergast zuzuhören. Sie wusste bereits mehr über den Sumpf, als sie wollte, und wegen der furchtbaren Ereignisse vom Vorabend konnte sie immer noch nicht wieder klar denken.

»Unser Ziel, Malfourche, liegt auf der Ostseite an einer kleinen Halbinsel. Malfourche heißt wörtlich übersetzt ›Böse Gabelung‹, nach dem Bayou, an dem es liegt, einem Stillwasser-See, den die frühen französischen Siedler für eine Flussmündung hielten. In dem Sumpf hat es einst die größten Zypressenwälder in den ganzen Vereinigten Staaten gegeben. Ungefähr sechzig Prozent davon wurden vor neunzehnfünfundsiebzig abgeholzt, worauf die Westhälfte des Sumpfs erst zum Naturschutzgebiet und später dann zum Wildreservat erklärt wurde, in dem keine motorisierten Boote fahren dürfen.«

»Wie haben Sie denn das alles herausgefunden?«

»Ich finde es bemerkenswert, dass selbst die übelsten Motels heutzutage über einen Internetanschluss verfügen.«

»Verstehe.« Schlief der Mann eigentlich nie?

»Malfourche ist eine sterbende Stadt«, fuhr er fort. »Der Verlust der Holzindustrie hat sie schwer getroffen, und die Schaffung des Wildreservats hat das Geschäft mit der Jagd und der Fischerei stark beeinträchtigt. Die Bewohner von Malfourche leben von der Hand in den Mund.«

»Dann ist es doch wohl kaum besonders ratsam, in einem Rolls-Royce dort einzutreffen. Schließlich wollen wir die Leute zum Reden bewegen.«

»Im Gegenteil«, murmelte Pendergast.

Der Weg nach Malfourche war nicht ausgeschildert, weshalb sie anhalten und fragen mussten. Kurz darauf fuhren sie an einigen verfallenen Holzhäusern mit eingefallenen Dächern vorbei, die Grundstücke waren voll mit alten Autos und Schrott. Eine weißgetünchte Kirche huschte vorbei, gefolgt von kleinen Häusern oder eher Hütten, schließlich mündete die Straße in eine heruntergekommene, von greller Sonne beschienene Hauptstraße, die hinunter zu einer Anlegestelle an einen zugewachsenen See führte. Praktisch alle Ladenfronten waren mit Brettern vernagelt, die mit toten Fliegen übersäten Fenster waren entweder mit Papier verdeckt oder mit weißer Farbe bemalt, an vielen hingen verwitterte ZU VERMIETEN-Schilder.

»Pendergast«, sagte sie unvermittelt, »es gibt da etwas, was ich einfach nicht begreife.«

»Und das wäre?«

»Die ganze Sache ist doch verrückt. Ich meine, Vinnie anzuschießen, zu versuchen, mich zu töten. Blackletter und Blast und weiß der Himmel wen noch alles umzubringen. Ich bin schon sehr lange Polizistin, und ich weiß – ich *weiß*, dass es einfachere Möglichkeiten gibt, so etwas hinzubekommen. Die ganze Sache ist doch einfach zu extrem. Es ist doch alles ein Dutzend Jahre her. Indem diese Leute versuchen, Polizisten zu töten, lenken sie doch mehr Aufmerksamkeit auf sich und nicht weniger.«

»Da haben Sie recht«, sagte Pendergast. »Es ist extrem. Vincent hat ein ähnliches Argument in Bezug auf den Löwen in Sambia vorgebracht. Es impliziert sehr viel. Und das finde ich ziemlich spannend … Sie nicht?«

Er stellte den Rolls auf einem kleinen Parkplatz oben an der Straße zur Anlegestelle ab. Sie traten in die glühend heiße Sonne und schauten sich um. Eine Gruppe nachlässig gekleideter Männer gammelte unten bei den Bootsanlegestellen herum, und alle hatten sich umgedreht und starrten jetzt angestrengt zu ihnen herüber. Hayward war sich des Rolls-Royce deutlich bewusst und stellte wieder einmal Pendergasts entschiedene Haltung in Frage, bei seinen Ermittlungen einen solchen Wagen zu fahren. Doch weil es keinen Sinn ergeben hätte, in zwei Autos herzufahren, hatte sie ihren Mietwagen am Krankenhaus stehen lassen.

Pendergast knöpfte seinen schwarzen Anzug zu und sah sich, cool wie immer, um. »Wollen wir mal runter zu den Bootsanlegern schlendern und die Herrschaften dort ansprechen?«

Hayward zuckte mit den Schultern. »Ich finde nicht, dass sie besonders gesprächig wirken.«

»Gesprächig nicht. Aber vielleicht sind sie ja informativ.« Ganz locker und entspannt ging Pendergast die Straße hinunter. Die Männer schauten mit zusammengekniffenen Augen zu, wie sie näher kamen. »Guten Tag, meine Herren«, sagte Pendergast mit seidenweichem New-Orleans-Upper-Class-Akzent und verneigte sich kurz vor den Männern.

Schweigen. Haywards Besorgnis nahm zu. Was Pendergast da machte, das war die schlimmstmögliche Art der Informationsbeschaffung. Die Feindseligkeit war mit Händen zu greifen.

»Meine Partnerin und ich sind gekommen, um ein wenig Sightseeing zu machen. Wir sind Vogelbeobachter.«

»Vogelbeobachter«, erwiderte ein Mann. Er drehte sich um und sagte es noch einmal zur Gruppe. »Vogelbeobachter.«

Die ganze Gruppe lachte.

Hayward zuckte innerlich zusammen. Die Sache würde in einem totalen Fiasko enden. Aus dem Augenwinkel sah sie eine Bewegung und blickte in die Richtung. Noch eine Gruppe von Leuten kam schweigend aus einem scheunenähnlichen Gebäude auf kreosotimprägnierten Pfählen, das an die Anlegestelle grenzte. Ein handgemaltes Schild wies es als TINY'S BAIT 'N' BAR aus. Als Letzter trat ein enorm dicker Mann aus dem Gebäude. Sein kugelrunder Kopf war rasiert, er trug ein bis zum Äußersten gestrafftes Tank-Top über seinem riesigen Bauch, seine Arme hingen wie Räucherschinken herunter und waren – dank der Sonne – von ungefähr der gleichen Farbe. Er drängelte sich durch die Menge, ging mit langen Schritten über den Anleger und blieb vor Pendergast stehen. Ganz klar, der Mann war die Autoritätsfigur der Gruppe.

»Mit wem habe ich das Vergnügen?«, fragte Pendergast.

»Tiny ist mein Name.« Tiny musterte Pendergast und Hayward aus seinen Schweinsäuglein, bot ihnen jedoch keine Hand zum Gruß.

Tiny, winzig, dachte Hayward. *Wie passend.*

»Mein Name ist Pendergast, und das hier ist meine Partnerin Hayward. Also, Tiny, wie ich zu diesen Herren hier bereits gesagt habe, wir wollen Vögel beobachten. Wir suchen nach dem seltenen Botolph's Rotbauchfischer, um unsere Liste der bestehenden Arten abzurunden. Wie wir hören, kann man ihn tief im Sumpf finden.«

»Ach ja?«

»Und wir hatten gehofft, mit jemandem sprechen zu können, der sich im Sumpf auskennt und uns vielleicht beraten könnte.«

Tiny trat einen Schritt vor, beugte sich vor und spie eine Ladung Tabaksaft Pendergast vor die Füße, und das so nahe, dass ein wenig davon auf dessen Budapester spritzte.

»Oje, ich glaube, Sie haben meine Schuhe beschmutzt«, sagte Pendergast.

Hayward hätte sich am liebsten eingeschaltet. Jeder Idiot sah doch, dass sie aus diesen Leuten nichts herausbekommen, dass sie von ihnen keine wertvollen Informationen erhalten würden. Und jetzt kam es womöglich auch noch zu einer Konfrontation.

»Sieht ganz danach aus«, sagte Tiny schleppend.

»Vielleicht können ja Sie uns helfen, Mr. Tiny?«

»Nee«, lautete die Antwort. Er beugte sich vor, schürzte die dicken Lippen und gab nochmals einen Strom von Tabak von sich, diesmal direkt auf Pendergasts Schuhe.

»Ich glaube, das haben Sie absichtlich getan«, sagte Pendergast mit einer Stimme, die so hoch und weinerlich klang, dass sie zum Protest kaum taugte.

»Da glauben Sie richtig.«

»Nun«, sagte er und wandte sich zu Hayward um. »Ich habe das unabweisliche Gefühl, dass wir hier nicht erwünscht sind. Ich denke, wir sollten unsere Arbeit andernorts fortführen.« Zu Haywards absolutem Erstaunen eilte er die Straße hinunter, in Richtung des Rolls, so dass sie in Laufschritt fallen musste, um ihn einzuholen. Rauhes Gelächter ertönte hinter Pendergast.

»Wollen Sie sich etwa auf diese Weise davonstehlen?«, fragte sie.

Pendergast blieb am Rolls stehen. Irgendjemand hatte mit

einem Schlüssel eine Botschaft in die Motorhaube geritzt: SCHEISS-ÖKOS RAUS! Er stieg ein und lächelte geheimnisvoll.

Hayward öffnete die Tür an der Fahrerseite, stieg jedoch nicht ein. »Was zum Teufel bilden Sie sich eigentlich ein! Wir haben noch nicht einmal ansatzweise die Informationen bekommen, die wir brauchen!«

»Im Gegenteil, diese Leute haben sich höchst informativ verhalten.«

»Die haben Ihren Wagen zerkratzt, Ihnen auf die Schuhe gespuckt!«

»Steigen Sie ein«, sagte er streng.

Sie stieg ein. Pendergast wendete und fuhr, eine Staubwolke aufwirbelnd und mit quietschenden Reifen, los, dann verließen sie die Stadt.

»Das war's? Wir fliehen?«

»Mein lieber Captain, haben Sie je erlebt, dass ich fliehe?«

Sie hielt den Mund. Es dauerte nicht lange, dann verlangsamte der Rolls die Geschwindigkeit und bog zu ihrer Verwunderung auf die Zufahrt jener Kirche, an der sie kurz zuvor vorbeigekommen waren. Pendergast parkte vor dem Haus neben der Kirche und stieg aus. Er wischte sich die Schuhe im Gras sauber, schlenderte auf die Veranda und klingelte. Kurz darauf öffnete ein Mann. Er war hochgewachsen und spindeldürr, hatte ausgeprägte Gesichtszüge und trug einen weißen Vollbart ohne Schnauzer. Er erinnerte Hayward ein wenig an Abraham Lincoln.

»Pastor Gregg?«, sagte Pendergast und ergriff die Hand des Pfarrers. »Ich bin Al Pendergast, Pastor der Gemeinde Hemboibshun der Baptistenkirche des Südens. Es freut mich, Ihre Bekanntschaft zu machen!« Überschwenglich schüttelte er dem verdutzten Geistlichen die Hand. »Und das hier ist meine Schwester Laura. Könnten wir mit Ihnen sprechen?«

»Nun, ich … gewiss«, sagte Gregg und erholte sich langsam von seiner Überraschung. »Kommen Sie herein.«
Sie betraten die Kühle eines sauberen Hauses.
»Bitte setzen Sie sich.« Gregg war noch immer ziemlich verdattert, Pendergast dagegen ließ sich auf dem bequemsten Stuhl nieder, schlug die Beine übereinander und schien sich ganz wie zu Hause zu fühlen.
»Laura und ich sind nicht in kirchlichen Angelegenheiten unterwegs«, sagte er und zog einen Stenoblock und einen Stift hervor. »Aber ich habe von Ihrer Gemeinde und Ihrer Gastfreundschaft gehört, und so sind wir eben hier.«
»Verstehe«, sagte Gregg, der offensichtlich gar nichts verstand.
»Pastor Gregg, wenn ich nicht meinen seelsorgerischen Pflichten nachkomme, widme ich mich meinem Hobby: Ich bin Amateurhistoriker, ein Sammler von Sagen und Legenden und stöbere gern in den staubigen Winkeln der vergessenen Geschichte des Südens. Ja mehr noch, ich schreibe an einem Buch. *Sagen und Legenden der Sümpfe der Südstaaten.* Und deshalb komme ich zu Ihnen.« Letzteres sagte Pendergast beinahe triumphierend, dann setzte er sich zurück.
»Das ist ja interessant«, erwiderte Gregg.
»Wenn ich reise, suche ich als Erstes immer den örtlichen Pfarrer auf. Er kann mir immer helfen, immer.«
»Das freut mich zu hören.«
»Weil der Pfarrer des Ortes die Leute kennt. Er kennt die Legenden. Doch als ein Mann Gottes ist er nicht abergläubisch. Er lässt sich von solchen Dingen nicht beeindrucken. Habe ich recht?«
»Nun, es stimmt schon, man hört so Geschichten. Aber sie sind nichts anderes, Pastor Pendergast: Erfindungen. Ich schenke ihnen kaum Beachtung.«
»Genau. Nun ist der Sumpf hier, der Black Brake, einer der

größten und legendärsten der gesamten Südstaaten. Kennen Sie sich in dem Sumpf aus?«

»Selbstverständlich.«

»Haben Sie schon mal von einem Ort darin namens Spanish Island gehört?«

»O ja. Das ist natürlich keine Insel, eher ein Gebiet mit Wattflächen und flachem Wasser, in dem die Zypressen nicht abgeholzt wurden. Es liegt in der Mitte des Sumpfs, inmitten eines unberührten Walds. Ich bin noch nie dort gewesen.«

Pendergast machte sich eifrig Notizen. »Es heißt, dass es dort früher einmal ein Angel- und Jagdcamp gab.«

»Ganz recht. Es gehörte der Familie Brodie, wurde allerdings vor dreißig Jahren geschlossen. Meines Wissens ist es verrottet und im Sumpf versunken. So was passiert eben mit aufgelassenen Camps.«

»Und es gibt keine Geschichten über Spanish Island?«

Er lächelte. »Doch, natürlich. Die üblichen Gespenstergeschichten, Gerüchte, dass der Ort von illegalen Siedlern besetzt und zum Drogenschmuggel genutzt werde – solche Sachen eben.«

»Gespenstergeschichten?«

»Die Einheimischen reden oft über das Herz des Sumpfs, dort, wo Spanish Island liegt. Es gebe dort seltsame Lichter bei Nacht, sonderbare Geräusche, solche Sachen eben. Vor ein paar Jahren ist ein Taucher spurlos verschwunden. Sein gemietetes Propellerboot wurde in einem Bayou nicht weit von Spanish Island gefunden. Ich nehme an, er war betrunken und ist ins Wasser gefallen, aber die Leute im Ort behaupten alle, er sei ermordet worden oder sumpfirre geworden.«

»Sumpfirre?«

»Wenn man zu viel Zeit im Sumpf verbringt, hält man das irgendwann nicht mehr aus, und man wird irre. So sagen die Leute. Zwar glaube ich das nicht, aber ich muss schon sagen, er ist … ein furchterregender Ort. Man kann sich mühelos darin verirren.«

Pendergast schrieb alles mit interessierter Miene auf. »Was hat es mit diesen Lichtern auf sich?«

»Die Taucher fahren nachts los, wissen Sie, und kommen manchmal mit Geschichten über seltsame Lichter zurück, die sich durch den Sumpf bewegen. Die sehen sich einfach nur gegenseitig, meiner Meinung nach. Man braucht einen Scheinwerfer, wissen Sie, um zu tauchen. Es könnte sich auch um eine Naturerscheinung handeln, leuchtendes Sumpfgas oder dergleichen.«

»Ausgezeichnet«, sagte Pendergast und ließ sich einen Moment Zeit, um sich weitere Notizen zu machen. »Das ist genau das, wonach ich suche. Sonst noch etwas?«

Das ermutigte Gregg. »Die Leute reden dauernd von einem riesigen Alligator in dem Sumpf. Die meisten Sümpfe hier im Süden kennen ähnliche Sagen, wie Sie sicher wissen. Und mitunter stellen sie sich auch als wahr heraus. Vor ein paar Jahren wurde im Lake Conroe drüben in Texas ein Alligator geschossen, der über sieben Meter lang war. Er fraß gerade einen ausgewachsenen Hirsch, als man ihn erlegte.«

»Erstaunlich«, sagte Pendergast. »Wenn also jemand Spanish Island einen Besuch abstatten wollte, wie würde er das anstellen?«

»Die Insel ist auf älteren Karten verzeichnet. Das Problem ist nur, es ist sehr schwierig, dorthin zu kommen, bei all dem Gewirr aus Kanälen und Wattflächen. Und die Zypressen sind da drin ungeheuer dick. Bei Niedrigwasser blockieren Farne und Brombeergestrüpp die Zufahrtskanäle, so dass sie praktisch unpassierbar sind. Man kann nicht einfach auf direktem Weg bis zu Spanish Island fahren. Offen gestanden, glaube ich nicht, dass jemand in den letzten Jahren dort gewesen ist. Die Insel liegt tief im Schutzgebiet, Fischen und Jagen sind dort streng verboten, außerdem ist es höllisch, dort hinein- und wieder hinauszugelangen. Ich würde Ihnen sehr davon abraten.«

Pendergast klappte den Stenoblock zu und stand auf. »Haben Sie vielen Dank, Herr Pfarrer. Sie haben uns sehr geholfen. Darf ich Sie, falls nötig, noch einmal kontaktieren?«

»Gewiss.«

»Sehr schön. Ich hätte Ihnen gern meine Visitenkarte gegeben, aber leider sind sie mir gerade ausgegangen. Ich werde veranlassen, dass Ihnen mein Buch geschickt wird, sobald es veröffentlicht ist.«

Als sie wieder in den Rolls einstiegen, sagte Hayward: »Und nun?«

»Fahren wir zurück zu unseren Freunden in Malfourche. Wir haben dort noch etwas zu erledigen.«

64

Sie kamen auf demselben Parkplatz an und parkten auf derselben staubigen Stelle. Dieselben Männer standen noch immer auf dem Anleger, und wieder drehten sich alle um und blickten ihnen entgegen. Während er und Hayward aus dem Rolls stiegen, murmelte Pendergast: »Lassen Sie mich die Situation weiterhin regeln, wenn ich bitten darf, Captain.«

Hayward nickte. Sie war ein wenig enttäuscht und hatte eigentlich gehofft, dass einer von den Herrschaften die Grenze überschritt, damit sie ihn festnehmen und einlochen konnte.

»Meine Herren!«, sagte Pendergast und ging mit langen Schritten auf die Gruppe zu. »Wir sind wieder da.«

Hayward merkte, wie sie erneut innerlich zusammenzuckte.

Der Dicke – Tiny – trat vor und pflanzte sich mit vor der Brust verschränkten Armen vor ihnen auf.
»Mr. Tiny, meine Partnerin und ich würden gern ein Propellerboot mieten, wir möchten den Sumpf erkunden. Ist denn eines verfügbar?«
Zu Haywards Überraschung lächelte Tiny. Unter den Männern wurden etliche Blicke gewechselt.
»Klar, ich vermiete Ihnen gern ein Boot«, sagte Tiny.
»Ausgezeichnet! Und hätten Sie auch einen Führer für uns?«
Wieder wurden Blicke gewechselt. »Einen Führer kann ich nicht bieten«, sagte Tiny langsam, »aber ich kann Ihnen gerne auf einer Karte zeigen, wohin Sie fahren müssen. Ich hab welche im Shop.«
»Wir möchten im Speziellen Spanish Island einen Besuch abstatten.«
Langes Schweigen. »Kein Problem«, sagte Tiny. »Kommen Sie zum Privatanleger auf der anderen Seite, dort liegen unsere Boote. Wir bereiten dann alles vor.«
Sie gingen hinter dem unglaublich dicken Mann um das Gebäude herum zum Anleger auf der anderen Seite. Ein halbes Dutzend maroder Propellerboote und Sportfischerboote lagen in ihren Liegeplätzen. Pendergast schaute sie sich kurz an und entschied sich für das Propellerboot, das am neuesten aussah.

Eine halbe Stunde später saßen sie auf dem viereinhalb Meter langen Propellerboot, Pendergast am Steuer, und fuhren in den Lake End hinein. Kaum waren sie ins offene Fahrwasser gelangt, gab Pendergast mächtig Gas, der Propeller gab ein lautes Dröhnen von sich, und das Boot huschte nur so übers Wasser. Die Stadt Malfourche mit ihren schäbigen Anlegern und trostlosen, schiefen Gebäuden entschwand allmählich im leichten Nebel, der auf dem See lag. Der FBI-Agent wirkte in seinem schwarzen Anzug und dem strahlend weißen Hemd unglaublich deplaziert im Cockpit des Boots.

»Das ging ja leicht«, sagte Hayward.

»In der Tat«, erwiderte Pendergast und blickte über die Wasseroberfläche. Dann sah er Hayward an. »Ist Ihnen eigentlich klar, Captain, dass diese Leute von unserer Ankunft in Kenntnis gesetzt wurden?«

»Wieso glauben Sie das?«

»Man muss mit einer gewissen Feindseligkeit gegenüber reichen Kunden rechnen, die in einem Rolls-Royce eintreffen. Aber die Feindseligkeit war so speziell und so unmittelbar, dass man daraus schließen muss, dass diese Leute uns erwartet haben. Nach der Botschaft zu urteilen, die man in mein Auto geritzt hat, sind sie davon ausgegangen, dass wir Umweltschützer sind.«

»Aber Sie haben gesagt, wir seien Vogelkundler.«

»Hierher kommen ständig Vogelfreunde. Nein, Captain, ich bin überzeugt, dass diese Leute glaubten, dass wir Mitarbeiter einer Umweltorganisation oder vielleicht Wissenschaftler von der Regierung sind, die sich als Vogelfreunde ausgeben.«

»Ein Fall von Verwechslung?«

»Möglicherweise.«

Das Boot huschte über das braune Wasser des Sees. Sobald die Stadt völlig außer Sicht geraten war, wendete Pendergast das Propellerboot um neunzig Grad.

»Spanish Island liegt westlich«, sagte Hayward. »Warum steuern Sie nach Norden?«

Pendergast holte die Karte hervor, die Tiny ihm verkauft hatte. Sie war mit dem Gekritzel und den schmutzigen Daumenabdrücken des Dicken förmlich übersät. »Ich habe Tiny gebeten, mir jede ihm bekannte Route nach Spanish Island in die Karte einzuzeichnen. Zweifellos kennen diese Burschen den Sumpf besser als irgendjemand sonst. Diese Karte müsste sich als höchst nützlich erweisen.«

»Bitte sagen Sie mir nicht, dass Sie diesem Mann vertrauen.«

Pendergast lächelte freudlos. »Ich vertraue ihm – dass er lügt. Alle Routen, die er markiert hat, können wir ohne weiteres vergessen. Womit nur noch die Anfahrt von Norden her bleibt. Auf diese Weise können wir den Hinterhalt umgehen, hier, in den Bayous westlich von Spanish Island.«

»Hinterhalt?«

Pendergast hob die Brauen. »Captain, Sie sind sich doch bestimmt im Klaren darüber, dass wir dieses Boot nur deswegen mieten konnten, weil diese Leute planen, uns im Sumpf zu überfallen. Nicht nur hat irgendwer sie benachrichtigt, dass wir kommen, sondern es scheint auch so, dass er oder sie diesen Leuten irgendein Märchen erzählt hat, das ihren Zorn erregen soll – samt Anweisungen, uns zu bedrohen oder vielleicht sogar zu töten, falls wir versuchen, in den Sumpf zu fahren.«

»Es könnte sich einfach um einen Zufall handeln«, sagte Hayward. »Vielleicht trifft der echte Mitarbeiter der Umweltorganisation ja in diesem Moment in Malfourche ein.«

»Ich könnte mir deswegen den Kopf zerbrechen, wenn wir in Ihrem Buick eingetroffen wären. Aber es besteht kaum ein Zweifel, dass diese Leute zwei Personen erwartet haben, auf die unsere Beschreibung passt. Denn ihre Mienen, als wir aus dem Rolls stiegen, verrieten absolute Gewissheit.«

»Wie soll denn irgendjemand gewusst haben, wohin wir fahren wollen?«

»Eine ausgezeichnete Frage, auf die ich jedoch keine Antwort habe. Noch nicht.«

Hayward dachte eine Minute nach. »Warum haben Sie diese Leute dann aber so gegen sich aufgebracht und sich wie ein Weichei von Großstädter aufgeführt?«

»Weil ich mir ihrer Feindschaft absolut sicher sein musste. Ich musste völlig überzeugt sein, dass sie die Karte falsch markieren. Auf diese Weise bin ich mir sicher, welche Route wir nehmen müssen. Und im Allgemeinen ist eine erregte, wütende und argwöhnische Menge viel aussagekräftiger in ihren Handlungen als eine, die gemischt oder teilweise freundlich gesinnt ist. Wenn Sie an unsere kleine Auseinandersetzung zurückdenken, werden Sie mir sicherlich zustimmen, dass wir von der wütenden Menge sehr viel mehr erfahren haben, als wir es sonst getan hätten. Ich finde den Rolls in dieser Hinsicht höchst nützlich.«

Hayward fand das zwar nicht überzeugend, hatte aber keine Lust, mit Pendergast zu diskutieren, und hielt deshalb lieber den Mund.

Pendergast nahm die Hand vom Steuer, zog aus seinem Jackett eine braune Aktenmappe und reichte sie Hayward. »Hier sind einige Google-Earth-Aufnahmen von dem Sumpf drin. Nicht besonders hilfreich, weil sehr vieles von den Bäumen und anderem Bewuchs verdeckt ist, aber die Bilder scheinen doch meine Vorstellung zu stützen, dass die nördliche Route zu Spanish Island besonders vielversprechend ist.«

Der See beschrieb eine Biegung, und da sah Hayward – in der Ferne, aus dem Nebel aufsteigend – die niedrige, dunkle Reihe von Zypressen, die die Grenze des Sumpfgebiets markierte. Einige Minuten später ragten die mit Moos behängten Bäume vor ihnen auf wie die gewandeten Wächter zu irgendeiner gruseligen Unterwelt, und das Propellerboot wurde von der heißen, reglosen, erstickenden Luft des Sumpfs verschluckt.

65

Black-Brake-Sumpf

Parker Wooten hatte sein Ruderboot ungefähr sieben Meter in einem Sackgassen-Bayou an der Nordspitze von Lake End geankert, oberhalb eines tiefen Kanals, dort, wo der Bayou mit dem eigentlichen See zusammentraf. Er angelte in aller Ruhe über einem Gewirr aus versunkenen Holzstämmen mit einem Feuerschwanzköder aus Plastik und warf die Angel sternförmig aus, wobei er sich zwischendurch immer mal wieder Schlucke aus seiner großen Flasche Bourbon gönnte, und zwar *Woodford Reserve*. Es war die perfekte Zeit zum Fischen in den hinteren Bayous, während alle anderen losgezogen waren, um die Umweltschützer zu jagen. Genau an dieser Stelle hatte er im letzten Jahr einen 4,621 Kilo schweren Großmaulbarsch geangelt, Rekord im Lake End. Seitdem war es fast unmöglich, im Lemonhead-Bayou zu angeln, ohne dass die Konkurrenz von allen Seiten aufs Wasser eindrosch. Trotz der Hektik war sich Wooten ziemlich sicher, dass da unten noch immer ein paar schlaue, alte Große lauerten – wenn man sie denn nur in einem ruhigen Moment an die Angel bekam. Die anderen verwendeten alle Lebendköder von Tiny's, die vorherrschende Meinung war nämlich, dass schlaue alte Barsche alles über Plastikwürmer wussten. Aber Wooten war schon immer ein Querdenker in Sachen Angeln gewesen. Er schätzte, dass ein kluger alter Barsch, aggressiv und reizbar, wahrscheinlich eher bei etwas anbeißen würde, das anders aussah – zum Teufel mit den Maden und Regenwürmern, die die anderen zum Fischen nahmen.

Sein Walkie-Talkie – obligatorisch, wenn man im Sumpf war – war auf Kanal 5 eingestellt, so dass er alle paar Sekunden einen Wortwechsel zwischen den Mitgliedern von Tinys Suchtrupp mitbekam, die sich in den westlichen Bayous positioniert hatten und warteten, dass die Umweltheinis auftauchten. Parker Wooten wollte nichts damit zu tun haben. Er hatte fünf Jahre im Staatsgefängnis von Rumbaugh zugebracht, und nie im Leben würde er dahin zurückkehren. Sollten doch die anderen Hinterwäldler ihre Rübe hinhalten. Er würde stattdessen Barsche angeln.

Er warf nochmals aus, ließ den Köder sinken, dann gab er der Angel einen kleinen Ruck, zog die Schnur von einem versunkenen Baumstamm los und fing an einzuholen, dass sich die Spitze bog. Aber die Fische bissen einfach nicht an. Es war zu heiß, vielleicht waren sie auch ins Tiefe geschwommen. Er holte immer noch ein, als er das ferne Dröhnen eines Propellerboots hörte. Er steckte die Angel in eine Halterung, nahm sein Fernglas zur Hand und ließ den Blick über den See schweifen. Es dauerte nicht lange, da kam das Boot auch schon in Sicht; es huschte über die Wasseroberfläche, der untere Teil lag in dem tiefliegenden Nebeldunst, der über dem Wasser trieb, während der flache Boden immer wieder heftig aufs Wasser klatschte. Und dann war das Boot auch schon nicht mehr zu sehen.

Parker setzte sich in seinem Ruderboot zurück und trank, um besser nachdenken zu können, einen kleinen Schluck Woodford. Das waren die beiden Umweltfritzen, na klar, aber sie waren weit entfernt von der Gegend, wo sie eigentlich sein sollten. Alle waren in den westlichen Bayous, aber die beiden waren hier, weit im Norden.

Noch ein Schluck, dann griff er nach seinem Walkie-Talkie. »Hey, Tiny, ich bin's, Parker.«

»Parker?«, ertönte Tinys Stimme nach einem Augenblick. »Ich dachte, du wolltest nicht mitmachen bei uns.«

»Ich mach auch nicht bei euch mit. Ich bin am Nordende, ich angel im Lemonhead-Bayou. Und weißt du was? Ich habe gerade eins von deinen Propellerbooten vorbeifahren gesehn, mit zwei Leuten drauf.«

»Kann nicht sein. Die kommen durch die westlichen Bayous rein.«

»Quatsch. Ich hab sie gerade eben vorbeifahren gesehn.«

»Siehst du die wirklich, oder hast du zu viel Woodford Reserve intus?«

»Nun pass mal auf«, sagte Wooten, »wenn du nicht auf mich hören willst, okay. Du kannst ja in den westlichen Bayous warten, bis du schwarz bist. Aber ich sag dir, die kommen von Norden rein. Ach, mach doch, was du willst.«

Wooten schaltete verdrießlich das Walkie-Talkie aus und steckte es in die Halterung zurück. Tiny wurde langsam größenwahnsinnig. Wooten trank einen Schluck von seinem Woodford und legte die kostbare Flasche zurück in ihren mit Holzwolle gefüllten Kasten, dann nahm er den Plastikwurm vom Haken, steckte einen anderen drauf und warf den Köder den Bayou aufwärts aus. Während er kurbelte und die Leine ruckartig einholte, spürte er plötzlich etwas Schweres. Langsam und behutsam hielt er die Leine einen Augenblick beinahe schlaff und ließ den Fisch damit wegschwimmen – und dann, mit einem ganz kurzen, aber nicht festen Ruck, setzte er den Haken. Die Leine straffte sich, die Spitze bog sich, und Parker Wootens Verärgerung verschwand sofort, als ihm klarwurde, dass er einen wirklich Großen am Haken hatte.

66

Der Kanal wurde schmaler; Pendergast schaltete den Motor des Propellerboots aus. Es schien, als sei die entstandene Stille noch lauter, als es das Dröhnen des Boots gewesen war.

Hayward blickte zu ihm hinüber. »Und nun?«
Pendergast zog sich die Anzugjacke aus, legte sie über seinen Sitz und zog einen Staken aus der Halterung. »Zu schmal, um den Motor laufen zu lassen – wir wollen schließlich nicht bei dreitausend Umdrehungen pro Minute einen Ast in den Propeller bekommen. Wir müssen leider staken.«
Pendergast setzte sich ins Heck und begann, das Boot durch einen aufgelassenen Kanal, den Holzfäller für den Abtransport der Baumstämme in den Sumpf getrieben hatten, vorwärts zu staken; die Äste der Sumpfzypressen und ein Gewirr von Wasser-Tupelobäumen überwölbten den Wasserlauf. Es war später Nachmittag, doch der Sumpf lag schon in tiefem Schatten. Von der Sonne war nichts zu sehen, nur umhüllende Decken aus Grün und Braun, Schicht über Schicht. Jetzt schwollen auch die Laute der Insekten und Vögel an und füllten die Stille aus, die das Motorengeräusch hinterlassen hatte: seltsame Rufe und Schreie, Gezwitscher, Gesumme und Gekreische.
»Ich übernehme, wann immer Sie eine Pause einlegen wollen.«
»Vielen Dank, Captain.« Das Boot glitt vorwärts.
Sie konsultierte die beiden Karten und legte sie nebeneinander, Tinys Karte und den Ausdruck von Google Earth. Jetzt, nach zwei Stunden Fahrt, hatten sie die Strecke nach Spanish Island zur Hälfte zurückgelegt, doch der undurchdringliche, besonders labyrinthische Teil des Sumpfs lag noch vor ihnen, hinter einem kleinen offenen Gewässer, das auf der Karte als Little Bayou eingezeichnet war.
»Was haben Sie vor, wenn wir den Bayou passiert haben?« Hayward zeigte auf den Ausdruck. »Sieht ziemlich eng aus dort drinnen. Außerdem führen dort keine weiteren Holzfäller-Kanäle durch den Sumpf.«
»Dann übernehmen Sie das Staken, und ich navigiere.«
»Und wie wollen Sie navigieren?«

»Die Strömung fließt von Ost nach West, in Richtung Mississippi. Solange wir in der nach Westen fließenden Strömung bleiben, geraten wir nie in eine Sackgasse.«

»Ich habe nicht den geringsten Hinweis auf eine Strömung bemerkt, seit wir mit dem Staken angefangen haben.«

»Sie ist vorhanden.«

Hayward schlug nach einer winselnden Stechmücke. Gereizt drückte sie sich noch etwas mehr Insektenschutzmittel auf die Handflächen und rieb sich Hals und Gesicht ein. Vor ihnen zwischen den gerippten Baumstämmen war ein wenig Sonnenlicht zu erkennen.

»Der Bayou«, sagte sie.

Pendergast stakte das Boot vorwärts, die Bäume wurden lichter. Auf einmal befanden sie sich in offenem Gewässer und scheuchten eine Familie Wasserhühner auf, die rasch abhoben und tief über dem Wasser davonflogen. Pendergast holte den Staken ein und startete den Propellermotor, wieder huschte das Boot über die spiegelähnliche Oberfläche des Bayou und hielt auf das dichte Gewirr aus Grün und Braun am westlichen Ende zu. Hayward lehnte sich zurück und genoss den kühlen Fahrtwind, die relative Offenheit nach dem erstickenden, klaustrophischen Sumpf.

Als der Bayou sich erneut – und zu rasch – verengte, drosselte Pendergast die Geschwindigkeit. Minuten später stoppten sie an einer Reihe unübersichtlicher Zuflüsse, die, verdunkelt von Traubenkraut und Wasserhyazinthen, überallhin zu führen schienen.

Hayward betrachtete die Karte, dann den Ausdruck, schließlich zuckte sie mit den Schultern. »Welchen nehmen wir?«

Pendergast gab ihr keine Antwort. Der Motor lief noch im Leerlauf. Plötzlich wendete er das Boot um 180 Grad und gab Gas; gleichzeitig hörte Hayward ein Dröhnen, das von allen Seiten kam.

»Was zum *Teufel?*«

Das Propellerboot preschte unter lautem Dröhnen vorwärts, zurück in Richtung des offenen Bayou, aber es war zu spät: Ein Dutzend Sportfischerboote mit leistungsstarken Außenbordmotoren kam dröhnend aus dem dunklen Sumpf beidseits des schmalen Kanals und versperrte ihnen den Rückzug.

Pendergast zückte seine Waffe und schoss auf das am nächsten befindliche Boot; der Außenbordmotor erstarb. Auch Hayward zog ihre Waffe, gleichzeitig schlugen die gegnerischen Schüsse in den Propeller ihres Boots ein; mit einem lauten *Wack!* flog der Propeller auseinander und zerschlug den großen Käfig; ihr Boot wurde immer langsamer und schwang manövrierunfähig seitwärts.

Hayward ging hinter einem der Sitze in Deckung, doch wie ihr schnell aufging, war die Lage hoffnungslos. Sie waren in einen Hinterhalt geraten, umzingelt von Sportfischerbooten und Skiffs, bemannt von mindestens dreißig Mann, alle mit Waffen, die auf sie gerichtet waren. Und dort im Führungsboot stand Tiny, eine TEC-9-Maschinenpistole in seinen dicken Pranken.

»Aufstehen, beide! Hände über den Kopf, schön langsam!« Das wurde unterstrichen von etlichen Warnschüssen über ihre Köpfe hinweg.

Hayward blickte zu Pendergast, der ebenfalls hinter dem Sitz kauerte. Blut rann aus einer üblen Schnittwunde auf der Stirn. Er nickte knapp, dann stand er mit erhobenen Händen auf und ließ dabei seine Handfeuerwaffe am Daumen herabbaumeln. Hayward tat das Gleiche.

Tiny ließ seinen Motor kurz aufheulen und kam längsseits, ein hagerer Mann im Bug hielt einen großen Revolver in der Hand. Tiny sprang auf ihr Propellerboot, das sich unter seinem Gewicht neigte. Er nahm ihnen die Waffen ab und inspizierte Pendergasts Les Baer, grunzte anerkennend und steckte sie

hinter den Gürtel. Dann nahm er Hayward die Glock ab, die er auf den Boden des Boots warf.
»Na so was.« Er grinste und spuckte eine Ladung Tabaksaft in hohem Bogen ins Wasser. »Ich wusste ja gar nicht, dass Ökos an Waffen glauben.«
Hayward blickte ihn böse an. »Sie machen einen schweren Fehler«, sagte sie gelassen. »Ich bin Captain des Morddezernats der Polizei New York. Und ich fordere Sie auf, Ihre Waffe abzulegen oder die Konsequenzen zu tragen.«
Ein öliges Lächeln erschien auf Tinys Gesicht. »Ach ja?«
»Ich nehme die Hand herunter und zeige Ihnen meinen Dienstausweis«, sagte Hayward.
Tiny trat einen Schritt vor. »Nein, ich glaube, den finde ich auch so.« Er hielt ihr die TEC-9 an den Kopf, tastete in Haywards Hemdtaschen, erst in der einen, dann in der anderen, und gönnte sich dabei ein paar längere Grabscher. »Die Titten sind echt«, sagte er, was eine Salve rauhes Gelächter auslöste. »Ganz schön dicke Dinger.«
Er bewegte sich tiefer zu ihrer Hosentasche, fischte darin herum und zog schließlich Haywards aufklappbaren Dienstausweis heraus. »Na, was haben wir denn da!«
Er zeigte den Dienstausweis herum. Dann sah er ihn sich selbst an und schürzte dabei seine nassen Lippen. »Captain L. Hayward, steht hier. Morddezernat. Und da ist sogar ein Foto drin! Hast du dir den von der Rückseite eines Comics bestellt?«
Hayward erwiderte seinen Blick. War der Typ wirklich so dämlich? Der Gedanke machte ihr Angst.
Tiny klappte den Dienstausweis zu, griff hinter sich, wischte sich damit den riesigen Hintern ab und warf den Ausweis ins Wasser. »Das halte ich von deiner Dienstmarke. Larry, komm mal rüber und durchsuch den hier.«
Der hagere Mann kletterte auf das Propellerboot und näherte sich Pendergast.

»Wenn du Scheiß baust, drück ich ab«, sagte er und fuchtelte mit seiner Waffe. »So einfach ist das.«

Der Mann fing an, Pendergast abzutasten. Er fand eine zweite Pistole, irgendwelche kleinen Werkzeuge, Papiere und Pendergasts Dienstausweis.

»Lass mal sehen«, sagte Tiny.

Der Mann namens Larry reichte ihn Tiny. Der untersuchte den Dienstausweis, spuckte Tabaksaft darauf, klappte ihn zu und schmiss ihn ins Wasser. »Noch so ein Comic-Blech. Ihr seid gar keine Vogelfreunde, was?«

Hayward spürte, wie sich der Lauf von Tinys Maschinenpistole in ihre Seite bohrte.

»Ihr seid was ganz anderes.« Tinys Stimme wurde lauter. »Ihr kommt hier runter, erzählt uns einen Haufen Scheiß von wegen Vogelfreunde, und dann glaubt ihr, irgendwelche gefälschten Dienstausweise werden euch eure armen Ärsche retten. Hat man euch gesagt, dass ihr das im Notfall machen sollt? Ich will euch mal was sagen: Wir wissen, wer ihr seid und warum ihr hier seid. Ihr werdet uns keinen Zentimeter mehr von unserem Sumpf wegnehmen. Das ist hier unser Land, wir leben davon. So hat mein Opa meinen Papa ernährt, und so werde ich meine Kinder ernähren. Das hier ist nicht irgend so ein Disneyland für irgendwelche Wichser von Nordstaaten-Kajakfahrern. Das hier ist *unser* Sumpf.«

Aus den Booten ringsum kamen Laute der Zustimmung.

»Entschuldigen Sie, wenn ich Ihre kleine Ansprache unterbreche«, sagte Hayward, »aber ich bin tatsächlich Polizeibeamtin, und er ist FBI-Agent. Und nur zu Ihrer Information, Sie sind festgenommen. Sie alle.«

»Ooooh!«, rief Tiny und hielt sein Gesicht vor das ihre. »Ich hab ja sooolche Angst.« Der Geruch nach Whisky und halbverdauten Zwiebeln wehte Hayward an.

Er blickte in die Runde. »Hey! Wollen wir uns ’n kleinen Striptease gönnen, was meint ihr?« Tiny hakte einen Daumen unter eine seiner riesigen Männerbrüste und ließ sie wackeln.

Hayward warf Pendergast einen kurzen Blick zu. Seine Miene war absolut nicht zu lesen. Der Hagere namens Larry hielt ihm eine Waffe an den Kopf, und zwei Dutzend weitere Waffen waren auf sie gerichtet.

Tiny streckte den Arm aus und schlug ihr derart fest ins Gesicht, dass sie auf den Boden des Propellerboots lang hinschlug.

»Steh auf«, sagte er unter großem Gelächter. Er selbst lachte nicht. Hayward stand auf, ihr Gesicht brannte, und sofort drückte er ihr seine Maschinenpistole ans Ohr. »Na schön, du Miststück. Zieh dein Hemd aus. Für die Jungs.«

»Scher dich zum Teufel.«

»Tu es«, murmelte Tiny und schob ihr die Mündung ins Ohr. Sie spürte, wie das Blut aufzusteigen begann. Ihre Bluse war bereits halb aufgerissen.

»Mach's!«

Sie legte ihre zitternde Hand an einen Knopf und begann, ihn zu lösen.

»Jaa!«, erklangen die Schreie. »O jaa!«

Wieder ein Seitenblick auf Pendergast. Seine Miene war noch immer reglos, ausdruckslos. Was ging ihm durch den Kopf?

»Knöpf die Bluse auf und gib ihnen Luft!«, kreischte Tiny und stieß mit seiner Waffe zu.

Sie löste den Knopf unter erneutem Gebrüll und begann mit dem nächsten.

67

Plötzlich meldete sich Pendergast zu Wort. »Das ist doch keine Art, eine Lady zu behandeln.«

Tiny drehte sich blitzartig zu ihm um. »Keine Art, eine Lady zu behandeln? Ich finde, das ist eine *tolle* Art, scheiße noch mal!«

Ein Chor der Zustimmung erklang. Hayward blickte in das Meer der roten, schwitzenden, gierigen Gesichter.

»Interessiert es Sie überhaupt, was ich glaube?«, sagte Pendergast. »Ich glaube, Sie sind ein Schwein mit dickem Embonpoint.«

Tiny blinzelte. »Ein was?«

»Eine fette Sau«, sagte Pendergast.

Tiny holte mit seiner fleischigen Faust aus und versetzte Pendergast einen Fausthieb in den Solarplexus. Der Agent keuchte auf und beugte den Oberkörper. Tiny schlug ihm noch mal auf die gleiche Stelle, Pendergast sank auf die Knie und bekam kaum noch Luft.

Tiny blickte verächtlich auf Pendergast hinunter und bespuckte ihn. »Das dauert mir viel zu lange«, sagte er. Dann packte er Haywards Bluse und riss mit einem kräftigen Ruck die restlichen Knöpfe ab.

Aus den umgebenden Booten erhob sich ein Sturm der Zustimmung. Tiny zog ein riesiges Abhäutemesser aus einer Tasche seines Overalls, klappte es auf und schob dann Haywards ruiniertes Hemd mit der Klinge so zur Seite, dass ihr Büstenhalter zu sehen war.

»Heiliger *Bimbam!*«, sagte irgendwer.

Tiny starrte gierig auf Haywards volle Brüste. Sie machte eine Bewegung, um sich mit der knopflosen Bluse zu bedecken, aber Tiny schüttelte den Kopf, schob ihre Hände weg und zog mit der Klinge seines Messers an der Oberkante ihres BHs entlang. Dann – ganz langsam – schob er die Klingenspitze unter den

Stoff zwischen den Körbchen. Mit einem Ruck zog er das Messer zu sich heran, worauf der BH entzweiriss. Haywards Brüste schwangen frei, was einen irrsinnig lauten Aufschrei der Anerkennung auslöste.

Hayward sah, wie Pendergast sich erhob und strauchelte. Tiny war derart beschäftigt, dass er es nicht bemerkte.

Pendergast fand sein Gleichgewicht wieder und neigte sich stark zu einer Seite. Dann verlagerte er mit einer plötzlichen, kaum merklichen Bewegung sein Gewicht zur anderen Seite. Das Boot schaukelte, worauf Tiny und Larry das Gleichgewicht verloren.

»Hey, immer mit der Ruhe –«

Hayward sah ein Aufblitzen von Stahl; stöhnend krümmte sich Larry und feuerte die Waffe blindlings nach unten ab. Plötzlich spritzte Blut auf den Boden des Propellerboots.

Tiny wirbelte herum, um sich zu schützen, schwenkte die TEC-9 durch die Luft und gab eine lange Salve ab, aber Pendergast bewegte sich so schnell, dass ihn der Kugelhagel verfehlte. Ein sehniger Arm schlang sich um Tinys dicken Hals und riss seinen Kopf zurück, dann lag ein Stilett an seiner Kehle; gleichzeitig zertrümmerte Hayward dem Fettkloß den Unterarm und entriss ihm die TEC-9.

»Keine Bewegung«, sagte Pendergast und stach mit dem Messer Tiny in den Hals. Mit der anderen Hand zog er gekonnt seine Les Baer unter Tinys Gürtel hervor.

Tiny brüllte, er wand sich und fuchtelte wild mit den Armen, wollte Pendergast einen Schwinger verpassen. Das Messer sank tiefer ein, wurde gedreht, blitzte auf; ein wenig Blut spritzte, dann war ringsum alles wieder ganz still.

»Eine Bewegung, und du bist tot«, sagte Pendergast.

Hayward blickte entsetzt hin und vergaß einen Augenblick ihre Blöße. Pendergast war es irgendwie gelungen, dem Mann das Stilett so in den Hals zu bohren, dass die Halsschlagader zu sehen war; die Messerklinge war bereits daruntergeglitten und zog sie ein wenig aus der Wunde.

»Erschießt mich, und die Ader ist durch«, sagte Pendergast. »Ich stürze, und sie ist durch. Er bewegt sich, und sie ist durch. Die Frau wird nochmals angefasst, und die Ader ist auch durch.«

»Was zum Teufel?«, kreischte Tiny vor Todesangst und verdrehte die Augen. »Was hat er gemacht? Verblute ich?«

Totenstille. Alle Waffen waren auf sie gerichtet.

»Knallt ihn ab!«, schrie Tiny. »Erschießt die Frau! Worauf wartet ihr?«

Keiner rührte sich. Wie gelähmt vor Schreck starrte Hayward auf die vortretende, pulsierende, glitschige Ader, die auf der blutverschmierten Klinge lag.

Mit einem Nicken zeigte Pendergast auf einen der großen, am Dollbord des Propellerboots angebrachten Seitenspiegel. »Captain, holen Sie mir einmal bitte den Spiegel dort.«

Hayward zwang sich, sich zu bewegen, bedeckte, so gut es ging, ihre Blöße und zog den Spiegel aus der Halterung.

»Halten Sie ihn so, dass Tiny sich ansehen kann.«

Sie tat, wie ihr geheißen. Tiny blickte in den Spiegel, betrachtete sich darin – und dann weiteten sich seine Augen vor Entsetzen. »Was machst du denn da … O mein Gott, bitte, nicht …« Seine Stimme wurde zu einem Zittern, seine blutunterlaufenen Augen weiteten sich, sein riesiger Leib erstarrte vor Todesangst.

»Alle Waffen in Mr. Tinys Boot dort«, sagte Pendergast ruhig und nickte in Richtung des leeren Sportfischerboots, das neben ihrem lag. »Alle. Sofort.«

Keiner rührte sich.

Pendergast zog mit der Rückseite des Messers die Ader etwas weiter aus der blutenden Wunde. »Macht, was ich sage, sonst schneide ich sie durch.«

»Ihr habt gehört, was er sagt!«, rief Tiny in einem verängstigten, quiekenden Flüsterton. »Waffen ins Boot! *Macht, was er sagt!*«
Hayward hielt weiter den Spiegel hoch. Murmelnd begannen die Männer, ihre Waffen nach vorn durchzureichen, und warfen sie ins Boot. Schon bald war der flache Boden mit einem wahren Arsenal von Waffen bedeckt.
»Messer, Sprühgas, alles.«
Weitere Gegenstände wurden ins Boot geworfen.
Pendergast wandte sich zu dem hageren Mann, Larry, um, der auf dem Boden des Boots lag. Er blutete aus einer Messerwunde im Arm und einer Wunde, die er sich mit dem Schuss in den Fuß selbst zugefügt hatte. »Ziehen Sie bitte Ihr Hemd aus.«
Nach kurzem Zögern befolgte der Mann die Anweisung.
»Reichen Sie es Captain Hayward hinüber.«
Hayward nahm das feuchte, stinkende Kleidungsstück entgegen. Dann drehte sie sich von den umgebenden Booten möglichst weit weg, zog die zerrissene Bluse und den ruinierten Büstenhalter aus und streifte sich das blutige Hemd über.
Pendergast wandte sich zu ihr um. »Captain, würden Sie sich bitte bewaffnen?«
»Die TEC-9 hier sieht ganz geeignet aus«, sagte Hayward und hob die Maschinenpistole aus dem Waffenstapel. Sie warf einen Blick darauf, entfernte das Magazin, inspizierte es, schob es wieder hinein. »Auf vollautomatisch eingestellt. Außerdem mit einem Fünfzig-Schuss-Magazin aufgerüstet. Ist also reichlich Munition übrig, um alle hier und jetzt umzulegen.«
»Eine zweckmäßige, wenn auch wenig elegante Wahl«, sagte Pendergast.
Stille. Das einzige Geräusch war Tinys ersticktes Schluchzen. Die Tränen rannen ihm über die Wangen, doch er blieb reglos stehen wie eine Statue.
»Ich fürchte«, sagte Pendergast, »ihr habt einen schweren Feh-

ler begangen. Die Dame hier ist nämlich tatsächlich Captain des Morddezernats der New Yorker Polizei, und ich bin wirklich Spezialagent beim Federal Bureau of Investigation. Wir ermitteln hier in einem Mordfall, der nichts mit euch oder eurer Stadt zu tun hat. Wer immer euch erzählt hat, wir seien Umweltschützer, hat euch angelogen. Also: Ich werde euch gleich eine Frage stellen, nur einmal, und wenn ich eine Antwort bekomme, die mich nicht zufriedenstellt, durchtrenne ich Tinys Halsschlagader, und meine Kollegin Captain Hayward knallt euch ab wie Hunde. In Notwehr natürlich. Weil wir nämlich Polizisten sind – wer würde uns da widersprechen?«

Schweigen.

»Die Frage lautet folgendermaßen: Mr. Tiny, wer hat Sie angerufen und Ihnen gesagt, dass wir hierherkommen?«

Tiny konnte die Antwort gar nicht schnell genug über die Lippen bekommen. »Ventura, Mike Ventura, Mike Ventura …« Dabei stieß er die Wörter zwischen erstickten Seufzern aus, kaum mehr als ein Plappern.

»Und wer ist dieser Mike Ventura?«

»Ein Typ, der drüben in Itta Bena wohnt, aber er kommt oft hier runter, großer Sportsmann, stinkreich, verbringt viel Zeit im Sumpf. Er ist zu mir gekommen und hat uns allen erzählt, ihr wärt Umweltschützer, wolltet den Rest des Black Brake in ein Naturschutzgebiet umwandeln, uns Leuten, die am Sumpf leben, alle Arbeitsplätze wegnehmen –«

»Vielen Dank«, sagte Pendergast, »das genügt. Und jetzt sage ich euch, was gleich passiert. Meine Kollegin und ich werden unseren Weg in Mr. Tinys ausgezeichnet ausgestattetem und vollbeladenem Sportfischerboot fortsetzen. Mit sämtlichen Waffen. Und ihr fahrt alle nach Hause. Habt ihr verstanden?«

Nichts.

Er hob das Messer unter der Ader an. »Darf ich bitte eine Antwort haben?«

Murmeln, Nicken.
»Ausgezeichnet. Ihr seht ja, dass wir jetzt schwer bewaffnet sind. Und ich kann euch versichern, dass wir beide wissen, wie man mit diesen Waffen umgeht. Captain, würden Sie das bitte einmal demonstrieren?«
Hayward deutete mit der TEC-9 auf eine Gruppe junger Bäume in der Nähe und eröffnete das Feuer. Drei kurze Salven. Die Bäume stürzten langsam ins Wasser.
Pendergast zog das Messer unter der Ader hervor. »Sie werden ein paar Stiche brauchen, Mr. Tiny.«
Der Dicke blubberte bloß.
»Ich würde euch allen raten, die ganze Sache unter euch zu besprechen und eine nette, glaubwürdige Geschichte zu erfinden, wie sich Mr. Tiny in den Hals geschnitten und wie der alte Larry dort sich in den Fuß geschossen hat. Weil der Captain und ich Wichtigeres zu tun haben und wir keine weiteren Unterbrechungen dulden werden. Angenommen, ihr ärgert uns nicht weiter – und angenommen, ihr lasst mein ziemlich teures Auto in Ruhe –, sehen wir keinerlei Notwendigkeit, irgendjemanden anzuklagen oder festzunehmen. Nicht wahr, Captain?«
Sie schüttelte den Kopf. Komisch, aber Pendergasts Art, etwas zu regeln, ergab Sinn – jedenfalls hier draußen, am Ende der Welt, ohne Unterstützung, vor einer Menschenmenge, die nichts sehnlicher wünschte, als sie erst reihum zu vergewaltigen und dann sie beide zu ermorden und ihre Leichen im Sumpf zu versenken.
Pendergast bestieg das Sportfischerboot. Hayward folgte, wobei sie sich zwischen den diversen Waffen behutsam den Weg bahnte. Pendergast startete den Außenbordmotor und steuerte das Boot vorwärts; die Boote ringsum machten widerstrebend eine Gasse frei. »Wir werden uns alle wiedersehen«, rief er. »Ich bedauere zu sagen, dass es weitere Unannehmlichkeiten geben könnte.«

Dann gab er Vollgas, steuerte das Fischerboot in den breitesten Zufluss am Ende des Bayou und fuhr im schwindenden Abendlicht Richtung Süden, hinein in die dichte, direkt vor ihnen liegende Mauer aus Pflanzen und Bäumen.

68

Malfourche, Mississippi

Aus seinem geparkten Escalade, dessen Klimaanlage voll aufgedreht war, beobachtete Mike Ventura, wie die Boote langsam und mühselig wieder in ihre Liegeplätze hinter Tiny's einliefen. Die Sonne war gerade eben über dem Wasser untergegangen, der Himmel ein schmutziges Orange. Allmählich wurde ihm mulmig zumute; das sah gar nicht wie ein Stoßtrupp aus, der von einem erfolgreichen Einsatz zurückkehrte. Als eines der letzten Boote mit Tiny an Bord hereinkam, der mit einem blutverschmierten zusammengeknüllten Taschentuch am Hals und Blut auf der einen Seite seines Hemds auf den Steg taumelte, wusste er mit Sicherheit, dass irgendwas schiefgegangen war.

Zwei Männer stützten Tiny, je einer hatte sich einen fleischigen Arm um die Schultern gelegt, während Tiny in sein Lokal schlurfte. Unterdessen hatten andere aus der Gruppe Ventura entdeckt, machten ihm Zeichen und kamen langsam auf ihn zu. Glücklich sahen die Männer nicht gerade aus.

Ventura streckte den Arm aus und verriegelte die Türen, die klickend einrasteten. Schweigend umstellten die Männer seinen Wagen; ihre hochroten Gesichter waren schweißnass.

Ventura öffnete das Seitenfenster einen Spaltbreit. »Was ist passiert?«

Keiner antwortete. Nach einem Moment der Anspannung hob

ein Mann die Faust und hieb damit auf die Motorhaube, dass es knallte.
»Was zum Teufel?«, rief Ventura.
»Was zum Teufel?«, schrie der Mann. *»Was zum Teufel?«*
Noch ein Hieb mit einer Faust. Und dann, ganz plötzlich, schlugen die Männer auf den Wagen ein, traten gegen die Seiten, fluchten und spuckten. Erstaunt und völlig verängstigt schloss Ventura das Fenster und legte den Rückwärtsgang ein, wobei er so schnell rückwärtsfuhr, dass die, die hinter ihm standen, sich zur Seite werfen mussten, um nicht überfahren zu werden.
»Hurensohn!«, kreischte der Mob mit einer Stimme. »Lügner!«
»Das waren Bullen, Arschloch!«
»Du hast uns angelogen, Dreckskerl!«
Ventura kurbelte fieberhaft am Lenkrad, dann schaltete er die Automatik auf Fahren und gab Vollgas, wodurch Schmutz und Kies in einem 180-Grad-Bogen aufspritzten. Noch während er beschleunigte, prallte ein großer Stein gegen das Heckfenster, so dass sich sofort ein Spinnennetz aus Rissen bildete.
Als er auf die schmale Landstraße bog, klingelte sein Handy. Er ging ran: Judson. *Scheiße.*
»Ich bin fast da«, erklang Judsons Stimme. »Wie ist's gelaufen?«
»Irgendwas ist schiefgegangen. Und zwar richtig schief.«

Als Ventura schließlich auf seinem sehr gepflegten Grundstück am Rand des Sumpfgebiets ankam, stand Esterhazys Pick-up schon da. Der hochgewachsene, in Khaki gekleidete Esterhazy stand, seine Waffen ausladend, neben der Ladefläche. Ventura fuhr neben ihn und stieg aus. Esterhazy drehte sich mit düsterer Miene zu ihm um.
»Was ist denn mit Ihrem Auto passiert?«, fragte er.

»Die Sumpfbewohner haben es attackiert. Drüben in Malfourche.«
»Haben Sie die Sache geregelt?«
»Nein. Tiny ist mit einer Halswunde zurückgekommen, und allen wurden die Waffen abgenommen. Die wollten mich lynchen. Ich hab ein großes Problem an den Hacken.«
Esterhazy starrte ihn an. »Die beiden steuern also nach wie vor auf Spanish Island zu?«
»Sieht so aus.«
Esterhazy blickte an Venturas weitläufigem, weißgestrichenem Haus und dem großen, billardtischgrünen Rasen vorbei zum Privatanleger, wo Venturas drei Boote festgemacht waren: ein Lafitte-Skiff, ein brandneues Sportfischerboot mit einer hydraulischen Hubplatte und einer Hummingbird-Instrumententafel sowie ein leistungsstarkes Propellerboot. Er griff auf die Ladefläche des Pick-up und nahm den letzten Waffenkoffer herunter. »Sieht ganz danach aus«, sagte er langsam, »als müssten wir die Sache selber regeln.«
»Und zwar sofort. Wenn sie nämlich auf Spanish Island ankommen, ist es *vorbei.*«
»So weit werden wir es nicht kommen lassen.« Esterhazy blinzelte in die untergehende Sonne. »Je nachdem, wie schnell sie vorankommen, kann es sein, dass sie bereits nahe dran sind.«
»Sie kommen nicht schnell voran. Sie kennen den Sumpf nicht.«
Esterhazy musterte das Sportfischerboot. »Mit dem Zweihundertfünfziger-Yamaha können wir sie eventuell abfangen, wenn sie den alten Holzfäller-Kanal in der Nähe von Ronquille Island überqueren. Sie wissen, was ich meine?«
»Natürlich«, erwiderte Ventura gereizt, weil Esterhazy seine Ortskenntnis des Sumpfs in Frage stellte.
»Dann laden Sie die Waffen hier ins Boot. Wir müssen los«, sagte Judson. »Ich habe eine Idee.«

69

Black-Brake-Sumpf

Ein buttergelber Mond ging zwischen den mächtigen Stämmen der kahlen Zypressen auf und tauchte das nachtdunkle Sumpfgebiet in ein schwaches Licht. Der Scheinwerfer des Boots warf einen Lichtstrahl in das vor ihnen liegende Gewirr der Bäume und anderen Pflanzen und erhellte hin und wieder Paare von leuchtenden Augen. Hayward wusste natürlich, dass die meisten Augen zu Fröschen und Kröten gehörten, aber ihr war trotzdem bang zumute. Die merkwürdigen Geschichten, die sie als Kind über den Black Brake gehört hatte, waren zwar Märchen, aber er wurde trotzdem von höchst realen Alligatoren und Giftschlangen bevölkert. Schweißgebadet stakte sie das Fischerboot vorwärts, wobei sie mit der Stange von der Bootsmitte zum Heck ging. Larrys Hemd fühlte sich rauh und kratzig auf der nackten Haut an. Pendergast lag auf dem Vorderdeck, hatte die Karten vor sich ausgebreitet und prüfte sie eingehend mit Hilfe seiner Taschenlampe. Es war eine lange, langsame Fahrt gewesen, voller Sackgassen, falscher Fährten und einer schwierigen Navigation.

Pendergast leuchtete mit seiner Taschenlampe ins Wasser und ließ aus einem Becher ein wenig Sand über Bord rieseln, um die Strömung zu testen. »Eine Meile oder weniger«, murmelte er und studierte erneut die Karten.

Hayward stakte, ging zurück zum Heck, zog den Staken herauf, ging vorwärts, steckte ihn wieder in den sumpfigen Boden. Sie hatte das Gefühl, in dem grünlich-schwarzen Dschungel, der sie umgab, zu ersticken. »Und wenn das Camp nun nicht mehr vorhanden ist?«

Keine Antwort. Der Mond stieg höher; Hayward atmete die feuchte, duftende Luft ein. Eine wie verrückt summende Stechmücke flog ihr ins Ohr. Hayward schlug sie tot und schnippte sie weg.

»Weiter vorn kommt der letzte Holzfäller-Kanal«, sagte Pendergast. »Dahinter liegt der letzte Abschnitt des Sumpfs vor Spanish Island.«

Das Boot glitt durch einen Bereich mit verrottenden Wasserhyazinthen, der modrige Geruch der Pflanzen stieg aus dem Wasser empor und hüllte sie ein.

»Bitte den Scheinwerfer und die Fahrtlichter ausschalten«, sagte Pendergast. »Wir wollen diese Leute schließlich nicht auf unser Kommen aufmerksam machen.«

Hayward schaltete die Lichter aus. »Glauben Sie wirklich, dass es ›diese Leute‹ dort gibt?«

»Ich bin ganz sicher, dass sich *irgendetwas* dort befindet. Warum hätte man sich sonst solche Mühe gemacht, uns zu stoppen?«

Während sich ihre Augen an die Dunkelheit gewöhnten, stellte Hayward verwundert fest, wie hell es bei Vollmond in dem Sumpf war. Vor ihnen, hinter den Baumstämmen, war eine Gasse aus schimmerndem Wasser zu sehen. Kurz vorher war das Boot in den Holzfäller-Kanal eingelaufen, der hier nun halb überwachsen von Entenflott und Hyazinthen war. Über ihnen kreuzten sich die Äste der Zypressen und bildeten eine Art Tunnel.

Plötzlich blieb das Boot ruckartig stehen. Hayward riss es nach vorn und musste den Staken einsetzen, um nicht das Gleichgewicht zu verlieren.

»Wir sitzen auf irgendetwas am Grund fest«, sagte Pendergast. »Vermutlich eine Wurzel oder ein Baumast. Schauen Sie mal, ob Sie dort herumstaken können.«

Hayward drückte sich mit der Stange ab. Das Heck schwang herum und prallte heftig gegen einen Zypressenstamm. Das Boot erzitterte und schwankte, dann löste es sich von dem Hindernis. Als Hayward sich über den Staken beugte und zurück in den Holzfäller-Kanal wollte, sah sie etwas Langes, Glitzerndes und Schwarzes, das von den Ästen über ihr herabglitt und ihr auf die Schultern fiel. Es ringelte sich um ihren Hals, kühl und trocken, fast hätte sie vor Überraschung und Ekel laut aufgeschrien.

»Nicht bewegen«, sagte Pendergast. »Keinen einzigen Muskel.«

Sie zwang sich, ruhig zu bleiben, während Pendergast einen langsamen Schritt nach vorn tat und dann stehen blieb, wobei er vorsichtig auf den Waffen balancierte, die auf dem Bootsboden lagen. Und dann zuckte eine Hand vor, riss das dicke geringelte Etwas Hayward von den Schultern und schleuderte es fort. Hayward wandte sich um und sah eine bestimmt über einen Meter lange Schlange, die, sich windend, in hohem Bogen durch die Luft flog und dann achtern ins Wasser platschte.

»Agkistrodon piscivorus«, sagte Pendergast grimmig. »Wassermokassinotter.«

Ihre Haut kribbelte, das grässliche, gleitende Gefühl ging einfach nicht wieder weg. Sie holte tief Luft, erschauderte und packte den Staken. Sie glitten in den Holzfäller-Kanal zurück und tiefer hinein in die wuchernde Düsternis. Pendergast blickte sich um, dann widmete er sich wieder seinen Karten. Beim Staken behielt Hayward das Blätterdach über sich genau im Auge. Stechmücken, Frösche, Schlangen – nur eine Spezies war ihr noch nicht begegnet: Alligatoren.

»Kann sein, dass wir aussteigen und bald zu Fuß weiter müssen«, murmelte Pendergast. Er blickte von der Karte auf und sah sich nochmals um.

Hayward dachte an die Alligatoren. Zu Fuß. Na prima.

Sie setzte den Staken auf und gab dem Boot noch einen Stoß. Plötzlich griff Pendergast nach ihr, packte sie an der Taille, und gemeinsam stürzten sie über die Bordkante in das schwarze Wasser. Hayward richtete sich unter Wasser auf, zu überrascht, um sich zu wehren, ihre Füße sanken in dem Schlamm ein. Als sie mit dem Kopf aus dem Wasser kam, hörte sie eine Salve von Schüssen.

Ein Scheppern ertönte, als eine Kugel den Motor traf, dann loderte eine Stichflamme auf. *Kläng! Kläng!* Die Schüsse kamen aus der Dunkelheit rechts von Hayward.

»Holen Sie eine Waffe«, flüsterte Pendergast ihr zu.

Sie packte die Bordkante, wartete, bis das Geballer nachließ, zog sich hoch, schnappte sich die nächstbeste Waffe – ein schweres Gewehr – und glitt wieder nach unten. Wieder gruben sich etliche Salven ins Boot. Eine Flammenspur zog sich am Boden entlang: Die Benzinleitung war getroffen.

»Nicht das Feuer erwidern!«, flüsterte Pendergast und gab ihr einen kleinen Stoß. »Tauchen Sie ums Boot herum, schwimmen Sie auf die andere Seite des Kanals und gehen Sie in Deckung.«

Halb schwamm, halb watete sie durchs Wasser. Dabei hielt sie den Kopf so tief wie möglich. Hinter ihnen ging das Boot in Flammen auf, wodurch ein gelblicher Schein das Wasser erhellte. Man hörte ein gedämpftes *Krawumm!*, dann spürte Hayward, wie die Druckwelle der Explosion über sie hinwegspülte. Ein orange-schwarzer Feuerball stieg empor in die Nacht. Etliche kleinere Detonationen prasselten in dem brennenden Haufen aus Schusswaffen.

Plötzlich erklangen ringsum Schüsse. Kleine Wasserfontänen spritzten auf.

»Man hat uns entdeckt«, sagte Pendergast drängend. »Tauchen Sie unter und schwimmen Sie!«

Hayward holte tief Luft, tauchte unter, packte das Gewehr und bewegte sich im dunklen Wasser vorwärts. Als ihre Füße im Schlamm versanken, spürte sie harte – und mitunter nicht so harte – Gegenstände und gelegentlich das schleimige Geschlängel eines Fischs. Sie bemühte sich, nicht an die Wassermokassins zu denken, an die Nutrias und zwanzig Zentimeter langen Blutegel und alles andere, was sonst noch den Sumpf heimsuchte. Sie hörte das Zischen der Kugeln, wenn sie in ihrer Nähe ins Wasser eindrangen. Mit fast platzender Lunge kam sie mit dem Kopf aus dem Wasser, holte schnell Luft und tauchte wieder unter.

Es schien, als sei das Wasser lebendig von all dem Sirren der Kugeln. Hayward hatte keine Ahnung, wo Pendergast war, doch sie machte weiter und tauchte ungefähr im Minutenabstand auf, um Luft zu schnappen. Es dauerte nicht lange, dann bewegte sie sich in zunehmend seichterem Wasser, die Bäume auf der anderen Seite des Kanals stiegen vor ihr auf. Der Schütze feuerte noch immer rechts von ihr, die Kugeln schlugen in die Baumstämme über ihr ein. Inzwischen kamen die Schüsse allerdings sporadischer. Er hatte offenbar sein Ziel verloren und ballerte einfach nur in ihre ungefähre Richtung.

Hayward zog sich ans glitschige Ufer, wälzte sich inmitten der Wasserhyazinthen auf den Rücken und rang nach Atem. Sie war vollständig mit Schlamm bedeckt. Alles war so schnell passiert, dass ihr keine Zeit zum Überlegen geblieben war – aber jetzt dachte sie nach. Wie verrückt. Diesmal waren es nicht die Sumpfbewohner, da war sie sich sicher. Es schien ein einzelner Schütze zu sein. Jemand, der wusste, dass sie kamen, und Zeit gehabt hatte, sich vorzubereiten.

Sie wagte es, sich umzuschauen, sah jedoch keine Anzeichen von Pendergast. Dann legte sie sich das Gewehr in die Armbeuge, bewegte sich halb kriechend, halb schwimmend durch einen flachen Wasserlauf in die Deckung der Bäume und kauerte sich hinter einen alten verrotteten Zypressenstumpf. Plötzlich hörte sie ein leises Platschen. Fast hätte sie irgendetwas gerufen, weil sie glaubte, es sei Pendergast, da flammte an dem Kanal plötzlich ein Suchscheinwerfer auf und tauchte den Sumpf links von ihr in helles Licht.

Hayward duckte sich und versuchte, sich hinter dem Baumstumpf so klein wie möglich zu machen. Langsam, ganz behutsam brachte sie die von Schlamm überzogene Waffe in Anschlag. Hayward tauchte sie ins Wasser des kleinen Wasserlaufs und schüttelte sie ein wenig, bis sie den Schlick entfernt hatte, dann hob sie die Waffe an und tastete daran entlang, um herauszufinden, worum es sich handelte. Unterhebelrepetierer, schwer, achteckige Mündung, großes Kaliber. Offenbar eine 45–70, die heutige Version eines Gewehrs aus dem Wilden Westen, vielleicht ein Winchester-Nachbau einer alten Browning – was bedeutete, dass das Gewehr trotz des Kontakts mit Wasser noch funktionieren sollte. Das Magazin müsste zwischen vier und neun Patronen enthalten.

Der Scheinwerfer stach durch die Bäume und glitt suchend über den Sumpf. Das Geballer hatte aufgehört, aber das Licht kam näher.

Eigentlich müsste sie den Scheinwerfer mit einem Schuss auslöschen können. Er war ihr einziges Ziel, denn alles andere war in dem grellen Lichtschein nicht zu erkennen. Indem sie sich langsam und leise bewegte, hob Hayward die Waffe an und schüttelte das letzte Wasser heraus. Mit unendlicher Sorgfalt spannte sie den Repetierhebel, so dass eine Patrone in die Kammer glitt. So weit, so gut. Das Licht des Scheinwerfers war jetzt deutlich zu sehen, es bewegte sich langsam am Kanal entlang. Sie hob die Waffe, um zu zielen – und spürte plötzlich eine Hand auf ihrer Schulter.

Sie unterdrückte einen Schrei und tauchte wieder unter.

»Nicht schießen«, erklang Pendergasts fast unhörbare Stimme. »Es könnte eine Falle sein.«

Sie unterdrückte ihre Überraschung und nickte.

»Folgen Sie mir.« Pendergast wandte sich um und ging geduckt den Bachlauf hinauf, Hayward desgleichen. Der Mond lag vorübergehend hinter den Wolken verborgen, doch der nachlassende Lichtschein, den das brennende Propellerboot aussandte, spendete ihnen gerade so viel Licht, dass sie etwas erkennen konnten. Der kleine Kanal wurde schmaler, und bald überquerten sie eine Wattfläche mit etwa dreißig Zentimeter Wasserhöhe. Der Lichtstrahl strich über die Sandbank und näherte sich ihnen. Pendergast blieb stehen, holte Luft und ließ sich so tief wie möglich ins Wasser gleiten. Er war genauso schlammbedeckt wie sie. Hayward folgte seinem Beispiel und grub ihr Gesicht fast in den Schlick. Der Lichtstrahl strich direkt über sie hinweg. Sie machte sich auf einen Schuss gefasst, aber es kam keiner.

Als der Lichtstrahl an ihnen vorbeigezogen war, erhob sie sich. Jenseits der Sandbank war eine dichte Gruppe von abgestorbenen Zypressenstümpfen und verrotteten Stämmen zu sehen. Pendergast hielt geradewegs darauf zu. Hayward folgte seinem Beispiel, und binnen einer Minute hatten sie eine Stellung bezogen.

Rasch wusch und säuberte Hayward ihre Waffe. Pendergast zog seine Les Baer aus dem Holster und tat das Gleiche. Sie erledigten das alles schnell und schweigend. Der Lichtschein kam zurück, diesmal näher, er bewegte sich direkt auf sie zu.

»Wieso haben Sie gewusst, dass es eine Falle ist?«, flüsterte Hayward.

»Zu offensichtlich. Da ist nicht nur ein Schütze, die warten darauf, dass wir das Licht mit einem Schuss ausknipsen.«

»Was machen wir also jetzt?«

»Wir warten. Schweigend. Ohne uns zu bewegen.«

Plötzlich erlosch der Scheinwerfer. Wieder war alles dunkel. Pendergast kauerte reglos und mit undurchdringlicher Miene hinter den dichtstehenden Baumstümpfen.

Hayward lauschte angestrengt. Sie hörte Spritzer im Wasser und nächtliches Geraschel, scheinbar überall. Tiere, die sich bewegten, Frösche, die sprangen. Oder waren es Menschen?

Schließlich sank das brennende Propellerboot, der Film des brennenden Benzins erlosch, wodurch es im Sumpf wieder finster wurde. Schweigend warteten sie. Da flammte der Scheinwerfer erneut auf und kam näher.

70

Judson Esterhazy trug eine schulterhohe Wathose und bewegte sich, eine Winchester 30–30 in Händen, unendlich vorsichtig durch die dichte Vegetation. Die Winchester war viel leichter als das Scharfschützengewehr, das Handling deutlich besser, außerdem verwendete er die Waffe schon seit seiner Jugend zur Hirschjagd. Durchschlagsstark, aber leicht, war sie fast so etwas wie ein verlängerter Arm.

Durch die Bäume hindurch sah er Venturas Suchscheinwerfer, er leuchtete umher und kam dabei stetig dem Bereich näher, in dem Pendergast und die Frau sich versteckt halten mussten. Esterhazy befand sich etwa hundert Meter hinter der Stelle, zu der sie sich geflüchtet hatten. Was sie allerdings nicht wussten: Sie wurden in die Zange genommen, denn er manövrierte sich hinter ihre Stellung zwischen den umgestürzten Bäumen, während sich Ventura gleichzeitig von vorn näherte. Hayward und Pendergast waren praktisch lebende Zielscheiben. Jetzt mussten sie nur noch einmal schießen – einen einzigen Schuss abgeben –, dann konnte er ihre genaue Position bestimmen und beide umlegen. Und am Ende würden sie gezwungen sein, auf den Suchscheinwerfer zu schießen.

Der Plan funktionierte perfekt, Ventura hatte seinen Part gut gespielt. Langsam, zögerlich bewegte sich der Suchscheinwerfer – angebracht auf einem langen Staken – immer weiter auf die Stellung der beiden zu. Er sah, wie der Lichtstrahl ein Gewirr von Zypressenwurzeln und einen mächtigen, verrotteten Baumstamm erhellte – ein alter Windbruch. Da steckten sie. Es gab in der näheren Umgebung keine andere halbwegs ordentliche Deckung.

Langsam rückte Esterhazy vor, damit er eine gute Sicht auf den Windbruch bekam. Der Mond stand höher im Himmel, er kam jetzt hinter den Wolken hervor und warf ein blasses Licht in die dunkelsten Winkel des Sumpfgebiets. Da erhaschte er einen Blick auf die beiden: Sie kauerten hinter dem Baumstamm, einzig und allein auf den Lichtschein vor ihnen konzentriert – und seinem Flankenmanöver wehrlos ausgesetzt. Es war nicht mal nötig, dass sie das Licht mit einem Schuss ausknipsten.

Langsam hob Judson das Gewehr an die Wange und spähte durch das Trident Pro 2.5 x Nachtsichtzielfernrohr. Sofort hatte er die Umrisse seiner Ziele scharf vor Augen. Er hatte zwar beide voll im Visier, aber wenn er Pendergast zuerst erledigte, dürfte er mit der Frau leichtes Spiel haben.

Er verlagerte ein wenig das Gewicht, positionierte das Zielfernrohr so, dass Pendergasts Rücken mitten im Fadenkreuz lag, und bereitete sich auf den Schuss vor.

Hayward kauerte hinter dem verrotteten Baumstamm, während der Lichtstrahl im Dunkel hin und her schwang und sich unstet bewegte.

Pendergast flüsterte ihr zu: »Ich glaube, der Scheinwerfer ist an einem Staken angebracht.«

»Einem Staken?«

»Ja. Schauen Sie, wie merkwürdig er sich hoch und runter bewegt. Das ist eine Falle. Was bestätigt, dass es einen zweiten Schützen gibt.« Plötzlich packte er Hayward und stieß sie ins seichte Wasser, mit dem Gesicht zuunterst in den Schlamm. Unmittelbar darauf hörte sie knapp über sich einen Schuss, gefolgt vom dumpfen Aufprall einer Kugel auf Holz.

Mit verzweifelten Bewegungen folgte sie Pendergast, der durch den Schlick robbte, sich dann hinter einem Gewirr von Wurzeln versteckte und Hayward zu sich heranzog. Weitere Schüsse erklangen, diesmal von vorn und von hinten, die aus beiden Richtungen durch das Wurzelgestrüpp drangen.

»Diese Deckung bringt's nicht«, stieß Hayward keuchend hervor.

»Stimmt. Hier können wir nicht bleiben. Es ist nur eine Frage der Zeit, bis eine der Kugeln ihr Ziel findet.«

»Aber was können wir tun?«

»Ich nehme mir den Schützen hinter uns vor. Wenn ich gehe, möchte ich, dass Sie neunzig Sekunden warten, schießen, noch mal bis neunzig zählen, dann wieder schießen. Zielen ist dabei nicht wichtig – ich brauche das Geräusch. Achten Sie darauf, dass der Mündungsblitz nicht zu sehen ist ... und dann, *erst* dann, nach den ersten beiden vorgetäuschten Schüssen, knipsen Sie das Licht aus. Und dann greifen Sie an und töten den Schützen.«

»Verstanden.«

Blitzschnell verschwand Pendergast im Sumpf. Wieder erklang als Reaktion darauf eine Salve Gewehrfeuer.

Hayward zählte bis neunzig, dann hielt sie die Mündung nach unten und schoss. Die 45–70er hatte einen enormen Rückstoß, und es überraschte sie, wie laut der Schuss durch den Sumpf hallte. Als Antwort darauf fegte direkt über ihrem Kopf ein Kugelhagel durch die Wurzeln, worauf sie sich noch tiefer in den Schlick kauerte, und dann hörte sie zu ihrer Linken Pendergasts Gegenfeuer, der mit seiner 45er schoss. Das Gewehrfeuer verlagerte sich von Hayward fort. Der Scheinwerfer ruckte hinauf und hinunter, kam aber nicht näher.

Sie zählte wieder, drückte ab. Der zweite Schuss aus ihrem großkalibrigen Gewehr zerriss die Stille.

Erneut richteten sich die Schüsse auf Hayward und wurden von einer raschen Folge von Schüssen von Pendergast beantwortet, diesmal allerdings von einer anderen Stelle aus. Der Scheinwerfer bewegte sich noch immer nicht.

Hayward drehte sich um, kauerte sich in den Schlamm und nahm den Scheinwerfer äußerst sorgfältig ins Visier. Langsam betätigte sie den Abzug, der Schuss löste sich mit lautem Knall, der Scheinwerfer zersprang in einem Funkenschauer.

Sofort war sie auf den Beinen und bewegte sich so schnell wie möglich durch den schweren, an den Schuhen saugenden Schlick auf die Stelle zu, wo der Scheinwerfer sich befunden hatte. Sie hörte, wie Pendergast hinter ihr den rückwärtigen Schützen mit heftigem Sperrfeuer in Schach hielt.

Zwei Kugeln zischten durch die Gruppe von Farnen neben ihr; das Gewehr schussbereit, stürmte sie vor, dann hatte sie das Farngestrüpp hinter sich gelassen. Der Schütze hockte in einem Boot mit geringem Tiefgang. Überrascht wandte er sich zu ihr um, während sie ins Wasser hechtete, zielte und schoss. Der Mann feuerte gleichzeitig, und da spürte sie einen heftigen Schlag gegen ihr Bein, gefolgt von einer jähen Taubheit. Sie keuchte und versuchte aufzustehen, aber sie konnte das Bein einfach nicht bewegen.

Fieberhaft lud sie nach und rechnete schon damit, im nächsten Moment von einem zweiten, tödlichen Schuss getroffen zu werden. Aber es kam keiner, und da wurde ihr klar, dass sie den Schützen getroffen hatte. Mit äußerster Anstrengung kroch sie auf allen vieren im flachen Wasser weiter, packte das Dollbord und hielt das Gewehr ins Bootsinnere.

Der Schütze lag auf dem Boden, aus einer Wunde in seiner Schulter strömte Blut. Sein Gewehr lag in zwei Teile zerbrochen da – offensichtlich hatte sie es getroffen; er tastete mit der einen Hand herum und versuchte eine Handfeuerwaffe zu ziehen. Er war keiner von den Sumpfbewohnern, sie hatte den Mann noch nie im Leben gesehen.

»Keine Bewegung!«, rief sie, richtete die Waffe auf ihn und versuchte, nicht vor Schmerzen aufzustöhnen. Sie entriss ihm die Handfeuerwaffe und zielte auf ihn. »Aufstehen, aber schön langsam. Halten Sie die Hände so, dass ich sie sehen kann.«
Der Mann stöhnte auf, hob die eine Hand. Die andere baumelte nutzlos an seiner Seite.
Weil sie sich an den zweiten Schützen erinnerte, hielt sich Hayward so geduckt wie möglich. Sie prüfte die Faustfeuerwaffe, sah, dass das Magazin voll war, nahm sie und warf das schwere Gewehr ins Wasser.
Der Mann stöhnte, ein kleiner Sprengsel Mondlicht fiel auf seinen Oberkörper, der dunkle Blutfleck breitete sich langsam von seiner Schulter abwärts aus. »Ich bin angeschossen«, ächzte er. »Ich brauche Hilfe.«
»Die Wunde ist nicht tödlich«, sagte Hayward. Auch ihre Wunde pochte, und ihr Bein fühlte sich an wie ein Stück Blei. Hoffentlich verblutete sie nicht. Weil sie halb im Wasser stand, wusste der Schütze nicht, dass er sie getroffen hatte. Sie spürte, wie etwas gegen ihr verletztes Bein stieß, daran entlangglitt – vermutlich Fische, angezogen von dem Blut.
Weitere Schüsse erklangen hinter ihr, der mächtige Klang von Pendergasts 45er, dazwischen der schärfere Knall des Gewehrs des zweiten Schützen. Es waren aber nur sporadische Schüsse, und dann herrschte Stille. Eine lange Stille.
»Wie heißen Sie?«, fragte Hayward.
»Ventura«, sagte der Mann. »Mike –«
Ein einzelner Schuss. Der Mann namens Ventura stürzte jählings nach hinten und sackte, einmal aufstöhnend, auf dem Bootsboden zusammen, zuckte und blieb dann reglos liegen.
Hayward, die plötzlich in Panik geriet, ließ sich ins Wasser gleiten und hielt sich mit einer Hand an der Bordkante fest. Fiese Wassergeschöpfe knabberten an ihrer Wunde, außerdem spürte sie das Geschlängel zahlloser Blutegel.

Als sie ein Aufspritzen hörte, drehte sie sich blitzartig mit gezückter Waffe um, sah aber nur, wie Pendergast geduckt und langsam auf sie zuwatete. Er bedeutete ihr, still zu sein, dann packte er die Bordkante und schwang sich behende ins Boot. Sie hörte, wie er sich darauf bewegte und sich zurück ins Wasser gleiten ließ.

»Alles in Ordnung mit Ihnen?«, flüsterte er.

»Nein, mich hat's erwischt.«

»Wo?«

»Am Bein.«

»Wir müssen Sie aus dem Wasser rausholen.« Pendergast packte sie am Arm und begann, sie ans Ufer zu ziehen. Ringsum war alles still; die Schüsse hatten alle Lebewesen im Sumpf zum Verstummen gebracht. Man hörte keine Spritzer, kein Krächzen, kein Zirpen oder Rascheln mehr.

Hayward spürte eine leichte Strömung, und plötzlich wurde sie unter Wasser von irgendetwas Hartem, Schuppigem gestreift. Sie unterdrückte einen Schrei. Hier und da war die Wasseroberfläche vom Mondlicht beschienen, und plötzlich erhoben sich daraus zwei Reptilienaugen, neben einem Paar schuppiger Nasenlöcher. Mit einer furchterregenden, eruptiven Bewegung schnappte der Alligator nach ihr, während Pendergast gleichzeitig mit seiner Waffe mehrere Schüsse abgab. Hayward spürte, wie sich etwas Scharfes, Kräftiges und Unerbittliches um ihr verletztes Bein schloss, dann wurde sie unter Wasser gezogen, während ihr gleichzeitig irrsinnige Schmerzen ins Bein stachen. Während Pendergast nach wie vor ihren Arm packte, versuchte sie sich dem riesigen Alligator zu entwinden, aber der zog sie in den Schlick am Boden des Kanals hinunter. Sie versuchte zu schreien, wodurch sich ihr Mund mit dem brackigen Wasser füllte. Plötzlich hörte sie den dumpfen Aufprall der Schüsse auf dem Wasser. Wieder wand sie sich, rammte die Handfeuerwaffe in das Vieh, das sie gepackt hielt, und drückte ab.

Ein irrsinnig lauter Knall; der Rückschlag und die heftige, zuckende Reaktion des Alligators verbanden sich zu einer einzigen riesigen Eruption. Der entsetzliche Beißdruck löste sich, dann zog sich Hayward laut keuchend aus dem Schlamm.

Mit einer fast gewalttätigen Bewegung schleifte Pendergast sie ans Ufer und auf ein Farnbett. Sie spürte, dass er ihr Hosenbein aufriss, die Wunde, so gut es ging, säuberte und mit den Stoffstreifen verband.

»Der andere Schütze«, sagte sie, während sie sich ganz schwindlig fühlte. »Haben Sie ihn erwischt?«

»Nein. Kann sein, dass ich ihn gestreift habe – ich habe ihn aus seinem Versteck gelockt und seinen Schatten gesehen, als er zurück in den Sumpf huschte.«

»Warum hat er nicht wieder zu schießen angefangen?«

»Vielleicht sucht er nach einer neuen Stelle, von wo aus er eine bessere Schussposition hat. Der Bursche in dem Boot wurde von einer Dreißig-dreißiger getötet. Keine von uns.«

»Ein Zufall?«, keuchte sie und versuchte, nicht an die Schmerzen zu denken.

»Wahrscheinlich nicht.«

Pendergast schlang ihr den Arm um die Schultern und zog sie auf die Füße. »Wir können nur eines tun – Sie nach Spanish Island bringen. Sofort.«

»Aber der andere Schütze, er ist noch immer da draußen, irgendwo.«

»Ich weiß.« Mit einem Nicken zeigte er auf ihr Bein. »Aber die Wunde hier kann nicht warten.«

71

Den Arm um Pendergasts Hals geschlungen, wankte Hayward durch den saugenden Schlick, wobei sie ständig ausrutschte und Pendergast manchmal mit sich in den Schlamm hinabzog. Bei jedem Schritt schossen ihr starke Schmerzen ins Bein, so als steckte vom Schienbein bis zum Oberschenkel ein glühender Eisenstab darin. Fast hätte sie aufgeschrien. Aber sie war sich völlig bewusst, dass der Schütze nach wie vor in der Nähe war, im Dunkeln. Die ungeheure Stille im Sumpf brachte sie aus der Fassung und weckte die Angst, dass er irgendwo lauerte. Trotz der erstickenden Hitze der Nacht und des lauwarmen Sumpfwassers fröstelte sie, außerdem fühlte sie sich benommen, so als würde das alles jemand anderem zustoßen.

»Sie müssen aufstehen, Captain«, erklang Pendergasts beruhigende Stimme. Da wurde ihr klar, dass sie erneut gestürzt war. Die merkwürdige Betonung ihres Dienstgrads riss sie aus ihrer Benommenheit. Sie rappelte sich auf, machte ein, zwei Schritte und merkte, dass sie wieder einknickte. Halb hielt, halb zog Pendergast sie weiter, seine Arme wie Stahlkabel, seine Stimme leise und beruhigend. Doch dann wurde der Schlamm tiefer, er saugte sich an ihren Beinen wie Treibsand fest, und als sie weitertaumelte, spürte sie nur, wie sie darin versank.

Er stützte sie, wodurch es ihr unter großer Mühe gelang, das eine Bein zu befreien, aber das verletzte Bein steckte jetzt tief im Schlick und pochte unerträglich bei jedem Versuch, es zu bewegen. Sie fiel nach hinten und sank fast bis zu den Oberschenkeln ein. »Ich kann nicht mehr«, sagte sie keuchend vor Schmerz. »Ich schaff das einfach nicht.« Es drehte sich alles in ihrem Kopf, sie hatte summende Kopfschmerzen, aber sie registrierte auch, dass Pendergast sie in der Senkrechten hielt. Ruhig und vorsichtig blickte er sich um. »Also gut«, flüsterte er. Einen Augenblick schwieg er, dann hörte sie, wie er etwas leise zerriss – seine Anzugjacke. Der dunkle Sumpf, die Bäume, der Mond, alles drehte und drehte sich ... Stechmücken umschwärmten sie, sie spürte sie in den Nasenlöchern und den Ohrmuscheln, laut wie Löwengebrüll. Wieder sank sie in dem wässrigen Schlamm ein und wünschte sich sehnlichst, der klebrige Schlick wäre ihr Bett zu Hause, wo sie in Sicherheit wäre, im Warmen, in Manhattan, und Vinnie würde ruhig neben ihr atmen ...

Sie kam gerade zu sich, als Pendergast ihr irgendeine Art improvisiertes Geschirr am Oberarm anlegte. Einen Augenblick wehrte sie sich, war ganz durcheinander, doch er legte den Arm auf ihren, um sie zu beruhigen. »Ich ziehe Sie. Bleiben Sie einfach ganz entspannt.«

Sie nickte, langsam begriff sie, was er vorhatte.

Er schlang sich die beiden Gurte des Geschirrs über die Schultern und begann zu ziehen. Zunächst rührte sie sich nicht. Dann gab der Sumpf sie langsam frei, das Saugen ließ nach, und sie merkte, wie sie über den mit Wasser bedeckten Schlamm glitt, halb hüpfend, halb schlitternd. Die Bäume erhoben sich über ihr, dunkel und silbrig im Mondlicht, ihre sich überkreuzenden Äste und Blätter bildeten ein Fleckenmuster aus Dunkel und Licht. Müde überlegte Hayward, wo der Schütze sich wohl versteckte; warum sie nicht weitere Schüsse gehört hatten. Es konnten fünf Minuten vergangen sein oder dreißig; sie hatte jegliches Zeitgefühl verloren.

Plötzlich blieb Pendergast stehen.

»Was ist denn?«, stöhnte Hayward.

»Ich sehe Licht zwischen den Bäumen.«

72

Pendergast beugte sich über Hayward und sah sie sich genau an. Sie hatte einen Schock erlitten. Weil das Bein stark von Schlamm überzogen war, ließ sich schwer erkennen, wie viel Blut sie verloren hatte. Das Mondlicht fiel schräg auf ihr Gesicht, das dort, wo es nicht mit Schlamm verschmiert war, gespenstisch weiß wirkte. Sanft zog er sie in eine sitzende Position, setzte sie mit dem Rücken gegen einen Baumstamm und tarnte sie notdürftig mit einigen Farnblättern. Nachdem er einen Lappen in dem brackigen Wasser ausgespült hatte, versuchte er, ein wenig von dem Schlamm aus der Wunde zu waschen, wobei er gleichzeitig zahlreiche Egel abzog.

»Wie geht's Ihnen, Captain?«

Hayward schluckte, sie bewegte den Mund. Sie blinzelte, konnte die Augen aber nicht koordinieren. Er fühlte ihren Puls: flach und schnell. Dann beugte er sich über sie und flüsterte ihr zu: »Ich muss Sie jetzt allein lassen. Nur eine Weile.«

Einen Augenblick weiteten sich ihre Augen angstvoll. Dann nickte sie und antwortete mit rauher Stimme: »Verstehe.«

»Wer immer auf Spanish Island lebt, weiß, dass wir hier sind; die Bewohner haben die Schüsse sicherlich gehört. Es kann sogar sein, dass der verbleibende Schütze von Spanish Island gekommen ist und uns dort erwartet – darum die Stille. Ich muss mit großer Umsicht vorgehen. Zeigen Sie mir Ihre Waffe.«

Er nahm die Faustfeuerwaffe, eine 32er, und prüfte das Magazin, dann schob er es wieder hinein und drückte Hayward die Waffe in die Hände. »Sie haben noch vier Patronen übrig. Wenn ich nicht zurückkomme … müssen Sie sie möglicherweise einsetzen.« Er legte ihr seine Taschenlampe auf die Oberschenkel. »Benutzen Sie sie nur im Notfall. Halten Sie nach dem Schimmern von Augen im Mondlicht Ausschau. Achten Sie auf die Entfernung zwischen den Augen. Bei mehr als fünf

Zentimetern ist es entweder ein Alligator oder unser Schütze. Verstehen Sie?«

Wieder nickte sie und hielt dabei die Waffe umklammert.

»Das hier ist eine gute Deckung. Man wird Sie erst sehen, wenn Sie gesehen werden wollen. Aber hören Sie mir jetzt genau zu: Sie *müssen* wach bleiben. Wenn Sie die Besinnung verlieren, sterben Sie.«

»Sie sollten jetzt besser losgehen«, murmelte sie.

Pendergast spähte in die Dunkelheit. Zwischen den Reihen der Baumstämme war so gerade eben ein schwacher gelblicher Lichtschein zu sehen. Er zückte ein Messer, hob die Hand und ritzte in beide Seiten des dicksten Baumstamms ein großes X. Nachdem er Hayward zurückgelassen hatte, machte er sich in Richtung Süden auf den Weg, wobei er sich den fernen Lichtern auf einer enger werdenden, spiralähnlichen Route näherte.

Damit er möglichst wenig Geräusche machte, bewegte er sich langsam und zog die Schuhe vorsichtig aus dem Schlamm. Er nahm keinerlei Anzeichen für Aktivitäten wahr und hörte auch keine Laute aus der Richtung des fernen Lichts, das zwischen den dunklen Baumstämmen aufflackerte und wieder verschwand. Während er seine Kreise enger zog, wurden die Bäume lichter, so dass ein mattes gelbes Rechteck in Sicht kam: ein Fenster mit einem Vorhang, hell in der Schwärze, inmitten einer Gruppe von vage erkennbaren Gebäuden mit Giebeldächern.

Nach weiteren zehn Minuten war er so nahe an das alte Jagdcamp auf Spanish Island vorgerückt, dass sich ihm ein unverstellter Blick bot.

Es war eine große, weitläufige Anlage, errichtet kurz oberhalb der Wasserlinie auf mit Kreosot imprägnierten Pfählen. Mindestens ein Dutzend große, mit Schindeln gedeckte Gebäude, eingezwängt zwischen einer großen Gruppe uralter kahler

Sumpfzypressen, die dicht mit Spanischem Moos behängt waren. Das Camp lag unmittelbar am Rand eines kleinen Stillwasser-Bayou. Es war auf marginal höherem Gelände erbaut und umgeben von einem Schutzschirm aus Farnen, Sträuchern und hohem Gras. Der dichte Vorhang aus Pflanzen, in Verbindung mit den nahezu undurchdringlichen Strähnen des hängenden Mooses, verlieh ihm eine Atmosphäre des Versteckseins, des Kokonartigen.

Pendergast näherte sich dem Camp von der Seite, hielt dabei Ausschau nach Wachen und versuchte, die räumliche Anordnung zu begreifen. Am einen Ende führte eine große Plattform aus Holz zu einem Steg mit einem Schwimmdock, das in den Bayou hineinragte. Daran festgemacht war ein ungewöhnliches Boot, das Pendergast als kleines, wendiges Allzweckboot der Navy aus der Zeit des Vietnamkriegs identifizierte. Es hatte einen Tiefgang von lediglich acht Zentimetern und einen leisen Unterwasser-Jet-Antrieb – ideal, um unbemerkt im Sumpf umherzufahren. Zwar waren einige der Nebengebäude verfallen, die Dächer eingefallen, doch das eigentliche Camp war in gutem Zustand und eindeutig bewohnt. Ein großes Nebengebäude war ebenfalls in tadellosem Zustand. Schwere Vorhänge hingen vor den Fenstern und ließen einen nur schwachen gelblichen Lichtschein durch.

Nachdem er seine Umkreisung beendet hatte, war Pendergast überrascht: Niemand schien Wache zu halten. Im Camp war es grabesstill. Sollte der Schütze hier sein, dann hielt er sich außergewöhnlich gut versteckt. Er wartete, horchte. Und dann hörte er etwas, einen fernen, verzweifelten Schrei, dünn und vogelähnlich, gerade oberhalb der Schwelle zur Hörbarkeit, wie von jemandem, der alle Hoffnung verloren hatte, im Sterben lag. Als auch dieser Laut erstarb, senkte sich tiefe Stille über das Camp.

Pendergast zückte seine Les Baer und näherte sich dem Camp

von der Rückseite, wobei er sich durch das Farndickicht am Rand der Stützpfähle zwängte. Wieder lauschte er, hörte jedoch keine weiteren Geräusche, keine Schritte auf den Holzplanken über sich, kein aufblitzendes Licht, keine Stimmen.

Befestigt an einem der Pfähle war eine krude Holzleiter mit glitschigen, verrotteten Sprossen. Nach einigen weiteren Minuten bewegte er sich, halb kriechend, halb schwimmend, darauf zu, packte die unterste Sprosse und zog sich hinauf, wobei er jede Sprosse auf ihre Stabilität prüfte. Kurz darauf hatte er mit dem Kopf die Höhe der Plattform erreicht. Als er darüber hinwegspähte, konnte er trotz des Mondlichts nicht erkennen, ob jemand Wache hielt.

Nachdem er sich auf die Plattform gezogen hatte, wälzte er sich über die roh behauenen Holzplanken und blieb dann liegen, die Waffe im Anschlag. Dann lauschte er angestrengt und meinte, eine Stimme – außergewöhnlich leise selbst für sein scharfes Gehör – wahrnehmen zu können, die langsam und monoton etwas murmelte, so als betete sie einen Rosenkranz. Der Mond stand jetzt genau über ihm, und das tief zwischen den Bäumen verborgene Camp lag gesprenkelt vom Mondlicht da. Er wartete noch einen Augenblick. Dann stand er auf, spurtete in den Schatten des nächstgelegenen Gebäudes und drückte sich flach gegen die Mauer. Aus einem Fenster, dessen Jalousien heruntergezogen waren, fiel ein schwaches Licht auf die Plattform.

Langsam, zentimeterweise, rückte er vor und um die Ecke herum, wobei er sich duckte, als er unter einem zweiten Fenster vorbeikam. Als er um eine weitere Ecke gebogen war, gelangte er an eine Tür. Alt und verfallen, die Angeln rostig, die Farbe in Streifen abblätternd. Äußerst vorsichtig drückte er den Griff herunter, aber die Tür war verschlossen; mit einiger Mühe knackte er das Schloss. Er wartete, in der Hocke sitzend.

Kein Laut.

Langsam drückte er die Klinke herunter und schob die Tür auf, dann ging er geduckt hindurch und sicherte den Raum mit seiner Waffe.

Was sich seinem Blick darbot, war ein großes, elegantes Wohnzimmer, wenn auch etwas schäbig. Eine Seite wurde von einem riesigen Naturstein-Kamin beherrscht, an der Wand darüber hing ein vermoderter ausgestopfter Alligator, auf dem riesigen Kaminsims aus Holz standen ein Gestell mit Bruyèreholz-Pfeifen und eine alte Siphonflasche samt Gläsern. An den Wänden standen leere Waffenschränke, weitere Schränke waren voll mit Angelruten zum Fliegenfischen und Grundangeln, Ausstellungsvitrinen zeigten Fliegen und Köder. Möbel aus burgunderfarbenem Leder, oft geflickt und rissig vor Abnutzung, gruppierten sich um den Kamin. Das Zimmer kam ihm staubig vor, wenig benutzt. Der große Raum machte einen erstaunlich leeren Eindruck.

Direkt über ihm erklangen leise Schritte, das Gemurmel einer Stimme.

Licht spendeten mehrere von der Decke hängende Kerosinlampen, die auf die kleinstmögliche Stufe eingestellt waren. Pendergast nahm eine vom Haken, drehte am Docht, damit die Lampe heller schien, und ging mitten durchs Zimmer zu einer schmalen, mit einem dicken Läufer belegten Treppe am gegenüberliegenden Ende. Langsam stieg er die Stufen hinauf.

Der Unterschied zwischen dem Erd- und dem ersten Geschoss war erstaunlich. Hier war von einem Durcheinander an Einrichtungsgegenständen, einer bunten Mischung aus Farben, Formen und Mustern nichts zu sehen. Als er oben an der Treppe ankam, fiel sein Blick auf einen langen Flur, von dem zu beiden Seiten Schlafzimmer abgingen, die offenbar aus der Zeit stammten, als das Camp noch Gäste beherbergte. Doch die üblichen Verschönerungen, die Stühle, die Bilder, die Bücherborde fehlten völlig. Die Türen standen offen und ließen den Blick auf leere Räume frei. Vor allen Fenstern hingen Gazegardinen, offenbar, um den Lichteinfall zu verringern. Alles war in gedämpften Pastellfarben gehalten, beinahe in Schwarz und Weiß. Sogar die Astlöcher waren sorgfältig ausgefüllt.

Ganz hinten im Gang stand eine Tür einen Spaltbreit offen, aus der Licht drang. Pendergast strich wie eine Katze über den Flur. Die letzten beiden Schlafzimmer, an denen er vorbeikam, waren offensichtlich noch in Gebrauch; das eine war sehr groß und elegant, wenngleich recht spärlich eingerichtet – frisch gemachtes Bett, integriertes Bad und Ankleide und ein Ein-Seiten-Spiegel, der den Blick in das zweite Schlafzimmer freigab, das kleiner und spartanischer möbliert und bis auf ein großes Doppelbett leer war.

Pendergast schlich bis zur Tür am Ende des Flurs und lauschte. Er hörte erstmals das leise Tuckern eines Generators. Kein einziges Geräusch drang aus dem Zimmer. Alles war still.

Er stellte sich an eine Seite, dann drehte er sich in einer schnellen Bewegung um und trat die Tür mit einem kräftigen Tritt ein. Sie flog auf, gleichzeitig ließ er sich auf den Boden fallen. Eine irrsinnig laute Salve aus einer Schrotflinte durchschlug den Türrahmen über ihm und riss ein Stück von der Größe eines Basketballs heraus, so dass die Splitter auf ihn herabregneten, doch bevor der Schütze noch eine Patrone mit Schrot abfeuern konnte, hatte Pendergast seinen Schwung genutzt, um sich einmal um die Achse zu drehen und aufzustehen; der zweite Schuss zerfetzte einen Beistelltisch neben der Tür, aber da hatte er die Schützin schon gepackt und schlang ihr den Arm um den Hals. Er riss ihr die Schrotflinte aus den Händen, drehte sie blitzschnell um – und stellte fest, dass er eine auffallend schöne Frau festhielt.

»Sie können mich jetzt wieder loslassen«, sagte sie ganz ruhig.

Pendergast ließ sie los und trat einen Schritt zurück, wobei er sie mit seiner 45er in Schach hielt. »Keine Bewegung. Halten Sie

Ihre Hände so, dass ich sie sehen kann.« Schnell sah er sich im Zimmer um und staunte nicht schlecht: ein hochmodern eingerichtetes Intensivmedizin-Zimmer, voll mit funkelnagelneuen Apparaten – physiologisches Monitorsystem, Blutsauerstoffmessgerät, Atemstillstand-Monitor, Ventilator, Spritzenpumpe, Notfallwagen, mobiles Röntgengerät, ein halbes Dutzend digitaler Diagnosevorrichtungen. Alles mit Strom angetrieben.

»Wer sind Sie?«, fragte die Frau. Ihre Stimme klang frostig, so als hätte sie ihre Fassung wiedergewonnen. Sie war schlicht und elegant gekleidet, sie trug ein hellcremefarbenes, schlichtes Kleid, keinen Schmuck, aber sie war sorgfältig geschminkt, das Haar kürzlich frisiert. Am stärksten beeindruckte Pendergast jedoch die scharfe Intelligenz, die aus ihren stahlblauen Augen sprach. Er erkannte sie fast auf Anhieb wieder – von den Fotos, die er in der Akte im Standesamt von Baton Rouge gesehen hatte.

»June Brodie«, sagte er.

Sie erbleichte, aber nur ein wenig. Im nachfolgenden, angespannten Schweigen ertönte hinter einer Tür am anderen Ende des Raums ein leiser Schrei, ein Schmerzens- oder Verzweiflungsschrei. Pendergast wandte sich um und blickte in die Richtung.

Als June Brodie sich wieder äußerte, klang ihre Stimme betont kühl. »Ich fürchte, Ihr unerwartetes Kommen hat die Ruhe meines Patienten gestört. Und das ist wirklich höchst bedauerlich.«

73

»Ihr Patient?«, fragte Pendergast.

Brodie gab ihm keine Antwort.

»Darüber können wir später sprechen«, sagte Pendergast. »Wichtig ist jetzt, dass eine verletzte Kollegin im Sumpf Hilfe benötigt. Ich brauche Ihr Boot. Und die Apparate in diesem Raum.«

Als nichts passierte, wedelte er mit seiner Les Baer. »Wenn Sie nicht schnellstens kooperieren, kann das Ihrer Gesundheit schweren Schaden zufügen.«

»Sie müssen mir nicht drohen.«

»Ich fürchte, doch. Darf ich Sie daran erinnern, wer zuerst geschossen hat?«

»Sie sind hier hereingestürmt wie die siebte Kavallerie – was haben Sie denn erwartet?«

»Wollen wir später die Höflichkeiten austauschen?«, sagte Pendergast kühl. »Meine Kollegin ist schwer verletzt.«

Immer noch erstaunlich gefasst, wandte sich June Brodie um, drückte den Knopf an einer Gegensprechanlage an der Wand und sagte im Befehlston: »Wir haben einen Besucher. Bereite dich darauf vor, einen Notfallpatienten aufzunehmen, und triff uns mit einer Trage unten am Anleger.«

Brodie verließ das Zimmer, ohne dass sie sich nach ihm umschaute. Pendergast ging hinter ihr zurück über den Flur, die Waffe im Anschlag. Brodie stieg die Treppe hinunter, durchquerte den Hauptraum der Lodge, verließ das Gebäude und ging über die Plattform und den Anleger zum Schwimmdock. Geschickt stieg sie ins Heck des Boots und startete den Motor.

»Machen Sie das Boot los. Und bitte stecken Sie die Waffe ein.«

Pendergast schob die Les Baer hinter den Gürtel und machte die Leinen los. Sie fuhr den Motor hoch und steuerte das Boot rückwärts vom Schwimmdock weg.

»Meine Kollegin befindet sich ungefähr in tausend Metern Ost-Südost«, sagte Pendergast und deutete in die Dunkelheit. »In der Richtung«, fügte er hinzu. »Im Sumpf versteckt sich ein Schütze. Aber natürlich wissen Sie das alles. Möglicherweise ist er verwundet – oder auch nicht.«

Brodie blickte ihn an. »Wollen Sie nun Ihre Kollegin bergen oder nicht?«

Pendergast zeigte auf die Instrumententafel.

Ohne ein weiteres Wort zu verlieren, gab Brodie Gas; sie rasten am schlammigen Ufer des Bayou entlang. Nach ein paar Minuten drosselte sie die Geschwindigkeit und fuhr in einen schmalen Kanal, der sich dahin und dorthin wand und in ein Labyrinth aus Wasserwegen führte. Brodie gelang es, auf eine Weise in den Sumpf vorzudringen, die Pendergast kaum für möglich gehalten hätte, denn sie blieb die ganze Zeit auf dem gewundenen Kanal, der selbst im hellen Mondlicht kaum zu erkennen war.

»Mehr nach rechts«, sagte er und spähte in die Bäume. Sie hatten keine Scheinwerfer angeschaltet; so war es leichter, in dem Mondlicht weit zu sehen – und auch sicherer.

Das Boot schlängelte sich durch die Kanäle, wobei es hin und wieder im flachen Schlamm auf Grund zu laufen drohte, glitt aber jedes Mal darüber hinweg, wenn der Jet-Antrieb angeschaltet wurde.

»Dort«, sagte Pendergast und zeigte auf die Markierung am Baumstamm.

Träge lief das Boot auf einer Wattfläche auf Grund. »Weiter können wir nicht fahren«, murmelte Brodie.

Pendergast wandte sich zu ihr um, durchsuchte sie rasch und routiniert nach verborgenen Waffen und sagte dann leise: »Bleiben Sie hier. Ich berge meine Kollegin. Wenn Sie weiter kooperieren, überleben Sie diese Nacht.«

»Ich wiederhole: Sie müssen mir nicht drohen«, sagte sie.

»Das ist keine Drohung; sondern eine Klärung.« Pendergast stieg über die Bordkante des Boots und bahnte sich einen Weg durch den Schlick.

»Captain Hayward?«, rief er.

Keine Antwort.

»Laura?«

Immer noch nichts außer Stille.

Kurz darauf war er an Haywards Seite. Sie stand nach wie vor unter Schock, war halb bewusstlos, ihr Kopf hing schlaff über den verrotteten Baumstumpf. Er blickte kurz hin und her, lauschte auf ein Rascheln oder das Knacken eines Zweigs; hielt Ausschau nach einem metallischen Glitzern, das möglicherweise auf die Anwesenheit des Schützen hindeutete. Als er nichts sah, packte er Hayward unter den Armen und schleppte sie durch den Schlamm zurück zum Boot. Er hob sie über die Bordkante, und Brodie packte den schlaffen Körper und half, ihn auf dem Boden abzulegen.

Wortlos schaltete sie den Motor ein und wendete. Sie fuhren rückwärts aus dem Kanal und kehrten mit hoher Geschwindigkeit ins Camp zurück. Während sie sich ihm näherten, kam ein kleiner, schweigsamer Mann in weißer Krankenhausbekleidung in Sicht, der neben einer Rolltrage auf dem Anleger stand. Pendergast und Brodie hoben Hayward aus dem Boot und legten sie auf die Trage; dann rollte der Mann die Trage über die Plattform und in den Hauptraum der Lodge. Er und Pendergast stiegen mit der Trage die Treppe hinauf, über den Flur und in das bizarre Hightech-Intensivstationszimmer und stellten die Trage neben einer Reihe von Notfallgeräten ab.

Während sie Hayward von der Trage auf einen Operationstisch legten, wandte sich June Brodie an den kleinen Mann in Weiß. »Intubieren«, sagte sie mit Schärfe. »Orotracheal. Und Sauerstoff.«

Der Mann machte sich sofort an die Arbeit, schob Hayward

einen Tubus in den Mund und verabreichte Sauerstoff. Brodie und der Mann gingen dabei rasch und routiniert zu Werke, was auf jahrelange Erfahrung hindeutete.

»Was ist passiert?«, fragte sie Pendergast, während sie einen wegen des Schlamms ziemlich schweren Ärmel mit einer medizinischen Schere aufschnitt.

»Schusswunde und Alligatorenbiss.«

June Brodie nickte. Dann nahm sie Haywards Puls, maß den Blutdruck und untersuchte die Pupillen mit einer kleinen Taschenlampe. Auch diese Bewegungen wirkten geübt und hochprofessionell. »Häng einen Beutel Dextran an«, sagte sie zu dem Mann in Pflegerbekleidung, »und gib eine Vierzehn-Gramm-IV.«

Während er arbeitete, bereitete sie eine Spritze vor, nahm eine Blutprobe und zog die Spritze auf. Sie nahm ein Skalpell von einem in der Nähe stehenden sterilen Tablett und entfernte mit mehreren raschen Schnitten den Rest des Hosenbeins.

»Spülen.«

Der Mann reichte ihr eine große, mit Kochsalz gefüllte Spritze, mit der sie den Schlamm und Dreck aus den Wunden wusch, pflückte dabei zahlreiche Egel ab und warf alles in einen Mülleimer. Dann injizierte sie rings um die hässlichen Risswunden und die Schusswunde ein Lokalanästhetikum, wobei sie gründlich, aber ruhig vorging und alles mit Kochsalz und einem Antiseptikum säuberte. Zum Schluss verabreichte sie ein Antibiotikum und verband die Wunde.

Sie sah zu Pendergast hoch. »Sie wird schon durchkommen.«

Wie aufs Stichwort schlug Hayward die Augen auf und gab durch den Endotrachealtubus einen Laut von sich. Sie verlagerte ihr Gewicht auf dem Operationstisch, hob eine Hand und deutete auf den Tubus.

Nachdem June sie kurz untersucht hatte, ordnete sie an, den Tubus zu entfernen. »Ich fand, Sicherheit ging vor.«

Hayward schluckte schmerzvoll, dann sah sie sich um, schließlich nahm sie ihre Umgebung einigermaßen deutlich wahr. »Was geht hier vor?«

»Ein Gespenst hat sie gerettet«, sagte Pendergast. »Der Geist von June Brodie.«

74

Hayward betrachtete nacheinander die verschwommenen Gestalten, dann versuchte sie, sich aufzusetzen. Der Schwindel hatte noch nicht nachgelassen.

»Erlauben Sie.« Brodie streckte den Arm aus und hob die Rückenlehne des Operationstischs an. »Sie hatten einen leichten Schock. Aber es wird Ihnen bald wieder gutgehen. Oder zumindest einigermaßen gut, angesichts der Umstände.«

»Mein Bein …«

»Keine dauerhafte Schädigung. Eine Fleischwunde und ein übler Alligatorenbiss. Ich habe ein Lokalanästhetikum gegeben, aber wenn die Wirkung nachlässt, wird's weh tun. Sie brauchen außerdem weitere antibiotische Injektionen. Im Maul eines Alligators hausen jede Menge unangenehme Bakterien. Wie fühlen Sie sich?«

»Durcheinander«, sagte Hayward und setzte sich auf. »Wo bin ich?« Sie schaute June an. »June … June Brodie?« Sie blickte sich um. Was für eine Art Jagdcamp beherbergte denn so einen Raum – eine Intensivstation mit den modernsten Apparaten? Und doch sah das Zimmer völlig anders aus als die Notfallzimmer, die sie kannte. Das Licht war zu schwach, und bis auf die medizinischen Geräte war der Raum völlig leer: keine Bücher, Bilder, Poster, nicht einmal Stühle.

Sie schluckte, schüttelte den Kopf und versuchte, ihre Gedan-

ken zu ordnen. »Warum haben Sie Ihren Selbstmord vorgetäuscht?«
Brodie trat ein paar Schritte zurück und schaute sie an. »Ich nehme an, Sie sind die beiden Beamten, die in der Sache Longitude Pharmaceuticals ermittelt haben. Captain Hayward vom New Yorker Morddezernat und Special Agent Pendergast vom FBI.«
»So ist es«, sagte Pendergast. »Ich würde Ihnen gern meinen Dienstausweis zeigen, aber der Sumpf hat ihn leider verschlungen.«
»Das wird nicht nötig sein«, sagte sie kühl. »Vielleicht sollte ich erst meinen Anwalt anrufen, ehe ich auf Ihre Fragen antworte.«
Pendergast musterte sie lange und fest. »Ich bin nicht in der Stimmung für Hinhaltetaktiken«, sagte er mit leiser, drohender Stimme. »Sie *werden* die Fragen beantworten, die ich Ihnen stelle, Anwalt hin oder her.« Er wandte sich dem Mann in der Pflegerkluft zu. »Stellen Sie sich neben sie.«
Der kleine Mann tat hastig, wie ihm geheißen.
»Ist das der Patient?«, fragte Pendergast Brodie. »Der, den Sie vorhin erwähnt haben?«
Sie schüttelte den Kopf. »Gehört es sich, uns so zu behandeln, nachdem wir Ihrer Kollegin geholfen haben?«
»Reizen Sie mich nicht.«
Brodie verstummte.
Pendergast sah sie mit furchterregender Miene an. Die Les Baer hing nach wie vor bedrohlich an seiner Seite. »Sie werden meine Fragen vollständig beantworten, und zwar sofort. Verstanden?«
Brodie nickte.
»Also, warum diese moderne medizinische Einrichtung? Wer ist Ihr ›Patient‹?«
»Ich bin der Patient«, erklang eine brüchige Flüsterstimme,

während gleichzeitig eine Tür in der gegenüberliegenden Wand aufging. »Die ganze großzügige Einrichtung hier dient meinem Wohl.« Ein Mann stand im Dunkel hinter der Tür, hochgewachsen und reglos und abgemagert, eine Vogelscheuchen-Silhouette, die im Schummerlicht, das hinter dem Intensivmedizin-Zimmer herrschte, kaum zu erkennen war. Er lachte, ein papiernes Lachen, mehr Atem als alles andere. Kurz darauf trat er ganz langsam aus dem Dunkel ins Zwielicht und hob nur leicht die Stimme.

»Hier ist Charles J. Slade!«

75

Judson Esterhazy hatte den Merc 250er gestartet und steuerte das Sportfischerboot in Richtung Süden, beschleunigte auf eine gefährliche Geschwindigkeit und raste durch den alten Holzfäller-Kanal. Mit äußerster Willensanstrengung zog er den Gashebel ein wenig zurück und beruhigte den Aufruhr in seinen Gedanken. Kein Zweifel, es war höchste Zeit gewesen, seine Verluste abzuschreiben und zu flüchten. Er hatte Pendergast und die verletzte Frau im Sumpf zurückgelassen, ohne Boot, eine Meile entfernt von Spanish Island. Ob sie bis dorthin gelangten oder nicht, war nicht seine größte Sorge; er war in Sicherheit, und es war an der Zeit, einen strategischen Rückzug anzutreten. Er musste zum entscheidenden Schlag ausholen, und zwar bald, aber einstweilen war es klug, sich bedeckt zu halten, die Wunden zu lecken und erfrischt und gestärkt wieder aufzutauchen.

Doch irgendwie hatte er das ungute Gefühl, dass Pendergast Spanish Island erreichen würde. Aber trotz allem, was sich zwischen ihm und seinem Bewohner zugetragen hatte – es fiel ihm schwer, Slade allein und ungeschützt zurückzulassen; schwerer, so viel schwerer, als er in seinem Stoizismus je erwartet hatte. Merkwürdigerweise hatte er tief im Inneren geahnt, dass die ganze Sache so enden würde, nachdem Pendergast in Savannah mit seiner verfluchten Entdeckung aufgetaucht war. Der Mann war ein Phänomen. Zwölf Jahre, in denen er gewissenhaft in Deckung geblieben war – und zwei Wochen hatten gereicht, um sie auffliegen zu lassen. Und das alles nur, weil ein Lauf eines verdammten Gewehrs nicht gereinigt worden war. Unfassbar, dass eine so kleine Nachlässigkeit so große Folgen haben konnte. Und es hatte auch nicht geholfen, sich über Audubon und New Madrid auszulassen, denn Pendergast hatte ihn überrascht, überrumpelt in dem Gespräch.

Aber wenigstens, dachte Esterhazy, habe ich nicht den Fehler begangen, ihn zu unterschätzen. Wie es so viele andere zu ihrem großen Leidwesen getan hatten. Pendergast ahnte nichts von seiner, Judsons, Beteiligung. Und wusste auch nichts von der Trumpfkarte, die er im Ärmel hatte. Diese Geheimnisse, davon war Judson ohne den geringsten Zweifel überzeugt, würde Slade mit sich nehmen – ins Grab oder sonst wohin.

Die Nachtluft wehte über sein Boot hinweg, die Sterne funkelten droben, die Bäume standen schwarz vor dem mondbeschienenen Himmel. Der Holzfäller-Kanal wurde schmaler und flach. Allmählich kam Esterhazy zur Ruhe. Es bestand immer noch die Möglichkeit – eine realistische –, dass Pendergast und die Frau im Sumpf umkamen, bevor sie ins Camp gelangten. Die Frau hatte schließlich eine seiner Kugeln abbekommen. Es konnte durchaus sein, dass sie verblutete. Selbst wenn die Wunde nicht unmittelbar zum Tod führte, es würde die absolute Hölle sein, die Frau durch diesen letzten Abschnitt des Sumpfs zu ziehen, der voll war mit Alligatoren und Wassermokassins, das Wasser wimmelnd von Egeln, die Luft zum Ersticken voll mit Stechmücken.

Er drosselte die Geschwindigkeit, und das Boot gelangte zum versandeten Ende des Kanals. Esterhazy stellte den Außenbordmotor ab, hob ihn aus dem Wasser und fing an zu staken. Die Stechmücken, an die er eben gedacht hatte, fielen in Schwärmen über ihn her, sammelten sich um seinen Kopf und landeten auf seinem Nacken und seinen Ohren. Er schlug nach ihnen und fluchte.

Der verschlammte Kanal gabelte sich, worauf er in den linken Arm stakte; er kannte sich ja gut aus im Sumpf. Er stakte weiter und warf einen Blick auf den Fischsucher, um die Wassertiefe zu überwachen. Der Mond stand inzwischen so hoch am Himmel, dass es fast taghell war. Mitternacht, noch sechs Stunden bis Sonnenaufgang.

Judson Esterhazy versuchte, sich die Szenerie auf Spanish Island vorzustellen, wenn die beiden dort ankamen, aber das deprimierte und frustrierte ihn nur. Er spuckte ins Wasser und schlug sich das Bild aus dem Kopf. Es interessierte ihn nicht mehr. Ventura, der verdammte Idiot, hatte sich von Hayward gefangen nehmen lassen, hatte allerdings nichts verraten, bis Judson ihm eine Kugel ins Hirn jagte. Blackletter war tot. Alle, die ihn mit dem Projekt Aves in Verbindung bringen konnten, waren tot. Es gab keine Möglichkeit, Aves zurück in die Flasche zu stecken. Wenn Pendergast überlebte, würde alles herauskommen, und *sie* könnten letztlich Wind davon bekommen, dagegen war nichts zu machen. Jetzt aber war das Entscheidende, *seine* Beteiligung an der ganze Sache ein für alle Mal zu verwischen.

Doch nach den Ereignissen der vergangenen Woche war eines glasklar: Pendergast würde dahinterkommen. Es war nur eine Frage der Zeit. Das bedeutete, dass seine, Judson Esterhazys, sorgfältig verborgene Rolle ans Licht kommen würde. Und darum musste Pendergast sterben.

Und diesmal würde Pendergast sterben – zu seinen Bedingungen, die *er* festlegen würde –, und dann, wenn der FBI-Agent am wenigsten damit rechnete. Denn er besaß einen entscheidenden Vorteil: das Überraschungsmoment.

Pendergast war ja nicht unverwundbar, und jetzt wusste er genau, wo seine Schwachstelle lag und wie er sie ausnutzen konnte. Dumm von ihm, sie nicht schon längst erkannt zu haben. In ihm begann sich ein Plan zu formen. Simpel, sauber, effektiv.

Der Kanal war inzwischen wieder so tief, dass er den Außenborder zurück ins Wasser hinablassen konnte. Er stellte ihn an und fuhr langsam durch die Kanäle, arbeitete sich nach Westen vor, wobei er ständig die Wassertiefe unterm Kiel überwachte. Weit vor Sonnenaufgang würde er am Mississippi eintreffen; dort könnte er das Boot in irgendeinem Neben-Bayou versenken und als neuer Mensch aus dem Sumpf heraustreten. Ein Satz aus *Die Kunst des Krieges* stieg ungebeten in ihm auf:

Komme deinem Feind zuvor, indem du dir nimmst, was er schätzt, und sinne darauf, ihn zu einer Zeit und auf dem Terrain deiner eigenen Wahl zu schlagen.

Nichts hätte seine Lage besser beschreiben können.

76

Das Gespenst, das dort im Türrahmen erschien, ließ Hayward vor Schreck erstarren. Der Mann war mindestens einen Meter neunzig groß, abgemagert, seine Wangen waren eingesunken, die dunklen Augen groß und wässrig unter buschigen Augenbrauen, Kinn und Hals stachelig und schlecht rasiert. Das lange, schlohweiße Haar war nach hinten gekämmt, ringelte sich im Nacken und reichte bis zu den Schultern. Er trug eine anthrazitfarbene Brooks-Brothers-Anzugjacke über einem Krankenhaushemd und hielt in der einen Hand eine kurze Peitsche. Mit der anderen rollte er einen Infusionsständer, der ihm zugleich als Stütze diente.

Es kam Hayward vor, als wäre er förmlich aus dem Nichts aufgetaucht, so leise und verstohlen hatte er sich genähert. Seine Augen – so blutunterlaufen, dass sie fast violett wirkten – schweiften nicht unruhig im Raum herum, wie man es von einem Geistesgestörten erwartet hätte. Vielmehr bewegten sie sich ganz langsam von einer Person zur nächsten und sahen dabei alle Anwesenden an – beinahe durch sie hindurch. Als sein Blick auf Hayward fiel, zuckte er sichtbar zusammen und schloss die Augen.

»Nein, nein, nein«, murmelte er; seine Stimme klang dabei so leise wie der Wind.

Brodie wandte sich ab, holte einen Laborkittel und legte ihn über Larrys mit Schlamm verschmiertes Hemd. »Keine hellen Farben«, flüsterte sie Hayward zu. »Bewegen Sie sich langsam.«

Schließlich schlug Slade wieder die Augen auf. Die Gesichtszüge wirkten jetzt nicht mehr ganz so schmerzverzerrt. Er ließ den Ständer los und hob langsam die große, enorm stark geäderte Hand, eine Geste von geradezu biblischer Würde. Die Hand öffnete sich, die langen Finger zitterten leicht, der Zeigefinger deutete auf Pendergast. Die riesigen dunklen Augen ruhten auf dem FBI-Agenten. »Sie sind also der Mann, der herausfinden will, wer seine Frau umgebracht hat.« Doch obwohl die Stimme dünn wie Reispapier klang, strahlte sie auch Arroganz und ein überhöhtes Selbstbewusstsein aus.

Pendergast schwieg. Er war offenbar benommen, von seinem zerrissenen Anzug tropfte nach wie vor Schlamm, das helle Haar war verschmiert und zerzaust.

Langsam ließ Slade seinen Arm nach unten fallen. »*Ich* habe Ihre Frau getötet.«

Pendergast hob seine 45er. »Erzählen Sie.«

»Nein, warten Sie –«, begann June.

»Ruhe«, sagte Pendergast mit leicht drohendem Unterton.

»Ganz recht«, hauchte Slade, »*Ruhe.* Ich habe angeordnet, sie zu töten. Helen – Esterhazy – Pendergast.«

»Charles, der Mann hat eine Waffe«, sagte June leise, flehentlich. »Er wird dich umbringen.«

»Papperlapapp.« Er hob einen Finger und drehte ihn. »Wir haben alle jemanden verloren. Er hat eine Frau verloren. Ich habe einen Sohn verloren. So ist das nun mal im Leben.« Dann wiederholte er, mit jäher Intensität, aber mit der gleichen schwachen Stimme. »Ich habe einen Sohn verloren.«

June Brodie wandte sich zu Pendergast um und sagte: »Sie dürfen ihn nicht dazu bringen, dass er über seinen Sohn spricht. Das würde einen Rückfall auslösen – und wir haben so große Fortschritte gemacht!« Ein Schluchzer, sofort unterdrückt, entrang sich ihrer Kehle.

»Ich musste sie töten lassen. Sie war dabei, uns aufzudecken. Furchtbar gefährlich ... für alle von uns ...« Plötzlich richteten sich Slades Augen auf nichts, weiteten sich wie in Todesangst, starrten auf eine leere Wand. »Warum sind Sie hier?«, murmelte er vor sich hin. »Das ist jetzt nicht die richtige Zeit dafür!« Langsam hob er die Peitsche über den Kopf und schlug sich damit fest auf den Rücken, einmal, zweimal, dreimal, wobei jeder Hieb dazu führte, dass er vorwärts taumelte.

Der Hieb hatte ihn offenbar jäh in die Wirklichkeit zurückgeholt. Er reckte sich und richtete den Blick geradeaus. Es wurde sehr still im Raum.

»Sehen Sie?«, sagte Brodie zu Pendergast. »Sie dürfen ihn, um Gottes willen, nicht provozieren. Er könnte sich sonst noch weh tun.«

»Provozieren? Ich habe vor, weitaus mehr als das zu tun.«

Als sie Pendergasts drohenden Tonfall hörte, lief es Hayward kalt den Rücken herunter. Sie hatte das Gefühl, in einer Falle zu sitzen, hilflos, verletzlich zu sein, wie sie hier auf dem OP-Tisch lag. Sie packte die Infusionsschläuche, die auf ihrem Arm festgeklebt waren, und riss sie heraus. Dann schwang sie sich vom Tisch, wobei ihr kurzzeitig schwindlig wurde.

»Ich regele das hier«, ermahnte Pendergast sie.

»Denken Sie dran«, erwiderte Hayward, »Sie haben versprochen, ihn nicht zu töten.«

Er ignorierte sie und sah Slade an.

Plötzlich weiteten sich Slades Augen wieder, so als sähe er etwas, das nicht vorhanden war. Der Mund bewegte sich seltsam, die trockenen Lippen zuckten und streckten sich, brabbelten irgendetwas. »Gehen Sie, gehen Sie, gehen Sie, gehen Sie …« Nochmals schlug er sich mit der Peitsche auf den Rücken, was ihn offenbar wieder so sehr aufschreckte, dass sein Verstand ein wenig klarer wurde. Zitternd tastete er – wobei er sich wie unter Wasser bewegte, doch mit sichtlichem Eifer – nach dem Infusionsständer, fand die an einem Schlauch hängende Pumpe und drückte fest zu.

Drogen, dachte sie. Der Mann ist drogenabhängig.

Slades Augen verdrehten sich kurz, dann kam er wieder zu sich und schlug sie wieder auf. »Die Geschichte ist schnell erzählt«, fuhr er mit tiefer, rauher Stimme fort. »Helen … Eine brillante Frau. Hatte auch einen super Hintern … Ich nehme an, Sie haben sich prima mit ihr amüsiert, was?«

Hayward sah, dass die Waffe in Pendergasts Hand ganz leicht zitterte, so fest hielt er sie umklammert.

»Sie hatte eine Entdeckung gemacht …« Noch ein Keuchen, dann verschwamm Slades Blick; blicklos starrte er in eine leere Ecke und flüsterte irgendetwas, unverständliche Worte, die wie bewusstlos aus seinem Mund kamen. Seine Peitschen-Hand zitterte nutzlos.

Pendergast trat einen raschen Schritt vor und schlug Slade erschreckend heftig ins Gesicht. »Reden Sie weiter.«

Slade kam zur Besinnung. »Was sagt man doch immer im Kino? *Danke, das hab ich gebraucht!*« Er schüttelte sich kurz, kicherte in sich hinein. »Ja, Helen … Ihre Entdeckung war ziemlich bemerkenswert. Ich nehme an, Sie können mir die Geschichte bereits in groben Zügen erzählen, Mr. Pendergast. Stimmt's?«

Pendergast nickte.

Ein Husten entrang sich der eingefallenen Brust, stumme Spasmen zuckten durch seinen Leib. Slade röchelte, taumelte, drückte wieder die Infusionspumpe. Kurz darauf fuhr er fort. »Sie hat ihre Entdeckung, die Vogelgrippe, zu uns gebracht, durch einen Mittelsmann, und das Projekt Aves war geboren. Sie hoffte, am Ende könnte ein Wundermedikament stehen, ein Mittel zur Steigerung der Kreativität. Schließlich hatte es bei Audubon ja gewirkt – jedenfalls eine Zeitlang. Bewusstseinserweiterung. Das ultimative Doping fürs Gehirn.«

»Warum haben Sie das Projekt aufgegeben?«, fragte Pendergast. Der neutrale Ton konnte Hayward nicht täuschen – die Waffe in seiner Hand zitterte noch immer. Noch nie hatte sie gesehen, dass Pendergast so kurz davor stand, die Beherrschung zu verlieren.

»Die Forschungen waren kostspielig. Schrecklich kostspielig. Uns ging allmählich das Geld aus, trotz aller Einsparungen.« Er hob die Hand und zeigte damit in dem Raum herum.

»Und hier also haben Sie geforscht«, sagte Pendergast. »Spanish Island war Ihr Labor.«

»Treffer. Warum ein teures Level-vier-Biocontainment-Labor einrichten, mit Unterdruckkammern und Schutzanzügen und dem ganzen Rest? Wir konnten das einfach hier draußen im Sumpf machen und jede Menge Kohle sparen. Konnten die Lebendkulturen hier draußen halten, die wirklich gefährliche Arbeit dort erledigen, wo es niemand mitbekommen würde, wo keine nervigen Beamten von Aufsichtsbehörden ihre Nase reinsteckten.«

Darum also hatte Longitude eine Anlegestelle, die in Richtung Sumpf wies, dachte Hayward.

»Und die Papageien?«

»Die haben wir hinten auf dem Betriebsgelände gehalten. In Komplex sechs. Aber wie gesagt, es wurden Fehler gemacht. Einer unserer Vögel entkam, infizierte eine Familie. Ein Desaster? Nicht, als ich alle Mitarbeiter darauf hinwies: *Hier ist eine Möglichkeit, Millionen bei der Protokollierung von Experimenten einzusparen. Lasst uns einfach stillhalten und schauen, was passiert!*«

Wieder bekam Slade einen leisen Lachanfall, während sein unrasierter Adamsapfel auf groteske Weise ruckte. Rotzbläschen traten aus seiner Nase und befleckten seinen Anzug. Er zog einen großen Schleimklumpen hoch und beugte sich vor, so dass er von seinen Lippen auf den Boden fiel. Dann fuhr er fort.

»Helen hatte Einwände gegen unsere Geschäftspolitik. Die Dame war ein Kreuzritter. Sobald sie hinter die Sache mit der Familie Doane gekommen war – übrigens unmittelbar vor Ihrer kleinen Safari –, wollte sie uns anzeigen, zu den Behörden gehen, komme, was wolle, sobald sie wieder zurück war.« Er breitete die Hände aus. »Was blieb uns da anderes übrig, als sie zu töten?«

Leise sagte Pendergast: »Wer ist ›wir‹?«

»Einige von uns in der Aves-Gruppe. Die liebe June hier hatte keine Ahnung, zumindest damals nicht. Ich habe sie weiterhin im Dunkeln tappen lassen, bis unmittelbar vor dem Brand. Auch der arme alte Carlton hatte keine Ahnung.« Er zeigte auf den schweigenden Mann.

»Die Namen bitte.«

»Sie haben alle Namen. Blackletter. Ventura. Wo steckt übrigens Mike?«

Pendergast gab ihm keine Antwort.

»Vermodert vermutlich im Sumpf, dank Ihnen. Zum Teufel mit Ihnen, Pendergast. Er war nicht nur der beste Sicherheitsdirektor, den sich ein Vorstandschef wünschen konnte, sondern auch unsere Verbindung zur Zivilisation. Nun, Sie mögen zwar Ventura umgebracht haben, aber *ihn* konnten sie nicht umbringen.« Aus Slades Worten klang fast so etwas wie Stolz. »Und *seinen* Namen kriegen Sie auch nicht. Den spare ich mir auf, um Ihnen für die Zukunft ein kleines Rätsel aufzugeben, um Ihnen vielleicht den Tod von Mike Ventura heimzuzahlen.« Er kicherte. »Bestimmt kreuzt er auf, wenn Sie am wenigsten mit ihm rechnen.«

Wieder hob Pendergast seine Waffe. »Den Namen.«

»Nein!«, rief June.

Slade zuckte erneut zusammen. »Deine Stimme, meine Liebe – *bitte!*«

Brodie wandte sich an Pendergast, sie legte die Hände aneinander, so als wollte sie beten. »Tun Sie ihm nicht weh«, flüsterte sie eindringlich. »Er ist ein guter Mensch, ein sehr guter Mensch! Sie müssen verstehen, Mr. Pendergast, er ist auch ein Opfer.«

Pendergast ließ den Blick auf ihr ruhen.

»Verstehen Sie doch«, fuhr sie fort, »es hat im Projekt Aves noch einen Unfall gegeben: Charles hat sich die Krankheit selbst zugezogen.«

Sollte Pendergast überrascht davon sein, so zeigte er es jedenfalls nicht. »Er hat den Entschluss gefasst, meine Frau zu töten, *bevor* er erkrankte«, erwiderte er tonlos.

»Das liegt alles in der Vergangenheit«, sagte sie. »Nichts wird sie zurückbringen. Können Sie denn nicht loslassen?«

Pendergast starrte sie an, seine Augen funkelten.

»Charles wäre fast ums Leben gekommen«, fuhr sie fort. »Und dann hatte er … die Idee, dass wir hier nach draußen umziehen sollten. Mein Ehemann«, sie deutete mit einem Nicken auf den schweigsamen Mann, der etwas abseits stand, »ist später zu uns gestoßen.«

»Sie und Slade waren ein Liebespaar«, sagte Pendergast.

»Ja.« Nicht mal ein Erröten. Sie reckte sich. »Wir sind es immer noch.«

»Und Sie sind hier nach draußen gezogen, um sich zu verstecken?«, sagte Pendergast. »Warum?«

Sie schwieg.

Pendergast wandte sich wieder an Slade. »Es ergibt keinen Sinn. Sie hatten sich von der Erkrankung erholt, bevor Sie sich in den Sumpf zurückzogen. Der geistige Verfall hatte noch nicht eingesetzt. Es war zu früh. Warum haben Sie sich in den Sumpf zurückgezogen?«

»Carlton und ich kümmern uns um ihn«, fuhr Brodie hastig fort. »Wir halten ihn am Leben … Es ist sehr schwierig, die mit der Krankheit einhergehenden Verheerungen in Schach zu halten … Befragen Sie ihn nicht weiter, Sie bringen ihn völlig durcheinander –«

»Diese Krankheit«, sagte Pendergast und unterbrach sie mit knapper Geste. »Erzählen Sie mir davon.«

»Sie schädigt den hemmenden und den erregenden Kreislauf des Gehirns«, flüsterte Brodie eifrig, so als wolle sie ihn ablenken. »Sie überwältigt es mit Sinnesempfindungen – Sehen, Riechen, Tasten. Sie entspringt einer Mutation des Vogelgrippevirus. Zunächst zeigten sich sehr ähnliche Symptome wie bei einer akuten Gehirnentzündung. Angenommen, er überlebt, scheint der Patient zu genesen.«

»Wie die Doanes.« Slade kicherte. »Oje, *genau* wie die Doanes. Dabei hatten wir *die* ganz genau im Auge behalten.«

»Aber das Virus hat eine Vorliebe für den Thalamus«, fuhr Brodie fort. »Insbesondere den CGL.«

»Den seitlichen Kniehöcker«, sagte Slade und versetzte sich einen festen Hieb mit der Peitsche.

»Ähnlich wie beim Herpes zoster«, fuhr Brodie rasch fort, »der sich im Hinterwurzelganglion einnistet und Jahre oder Jahrzehnte später wieder auftaucht und dann eine Gürtelrose verursacht. Aber am Ende tötet das Virus seine Wirtsneuronen.«

»Endergebnis – Geisteskrankheit«, flüsterte Slade. Sein Blick fokussierte sich, seine Lippen bewegten sich schneller und schneller.

»Und dies alles –«, Pendergast gestikulierte mit der Waffe. »Der Morphiumtropf, die Peitsche – sind Ablenkungen vom permanenten Ansturm der Empfindungen?«

Brodie nickte eifrig. »Sie sehen also, er ist nicht verantwortlich für das, was er sagt. Vielleicht können wir ihn so weit bringen, dass er wieder so wird, wie er früher einmal war. Wir haben es versucht, versuchen es seit Jahren. Es gibt immer noch Hoffnung. Er ist ein guter Mensch, ein Heiler, er hat gute Werke getan.«

Pendergast hob die Waffe. Sein Gesicht war weiß wie Marmor, der zerrissene Anzug hing an ihm wie ein Lumpen. »Ich habe kein Interesse an den guten Werken dieses Mannes. Ich will nur eines: den Namen der letzten, noch nicht genannten Person, die am Projekt Aves mitgearbeitet hat.«

Doch Slade war wieder in seine Welt entschwunden, er plapperte leise gegen die leere Wand, seine Finger zuckten. Er packte den Infusionsständer, fing am ganzen Körper an zu zittern, der Ständer wankte. Ein zweimaliger Druck auf die Infusionspumpe, dann hatte er sich wieder einigermaßen im Griff.

»Sie quälen ihn!«, flüsterte Brodie.

Pendergast ignorierte sie und drehte sich zu Slade um. »Der Entschluss, sie zu töten, war das Ihrer?«

»Ja. Zunächst hatten die anderen Einwände erhoben. Aber dann erkannten sie, dass wir keine andere Wahl hatten. Sie ließ sich nicht besänftigen, ließ sich nicht kaufen. Also haben wir sie getötet, und zwar höchst einfallsreich! Gefressen von einem dressierten Löwen.« Erneut brach er in ein sorgfältig eingedämmtes, stummes Gelächter aus.

Die Waffe in Pendergasts Hand begann langsam sichtbarer zu zittern.

»Knack, knack!«, flüsterte Slade mit vor klammheimlicher Freude geweiteten Augen. »Ah, Pendergast, Sie haben ja keine Ahnung, was für eine Büchse der Pandora Sie mit Ihren Ermittlungen geöffnet haben. Sie haben den schlafenden Hund mit einem Tritt in den Hintern geweckt.«

Pendergast zielte.

»Sie haben es versprochen«, sagte Hayward mit leiser, insistierender Stimme.

»Er muss sterben«, flüsterte Pendergast fast zu sich selbst. »Dieser Mann muss sterben.«

»Der Mann muss sterben«, sagte Slade spöttelnd und hob die Stimme leicht über ein Flüstern, ehe er sie wieder senkte. »Töten Sie mich, bitte. Machen Sie meinem Elend ein Ende.«

»Sie haben es *versprochen*«, wiederholte Hayward.

Abrupt, fast so, als überwältige er einen unsichtbaren Gegner bei einem Ringkampf, senkte Pendergast die Pistole. Dann trat er einen Schritt auf Slade zu, ließ die Waffe um den Finger wirbeln und hielt sie Slade hin.

Slade packte die Pistole, entriss sie Pendergast förmlich.

»O mein Gott!«, rief Brodie. »Was machen Sie denn da? Er wird Sie umbringen!«

Mit einer routinierten Bewegung zog Slade den Schlitten zurück, ließ ihn wieder einrasten, dann richtete er die Waffe langsam auf Pendergast. Ein schiefes Lächeln entstellte seine ausgezehrten Gesichtszüge. »Ich werde Sie an den gleichen Ort schicken, an den ich Ihr Miststück von Ehefrau geschickt habe.« Dann legte er den Finger an den Abzug.

77

»Nur eine Sekunde«, sagte Pendergast. »Bevor Sie schießen, würde ich gern mit Ihnen reden. Unter vier Augen.«

Slade schaute ihn an. In seiner knotigen Faust wirkte die große Faustfeuerwaffe fast wie ein Spielzeug. Gleichzeitig hielt er sich am Infusionsständer fest. »Warum?«

»Es gibt da etwas, das Sie wissen müssen.«

Slade sah ihn weiter an. »Was für ein schlechter Gastgeber ich doch bin. Kommen Sie mit in mein Büro.«

June Brodie machte Anstalten zu protestieren, aber Slade gestikulierte mit der Waffe in Richtung Tür. »Gäste zuerst«, sagte er.

Pendergast warf Hayward einen warnenden Blick zu, dann trat er durch den dunklen Türrahmen.

Der Flur war mit Zedernholz getäfelt, das mit grauer Farbe gestrichen war. Deckeneinbauleuchten warfen schwache, gleichmäßige Lichtkreise auf den neutralen, dichtgewebten Teppichboden. Slade ging langsam hinter Pendergast her, die kleinen Räder seines Infusionsständers machten keinerlei Geräusch. »Letzte Tür links«, sagte er.

Das Zimmer, das Slade als Büro diente, war früher einmal der Spieleraum der Lodge gewesen. An einer Wand hing ein Dartbrett, vor den Wänden standen mehrere Stühle und zwei Tische, deren Platten Backgammon- und Schachbretter zeigten. Ein Billardtisch im hinteren Teil diente Slade offenbar als Schreibtisch. Die Filzoberfläche war leer bis auf sorgfältig gefaltete Papiertaschentücher, eine Kreuzworträtselzeitschrift, ein Buch über höhere Infinitesimalrechung und mehrere zusätzliche Peitschen, deren Riemen aufgrund ständiger Benutzung zerschlissen waren. Ein paar uralte Snookerkugeln, voll mit Krakelee-Rissen, lagen vergessen in einer Tasche. Es gab kaum andere Möbel. Das große Zimmer war bemerkenswert leer. Die Fenster waren mit leichten Gazevorhängen versehen. In dem Raum war es grabesstill.

Slade schloss die Tür mit äußerster Sorgfalt. »Setzen Sie sich.«

Pendergast zog einen Korbstuhl heran und stellte ihn auf den dicken Teppich vor dem Tisch. Slade rollte seinen Infusionsständer hinter den Tisch und setzte sich sehr langsam und vorsichtig in den einzigen Schreibtischsessel. Er drückte die Pumpe am Infusionsschlauch, worauf seine Augen flackerten, als das Morphium in den Blutkreislauf gelangte, seufzte und richtete dann die Waffe auf Pendergast. »Okey-dokey«, sagte er flüsternd. »Sagen Sie, was Sie zu sagen haben, damit ich Sie danach erschießen kann.« Er lächelte matt. »Das gibt natürlich eine Schweinerei. Aber June wird alles wieder sauber machen. Sie ist gut darin, meine Schweinereien sauber zu machen.«

»Ehrlich gesagt, werden Sie mich nicht erschießen.«

Slade hüstelte. »Nein?«

»Darüber wollte ich ja mit Ihnen sprechen. Sie werden sich nämlich selbst erschießen.«

»Und warum sollte ich das tun?«

Anstatt zu antworten, stand Pendergast auf und ging zu einer Standuhr an einer der Seitenwände. Er zog die Gegengewichte auf, stellte die Zeit auf zehn Minuten vor zwölf und schnippte mit dem Fingernagel gegen das Pendel, um es in Gang zu setzen.

»Zehn vor zwölf?«, sagte Slade. »Das ist nicht die richtige Uhrzeit.«

Pendergast nahm wieder Platz. Das Ticken der nun in Gang gesetzten Uhr erfüllte allmählich die Stille. Slade schien sich leicht zu straffen. Seine Lippen begannen sich zu bewegen.

»Sie werden sich umbringen, weil die Gerechtigkeit es verlangt«, sagte Pendergast.

»Um Sie zufriedenzustellen, nehme ich an.«

»Nein. Um mein Vorhaben zu *vereiteln.*«

»Nein. Ich bringe mich nicht um«, sagte Slade laut. Es waren die ersten Worte, die er lauter als in seinem papierdünnen Flüsterton vorgebracht hatte.

»Ich hoffe, dass Sie es nicht tun«, sagte Pendergast, während er zwei Snookerkugeln aus der Ecktasche nahm. »Ich möchte ja, dass Sie leben.«

Slade sagte: »Sie reden Unsinn. Das merkt sogar ein Irrer.«

Pendergast fing an, die Kugeln in einer Hand hin und her zu rollen, ließ sie aneinanderklacken.

»Hören Sie auf damit«, zischte Slade und zuckte zusammen. »Das mag ich nicht.«

Pendergast ließ die Kugeln ein wenig lauter aneinanderklacken. »Ich hatte vor, Sie zu töten. Aber jetzt, nachdem ich gesehen habe, in welchem Zustand Sie sich befinden, ist mir klar, dass es das Grausamste wäre, Sie am Leben zu lassen. Es gibt keine Heilung. Ihr Leiden wird sich fortsetzen, nur wird sich Ihre Gebrechlichkeit im Alter verstärken, Ihr Geist wird immer tiefer in Elend und Zerfall versinken. Der Tod wäre eine Erlösung.«

Slade schüttelte langsam den Kopf; seine Lippen zuckten, die gemurmelten Laute bruchstückhafter Wörter drangen ihm aus dem Mund. Er stöhnte, was durchaus von seinen körperlichen Schmerzen herrühren konnte, und drückte nochmals die Morphiumpumpe.

Pendergast griff in seine Tasche, holte ein kleines Reagenzglas hervor, das halb mit einem schwarzen Granulat gefüllt war. Er tippte eine kleine Linie des Granulats auf die eine Seite des Billardtischs.

Das ließ Slade offenbar wieder zur Besinnung kommen. »Was machen Sie da?«

»Ich trage stets eine kleine Menge Aktivkohle bei mir. Sie ist bei sehr vielen Tests von Nutzen, Sie als Wissenschaftler müssten das eigentlich wissen. Doch sie hat auch ihre ästhetischen Eigenschaften.« Aus einer anderen Tasche zog Pendergast ein Feuerzeug und zündete rasch das eine Ende des Granulats an. »Zum Beispiel neigt der Rauch, den die Holzkohle produziert, dazu, in sehr schönen Mustern aufzusteigen. Und der Geruch ist alles andere als unangenehm.«

Slade lehnte sich jäh nach hinten. Er richtete die Waffe, die er gesenkt hatte, wieder auf Pendergast. »Machen Sie das aus.«

Pendergast ignorierte ihn. Der Rauch stieg kräuselnd in die stille Luft. Dann lehnte er sich in seinem Stuhl zurück und schaukelte ein wenig darin, wobei das alte Korbwerk knarrte. Dabei rollte er weiterhin die Poolkugeln aneinander. »Sehen Sie, ich kannte – zumindest habe ich es erraten – den Charakter Ihres Leidens. Aber ich habe aufgehört, daran zu denken, wie entsetzlich es wäre, es zu ertragen. Jedes Knarren, Klicken, Tropfen und Quietschen, das in Ihr Hirn eindringt. Das Singen der Vögel, die Helligkeit der Sonne, der Geruch des Rauchs ... Gequält zu werden von jeder kleinen Empfindung, die von Ihren fünf Sinnen in Ihr Hirn getragen wird, damit leben zu müssen, in jeder Minute jeder Stunde jeden Tages überwältigt zu werden. Zu wissen, dass sich nichts dagegen tun lässt, *überhaupt nichts.* Sogar Ihr, äh, einzigartiges Verhältnis zu June Brodie kann Ihnen nichts bieten außer einer vorübergehenden Ablenkung.«

»Ihr Mann hat sein bestes Stück während der Operation Desert Storm eingebüßt«, sagte Slade. »Weggepustet von einem improvisierten Sprengkörper. Ich bin eingesprungen, um die Lücke zu schließen, sozusagen.«

»Wie schön für Sie«, sagte Pendergast.

»Stecken Sie sich Ihre konventionelle Moral doch sonst wohin. Ich kann sie nicht brauchen. Wie auch immer, Sie haben ja gehört, was June gesagt hat.« Der irre Glanz in Slades Augen hatte ein wenig nachgelassen, jetzt wirkte er beinahe ernst. »Wir arbeiten an einem Heilmittel.«

»Sie haben doch gesehen, was mit den Doanes passiert ist. Sie sind doch Biologe. Gehirnzellen können weder ersetzt noch gezüchtet werden. Der Schaden ist dauerhaft. Und das wissen Sie.«
Slade schien wieder durchzudrehen, seine Lippen bewegten sich immer schneller, die Luft entwich seiner Lunge wie aus einem durchstochenen Reifen; immer wieder wiederholte er ein und dasselbe Wort. »Nein! Nein, nein, nein, nein.«
Pendergast beobachtete ihn, schaukelte, bewegte die Snookerkugeln rasch in seiner Hand; das Klackern erfüllte die Luft. Die Uhr tickte, der Rauch kräuselte sich.
»Der Eindruck hat sich mir förmlich aufgedrängt«, sagte Pendergast, »dass alles hier darauf abzielt, jeden äußeren Sinnesreiz zu entfernen. Teppichboden, schallisolierte Wände, neutrale Farben, schlichte Möbel, die Luft kühl, trocken und geruchlos, vermutlich gefiltert.«
Slade wimmerte, seine Lippen verwischten sich förmlich, so manisch und fast stumm brabbelte er vor sich hin. Er hob die Peitsche und versetzte sich damit einen Schlag.
»Und trotzdem, selbst mit dem Beruhigungsmittel, der Peitsche, den Medikamenten und den ständigen Morphiumgaben – es reicht alles nicht. Sie befinden sich noch immer in ständiger Agonie. Sie spüren Ihre Füße auf dem Boden, spüren Ihren Rücken am Stuhl, sehen alles in diesem Raum. Sie hören meine Stimme. Sie werden von tausend anderen Dingen bombardiert, die ich gar nicht alle aufzählen kann, weil mein Bewusstsein sie unbewusst herausfiltert. Sie hingegen können diese Dinge nicht ausschalten. Keines davon. Lauschen Sie den Snookerkugeln! Betrachten Sie den sich kräuselnden Rauch! Hören Sie das unerbittliche Verrinnen der Zeit.«
Slade fing an, in seinem Stuhl zu zittern. Ein einziges, endloses Wort kam von seinen Lippen: *»Neinneinneinneinneinneinneeei-in!«* Aus seinem Mundwinkel rann ein wenig Sabber, den er mit einem heftigen Kopfrucken wegschleuderte.

»Ich frage mich, wie es wohl ist zu essen?«, fuhr Pendergast fort. »Ich nehme an, furchtbar, der kräftige Geschmack der Speisen, die klebrige Textur, der Geruch und die Form der Speisen im Mund, das Hinabgleiten in die Speiseröhre … Ist das nicht der Grund, warum Sie so dünn sind? Kein Zweifel, Sie haben seit zehn Jahren keine Mahlzeit, keinen Drink mehr genossen – wirklich *genossen.* Der Geschmack ist nur eine weitere unerwünschte Sinnesempfindung, die Sie nicht loswerden können. Ich würde wetten, der Tropf enthält nicht nur Morphium, sondern dient auch der intravenösen Ernährung, stimmt's?«

Neinneinneinneinneinneinnein …

Slade griff krampfartig nach der Peitsche, ließ sie wieder auf den Schreibtisch fallen. Die Schusswaffe zitterte in seiner Hand.

»Der Geschmack wohlschmeckender Speisen – milder, reifer Camembert, Belugakaviar, geräucherter Stör, selbst von etwas so Schlichtem wie Spiegeleier auf Toast oder Marmelade – ist Ihnen unerträglich. Vielleicht wäre Babynahrung von der banalsten Sorte, ohne Zucker, ohne Gewürze oder Textur irgendeiner Art, serviert in Körpertemperatur, so gerade eben erträglich. Natürlich nur bei besonderen Anlässen.« Pendergast schüttelte teilnahmsvoll den Kopf. »Und Sie können auch nicht schlafen, nicht wahr? Nicht bei all den rasenden Empfindungen, die auf Sie einstürmen. Ich kann es mir vorstellen. Auf dem Bett liegen, auch das geringste Geräusch hören, die Holzwürmer, die hinter dem Putz nagen, das Schlagen Ihres Herzens in den Gehörgängen, das Ticken des Hauses, das Huschen der Mäuse. Selbst bei geschlossenen Augen verrät Ihr Gesichtssinn Sie, denn Dunkelheit hat ihre eigene Farbe. Je dunkler der Raum, desto mehr Dinge sehen Sie – wie sie vor Ihrem verschwommenen Gesichtsfeld herumkriechen. Und das alles drängt sich Ihnen gleichzeitig auf, für immer und ewig.«

Slade kreischte, hielt sich die Ohren mit seinen klauenähnlichen Händen zu und zitterte am ganzen Leib, worauf der Infusionsschlauch hin und her schaukelte. Das Geräusch zerriss – erschreckend laut – die Stille; Slade schien einen epileptischen Anfall zu bekommen.

»Und deswegen werden Sie sich umbringen, Mr. Slade«, sagte Pendergast. »Weil Sie *es können.* Ich habe Ihnen das Mittel dazu bereitgestellt. Sie halten es in der Hand.«

»Jaaahhhhhhh!«, kreischte Slade, sich windend, die gepeinigten Bewegungen seines Körpers eine Art Feedback der eigenen Schreie.

Pendergast schaukelte schneller, der Stuhl knarrte. Unaufhörlich rollte er die Kugeln in seiner Hand, schneller und schneller.

»Ich hätte es jederzeit tun können!«, schrie Slade. »Warum sollte ich es jetzt tun? Jetzt, jetzt, jetzt, jetzt, *jetzt?*«

»Sie hätten es bis jetzt nicht tun können«, erwiderte Pendergast.

»June hat eine Waffe«, sagte Slade. »Eine schöne Waffe, Waffe, Waffe.«

»Bestimmt achtet sie darauf, sie unter Verschluss zu halten.«

»Ich könnte eine Überdosis Morphium nehmen! Einfach einschlafen, einschlafen!« Slades Stimme wurde leiser, wurde zu einem schnellen Summen, ähnlich dem Brummen einer Maschine.

Pendergast schüttelte den Kopf. »Ich bin sicher, June achtet ebenso darauf, die Menge des Morphiums zu regulieren, zu dem Sie Zugang haben. Ich nehme an, die Nächte sind am schlimmsten – so wie jetzt, wenn Sie Ihre zugeteilte Dosis rasch aufbrauchen, ohne für die endlose, *endlose* Nacht vor Ihnen etwas übrig zu haben.«

»Iiijaaahhhhhhhh!«, kreischte Slade erneut – ein wüster, heulender Schrei.

»Mehr noch: Ich bin darauf gekommen, dass sie und ihr Mann Ihr Leben auf jede erdenkliche Weise einschränken. Sie sind nicht ihr Patient, sondern ihr *Gefangener.*«

Slade schüttelte den Kopf, sein Mund bewegte sich fieberhaft, lautlos.

»Und trotz all ihrer Fürsorge«, fuhr Pendergast fort, »all ihrer Medikamente, ihrer vielleicht exotischeren Mittel, mit denen sie Ihre Aufmerksamkeit erregt – sie kann einfach nicht verhindern, dass all diese Empfindungen auf Sie einstürmen. Stimmt's?«

Slade gab keine Antwort. Er drückte die Morphiumpumpe einmal, zweimal, dreimal, aber es kam offenbar nichts mehr heraus. Dann sackte er nach vorn zusammen, wobei er mit dem Kopf auf dem Filz des Schreibtischs aufschlug, riss den Kopf wieder hoch, während seine Lippen epileptisch zuckten.

»Normalerweise halte ich Selbstmord für einen feigen Ausweg«, sagte Pendergast. »Doch in Ihrem Fall handelt es sich um die einzige vernünftige Lösung. Denn für Sie ist das Leben unendlich viel schlimmer als der Tod.«

Slade erwiderte noch immer nichts. Immer wieder schlug er mit dem Kopf auf den Filz.

»Selbst die geringste Menge an sensorischen Reizen ist äußerst schmerzlich«, fuhr Pendergast fort. »Und darum ist diese Umgebung so beherrscht, so minimalistisch. Aber ich habe neue Elemente hinzugefügt. Meine Stimme, der Geruch der Holzkohle, die Kräuselungen und die Farben des Rauchs, das Quietschen des Korbstuhls, das Geräusch der Billardkugeln, das Ticken der Uhr. Ich nehme an, dass Sie jetzt ein Gefäß sind, das sozusagen bis zum Bersten voll ist.« Mit leiser, hypnotischer Stimme sprach er weiter. »In weniger als einer halben Minute wird der Gongschlag jener Uhr ertönen – zwölf Mal. Das Gefäß wird bersten. Ich weiß nicht, wie vielen Gongschlägen Sie standhalten können, bevor Sie die Waffe gegen sich richten.

Vielleicht vier, vielleicht fünf, vielleicht sogar sechs. Aber ich weiß, dass Sie sie gegen sich selbst richten werden, denn das Geräusch des Schusses, dieser finale Laut, ist die *einzige* Antwort. Die *einzige* Erlösung. Betrachten Sie sie als mein Geschenk an Sie.«

Slade blickte auf. Seine Stirn war rot, dort, wo sie auf den Tisch geprallt war, gleichzeitig verdrehten sich seine Augen in ihren Höhlen, als hingen sie nicht mehr zusammen. Er hob seine Waffenhand in Richtung Pendergast, ließ sie wieder fallen, hob sie erneut.

»Ade, Dr. Slade«, sagte Pendergast. »Es sind jetzt nur noch ein paar Sekunden. Lassen Sie mich Ihnen helfen, sie für Sie abzuzählen. Fünf, vier, drei, zwei, eins …«

78

Hayward wartete, sie saß auf einer Krankentrage in dem Zimmer voller medizinischer Apparate. Die anderen Personen, die sich in dem großen Raum befanden – June Brodie und ihr schweigsamer Ehemann –, standen wie Statuen vor der Wand im hinteren Teil, lauschten und warteten. Gelegentlich erklang eine Stimme, ein Schrei der Wut oder Verzweiflung, ein sonderbares Lachen wie von einem Schwachsinnigen, aber sie drangen nur leise durch die dicken, offensichtlich schallisolierten Wände.

Von ihrem Standort aus konnte sie beide Ausgänge sehen, den, der zu Slades Büro führte, und den, der die Treppe hinab und hinaus in die Nacht führte. Hayward war sich nur allzu bewusst, dass irgendwo da draußen noch immer ein zweiter Schütze lauerte und dass er im nächsten Moment von der Treppe ins Zimmer gestürmt kommen konnte. Sie hob ihre Waffe und prüfte sie.

Abermals schweifte ihr Blick zur Tür, durch die Pendergast und Slade verschwunden waren. Was ging hier vor? Sie hatte sich nur selten in ihrem Leben schlechter gefühlt – völlig erschöpft, überzogen von verkrustetem Matsch, mit rasenden, pochenden Schmerzen im Bein, weil die Wirkung des Schmerzmittels langsam nachließ. Es war mindestens zehn Minuten, vielleicht eine Viertelstunde her, seit Pendergast und Slade hinausgegangen waren, aber irgendein sechster Sinn riet ihr, Pendergasts dringende Anweisung, zu bleiben, wo sie war, zu befolgen. Er hatte versprochen, Slade nicht zu töten, und sie musste eben glauben, dass Pendergast – was immer sonst er sein mochte – ein Gentleman war, der Wort hielt.

Da hörte sie einen Schuss aus einer Faustfeuerwaffe, einen einzelnen Schuss, der gedämpfte Knall ließ den Raum erzittern. Hayward hob ihre Waffe. Mit einem Aufschrei rannte June Brodie zur Tür.

»Halt!«, sagte Hayward. »Bleiben Sie, wo Sie sind!«

Kein weiterer Schuss war zu hören. Eine Minute verstrich, dann zwei. Und dann – leise, aber deutlich zu hören – erklang ein Geräusch, als würde eine Tür geschlossen. Kurz darauf näherten sich von dem mit dickem Teppichboden ausgelegten Flur her ganz leise Schritte. Hayward setzte sich gerade hin auf der Trage. Ihr Puls raste.

Agent Pendergast trat durch die Tür ins Zimmer.

Hayward schaute ihn an. Sein schlammverkrustetes Gesicht wirkte blasser als sonst, aber er schien unverletzt zu sein. Er blickte sie drei abwechselnd an.

»Slade?«, fragte Hayward.

»Tot«, lautete die Antwort.

»Sie haben ihn umgebracht!«, kreischte June Brodie und lief an Pendergast vorbei auf den Flur. Er tat nichts, um sie aufzuhalten.

Hayward stand von der Trage auf, ohne auf die Schmerzen im

Bein zu achten. »Sie Dreckskerl, Sie haben mir doch versprochen –«
»Er ist von eigener Hand gestorben«, sagte Pendergast.
Hayward blieb stehen.
»Selbstmord?«, meldete sich Mr. Brodie erstmals zu Wort. »Das kann nicht sein.«
Hayward starrte Pendergast an. »Ich glaube es nicht. Sie haben Vinnie doch gesagt, dass Sie ihn töten würden – und Sie haben es getan.«
»Das stimmt«, erwiderte Pendergast. »Das habe ich geschworen. Dennoch: Ich habe nur mit ihm geredet. *Er* hat die Tat begangen.«
Hayward wollte etwas darauf erwidern, entschied sich aber dagegen. Plötzlich wollte sie nichts mehr wissen. Was bedeutete das – ich habe mit ihm geredet? Sie erschauderte.
Pendergast sah sie eindringlich an. »Vergessen Sie nicht, Captain, Slade hat den Mord angeordnet. Er hat ihn nicht ausgeführt. Wir sind mit unserer Arbeit noch nicht fertig.«
Kurz darauf kam June Brodie zurück. Sie schluchzte leise. Ihr Mann ging zu ihr und versuchte, ihr tröstend den Arm um die Schulter zu legen. Sie wies die Geste ab.
»Uns hält hier nichts mehr«, sagte Pendergast zu Hayward. Er drehte sich zu June um. »Ich fürchte, wir müssen uns Ihr wendiges Utility-Boot ausleihen. Wir bringen es Ihnen morgen zurück.«
»Mit einem Dutzend bis an die Zähne bewaffneten Polizisten an Bord, nehme ich an«, erwiderte sie verbittert.
Pendergast schüttelte den Kopf. »Es gibt keinen Grund, dass irgendjemand sonst davon erfahren muss. Ich glaube sogar, es ist in unser aller Interesse, dass niemand davon erfährt. Ich schlage deshalb vor, Sie lassen diesen Ort bis auf die Grundmauern niederbrennen und verlassen ihn, und zwar ein für alle Mal. Sie haben einen Wahnsinnigen in seinem tödlichen

Leiden gepflegt – und was mich betrifft, beginnt und endet die Geschichte damit. Es ist nicht nötig, den Selbstmord eines Mannes anzuzeigen, der offiziell bereits tot ist. Sie und Ihr Mann sollten sich eine angemessene Geschichte einfallen lassen, um jegliches Interesse der Behörden an uns oder an Spanish Island zu verringern –«

»Einen *Wahnsinnigen*«, unterbrach June Brodie. Sie spuckte das Wort geradezu aus. »So nennen Sie ihn also. Aber er war mehr als das, sehr viel mehr. Er war ein guter Mensch. Er hat gute Arbeit geleistet, wundervolle Arbeit. Hätte ich ihn heilen können, dann hätte er sie von neuem geleistet. Ich habe versucht, es Ihnen zu erklären, aber Sie wollten ja nicht hören. *Sie wollten einfach nicht hören* …« Ihre Stimme brach; sie bemühte sich, sich zu beherrschen.

»Seine Krankheit war unheilbar«, sagte Pendergast nicht unfreundlich. »Und ich fürchte, es gibt keinen Weg, wie seine experimentellen Werkeleien einen kaltblütigen Mord aufwiegen können.«

»Werkeleien! *Werkeleien!* Er hat *das hier* vollbracht!« Sie tippte sich mit dem Finger auf die Brust.

»Das?«, sagte Pendergast. Ein Ausdruck der Verwunderung trat in seine vom Matsch verschmierten Züge. Dann wich plötzlich die Überraschung daraus.

»Wenn Sie so viel über mich wissen, dann müssen Sie auch über meinen Zustand Bescheid gewusst haben.«

Pendergast nickte. »Amyotrophische Lateralsklerose. Jetzt verstehe ich. Damit wäre meine letzte Frage fast beantwortet. Warum sind Sie in den Sumpf gezogen, bevor Slade verrückt geworden ist?«

»Ich weiß nicht, was Sie meinen«, sagte Hayward.

»Lou-Gehrig-Syndrom.« Pendergast wandte sich zu Mrs. Brodie um. »Offenbar leiden Sie gegenwärtig unter keinen Symptomen.«

»Ich habe keine Symptome, weil ich die Krankheit nicht mehr habe. Nach seiner Genesung hatte Charles eine Phase … in der er genial war. Erstaunlich genial. Das richtet sie eben mit einem an, die Vogelgrippe. Er hatte Ideen … wundervolle Ideen. Ideen, um mir zu helfen … und auch anderen. Er entwickelte eine Behandlungsmethode für ALS, wobei er komplexe Moleküle nutzte, die er in Kesseln mit Lebendzellen gezüchtet hatte. Das erste der sogenannten Biologika. Charles hat sie als Erster entwickelt, ganz allein, er war seiner Zeit zehn Jahre voraus. Er musste sich aus der Welt zurückziehen, um seine Forschungen durchzuführen. Er hat sie – und zwar alle – genau hier durchgeführt.«

»Jetzt verstehe ich, warum dieses Zimmer viel mehr zu sein scheint als eine Art Klinik«, sagte Pendergast. »Es handelt sich um ein Experimentallabor.«

»Es ist eines. Beziehungsweise war es. Bevor … bevor er sich veränderte.«

Hayward wandte sich zu ihr um. »Wenn er so erfolgreich geforscht hat, warum haben Sie die Außenwelt denn dann nicht daran teilhaben lassen?«

»Das wäre nicht möglich gewesen«, sagte Mrs. Brodie fast im Flüsterton. »Es war alles in seinem Kopf gespeichert. Wir haben ihn angefleht, aber er hat nichts schriftlich notiert. Sein Zustand verschlechterte sich, und dann war es zu spät. Und eben darum wollte ich, dass er wieder so wird wie früher. Er hat mich geliebt. Er hat mich geheilt. Und jetzt ist das Geheimnis dieser Heilbehandlung mit ihm gestorben.«

Schwere Wolken verschleierten den Mond, als sie von Spanish Island ablegten. Wegen der Lichtverhältnisse, die für einen Scharfschützen – und auch für einen Bootsführer – so gerade eben ausreichten, fuhr Pendergast sehr langsam und mit kaum hörbarem Motor durch das dichte Grün. Hayward saß im Bug, die zwei Krücken, die sie aus der Lodge mitgenommen hatte, neben sich. Sie dachte nach.

Wohl eine halbe Stunde lang wurde kein Wort zwischen ihnen gewechselt. Schließlich riss sich Hayward aus ihren Gedanken und warf einen Blick zurück auf Pendergast, der an der Instrumententafel am Heck das Boot steuerte.

»Warum hat Slade das getan?«

Pendergasts Augen leuchteten ein wenig, als er ihren Blick erwiderte.

»Verschwinden, meine ich«, fuhr sie fort. »Sich in diesem Sumpfgebiet verstecken.«

»Er muss gewusst haben, dass er infiziert ist«, antwortete Pendergast nach einer Weile. »Er hatte gesehen, was mit den anderen passiert ist; ihm war klar, dass er verrückt werden würde … oder Schlimmeres. Er wollte sichergehen, dass er eine gewisse Kontrolle über seine Pflege ausüben konnte. Spanish Island war der ideale Ort dafür. Wenn die Insel nicht schon entdeckt worden wäre, wäre sie nie entdeckt worden. Und weil sie als Labor genutzt worden war, hatte man dort bereits einen Großteil der Apparate, die er brauchen würde. Zweifellos hegte er die Hoffnung, er könnte ein Heilmittel entwickeln. Vielleicht hat er June Brodie geheilt, als er eines zu entdecken versuchte.«

»Ja, das kann sein, aber warum ein derart komplizierter Plan? Den eigenen Tod inszenieren, Mrs. Brodies Tod inszenieren. Ich meine, er befand sich doch nicht auf der Flucht vor dem Gesetz oder dergleichen.«

»Nein, nicht vor dem Gesetz. Es scheint wirklich eine extreme Reaktion gewesen zu sein. Aber andererseits ist es auch nicht wahrscheinlich, dass ein Mann unter solchen Umständen klar denkt.«

»Wie dem auch sei, jetzt ist er tot«, fuhr sie fort. »Können Sie denn nicht endlich Frieden finden? Irgendeine Art Abschluss?«

Einen Augenblick gab Pendergast keine Antwort. Schließlich erwiderte er mit tonloser Stimme: »Nein.«

»Warum denn nicht? Sie haben den Fall doch gelöst, den Mord an Ihrer Frau gerächt.«

»Vergessen Sie nicht, was Slade gesagt hat: Mich erwartet eine Überraschung im Leben. Damit kann er nur den zweiten Schützen gemeint haben – den, der immer noch da draußen ist, irgendwo. Solange er auf freiem Fuß ist, bleibt er eine Gefahr für Sie, für Vincent und für mich. Und …« Er hielt einen Augenblick inne. »Da ist noch etwas.«

»Erzählen Sie weiter.«

»Solange auch nur eine Person da draußen ist, die für Helens Tod die Verantwortung trägt, kann ich nicht ruhen.«

Sie sah ihn an, aber er hatte seinen Blick schon von ihr abgewandt. Der Vollmond, der hinter den Wolken erschienen war und schließlich im Sumpf unterging, schien Pendergast auf merkwürdige Art in seinen Bann zu ziehen. Sein Gesicht wurde kurz von den Lichtstrahlen erhellt, während die runde Scheibe durch die dichte Vegetation nach unten sank, und dann, als der Mond schließlich hinter dem Horizont versank, war der Lichtschein urplötzlich erloschen, der Sumpf wieder in Finsternis getaucht.

79

Malfourche, Mississippi

Das wendige Utility-Boot, mit Pendergast am Steuer, glitt in einen freien Liegeplatz auf der anderen Seite des Flussarms, am Anleger hinter *Tiny's Bait 'n' Bar*. Die Sonne, die fast am höchsten Punkt stand, ergoss eine nicht jahreszeitgemäße

Hitze und Schwüle in jede Ecke des schlammigen kleinen Hafens.

Pendergast sprang vom Boot, machte es fest und half Hayward auf den Anlegesteg, dann reichte er ihr die beiden Krücken.

Es war zwar erst später Vormittag, aber trotzdem ertönte schon laute Country-and-Western-Musik aus der maroden Bait 'n' Bar auf der anderen Seite des Anlegers. Pendergast schnappte sich June Brodies Vorderschaftrepetierflinte Kaliber 12 und hob sie über den Kopf.

»Was tun Sie denn da?«, fragte Hayward, die sich auf die Krücken stützte.

»Ich mache die Leute auf uns aufmerksam. Wie ich bereits andeutete, haben wir hier noch etwas zu erledigen.« Ein gigantischer Knall ertönte, als Pendergast mit der Schrotflinte in die Luft schoss. Kurz darauf strömten mehrere Männer aus der Bar wie Hornissen aus ihrem Nest, viele mit Bierdosen in der Hand. Tiny und Larry waren nirgends zu sehen, aber der Rest der Truppe war in voller Stärke angetreten. Hayward erinnerte sich an die Gaffer mit ihren schwitzenden Gesichtern mit einem Hauch von Ekel. Schweigend blickte die große Gruppe auf sie und Pendergast. Sie hatten sich vor der Abfahrt von Spanish Island gewaschen, und June Brodie hatte Hayward eine saubere Bluse gegeben, aber sie mussten trotzdem einen ziemlich abgerissenen Eindruck machen.

»Kommt mal her, Jungs, und passt auf, was hier passiert!«, rief Pendergast, während er über den Anleger auf Tiny's und den zweiten Anleger zuging.

Zögernd und misstrauisch kamen die Männer ihnen entgegen. Schließlich trat ein Mann, mutiger als die anderen, vor. Er war groß und dick, wirkte irgendwie gemein, hatte ein kleines, frettchenhaftes Gesicht und einen großen, dicken, formlosen Leib. Er starrte sie aus zusammengekniffenen blauen Augen an. »Was wollt ihr denn jetzt schon wieder?«, sagte er und rückte vor, während er seine Bierdose ins Wasser warf. Hayward erkannte ihn: Er war einer von denen, die am lautesten gejubelt hatten, als ihr Büstenhalter entzweigeschnitten wurde.

»Ihr habt gesagt, dass ihr uns in Ruhe lassen wollt«, rief jemand anders aus.

»Ich habe gesagt, dass ich euch *nicht verhafte*. Ich habe nicht gesagt, dass wir nicht zurückkommen, um euch zu *ärgern*.«

Der Mann zog seine Hose hoch. »Sie ärgern mich bereits.«

»Ausgezeichnet.« Pendergast betrat den Anleger, der hinter Tiny's lag und der mit Booten diverser Bauart voll belegt war. Hayward erkannte die meisten, sie waren am Vortag alle beim Hinterhalt dabei gewesen. »Und jetzt: Welches dieser schönen Boote gehört Larry?«

»Das geht dich nichts an.«

Pendergast neigte die Schrotflinte lässig nach unten, zeigte auf ein Boot in der Nähe und drückte ab. Ein gewaltiger Knall hallte über den See, das Boot schaukelte, eine Wasserfontäne schoss in die Höhe, und dann war ein Loch von zwanzig Zentimeter Durchmesser in dem Aluminiumrumpf zu sehen. Brackiges Wasser wirbelte ins Boot, der Bug senkte sich nach unten.

»Was zum Teufel?«, schrie ein Mann in der Menge. »Das ist mein Boot!«

»Entschuldigen Sie, aber ich dachte, es gehört Larry. Also, welches ist Larrys? Das hier?« Pendergast richtete die Waffe auf das nächste Boot und gab einen Schuss ab. Wieder erhob sich eine Wasserfontäne, bespritzte die Männer, und das Boot ruckte kurz und sank auf der Stelle.

»Du Hurensohn!«, kreischte ein anderer Mann. »Larry gehört das Legend! Das da drüben!« Er zeigte auf ein Sportfischerboot am Ende des Anlegers.

Pendergast schlenderte hinüber und inspizierte es. »Hübsch. Sagt Larry, das ist dafür, dass er meinen Dienstausweis in den Sumpf geworfen hat.« Wieder eine Ladung aus der Schrotflinte, die den Außenbordmotor derart durchsiebte, dass die Verkleidung absprang. »Und dies dafür, weil er ein so mieser Typ ist.« Der zweite Schuss durchlöcherte das Boot am Heckspiegel, so dass eine Fontäne aufstieg. Das Heck lief voll Wasser, der Bug neigte sich nach oben, der Motor versank in den Fluten.

»Verflucht noch mal, der Dreckskerl spinnt ja!«

»In der Tat.« Pendergast schlenderte über den Anleger, schob neue Patronen in die Schrotflinte und zielte lässig auf das nächste Boot. »Das hier dafür, dass ihr uns irregeführt habt.«

Bumm.

Noch ein lockerer Schritt. »Und das hier für den Doppelschlag in den Solarplexus.«

Bumm.

»Und dies dafür, dass ihr mich bespuckt habt.«

Bumm. Bumm. Noch zwei Boote gingen unter.

Pendergast zog seine 45er und reichte sie Hayward. »Behalten Sie die Männer im Auge, solange ich nachlade.« Er zog eine Handvoll Patronen aus der Tasche und schob sie in die Waffe.

»Und das hier ist ganz besonders dafür, dass ihr meine geschätzte Kollegin gedemütigt habt und sie euren vulgären, lüsternen Blicken ausgesetzt war. Wie gesagt, das war keine Art, eine Lady zu behandeln.« Während er über den Anleger schlenderte, schoss er in den Boden jedes verbliebenen Boots, eins nach dem anderen, wobei er nur zum Nachladen stehen blieb. Die Männer starrten ungläubig hin, brachten vor lauter Schreck aber kein Wort heraus.

Pendergast blieb vor der Gruppe der schwitzenden, zitternden, bierseligen Männer stehen. »Ist sonst noch jemand in der Bar?«

Keiner antwortete.

»Das können Sie doch nicht machen«, sagte einer mit brechender Stimme. »Das verstößt gegen das Gesetz.«

»Vielleicht sollte jemand das FBI anrufen«, sagte Pendergast. Er schlenderte zur Tür der *Bait 'n' Bar*, drückte sie einen Spaltbreit auf, warf einen Blick hinein. »Ma'am«, sagte er. »Bitte kommen Sie heraus.«

Eine nervös-ängstliche Frau mit wasserstoffblond gefärbten Haaren und langen roten Fingernägeln kam herausgeeilt, fiel in Laufschritt und rannte zum Parkplatz.

»Sie haben einen Absatz verloren!«, rief Pendergast ihr nach, aber sie lief weiter, hinkend wie ein lahmes Pferd.

Pendergast betrat die Bar. Hayward, die Pistole in der Hand, hörte, wie er Türen öffnete und schloss und dabei rief. Er kam wieder heraus. »Keiner zu Hause.« Er ging um das Gebäude herum zur Vorderseite und pflanzte sich vor den Männern auf. »Bitte ziehen Sie sich alle auf den Parkplatz zurück und gehen Sie hinter den parkenden Autos in Deckung.«

Niemand rührte sich.

Bumm! Pendergast gab einen Warnschuss über ihre Köpfe ab, worauf alle zum unbefestigten Parkplatz liefen. Dann ging er rückwärts von dem Gebäude weg, schob eine neue Patrone in die Schrotflinte und zielte auf den großen Propangastank, der dicht an der einen Außenwand des Angelshops stand. Er drehte sich zu Hayward um.

»Captain, möglicherweise brauchen wir die Durchschlagskraft Ihres Colts, lassen Sie uns also bei drei das Feuer eröffnen.«

Hayward nahm Schusshaltung ein. Ich könnte mich an die Pendergast-Methode durchaus gewöhnen, dachte sie, als sie auf den großen weißen Tank zielte.

»Eins …«

»Heiliger Bimbam, nein!«, jammerte eine Stimme.

»Zwei …«

»Drei!«

Sie feuerten gleichzeitig, der 45er hatte einen kräftigen Rückschlag. Es folgte eine gigantische Detonation, und eine gewaltige Welle aus Hitze und Überdruck spülte über sie hinweg. Das gesamte Gebäude verschwand, wurde verschlungen von einem Feuerball. Daraus stiegen Tausende Stückchen von diesem und jenem empor, Rauchfähnchen hinter sich herziehend, die auf sie herabregneten: sich windende, große Regenwürmer, Käfer, brennende Maden, Holzstücke, Angelrollen, Luftschlangen aus Angelleine, zerfetzte Angelruten, zerbrochene Schnapsflaschen, Schweinefüße, Mixed Pickles, Zitronenscheiben, Untersetzer und explodierte Bierdosen.

Der Feuerball stieg in die Höhe – eine Miniatur-Pilzwolke, während die Trümmerteile weiter herabregneten. Allmählich verzog sich der Rauch, der brennende Stumpf des Gebäudes kam in Sicht. Es war so gut wie nichts mehr übrig.

Pendergast schlang sich die Flinte über die Schulter und schlenderte auf dem Anleger auf Hayward zu. »Captain, wollen wir gehen? Ich glaube, es ist höchste Zeit, dass wir Vincent einen Besuch abstatten. Personenschutz oder nicht, ich werde mich besser fühlen, wenn wir ihn in einem neuen Quartier untergebracht haben – vielleicht an einem weniger abgelegenen Ort, nicht weit weg von New York City, wo wir ihn selbst im Auge behalten können.«

»Amen!« Und mit einer gewissen Erleichterung dachte Hayward, dass es etwas Gutes hatte, nicht noch viel länger mit Pendergast zusammenzuarbeiten. Denn sie hatte doch ein kleines bisschen zu viel Gefallen daran gefunden.

80

New York City

Dr. John Felder saß in seinem Sprechzimmer im Lower-Manhattan-Gebäude der Gesundheitsbehörde der Stadt New York. Es lag im sechsten Stock, auf dem auch die Abteilung für Psychiatrie untergebracht war. Er blickte sich in dem kleinen, sauberen, aufgeräumten Zimmer um und versicherte sich in Gedanken, dass alles in Ordnung war: Die medizinischen Nachschlagewerke in den Bücherregalen standen in Reih und Glied und waren abgestaubt, die unpersönlichen Gemälde an der Wand hingen absolut gerade, die Stühle vor seinem Schreibtisch standen im genau richtigen Winkel, die Platte seines Schreibtischs war frei von allen nicht notwendigen Gegenständen.

Normalerweise empfing Dr. Felder kaum Patienten in seinem Büro. Den Großteil seiner Arbeit erledigte er sozusagen an der Front, in geschlossenen Abteilungen, in U-Haft-Zellen und Notaufnahmestationen. Seine kleine Privatpraxis hatte er in einem Büroraum in der unteren Park Avenue. Aber dieser Termin war anders. Zum einen hatte Felder den Herrn gebeten, ihn aufzusuchen, nicht andersherum. Felder hatte den Hintergrund des Mannes durchleuchten lassen, und was er dabei erfahren hatte, war ziemlich beunruhigend. Vielleicht würde sich die Einladung ja als Fehler erweisen. Aber egal, der Mann schien der Schlüssel zu sein, der *einzige* Schlüssel zum Geheimnis der Constance Greene.

Ein leises, doppeltes Klopfen erklang an der Tür. Felder warf einen kurzen Blick auf die Uhr: genau halb elf. Pünktlich. Er erhob sich und öffnete die Tür.

Der Mann, der da im Türrahmen stand, tat wenig, um Felders Zweifel zu zerstreuen. Er war hochgewachsen, sehr schlank und tadellos gekleidet, die blasse Gesichtshaut stand in erschreckendem Kontrast zu seinem schwarzen Anzug. Die Augen waren so blass wie seine Haut; außerdem schien er ihn, Felder, mit einer Mischung aus scharfem Urteilsvermögen, milder Neugierde und vielleicht ein klein bisschen Belustigung anzuschauen.

Felder merkte, dass er den Mann angestarrt hatte. »Bitte kommen Sie doch herein«, sagte er rasch. »Sie sind Mr. Pendergast?«

»Ganz recht.«

Felder zeigte auf einen der Besprechungsstühle und nahm anschließend selber hinter seinem Schreibtisch Platz. »Entschuldigen Sie, ich habe Sie nicht mit Ihrem Doktortitel angeredet. Ich habe mir die Freiheit genommen, Erkundigungen über Sie einzuholen.«

Pendergast legte den Kopf schräg. »Ich habe zwei Doktortitel, aber ehrlich gesagt, ziehe ich meinen Dienstgrad bei der Polizei vor – als Special Agent.«

»Ah ja, verstehe.« Felder hatte nicht wenige Polizisten befragt, aber noch nie einen FBI-Agenten, und wusste deshalb nicht so recht, wie er anfangen sollte. In medias res gehen, damit dürfte er eigentlich nichts falsch machen.

»Constance Greene ist Ihr Mündel?«

»So ist es.«

Felder lehnte sich in seinem Stuhl zurück und schlug lässig die Beine übereinander. Er wollte sichergehen, nach außen entspannt und ungezwungen zu wirken. »Ich habe mich gefragt, ob Sie mir ein wenig mehr über sie erzählen könnten. Wo sie geboren wurde, wie ihre Kindheit und Jugend aussah, solche Sachen eben.«

Pendergast sah ihn nach wie vor mit demselben neutralen Gesichtsausdruck an. Aus irgendeinem Grund fand Felder das irritierend.

»Sie sind der einweisende Psychiater in dem Fall, nicht wahr?«, fragte Pendergast.

»Ich wurde als Gutachter bei der Anhörung betreffend die Zwangseinweisung in eine geschlossene psychiatrische Klinik bestallt.«

»Und Sie haben für die Zwangseinweisung plädiert.«

Felder lächelte bedauernd. »Ja. Sie wurden zur gerichtlichen Anhörung vorgeladen, aber wie ich höre, haben Sie es abgelehnt –«

»Wie genau lautet Ihre Diagnose?«

»Sie ist für einen Laien –«

»Seien Sie so nett.«

Felder zögerte eine Sekunde. »Nun gut. Achse eins: Schizophrenie des paranoiden Typus, permanent, möglicherweise mit einem prämorbiden Achse-zwei-Zustand einer schizotypischen Persönlichkeitsstörung, dazu eine Psyphoria und Hinweise auf einen dissoziativen Fluchtreflex.«

Pendergast nickte nachdenklich. »Und dieses Urteil gründen Sie auf welche Indizien?«

»Einfach ausgedrückt, auf die Wahnvorstellung, dass die Patientin sich für Constance Greene hält – eine Frau, die vor beinahe anderthalb Jahrhunderten geboren wurde.«

»Lassen Sie mich Ihnen eine Frage stellen, Dr. Felder. Im Kontext ihrer, äh, *Wahnvorstellung*, haben Sie da irgendwelche Brüche oder Unstimmigkeiten festgestellt?«

Felder runzelte die Stirn. »Ich bin mir nicht sicher, was Sie meinen.«

»Sind ihre Wahnvorstellungen in sich logisch?«

»Jenseits der Vorstellung, dass ihr Kind böse sei, waren ihre Wahnvorstellungen natürlich erstaunlich konsistent. Das ist eines der Dinge, die mich interessieren.«

»Was genau hat sie Ihnen erzählt?«

»Dass ihre Familie von einer Farm im Staat New York in die Water Street umgezogen ist, wo sie in den achtzehnsiebziger Jahren geboren wurde, dass ihre Eltern an Tuberkulose starben und ihre Schwester von einem Serienmörder umgebracht wurde. Dass sie als Waise von einem ehemaligen Bewohner des Hauses acht-neun-eins Riverside Drive aufgenommen wurde, über den wir keinerlei Unterlagen besitzen. Dass Sie letztlich das Haus erbten und infolgedessen die Verantwortung für ihr Wohlergehen.« Felder stockte.

Pendergast schien Felders Zögern bemerkt zu haben. »Was hat sie sonst noch über mich gesagt?«

»Dass Sie ihr Vormund geworden sind, weil eine Schuld auf Ihnen laste.«

Schweigen. »Sagen Sie mal, Dr. Felder«, fragte Pendergast schließlich, »hat Constance Ihnen gegenüber etwas über ihr Leben zwischen dieser frühen Zeit und ihrer kürzlichen Überfahrt auf der Queen Mary erzählt?«

»Nein.«

»Überhaupt keine Details?«

»Keine.«

»Dann erkläre ich Ihnen gegenüber, dass die Diagnose zweihundertfünfundneunzig-Punkt-dreißig, schizotypische Persönlichkeitsstörung, nicht angebracht ist. Allermindestens hätten Sie eine schizophrenieforme Störung für die Achse-zwei-Diagnose genauer begründen müssen. Tatsache ist, Dr. Felder, Sie verfügen über keinerlei Informationen zur Vorgeschichte ihres Leidens. Soweit bekannt, können Constances Wahnvorstellungen jüngeren Ursprungs sein, vielleicht stammen sie sogar aus der Zeit ihrer Atlantiküberquerung.«

Felder setzte sich vor. Pendergast hatte die präzise diagnostische Kennzahl des DSM-IV-Handbuchs für paranoide Schizophrenie zitiert. »Haben Sie Psychiatrie studiert, Special Agent?«

Pendergast zuckte mit den Schultern. »Man hat seine Interessen.«

Felder merkte selber, dass er trotz aller Anstrengungen seiner Verärgerung nicht Herr wurde. Warum zeigte dieser Pendergast auf einmal ein so großes Interesse, wo er im bisherigen Verlauf des Gesprächs beinahe gleichgültig gewirkt hatte? »Ich muss Ihnen sagen, dass ich Ihre Schlussfolgerungen als amateurhaft und oberflächlich einstufe.«

Pendergasts Augen funkelten. »Darf ich Sie dann also fragen, welchen möglichen Grund Sie haben, mich mit Ihren Fragen über Constance zu behelligen, da Sie sie ja bereits diagnostiziert und für eine Zwangseinweisung plädiert haben?«

»Nun, ich –« Der Blick aus Pendergasts silbrigen Augen bohrte sich förmlich in ihn.

»War der Grund vielleicht bloße Neugier? Oder …«, er lächelte, »… die Hoffnung, den Fall in der Fachpresse zu publizieren?«

Felder reagierte streng. »Wenn der Fall etwas Neuartiges enthält, möchte ich meine Erfahrungen natürlich auf dem Wege der Veröffentlichung mit meinen Kollegen teilen.«

»Um auf diese Weise Ihren Ruf aufzubessern … und vielleicht«, Pendergasts Augen schienen bösartig zu glitzern, »eine einträgliche Anstellung in einem Forschungsinstitut zu ergattern. Mir ist aufgefallen, dass Sie sich schon seit geraumer Zeit eine Assistenzprofessur an der Rockefeller-Universität sichern möchten.«

Felder war bass erstaunt. Wie konnte der Mann davon erfahren haben?

Als wollte er die nicht gestellte Frage beantworten, wedelte Pendergast lässig mit der Hand und sagte: »Ich habe mir die Freiheit genommen, Erkundigungen über Sie einzuholen.«

Felder wurde rot, weil man ihm seine eigene Formulierung an den Kopf warf, und versuchte sich zu fassen. »Meine beruflichen Ziele sind hier ohne Belang. Die Wahrheit ist: Ich habe noch nie ein so echt wirkendes Erscheinungsbild einer wahnhaften Psychose erlebt. Constance Greene *wirkt*, als stamme sie aus dem neunzehnten Jahrhundert. Durch die Art, wie sie redet, sich kleidet, geht, sich hält, ja sogar denkt. Und darum habe ich Sie gebeten, heute hierherzukommen. Ich möchte mehr über sie erfahren. Welches Trauma hat sie womöglich erlitten, so dass sie diesen Wahn entwickelt hat? Wie war sie vorher? Was sind die wichtigsten Erlebnisse in ihrem Leben? Wer ist sie tatsächlich?«

Pendergast sah ihn weiterhin an und schwieg.

»Und nicht nur das. Ich habe in den Archiven das hier gefunden.« Er klappte eine braune Mappe auf, die auf seinem Schreibtisch lag, und zog eine Fotokopie von *Gossenkinder beim Spielen* heraus, dem Kupferdruck aus dem *New York Daily Inquirer*, und reichte sie Pendergast.

Der betrachtete die Illustration eingehend, dann reichte er sie zurück. »Die Ähnlichkeit ist ganz erstaunlich. Vielleicht das Produkt künstlerischer Phantasie?«

»Sehen Sie sich doch mal die Gesichter an«, sagte Felder. »Sie sind so echt, dass es sich bestimmt um lebensnahe Porträts handelt.«

Pendergast lächelte geheimnisvoll, aber Felder meinte, einen bislang nicht vorhandenen Respekt in den blassen Augen lesen zu können. »Das ist alles höchst interessant, Dr. Felder.« Er hielt inne. »Und vielleicht kann ich Ihnen helfen – wenn Sie mir helfen.«

Er wusste zwar nicht genau, warum, aber auf einmal packte Felder die Lehnen seines Stuhls. »Und wie?«

»Constance ist ein sehr labiler Mensch, emotional und psychisch. Unter den richtigen Umständen kann sie aufblühen. Unter den falschen …« Pendergast sah ihn an. »Wo ist sie im Moment in Haft?«

»In einer Einzelzelle in der Justizvollzugsstation des Bellevue. Derzeit werden die Papiere vorbereitet für ihre Verlegung in die psychiatrische Abteilung der Justizvollzugsanstalt Bedford Hills.«

Pendergast schüttelte den Kopf. »Das ist ein Hochsicherheitsgefängnis. Jemand wie Constance würde an einem solchen Ort dahinwelken, ihr Zustand würde sich immer mehr verschlechtern.«

»Sie müssen sich keine Sorgen machen, dass sie durch die anderen Insassen zu Schaden kommt, weil das Personal –«

»Darum geht es nicht. Constance hat eine Neigung zu plötzlichen, gelegentlich gewalttätigen psychotischen Ausbrüchen. Ein Ort wie Bedford Hills würde das nur fördern.«

»Was würden Sie also vorschlagen?«

»Sie muss an einen Ort mit einer Atmosphäre, die jener ähnelt, an die sie gewöhnt ist – behaglich, altmodisch, ohne Stresssituationen. Und dennoch sicher. Sie muss sich mit vertrauten Dingen umgeben können, natürlich in einem vernünftigen Rahmen. Vor allem Bücher sind da entscheidend.«

Felder schüttelte den Kopf. »Es gibt nur eine solche Anstalt, das Mount Mercy, und das ist vollständig belegt. Mit einer langen Warteliste.«

Pendergast lächelte. »Ich weiß ganz zufällig, dass vor knapp drei Wochen ein Platz frei geworden ist.«

Felder sah ihn an. »Tatsächlich?«

Pendergast nickte. »In Ihrer Funktion als einweisender Psychiater könnten Sie sich sozusagen doch vordrängeln und sie dort unterbringen. *Falls* Sie darauf bestehen, dass es der einzige geeignete Ort für sie ist.«

»Ich werde … ich werde mich darum kümmern.«

»Sie werden mehr tun, als sich darum zu kümmern. Als Gegenleistung werde ich Ihnen nämlich mitteilen, was ich über Constance weiß – was in der Tat sehr viel ist und was sogar Ihre kühnsten psychiatrischen Träume übertreffen wird. Ob diese Informationen tatsächlich zur Veröffentlichung geeignet sind oder nicht, liegt in Ihrem Ermessen und Ihrer Fähigkeit zur Diskretion.«

Felder merkte, wie sein Herz schneller schlug. »Vielen Dank.«
»Ich danke *Ihnen.* Und nun wünsche ich Ihnen einen guten Tag, Dr. Felder. Wir werden uns wiedersehen, sobald Constance sicher im Mount Mercy untergebracht ist.«
Felder sah zu, wie der Agent sein Büro verließ und leise die Tür schloss. Seltsam, auch er schien dem 19. Jahrhundert entsprungen zu sein. Und dann überlegte Felder zum ersten Mal, wer dieses Treffen, das er so sorgfältig eingefädelt hatte, eigentlich bestimmt hatte und wessen verdeckte Absichten erfüllt worden waren.

EPILOG

Savannah, Georgia

Judson Esterhazy saß in einem Sessel in der Bibliothek seines Hauses am Whitfield Square. Es war ein überraschend kühler Maiabend, weshalb ein kleines Feuer im Kamin brannte und die Luft mit dem Geruch von brennendem Birkenholz parfümierte.

Nachdem er einen Schluck von dem guten Highland-Malt genommen hatte, den er aus dem Keller heraufgeholt hatte, spülte er das torfige Getränk erst in seinem Mund, bevor er es herunterschluckte. Doch der Whisky schmeckte bitter, so bitter wie seine Gefühle im Moment waren.

Pendergast hatte Slade getötet. Es hieß, es sei Selbstmord gewesen, aber er, Judson, wusste, dass das gelogen war. Irgendwie, auf irgendeine Weise, hatte Pendergast das hinbekommen. So schlimm die letzten zehn Jahre auch verlaufen sein mochten, die letzten Augenblicke des alten Mannes mussten fürchterlich gewesen sein, eine unvorstellbare geistige Tortur. Er hatte miterlebt, wie Pendergast andere Menschen manipulierte, und er hegte keinerlei Zweifel, dass er auch Slades Demenz ausgenutzt hatte. Es war Mord – schlimmer als Mord.

Als aus dem Glas, das in seiner Hand zitterte, ein paar Tropfen auf den Tisch fielen, stellte er es heftig ab. Wenigstens wusste er mit absoluter Sicherheit, dass Slade ihn nicht verraten hatte. Der alte Mann liebte ihn wie einen Sohn und hatte trotz allem Wahnsinn und Leid sein Geheimnis sicherlich bis zum letzten Augenblick bewahrt. Manche Dinge waren sogar größer als das Irresein.

Er hatte Slade früher auch geliebt, doch dieses Gefühl war vor zwölf Jahren erloschen. Er hatte einen kurzen Blick auf die andere Seite von Slade erhaschen können, die ihm zu nahe war, als dass er sich damit einverstanden erklären konnte. Sie erinnerte ein wenig zu stark an den eigenen gewalttätigen Vater und dessen ziemlich diabolische Forschungen, derer sich Judson nur allzu bewusst war. Aber vielleicht war es ja das Schicksal aller Väter und Vaterfiguren – zu enttäuschen, zu verraten, in der Statur zu schrumpfen, wenn man selbst älter und weiser wurde.

Er schüttelte den Kopf. Was für ein Fehler das alles gewesen war, was für ein schrecklicher, tragischer Irrtum. Und wie paradox, wenn man darüber nachdachte. Als Helen ihm die Idee erstmals vorgetragen hatte, eine Idee, über die sie im buchstäblichen Sinne durch ihr Interesse an Audubon gestolpert war, war es beinahe wie ein Wunder erschienen – ihm und auch ihr. *Es könnte ein Wundermedikament werden*, hatte sie gesagt. *Rede du mit verschiedenen Pharmafirmen, Judson. Du weißt doch bestimmt, an wen du dich wenden könntest.* Und er hatte es gewusst. Er wusste, wie man die Finanzierung sicherstellte. Und er kannte auch das perfekte Unternehmen, das das Medikament entwickeln könnte: Longitude, geleitet von seinem Doktorvater, Charles Slade, der jetzt im privaten Sektor tätig war. Sein charismatischer ehemaliger Professor hatte ihn in seinen Bann gezogen, und so waren sie in Kontakt geblieben. Slade war die Idealbesetzung, er konnte es schaffen, ein solches Medikament zu entwickeln – ein kreativer, unabhängiger Denker, risikobereit, äußerst diskret …

Und jetzt war er tot, Pendergast sei Dank. Pendergast, der die Vergangenheit aufgerührt, alte Wunden aufgerissen und direkt oder indirekt mehrere Todesfälle verursacht hatte.

Esterhazy packte das Glas und leerte es, ohne den Whisky zu schmecken. Auf dem Sofatisch, auf dem die Flasche und das kleine Glas standen, lag auch eine Broschüre. Er nahm sie in die Hand und blätterte darin. Sein Zorn wich einem grimmigen

Gefühl der Befriedigung. Die geschmackvoll gestaltete Broschüre bewarb die kultivierten Freuden eines Hotels im schottischen Hochland, bekannt als die Kilchurn Lodge. Es handelte sich um ein großes Herrenhaus aus Naturstein an einem windumtosten Abhang mit Blick auf das Loch Duin und die Grampian Mountains. Die Lodge, eine der malerischsten und einsamsten in Schottland, bot ausgezeichnete Jagdmöglichkeiten für Reb- und Birkhuhn, Lachsfischen und die Rothirschjagd. Man nahm dort nur einige ausgewählte Gäste auf und rühmte sich seiner Abgeschiedenheit und Diskretion; die Jagd konnte mit oder ohne Führer erfolgen, je nachdem, was man bevorzugte.

Natürlich würde er die Jagd ohne Führer vorziehen.

Zehn Jahre zuvor hatten Esterhazy und Pendergast eine Woche in Kilchurn verbracht. Die Lodge lag inmitten eines großen und entlegenen Anwesens von 16 000 Hektar, einst das private Jagdrevier der Lairds von Atholl. Esterhazy war tief beeindruckt gewesen von der menschenleeren, rauhen Landschaft, den tiefen, in den Tälern verborgenen Lochs, den reißenden, von Forellen und Lachsen wimmelnden Bächen, den windgepeitschten Mooren und dem düsteren, unwirtlichen Foulmire, den Heideböschungen und den bewaldeten Glens. In einer solchen Landschaft konnte ein Mensch auf immer verschwinden, konnten seine Gebeine vermodern, ungesehen, gepeitscht vom Wind und vom Regen, bis nichts mehr davon übrig war.

Nachdem er noch einen kleinen Schluck von dem Single-Malt, der sich inzwischen in seiner Hand erwärmt hatte, getrunken hatte, war er ruhiger. Noch war nicht alles verloren. Im Grunde hatten sich die Dinge sogar zum Besseren gewendet – zum ersten Mal seit langer Zeit. Er legte die Broschüre beiseite und nahm einen kurzen Brief zur Hand, geschrieben in einer altmodischen, gestochenen Schrift auf cremefarbenem Büttenpapier.

Das Dakota
New York City
24. April

Mein lieber Judson,
ich danke Dir ganz aufrichtig für Deine freundliche Einladung. Nach einigem Nachdenken glaube ich, dass ich Dein Angebot annehmen werde, und zwar mit Freuden. Du hast vermutlich recht, die jüngsten Ereignisse haben doch einen gewissen Tribut gefordert. Es wäre reizvoll, Kilchurn Lodge nach so vielen Jahren wiederzusehen. Ein vierzehntägiger Urlaub wäre eine willkommene Erholung, und das Zusammensein mit Dir ist mir stets eine Freude.
In Beantwortung Deiner Frage: Ich habe vor, meine Purdey Kaliber 16, eine H & H Holland Bockdoppelflinte Kaliber 410 sowie eine 300 H & H mit Kammerverschluss für die Hirschjagd mitzubringen.

Mit freundlichen Grüßen,
A. Pendergast

HINWEIS

Die meisten Städte und anderen Orte in *Fever – Schatten der Vergangenheit* entspringen unserer Phantasie, dennoch haben wir in einigen Fällen unsere Version von existierenden Orten verwendet, wie zum Beispiel bei New Orleans und Baton Rouge. In diesen Fällen haben wir nicht gezögert, die Geographie, Topologie, Geschichte und andere Details abzuändern, um sie den Erfordernissen des Romans anzupassen.
Alle Personen, Orte, Polizeibehörden, Unternehmen, Institutionen, Museen und Regierungseinrichtungen, die in diesem Roman erwähnt werden, sind entweder fiktiv oder werden fiktiv verwendet. Jede Ähnlichkeit mit realen Ereignissen, Orten sowie Personen, ob lebendig oder tot, ist rein zufällig.

ANMERKUNGEN DER AUTOREN

Wir werden häufig gefragt, in welcher Reihenfolge unsere Bücher gelesen werden sollten.
Diese Frage lässt sich am leichtesten für jene Romane beantworten, in denen Special Agent Pendergast vorkommt. Zwar stehen die Geschichten in den meisten unserer Romane für sich, doch die wenigsten spielen in verschiedenen Welten. Ganz im Gegenteil: Es scheint, dass je mehr Romane wir gemeinsam schreiben, umso mehr zwischen den Figuren und Ereignissen »durchsickert«. So können zum Beispiel die Figuren aus einem Buch in einem späteren auftauchen, oder Ereignisse in einem Roman können in einen späteren überschwappen. Kurzum, wir haben allmählich ein Universum geschaffen, in dem die Charaktere und ihre Erlebnisse sich überlappen.
Die Lektüre der Romane in einer bestimmten Abfolge ist kaum notwendig. Wir haben uns bemüht, in fast allen unseren Büchern Geschichten zu erzählen, an denen man Freude haben kann, ohne irgendeinen der anderen Romane gelesen zu haben – mit einigen Ausnahmen.